U0114446

時代的眼·現實之花

《笠》詩刊1～120期景印本(七)

第61～67期

臺灣學生書局印行

詩双月刊 61

LI POETRY MAGAZINE

民國五十三年六月十五日創刊・民國六十三年六月十五日出版

詩學
西脇順三郎詩論
杜國清譯●二四元
田園出版社出版

現代詩的探求
村野四郎詩論
陳千武譯●十八元
田園出版社出版

艾略特文學評論選集
杜國清譯●七十元
田園出版社出版

保羅・梵樂希的方法序說
馬洛文學理論
林亨泰譯●十元
田園出版社出版

美學引論(1)
趙天儀●十二元
笠詩社出版

美學與語言
趙天儀●十五元
三民書局出版

杜英諾悲歌
李魁賢譯●十六元
田園出版社出版

給奧費斯的十四行詩
李魁賢譯●十二元
田園出版社出版

德國詩選
李魁賢譯●十五元
三民書局出版

德國現代詩選
李魁賢譯●十五元
三民書局出版

白萩詩選
白萩作品精選集●十五元
三民書局出版

現代詩散論
白萩詩論集●十五元
三民書局出版

歸途
鄭烱明詩集●十六元
笠詩社出版

期嚮
陳鴻森詩集●十二元
笠詩社出版

雲的語言
傅敏詩集●十五元
林白出版社出版

晒衣場
凱若詩集●十六元
笠詩社出版

覆葉
陳秀喜詩集●精五〇元 平廿五元
笠詩社出版

日本現代詩選
陳千武譯●十二元
笠詩社出版

笠 61期 目錄

卷頭言

詩無邪

• 桓夫

處於善和僞善的界線無法分明的地方，我們常被僞善的巧妙變術戲弄着，迷失自己。眼看惡和僞惡的分水嶺搞不清楚的場面，一般容易僅發現惡的現實，而忽略了僞惡所表現的眞實性。

自覺而故做病態的僞惡表現，本質上，大都是純潔的擁護者。如果，我們面對僞惡的表現，認爲那是惡的現實，而不洞察事的實質，必會受到擁護純潔的僞惡者嘲笑或反抗。

我們應該瞭解首先是僞惡，但由於無自覺而終竟走入「惡」的一些太保太妹的心理變化，都由于社會缺乏追求實質的輕浮所造成的。

想到這裏，在重視意義性的現代詩，我們常常提到詩眞摯性的實貴，是有其依據的。

「昨天／我給媽媽說／我很希望再一次／回到媽媽的肚子裏去／媽媽說：傻孩子你這麼大了／不行／我眞希望／再一次／回到媽媽的肚子裏／之後／爬上排骨的階梯玩／並探險／胃和腸的地方」【摘自兒童詩『希望』】

「我不是純潔的人／這個世界只有妳知道／所以　妳也不是純潔的人∥不純潔的情感才是／深不可測的愛／才能透過我們裸露的心胸／達到上帝那邊∥讓我們激烈地活着吧／只有妳活着／俯在妳的胸膛才能聽見／孩子在肚子裏呼喚我的聲音／啊　現在她急促地叫喚我／拾虹／拾虹」【摘自拾虹詩集「拾虹」】

從兒童詩的天眞，發展到成人詩的眞摯性，應該是一貫的「詩無邪」的基本精神。雖然善或僞善、惡或僞惡的標準很難評定，但我們讀詩時，對於這些標準可以從詩的意義性，得到某種的醒悟。

非馬兩首

致索忍尼辛

你使我想起
一隻
被主人用棍子
　　　無情地驅趕
哀叫着躲開
而又怯怯挨回去的
　　　　　狗

怕一走得遠些
便永遠失掉回家的資格！

你使許多人
　不管他們身在何處
在心中
　成了
　　眞正的
　　　喪家之狗

裸奔

如何
以最短的時間
衝過
他們張開的嘴巴
都還沒來得及閉攏
的這段長
長的距離

脫光衣服減輕重量
當然是
好辦法之一

可沒想到
會引起
傷風
化以及諸如此類的
嚴重問題

一九七四、四、二十于芝加哥

杜國清

心雲之歌

沙漠花開時
心爲之陰雲

1\.

走過山野
枯草和乾花揷着
小路的秋
做爲旅途的紀念
妳拾起路旁的松毬
盛夏過後我那乾裂的
焦褐色的心

2\.

妳立在沙漠中
如一婷仙人掌
向着那唯一的綠
我的慾情早已踏上旅途
搖着心的啞鈴

3.

妳立在高崖的圓頂上
連綿的山巔像海浪
在妳背後起伏
亂髮飆成漩渦
妳浮立在風中
以哀愁的眼望我
我心與妳俱浮俱沈

4.

妳突立在巨岩的盡端
望着一曲綠水
蜿蜒地侵蝕着大峽谷
雲影投在殘岩上
殘岩的臉憂鬱着
心的崩潰

5.

妳佇立在半山腰
俯望着山林的斜坡
妳可聽到
踏着松濤急奔而來的
自然的呼喚
我心的嘆嘯？

6.

妳凝立在荒谷裏
兩岸岩石的波紋湧成
一片不毛的丘陵
在那死之谷
妳的悲聲鼓動着
我的心，在烈日下
以妳的汗臭甦醒

7.

飄過我心
妳的影子像一朵雲
落在沙漠上
在那雲翳下
被遺棄的一顆松毬
滾動着秋風

一九七、九、十六

李魁賢

事務所

時間

壁上掛着兩部電鐘
肩負着受刑人的委屈
指針繞着不能擴張的軌跡團團轉
一部常走得太快，另一部却慢吞吞

時間據說是最完整的契約
不能分割，也不能讓渡

在我的心中也有兩部電鐘
無法求得平衡的步調
高興時太快，哀傷時又太慢
因此常在笑够了時才落下眼淚

實際上，到處都有兩部電鐘

有的脚程很快，有的擧步艱難
爲了强制劃一標準
落伍者受到加給
遙遙領先的反而要被裁減
時間竟是最含糊的水墨畫
只能遙望，不能逼視

偶然

把收藏了二十年的話
準備永久埋死在心底的話
却忽然以輕鬆的口氣說出：
「那是爲你出版的詩集」
從電話中傳來片刻的靜默
彷彿又看到那幅淡忘了的沉思姿態
說：二十年徬徨的期待，徒然
印證了你吝嗇出示的詩篇
被禁錮的少年豪邁
在成熟年代變成嗒然若失的心情
手執着電話筒久久無語
這片刻反而長過了二十年的歲月

遊日詩抄

林　外

一

我嚮往而去　投入你懷裏
捨不開你的情　更懷戀故居
久在你懷中　我想的却是
　必須回去
從你歸來　我第一次嘗到
　回來的美麗
我會再去看你
當我感覺須更深一層地愛自己

二

不丟一片紙屑　在我的地方是難得
丟一截煙蒂　在你的地方是遺憾
田野是樹和草的世界
它們不知爲人縐眉
永遠微笑　張臂一般親切
我細心爲你拍了一張照片
大家說我浪費了一張彩色底片
沒有人知道風景以外的美意

三

機器的偉大　使人渺小
齒輪的響聲　使靈魂戰慄
一切尊貴的　在軋軋聲中
不是死去　就已痲痺
在機器房迷失的身子
到彈子房　到酒吧
到夜總會　到成人影院
喚回自我　尋求肉的溫柔
另為拂去站在龐然機器前的恐懼
只為明天步刻需要以戰慄換取的收益

四

彷彿已經太遠了　狂妄如在熱焰中
榮耀而興奮的日子
彷彿還在眼前　屈辱俯首
在廢墟中自憐的影子
你將死去，天生白的在叫喊
讓他死去，被晒黑的在祈禱
我要活下去！靈魂出現了可感的面目
我要活下去！宗教的虔誠閃電般躥起

忘記過去！有非忘不可的
不能洗淨往昔　狂妄中有鑽石

世界第一的東京高塔巍然豎立
煙囪使天空寒慄
歸來了！歸來了！
那不願忘淨的往昔
以不同的方式

經濟的動物！

呵！有過苦難的人
多麼渴望揚眉吐氣
呵！愛過神罰的人
只許臭罵　不能憐惜？

五

有人說日本的裸體表演是藝術的
我見到藝術只存在於佈景的豪華
脫光了之後只是凹凸不平的肉塊
演員面上尋不到醉心藝術的熱忱
漠然的神情，映在觀衆眼裏的
是神前的犧牲
當猪見到口銜鳳梨架在彩車上的猪公

會是什麼滋味
我爲此而苦惱沉思

六

在學校裏 積雪的地上
呈現的是秋的天空
朗朗白日 出現暗夜的星星
長有哲學家的眼睛
懷着宗教家的靈魂
在熊熊的火焰中自焚
還未把自己抛入染缸的無知
不願把自己抛入熔爐的無視
二者同樣使我膝蓋酥軟雙掌生雹
而不自知

七

飛馳於「名神高速」之上（名古屋到神戶）
渴念故土上與車爭道的軟體動物
閒然於臺北中壢的慢車上
心馳於「新幹線」高架的無憂（日本高架鐵路）
戈篤戈篤 列車的輪子
壓在我心的軌上
下車加入軟體動物之羣
却落入走在東京銀座的閒適中（車不按喇叭）
叭叭叭叭叭叭……
急躁的叫囂 使我的機能盡失
體內完全回歸到東京的靜謐 （完）

楊傑美

女人四則

1. 毛蟲海獅與女人

像毛蟲一樣爬過我心底的女人
是我日夜枕着的
一座熄了的火山
隱沸的熔漿燒烤着我幽閉的內部
冷漠的
青春之血

像海獅一樣張牙舞爪
撲向我的白色裸體的女人
是我日夜枕着的一座
鮮活鮮活的活火山
岩漿溶流的凹口噴溢出高熱的火焰
吱吱地竄食着我豐盈飽滿的外部
閃亮的

青春之饑

唐，慢慢地燒焦了我的肉體之宮的
毛蟲一樣的女人
海獅一樣的女人
慢慢地烤乾了我的
靈魂清澈晶瑩的深淵

2. 女人是嗅覺的

——情慾之夜

一夜，當我在一本性學雜誌上讀到「男人是視覺的，女人是嗅覺的」這一句話時；我警覺地瞥了貼在我的床舖對面，那脫光衣服擺着海浪姿勢美麗的白種女人一眼，而立刻返身捻熄了我床頭的燈。只是在黑暗中我開始不斷地躺下又坐起；因爲那貼在牆上的女人是否能憑着嗅覺而壓迫我的意念，却像揮不散的蚊子那樣，整夜盤旋在我不得安寧的腦子洶湧的思潮裏，直到天亮，終於凝成了一只巨大堅硬的白色的繭。

3. 女人最厲害的武器

當男人的冷漠刺傷了女人的自尊，女人就把她的血液冰凍起來，封藏在孤獨的世界裏，成爲一朵永不開放

的暗室之花。如果所有的女人都對男人實施集體禁運
，把身上的血通往男人的棧道腰斬，則所有的男人必
將成爲冰山裏的魚，因爲缺乏新鮮氧氣的滋潤枯萎而
死。所以
對於　男人
女人最厲害的武器不是眼淚
而是
血
奔流在她白色裸體裏那溫暖的生殖之血。

4. 女人身上的五口井

每一個女人的身上都種植了五口井。二口在眼睛，一
口在嘴巴，一口在肚臍，一口在恥部；　的
白晝世界，一口在半透明的黃昏世界，另二口則在非
透明的黑夜世界裏。
當一個男人用他身上的鑰匙打開一個女人時，他也一
定連帶地打開了這個世界上的五口井。

二首

郭成義

癢

被遺棄了的孕婦
在夜裏
總要脫光身上的衣服
細心檢視自己的悲哀

即使在夢裏
也能感到情郎溫熱的手
那曾經被他搔癢過的地方
依然散發着難忘的體臭
禁不住又癢了

凝視着搔了又搔的地方
那不斷爛紅的斑塊
終竟成爲一種暗疤
只要輕輕一觸
便會全身發作起來的

不可抑制的毒
在腹內激烈地腫痛着
而暗地裏
已不止一次
情郎搔癢的手又浮現
兒時母親替我穿衣的手又浮現

小門

就算是爲了躲避也罷
我祇要安安靜靜地
走進你的裏面

安安靜靜地
不願意因着你爲碰觸
讓別人驚覺了
我的存在

而曉舌的你
每次總要當着我背後
偷偷的一貶
告訴了別人

陳秀喜

作品一輯

花絮

抱着一只小種子
柔細的花絮飄進來
她有能開花的細胞
她有紮根的使命
沒有擇地的權利
沒有方向的意見
任風輕盈得無奈
任風放棄而不安
竟落在我的書桌上

書桌上沒有泥土
書本上沒有泥土
不能供她繁榮
當我的手伸出
如羽毛，飄揚而去
有時候風是她們的恩人
有時候風是她們的罪人
希望仁慈的風
送她到地上
願今夜夢見

她擁有花園

山與雲

當我被風沙襲擊的時候
你不助一臂
不留着片語
飄然離開了我
樹木們騷然抱不平
葉子們爭先去追尋
你却一去不回來
不懂得無聲的呼喚

當我已習慣了孤獨
你才飄回來
我已知道
倘若我有千萬隻手
也抓不住你的衣襟的一角
飄泊的雲啊
變成驟雨濕透我吧

你的手

曾是捧着田螺做菜餚
曾是採擷金黃的椪柑
曾是採擷紫堇花
曾在河邊拾小石頭
建造長城的手——

你的手在外國開花
揮彩毫創造新宇宙
畫布是你的好妻子
家鄉是情愫的泉源
你撩起童年的甘泉
歌頌臺灣

你的成就和望鄉的歌聲
迴旋在山河中
山河因爲你光輝着
鄉親啊！
請帶你的熱愛同來
請帶巨大的你的手同來

印象二首

陳黎

・父之印象・

十五以後，父親被讀做歷史課本的
揷圖，天天翻著
而彷彿年代
已遠
十五以後，一張生者的遺像活活地印上

我的臉面

一隻大的手錶，不見長短針
套住父親，從此
我瘦弱的左腕佩着他佩過的精工錶，從此
跟着父親這一顆跳躍的
心臟長大
叫他胸膛裏的另一顆，模模糊糊地
記錄自己的年月

曾經看他光澤的黑髮燃燒
一片臉的白
一片襯衣的白
而依舊黑白分明
縱眼前只剩得一張走樣的底片
洗過一次夾
是是　非非

回憶遂縮成一捲未曾彩色的影片
幾個手勢
悲歡依稀可見
而停電以後，遇遭只有黑暗
只有單調的兩個音節，響在
耳旁

‧母之印象‧

屬於檸檬那一族的美感

你居然以爲伊發黃底軀體是
粗糙底表皮
而味道是苦澀的

幾片葉綠，卽使藏着嫩草的膚色
終究得褪落成秋天的姿勢
如同你束伊底長髮
爲竹帚
掃地伊底青春

那一身翡翠，滾不出
壓迫的懷抱
三樽酸酸的原汁擠出
而雨水，或者淚水
沖得太少
你的知覺便止於眼睛或鼻子
自然引不出
潤喉的
甘美

同樣地啜飲母乳，挽髻之前
伊是另一只檸檬底女兒
而之後，伊遂爲夫君之妻子遂爲兒子之親母
遂爲一只迫壓底
檸
檬

陳家帶

二首

月落烏啼

輕輕流唱的雲
輕輕流唱的白髮
粉筆在黑板上弄僵了
徐徐徐徐落，落下
粉筆灰
白髮

雲

學生們議論着時雨紛紛
窗外歷歷行過一男一女
紅的男，綠的女
慢慢慢慢升，升起
伍
胥
一夜千古
假髮也掩不住悲壯
慢慢慢慢升，升起
將

軍
輕彈征夫淚
立體的傳眞效果
疾疾疾疾落，落下
雲落下白髮落下粉筆灰落下
黑板依然掛在牆壁
學生依然坐在教室

春望

天亮了

廿歲愈活愈火，愈火愈活
活得火旺就薰海洋成雨
活得火大就燒泥土成雲
便月光也成陽光

鄉土感愈嗅愈銹，愈銹愈嗅
嗅得興起就當床第爲墳
嗅得興高就當汽油爲燐
便陽光也成月光

天亮了

「笠」十週年感想

詹冰

寫了八週年感想後不久，又要寫十週年的感想了。被人家預測頂多出版三期的「笠」詩刊，現在要迎接三期的二十倍，六十期了。在卓蘭的山村，在我的寒舍裏誕生的「笠」已有十歲了。眞是感慨無量！

十年間，創立人之一的吳瀛濤，已脫下笠去做神了。可是很多新詩人戴上了笠參加我們的新詩實驗班。眞是前途無量！

提起吳瀛濤，我就想起了我們的會話。我們老一輩的心願是，只想做了一個踏脚石。年輕的一代踏上我們的頭上，可升高了一級，我們就心滿意足了。我們希望年輕的一代，比我們再高一點，而他們的後輩再踏上他們的頭上，再升高一段，這樣一代繼一代，升高再升高，一直達到人類可攀上的詩的最高峰——這是我們樂觀地夢想的遠景。所以創立「笠」的園地以後，我們沒有標立什麼主義，也沒有叫喊什麼口號，只尊重每一位同仁的個性和作風，讓給年輕的一代自由發展。我想這樣的「笠」的性格和精神，一定會永遠遺傳下去的。那麼，眞是功德無量！

笠同仁的話：

杜國清

「笠」無論如何得維持下去。到底現在經費上是怎樣的一種情形？每位同仁每期負擔多少？每期費用多少？將來我要是有正常的收入，我一定可以「捐」一些。總之，只要還有同仁在，「笠」就應該能存在。這是咱們十年來努力的一個目標。只要咱們再繼續努力，「笠」就跟着成長。只要同仁大家更合作，「笠」就成長得更結實，更有內容！

談「文藝座談」

關外柳

本年四月三日，教育部以茶會方式，邀集全國文藝工作者，舉行「文藝座談」。以「如

何加强文藝工作」爲題。徵詢文藝界的意見。蔣部長首先致詞說：「文藝工作」過去係由本部文化局掌管。四年以來。王局長洪鈞先生工作做得很多。也做得很好。值得欣慰。值得讚佩。今後因業務改隸。文藝工作。仍由本部社教司直接掌理。希望謝司長做得更有成績。這就全仗文藝界的合作與指導等語。」的確的。我們都認爲文化局設置的時間很短。而所做的工作的確很多。王局長知人善任。如該局第二處先後兩任處長。尹雪曼先生和劉昌博先生。不但都是作家。而且都有行政工作的卓越領導才幹。王局長本人更是勤勤懇懇以「任勞任怨」的工作精神。和「只問耕耘不問收穫」的工作態度。從事實務。實在值得懷念。值得敬佩。今日文化局已裁撤多時。蔣部長尤能對部屬念念不忘。溫慰有加。這眞是一位肯負責任賢明的好長官。

其次座談會中。另一主題。是政府今天已設置「文藝基金」。第一次籌集基金的數字。是新臺幣伍仟萬元。教育部請大家對「基金如何運用」。和「基金如何分配」。即是要以基金做些什麼文藝工作等。發表意見。以供參考。爲愼重將事。更恭請中央文工會主任委員吳俊才先生主持其事（吳先生是專家學者爲人公正廉明，主持其事，最爲允當）這足見教育部蔣部長想把全國文藝工作做好。以及求其平實求其公正來處理這項「文藝基金」的決心。誠然。萬事非錢莫擧。然而有錢不一定能做好事情。過去文化局每年也有一筆文藝工作經費。惟恐運用不當。分配不公。尤恐自己主管。顧慮不週。容或產生偏見。王局長特邀請各大文藝團體負責人組成會議。共同研討、決定分配以求公平。結果。仍然不能滿足各方的要求。爭論不已。廠煩不息。乃至於像王局長如此求平求實的故法。還不免要招到怨尤。受到指責。這都是因爲這一點錢的問題。本人是中華民國新詩學會負責人之一。每年我們都不曾參與這一個分錢的會議。也曾未向這分錢會議上提出任何要求。因爲我們知道文藝工作要做的事太多。而政府所有的文藝工作經費又太少。如果每一個文藝團體。都以主觀的態度。來看問題。那就必然各執成見來爭論。爭就有勝負。爭就有恩怨。爭就要得罪人。如是主管當局。集各方怨謗于一身。這眞是太不公平的事。我們都知道國事亦如家事。當家的人。處境最難。湖南有一句俗話。「一個人當了三年家。連狗都嫌了。」可見當家之難。因此中華民國新詩學會。歷年來曾不肯爭任何一筆經費。此無他。能深深體諒當家人之難而已。其次。我們另外有一個不太正確的看法。有時沒有錢。反而能做點事。尤憶十年前。中央黨部秘書長唐縱先生。將「今日大陸」月刊。命我接辦。當日。不但沒有一文錢的經費。而且還有幾仟塊錢的債務。需要負責償還。接辦時。每月只有兩佰多份定戶。當時多承好友石鎭宇先生。

屆任總經理（曾任浙江省政府財政廳長）共同合作。努力經營。更承蒙當年臺灣省政府教育廳長陳雪屏先生指導扶持。（雪公是老教育家。是我們的前輩。畢生盡力於教育文化事業。以迄今日。）使「今日大陸」在兩年之後。每月發行到壹萬壹仟多份。我們爲使自己努力不懈。曾婉謝任何補助。全憑「發行」與「廣告」兩部份收入。維護刋物的發展。總算使這一份刋物。對各方有一個交代。更如今天大多數是本會會員所辦的幾個詩社。都是全靠社友大家自己出錢出力。拼命要辦好自己所創辦的幾個新詩刋物。所謂「出力」也。社友們不眠不休的幹。從集稿編輯校對包裝投郵送信等工作。都是社友分工合作的做。所謂「出錢」也。每人每月自己掏腰包。少則幾佰元。多則上千元。來應付紙張印刷等費。有時連家裏買米買小菜的錢。都拿來辦刋物。所幸。社友中能拿家中生活費用來辦刋物的。他們的太太。大半也是詩人。才能够同情丈夫辦刋物這一份辛苦這一份艱難。如同洛夫瘂弦幾位先生主辦的「創世紀詩刋」。趙天儀先生陳秀喜小姐他們主辦的「笠詩刋」。王在軍先生陳敏華小姐他們主辦的「葡萄園詩刋」。王幻魯蛟幾位先生主辦的「桂冠」詩刋。以及林煥彰陳芳明幾位先生主辦的「龍族詩刋」。和最近出刋的英文中國詩刋。就是古丁綠蒂幾位先生主辦的。這本詩刋。是使中國新詩進軍國際詩壇的創擧。以上幾種詩刋。都是屬于新詩的大型刋物。每月按期出刋。一期比一期精彩。一月比一月進步。像我這樣知道他們辦詩刋底細的人。眞是對他們五體投地的佩服。這算是幾件沒有錢也能辦事情的實例。我們至願以這些事例。來響應政府當局在今天國家正危難之際。還會以國家預算的方式。來改置這一份「文藝基金」的賢明措施。來表示我們努力的方向。來盡一點文藝工作者報國底心願。

座談會中。中國文藝協會創辦人陳紀瀅先生。對「文藝基金」的問題。提出了很多寶貴的意見。併且還著爲專文。在中華日報發表。提供各方參考。（陳先生畢生致力于文藝工作。對國家貢獻頗多。尤於來臺後。創立中國文藝協會。使全國文藝界大團結。使大家都能以「文章報國」的心願。分別負起文藝工作各部門的責任。）

會中。李曼瑰教授。她是中國話劇欣賞會的主任委員。她在會中呼籲政府應積極培育話劇的編導人才。方能使我們舞台劇電影、電視劇有更高的藝術價值。更能發展。李委員更希望「國劇」和「話劇」。都要有屬於「自己的劇場」。使「劇運」能有「向下生根」「向上發展」的力量。李委員從事話劇運動。四十餘年如一日。她爲「劇運」。對自己的犧牲太大。她爲「劇運」對國家的貢獻太多。我們期求政府教育當局。會採納她這些富有歷史價值的建議。（完）

理想的告白

黃昏星

等一隻青鳥的回歸
越等越近黃昏
隔着兩地的山巒仍有我愛聽的溪水依然
依然一般的東流去
我的心思朝妳遠方的惦念
美麗否？淒切否？
昨夜舉杯着雲　看風景
揚眉散髮
一笑竟流落到孤寂的松邊

不要問我憔悴多少
日日夜夜
琵琶樂音該有多少朝代的蒼涼
我的年華清淺　妳的夢該年輕
於是腰間的長劍
一甩便朝往古典
風一轉到了晚秋
我飲雪在嚴冬
必同妳灌溉春的血色

以後不要問我將停留在誰家的門戶
只有遠眺　只有飛翔
只有越等越近黃昏

所以妳不必驚訝
等我悄悄的來悄悄的去
必使筆尖在暗處燃燒
劍留在江湖
英雄回首
一孤獨的巨掌按住我的心
打一個沉重的黑印
於書頁中的一篇、甚或一段一字一點
則必安然歸去

七三年十月廿六日

菊花茶

周清嘯

月圓後　秋天不再明朗
而滿籬靜待白雪的
籬菊　圓不起
她那芬芳，芬芳的臉
所有開得美好的
都稀稀疏疏地落在
很古代的壺
飄浮　成一片香湛

有人掌壺倒茶
倒瀉一地的殘菊
那般圓美的，仍是

那般圓美的，仍是
露在雲邊的月
摔在泥地上的杯
隨便放在炊旁的壺
沉在溝渠中的，菊

而昨天　昨天

所屬於的是：
壺　置在主人起坐間
的小茶几上
菊　漂沉在滾燙的水中
一杯香醇的
菊花茶

稿於一九七三年九月十四日

作品三首

謝武彰

遺書

護士小姐說這是
手術必須的手續
繳足保證金之外
還要塡張志願書
（什麼呀——你還是
不明白？就是無論出
了什麼事，一概與本
院無涉，懂了嗎……）
默默地在固定的位置
寫下名字，捺上指紋
像已寫妥自己簡單的
遺言

父親

暗夜裏狹窄的臥房
寂靜如空曠的大地
偶然傳來如引燃
一串潮濕鞭炮的
咳嗽聲，
疏，疏，疏，疏，滴落
在我猶未睡去的心裏

信號燈

返航的時候
信號燈向陸地
說着重逢的話
啓航的時候
信號燈向陸地
說着離別的話
妳信號燈的眼睛
在暗夜的渡頭向我
長長短短閃閃爍爍
說着什麼樣的話

體驗

尹凡

突然興起：燃根燭吧！午夜夢廻
午夜夢廻時。一隻白翼的蛾，從夜的窗裏飛來
隱約裏。我聽見
細脆的爆裂聲，與及
我輕輕的驚叫音
之后，片片剝燭的眼神，掉在燭光無及處
在如搖籃那般擺搖的燭中，輕顫的蛾睡在白白的燭底下
和我不願回視的眼光裏
應是飛機墜入汪洋，才會使我
羨慕，難道
小小的燭焰也是大海嚒？
或者，翅膀和雙手所要掌握的
非是石碑
該是閃着的亮光
一如：俯衝時，身子中濃煙的，
波上漂浮着的，火焰四週喊叫的
蛾會瞭解。火是那種不能再度衝刺的
阻礙
這曾經爲衆多的蛾輩試過，可是却無能再告知
唉，即使蛾懂得；仍是會去點燃成
一座典麗的小燭的
終究，海與鱗光；火和明亮是無差距的
緩緩的。我的眼光終於接觸到那隻
已被燭淚疊成一片薄薄的小丘的、發亮的
蛾
觸鬚展向陰暗的空間
許久，燭心已盡。一切景物復歸
在龐然的黑暗中
我望見往昔
月在雲裏，只剩一團無形狀的黃暉
咬着指甲的我，凝視
一根小小的喪燭點燃。有一隻僵硬的手，微伸
向上。亮在指間的光
歡愉和痛楚，紛紛飛出
過后，我長大
在燭影，在焰心、在堅持長大的長大裏
那時：常有飛機在無際的天空上
拖着一條孤單的凝結線。豔陽高掛
在雲深處，那末可凝目的光耀
白了少年頭

依凡詩札

依凡

A 大過

最初是痛哭流涕的
慢慢平復下來

一縷印象也沒有
一勾記憶
絲絲隱痛

B 打瞌睡

不知說什麼的
只好
講一句點一個頭
成了買賣行爲

C 物理課

有人附和
好像他們都懂
我沒有一絲
具體印象
下了課
問他們
他們都搖了搖頭

作品二首

曉　船

「無題」

——給詩人

一些感觸
便是一張靈魂的容貌
一片脚痕
便是一個生命的過程

大海是稿紙
雲的過客是詩人
他有所感地乃將自己的影子
寫在海上
然後默默讀着自己的孤獨

詩人，寫吧
寫出一面最亮的鏡子
然後在字裏行間
去認識自己

鏡

花朶走到鏡前
鏡子說他有誘惑之姿
刀子走到鏡前
鏡子說他是魔鬼的另張嘴
老人走到鏡前
鏡子說他埋葬了無數日子於過往
年輕人走到鏡前
鏡子說他是剛出海的船
夕陽走到鏡前
鏡子說他又完成了一部書

都市

王明輝

1. 公寓

在爆動中掀起的
一座漠然的墻
正陸續的
掛上去
一畫框　又
一畫框一畫框

各不相干的
風景

2. 街央的半身相

外面是什麼在走着
是夜　夜在走着

我　我鎖着自己
鎖着你們

鎖着每一件事
又緊又深，在裏面

旁觀着的呀
不說也罷了
是由遠而近
飄了過去的
鐘聲

3. 鐵道的紅燈

北上列車
一條很長很長的
單行道。
日由東邊窗口起
西邊窗口斜下去
少年的心去了
就不再回來

4.車禍

第一回合
你是你
我是我
都是金屬的聲音

第二回合
你抓住我
我抓住你
都是鼓掌的聲音

第三回合
你不是你
我不是我
都是泥土的聲音

鈴聲嘈嘈的
第四回合 哎呀
一切終於都結束
了。

兒童詩園

指導者　黃基博

海邊

臺南寶仁小學二年　劉安娜

我把雙脚放進海水裏，
海浪一起一伏的撲過來，
像溫柔的綿羊吻着我的脚，
忽然又變成野狼，
向我的脚猛咬。

海浪

屏縣克華國小三年　徐久仁

海上的浪濤，
是一個陰險可怕的老妖魔，
恐怖的龇着牙，
而且獰笑着，
又想要搶刼，
又想要謀殺了。
漁船啊！漁人啊！
當心呃！當心呃！
粉碎它的計謀，
不能再讓它得意了。

旭日

屏縣萬丹國小五年　黃蘭雅

美麗的太陽姊姊，
滿臉通紅。
好像昨天結婚的新娘，
第一次出現在大庭中。

流水

屏縣潮州國小五年　許智峯

流水是長途賽跑的選手
日夜不疲地奔跑着；
白天有花草和樹枝的掌聲，
夜晚青蛙和小蟲爲它喊加油。
長跑健將愈跑愈有勁兒。

夜空

屏縣光華國小四年　駱姮君

夏夜的天空，
是一張素描：
一塊藍藍的布上
放着一條香蕉，
和好多葡萄呢！

庭園

中正國小三年十班　蕭朱杏

爸爸是庭園的欄杆。
媽媽是桂芳的花香，
哥哥是雄壯的龍柏，
姊姊是含羞的小紅花，
我是一棵剛生長出來的幼苗。

庭院

庭院好像一個大家庭
樹是爸爸
花是媽媽和妹妹
草是弟弟
池中的水蓮是我
可憐的樹被砍去做木材
就像爸爸離開了我們

屏縣四林國小五年　鍾靜惠

風

風啊，謝謝妳！
妳在大熱天，
不停地搖動妳的扇子。
我看不見妳的大扇子，
妳搖扇搖出汗來，
有誰搖扇子涼妳？

僑智國小三年甲班　曾淑麗

月亮

天上的月亮，
像母親微笑的面容，
月亮啊，
請妳天天陪伴我
——這個沒有母親的孩子！

屏縣潮州國小六年　張潔如

虹

雨後的彩虹，
像一張弓，
如果有一把美麗的箭，
彎弓一射，
一定可以射穿天幕，
看到天外的天空。

屏縣竹田國小六年　林靜珍

虹

虹是愛漂亮的姊姊，
雨媽媽給大地妹妹洗過澡後，
她就穿上七彩的衣裳，
從雲端走出來欣賞清新的野景。

屏縣竹田國小六年　黃吉雲

春神來了

大地洋溢着新綠。
花兒笑着和我招手。
蜜蜂嗡嗡叫，
蝴蝶翩翩飛。
小鳥兒吱吱叫，
柳樹小姐彎着腰，
向水中小魚問好，
太陽公公看了哈哈笑！

高縣新興國小五年　譚守智

秋天

秋是個畫家，
把樹葉塗成了紅顏色，
把藍天抹得更藍，
把菊花畫得更可愛了！

屏縣潮州國小四丁　洪玲萍

蓓蕾園

我

蔡淑瑛

有時，我像水裏的魚，
我動，水也動。
有時，我像吹過田野的微風，
綠油油的秧苗和田梗上的小野花，
頻頻地對我點頭。
有時，我像創出紀錄的探險家，
爬上高高的山頭，
只見遠山含笑和白雲飄飄。
有時，我像猴急的農夫，
燒香拜神的求雨，
老天爺却無動於衷。
有時，我好像迷失在沙漠裏，
整天躲不開
太陽憤怒的眼光。

絶望

蔡淑瑛

賣力地拖着步代前進
享受沒人憐惜的乾渴
直到那無底深淵

雨

陳曼玲

像淚珠 一顆顆
像花針 一絲絲
串成情流 激起陣陣漣漪
落着 無言地
編績一天二十四小時的淒切
洗淨一身的風霜
沖淡滿心的煩悶
平添枯燥和寂寞
拉長了憂愁的垂幃
濛濛地
縮小無底的慾望
傷斷燎原的夢幻

盼望

徐梅淑

默默隱藏啊……，
夕陽已下了平地
天上月色迷濛
好鳥枝頭相親
我要默默隱藏啊……

致流雲

林己玄

漂泊者是沒有家的
穿上你的白沙衣吧！
我們將去流浪。
雖然不曾越出地球之限，
却也訪過苦難的故鄉。
我們每天僕僕奔走，
使得長城無力阻擋，
　鐵幕無法圈限，
然而至公無私的使者啊！
爲什麼上天不允許我們
將流離的百姓帶出撒旦的摩掌？

野雛菊

曾妙容

摘一束帶露的野雛菊
插我花瓶中
不是你美麗
只因有少女的蓬勃朝氣

摘一束帶露的野雛菊
插我花瓶中
不是你美麗
只因有少女的純潔

鄉愁

曾妙容

似一葉一舟航過
掀起滾滾白浪
犂下深深的黑溝
陣陣微風
似一隻溫柔的手
輕輕撫摸
撫不平起伏的水痕

送您一張照片

曾妙容

送您一張照片
說是　紀念
毋寧說
有野心想在您的腦海裏佔一席
送您一張照片
說是　紀念
毋寧說
有野心想在您的眸子裏據一角

×　×　×

當　各奔東西
當　時光不在
您的眸子凝視現在
您的腦海映着未來
我的野心仍舊不衰

訴情

黃基博

明知你今天不會來，
却每一秒鐘都在等着你。
聽到的陌生的脚步聲，
却很像你輕盈的足音。
望着馬路、樹木、房屋，
腦子裏都是你的影子。
回憶，最怕忘記，
一次又一次地尋找
昨日你的凝眸微笑和甜美的聲音；
期待耐不住寂寞，
癡癡地沉醉於你明日的髮香和呼吸。

微風

黃基博

不止一次了
你在我的耳旁輕輕地訴說
我一直不懂你話裏的意義
如果我是你　你是我
我可能不會再吹向你

五月的微風

莊麗華

五月的微風悠悠
飄起遊子的心緒縷縷
而康乃馨盛開
在悠悠的微風裏

五月的微風悠悠
帶來了聯考的戰鼓咚咚
而遠方叮嚀如雷
在康乃馨盛開的五月裏

含笑花

莊麗華

妳身上散出的芳香
引我散步到妳身旁
濃而不烈
清而不淡
那羞澀的臉龐
不語而情長

李金髮詩集爲『幸福而歌』掇拾

爲幸福而歌，是李金髮的第三詩集，也是他比較得意的詩集。在他的「飄零隨筆」中，談到他的詩人生涯，不只一次的表露了對這本詩集的「差堪告慰」心情。

在三十年代詩人羣，無疑的，他的前衛性使其煥然光采，也因此而爲此間的許多詩人們所膜拜，其實，處之四十年代詩人羣中他的地位自當會有一番大更動的。鑑於此間詩壇對「爲幸福而歌」的陌生，我們選錄其中一些詩作以補既往介紹之不足。

松下

日光帶影前來，
摩挲騷人的短髮。
騷人是我，
心頭的是神之血。

華其漁矣，
奈被時間指揮著，
躑兮躅兮，
誰眷戀此長別！

小草無意低眠
行雲隨興排列，
囘首沉思：
安得長與松風蕭瑟

吟興

呼呼地，
遠市的鬧聲，
拍拍地，
心的抨扒。
左右躑躅，
欲量房子

的長麼？
眼兒向空一望
沒什麼好看！
閉着罷！
太黑暗呢。
按住方椅坐着，
側側頭寫呵，
奈眼淚全淚了紙幅。

牆角裏

牆角裏，
兩個形體，
混合着；
手兒聯袂，
脚兒促膝，
喁喁地，
喁喁地，
分不出
談說
抑是微笑。
——你還記得否，
說儘愛我一點？
——時候不同了，
——我們是
人間不幸者，
——也可以說啊。
聲音更小了，
喁喁地
惟夜色能懂之。

前後

在你未來以前，
天空站着殘照，
行雲鱗散，
山澗淚流，
牧童的歌兒
也僅給人興嘆，
蛙兒噪了一二次
更是傷情
在你既來以後，
海潮能自調音韻，
夜梟佇看月兒西去，
晨光的溫暖，
修養詩人多情之眼，
麥浪的農田裏，

日光眩人視線
海鷗在遠處呼人。

晚上

淡紅的燈，
在深黑的夜裏，
溫暖的你
在我冰冷的懷裏。

話兒寂寥了，
但唇兒愈接愈近，
僅稍停氣息，
便聽到兩處的心琴。

廣濶的裙裾，
抹殺了珠鞋的美麗，
欲低頭去掀時，
髮兒又倒下來了。

窗外秋風嘶着，
似恨人間多薄倖，
伸你油膩之手去
攫取一切已失以歸來。

問答

——容我再吻一次
在你黑溜之眼裏，
因他們是哀哭之源。

——否，他們是
你的眷戀與仇怨之愛子，
你將因之汚損詩筆之毫。

韋廉故園之雨後

孱弱的野鳥，
在枝上喘着叫，
欲喚寂靜醒來；
惟草莖
落點殘淚，
說不願意。

春流漲了幾分？
恨無舵夫指點去，
杈枒之枝張着手，
交給我們全部淸新。
該寫雲的行麼？

他們像蜩務匆忙，
朝天之東角走去，
欲看他們何處相逢，
恨被短牆遮住。

心爲宿怨一首

心爲宿怨跳躍着：
誰愛這垂楊，
夜如死神般美麗！

我愛短歌的疊句，
只怕夢了重來入夢，
卽泣哭亦無諧音可言。

湖光的反照
彷彿有先賢失望之笑，
何日光終給余哀思？

明天是可愛的盛年，
何曾向人倨傲此一生，
吁！繡袍重縫。
究沒多少罪過，
但抱歉是遲延了，
去罷！笑聲呼喚與低吟之音。

夜之來

黃昏正預備
死後之遺囑，
殘風發生，
臨終之 Sanglot
無力再看其
蒼白之臉。
海是青青的，
麥浪欲赤還棕，
歸燕的平和之羽膀，
像是生命的富言，
一團林鳥的噪聲，
便使長林入睡，
音樂是不美麗的了。

死

我明白了死，
因我看見過人戶
他們在東京水裏浮腫着，
點綴宇宙的、
一角了。
死！如同晴春般美麗，
季候之來般忠實，
若你設法逃脫，
呵，無須恐怖痛哭，
他終久溫愛我們。
「任他們去
找尋所親蜜的，
最後一次失望，

——抑生計的問題——
呵母親！
全辜負了，
我明白了死
因我看見過人尸」。

雨

輕盈而親密的顫響，
是雨點打着死葉的事實；
你從天涯逃向此處，
做點音樂在我耳鼓裏。

這種連續的呻吟，
沈在我心頭的哭泣，
我願死向這連續的呻吟裏，
不由詩筆再寫神秘。

我在故鄉的稻田認識你，
不過那時我年紀尚小，
你濕了我的木屐兒，
不拉手便微笑去了。

那時你欲河水驟漲，
拚命從屋後的林裏下來，
終於無益，
魚梁仍顯出太半！

河水驟漲！有什麼意見，
至多浸壞幾塊粟田，
你思想變遷了
終來此地作連續的呻吟。
如果認識你是故鄉的一個，
我們或是老友，
告訴我遊行所得之哀怨，
增長此心的血痕。

你少婦

你少婦，
有修長的腰，
聽見這音樂，
何以眼兒濕了？

你少婦，
有磊翠的眉頭，
聽見這音樂
何以背兒傴了？

你少婦，
千萬人軍之長，
何以在夜候談心時
唇兒無心地聚合了？

你少婦，
詩人之筆的仇響，
重來此地時，
你是不是仇讐了？

周伯陽（兩首）

使命

參加第二屆世界詩人大會有感

來自遙遠底天涯海角
我們不辭長途跋涉
各自帶滿詩種而歡樂在一堂

點燃靈感的燈火
把那詩種散播在各地，
艱苦地培養新苗
盼望有一天——
讓牠盛開眞善美底花朶

有哲學的智慧
也有宗教的熱忱

哦！詩中有畫
畫中有詩
我們描繪生活種種憧憬
詩可以美化人生

詩可以昇華我們的心靈
詩可以淨化我們的人性

確保人類品格　維護世界和平
歌頌光明　鼓吹公理
這是莊嚴而神聖的使命

來自世界的詩友們呀！
我們團結起來，不懈的奮鬪
寫下更輝煌偉大的詩篇

六十二年十一月　於臺北

惜別

當初我們都是陌生人
偶然碰在一間斗室裏
筆硯歡笑
你我興趣相同
是愛播詩種的園丁
意成爲百年的知音

白天，我們叫醒杜鵑花裝飾春天
夜晚，我們呼喚滿天繁星閃爍
還在花旁照相留念
爲了繼續尋找你的靈感
耕耘你播種的園地
於是你先離開這斗室

幫你收拾你的行李
親自送你走出學園大門
離愁逼我在斗室裏坐立不安
明天總是也要離開這裏
晚上，怎麼我像失去靈魂似的
寂寞得傷心不堪
是否你帶走了我的心靈

打開窗戶獨自凝望夜色
滿天星光，依舊閃爍
椰子樹梢結成了香蕉
唉呀！
香蕉像失去憑依似的
呆在樹葉後忽隱忽見
它的心靈是否也被你帶走呢？

（給詹冰兄）

遺失了很久的詩章

李篤恭

一、某日

在那山嶺的靜寂裏　疾奔着一頭野人
狂戀於臺北市的人羣
追慕着他們的影子

在衡陽街的繁華中　蹓躂着一個市民
詛咒向臺北市的人羣
撲殺着他們的影子

推門　逃回來了這斗室
那些人羣排列　佇立在書架上
躺下　將背部讓他們審判

二、時鐘店

在忙亂的噪音中　雙脚停步
一隻手偷偷地撫摸起
這顆給發動了四十寒暑的焦心

沒給撥發過的　給發動了的　停止了的
各個時鐘頑指各自的時間

一個較大的時鐘𣪍疚兮兮地指着
今日此時刻　雙脚驚愕地指向
那忙亂的噪音中

三、迷夢

深夜　扭熄了牀邊的電燈

又亮現出來了
那個世界　一邊黃沙與藍天相接的
遼遠的那山脈的那一邊　於是
響起戰鼓聲　軍馬的嘶鳴　兵靴的奔踏
狂加着快鞭　奔馳　哭喊着
沙地往後疾飛着　利劍閃躍在前頭

一架俯衝轟炸機黑黑大大地衝來
急急地扭開電燈　抱住枕頭
拚命地鎭定呼吸　爲明天的上班
一個懦弱的公務員

邱淳洸

冥光

沉寥的深夜，
沒有星影的陰黑魅力。

徑邊坳窪的雨水，映着幽冥的蠟光。
有或無？無或有！
好像未分明的一場夢虧，
那是騷人幽邃的心像，審美的光芒。

青蛙產卵似的黑紗，
草叢搖動了幽香，
花影慄然……。

靈魂的昇天——
神秘、古色蒼然的冥光。

雨後風光

久雨放晴了，
雲煙散盡，露出遼遠的蒼空。

啊！薰風多麼涼快，
清越的蟬聲緊緊不停地喚叫羣童；
樹蔭裏的蒙老瞎，捉迷藏，
又唱歌，又跳舞，
哈哈笑笑耽樂無窮……。

你看！那塘池上的短艇，隨風廻旋，
青年們的歌聲混混緩楫的風韻
悠然的飄着波光。

老翁喲！
只有你箕在榕樹下，
爲何無心，矚目瞟黃的天空？
——回想昔日新詩的殘夢。

短歌

心帆集(二)

林淸泉

△△

在永恆的宇宙裏
心繞成一個圈

△△

路永遠讓人踏過
不求酬報

△△

燈在漫漫的長夜
伸出火舌，等待星的一吻

△△

楊柳低垂着頭
想得到湖水的青睞

△△

玫瑰以花傲人
用刺護衛自己

△△

當智慧與眞理結伴時
憂便創造了完美

△△

花朵露出臉
鶯善說：「春來了。」

△△

雲朵任意在空中飄泊
忘了有家

△△

夜是情人留下的夢境
給星星月亮裝飾用的

△△

生活如被禁錮的囚犯
是一場衝不破的夢境

△△

月亮羞赧地揭開面紗
向大地的情人嫣然一笑

△△

夜空穿着一身綴滿星星的衣服
向大地儘情的炫耀

△△

思想在吶喊時永無回應
却在沈默裏投進了懷抱

△△

死是燃盡的臘燭
裊裊的吹煙

△△

蛾呵！愛的代價
不過是一種犧牲

△△

生命在哭笑之間延展
從現實夢幻之中消失

△△

影子是與生俱來的諂媚者
却在黑暗裏消失無蹤

△△

燃着的火柴驕傲說
「我的犧牲是有代價的。」

△△

眞理通過邪惡的考驗
益顯得眞理的光芒

△△

「你爲什麼這麼魯鈍？」刀鋒笑刀鞘
「你的鋒芒却要我保護啊！」刀鞘說

△△

偉大與渺小結伴同行
我擠到他們的中間

△△

風向流水打招呼
流水報她以歌唱

△△

弓在叮嚀待發的箭說：
「好好的邁向目標。」

△△

在微風裏
草便跳起舞來了

△△

在雨中
花不斷地向天空泣訴

△△

不管你是誰
我都負荷着很多的債務

△△

像兩顆星相逢在黑夜裏
白天一到，便分離了

△△

螢火蟲並不因光芒太弱
而不敢出理在大地上

△△

上帝用愛創造了宇宙
人類用愛完成了自己

△△

爭辯使觀點拉長了距離
却在諒解下貼在一起

△△

在漫漫的長夜裏
我從沉思中點亮了心燈

△△

信念在心靈深處萌芽
等待着生命曙光出現

△△

從失敗中我回到自己的巢窠
却隱然看見成功在向我招呼

△△

月亮接替太陽在黑夜工作
並不羞怯地向太陽借光

△△

太陽的光輝所到之處
偉大的愛心也在那裏

△△

一隻蝴蝶吻着花心
「啊！我懂得愛情的奧秘了。」

△△

美必須與醜作伴
才能顯出美的價值

△△

詩人徒然擲筆嘆息
「不要失望，我還在你的身邊呢？」靈感說

△△

孕婦羞怯地望着肚子
「你終於來了，孩子。」

△△

慾望在大聲吶喊
「我要摘下星星綴我的夢。」

△△

「愛心啊！你在那裏？」
「喊我的人啊！我就在你心裏呢？」

△△

裝滿愛的船航過生命之海
駛向美的彼岸

△△

愛神永與寬恕結伴
施捨比佔有更有福

△△

黎明的一剎最黑暗
越大的挫折越接近成功

△△

最甜的果實往往含有酸味

最大的幸福是從痛苦中換來的

△△

珍惜啊！少女，妳顧影自憐
花開花落，瞬息即逝

△△

太陽用光敲開世界之門
上帝用愛充實人類的心

△△

我雖然穿着華麗的外套
但我却喜愛貼身的內衣

△△

假如沒有知音的人
大音樂家的演奏就成了噪音

△△

「死亡啊！我離我多遠？」
「生命啊！我隨時在招喚你呢？」

△△

夢裏把假的當眞的
醒時却把眞的當假的

△△

「是誰把火種傳給人間？」
「是我。」火柴說

△△

夕陽雖然一剎那便西落了
但留給人間的美是無限的

△△

無法反抗現實
忍耐 是工夫

△△

受苦是生的義務
享福是生的權利

△△

在白天看到自己的影子
却把它當作眞實的東西

△△

在世俗的名利前
許多人賤賣人格

△△

在黑暗中，我不害羞的赤裸着
在光明裏，我却把自己緊緊遮住

△△

旭日從東山露臉時
嫣然地向大地道一聲：「早安。」

△△

花兒的生命雖然那麼短促
但它却擁有了青春的滿足

△△

生命使我無限的留戀
因爲我是活在愛裏

△△

車輪揚起塵埃
塵埃却向大地誇耀它起飛

△△

這朵花睡着了
夢見一隻蝴蝶愛上它

△△

螢火蟲仰臉對星星說：「我們是姊妹吧！」
星星報以點頭微笑

△△

把思想透過筆尖寫在紙上
紙從不抱怨被刺痛的感覺

△△

「誰在操縱我的命運？」
「是你自己啊！它在你的手中。」

△△

當一天的時光的足音過去時
生命又被竊去了很多

△△

葉子抱怨陽光
總是催促露水離去

△△

花兒微笑的向這世界
陽光伸出兩臂擁抱她

△△

窗前的鳥兒在歌唱
我以詩的節拍應和

△△

「雨啊！你爲什麼流着淚？」
「是爲了洗盡人間的罪惡。」

△△

對一個耽於名慾的人
他永遠是與痛苦作伴

△△

在如霧的愛情路上，我追逐看
最後却發現走錯了方向

△△

扇因爲盛暑來到而高興
在涼秋却因被冷落而嘆息

△△

嬰兒的啼哭，老者的喟嘆
構成一幅人生動人的畫面

△△

從佈滿罪惡的人生甬道穿通
驀見至美的善在親切的招喚

△△

鳥兒棲在枝頭
不停的以歌聲取悅大地

△△

當我的筆尖開始流露愛時
我却懂得什麼是恨了

日本現代詩選

陳秀喜譯

嶋岡晨作品

旅途的開始

誰都不曾使用的鋼筆
我緊緊抓住
在白頁上用力劃直線
從那兒我的夢迸開
誰都不曾走過的雪路
我邊叫邊跳去
鮮明地印上我的脚跡
從那兒我的旅途便開始
誰都不曾乘過的摩托車，
我跳上乘它
直衝去追跡看不見的巨大獵物
從那兒我的人生開始歌唱
嶄新的太陽
打我底心臟的大鼓！

關係

有了樹
鳥兒才有休息的地方
這樣的想法
可說是樹的傲慢

幻之牛

請牽着　幻之牛
今天又是
在荒地上看到
稻的花
鞭的波

青的落葉

一枚葉子
比思考的手掌更大
比一個疲憊的人生更重
黏着地面上

一枚葉子的裏面
未枯萎而還是青青的生命中
被掉下來的一枚葉子裡面
自然的全呻吟的聲音潛在着

一枚葉子的裏面　明天也有
被蟲蝕的太陽沉下去

然而　後天
把葉子還給原來的枝椏
還給太陽以完璧的姿態
不然　我們的眼睛會腐臭

簽名

如扛着未來　扛着道具
我們登上去　在雪山上
爲着
人的最初的簽名

目眩的樹冰沉默中也有
傾耳能聽見
看不到的嫩葉跟鳥兒們的鼓翼

要忍耐之後
始有歡悅的合唱展出之日
脚跡已明白的

綱索

幸福者的髮上都有
不幸者的肩上都有
　雪在下着
　不斷地下着
我們共在一隻渡舟上
默默地渡涉命運之川
背負的包袱之上
　雪不斷地下着
　（包袱裏也有小洋娃娃睡着）
摸索着看不見的一條「生命之網」

忍住着寒冷渡涉
在後天之岸
到達的希望之上
雪不斷地下着

冬季的畫板

北風之中
有一個看不見的大漢畫家
有一天的早晨　突然
大漢爬到昨天的自然的畫板
塗盡爲白色
然後　把我們的軀體做爲畫筆
劃强烈的線條
吹着口哨
讓黑線條押着走
無意中
筆尖拌和着春的光

潮風

讓跳動的少女們
洗白白的裸脚的波浪也有
春的感觸
在年青的生命之諸光亮着
把小貝殼拾走
雖是小小的却做希望的確證
到水平線的那邊
潮風會送來
讓帆懷孕的（楊帆）
青的時間

吊橋

活下去的嚴肅
吊橋不斷地爲不安而搖動
可是不必怕懼
看不見的善意的大手
正在支撑着親愛的人們之時
危險的溪流和
我們的貨車
給與彼岸的幸福
更使青青繁盛

譯自詩集「單純的愛」
一九七四年五月一日出版

黃郁銓（皇篁）紀念小輯

手的邏輯

一、

躺在蔓草中
輕輕揮動的那隻手
居然訴苦着
伊的萎頓

在貧瘠的胸口
栽花的那隻手
居然無助的
望着
緩緩昇起的
血色
很夏了哪
在暗慘的空中
伊的那隻手
猶自抱着
零亂的
錦繡

二、

牆頭一排
退潮後的黃昏
掙扎着
零零散散
躺在我的手中

我的手中
躺着戰爭
躺着斷劍
躺着溫柔
躺着荒誕的
一些情人的誓言

一些塵土一些玫瑰花
以及一些情人的誓言
開在我的手中

三、

森林
的
感覺
雨
的
感覺
珠噪
的

感覺
等等

六〇、一二、一二龍族詩刊

翩翩

在湖上網成一片美麗的夜霧
戀綣於黃昏的雨煙
一如傳說
一如神話

翩翩的羽翼
只爲回歸 只爲守望
八月，
我楚楚的秋色
是漸行漸遠悄悄的風景

而一切是如此靜默
遠方才是我的天涯
遙遠而冷冽的天涯呵
可也有我愛的一抹殘陽

從神話中走出
從傳說中走出
回首自己湖中的身影
已成夜霧中一盞明滅的
燈

六一、六、二五中國時報人間副刊

故鄉

列車便行過你的胸膛
繞着雲蔭 繞着
孤單的一條流水
在我們的土地
我們走着
急急的
步入你胸膛跳躍的落日
跌落在泥土中的一片葉子
是我們的舊識
列車行過你的胸膛
便噪然唱出一支歌來
我們的葉子也紛紛站立
望着舊識的天空
舊識的 你溫暖的雙手

也曾流着濕濕的淚
溫溫的一條流水
在我們的土地
讓我夢一回——你雄渾的四體

哦，列車便步入溫暖的我們的土地
你也唱着歌麼?

永響

1.

一株松

在心的底層
在遙遙遠遠的地域
大風湧動
撲騰着黑暗的川流
除了潮汐拍岸
還有冷冷的星

我們唱着歌
拉着縴
溯川而上
望

一株芒刺的松
枝椏怒張
在我們黧黑的臉上
飲盡淚水
及一條長長的
鹽道

2.

傍着鄉雲
凝視自己被遺忘的
未完成的身軀
攔腰截成一瘦瘦的河
細細訴苦
細細說着母親的名字
——多麼熟稔的節奏
睡吧，在母親的懷抱

那兒，火紅的天
以及激越的野風
我看見無聲的樹
　無聲的花
那兒，我的母親睏着

傍着鄉雲
我是荒野唯一的河心

書房窗外的景色

景色之一

樹聲
鳥聲
一隻老母鷄繞着伊生產的卵咯咯叫
天涼
好個
秋
（老天，祢是否也有什麼憂愁為何一大早就陰白着臉?）
望過一地空曠
樹聲　啞了
鳥叫　去了
鷄啼　靜了
像我晏起的臉色
沒有享着一絲溫暖

景色之二

說不回家的鄉人的小孩

說去流浪的鄰家的小孩
在那兒垂着頭
垂成一朵小黃花的模樣
媽媽說：
傻孩子，乖孩子，媽媽疼
整個窗外只留住一句話
我再也不走了！
我也這樣說過
你也這樣說過

一九七三、六、大地詩刊第五期

黃郁銓小傳

黃郁昌

黃郁銓，彰化縣鹿港鎮人，生在民國三十八年，那正是多難的日子。對國家對個人而言，就在那一刻，共同承負了苦難的歷史命運。我們一次次地面臨艱難困苦，然後也在這一次次的考驗中茁壯長大。郁銓從風雨困頓中走出來，所以他的作爲就是這個時代的典型。

他的出生地是臺北，而非故鄉鹿港。在他的一篇散文——帆的記憶，記載了鹿港的種種，但是日趨沒落的小鎮使他的父母很早就出外謀生，又因爲父親職務上的關係，經常調動，所以他們就像船舶註定四處漂泊，臺北、士林、虎尾、枋寮、竹山、埔里都留有他們駐足的痕迹。他的幼年就在適應新環境，結交新朋友的忙碌中渡過。因此他的心靈變得比別人更敏銳。

他藝術生命的眞正開始，是在民國五十八年，即進入中國文化學院新聞系就讀那年。那時他已經懂得如何將敏銳的心靈應用到寫作方面，他用皇篁的筆名，在報章雜誌和詩刊上發表詩作、散文、小說。並當過幾個刊物、如華岡詩刊的主編。六十一年，他在詩方面的努力，終於獲選全國優秀青年詩人獎。同年和幾位詩友同設大地詩社，出版大地詩刊。詩，就是他的生命，他用他的生命寫詩，每行詩句就是他嘔血的結晶。

他的身體正如他在生命樹詩裏自我的描寫——窄窄狹狹的雙肩。他身體的羸弱，主要是國校時的一場腿病關節炎疾病。那場大病在庸醫的延誤下，遂併發爲風濕性的心臟病，這個病像幽靈支配了他以後的生命。但是他仍然不屈不撓，化痛苦成藝術的結晶。民國六十三年他爲求一勞永逸，而作徹底的治療。三月五日在榮總作心臟換膜手術，當時手術成功，過了十九天卽二十四日，大家正準備替他作慶生會時，却在夜裏九時一刻突然去逝。急驟的二十五中，竟然是他生命樂章的全部。

時代的苦難，精神的煎熬，內體的苦楚，樣樣都未能動搖他的心意。他一生都在忙碌，爲國家、家庭和自已肩負一切的責任。如今他死了，他是不會被擊敗的，但是他的死，我們又能說些什麼。

詩人的備忘錄

錦連譯

現代詩一般地被認爲難懂。說極端一點，甚至淪爲像特殊部落的隱語一般。因此，有時被認爲是孤立於社會之外的存在。

但是詩本來就是企圖將不成語言的經驗變成爲語言的。就這點來說，它本來就有趨於難懂的傾向，同時，難懂也不僅是現代詩的問題。

今天易懂的文章一般地受到鼓勵以外，把懂誤認爲高尙的風氣，似乎仍然不絕於跡。

大部份的流行歌是以類型化了的極少數的語彙來組成的。那裏盡是「星星」「霧」「波浪」或「夢」「愛」「風采」，加上「眼淚」「窗戶」「港口」，不然就是有時「哭泣」「認命」「離別」「苦楚」或「寂寞」一下。

現代詩與流行歌之間是完全沒有關係的。詩人與作詞家似乎毫無相關的生活於各別的世界。然而在一部份現代詩裏面，確實也有可以指出語彙類型化的一面。

一般常識上的所謂詩性，則報刊雜誌上所使用的「詩性」的字眼沉湎於傷感氣氛的，會使在日常的利害關係中度日的人，於一瞬之間變成詩人的「某些事物」。它與「立於能俯瞰海港的丘陵上」或與「在黃昏的巷子裏感到孤獨」之類是一味相通的。

對現代詩人來說，已經早就沒有所謂「詩性」的了。類似谿谷的孤獨等等——現在已經沒有特別其本身就是「詩性」的了。也許常識性地被慣用下來的「詩性」的事物，對詩人已經變成毫無意義這事實中，有內涵着要了解現代詩的重要關鍵。

會使人沉湎於傷感氣氛的，換句話說，在所謂「詩性」的事物能成爲詩的主題之時代，爲了要修飾這種氣氛，詩的語言就採取了相宜的詩型。直喻與暗喻也就相應地服務於這種「詩性」。

所謂「詩性」的世界，已經崩潰，現代的詩，勿寧是所謂「詩性」的相反了。

我們時代裏的中國詩(七)

林亨泰

貳拾柒

本章的討論不變地一直以「血統」爲追求的焦點，到現在爲止，前文已討論了三位詩人的作品，而這些詩人都虔誠地各以屬於他們自已的方式——余光中乃以「歷史感覺」，錦連卽以「形而上思考」，而桓夫却以「現實觀」——去接觸了中國現有的過去，或中國已失去的現在，乃至中國尙未完成的未來等事實。

現在，再藉另一位詩人的作品——卽以白萩的一首詩「雁」（選自詩集『天空象徵』，一九六九年六月出版，田園出版社）爲根據，繼續向讀者提出詩人們在「血統」這力上所做的「回歸」乃至「認同」的努力。

雁　　白萩

我們仍然活着。仍然要飛行
在無邊際的天空
地平線長久在遠處退縮地引逗着我們
活着。不斷地追逐
感覺它已接近而抬眼還是那麼遠離

天空　是我們祖先飛過的天空。
廣大虛無如一句不變的叮嚀

我們還是如祖先的翅膀。鼓在風上
繼續着一個意志陷入一個不完的魘夢

在黑色的大地與
奥藍而没有底部的天空之間
前途只是一條地平線
逗引着我們
我們將緩緩地在追逐中死去，死去如
夕陽不知覺的冷去。仍然要飛行
繼續懸空在無際涯的中間孤獨如風中的一葉

而冷冷的雲翳
冷冷地注視着我們。

貳拾捌

首先，我們應該探討的是這位詩人在此詩中如何處理他自己作品中——亦卽在他精神意識中——的「時間」，因爲瞭解詩人「如何處理時間」不但能明白今日現代詩的重要課題到底是什麼，同時，亦能從現代詩人的這樣手法中窺探出詩人意識的眞正流向與强調點之所在。

毫無疑問的，詩中的「時間」當然有異於普通的時間，很明顯的是：詩精神總不會跟着鐘錶計時的滴答答而律動，詩行爲也不會按着日曆循序的一張張而進展吧！詩中的「時間」

是一種非常特殊的存在，它隨着詩人意識的强弱而時長時短，它完全可以獨立於計時工具的計量而繼起而消失的。現在，我們一方面與前述的三位詩人——卽余光中、錦連和桓夫等作品之詩中的時間作比較，一方面則針對白萩的這首詩來進行探討吧。

貳拾玖

對於余光中「敲打樂」這首詩的時間，我曾在本章前文中約略地指出其「過去性」與「現在性」之間的「短路關係」（註：據電學名詞而言，是指「元素的兩端被低電阻跨接致使其效應大爲改變」。就普通意義而言，乃指「半路上截住打刼」），一般詩中的這種關係只好也只能如此表現於「現在性」的這種狀況中的。誠然，他不但一開始就「風信子和蒲公英／／國殤日後仍然不快樂／／不快樂，不快樂，不快樂」地展開了他的這首詩，並且，此後也一直都保持了此種「現在性」特別濃厚的基調而不變，但在另一方面却巧妙而反覆地挿進了以「中國中國」開頭的許多變化的重複句子，以此喚起了「過去性」而不得不令讀者要忍不住地返顧追溯一下中國多難的過去。在詩中所流動的，不是由過去而現在的「史的時間」，而是由現在而過去的「詩的時間」。

但，貫穿在白萩「雁」這首詩的，雖然也帶上一點「過去性」，譬如第一段開頭「我們仍然活着。仍然要飛行」的一句中所謂「仍然」，它隱約地藏匿有「過去性」，第二段「天空還是我們祖先飛過的天空。／／廣大虛無如一句不變的叮嚀／／我們還是如祖先的翅膀。鼓在風上／／繼續着一個意志陷入一個不完的魘夢」的整段詩句的表現也清楚地表白出「現在性」與「過去性」的緊密關聯，但，微妙而令人叫絕的是：流露在這首詩中的「現在性」與「現在性」與「過去性」都是出奇的稀薄。而造成這種情勢的主要原因，我認爲是由於「過去性」與「現在性」已被「未來性」所吸收盡淨而起的。反過來說，這也是不斷地由「過去」之可能性來肯定「過去」，不斷地由「現在」之可能性來確認「現在」的緣故，這乃是由未來而現在或過去的一種時間觀念。

叁拾

根據錦連已在「挖掘」這首詩中所表示的——諸如「在體內的血統裏我們尋找着祖先們的影子」（第一段）乃至「站在存在的河邊我們仍執拗地挖掘着∥一如我們的祖先我們仍執拗地等待着」（第三段）等——詩句看來，此詩中似乎也流動着一種由現在而過去（卽指「尋找着祖先們的影子」）或者一種由現在而未來（卽指「執拗地等待着」）的時間觀念，但，由於「對我們他們的臉孔和體臭竟是如此的陌生」（第二段）乃至「這麼久？這麼久爲什麼∥我們總是碰到水∥在流失的過程中將腐爛一切的那種水」（第五段）的心態所致，此詩中所佔的「過去性」與「未來性」的份量實際上都並不太大。「尋找」其所能得到的旣認爲「竟是如此的陌生」，又「等待」其所能得到的也認爲只是「在流失的過程中將腐爛一切的」，由此，它只好不問收穫地「我們只有挖掘∥我們只有執拗地挖掘∥一如我們的祖先不許流淚」（第七段）地下去。這不外就是作者固執於「現在性」的一種時間觀念。

然而，根據白萩在「雁」這首詩中所表示的却是「我們仍然活着。仍然要飛行∥在無邊際的天空∥地平線長久在遠處退縮地引逗着我們∥活着。不斷地追逐∥感覺它已接近而抬眼還是那麼遠離」（第一段），雖然，白萩與錦連都同樣地懷念甚至認命於「祖先」——不管是白萩的「天空還是我們祖先飛過的天空」（第二段）抑或錦連的「在體內的血統裏尋找着祖先的影子」（第一段），此外，還有一個共同點，他們都感到有「自我疏外感」——不管是白萩的「而冷冷的雲翳∥冷冷地注視着我們。」（第四段）抑或錦連的「面對這冷漠而陌生的世界」（第六段），兩者都有共同的敏感性與現代的體質，但是由於白萩藉以「飛行」這詩意象以及錦連藉以「挖掘」這詩意象所具有的意境相異其趣，因此，白萩的「雁」這首詩與錦連的「挖掘」這首詩之間自然也就有迥然不同的「時間感覺」了，反過來說，儘管讓主題再接近，再相似，只要在「時間處理」上有特殊的調度，亦能創出別具一格的好詩來的。

郭亞夫

評介陳秀喜詩集——「覆葉」

一般而言，具有悲劇性格的文學作品通常是比較爲人所共鳴的，特別在有效地灌注了人類眞情的揮發，而成爲一件壯美的陳述，使人「痛覺」它悲切的神情於一霎那之間裸呈，就在這短暫而永恒的視感交溶的一刻，人們是避免不了久久的激動與回味。事實爲什麼悲劇神情較易爲人着迷和難忘，無疑正是因爲美的事物通常並不是由於「完美」起源，在人類審美心靈的運動當中，不完美極易造成悲壯的感情，不完美乃是悲情的起源吧，人們最能容忍的殘缺似乎也只有這一種。而無論是接受悲情或給予悲情也罷，有一點共同的情況是這樣的：不斷地感動，不斷地在感動。

詩的悲劇氣氛同樣地仍爲現代的詩人所掌握，也許只是他們所執着的位置和方向不同而已，嚴肅或輕佻，眞摯或嘲諷，……也就建立了詩之多樣性的感度，成爲詩的評斷價值之一。固之當可斷言現代詩在情感的樹立上仍有其重要的構成條件；情感仍舊是一種美，是我們所急於要感受的。至少就我個人而言，無法不承認一首感情生動且深刻的詩能引起我的悲劇神情——假如它有意這樣的話。那麼無疑在這方面是一首成功的詩。我們應當怕的只是它的眞摯性是否能夠眞正地擔當起它所要表揚的實感水準。

陳秀喜的詩就常常給予我一個感想：如果要是就一般詩的高度知識內容來進行審判她的優劣，也許她會有失敗的時候，但要是說就此情感的光輝來映照她底臉，那會是一張很漂亮而時時刻刻令人愛戀的臉。從她平樸的語言態度而言，自無對詩作諂媚的必要，因此在我的

眼光看來，她是一位脚踏實地的詩人，顯然她不會故作飛蛾撲火的姿勢吧？她只是淡淡地，把心裏面一股豐富的情感，投注於詩的營造上，憑着作爲一位女性詩人的靈悟，將那些豐富的情感，直覺或感知地變成一股親情的熱血。在那些詩裏面經常放射着一種女人特性的生活（與生命的）意識、態度、或經驗，而且它要逼着你：不斷地感動着。

我曾說過我要引她的第一本中文詩集「覆葉」作爲見證。

爲了求證陳秀喜的詩，難免大家都要提起「母性」，而事實母性的愛正足以涵納世間美的光輝，除此而外，作爲一個女性詩人，不得不具有一切「母親的」敏感，而且甚於要超越這種鋒銳的情懷。在做爲本詩集之書名的這首「覆葉」裏：

倘若　生命是一株樹
不是爲着伸向天庭
只爲了脆弱的嫩葉快快茁長

不難讓我們以爲陳秀喜强烈的母性感是不能泯滅的，甚至在「嫩葉」一詩裏也强烈地暗示了身爲一個母親，不但要有自覺，而且也要懂得犧牲與奉獻。我們不必說她偉大，因爲詩是可以從容地從各種客觀的角度來游說，我們似乎只要歸納於一個問題：爲什麼我們的男性詩人就沒有能够寫出一首父性的詩來？甚至一般的女詩人亦然。可見陳秀喜一直不忘這份情操的自持，正是詩人所以難能可貴的地方。

兒子遭遇車禍
樹不爲我招手
世界無助於我
行人無助於我
揑着沒有力的拳頭吞吐歎息

倘若能乘上閃光多好

老早就趕到現場
倘若能乘上破曉的曙光多好
老早就趕到醫院的窗口

白紗布紮不住血
頭破腿斷瀕死的是我
我的血哀喚着兒子的乳名
——乖乖等候我　等候我
（趕路）

在一段匆忙而焦切的路程，在一次無助而不被瞭解的心情之後，兒子遭遇車禍的血，也是母親的血，詩人心目中所操持的這樣的溶合，已然造就了一首詩的動力，「乖乖等候我等候我」如此深深地打進讀者的有情世界，引起有意設置的共鳴，而且都能適時適地，我一直以為作者最大的技巧就在此。作者的詩通常是在一番預先的咀嚼後再求創作，因之在詩內裏隱藏着四通八達的意象設計，所有的指涉物都可以襯陪得宜，相得益彰，由於這樣的佈飾，以便增加詩思想的份量是不妨為大家所採取的。

想抱住父親痛哭一場
却觸及到
硬且冷漠的碑石

熟悉的姓名
被燙金的文字裝扮成陌生的顏面
有人抱着哀哭
我却為之愕然

背向碑石
鄉里的山啊
却如此儼然
拒我於清明的風中

蹲在堇花旁
憂思的紫色啊！
咬碎了晨間的露珠
心中反覆着：
碑石不是我父親
碑石不是我父親

（今年掃墓時）

這首詩實在可以說是痛定思痛了。父親竟是一塊硬及冷漠的碑石嗎？堇花咬碎了晨間的露珠，那該是作者當時心情的憂悽所造成的「幻像」，也或許該說是一種實像的感受吧。對於整首詩而言，單一的意象所重複的反而不是單一的語言，所謂抽象的聯繫也只有在幻像的實感裏才能存在，除非詩人本身當時的詩意志已達到飽和，否則鬆懈的心象片段並不一定能產生優美的聯想。

心馳跫音的黃昏
客人應該來的時候了
我翹望妳的到來

忽然接到一件禮物
如觸電流
自那筆跡察知妳不來的消息

我抑制顫抖的心
妳竟變成一件呢衣料
暖和如小鵝毛
黃玫瑰花瓣的顏色

啊！多麼渴念妳代替這件禮物同到我的懷抱
默然低問：
「買你的人兒臉色可好？如意否？」
它不回答我
從溫暖我顫抖的雙手
不禁淚滴在呢衣料上
望禮物如秋天的顏面
望禮物如沉重的岩石

而生日晚餐
我失望的心便急急啓程
奔赴向妳

（生日禮物）

這比較屬於誇張性質的作品，却不難讓我們洞悉了作者的創作基礎和詩觀念，通常說，詩的內力應是不斷地在呈示的程序上綿綿滾動着，就像河水的流動一樣，凡遇水便成渠。詩的聯繫力常常給予我們有着暢洩無阻的快感，尤其在詩質或組織上，左右逢源的事就意象流通而言是不可敗退的，詩人所擁有的詩心該是個體的團體，團體的個體，而非個體的個體，團體的團體——無論就哪一方面來說。詩的外觀顯然是較屬於發洩的，而詩的內容便是凝聚

的組合吧？

再看看陳秀喜如何期盼女兒的「歸來」：

自妳離開我
家裏的每一件東西都出現妳
展綿花的翅膀
等待妳歸來

如今不是幻影
失意的妳露出笑容　奔向我
欣悅的我却咬着上唇　走近妳
涙珠映着妳貪血的嘴唇
涙珠映着妳散亂的黑髮
驚喜和心痛的刹那
衝口說
「我做一道妳最喜歡的菜好嗎」
（而强忍住欲哭的嚎聲）

妳歸來
整個世紀的春天一齊飛進來
凄冷的寒風已從後門溜走
（歸來）

這和「生日禮物」所穿插的心裏過程是相同的，但前者爲時較長，後者爲時較短；前者像流水滾動，遇水成渠，有一種低暢的感傷，後者却像瀑布直下，尤其在「驚喜和心痛的刹那　衝口說：『我做一道妳最喜歡的菜好嗎』（而强忍住欲哭的嚎聲）」似乎是突然而然

地，把全身的情感中心緊緊地拴在那地方——然後：不斷地感動。

在「覆葉」裏較爲特殊的如這首「等候」

心比路燈還早

就點燃「等候」

好幾次打開窗

巷口却給我失望

匆忙的脚走向別人的家

蝙蝠的飛舞

有時覺得好奇

此刻却不值一瞥

反而

懷疑牠們是

增加心焦的罪魁

窗邊的「等候」逐漸

埋怨落日

爲何昏暗得這麼快！

（等候）

我之指爲「特殊」的原因，無非是這首詩所擬集的感情面目較平靜（雖然說心心焦躁）。作者這本書裏大都是有著濃烈的感情或感傷的調子呢。

「心比路燈還早」，以及懷疑蝙蝠的飛舞是增加心焦的罪魁，乃是一個有趣，穩重而創新的方法。詩的工具當指那些時時刻刻在一個不變的秩序裏變動着的有機物（包括語言在內），否則詩的工具又何嘗能够擔當創作的永久任務？我以爲「等候」是作者較有把握，較爲完整的一首。

作者的不完整在於語言的浪費，幾乎每位屬於「跨越語言的一代」都有着這種通病，語言的浪費對於詩而言，的確是造成最沉悶的失敗了，官長感屬詩忌。當然，假使我們端賴文字使用的多寡為判定語言駕馭的優劣是不公允的，但我們相信多半的「詩語言」是意象與心象有意連繫而節省了文字才是高明的。新以「覆葉」「書裏」「父母心」，「透視」「晒壽衣的母親」、「爹！請您讓我重述您的事」等幾首佳作顯然是吃點虧了。

僅從一般的知識探求也罷，語言是不該受到文字的干涉，但我們可以認為文字的有效或無效地運用，對於語言的彈性具有考驗的性格，文字也並不表示字彙的運用，就詩人而論，「文字」所涉及的語言層次較語言所賴以創造的「感覺」成因為實在，詩的文字是感覺的文字，而非文字的文字；而感覺由「搜索」源起，憑着文字的表達之傳統功能輪次表現，表現若乎由於語言的指使，則文字當必供語言的驅使乃無疑問。我們當無須信憑文字卽語言之說，而確實也是如此，但語言不能沒有文字。所以文字運用的探討不能使之成為冷門。

從感覺出發的語言，其文字仍必經由感覺的調整。濫用與不合時宜的情況造成文字的末日。

如今你擁有美麗的花園
茉莉花開放在你的足旁
我也擁有茶飯的江山
君臨這個可愛的厨房
我是你鄰居怕羞的少女
不知愁只怕羞
更怕穿過牆射來的少年深情的眸光
追思往事
你給我的青棗子酸甜的滋味湧上
當我飄然探訪南方的小鎭

只有你是認識的鎮民
然而鎮上的人我都覺得可親

自從彩色的夢被一座低牆隔離了三十年
初次在你的花園共遊
當年偏愛揷上茉莉花的兩條辮子
已成稀疏的短髮
怎能再配上那不變的芬芳
如今茉莉花開滿你的足傍
喚起了我漠然的妒意
揮手向你的笑容道別
踏上宿命的軌道
青棗子酸甜的滋味又湧上

（重逢）

在不深進說到「詩語言」的時候，這首「重逢」文字的運用和調理與她另一首最具也是唯一具純抒情性的「憐惜這一小片的春」同屬「覆葉」諸作之翹楚了。雖然在「詩感覺」的領域裏，這並非一首佳作，但情愫的輾轉呈現，由於文字的跳動與連綴而成立，也算是可讀的詩。

比較有趣的對照，當是她的處女作「思春期」和收錄在最後一首的作品「愛情」，居然對愛情作了兩種性質不同的感受與闡釋，也許是因爲年歲的關係。前者似乎勇者，後者似乎淑女；「思春期」可謂無技巧了，但「愛情」的藉鳥，樹枝、勳章、夕陽等的隱喩，却固執地奏出了一個天眞而和諧的曲子。

一隻奇異的鳥飛翔而來
後有一定的途徑

不知何時　它來自何方
並不是尋巢而飛來

樹枝不曾擺過拒絕的姿態
向天空　像要些什麼的手
如果那隻鳥飛來樹枝上
樹枝會情願地承擔
最美好的粧飾
而且希望從此這隻鳥沒有翅膀
樹枝心願變成堅牢的鎖
因爲奇異的鳥在樹枝上
比勳章更輝煌
比夕陽懸在樹梢　更確實的存在

樹枝等待一隻奇異的鳥　　　　　（愛情）

感覺性的詩有着它特殊的方法，也就是因爲「搜索」的角度之不同與目標之不同的緣故，一般「感覺」的說法，主要是「感」別人之不易「覺」的，這種新的經驗一旦被挖掘到詩的領域來，自與繪畫的風格成了顯明的對比。詩是要淺入深出，畫則要深入淺出，藏術的傳統通常還是帶有一點各自爲政的淵別。一如「小皮球」這首詩，作者是對於小皮球所下的意識在經歷着一番「新感覺的整理」之前就已決定了搜索的角度，而這是一個很好而富創意的角度，落筆彷彿是不費力氣的吧，然而她畢竟是說了一件「很不平常的常事」呢！

同室的朋友爲數一打
其中我最幸運
那隻大手掌看上我說：
「這一個的彈力最好」
小妹妹可愛的小手一拍
我跳得比她還高

要讓她高興
不辜負大手掌的賞識
我更起勁地 跳 跳 跳
有時碰到桌子角或椅子上
順便滾入沙發下 床下

小妹妹不會捉迷藏
看不到我就叫 要我
馬上大手掌會來抓我
小妹妹午睡時也抱着我
可是大手掌竟把我放進黑暗的角落
並且說：「跳來跳去 滾來滾去 眞討厭」
我不知錯在那裏
我知道最幸運並不是最幸福
從此我沒有和妹妹再見面

（小皮球）

強調「不斷感動」的此一情況首先是在語言上的直接印象成爲一種感覺的必需，假使詩人在語言上已採取了正確的態度，那麼這語言作爲思考的前提，還有一點尚待商榷以便定品的該是它的張力的研究了。而陳秀喜在此一關鍵顯然是隱藏着一個危機。

彈性不足的語言態度嘗使詩的內斂力缺乏之聯繫中樞，而呈現張力的衰弛。張力不足的結果使得語言在彈力的要求性上無法竟功，產生了平舖直敍的病詬。唯口語是沒有彈性的，因它不須張力的存在理由來詮釋口語的動機，但詩的語言則是一種知識的動機，反而需要張力的牽制才能使內歛力量的動源發生得近乎含蓄狀態，而更完美。

陳秀喜果然是缺乏張力的表現，乃至形成以無限的心象心理去造成有限的語言心象，而不知利用張力的彈性功能去實現更多與最好的語言態度。僅流落於簡單的寫作形式之中，便產生程序性的滯動，這種語言的浪費是不得法的。

然則退一步而言，所謂「跨越語言的一代」顧名思義在語言的操作上是有著根本性的缺陷，我們是可以原諒她的吧？我宣佈一顆「想詩的心」乃是陳秀喜女士一直在這種半百年歲裏仍舊擇善固執的唯一目標和理由，這是多麼令人感動與欽佩。

惡之華

波特萊爾著
杜國清譯

LES

FLEURS DU MAL

PAR

CHARLES BAUDELAIRE

On dit qu'il faut couler les exécrables choses
Dans le puits de l'oubli et au sépulchre encloses,
Et que par les escrits le mal ressuscité
Infectera les mœurs de la postérité,
Mais le vice n'a point pour mère la science,
Et la vertu n'est pas fille de l'ignorance.

(Théodore Agrippa d'Aubigné, *Les Tragiques*, liv. II.)

PARIS
POULET-MALASSIS ET DE BROISE
LIBRAIRES-ÉDITEURS
4, rue de Buci.

1857.

61　給生長在殖民地的一位夫人

在那太陽愛撫的芬芳的南國島間，
在那傾注懶散之情於人眼的棕樹，
以及染成濃紅的樹林的華蓋下面，
我認識一位夫人，美艷人所未知。

臉色蒼白而溫熱，這褐髮的妖婦，
頸子間具有一種雍容高貴的風情；
碩壯且輕快，當她走路像個獵戶，
她的微笑穩靜，自信充滿着眼睛。

夫人喲妳若想到眞正的榮耀之國，
在塞納河畔或靠近濃綠的羅亞河，
適宜裝飾古代領主邸宅的美人喲，

妳將在那濃蔭深處的綠屋下隱居，
使詩人們心中萌芽出成千的詩句，
妳那大眼珠使他們比黑奴更馴柔。

62　憂愁與放浪

告訴我阿佳黛妳心是否有時飛逃，
遙遙地從這污濁都市的黑色大洋，
到另一大洋，那兒光輝燦然照耀，
像處女性一般蔚藍、深湛、明亮？
告訴我阿佳黛妳心是否有時飛逃？

海，茫茫的海，安慰我們的勞苦！
是什麼惡魔賦與海這位嗄啞歌手，
以哼唱搖籃曲的這種崇高的任務，
而以怒號的風那大風琴作爲伴奏？
海，茫茫的海，安慰我們的勞苦！

帶我去喲列車！把我刼走喲快艇！
遠遠地！此地泥濘泡以咱們的淚！
——是否眞的，阿佳黛悲愁的心靈
有時叫道：遠離苦惱罪孽和恨悔，
帶我去喲列車！把我刼走喲快艇！

芬芳的樂園，妳那遠方多麼遠喲，
那兒在藍空下一切淨是愛與喜悅，
那兒人們喜愛的都是值得喜愛的，
那兒，在純潔的慾樂中心溺魂醉！
芬芳的樂園，妳那遠方多麼遠喲！

可是那童心無邪的愛的綠色樂園，
那競走，那歌唱，那接吻和花束，

那顫響的小提琴啊來自山丘那邊，
還有黃昏在樹叢裏傾酌的那酒壺，
—可是童心無邪的愛的綠色樂園，

那純眞的樂園，充滿秘密的歡悅，
如今是否比印度比中國更遙遠了？
我們能否以悲歎的叫喊將它喚回，
能否以銀亮的聲音使它再度復活，
那純眞的樂園，充滿秘密的歡悅？

註：阿佳黛（Agathe）是誰，臆測紛紜，未有定論。

63　幽魂

像褐眼珠的天使一樣，
我將再回到妳的閨房，
且將稍稍滑近妳身邊，
與夜的闇影同時出現；

我將給妳我栗色戀人，
冷冷如月的一些接吻，
以及在墓穴的出口處，
蠕動爬廻的蛇的愛撫。

當鉛色的早晨來臨時，
妳將發現我在的位置，
空空冷冷的直到日暮。

正像其他男人以柔情
加諸妳的青春和生命，
我呀我將君臨以恐怖。

64　秋的小曲

妳那清澄如水晶的眼對着我問：
奇怪的戀人，我有什麼好處？
保持美，閉嘴！除了古代動物
那種坦直外都不耐煩的我的心，

不願向妳明示它那地獄的秘密，
以搖籃的手誘我長眠的戀人喲，
或它那以火焰寫下的黑暗傳說。
我憎恨熱情而且才智使我厭膩！

讓我們靜靜相愛。愛、神在望樓
張着宿命之弓，埋伏着隱秘地。
我知道他那軍械古庫中的武器：

罪惡恐怖瘋狂—蒼白的雛菊喲！
妳豈不也是秋日，和我一樣地，
如此白如此冷的我的瑪格麗喲?

註：「雛菊」（Marguerite）與「瑪格麗」（Marguerite）是雙關語。至於瑪格麗是何許女性，也有種種臆測，莫衷一是。

65 月的悲哀

今夜，月以格外的安閑在做夢；
有如躺靠在一堆座墊上的美人，
以一隻漫不經心的纖手在撫弄，
於昏睡之前，她那胸乳的曲線。

在宣軟如頹雲的緞子的枕背上，
氣息轉弱逐漸陷入悠忽的睡境，
迷蒙間將眼光投到像花朵一樣，
冉冉地昇上青空的白色的幻影。

當偶爾在閑逸的慵懶中她滴落
一滴隱情的淚到這下界的地球，
一個虔誠的詩人，睡眠的宿敵，
承受這蒼白的淚珠於他的掌間：

反照着虹色，像貓眼石的破片，
將它珍藏在遠離太陽眼的心底。

非馬譯

土耳其 納京・喜克曼的詩

(NAZIM HIKMET 1920-1963)

譯者的話

在譯這些詩的時候，我常想：爲什麼寫這些奔放的，充滿了同情及愛心的作品的詩人會那麼嚮往一個容納不了索忍尼辛的國度？

這些緊扣心弦的簡單而美麗的詩，這些深深介入現實與人生的詩，也許正是我們這個時代最需要但却最缺乏的吧！我們需要許多有理想有抱負、敢說敢做的詩人，從內心裏鼓舞人們，去向社會的不平不合理挑戰，向人性的自私懦弱挑戰。只有這樣，我們才有希望過一個現代人應該過的生活。

這些詩是從英譯本翻譯過來的，同原文自免不了有出入。納京・喜克曼有一次說過：「我不相信譯詩是可能的。但我眞的並不在乎人家把我的詩譯成散文，只要他不企圖改變我的原意。」我相信英譯者(TANER BAYBARS)同我都努力想做到不改變作者原意這一點。

一九七四、四月于芝加哥

關於作者

納京・喜克曼（NAZIM HIKMET）於一九〇二年出生在當時土耳其的SOLONIKA。一九一八年離開他受教育的海軍學校。同年發表了他的第一首詩。一九二一年離開土耳其到莫斯科大學攻讀法文、物理及化學。四年後返回土耳其。他在一九二八年到一九三三年間曾多次入獄。一九三八年因政治原因被判刑三十五年。經過一九四九年國際知識份子的活動及次年他自己的絕食，他終於在一九五一年被釋出獄。之後他去俄國，而於一九六三年在莫斯科去世。

他被公認爲同聶魯達（NERUDA）及羅卡（LORCA）一代的主要詩人之一。無疑地他是土耳其唯一在世時得到國際聲譽的詩人。五十年代後期曾有被提名諾貝爾獎的謠言，但可惜只是謠言而已。

在鐵籠裏的獅子

看那在鐵籠裏的獅子，
深深看進牠的眼裏去：
　像兩支出鞘的匕首
　閃着怒光。
但牠從未失去牠的威嚴
　雖然牠的忿怒
　來了又去
　　去了又來。
你找不到一個可以繫項圈的地方
在牠那厚而多毛的鬃上。
雖然皮鞭的創痕
　還在牠黃色的背上燃燒
牠的長腿
　延伸而終結
　成兩隻銅爪。
牠的鬃毛一根根豎起
　繞着牠驕傲的頭。
牠的憤恨
　來了又去
　　去了又來……

我兄弟的影子在地牢的牆上
　移動，
　　上上下下
　　　上上下下

（一九二八）

一根我無法點燃的香烟

今夜什麼時候他都可能死去，
一塊燒焦的布片在他左邊的翻領上。
他走向死亡，今夜，
　自願地，不受強迫。
你有香烟嗎？他說。
我說
　有。
火柴呢？
沒有，我說。
　一顆子彈會替你點燃。
他拿了香烟
　走開。
也許此刻他正橫躺地面，
一根沒點過的香烟在他唇間，

一個燃燒的創傷在他胸上。

（一九三〇）

給我妻的信

我愛！
在妳最近的信上妳說，
「我的頭疼痛
我心驚悸。」
「如果他們吊你
如果我失去你，」
妳說，
「我不能活。」

但妳能的，我愛；
我的形相散佈風中
像一股濃而黑的烟。
當然妳要活下去
我心裏的紅髮姐妹；
哀悼死者
在二十世紀
最多維持一年。
死神：

一個死人在一根繩子的末端，盪着——
但怪事
我的心不接受
這種死亡。
妳必須
記住，我的愛人，
如果一隻像黑蜘蛛般，
可憐的吉普賽多毛的手
把繩子套
在我的頸子上——
那些等着在我的藍眼裏看到恐懼的人
將徒然地看着納京。
我
在我最後一個早上的曙光裏
將看到我眞心的朋友們同妳。
而只有
一首被打斷的歌的激恨
我將帶進我的墳墓。
我妻！
我好心腸的
金蜂

有着比蜜還甜的眼睛
究竟爲什麼我要告訴妳
他們在催着把我吊死？
審判才不過剛開始
而他們並不眞的摘你的腦袋
　　像摘一隻蘿蔔。
來，不要管那許多。
那種可能性還渺茫得很。
要是妳有錢
　　給我買條法蘭絨褲；
坐骨神經又開始痛了。
還有別忘記
　　一個囚犯的妻子要經常想
　　　　美麗的思想。

（布爾沙監獄一九三三年十一月十一日）

今天是禮拜天

今天是禮拜天。
今天，頭一次，
　　他們把我帶到太陽裏
　　而在我一生中頭一次
我看着天空
　　驚奇於它是這麼遠
　　這麼藍
　　這麼遼濶。
我站着一動不動
然後必恭必敬地坐在黑地上，
把我的背緊緊靠着牆壁。
這時候，一點都沒想到死亡，
沒想到自由，或者我的妻子。
土地，太陽與我……
　　　　我很快活。

（一九三八）

赤足

太陽繞着我們的頭頂，
　　一條灼燙的包頭巾；
乾裂的土地，
　　我們脚下的一雙草鞋。
一個老農夫
　　　　比他的老馬
　　還像死
　　　　　　在我們近傍
不在我們近傍
　　但在我們燃燒的

脈管內。
肩膀沒有厚披肩
手沒有皮鞭；
沒有馬沒有手拉車
我們旅行過
沒有村警，
熊穴般的村落
泥濘的城鎮，
在光禿的山丘上。
我們聽到聲音
自多石的土地
在病牛的淚裏；
我們看到土地
不能給黑犂
以它金黃玉蜀黍的香氣。
我們還沒走出
如在夢中，
呵不！
一個垃圾堆便已到達另一個。
我們
知道
一個國家
的渴望。
這渴望輪廓分明
如唯物論者
的心態，
而眞的
這渴望
自有它的道理。

（一九二二）

這我們的激奮

我們的激奮並不掛着
一隻瘋了的
驚奔的馬
的標誌。
我們的激奮，
即使當它在鐵軌上滑走，
仍是一部不曾失掉
鋼鐵尊嚴的機器。
如此的一部機器！
爲了鑽進每一隻小小
的螺釘，
我們的心開向唯物，
開了又閉好幾天

去鬆開，解決力學上的問題。
我們舉起它作爲對權力的一種供獻！
現在這部機器站立如這自覺
的兒子。
它變得這麼像我們
　以致
不管我們要它去破壞什麼
它便平展如一個銅板放在它的軌道上。
但是，
卽使只是短短的一秒鐘如果它試圖脫離
那我們指定它的路線，
　　它將粉碎。
它屬於我們；
這機器是我們自覺
　　的產物。

（莫斯科，一九二二）

給我們孩子們的忠告

調皮搗蛋，沒什麼不對。
爬上絕壁，
　上高入雲天的樹。
像一個老船長讓你們的手導引
你們自行車的方向。

而用那畫宗教知識大師
　漫畫的筆，
　一頁頁把可蘭經塗掉。
你們必須知道如何建造你們自己的樂園
　在這黑色土地上。
用你們地質的教科書
你們必須使那個教你們
天地始自亞當的人啞口無言。
我們必須認識
　大地的重要，
你們必須相信
　大地的永恒
不要分辨你們的母親
、同你的母地。
你們必須愛它
　像你們愛她一樣。

（一九二八）

職業

當白天在我的牛角上破曉，
我用耐心與尊嚴犂地；
大地濕而暖觸及我赤裸的脚底。

我的肌肉亮閃着火花
我捶擊熱鐵直到正午；
它的光芒替代了黑暗的事物。

葉上最鮮活的青綠
我採摘橄欖在午后的炎熱裏，
日光在我衣服上，臉上，頭上，眼睛上。

每個黃昏我有訪客：
我的門敞開　向所有美妙的歌曲。

夜裏我沒膝走入海中
開始收攏我的網；
我的撈獲：星與魚的混合。

我現在已變得該
　對我身邊發生的事情負責，
對人類及大地
　對黑暗與光明。
你能看到我陷沒在工作裏，
別用話語來阻撓我，我的愛，
我在忙着同你相愛。

（一九三一）

樂觀

晴朗的日子會來，孩子們，
晴朗的日子
　會
　　來；
我們將駕我們的汽車到藍色的地平線上，
駕着它們到明亮的　藍色
　地平線。
一旦我們上了快檔，
呵！何樣的迴轉……
還有馬達的聲音……
呵，孩子們，有誰知道
　接吻
有多奇妙　在每小時九十哩的速度裏。
但現在，你們都知道，
我們不得不忍受
在禮拜五及禮拜天　花園

只在禮拜五及禮拜天；
我們看大商店
在燈火輝煌的大街上
像看神仙故事。
而這些商店，你們都知道，
是用一片片玻璃造成的
有七十七層高。
我們叫喊
回音來了，
打開黑簿子：地牢。
一架機器的皮帶扭下一隻手臂
斷折的骨頭
還有血。
一禮拜只煑一次肉
在我們的烤盤裏
而我們的小孩作了一天的苦工回來
瘦得像骷髏。
現在，你們都知道——
但相信
我們將看到美麗的日子
我們將看到
晴朗
的日子；
我們將駕我們的汽車向
藍色的地平線……
駕着
它們……
（一九三〇）

選自給PIRAYE的詩

九月二十一日
我們的兒子病了
他的父親在監牢裏
而妳沉重的頭在妳疲累的掌心上——
我們共嘗世界的辛酸。
人們將相互扶着到較美好的日子
所以，我們的兒子會好起來
他的父親將出獄
而妳金色眼睛的內部將再度微笑
共嘗着世界的辛酸。

九月二十二日
我讀一本書：

妳在其中

聽一首歌：
妳在其中。
我坐下來喫我的麵包：
妳面對着我。
我工作：
妳面對着我。
雖然妳無所不在
妳不能對我說話
我們聽不見彼此的聲音——
妳，我八歲的寡婦。

九月二十三日
現在她在做什麼
就是現在，現在，現在？
她在家裏呢還是在外頭？
做事呢或是躺着或是站着？
她也許正在抬起她的手臂——
呵，我的愛
她的這個擧動
使她强韌的手腕看起來有多裸露。

現在她在做什麼，
就是現在，現在，現在？
也許她正抱一隻猫在她膝上
撫着。
也許她正在走路，跨另一步——
呵，那些美麗的脚
踮着脚尖帶她給我
每當我看到黑暗事物的時候。
而她正在想——
我？
或在奇怪
（唉，我不知道）
爲什麼白豆要煮這麼久？
或者，也許，爲什麼這麼多的人
要繼續這麼，這麼不快活？
但她現在正在想什麼呢
就是現在，現在，現在？

九月二十六日
他們把我們捉來

關在這監牢裏
　我，在牆內
　　妳，在牆外。
我的處境並不怎麼壞
還有更壞的
不管自不自知
帶着監牢在你自己裏面。
今天很多人都這樣子，
誠實的，勤勞的，良善的人們
而他們同妳一般應得愛。

十月五日
我倆知道，我最親愛的，
他們教我們
　如何繼續饑餓，感覺寒冷
　以及繼續勞累直到死
　以及各想各的。
到目前爲止他們還沒有要我們去殺人
而被殺這椿事
　也還沒成爲我們的險遇。
你和我知道，我最親愛的，
我們能教：
　爲我們的同胞奮鬪
　而一天一天地，多一點點
　　從心裏頭，
　　多一點點誠意地
　　　如何去愛。

十月六日
雲層移過：載着新聞，沉重地。
我揉縐我還沒收到的妳的信
在心型眼睫毛的尖端：
　無邊的土地有福了。

而我有大叫的衝動：Pirayé
　Pi—ra—yé。

十月九日
從櫃子裏取出
我頭一次看到妳穿的裙子
把康乃馨揷上妳的頭髮
那朵我從監獄裏送給妳的
不管它現在有多枯乾。
打扮好看起來，
像春天。

在像這樣的日子裏妳絕不可顯得
悲傷而絕望。
絕不可以！
在像這樣的日子裏　妳必須抬頭而高貴地
　走路，
　妳必須以納辛，喜克曼
的妻子的自負走路。

（一九四五）

唐•吉訶德

不朽青春的武士
在五十歲時發現他的心智合一
而在一個七月的清晨出發去征服
正義，美麗及公理。
面對一個充滿愚昧及傲慢巨人的世界，
他在他慘兮兮但勇敢的老瘦馬上。
我知道渴求某種東西的滋味，
但如果你的心只有一磅　十六盎司重
沒有道理，我的唐，去同
　這些無知的風車打仗。
但你是對的，當然，杜辛妮亞（註一）是
你的女人，這世上最美麗的；
我知道你會把這事實大聲
當着市井販夫的面宣佈；
但他們會把你從你的馬上拉下來
揍你一頓。
但你，打不敗的我們理想的武士，
將繼續在厚重的鐵盔後面發光
而杜辛妮亞將變得更加美麗。

（一九四七）

註：DULCINEA唐．吉訶德稱呼他所愛農婦的名字。

邀請

從最遠的亞洲奔馳而來
伸進地中海裏
像一個馬頭——
這國家是我們的。
手腕淌血，牙齒咬緊，脚赤露
在這絲毯般的泥土上——
這地獄，這天堂是我們的。

關起奴役的大門，使它們關着，
阻止人崇拜另一個人——
這邀請是我們的。
活着，自由而單獨像一棵樹
但在兄弟之愛裏像一座樹林——
這熱望是我們的。

自從我被投進這牢洞

（一九四七）

自從我被投進這牢洞
地球已繞了太陽十圈。
如果你問地球，它會說，
「不值得提
這麼微不足道的時間。」
如果你問我，我會說，
「我生命裏去掉了十年。」

我被囚禁的那天
我有支小鉛筆
不到一個禮拜我便把它用完。
如果你問鉛筆，它會說，
「我整個一生。」
如果你問我，我會說，
「又怎樣？只不過一個禮拜。」
奧斯曼，正爲謀殺罪服刑
當我第一次進入這牢洞，
在七年半後出去；
在外頭享受了一陣
又爲了走私案同來
而在六個月後再度出去。
昨天有人聽說，他結了婚
來年春天要有小孩。

那些在我被投入這牢洞的那天
受孕的小孩
現在正慶祝他們的十週歲。
那一天出世的
在牠們細長腿上搖晃的小馬
現在也必已變成
擺聳着寬臀的懶馬。
但年青的橄欖枝還是年青，
還在繼續成長。

他們告訴我我來這裏之後
故鄉新造了個廣場。

我那小屋裏的家人
　現在住在
　一條我不認識的街上
　另一座我無法看到的房子裏。

麵包白得像雪棉
我被投進這牢洞的那年
然後便開始了配給。
這裏，在牢室裏，
　人們互相殘殺
　爲一點點黑麵包屑。
現在情形比較好些
但我們的麵包，沒有味道。

我被投進這牢洞的那年
　第二次世界大戰還沒開始；
在達考的集中營裏
煤氣爐還沒造起；
原子還沒在廣島爆裂。
呵，時間流着
　像一個被屠殺的嬰孩的血。
現在這些都已成過去
　但美元
　早已在談論着
　第三次世界大戰……

都一樣，現在日子比
我被投進這牢洞裏時
　明亮
從那天以後
　我的同胞們半撐着肘
　起來了；
地球已繞了太陽
　十圈……
但我用同樣熱切的期望重覆
　那我爲我的同胞們寫的
　十年前的今天：

「你們多
　如地上的螞蟻
　海裏的魚
　天上的鳥；
你們也許懦弱或勇敢
　目不識丁或滿腹文章。
而因爲你們是所有事業
　的創造者
　或毀壞者，

只有你們的事蹟
　將被記錄在詩歌裏。」
而別的，
　諸如我十年的受難，
　只不過閒話。

（一九四七）

關於你們的手和謊話

我看着你們的手
　它們使我想起
貴重的石頭，
悲歌在暗無天日的牢室裏；
想起負累的野獸，沉滯而呆板，
以及一個飢餓小孩惱怒的臉。
但你們的手
　敏捷而伶俐像蜜蜂，
勇敢如自然；
它們藏朋友溫柔的撫觸
　在粗糙的膚下。
這世界在牛角上是無法平衡的
　它只站在你們的指尖上。
呵，同胞，我的同胞，
　他們怎樣用謊話餵你們
當你們需要肉類及麵包
　來塡你們的空胃。
而在一張舖着白布的桌上
　不得一飽
你們死去在一個
　因菓實的重量而彎傾枝椏的
　　世界。
我的同胞，呵我的同胞，
特別是那些在亞洲、非洲、
　近東、中東、太平洋羣島
　　以及我自己國家的同胞們，
我是說，整個人口的百分之七十——
你們蒼老而健忘如你們的手
但如你們的手你們好奇
　　欽羨而且年青。
我的同胞，呵我的同胞
　我在歐洲及美洲的兄弟們
清醒而活躍
　但輕信如你們的手，
如你們的手
　輕易地受騙

輕易地被出賣。

我的同胞，呵我的同胞
如果發報機說謊
如果廻轉機說謊
如果書籍
如果牆頭招貼，人事廣告，
光腿的女郎在銀幕上，
夜裏的禱告
夜裏的催眠曲
夜裏的夢
　　說謊；
如果酒店裏的提琴手，
如果一個無望日子的夜晚的月亮
說謊；
聲音
還有文字，
如果你們手外的所有東西都
　　　　說謊，
那是他們要你們的手
聽話如陶工輪上的泥
軟弱如牧羊人的狗——
他們怕你們的手的反抗。

而相信我，在這世上
　我們像客人般住着的
　　這死亡的世上
　　（但呵多麼可住的）——
所有這些謊話都爲了
　　使商人的王國生生不息
　　使野蠻殘酷生生不息。

（一九四九）

事情就是這樣

在擴展的光中央，
我的手激奮，世界美麗。
　忍不住要看樹：
　它們是如此充滿希望如此青綠。
一條陽光小道伸展過桑樹那邊，
我站在監獄醫院的窗前，
　聞不到藥味：
　一定有什麼地方康乃馨在開花。
事情就是這樣，我的朋友。
問題不在被俘，
而在怎樣避免投降。

（布耳沙監獄，一九四八）

歡迎，我的女人！

歡迎，我親愛的妻子，歡迎！
妳一定累了：
我怎能洗妳的小脚？
我既沒有銀盆也沒有玫瑰水。
妳一定渴了：
我沒有冰菓汁可以奉獻妳。
妳一定餓了：
我無法爲妳擺筵席
　在綉花的白桌布上——
　我的房間同我的國家一樣窮。

歡迎，我親愛的女人，歡迎！
妳一踏進我的房間，
　那四十年的混凝土便成了草地；
當妳微笑
　窗上的鐵條便長出玫瑰花來；
當妳哭泣
　我的手盛滿了珍珠。
我的牢房變得像我的心一般富有
　像自由一般明亮。

歡迎，我的所有，歡迎，歡迎！

（一九五〇）

自由的慘狀

你浪費你眼睛的注意，
你双手閃汗的勞動，
揉足够做一打麵包的麵
　你自己却嚐不到一小片；
你有替別人做奴隸的自由——
你有使富人更富的自由。

你出世的那一刻
　他們在你四周設了
磨謊言的磨機
磨够你維持一輩子的謊言。
你一直在你的
　　　　太陽穴上
　保有自由良知的自由。

你的頭低垂有如頸背被砍了一刀，
你的手臂長長，吊着
你在你的大自由裏漫步：
　你有的是自由

失業的自由。

你愛你的國家
把它當做最親近最可貴的東西。
但有一天，比方說，
他們可能把它簽給美國，
而你，以你的大自由——
你也有變成一個空軍基地的自由

你也許會宣稱人
不是工具，數字或鏈
而要活動像一個人——
他們馬上便會把你的手腕銬上。
你有被捕，下獄
甚至被吊的自由。

你的生命裏
既沒有鐵的，木頭的
也沒有絹的屏障；
沒有選擇自由的必要：
你有的是自由。
但這種自由
是星球底下的一樁慘事。

給塔蘭塔——芭布的信（註一）

（一九五一）

I．

她父親的第二十五個女兒
我的第三位妻子
我的眼睛，我的双唇，我的一切
塔蘭塔——芭布

我從羅馬　寄這封信給妳
不附任何東西　除了我的心。
不要對我不高興
因爲在這城市中的城市
我找不到　比我的心　更好的禮物。

塔蘭塔——芭布
這是我在這裏的第十個晚上
此刻我坐着　頭俯在鍍金的書上
這些告訴我

羅馬　誕生故事的書。
而那裏！……那瘦母狼
　還有在她背後
圓胖而一絲不掛的 Romulus 及Remus
在我房裏走來走去。
呵，但別哭；
這Romulus
　不是那同一個人
那個藍珠商人 Romulus 先生
他
　在光天化日之下
在Wal-Wal 的市場上
強姦妳豐胸的姐妹。
　這個是第一位羅馬人 Romulus （註1）

＊　＊　＊

每當他向大海怒吼
自Antium 斜坡
波浪便相互追打
　且敲擊遙遠的Corsica 岸灘。
而每當他舉手
　向天
他便握住了風暴的長髮
把它們摜落地上。
……有如他的父親是拳師Carnera
而他的母親是墨索里尼元首。

＊　＊　＊

Romulus 及 Remus
Silvia的孿生子，
維納斯的孫子……
無視於
　他們的
　　眼淚
一個漆黑的夜裏
她把他們丟棄在那裏。
既沒有
　月桂冠
　　環他們的頭
也沒有像樣的褲子圍他們的腰。
那時候，塔蘭塔——芭布，
　我們的伊索匹亞
　　還不是被征服的

塗綠的殖民地；
羅馬銀行還沒有開設。
所以，Romulus 同 Remus
有一天清早　　自思自想：
「在這裏
　　我們能
　　　搞什麼鬼名堂?」
之後他們走着碰到了一隻母狼，
他們殺了她的幼狼
他們飽喫她的奶
之後他們閑蕩
且建立了
　　這城市，羅馬。
他們建是建了，但
羅馬變得太小
容不下他們兩個。
所以，有一天黃昏
　　怪他的兄弟
跳過隔牆
Romulus扭下了他兄弟 Remus 的頭。
這是書上說的，塔蘭塔——芭布，
這些鍍金的書上：

在羅馬的地基裏
　有
一桶桶母狼的奶
以及滿手兄弟的血。

II.

三條
用一隻藍猴的齒串成的項鍊
　　繞着妳的頸子；
像一隻紅羽的鳥活
　　在天底下
或跑動如這地上的一條溪流——
妳的話語我的
反映着我，　妳的眼睛我的
我第三個女兒的母親
　　我第五個兒子的母親
好幾個月了
我敲每一個門
一條條街　　一座座房子
　　一步步

在羅馬之內
　　我尋找羅馬。
不再有
　　那些大師們
割切大理石如絲織品；
風不再從佛羅倫斯吹來；
不再有但丁的詩
不再有琵阿垂斯（註三）的繡臉
不再有達文西的可吻的手。
米開蘭基羅
　　是被囚在博物館裏的奴隸
而從他黃疸病的頸子拉斐爾
　　被吊在一座天主堂的牆上。
在這些日子裏
　　在羅馬長而寬的街道上
只有一個黑色的
　　一個血跡斑斑的影子，
倚着水泥的銀行
束棒（註四）般站着，
一步
　　砍掉
　　　　一個奴隸的頭，
一步
　　褻瀆一座墳墓；
　　　　走過——
這影子是凱撒。
Roma
Quo Vadis Roma?'
不要問。
正如在我們自己的土地上
　　同樣的太陽浸透這裏的土地……
但噓，塔蘭塔——芭布
用愛
　　同敬意，
微笑
　　大笑，
噓！
聽：
在羅馬的四郊
斯巴達克斯（註五）掙斷鐵鍊
　　　　的聲音。

III．
塔蘭塔——芭布，
　　　　今天我見到了

庇護十一世教皇。
正如 我們的部落裏
有大術士，
這裏，他們有他。
但，
不同的是：
我們的術士沒有
因為把三個頭
的藍妖怪
趕上Harar山而受酬；
野馬作犧牲
還有一年兩擔象牙
便算償了他的債。
但這神聖的教皇
不能希望
用同樣的野馬便了事。
這親愛的紳士
使用穿繡着金十字架
的黑袍大使；
使用穿花綠綠綁腿短褲的兵士——
他們看着他的手
他看着他們的。
這美麗城市裏一個自由的公民，
一個女人
她賣她的唇以全體的興奮
為半個里拉（註六）躺半小時，
用那錢的一半
買這神聖的人的一小像，
掛在她的
罪求恕。

我看着他：
既不是聖喬治
也不是聖彼得，
他們兩個都沒有金邊眼鏡
只有沒梳理的
長長的
油膩鬍子。
庇護十一世，塔蘭塔——芭布，像個牧羊人
帶一群柔毛的黑羊
在加冕的及沒加冕的國王們的
草原上放牧幽靈。

庇護十一世
他是
那個為了接近聖母瑪麗亞

而生在馬槽裏的父親的
人的大使
折磨他的身體，　而每夜
睡在大理石柱的宮殿裏。

IV.

絲巾上繡花圖案的衆多太陽；
走向龐貝的黑騾的蹄音；
浮第的心
　　在手風琴多彩的盒子裏跳動；
還有世上最好的通心粉……
像這些，塔蘭塔——芭布，
意大利也因它的法西斯主義出名。
掠過偉大的 Emilia 伯爵們
　　的土地
掠過羅馬銀行家的
　　鐵保險箱
這法西斯主義來到且，
　　擊中了元首的禿頭
　　像閃電。
一個閃電
　　塔蘭塔——芭布，
它不久便要下擊
伊索匹亞
原野上
的墳墓。

V

去看
　去聽
　　去摸
　　　去想
　　　　去說
去不停地跑，
去跑
　呵，去跑
　　塔蘭塔——芭布
　　　唏呻！
通通滾他媽的蛋
　　活着
　　　是
多麼美妙的事！
想我
當我的手臂擁抱着妳的寬臀

我三個小孩的母親，
熱情地想，
想一顆赤裸裸的水
滴在黑石上的聲音。
想那顏色
那肉，那妳最喜愛的
水菓的名稱，
想在妳眼裏的滋味
那紅紅的太陽，
純綠的草
以及那廣漠的藍藍的光線
發自月亮。
想，塔蘭塔——芭布：
人的
心
腦
同手臂
自七層地下拉出
且造了這許多火睛的鋼神
它們現在能毀滅整個世界
以一擊；
一年能結一個果的石榴樹
能結上千；

而世界這麼大
這麼美麗
海灘無垠
夜晚我們能躺在沙上
聽星光閃爍的水。
活着多麼美妙
塔蘭塔——芭布
生命多麼美妙！
像傑作般了解它
像情歌般聽它
像一個小孩般驚異地活着，
去活
一點一滴
但合在一起
好比織一塊最神妙的絲綢。
呵，去活……
但多奇怪，塔蘭塔——芭布，
這些日子
「這不可思議的美麗的活動」
這所有事物裏最快活的感覺
變得
這般艱難
這般狹窄

這般血淋淋　　不成樣子
VII。
我深知
不會多過六個問題
在妳的心架上
像一排軟木塞的瓶子……
妳的無知，不可救藥　　如一個法庭官員！
但卽使這樣
　　要是我問妳：
「妳怎麼辦　　如果
我們的山羊掉光了牠們的長鬈毛；
如果那自牠們雙乳頭的乳房　　像兩道光般
流出的奶　　突然停住；
如果我們國度裏的橘子
開始在枝頭乾枯　　如稚弱的星星；
還有如果饑荒開始行走
　　用它骷髏的腿
活像它是我們土地上的土皇帝——
　　妳怎麼辦？」
妳會對我說，
「我自己將開始消隱
一點一點失去我的顏色，
像一個星夜　　在太陽的第一道光線裏
隱去——
問一個像我這樣的非洲女人　　這種事情！
對於我們饑荒是確確實實的死亡；
　　充沛，無止境的快樂。」
這是什麼樣的智慧，塔蘭塔——芭布，
這裏在意大利它正好相反。
人們死在富裕的時代：
當饑荒來到却反而能活下去。
在羅馬的城郊
男人像有病的餓狼般走着；
但穀倉都上了閂，上了鎖
雖然穀倉裏滿是穀子！

織布機能織够鋪
　從這裏到太陽去的路
　那麼多的絲布，
而人們却走路無鞋
　人們穿得破破爛爛。
多麼昏亂的世界！
當魚在巴西喝咖啡
這裏的嬰兒却連奶都沒得喝……
他們用空話餵人，
用上選的馬鈴薯餵猪。

Ⅷ

墨索里尼太多話，塔蘭塔——芭布，
無依無靠
　沒有朋友
　像個小孩
被丟進黑夜裏。
叫嚷着
　且在他自己的聲音裏醒來
爲恐懼所引燃
　在恐懼裏燒炙，
咿呀個不停！
他太多話了，塔蘭塔——芭布，
因爲
　他怕得要命

Ⅸ

（在這信的開頭有一張無線電的圖。）
今天想起一件事——
一張圖畫
　沒有線條
　沒有文字，塔蘭塔——芭布。
而突然
我渴望見妳
　不是妳的臉
　不是妳的眼
而是妳的聲音，塔蘭塔——芭布
冷靜如藍色的尼羅河，
深邃如一隻老虎受創的眼，
　妳的聲音。
（這裏信上有一張剪報，上面寫着：
「馬可尼（註七）元首的忠實小兵

據報導馬可尼今天告訴一羣記者說他聽命於他的領袖墨索里尼。在成功的試驗之後，謠傳馬可尼的新發明，一種死光，不久將在伊索匹亞試用……這死光」）

是他的
　他曾釋放聲音
到天空裏去
　　如藍翅的鳥；
他的手曾採摘過
　最美麗的歌曲
　　　像天空裏成熟的菓實——

但現在
　黑衫 Benito 的奴隸
　他正要沾汚他的手
以我兄弟們的血。
在伊索匹亞的土地上，看樣子
馬可尼侯爵
　　　商業銀行的
　股東
　幾百萬富翁
將要謀殺那偉大的科學家馬可尼。

X．
（在這信的開頭也有一張剪報寫着：意大利軍隊在等雨季終了春天來到好開始進攻伊索匹亞。」）

多奇怪，塔蘭塔——芭布，
爲了在我們自己的土地上殺害我們
他們在等待我們自己的春天
　　　　開花。
多奇怪，塔蘭塔——芭布！
今年在非洲
雨季的終了，
所有顏色與香味
　　　的來臨
像天上的一支歌曲——
在陽光底下伸展的潮濕的土地
像一個從Galla 來的銅膚的女人——
它們都將帶給我們死亡
　就在那時節
　　當妳甜蜜的胸脯逐漸醒來。

多奇怪，塔蘭塔——芭布
死神

將走進我們的門
插一朵春花　在他殖民地的帽上。

XI．

今天晚上
元首
在一匹灰馬上
在機場
對五〇〇個駕駛員　演講。
講完了。
明天
　　他們將飛往非洲
但他，他自己
此刻正在喫臘腸通心粉
在他巨大的宮殿裏。

XII

他們來了，塔蘭塔——芭布，
他們來殺妳，
來刺穿妳的胃　看妳的腸
　　在沙上
扭曲如飢餓的蛇群。
他們來殺妳，塔蘭塔——芭布，
殺妳
　同妳的羊。
但，妳不認識他們
　他們也不認識妳；
妳的羊也不會跳過
他們花園的籬笆。

他們來了，塔蘭塔——芭布，
有的來自拿坡里（註八）　有的來自提洛爾（註九）
有的從一個愛戀的凝視　硬生生被拉走。
　或一隻柔軟　溫暖的手

一軍
　一營
　　一隊
一個兵一個兵
　船把他們帶

過三個汪洋
　給死神
如赴一個婚宴。

他們來了，塔蘭塔——芭布，
自大火的核心；
而一旦他們在妳泥砌的房子
　被太陽晒焦的屋頂上，
　　揮舞過旗子

他們可能統統回去——
但即使那樣
　那從Torino 來的車床工
把他的右臂留在索馬亞（註十）
將不再操縱他的鐵棒
像操縱絲線包。
而那從西西里島來的漁人
　將不再看到大海的風光
　以他瞎了的眼。

他們來了，塔蘭塔——芭布，
而這些來死和來殺的人
不久將綁錫十字架
　在他們血跡斑斑的繃帶上，
在他們到家的時候。
　然後，
在偉大公正的羅馬城，
股票上漲，銀行生意興隆
而我們的新主人將替代兵士們
　刼掠死者。

最後的信（註十一）

意大利的工資

如果我們用英國工人的薪水當一百單位，那麼：

美國	一二〇
加拿大	一〇〇
英國	一〇〇
愛爾蘭	八〇
荷蘭	七二
波蘭	五〇
西班牙	三〇
意大利	二九

意大利的失業及倒閉

失業	倒閉

一九二九　三〇〇、七八六　一二〇四
一九三〇　四二五、四三七　一二九七
一九三一　七三一、四三七　一七八六
一九三二　九三二、二九一　一八二〇

這些統計，塔蘭塔——芭布，構成了意大利法西斯主義的收支對照表。將來會發生什麼事？答案在那些來我們土地上送死的年青士兵們身上。

註一：這裏喜克曼的技巧遠非簡單。這些「信」，據說是在羅馬的一個年青伊索匹亞（Ethiopia）人寫給他在伊索匹亞Galla地方的妻子塔蘭塔—芭布的。其中一小部份被零星收進各種選集，尤以標題「羅馬」的第二首最爲常見。這使得人們相信，喜克曼自己曾到過羅馬，而塔蘭塔—芭巴是他自己妻子的一個名字。要解開這個謎或了解這些詩背後的統一性，只有去讀那以浪漫筆調寫成的導言。它的大意是：『喜克曼接到一位意大利朋友的信，說他新近在羅馬一個比較窮的地區租了個房間。他的房東說在他之前他的房間住了一個伊索匹亞黑人。「他現在在哪裏呢？」「哦我不知道該不該告訴……他被警察帶走了。」後來這意大利人在一個抽屜裏發現了一卷紙；「奇蹟呀，我的朋友！」這些便是那伊索匹亞人用他自己的文字寫的信。恰巧這意大利人是學這些罕見文字的學生，便把它們翻譯了寄給在土耳其的喜克曼，因爲他不知道怎樣才能把它們在意大利出版。』

更妙的是，在這長詩被翻譯成意大利文之後，它變得家喻戶曉且深深受人們喜愛。

註二：據羅馬傳說，Romulus 爲古羅馬的建國者（公元前七百五十三年），亦爲第一代國君。爲Mars與Rhea Silvia所生，同Remus 爲孿生兄弟。嬰兒時卽被棄，由一母狼哺育長大。羅馬人奉之爲守護神。

註三：Beatrice，女子名。

註四：Fasces，古羅馬代表權威的束棒。

註五：Spartacus　領導奴隸暴動以反抗羅馬之統治。死於公元前七十一年。

註六：Lira，意大利及土耳其貨幣名。

註七：Marconi，一八七四—一九三七，意大利電機學家，發明無線電。

註八：Naples，意大利西南部海岸之一海港。

註九：Tirol，奧國西部與意大利北部之一區域，在阿爾卑斯山中。亦作Tyrol。

註十：Somalia，非洲東部一國家。

註十一：雖然是散文，我把它的一部份包括在這裏是因爲它同整個事件有重大的關聯。這年青人告訴塔蘭塔—芭布說他可能會被墨索里尼的爪牙槍殺。他附了不少剪報。這「信」是其中之一。

杜國清

李賀歌詩評釋

(004) 出城寄權璩楊敬之

草暖雲昏萬里春，
宮花拂面送行人；
自言漢劍當飛去，
何事還車載病身？

註解

權璩：字大圭，宰相權德輿（七五九——八一八）之子。元和二年（八〇七）進士，歷監察御史，有美稱。（「新唐書」卷一百六十五）

楊敬之：字茂孝，與權璩同年進士。累遷屯田戶部二郎中。嘗爲「華山賦」示韓愈，愈稱之，士林一時傳布。敬之愛士類，得其文章，孜孜玩諷，人以爲癖。（「新唐書」卷一百六十）

漢劍：劉敬叔「異苑」卷二：「晉惠帝元康五年，武庫火，燒漢高祖斬白蛇劍、孔子履、王莽頭等三物。中書監張茂先懼難作，列兵陳衞，咸見此劍穿屋飛去，莫知所向。」

評釋

這是李賀在長安受挫失意之後，出京城返回故鄉昌谷時，感寄二友的作品。據「新唐書」卷二百三「李賀傳」：「與游者權璩、楊敬之、王恭元，每譔著，時爲所取去。」可知權璩和楊敬之是和李賀交往頗密的朋友，權璩和楊敬之同是元和二年（八〇七）擢進士第，而李賀舉進士入京是在元和五年（八一〇）；他們的年齡可能相差不多。

到底這首詩是李賀在長安受毀，被迫放棄進士考試後，出城時的作品，還是後來又到長安任「奉禮郎」三年之後（八一三）棄官歸鄉時的作品，不得而知。

總之，這首詩表現李賀出城時的感懷。京城長安是李賀的前途希望所寄託之地。他原是爲了舉進士或者謀官職而上京城的，可是他在長安的遭遇很不如意，

結果不得不暫時離開京城，亦即不得不暫時放棄希望、返回故鄉。

當時他是病了，也許是由於失望的打擊，也許是舊病復發。雖然是春天，而映在落魄而又負病的詩人眼中的是草「暖」雲「昏」。舊註「草暖，是春時之景；雲昏，失意時也。」無寧說，「暖」和「昏」是發高燒時詩人對眼前景物的直覺投射。

那時宮中百花盛開。衆人皆榮耀，詩人獨憔悴。盛開的百花，有的在樹枝上搖曳，有的隨風飄落，而輕拂着詩人臨行時那憔悴的臉：這種送別更是令人獨自黯然神傷。

當初滿懷着希望上京而來，怎知道結果會是如此落魄地出城而去？自己的才華就像漢高祖那把不凡的寶劍，原該可以施展抱負一飛冲天的，怎麼落得一籌莫展，讓敗轅載着病骨撤離京城——這天下才子的戰場？

不平的是爲什麼要白走一趟京城？爲什麼未經奮戰就得撤退？

如此，李賀向他的朋友訴說心中的感慨。

英文試譯（004）

Sent to Ch'uan Ch'u and Yang Ching-chih When I Left the City

Grasses warm, clouds muddled, ten thousand li of spring.
Flowers in the palace brush the face, bidding farewell to the wayfarer.
I murmured to myself:the sword of Han should soar to the sky,
Why is this homeward carriage burdened with a sick body?

（005）示弟

別弟三年後，
還家十日餘。
醁醽今夕酒，
緗帙去時書。
病骨猶能在，
人間底事無？
何須問牛馬，

拋擲任梟盧！

註解

醁醽：美酒名，亦作「醽醁」或「酃淥」。湖南酃湖水綠，釀酒甘美，名酃淥酒。一說，淥水出自豫章郡康樂縣，取以爲酒，極爲甘美，與湘東酃湖酒，世稱醽淥酒。

緗帙：緗，淺黃色；帙，書衣。因此書卷曰緗帙。

牛馬：莊子天道篇：「昔者子呼我牛也而謂之牛，呼我馬也而謂之馬。」又、應帝王篇：「一以己爲馬，一以己爲牛。」

梟盧：樗蒲（古博戲）采名。根據唐李翶「五木經」，古博戲以五木爲子，一子悉爲兩面，一面塗黑，一面塗白。五子中有二子於白面刻雉，於雉之反面卽黑面刻牛。五子並投，皆玄（黑），曰盧，其筴十六；皆白曰白，其筴八；雉二玄三曲雉，其筴十四；牛二白三曰犢，其筴十；雉一牛一白三四開，其筴十二；雉各一其餘皆玄曰塞，其筴十一；雉白各二玄一曰塔，其筴五；牛玄各二白一曰禿，其筴四；白三玄二曰撅，其筴三；白二玄三曰梟，其筴二。因此，盧爲最高之采，盧、白、雉、犢四種爲王采；梟爲最賤之采，開、塞、塔、禿、撅、梟、梟六種爲甿（民）采。

評釋

這是失意歸家後「示弟」的作品。

根據朱自清「李賀年譜」，李賀於元和五年（八一〇）冬入京，翌年春任奉禮郎，元和八年（八一三）春，以病辭官，歸昌谷。前後三年。

李賀另有「勉愛行二首送小季之廬山」詩，其中有這樣的句子：「維爾之昆二十餘，年來持鏡頗有鬚。去家三載今如此，索米王門一書無。」可見李賀在長安三年「索米王門」，結果「一事無，只好落魄歸家。

久別歸來的李賀，可能一肚子委曲，甚至滿腹牢騷。於是在將行李安頓之後，和弟弟對酌美酒傾訴一番。行囊和離家時一樣；淺黃色書衣包裹着的書卷，結果又挑了回來。眞是白走了一趟京師。

回想這三年來，身爲奉禮郎，官卑職冷，抑鬱不伸。再加上宿病纏身，簡直一事無成。李賀感到萬念俱灰，唯有病骨支撐着他的生命的存在。

所謂「人間底事無」，陳弘治根據姚註，認爲「乃自慰之語，謂病骨幸存，人間可爲之事甚多，何必汲汲於科舉也。」這樣的解釋，意思太積極，與以下兩句不太協調。王註：「下句言人事多故，底事猶言何事也。」換句話說，人間任

何預料不到的事情隨時隨地都可能發生。由於人事多故，屢遭挫折，結果一事無成，病骨獨存。這是憤慨之詞，也許暗指舉進士受毀之類的事情。

最後兩句更是憤激話。不管是牛是馬，是好是壞，是譽是毀，都無所謂，只要我依然故我，管你叫我什麼！命運的骰子儘管扔吧，貴采也好，賤采也好，成敗毀譽已在所不計，我何至於對命運的安排或戲弄還存有絲毫的介意？

陳弦治認爲最後二句，「乃承上，言只要病骨幸存，人間何事不可爲，何須終年問津場屋，以聽主司之去取、如梟盧之任人拋擲耶？」這種解釋我認爲太達觀。對於一個萬念俱灰，病骨獨存的失意者而言，生命的存在只是一具活動的病骨而已，還能想要有所做爲嗎？

當生命的存在只是一身病骨時，牛馬毀譽已是身外事，梟盧貴賤早已置之度外。這世界，在那蒼白、深陷的眼窩裏，只是一片虛無而已。

英文試譯 (005)

Shown to My Younger Brother

After having left you, my brother, for three years,
Now I have been home over ten days.
Lu-ling, the very wine for tonight;
Yellow wrappers, the same books as when I left.
Sick bones alone have well survived;
In this world what couldn't happen?
To be an ox, or to be a horse-- that's not the question;
Throw your dice, no matter whether it is 'owl' or 'black'!

(006) 竹

入水文光動，
抽空綠影春
露華生筍逕，
苔色拂霜根
織可承香汗，
裁堪釣錦鱗。
三梁曾入用，

一節奉王孫。

註解

三梁：梁，指冠上橫脊。後漢書輿服志：「進賢冠，古緇布冠也，文儒者之服也。前高七寸，後高三寸，長八寸，公侯三梁，中二千石以下至博士兩梁。」唐書車服志：「緇布冠者，始冠之服也。天子五梁，三品以上三梁。」又，徐廣輿服志雜注：「天子雜服介幘五梁進賢冠，太子諸王三梁進賢冠。」

評釋

這是一首詠竹的詩。

首二句寫竹的一般姿態。方世舉評曰：「入水文光動二句，竹之全神，作起突，妙。」可是，幾乎所有評註李賀詩的日本學者，却被這兩行困惑了，不知妙在何處。草森紳一在「李長吉傳」第二部，公無渡河⑲中，對這首詩的解說，道出其中的消息：

「『入水文光動』這頭一句，是似懂非懂的句子。雖然方世擧認爲『竹之全神，作起突，妙』而加以讚賞，可是眞不知道該怎樣加以讚賞。許多註解的書，也許認爲一見就自然明白，而省略了說明，因此越是不懂。齋藤晌的解釋是：『一入水，水面漾波而描繪出光輪』；雖然的確是這樣的意思，可是不知道「一入水」意味着什麼。是指竹子一入水的意思吧？可是爲什麼，而且怎樣地竹子進入水中，這可不懂。即使是說有人將竹子放入水中，可是是將水邊的竹子折曲放入的呢，還是將截斷的竹子放入的呢，這點也並不清楚。鈴木虎雄的解釋是：「下方進入水中而有（紋）的光在動」可是這也和齋藤晌的解釋一樣令人費解。認爲竹子是自動地進入水中的吧，這種想法固然說不通；若是認爲那是生長在水中的竹子，那麼，『文光』這兩字不知該作何解。』

於是，草森紳一提出他自己的解釋：

「我是以感覺加以把握的：有個李賀將水邊的竹子彎折拉倒，於是帶着葉子的竹子進入水中，因這個動作而水騷動，波紋光亮地展開。然後將即壓沈在水中的竹子，突然一放，它就向着天空輕快地彈同，那線色的影子極其新鮮，充滿現在正是春天這種感覺。起首二句，不這樣以自個兒的看法加以捕捉，總覺得難以安心。」

草森紳一的解釋實在也令人難以安心。

我認爲首句是寫映在水中波動的竹影。入水的，不是眞正的竹子，而是長在水邊的竹子的影子。由於風吹或者水流，水面蕩漾，於是竹影在水中就隨着幌動。「文光」就是「竹影」，亦卽波紋底下的光影。

第一句寫竹子的臥姿或倒姿，於是第二句寫竹子的立姿。那挺拔修長的竹子，向着天空抽引而出，亭亭而立的綠影，是春的象徵，也可說爲大地立下春的標幟。方世舉所謂的「竹之全神」，也許就在這挺拔的高風亮節，以及竹梢隨風搖曳時映在水中的影子的婀娜多姿。

第三四兩句，寫竹子的生長：由青春到年老。長着竹筍的小逕上，綴着晶瑩的露珠：且想像如筍般細膩潤滑的肌膚上閃亮的寶石珠光吧。當竹根露出地面而沾滿霜痕，竹子已有相當年齡。這裏「霜」字也許可以當修飾語用；所謂「霜根」是指潔白如霜的竹根。然則，潔白的竹根上已長滿蒼翠的綠苔，可見竹子充分長成時的老態。

以下兩句寫竹子的一般功用。織以爲席，可以承美人的香汗；栽以爲竿，可以釣錦鱗的大魚。

最後兩行寫竹子的特殊功用。自漢以來，竹子做爲冠上的橫脊，代表職位的尊卑。天子的進賢冠用五梁，太子諸王的進賢冠用三梁。因此，一節的竹子可以獻給王孫做三梁冠。李賀每自稱「唐諸王孫」或「皇孫」「宗孫」。最後一句可能隱含有希冀或寄托：希望王孫能有戴上三梁冠的一天。

這首詠竹詩，由竹子的一般風姿到特殊的樣態，由一般的功用到特殊的寄托，寫法頗有層次。

英文試譯（006）

Bamboo

Reflected in water, the patterns of light waver;
Thrusting into the air, the green figures stand for spring.
Flowerets of dew are born on the bamboo-sprouted paths;
Mossy green sweeps gently over the frosty roots.
Woven into mats, it can absorb fragrant sweat;
Cut into rods, it can fish for coloful scales.
For making triple-framed crowns once it was used,
Now is one section presented to a royal descendant.

中華民國內政部登記內版臺誌字第二〇九〇號
中華郵政臺字第二〇〇七號執照登記爲第一類新聞紙
定　價：國內每册新臺幣20元
海外地區：日幣240元　港幣4元
非幣4元　美金1元
全年六期新臺幣100元
半年三期新臺幣55元
●郵政劃撥21976號
陳武雄帳戶（小額郵票通用）

出版者：笠詩刊社
發行人：黃　騰　輝
社　長：陳　秀　喜
社址：臺北市松江路三六二巷七八弄十一號
（電話：五五〇〇八三）
資料室：彰化市華陽里南郭路一巷10號
編輯部：臺中市民族路三三八號
經理部：臺中縣豐原鎮三村路九十號

詩双月刊 62

LI POETRY MAGAZINE

民國五十三年六月十五日創刊・民國六十三年八月十五日出版

笠 62期 目錄

卷頭言

對象批評與後設批評

趙天儀

如果我們說一件藝術作品是當作一種鑑賞的對象時，而針對那個對象給予批評的話，是所謂的對象批評（Object criticism）。而把對象批評加以批評，一種批評的批評，便是所謂的後設批評（Meta criticism）。對象批評有其實踐的性格，一種面對藝術作品所引起的批評的活力。後設批評有其理論的性格，一種面對不同的對象批評的再批評。因此，批評雖然是由對象批評所引起所發展，但是建立批評的理論，則必須通過後設批評，一種批評方法的探求。

我們試以「論語」中孔子的詩論爲例：

子曰：「詩三百，一言以蔽之，曰思無邪。」（論語、爲政）

這是孔子對詩三百的一種對象批評，他是以詩三百爲對象的批評，因此，這種批評，是孔子對詩三百的總評。雖然只是短短的一則，但是「思無邪」一語，已經够我們咀嚼了。一方面思考它的含義，一方面考證它的出處。

子曰：「小子！何莫學夫詩？詩：可以興，可以觀，可以羣，可以怨。邇之事父，遠之事君。多識於鳥、獸、草、木之名。」（論語、陽貨）

這是孔子勸人學詩的理論基礎，孔子一方面探討詩的界說，對詩下了理論性的定義，顯示出詩的價值、詩的功能以及詩的意義。詩，可以跟人格修養相聯繫，但是也可以跟政治教養相關聯。而所謂的名，一則固然有其正名的意義，二則也具有命名的意義。因此，孔子所謂「多識於鳥、獸、草、木之名。」從美感態度的認識上來看，詩人賦給萬物名字，正是詩之所以成爲詩的閃閃發光的所在。

試綜觀我們中國今日的詩壇，隨筆性的對象批評也好，分析性的對象批評也好，都是以「詩作」當做一種活生生的藝術作品的存在而加以探討，因而使批評充滿了活力，充滿了朝氣，這是一種可喜的現象。但是，如果說我們對批評本身還缺乏眞正的認識，也就是說，當一個批評者缺乏批評的知識、方法及學養時，我們當然更談不上批評的後設理論（Meta theory）。

如果說一個批評者完全憑主觀的愛好，甚至論爲排斥異已，那便更值得反省與檢討了。詩人是生產「詩作」的創造者，批評家是探討「詩作」的觀賞者；前者通過了創造過程的活動，而後者却是通過了鑑賞與批評過程的活動。兩者都是需要靈魂的冒險，並且塑造自己創造與批評的精神。詩的眞諦，便是在這種冒險的過程中，得以啓廸，得以發揚，得以自我完成。

對象批評針對作品本身，流動着創造的血液；後設批評針對對象批評的不同的類型，貫輸了方法的自覺。文學批評史或藝術批評史，便是把不同的批評類型，從歷史的發展線索來加以研究整理的結果。

心燈

陳秀喜

心燈

凌晨的翠壁岩寺
早敲的鐘聲
喚醒東廂的客人
涼風已在前庭等待着

瞻仰 宇宙的大舞台
繁星扮成盛開的花
曉月是清秀的主角
靜寂的演員們
閃爍着萬種表情

天地一片黑漆中
只有星與祭壇的燈
天然與人工相比之下
祭壇的燈貧弱不堪
驚嘆 美的極致在天上
感嘆 人間沒有媲美的
倘若有——
唯是充滿愛的
心燈

竹・筍

要竹多產生筍
把竹斬成半截
要筍以菜餚
用鑿奪取白嫩的筍

如果竹會想骨肉血淚之情
如果竹有悲哀的感受
一定會埋怨人之殘忍
然而 竹葉青青
如是毫無其事——

須臾的美

秋還在襁褓中
垂柳正當青綠
一葉離開鞦韆
像翩翩的舞姿
像輕舟搖蕩着
於生死咫尺的直線
於空間留着須臾的美
不哀嗟回歸泥中
培植的泥土
亦是腐蝕的專家
不認識秋的一葉
盡其美姿而終
或許那一葉
既是達觀無常
令我感悟到
珍惜殘生

紅燈的問題

林宗源

紅燈的問題

挑着一桶水肥
經過派出所
看見門上的紅燈
四週靜悄悄
就停下來

那個老婦人
想起罰款
想起警察的面孔
眼睛趕快射向四方
想要衝過紅燈
又不敢跟錢開玩笑的脚
希望綠燈睜開眼
很久，很久，爲什麼
只有紅燈

主管聞到很平常的味道衝出
婦人立刻跪地求饒
主管莫明其妙

笑話，不

某市，四巨頭開會
爲了受刑者的醫藥費、棉被、食物
不去找市長
而向企業家伸手

笑着臉
說了一山的好話
企業家只好說；
伍仟
四巨頭說；
伍萬
並且教他
從伸報綜合所得稅時扣一把

不開心的臉說；
伍仟
想必不敢不給面子的臉說；
伍萬
伍仟
伍萬
生氣的臉說；
胡鬧

尷尬的臉
面向時代的鏡子

當我去食新娘酒時

咬一塊詩同來

炮仔餓着肚，凸出目睭
親家還咧洗身軀
親友咬破又鹹又黑的瓜子
開汽水的聲一桌傳過一桌

親家駛着金閃閃的黑頭仔
西裝穿啊水噹噹搖入禮堂
炮仔吞着一肚的火
爆破所有的形式

那個子婿目睭很金
那個新娘嫁三佰萬現金
還有金條、洋樓、還有
那個新郎讀臺大
沒錢也沒煙投
只要玩八仙過海
二人相好不相好也沒關係
病院全開了

介紹人的讚詞比不上桌上的菜
麥克風對着那麼多的聲音
只好說給自己聽

甜湯用過
盛着滿胃的閒話同來

老大人躺在牀上注射

流浪途中

趙天儀

坐上計程車也罷
但不要怕計時的跳動
走向陽光下的小巷也罷
但不必躲開迎臉而來的風砂

一粒沙
讓眼睛迷濛
也讓淚滴溼潤
那是剎那的障眼法

當車子在途中停下來的時候
當風砂在陽光中揚起塵埃的時候
誰能知曉
一顆心也像一粒沙啊

詩兩首

岩上

屋瓦

雨落着
以綿弱的撥弄着
灰色的屋瓦
起伏的生之慾在多層凝重的顏面
岑寂地
展露了夕暮的海波
嬝嬝生息
炊煙　無助搖幌
水霧　孳衍攪拌
兩脈條條
輾轉糾纏
結結捻成
企盼眼波
繩繩而下
索索交織
落落如齒
口裂流液
低矮低矮的瓦浪
泥濘的雨季
脈印如舟
重踩着重踩着
歸回

竹竿叉

懸乾瘦的肌骨於獨脚的軀體
切開竿頭的舌
把語言埋下
在這深深的地殼裏腐蝕糜爛
對望
我們的同類
無語共昇衣桿上晨起的藍衣
在陽光的透視下
褻汚的斑點
暴露無遺
佛之千手
斷臂無招

面風雨的崖壁於遽變的寫下
飄來飄來的
雲

隆隆
雷
響

相親記

莊金國

做裁縫的女孩

鎮日，妳坐在哪里
俯動着。偶爾
來回不到一花眼
又一針一線坐下來

默默怨嘆自己
軟脚蝦
冷冷數落自己
織多少？

有一天
當妳學到
這一針，一線
亦滿是學問的時候
呵哪是在秋天
秋天的每一個晚上
嘴里含着木瓜糖
溶解着——

六三、六、一一寫於鳳山

相親記

我來，爲來
和妳相對看。爲來
和妳對對看
妳竟以側面，讓我
看也不是
不看也不是

說什麼好呢
說說些什麼好呢

說：曾在哪兒見過
說：雨，忽大忽小
說：妳們認識的人
　　媒人認識的人
說着說到
　　近來的嫁和娶

想着話正切題
不想，就此終場……

六三、六、一一寫於鳳山

濃霧篇

陳坤崙

掃把

我家庭院
像一張白紙
給小孩亂塗亂劃
到處是甘蔗皮
到處是撕破的紙……

在沒人注意的角落我站着
站着靜靜地等待
因爲我知道我又要開始工作
把雜亂的庭院打掃乾淨
使它像一張白紙一面鏡子
好讓家人精神爽快

在沒人注意的角落我站着
站着靜靜地等待
等待有人拿我去清除
被弄髒了的心靈
但已經等了很多日子
至今依然沒人
願意手拿掃把
清除心靈的塵埃

濃霧

霧來了
我伸出我的五指
我張大我的眼睛
竟然我的手指
模糊不清
展開在前面的路
我不能認清方向

霧來了
像一道高而且厚的牆
把我的視線切斷了
把自己關在牆內
一層又一層越積越厚
使我成爲孤獨的人
自以爲世界祇有我一個

祇要太陽爬上了山頭
霧就漸漸消失

而在我心靈的平原上
為何又聚滿一層的濃霧

雨　情

等雨停下來
那時的心情
似在苦苦的哀求
心靈受傷的人
停止哭泣

不要哭　不要哭
太陽底下
有什麼不能解決的

雨越下越大了
那時的心情
眞是心亂如雨絲
雨絲忽然變成白色的鋒利的短刀
一隻一隻向着我的心
射來了射來了

我們約好七點見面
她在那兒等我嗎？

爬山記

一個人
爬一座山
如一隻螞蟻
爬上我的手掌

在手掌裏的一隻螞蟻
在那兒團團轉
轉來轉去越轉越驚慌
我越看越好笑

一個人
爬一座山
那些靜默的樹
一個一個比你高
那些不會說話的石頭
一個一個瞪着你
緊張的臉和滿身的汗

一個人
爬一座山
感覺自己是那麼渺小
渺小如一隻螞蟻
如一粒細沙

耳聾的人

請大聲一點
我的耳朵聾了
如果是一些陰謀詭詐
或者說人長短
那麼請別說吧
否則別人會聽到的

有時一上一下的嘴巴
是一把一左一右鋒利的刀
如風的來去隨時襲擊穿着衣服單薄的人

往往我們沒有想到
由小小的嘴巴發出的語言
柔和却帶有利刺
無端地去刺傷一個人的心

語言似空氣到處散佈着
散佈着帶毒的小刀
很高興我的耳朵聾了
對於人們施毒的語言
完全拒之於心靈的門外

殘酷的愛

鄭烱明

毅然地，把所有的一切
都獻給了你之後
才知道
原來你是那樣的一個人
並不覺得後悔

因爲從你殘酷的愛裏
第一次，我眞正
尋回了失落的自己

也第一次體驗到
最初的生命的喜悅
讓我漂泊已久的情感
暫時有了棲息之所

雖然此刻，心的創傷
有如馬里亞納海溝那麼深
那麼難於癒合……

雪芽

懷念介崑

蘇武雄

他在嚴冬時刻埋葬自己
而贖出一顆芽
雪溶後
春風撫着山崗一片崗一片綠草
那芽茁長……
成一株挺拔巨樹。

宇安

吟吟

喲！
是命運吧？
女神是你安排的！
優柔與冷酷；
如今
你還是你，你與你的寂寞爲侶。
我仍是我，我與我的孤迥相依
蒼天茫茫！
白雲悠悠！
只有我，
自識自嘲，
自問自答
但
誰也搶不去你，
因你是我的……
任風吹雨打，
一直斷不了我的追憶，夢想，渴望；
爲你沉吟在孤獨，悲哀、鬱悶，
無法解脫裏，
是的
時間會沖淡一切，
却不能沖走一切，
你的清晰一頁，
永遠擺在我面前，
如極光，又如靈光……
當有一天
無聲無息，靜靜悄悄，
沒入忘却之暗晦空間時，
我還叫喚
宇安！
宇安！

作品三首

楊傑美

母親的聲音

母親
在錄下最後一卷的聲音之後
終於去世了

一面喝着咖啡
一面聆聽着母親臨死前的錄音帶的我
始終不曾相信過
母親已死的這個事實吧

然而，每當我打開on off的開關
凝視着那只黝黑的錄音機時
却始終看不見母親的笑容
只聽見母親臨死前的聲音
那麼，母親已死的這一個事實
不就更殘酷地被證實了嗎

只是母親啊
在那個死去的黑暗的世界裏
一向喜歡嘮叨的您是否
還像從前一樣地正對着我的耳朶
嘮嘮叨叨地訴說着一些什麼呢

沉思着這樣的問題的我
却只聽見錄音帶上不斷地傳來
沙沙的聲響

母親唷　從火焰焚燒過的地下昇上來的
那些死去的音符
如今正幽幽地流過我枯萎的心田嗎？

敲門

有人
站在那看不見的黑暗深處
不斷地擂打着我的門戶
這在一切都沉寂下來的午夜時分

那咚咚的敲門聲
像慶典時喧嚷的鼓
不停地擊打着
我的心頭漸漸昇高的納悶——
是否有某一個
被關在那看不見的黑暗世界裏的人
此刻正站在我的房門口
想要進入我的世界嗎

喪失了體溫的人
是否也會懷念着
血管裏流動着血的溫暖的
春天一樣的日子
像死去的飛蛾
懷念着蠟燭燙熱的火焰一樣

在這一切都已經停息下來的
午夜死寂的浪潮裏
有人
正伸出他魯鈍的手
不斷地擂打着我
開向明日晴朗世界的門戶

茶花的抒情

安安靜靜的茶花
痴痴地睡着
在歷朝燈柱金壁輝煌的陰影下
安安靜靜的茶花
一面曬着
爆裂的石榴般的太陽
一面夢着那遙遠遙遠的國度
烽火的邊疆　和
洪水的高原
這樣安安靜靜的茶花
擁有一張初生雲蒼白的臉

安安靜靜的茶花
畏縮地站立着
在歷朝宮殿灰黃的黃土背上
安安靜靜的茶花
沐浴着山巒青色的憂傷
淋着春天黏黏膩膩的季節雨

這樣安安靜靜的茶花
擁有一張幽怨的少女的臉

安安靜靜的茶花
紛紛地萎落着
在鐵器深深犂過的故鄉田野
安安靜靜的茶花
默默地褪去自己腐敗的肌膚
用黏黏的雪水包裹起來
堆築着一座龐大幽深的墳穴

而這樣安安靜靜的茶花
擁有一張漆過霜的天空的臉

世路篇

邱淳洸

世路

炎熱，
冱寒，
過了山腹、遭遇不少的風雨；
一生總要堪忍，
精神才能雄長。

克苦，
耐勞，
多麼困心衡慮，
寬猛相濟！
心平氣和、盼顧後方；
省悟了世路的奥秘，
切望着山上唯一的陽光。

一去，
再去！
一路都是南風花草的芬香；
境清心暢，
悠悠自適，
老軀幽步入仙鄉。

秋來不愁

花開了春不能留，
夏天過了秋就來。
蟬鳴蝶舞已無影！
爬山游水人何在？
池畔的柳梢明月升上，
從高空映射着書窗。
籬下的菊花眞芬郁，
秋蛩鳴了一聲——引我思鄉。
涼風洗心，
秋來不愁。
梧葉飄落又能新生，
日落回轉復見曉光。

剪裁以後的作品

古添洪

英雄們都不免成為鬼斷足或者斷手淌血或者無頭或最溫柔的心成為最激昂的手勢或最激昂的手勢凝為冷碧的鉛字鬼魂啊或拖著尚殘缺的身軀拖著閻羅王新製的義肢回到泥土的故國重覓您底血您底軀您底夢您們的英雄淚啊不要哭與您們同年齡的新一代長頭髮像椰林迷你裾如倒開的金蓮或是象牙塔塔主或是虛無派宗師或成為醫生或成為博士瀟洒滿足快樂士良啊秋瑾啊您們不要哭不要哭
唯物主義

我堅持
唯物主義是異端邪說
不妨以
貧血的嘴唇
肺病的語調
去饑笑市儈
說他們徒有轎車洋房
說他們徒有銅臭債券
紅潤臉像肥豬頭
靈魂却如鬼火半明半滅
也不妨
以報復的心理
不教育他們的二世祖
說他們不成材　不懂
一簞食一瓢飲　不懂
曲着手臂看蒼白的雲
我陶醉
人與禽獸幾希的古訓
神功戲

那是最繁殖的族類
只要是泥
漆上金
就可以捏成神像
或長鬍紅臉
或短髯黑臉
或居於東瀛

或盤於西極
祭壇上合演一齣啞傀儡
戲棚建於路之陰
鑼音擴及路之陽
花旦正演刁蟬
嬌滴滴低喚「郎君郎君」
呂布頭上銀觸鬚一抖
「董卓啊！」

眞神在側隣的神社裏
坐在辦公室裏
數鈔票
談生意經
明年
要塑一尊笑口長開的菩薩

拾穗

周伯陽

烈陽烤熟了新生命
昨天 農夫已撈起血汗的代價
如今 稻穗把謙虛底風度
遺落在田裏

田裏飄出稻草底芬芳
彌補滿田裏的空虛感
我下了田檢起一束稻穗來
凝視着農夫血汗的結晶

盼望種族永遠的延續
它夢想子孫繁榮於整個大地上
是誰摔碎它的美夢呢？
我嘗試檢同它金黃色底幻想

金門詩抄

衡　榕

島嶼的手勢

海鷗還不曾飛來
海浪也只是開開玩笑罷了
到底還只是
在岸邊摸索

海潮如果要
築成一座高牆
春天就無法在
——海面旅行了
那羣愛潮的孩子
也就要順着信風
回到媽媽那裏了

海燕也不曾飛來
浪花也只是隨便打打而已
到底翔鳥的家
還在重重的岸外

島嶼的手勢
海潮如果要
誇張成一幅畫
凝注的虹呵——
且讓我跨步
追尋

心頭冰河

走過黃昏
我將熱淚盈眶
海濤已過
萬重千山
心懷長長一季的
仍舊是長桅上的
鷗啼

異鄉原只是一條
溫柔的心頭冰河
走過這裏呵
黃昏
仍舊是舊時的
一襲雲和風

月曾來過
星曾走過
這啞劇的天空
海濤呵
那望不見的低語
在夜幕走近時
我怕——
熱淚盈眶

船在開航

在抵料羅灣之前
誰多爲我操一份心
是否風浪太高
是否船身太幌

黑夜在陸地是
一席夢的睡床
船在開航呵
就在沒有夢床的
茫茫波濤裏

誰多爲我作一份的
關切和賭注
海鷗被黑夜罩去
島嶼被黑濤引去
船在開航
就在黑黑的海峽裏

一天一夜的航程
已成無定式的解答
誰多爲我耽心
還是待明日的黎明
料羅碼頭卸下這身的
倦憊再說——

海峽日記

星星知道
月亮知道
太陽知道
海峽日記裏
我記下了；

八月的迷你裙
一月的大棉襖
我從霓虹來
我又將從
風沙同歸了
待我同去後　而臺北呢
所謂的鄉愁呢
終將凝結成零

詩兩題

斯人

告別里爾克

當初我認知你，詩人
那時我剛拋棄我童年的信仰
口雖不言，心中自疑
似乎你來得恰如其時
明知你言辭多刺（適足以鞭撻人性）
而你心靈之美無人能解
你所知於內面世界的
正如花朵之於它開放的空間
然而你所顯示的詩與眞
並不成爲我逃避你的理由
一旦青春的幻影離我而去
你徒然成爲一種誘惑
於是我掩上我的書卷
而你放下水晶簾，如古之美人……

斯賓諾沙

是否做個世俗中人
而把世俗的幸福來贏取
是一件更爲難的事——要合乎人情
且不違背神聖的旨意？
斯賓諾沙，你不違如愚
像一個終日磨鏡的學徒
但你熟悉光學原理
不遜於智慧與孤獨……
自從神創造而人墮落以來
你便是一株青色的魂靈
迅速地超越過生命之樹
成爲宇宙間最高貴的公民！

都市之鼠——走上天橋

廼　萊

弓身上天橋，弓身下天橋
無盡的天橋聳矗——
如蛟的軀體跨躍

走于樓梯口望層層的階
且劃道直線往前，沒有角度的
好想，好想走走平平的路

賣力漫上天橋
——屋高聳，橋高聳；人高聳
只是仍不見日出也不見日落

走上天橋——
電線圈廻轉，車湧
我乃被擁往天上，置于渾噩狀態

粗獷的車號叫，縷縷的煙擠進胸脯
我的胸脯已腐進蕈菌纖纖
霓虹猙獰，笑個賣笑的笑
我見文明的大門牙裸露
——有蛆在打瞌睡

悽迷的顏色走着悽迷
悽迷的霓虹走着悽迷

焚心伴漫不開步伐的步伐——
人往前，橋也往前
人更前，橋更前

變調的鳥

林梵

變調的鳥

The Bird of time has but a little way
To fly—and Lo! the bird is on the wing.
——Rubáiyát of Omar Khayyám

鏡中的伊　或許
花中的伊　或許
水中的伊　或許
月中的伊　或許
聊齋夜話罷了

伊是潛流吾心深處的音樂
純粹的溫柔的情慾
重疊交流吾的生之喜悅
卽或深沉的無言的悲哀
啊　畢竟煩惱是少年維特的

影子緊咬着影子移動
悄然第三隻影子靜靜的
探身而出形象
吾冷靜的看離自己軀體稍遠的吾
被逐漸擴散開來的陰影淹沒

把天空整個倒過來
不就是海了嗎?
囚人水中的天
是那麼的一躍可卽
莫怪李白要撈月亮去了

記憶恒是痛苦的自殺
在兩極流來流去的吾
該現身或者藏身何處呢?
只有噴射血的旋律
感動宿命的星象了

鳥是非歌不可的
卽使變調也是要唱
尋求幸福的青鳥朝遠方飛吧
或許遠遠宇宙邊緣的天空
有一顆好奇的星在看吾飛翔

——甲寅暮春

夜西門町陸橋小駐

流動的人潮
莫非金魚缸裏赤裸的魚
遠方的樹
緊緊的抓住大地
卽使小草也是
而我們抓住什麼?

——甲寅初夏

海，叢林與古堡

洪宏亮

海，叢林與古堡

日影深入叢林
有些許神跡彷彿
以橘紅色登山包，以一支蠟燭，以一支歌
朝聖於一洞幽映的古老回憶

登崖際，眺前方的船舶
以靜立的美姿泊迷茫海中
遙遠一如我童年放置水塘的紙船

僅以些微笑
陌生如此熟稔
當我們觀望古堡
一排童話自眼角走出

倚立

湖是一隻曲折的手
伸展至山坳深處
搜羣山的幽謐

密林廻望葱籠
鳥鳴啁啾出晶紫的暮色
靚粧的少女總知道
怎樣倚立岸樹成美姿
且欲映一襲身姿與衣裳在湖底

唯當回歸
身影隨夕照而去
所謂留影於水上
只是偶而的回憶

怡夢室詩集

林淸泉

鏡中人

驀見那人却在燈火闌珊處
有些驚異的滑稽
無可奈何的奈何
我還是我
而你是誰?
怎能合二爲一

你是誰?
如此猙獰
如此醜陋
如此失魂落魄
眼神露着凶光

不管你是誰?
我總要一拳把你擊倒
就如此嘩啦一聲
倒下的却是自己

扭曲的時代

以慾混着慾的
舞着怪步，加上搖滾樂
以及成熟的天體浴
病態季節的囈語

而那尾男性魚，與
一張捺粉三寸原的臉
沉淪在慾的邀宴下
吻着，瘋狂着

詩　人

閃着醉了的翅膀
向星星狂笑
並招來什麼靈感的
請坐在雲霧之宮
然後，捲起一陣風
吹斷幾根鬍子
就自鳴得意的跳起舞來了

舞着，扭着
偷偷伸出一隻蒼白乾癟的手
想去摘太陽

守貞的女人

一羣星星的嘩笑
那逃去的，愛飲濃濃烈酒的
那個女人
就有那麼多的脚印留下的
就有那麼多的頭髮遺落的
那個女人

咀嚼着蛇的誘惑
那麼多迷人的舌頭
那麼多部落的篝火
那麼多酋長的鼓聲
總是在羊鬢喃喃不絕

哦！哦！就有
那麼多的，那麼多的
不愛睡覺的年輕的且力壯的
充滿雄性的男人的
歌聲

哦·吻

總想尋到一個答案
如此燃着的
那盞燈
被我狂熱愛着的
那盞燈
正吐着熊熊火舌的
那盞燈
以蠱惑之姿
誘以一種死亡的
吻

凭欄的那個人

那人，總愛獨自凭欄
寂寞遠眺
對無限好的夕陽
引起陣陣的惆悵
想及三十功名塵與土
想及八千里路雲和月
不禁有怒髮衝冠的慾望
但頭已秃
祇好把帽子揚得高高的
作一種無可奈何的姿態

一扇閉着的窗子

一株向日葵植在其間
就像被人畫畫的裸女
擺着莫名其妙且無可奈何的姿態
呆立在窗前
却揮不去那隻阻擋陽光的黑蝴蝶

失　眠

霉雨夜
被困於果核裏的意志

是一座不能突破的城
默默守住黑夜的窗口
熬着陽光

高高的圍牆
阻不住如霧的悵惘
惱人的思緒
馳過白羊千隻

哦！乍見那微笑的黑裙
依然有示威性的

午後的感覺

從戰爭縫隙中來的
却不知戰爭的那個孩子
午後，倒滿過癮的瀟洒起來了
立在橋頭
看錶
並顯出無所謂的樣子

頓時
一排子彈呼嘯而過
他淡淡地仰頭
引不起什麼特別的感覺

銜煙斗的那個男人

銜煙斗的那個男人喃喃

把名字刻在一枚彈殼上
呼嘯而去
並在衆多的喧囂裏
狂飲烈酒

然後，瘋狂的舞着
以撒旦的狐步
再從星空下
滑航着，多過癮
一個未知的夢

呼嘯而過的男人

以獵狩者之姿
從晴空掠奪而過的
一張帶憂鬱性的臉
在無限好的夕陽下
曝露着
困惑着

癡情的人呢？細雨的土城
有騎馬的男人呼嘯而過
塵埃在蹄邊
長了翅膀
趾高氣揚

那夢被擱淺了
凝視着茫然

城　市

朱門嘩啦嘩啦的
血就沸騰成河啦！
揮不掉陣陣的腥味
更揮不掉衆人的貪婪

路邊蹲着一具
屍體，在日落之後

清　明

這雨紛紛的季節
乃有上酒家的慾望
三牲，冥紙又代表什麼呢？
蒼蠅遂着腥味

祖宗的尸骨未寒
鬍鬚仍在空中搖晃
但核子雲層
却遮不住子孫饞嘴的形象
以及又哭又笑的吶喊

談戰爭的那個人

那人，總愛裸體去談戰爭
並愛在千萬人的注視下
昂然走過
瞪目揮臂

當風吹動他的鬍子時
週身就成了燃燒着的樹

火焚盡時
他便把頭埋在土裏
像一柱釘牢的木樁

午夜夢回

驟然醒來
星子在嘩笑
風依舊擁擠在
黑夜的窗口
影子示威
道道寒光的
吶喊

秋空下的散步

挾着又瘦又病的影子
很有藝術的散步
在秋空的雲底
以憂鬱的語言
喃喃地
向無所謂招呼

蓓蕾園 (一)

顛簸地走

龔銘釗

一種憤懣
掉滿幾根霜髮
守着或然的歸宿
藏在黑暗裏
去數
天上的星星幾許

像在醞釀着
我始終無法解開的
神經結
結上有我在
顛顛簸簸地走着
好像一種
常有的病態
一陣寒流掠過
甩了我一巴掌
頸子遂被捲入結中
那時
我才曉得應該
認眞的
顛簸顛簸地走

教室內

白慧容

停止了思潮
他對周遭作一番巡禮
陌生之外仍是陌生
偶傳來三兩笑聲
未曾予沈默的弦跳躍
遂凝結於陌生門外
他的眼向藍星尋求方向
孤寂悄悄相迎
本欲在生命中彈起高音
却自譜以無數休止符

故鄉之歌

杏　華

從心中的假日、遙遠的學校
提起燃自昨夜地火炬；
塡在歸去時間鍋爐裏，一心一意熱着、燒着
擠車票、趕車站
等車又上車
在轆轉心版上烙印、焦炙。

祈求、祈求那故鄉景緻，划近車窗來
扯釋我痴痴地鄉愁；
像盼十五長夜，擡起圓圓明月
溜溜地映在淒涼心湖，那兒
沒有漆黑，也不再弦月
對着烏雲星微上下愁眉。

故鄉裏的故鄉！歸途中之歸途；
晨昏日夜不分，翠道雨灑又日照；
萬千兢戰愁緒，尾隨滿天翺翔歡悅的燕子
絲絲解開，化入雲霄。

垂釣的溪流，譜上白雲絨絨，暢飲微風輕盈，
撥弄柔情盪漾；那兒
燕子啄水點點，像琴弦上姊的手
雪白鯽魚躍破水面，如妹妹銀笛上纖纖巧指
竹鞭下水鴨低鳴，戲水孩子忘懷歡呼
怎知此起彼落合唱有多重？
望着滿天絢藍飛燕，燦爛、耀眼、和協
依晰畫出童年航線，由衷、眞摯、微笑。

溪流繞過故鄉，不斷低訴恒古琴韻，彷彿
盼着含情脈脈的伊人
舞以金色湍湍浪花
抖出初戀痴痴地心跳。

炊煙斜上，夕陽沉醉
沿着走不盡的沙灘，追朔舊日淚痕冲激；那個夢
欣然閃起。

失望

陳德恩

瞬然自肘間滑落
千百個瞳孔相凝結的日子
他嘆了一口氣
最後

耳環

陳秀喜

民國二十八年
母親的民族觀念說
耳朶有針洞
才是中國女孩子
總有一天
要辨別我們並不是日本人

戴着翡翠玉墜的耳環
梳兩條辮子
穿着長度到脚跟的旗袍
因怕統治者的威風
純中國式的打扮
街上旣少見了
我時常被日本的小孩子們
投擲小石　罵「淸國奴」

他們無知的妄動
是驕傲的統治者的遺傳

耳環如祖國的手安慰我
撫摸着面頰
使我更裝神氣濶步
那個時候　十八歲的我
深信母親的話
耳環也就是
中國女孩子的憑證
臺灣光復　那一天
不必檢驗耳朶的針洞

如今　年齡已老了
對着鏡子的時候
習慣地多看一看
去世的母親
留給我的民族觀念

六十三、八、九

事務所

李魁賢

忍耐

在廻腸盪氣的天空裏
忍耐洗滌我心靈的白襯衣
揉搓、絞扭、捶擊……

在我八樓的全景窗外
一片鳥落下
因忍不住風的挑釁吧
茫然於飄蕩後的定點

望着悠然遠引的天空
我熨平後的白襯衣
在旗桿上升起

轉彎

趕在下午三點半銀行關門以前
正直地誤衝入死巷的巷口

禁止轉彎的標誌非常醒目
如果一味開到底
注定是碰壁的命運
背後又接成了長龍
要退出也是不可能的事

爲了免於在大都市的車禍記錄上
添加不光彩的一筆
不顧無形的眼睛之注視
急速作九十度轉彎

廿七詩抄

莊金國

雨落月世界

不該有雨的
月世界
一少年赤足跑
上，跑下
滑倒了慢　動　作
慢動作爬　起　來

山也禿頭
自從草們不再上
去與霧捉迷藏
山乃禿成
這個樣子。且復
那個樣子

自從阿姆斯壯奔回
那「步」月
這裏竟也似
　　月的世界

　　啊月的世界
　　有誰再伐桂

一聲悶雷下
　走避唯恐不及
　逃逸雨的追擊
　……雨的追擊……

姑婆寮人

保生大帝天天保佑
姑婆寮底姑婆寮人
有橋無水有山無泉
姑婆寮底姑婆寮人

姑婆寮山頂姑婆寮
山脚諸神默默出神

一輛拼裝車此其時
一輛牛拖車此其時
載着太陽載着月亮
同時在能保寺廣場
卸下太陽卸下月亮
姑婆寮底姑婆寮人

咖啡屋印象

謝武彰

買報記

——下午五點多鐘報童來了

先生，請買份報紙
我下學期還要讀書
拜托買一份，先生
用二塊五買了一份晚報
整個世界立刻現在眼前
也讀到這段遺漏的消息

蜘蛛

——死在一幅抽象畫旁邊

偶然看見牆緣
一隻已風乾的蜘蛛
而曾是巧思却成為
自己墳墓的
網　也已殘破
每天入睡時
我也織着網，如蜘蛛
把自己關在其中

默默擦拭着
歲月的門窗

賣筆的人

——患了水腫似的，被店員硬拉出去時教堂
晚禱的歌聲偷偷溜了進來

老兄，買支原子筆吧，拜托
只要十塊錢，我還沒吃晚飯
我叫您一聲老兄並且向您
磕一個響頭，您總不能這樣
無動於衷見死不救呀
辛苦地想賺取您的同情
您却無所謂地坐着
用銀匙優閒地吃着冰
再向您磕個響頭
再叫您一聲老兄
也許您眞的不需要筆
那麼請給我一塊錢吧
我還沒吃晚飯，老兄
我還要吃晚飯，老天

我還要吃晚飯

零時

——怎麼？一天又過去了！

一個拾破爛的老婦人
緩緩走過暗夜的街道
似淚水沿風霜的臉頰
——滴落　無聲無息

燈燈燈燈燈燈燈燈
一朵
一朵
熄了

詩兩題

莫　渝

墳前小詩

①

剛睡完懶懶的午覺
醒來
誰家的哨吶聲夾雜不入流的洋樂
哭哭啼啼地
衝進耳巷

我還能再睡？

②

把這塊山坡草地睡了又睡
不知多久了
這個年頭
早先移居到此的有福了

揉揉眼睛
前方走來的不正是
揹着土地到處尋找土地的
放牛阿土嗎？

不知剩有多少空地？

夜雨

入夜了
我急遽地想抓住那張
無告的天空
一不小心
誤把窗外的淡月驚走

整個晚上
亡魂般的烟雨
哭泣令人心折的犬吠聲

拍賣市場

羅杏

拍賣市場

拍賣市場在殺價賤賣
電梯　飾壁　夜花馬路
鬧不清屬於誰的空隙
　　跨不出去

八音打鐵
顧客誤把脚底踏成馬蹄
白馬王子夢倒模特兒一地
裙角多擺　旋紅一屋少女
一簇簇尼龍透纏夢

半價貨色
不是嫘祖杼機滾軸的細絲
黃帝龍袍黃滾千秋萬世
後裔　太陽　土地
只一朶蝴蝶翩翩髮隙
向日葵展露滿笑
迎接沒有鑽戒的嘉禮
自奥林匹克的山頂
自泰山的羣峯
自日繞的龍顏
燃起聖火
炎炎黃黃
點醒淚炬蠟心
也穿網於春蠶的糾結

時裝表演
隨影　心貼　髮結
紅紗含蓄滾邊
衣袖仍無法映紅
「永浴愛河」的對聯
聞道是一曲虞美人唱盡
更漏子
柳枝插腰
紅豆綴心
露背裝原是非賣品

湖柳

風的音響結在柳腰
　因水而清
　因橋而遙
水清趕仙子趁夜
曲橋盡繞
細腰總要纏彎月梢
叢綠壓羞
教壞湖畔垂柳
荷池鴦亂
過水過橋雙槳
春渡划不開柳條
一路水天顛倒
却總過客耳目出讓
山歌是風的音響　響遍山坡
漁火是不眠的眼　張到天明

星子們已習慣模糊夜色
羣樹都懂得梳裝玄綠
　送一陣水清
　慢一回橋渡
把一夜划破的荷池　收拾收拾

情緣

塵埃隨袈裟紅惹一身
不防偷眼而沉沉底
柔光一向繞於指染間的這齣戲
心如鏡湖　逐花　逐春
　放風　放水
凋零已任心聲貼住
脚尖觸痛新蕊
笑住凝空的遠藍　且捧鑑竊語
流速快拍拍醒　那一束髮得隨長情流去
斷落於柔指的晨光　以及黃昏的斜牆
沒入情緣的紅絲叢中
微黃燈下的心願　也隨書本疊層而上
登高賦一杯秋興：
　易流流不盡一地
　易散散不開濃霧
　易走走不去的雙腿
縈縈一縷話滴，溫住愁腸，隨淚墮去
孤巷　陌岸　梢頭　話上話下
請春　請秋　於鏡底
　禁不住　塵埃惹紅

群脖

雙蹼這樣響地
世代怨言已踏成爛泥
脖長早晚依舊頭垂
混混旋渦
一載晃漾過一載
只有笨啄
呆立一池
　昨夜春門未鎖
　長探一廊的藤夢
　暗訪花村
　殿裏奏滿春江綠波
　兩蹼輕拍且和
　迎接入宮，入於池中：
　一杯且話當年脖長　仰天
　記憶之頂　唇角萋萋
　啄一杯黃昏淺笑　紫紅醉飲
　放脖拍翅　池酒話低
東方又白
羣脖啄唱　青天曲韻
仰望長嘯　劍舞歲寒
　燭燒書頁
　翅蔽日月
　蹼動山河
窮轉半世啄啄
日暮依舊垂頭盤脖
兩蹼戲泥
拍響大地

笠下影

詩人像一支鐵騎隊
以狂飈的姿態，
隨時突擊於敵陣之前。
每一個章句，
都爆出耀眼的火花，
每一首詩篇，
都放射濃烈的硝煙。

——筆隊伍，戰鬥！向前！

I 作品

漢城初訪

莫感嘆於天涯吟遊之夢未圓；
當「波音七二七」御風升降時，
乃頓悟這世界正逐漸縮小，
雲程萬里只在黃粱半熟間。

啊啊！這是兄弟之邦的韓國，
隔水青山似故鄉的漢城啊！
你將告訴我一些什麼，
除了一聲聲親切的「安寧」之外？

這滿眼景色，陌生而又稔熟；
這裏，或許和我遠在北方的老家
是立足於同一緯度之上的吧？
唉！其奈此時不得一見冰雪何！

遊萬國博覽會

「太陽神」睜着茫然的巨眼，
看脚下的人潮洶湧澎湃而來，
來到千里丘陵，來試圖觸及
「人類的進步與調和」之主題。

於是，世界各國族文化的縮影，
便在此投射，在此交互展擴；
這裏便是一簇夢及其他的橱窗，
陳列着一些過去、現在和未來，
一些既有的成就和無稽的炫耀，
一些能實現的或不可能實現的
藝術以及科學的心血和狂想。

於是，我們便隨人潮而湧盪着，
湧過了心的森林與生命之樹，
湧過了空中樓閣與海底都市，
且身歷了人為的世界末日之風雨雷電；

廻盪於主題廣場和鳳凰來儀之間，
廻盪於巴爾扎克和古龍香水之間，
廻盪於悲多芬和萊卡照相機之間……

當瑞士館前的光樹萬炬齊明時，
這世界便浮沉於一片燈海之絢燦裏；
而「太陽神」的巨眼乃更爲茫然，
在調和與衝突之間，不知想些什麼？

京都即景

來訪京都，便似步入一軸
四百八十寺烟雨樓臺之長巷；
我便自擬一斜披袈裟的行脚僧，
去覓拾曼殊上人的尺八餘韻。

清水寺的紅葉已在去年凋落，
而今春的櫻花又早化爲香泥，
唯「西陣織」仍以一片錦色，
笑送携着酒具歸去的訪客。

古老的神話，在三十三間堂沉澱着，
鴨川橋下，浣紗女又浣褪紅顏幾許？
「御中元」的輕烟飛繞過深巷人家，
行人猶如踏着江戶時代之舊夢走來。

金閣寺依舊在波光雲影中爍亮，
似已忘了三島由紀夫的那把邪火；
平安神宮只痴痴地望着祇園，
欲尋蝴蝶夫人之歌聲無處。

雨傘巷

來時雖然無雨，在小巷裏
且亦未見亭亭如蓋之傘影，
但只聽到這饒有詩意的名字，
便頗足以發思古之幽情了。

昔日在此製傘的人，而今何在？
怕連這家樓也莫知所答了吧！
晚來天欲雨，對着青銅小火鍋，（註）
即使不飲一杯，又豈非詩意盎然？

鼓腹下樓時，少巷已在微雨中，
而雨傘巷仍無雨傘之影亭亭；
街燈下，唯見一雙青年愛侶，
共披着一件雨衣而匆匆走過。

（註）是晚由陳赤美弟作東，在雨傘巷「廣東樓」便餐，其各種平底小火鍋甚快朵頤，且頗有情趣；因而聯想起白居易的詩：「綠螘新醅酒，紅泥小火爐；晚來天欲雪，能飲一杯無？」

Ⅱ 詩的位置

在播種時期的詩壇，盛行着兩種詩；一是爲時代而歌唱的戰鬪詩，一是爲個人而歌詠的抒情詩。前者往往具有陽剛之美，後者常常帶有陰柔之美。朗誦詩便是爲時代而歌唱的戰鬪詩之一種，它格外講究節奏與韻律，在現代化的口語之中，去鍛鍊詩的語言。從抗日到反共的戰鬪中，朗誦詩曾經風行一時。在播種時期的詩人羣中，如金軍、葛賢寧、鍾鼎文、紀弦、墨人、鍾雷、上官予、李莎等等，都有一些戰鬪的詩篇。其中尤其是鍾雷，便是以朗誦詩而受詩壇矚目。「生命的火花」、「偉大的舵手」、「在青天白日旗幟下」（註1），便是那時期的結集。雖然鍾雷曾經是屬於「今日新詩」的系譜，但是他却一直保持着自己獨特的風格，因此，該是一位獨立的詩人。固然他是以政治性的朗誦詩而受詩壇重視，但在他那個人性的抒情詩中，却依然獨樹一幟。例如：連載於詩誌「今日新詩」的「拾夢草」以及詩集「天涯詩草」（註2），都是屬於個人性的抒情詩，但依然投着時代的影子。

（註1）「生命的火花」是鍾雷第一部朗誦詩集，民國四十年九月由重光文藝出版社出版。「在青天白日旗幟下」是第二部朗誦詩集，民國四十四年九月由中央文物供應社出版。「偉大的舵手」是第三部朗誦詩集，民國四十四年十月由文壇社出版。

（註2）「拾夢草」連載於「今日新詩」第3、4、5、6、8、9、10、11等期。「天涯詩草」詩集，民國六十一年六月由華實出版社出版。

Ⅲ 詩的特徵

凡詩皆可朗誦，但可朗誦的却不一定只是詩。詩的朗誦，好比是音樂的演出一樣，該是一種詩的演出。因此詩的朗誦者，也好比是演奏者一樣，要能傳神地表現出原詩的神韻。鍾雷的朗誦詩，便是以氣勢磅礴，音韻鏗鏘取勝。那是屬於陽剛的類型，洋溢着時代精神與戰鬪氣息。鍾雷的抒情詩，却不完全是屬於陰柔的類型，還有一些陽剛的氣質。例如：「乃頓悟這世界正逐漸縮小，雲程萬里只在黃粱半熟間。」（漢城初訪）「我便自擬一斜披袈裟的行脚僧，去覓拾曼殊上的尺八餘韻。」（京都卽景）等等在他的抒情詩中，我們也可以找到陽剛的氣息。換句話說，卽使是在他的抒情詩中，他也不忘時代的憂患。他的朗誦詩，非常口語化。但他的抒情詩，却有一點兒文言化，呈現文言與白話交揉的現象。當然，做爲一個詩人，語言的抉擇便是決定了他創造的方向。

Ⅵ 結語

如果說把人生比喻爲一段旅程，那麼，詩人該是一個過客。「韓國紀行」、「扶桑之旅」以及「非島去來」中，詩人鍾雷該是一個旅客，他是在回憶中留下一連串值得留念的一瞬，同時加以表現着。他是否能像太史公那樣遊名山大川而文章有奇氣呢？那就要留待詩人別具的慧眼去印證了！

吳瀛濤著：憶念詩集序

天空復活

陳千武

詩人是時代的見證者；面對着他所生存的時代，他不只是擁抱它、歌頌它，更要觀察它、批判它；串聯着他的生，除了生命本身，還有來自過去，穿透現在，而突進于不可知悉的未來一種異數的世界。所以，詩人特別關注他的存在時空，特別熱愛他的生命。

做爲一個對民俗學具有深湛研究的專家，如同作爲一個時代見證者的詩人，吳瀛濤先生在他遺留下來的詩篇裏，深深顯示了歷史的意識，更且顯示了他對存在及生命的熱愛；「憶念詩集」因此不只是一本值得懷念的遺作選集，尤其是詩人對他的「存在」翔實而坦率的紀錄。

吳瀛濤先生對於世代的隔膜、時代的遞變，持有異常的關注和敏銳的感受；因而他記錄下來的詩篇，有舊時代的回想——屬於逝去的存在，又有都市的 noto ——屬於現代的風景。介乎新的轉變及舊時代遺留的深淵，詩人的衝勁，很忠實的把那些做過比較；如「機器曲」「臺灣衫」「小祠」「名字」等詩，即顯示了濃郁的鄉愁，抒發着對逝去的存在眞誠的懷念，帶着一份自豪，一份「經驗」的喜悅。那些扶着樸拙，簡陋而粗俗的，有泥土味的事象，芳香而不變的本質，在詩人的血液中奔流。

可是，詩人對現代人的鄉愁也體會了。他沒有發出夢囈似的傷感，更沒有僞現代的虛無的嘔吐，他貼切的面對着現代賜與的隔絕感；如「公寓」「紅磚路」「交通事故」「書攤」「上下班」等詩，都提出了現代的進步，和因着進步而消逝的寧謐、樸實、眞摯，介乎這得失之間，現代人不只是滿足了什麼吧，還有失去了什麼。而這種現代人必然面對的精神的壓迫感，詩人藉着都市的 note 有所喟嘆。而且，在輕巧的喟嘆之餘，加以輕輕的嘲諷，溫柔的抗議。於是，在字裏行間，顯露了詩人對時代的關切。這樣，也可以說「憶念詩集」，是顯示詩人向外輻射的愛，在平實的敍述之中，劃出來一幕場景，讓讀者可以回顧，可以正視，可以考察而感受。

然而，在另一方面，詩人也顯示了他的向內輻射的愛。熱愛性命，是一種對環境的考察，而回歸於個人自我位置的確定，因爲他懂得關注周圍，更理解生命的力量，在「天空復活」一輯中，我們看到詩人的意志，對生命的熱愛及期許。如「獸」「海的嚮往」「生命之鳥」等詩，詩人對海存有一份熱愛。事實上，是一種體會自然和生命的心情，萬物與天地一體的胸襟，而這種對生命的戀情，在

詩人和病魔交起艱鉅的鬪爭之際，更充分的點燃了。在「小毛蟲」「蟾蜍精」「貓族」等詩篇，詩人藉着不同的動物，抒發他病中的心情。慵倦之中，隱含着一股熱熱的生的意志，抗拒着將要面臨的死亡的陰影；詩人毫不鬆懈地追求美妙的生，愛生命的存在，這是多麼値得體會的一種力量啊。

總之，詩人是一個凡人，血肉之軀終必同歸於塵土，然而，伴着他的詩篇，他的精神却可以永垂不朽，遺愛人間。詩人吳瀛濤先生是以他的詩，散播了光和熱而存在的；他淸晰的描劃了時代的影像，留給人們無限的鄉愁感。而在「天空復活」一詩裏，他是一隻生命之鳥，在暗灰的天空促使復活。

一九七三年二月於豐原

少年的詩園

梁小燕譯

如果我是一個王后

羅塞蒂作
Christina Rossetti

「如果我是一個王后，
　我將做什麼？
我將使你做國王，
而且我將等待着你。」

「如果我是一個國王，
　我將做什麼？
我將使你做王后，
　因爲我將娶上了你。」

寒冷古老的屋子

阿　農作
Anon

我曉得一間屋子，且是一間寒冷古老的屋子，
一間寒冷古老的屋子靠在海邊。
如果我是在寒冷古老的屋子裏的一隻耗子，
我該是怎樣的一隻寒冷寒冷的耗子哩！

尋　找

費爾曼作
Rose Fyleman

我正爲一個房子而尋覓着
說這小小灰色的老鼠，
　跟

有一間爲早餐，
有一間爲茶點，
有一間爲晚宴，
而且三者俱全。
有一間可以舞蹈，
當我給了一個球，
一隻雞以及一張臥床，
畢竟有六個房子。

老婦人

波　德作
Beatrix Potter

你知道這老婦人
　她住在一個鞋子裏？
而且有如此衆多的孩子們
　她不曉得該怎麼辦？

我想如果她住在
　一間小小的鞋屋——
那個小小的老婦人
的的確確是一隻耗子！

幽

秋谷豐 作
芬 芳 譯

作者小傳：生於一九二二年在日本埼玉縣，鴻巢市。受堀辰雄與立原道造影響寫了很多詩外。他的詩集有「遍歷之信」「登攀」「冬天的音樂」。並選入「現代詩人全集」、「日本詩人全集、「日本之詩歌」、「戰後詩大系」等等

女の心をみつないものに
どうして巨大な山がみらわるものか
　沒有凝視女人之心內
　如何可以覯到巨大山嶺

幽會

走了，到了去年看你的地方，在丘陵上有土壁的
那個幽暗的路旁，
囘了純白腰布
寂寞的面容，
泥土之女人，
泥土之住家，
我也是泥土
在殘破的窗面感到世界
稍稍的斜了顏面。
夾竹桃開在荒地
石疊之街路，
有牧羊羣集的村上
砂嵐變爲小小的渦流
向西吹過去
我們沒有進去地方，
烏鳥啼在炎天草原
殘照般的砂漠
如無情的男女
反覆燃燒與冷却
男與女是沒有境略
只有爲相會
細條的疊石路
走完了這條路
有了是乾土與短草
從貞闇的戶口
挽粉的老婆探了頭看一看
宿舍的老板給了一個鑽鑰

說了一句「不要客氣」
坐在木板床上
喝了一口生羌酒
女也唱了一杯
掛在門口墻壁上的
冷冰冰的石頭佛像
好像有看過了些許面容
寂寞的女面容也是東洋。
這個地方前有住在佛教徒
他們已經滅亡在西方沙漠跑來之回教徒
在此沙漠上遺留的東西
只有此荒涼的佛像
女的囁囁念念了這一句
——一夜
我們醉陶於甘美的冒瀆
在孤單的佛像底下——

霧的歌

霧唱了一唱
霧唸了一唸
霧是無止無境
霧是永遠連在死亡
霧忽然包了我們一切
在深深的大空
奔流了尖銳的霧
在奈巴有了我們的冰凍的愛
有了我們的如刃光亮亮的鋼鐵之歌

詩人的備忘錄（19）

錦連譯

一九二六年 I. A. Richards 曾在「科學與詩」裏說：「詩假充記述而實際上是不記述的，是一種假記述（Pseudo-statement）」。他與C. K. Ogden共著的語意學的古典「意味的意味」（The Meaning of Meaning）裏也說過：「good 這一句，因沒有指示的對象，所以沒有意味」。雨天也說 good morning. 而不說 Bad morning.。就 This bed is good. 和 This knife is good. 而言，臥舖是柔軟的才 good 而小刀子卻銳利的才 goog，如此幾乎完全相反。

極言之，詩在本質上是 non-sense verse。寫出來的與常識上的眞僞無關，卻能以某種不可思議的方法，對作者或讀者的感情給以一種統一。

被科學支配的世界越趨於複雜，詩爲了抗拒，有任務必須越說出非合理的事情去保持心理世界的平衡。

即要論艾略特的「荒地」，也需要重視異質要素的結合——這種詩的構成。「連結現世與永遠的世界，連結過去與現代，印度文學與英法文學，非宗教的與宗教的，宗教的清純與道德的墮落，但丁與倫敦……這種極其簡單的組織乃是成爲艾略特詩的構造之根底」，西脇順三郎曾如此的强調過。

This knife is good. This bed is good. 的 good 是沒有意味的——由於這一態度，語言的意味常是飄飄搖的——換言之，語言之能發揮它的作用，實得力於能伸縮的意味的彈力性。因此 communication 的接受者，也應該做跟從意味的伸縮之練習。

雖有程度之差，一切的發言乃是使用古老的語言，努力說出些新的情報，也就是使用語言這一古老而共通的手段，說出新的個人經驗。所有好詩，就其構造而言，乃是一種逆說。由於詩人必須用古老的語言表現新的經驗，因

而難免多多少少會成爲逆說。

對歷史的敏感性也是近代的一大特色。今天沒有歷史意識之下所寫、所畫、所作曲的作品，可以說是不可能存在的。從另一個角度來看，如缺少對歷史中的自己位置之不斷的關心，則已經沒有所謂近代藝術的存在可言了。

混亂或恣意性，沒有脈絡或總合的組織性之闕如——這是任何欲硏讀第二次大戰以後的詩論之讀者都會感到的性質。但善惡的判斷暫且不說，今日的詩論之呈顯着一片繁雜混亂的樣相和關心之支離滅裂的擴散，勿寧是在所難免，當然不過的現象吧。那是今日的詩欲成爲「近代」的詩之時，必然不得不背負的一處創傷。

假如說「恣意性」是含有對學院派的硬化了的思考之不斷的反對——這種動機的話，我們實在是不能單純地加以責難的。今天沒有「恣意性」的創造性的秩序，幾乎是不可想像的了。那不就是近代藝術甘冒其錯誤和狂奔去建立起來的貴重的歷史骨格嗎？

惡之華

波特萊爾著
杜國清譯

LES

FLEURS DU MAL

PAR

CHARLES BAUDELAIRE

On dit qu'il faut couler les exécrables choses
Dans le puits de l'oubli et au sépulchre encloses,
Et que par les escrits le mal ressuscité
Infectera les moeurs de la postérité ;
Mais le vice n'a point pour mère la science,
Et la vertu n'est pas fille de l'ignorance.

(Théodore Agrippa d'Aubigné, *Les Tragiques*, liv. II.)

PARIS
POULET-MALASSIS ET DE BROISE
LIBRAIRES-ÉDITEURS
4, rue de Buci.
1857.

66 貓

火熱的戀人以及嚴肅的學者，
到了成熟的年齡一樣地喜好
威嚴溫柔的貓——一家的驕傲，
像他們一樣怕冷且慣於久坐。

經常尋求沉默和黑暗的恐怖，
貓是爲學的良友逸樂的知者；
閻羅王可會用貓代馬拉柩車，
假如貓能捨棄驕矜忍受驅使。

貓在瞑想時裝出的高貴之姿，
有如大史芬克斯在沙漠深處，
橫臥沈睡在無止盡的夢裏；

魔術的火花滿豐柔的腰間，
黃金的微粒，好像細砂似地，
朦朧地星亮在那神秘的兩眼。

67 貓頭鷹

在水松樹的葉蔭處，
貓頭鷹並列棲停着，
像是異端的神似的，
射出紅眼光在沉思。

不動地在那兒棲停，
直到那憂愁的時刻，
當推下斜陽，暮色
將暗影沈着地落定。

那姿態啓示了賢者：
所有喧騷和妄動的，
都是這世上的禁忌；

迷醉於掠過的影子，
隨時隨地心想遷移，
那種人將永遠受苦。

68 煙斗

我是個作家的煙斗，
人們看到我的面貌，
像非洲女人就知道；
我的主人煙不離口。

當他充滿着苦惱時，
我就猛猛地吐出煙，
像那爲回來的農人，
預備晚飯的小茅屋。

我抱緊搖睡其靈魂，
於那搖曳的煙網裏，
它從我那火口昇起；

我噴出圈圈的香煙，
治療他精神的疲憊，

使他的心恍然沈醉。

69 音樂

音樂時常迷住我像海濶天空！
指向我那蒼星，
在濃霧穹蓋下或茫茫灝氣中，
我呀揚帆遠行；

挺出的胸膛以及深吸的肺部，
像那漲滿的帆，
我攀登，隨千波萬浪的起伏，
那暗濤的背岸；

我感到遭難的船之一切苦惱，
顫慄在我胸間；
和風或暴雨及其動盪和搔擾，
在無涯的深淵，
將我搖睏。有時那風平浪靜——
我絕望的大鏡！

70 墓

假如在沉重陰鬱的夜間，
有個善良基督徒因仁慈，
在某個古老的廢墟後面，
安葬了你那高傲的遺骨，
在那貞潔的星星都閉上
沉沉欲睡的眼睛那時刻，
當蜘蛛在那兒築巢結網，
蝮蛇在那兒生產了小蛇，
那時一年到頭你會聽見，
在你那判了罪的頭上面，
一群野浪哀聲地悽叫着，
以及挨餓的魔女的悲泣，
那些淫邪的老人的狎戲，
以及黑色騙子手的陰謀。

更正啓事

天儀兄

61期「笠」、「詩人備忘錄」裏面，漏了二、三處敬希惠予更正爲荷。

第二段「——難懂也不僅僅是現代詩的問題。」

第三段「——把難懂誤認爲高尙的風氣——」

第六段「——則報刋雜誌上所使用的「詩性」的字眼，**那到底是**怎麼一同事?它往往是「**傷感**」的同義語，**那就是使人**，沉湎於傷感氣氛的——」

第七段「類似豁谷的黎明，碼頭的孤獨等等——」以上紅字部份漏掉了。

好　祝

弟錦　連敬上八月十日

創造過程與藝術作品的分析

趙天儀

一、引論

在十九世紀，正當自然科學的勃興而强烈地影響了哲學底發展的時候，所謂價值哲學的提倡，便是意味着價值的領域還是哲學所要探討的對象，而價值以外的問題，該是科學所要探討的對象了。那就是說，只有價值的問題，還是哲學家所關心的課題。甚至有的進一步認爲唯有價值的問題才是哲學尚未讓科學取代的問題。

到了二十世紀，尤其是所謂分析哲學的提倡，認爲哲學是在概念的分析，包括了語言分析與邏輯分析，强調着哲學的意義是在通過了邏輯的論證而更爲顯著。把語言的問題認爲是哲學所要探討的對象，正如把價值的問題認爲是哲學所要探討的對象一樣，是頗相彷彿的。固然，兩者的領域是不同的，但是劃分出那些問題是哲學所關心的領域，其用意是頗爲類似的。

㈠美學的界說

在西洋美學史上，如果我們承認美學的研究有着兩大類型；那就是哲學的美學與科學的美學。美國美學教授畢爾斯萊（Monroe C. Beardsley）認爲哲學的美學所要處理的問題是在批評的述句底意義與眞理；而科學的美學所要處理的問題是在藝術作品的原因與結果。（註1）換句話說，哲學的美學强調了哲學方法的功能，而科學的美學便是强調了科學方法的應用。

把所謂科學方法應用到美學研究的領域上，最顯著的該是所謂心理學的美學了。德國美學家費希納（Gustav Theodor Fechner, 1801—1887）除了所謂精神物理學的研究以外，在唱導所謂實驗美學的時候，提出了方法上的革新。他認爲過去的美學的研究；是演繹的、是思辨的；而今後的美學的研究，該是歸納的、是經驗的。前者是一種從上而來的美學（Ästhetik von oben, aesthetic from above），而後者便是一種從下而來的美學（Ästhetik von unten, aesthetic from below）。雖然，所謂實驗美學已經逐漸地成爲歷史性的名詞，但在美學的研究上，其方法革新的要求，却是值得重視的。

在傳統美學的探討中，哲學方法的應用，不外乎是思

辨的與經驗的兩大傾向。如果說現象學的美學，强調了現象學的方法，那麼，我們也可以說，分析美學是强調了分析的方法，尤其是語言分析與邏輯分析。

分析哲學把哲學界說爲一種概念的分析，並不因而否定了其他的哲學的界說，同樣地，分析美學把美學界說爲一種美的記號的分析，也並不因而否定了其他的美學的界說。分析美學是以傳統美學的問題爲其檢討、分析與批評的對象。

(二)現代美學的中心問題

自從美學（Ästhetik, Aesthetics）與藝術學（Künstwissenschaft, Science of Art）對立地發展以後，認爲美的問題是美學的課題，而藝術的問題便是藝術學的課題。其實，在美的與藝術的問題上，範圍固然有其區別，但是兩者却是緊密地關聯着。藝術是以美爲其理想，爲其追求的目標；而美却是以藝術爲其實踐的方法與領域。美包括了自然美與藝術美，前者以自然爲對象，後者以藝術作品爲對象。而藝術所要表現的便是在藝術作品中表現其藝術美的範型。

現代美學的中心問題，自是環繞着美的與藝術的兩大領域而發展；在美的問題上，所謂美的界說、美的標準、美的價值、美的範疇以及美的理想，便成爲其探討的範圍。而在藝術的領域上，所謂藝術的創造、鑑賞以及批評，便成爲三大核心的問題，創造側重美的生產，鑑賞側重美的享受，而批評則側重美的趣味。當然，在創造者與鑑賞者之間，便是通過了藝術作品所表現了的想像世界來進一步地加以溝通的。

因此，所謂創造過程與藝術作品的分析，可以說是現代美學的一個很重要的課題，值得我們謹愼地進一步地來加以討論。

二、創造者與創造性

如果我們說創造者是能產的自然，那麼，藝術作品該是所產的自然了。創造者是意味着有創造新藝術的天才，在藝術精神的發揮中，創造了所謂的藝術作品。而藝術作品該是天才的產品，是藝術創造者的感情與思想的表現，在人爲的因素上，藝術作品有着藝術創造者高度技巧的表現，然而，所謂技巧，却不是藝術唯一的技倆。

(一)創造者的性質

那麼，何謂創造者呢？要具有怎樣的性質與精神才配稱爲創造者呢？創造者在宗教上、哲學上、科學上、文學上、藝術上以及文化上是具有怎樣的意義呢？

所謂創造者，在宗教上，便是意味着創造宇宙的主宰，通常我們稱爲神或上帝。在哲學上，所謂哲學的創造者，該是指具有創見的哲學家，或理論的科學家。在科學上，科學理論的創造者，我們稱爲科學家。在文學上；詩的創造者，我們稱爲詩人；小說的創造者，我們便稱爲是小說家。在藝術上，繪畫的創造者，我們稱爲畫家；彫塑的創造者，我們稱爲彫塑家；而建築的創造者，我們稱爲建築家。而以上各種領域的創造者，都可以當作是不同領域的創造者，或者說是不同的文化領域的創造者。

然而，到底誰是創造者呢？抄襲者算不算是創造者呢？模倣者算不算是創造者呢？所謂藝術的創造者，至少在創造活動上是要有所表現的，到底表現了些什麼呢？我們

可以說創造的表現有二：一是無中生有，由能產的自然到所產的自然，是原創的，或是創新的。二是推陳出新，從已有的傳統中再加以變化，加以創造，好比是舊瓶裝新酒。

在科學的活動上，所謂發明家，往往是意味着在科學實用的製作上有新的發現。而所謂科學家，卻常常是指在科學原理與理論上有新的探討者，因此，作爲創造者而言，他們的性質與取向是不儘相同的。

在文學、藝術的活動上，由於所涉及的範圍不同，其性質也不儘相同。在文學方面；詩人寫詩，散文家寫散文，小說家寫小說，劇作家寫劇本，通常所謂的作家，便是以上述不同的文藝創作爲討論的範圍。在藝術方面，從廣義的性質來看，文學是包含在藝術的類型之中，有抒情的、敍事的以及劇作的三種類型。畫家繪畫，彫塑家彫塑，建築家設計藍圖，作曲家作曲，舞蹈家舞蹈，都可以說是藝術的表現。然而，不論是科學的表現，文學的表現，甚或藝術的表現，在創造精神的表現上，可能是相通的，換句話說，在高度的精神的創造上，他們都需要想像，一種屬於創造性的想像。

詩的朗誦者，必須通過了詩人的想像作用，再創造詩作的演出。鋼琴家的演奏，也必須是通過了作曲家的想像作用，再創造音樂作品的演出。因此，這種朗誦者或演奏者，是屬於第二層次的表現者，在嚴格的意義上，他們不是藝術作品第一層次的原創者。第二層次的表現者往往是藝術的演出者。例如德國的實存哲學家雅斯培（Karl Jaspers, 1883—1969）便認爲藝術作品只有一次性，有而且只有一次，因此，演出該是屬於再創造的活動。

㈡創造性的意義

所謂藝術的創造，既然是要無中生有，要推陳出新，因此，凡創造的一定是新的，但新的卻不一定是永恒的。一個時代有一個時代的時尚或流行，但流行一過，則很快地又感到不時髦、不新鮮了。藝術也有時尚或流行，但眞實的藝術卻能突破時尚的限制，萬古常新。爲什麼眞實的藝術能夠萬古常新呢？那是因爲藝術是創造的，就是因爲藝術的創造性使其萬古常新。中國古代的詩人可以因其創造性而管領風騷一百年，而今日的中國現代詩人，能夠管領風騷一、二年，我想已經很不錯了！爲什麼現代詩人、現代藝術家能夠管領風騷一、二年就已經很不錯了呢？因爲現代社會，交通發達，印刷進步，藝術作品複製的流通性很快很迅速，所以，缺乏創造性的作品便很快地就成爲明日黃花了。

我認爲藝術的創造性的意義，可以分爲下列三點來加以陳述：

一、獨創性：所謂獨創性，是前無古人，後無來者的，所以，獨創性是强調了創造者的原創的精神，那種一次性的精神。

二、新鮮性：既然我們說「凡創造的一定是新的，但新的卻不一定是永恒的」；藝術的創造如果是陳舊的，那根本就不是創造的了！因此，新鮮性是藝術創造的必要條件，但卻不是必要而充足的條件。

三、範例性：藝術的創造是有其典型的，有其範例的，創造具有典範性，也有其不可模倣性，因此，藝術成爲時尚或流行的花樣時，也就開始走下坡路了。

當我們看到太空人阿姆斯壯（Armstrong）第一次

踏上月球的時候，那是令人興奮的，那是一次新秩序的建立，然而，曾幾何時，太空人接二連三地踏上月球的時候，那種興奮便減低了，重複使他們由大變小，由創造性變成複製性了。（註2）所以，我們認為創造性需包括創造性、新鮮性以及範例性。

㈢創造者的性格

在學校的作文課上，我們常常看到由老師出題目給學生們習作，學生常常是環繞着老師所出的題目構想，在習作的時候，根本就不容易跳出題目的範圍，常常受了題目的限制，這種習作，只能培養一種模倣者的心態，而不容易培養一種創造者的心態。所謂創作，往往是先表現成為作品，然後才定題目的。例如詩的創作，在一首詩作中，我們可以利用詩作中的一句或一行來作題目，反而使詩作更醒目更富於畫龍點睛。因此，我們可以說，抄襲者根本就不是創造者，而所謂模倣者，充其量，只不過是擬似的創造者（Pseudo creator）罷了。

那麼，究竟創造者的性格如何呢？怎樣才算是一種創造者的品格呢？創造者需包括那些要素那些氣質呢？李白斗酒詩百篇，如果說是因為他的豪飲，使他的詩思如泉湧，也許說得過去，但豪飲而酩酊大醉，那只是一種飄飄然的氣氛，他無法清醒地寫作。因此，我們不能說某詩人是嗜好杯中物，某藝術家是癮君子，便意味着詩人或藝術家需有那種特質。酒精中毒、同性戀、伊底帕斯情意結（Oedipus Complex）以及某些特殊的嗜好，固然跟某些藝術家有所關聯，但那些特殊的嗜好却不是使藝術家之所以成為創造者的理由，創造者必須有其本身的條件來構成。

美國的美學家喬烈德（James L. Jarrett）認為一個創造者的人格必須具備下列八種要素：㈠、一種强烈的遊戲衝動，㈡、想像力，㈢、注意，㈣、靈視，㈤、經營，㈥、知識與技巧，㈦、獨立性，㈧冒險意志。（註3）因此，我認為一個藝術創造者的人格與氣質，至少需具備下列的要素：

一、創造的衝動：遊戲的衝動跟創造的衝動是頗相彷彿的，都是可以因為入神而達到忘我的境界，然而，遊戲的結果却無法留下什麼，而創造的結果却留下了藝術作品，換句話說，兩者雖然相通，却不儘相同。創造的衝動是一種入乎其內出乎其外的活動。

二、想像的作用；不論是科學的活動，也不論是藝術的活動，想像的作用在創造者本身都是一種非常重要的關鍵，沒有想像力，等於沒有創造的活動；一個創造者想像力豐富，則愈富於創造的活力；而一個創造者想像力貧乏，則其創造的活力也必逐漸地減弱，甚至消失。

三、透視的靈敏：一個創造者，在科學上是要善於觀察，而在藝術上則要善於透視。觀察入微，透視入神，都需要一種銳利，一種靈敏。瞎者尚聽覺，主要的是因為瞎子無法利用視覺，因此，便留心使用耳朵，注意聽覺。詩人對語言要靈敏，畫家對色彩線條要銳利，音樂家對音感需要敏銳，都是一種創造者必須具備的基本氣質。

四、表現的能力：這是包括了一個創造者在創造活動上所需具備的知識與技巧，透過這種知識與技巧，才可能造就一個富於創造性的藝術家。一個能寫好英詩的詩人，一定要有相當的英文的知識及表達的能力，但一個懂英文的人並不必然就能寫好英詩。一個能有所表現的藝術家，一定要有相當的藝術的學養及表現的技巧，但一個有藝術

修養及表現技巧的人，並不必然就能創造好的藝術作品，他們的道理是相同的。

五、冒險的意志：一個創造者需要獨來獨往，一種屬於自我的獨立性，而且要有靈魂冒險的意志，創造者表現了那種神聖的一刻，他需要持續這種冒險的意志，在藝術的天地中，在遼廣的世界上，創造者的情境是時時面臨着一種對決，一種抗拒，一種冒險。

在創造活動的立足點上，我們可以說是人人平等；一個詩人的創造，可以讓一個詩學教授研究了半天，但一個詩學教授却不一定有詩人的那種創造力，然而，我們却希望一個詩學教授最好也有像詩人的那種創造力。

簡言之，創造者的要素，主要的可以說需具備創造的衝動，想像的作用，透視的靈敏，表現的能力以及冒險的意志。我們一般人多多少少也具備了上列的各種要素，因此，我們可以說，我們一般人多多少少也可能是個創造者，也可能是個藝術家。

三、創造過程的分析

我們可以說創造者並非異於常人，我們一般普通人或多或少也是個創造者。我們雖然不是藝術的創造者，但我們要鑑賞藝術作品的時候，便多多少少要還元，要從事再創造的活動，這就顯示了我們也可能是個藝術的創造者，是個藝術家。

藝術家之所以成為創造者，除了他有藝術的愛好以外，他必須還有一些技巧，一些表現的本領。同時加上他在創造上有持續的能耐。如果沒有恒心，沒有毅力，也不可能苦心經營創造他的作品。

從美感經驗來看，鑑賞者是以自然之美與藝術作品為其美感的對象。從藝術創造來看，創造者不是側重美感的享受，而是以美感的觀照為美感的對象底受容作用，因此，藝術創作是側重了藝術作品的生產作用。美感經驗是在美的吸收與投射，而藝術創造是在美的統一與外射。

㈠藝術創造的學說

藝術創造的學說，自古以來就衆說紛云，藝術創作，似乎有某種的目的，有某種的動因，是為了一種把握藝術本質的活動而努力的生產作用。茲將四種較為顯著的學說陳述如下：（註4）

一、藝術的模倣說（Theory of Imitation）

「模倣」一詞，自古以來，就有多種的用法，其基本語詞的意義有三：一是模倣理念的模倣，二是模倣自然的模倣，三是模倣古典的模倣。第一種模倣的意義；柏拉圖認為絕對的美是對美的理念的模倣。亞里斯多德認為藝術所要模倣的是在其普遍性；詩是表現可能的眞，歷史是表現事實的眞。第二種模倣的意義，是具寫實主義的意味，特別是忠實於自然的寫照。第三種模倣的意義，是指模倣古典的意味。模倣說是從表現的眞或準確的要求而從技巧的層面來重視的；彫刻、繪畫、敍事文藝、戲劇文藝等為模倣藝術，而音樂、建築等則為非模倣藝術。

二、藝術的表現說（Theory of Expression）

「表現」一詞，或可譯為「表出」。此說以藝術底本質為表現，特別是當作感情的表現，把藝術的活動當作表現衝動的出發，當然，所謂表現主義的藝術，是特別强調着表現藝術的意義。當我們把任何種類的藝術，都當作有着某種感情底表現的時候，可以說在藝術的活動上，都有

着一種表現參與着。

三、藝術的裝飾說（Theory of Decoration）

「裝飾」一詞，可以說在藝術上是重視形式美的契機，而在藝術活動上，至少是當作一種因素。所謂裝飾衝動，也就是一種形式衝動。「裝飾」相對於「表現」而言，裝飾是側重了形式的外在的表現，而「表現」是側重了內容的內在的表出。不論是裝飾藝術，也不論是非裝飾藝術，以及其他各種藝術，多多少少都是向着裝飾的形式的要求，在創作上，却是不可否認的。不過，裝飾說拿來解釋藝術的活動，只能當作是一種契機，或一種起因而已。

四、藝術的遊戲說（Theory of Play）

「遊戲」一詞，是一種假想的活動，一種信以爲眞的忘我境地，兒童時期是一種最適宜遊戲的時候，小孩佯信他們的遊戲如同眞實的成人的活動一樣。當然，成人也可以遊戲，但成人如把眞實的當作遊戲，則又當如何呢？把所謂藝術當作一種遊戲，把創作的動機當作一種遊戲衝動，這是遊戲說的基本意義。把藝術當作遊戲，便是意味着藝術跟實際的生活脫離，以藝術本身爲目的的活動，而帶着固有的快感，因此，藝術跟遊戲是有其類似性的，但遊戲的結果却沒有像藝術活動的結果留下了藝術作品。把一切藝術的本質、目的、起源的說明都以遊戲爲詮釋似乎是勉强的，因此，藝術創作乃是在藝術不同的種類上，依其顯著的不同而不同，可以說把種種作用的契機來當作構成藝術的要素，這正表示了藝術有着複雜的精神活動的緣故。

簡言之，藝術在其根本的構造上，有模倣（寫實）與理想化（或稱是裝飾的美化），也有模倣（外在的對象底表現）與表現（內在的體驗底表現），認爲藝術的表現與形式的對立乃是綜合而統一的，藝術的體驗是有着渾然一體的有機的全體存在着。

(二)創造過程的四個階段說

我們把藝術的創造過程分爲四個階段，並非是絕對性的，也有分爲五個階段的，例如喬烈德就把創造過程分爲五個階段（註5）：(一)、問題的定位，(二)、潛伏期，(三)、構想期，(四)、發展期以及(五)批評的訂正五個階段。創造過程有其時間的歷程；有的是一氣呵成，有的是要經過一段時間的歷程，但要把這種創造過程的發展加以分析，我們打算分爲四個階段來加以說明：（註6）

一、氣氛時期

在創造過程的第一階段，是一種創作的氣氛，我們稱爲氣氛時期。以創作活動的最初，在藝術家的內裏產生磅礴而漠然底感情的醱酵的狀態，從沒有形態的素材的體驗內容，而朝向藝術的形成底模索，以緊張與努力所持有的情調而顯示其心。這種氣氛，依照某種特定的體驗而被自然所誘發者較多，依照藝術家，也可被表示爲是有意圖的，也可說是不經意地被藝術家所承襲着。在這種醞釀的氣氛時期，藝術家本身還是處於恍惚而莫明的狀態。

二、胚胎時期

在創造過程的第二階段，是一種構想的胚胎，我們稱爲胚胎時期。這是從創作的氣氛而到藝術作品全部的形象逐漸地浮現着的階段，是意志或思考的工作，而且從能動的意識底構想爲組合的場合，依照靈感底受動的意識底着想，有着種種的類型。依照靈感類型的不同，我們也可以再分類爲種種不同的情境：

(1)、神秘的靈感：認爲在藝術家的腦海中，有突然而來的妙想閃光，是帶有神秘性的直接的靈感。

⑵、熱病的、苦惱的靈感：藝術家通過了昏迷的與苦惱的意識狀態，在某種機會中突然有思想構成一般的熱病的、苦惱的靈感，或者說是渾沌的靈感。

⑶、構成型的靈感：藝術家在精神活動的全能力中，集中在某一點上的結果，因此，其精神狀態異常地昂揚，油然而生的構想，可當作構成型的靈感。

⑷、瞑想型的靈感：藝術家以某種理念爲出發點，而加以熟慮着，在一定的構想上達成了的瞑想型的靈感。

我們認爲靈感一詞，雖可分爲四種類型，正如以上所述，但靈感的意義仍然有其曖昧的成份，柏拉圖嘗認爲創作是神聖的瘋狂，也是帶有某種神秘的意味。所以說，創造過程的第二階段，是潛伏的、是醞釀的胚胎時期。

三、精鍊時期

在創造過程的第三階段，是一種內在的精鍊，我們稱爲精鍊時期。藝術家乃以心裏的胚胎將未完成未發展的心象通過細部的層面，由內面展開想像的形成活動，對作品中的人物底感情移入，或以各部份的安排配置以及關係的聯接爲按配調整底思考作用來當作補助作用次第地以明瞭的形態或秩序所形成了的過程，可說是一種構想的內在的精鍊。因此，即興的意義在此過程中幾乎是全被省略了。在這個階段中，藝術家是負着慘澹經營的苦心，當作精鍊的工夫的過程，也可說在完成藝術作品以前，這個階段是當作尋路的準備工作。

四、修正時期

在創造過程的第四階段，是一種外在的完成，我們稱爲修正時期。這個時期，藝術家依內在的精鍊而成熟了的想像形象，爲依一定的物質的素材與技巧而向外在的形象探路出來，所以說，是當作客觀的所產底藝術作品所欲完成的過程。這個時期，可說是即將完成的最後的階段，但這個階段却是要修正前面三個階段所已經完成了的。當然，在大多數的場合，內在的精鍊進行到某種程度的時候，外在的完成也正在同時開始進行。兩者是相輔相成的，是有緊密地地相互依存着的關係，前者對後者固然有所規定，而後者對前者却常常有所變更，甚至會影響到最初的構想。我們認爲中國的一個典故「推敲」，却是頗吻合這個階段的精義，或許我也可稱爲推敲時期；這個時期是由藝術家內在的自我批評開始，然後，發展成外在的修改的完成，是藝術作品定稿的最後階段。

把創造過程分爲以上四個時期的階段；氣氛時期與胚胎時期可以說是側重靈感的激發，爲天才的、自然的、無意識的要素所顯示着；而精鍊時期與修正時期可以說是側重推敲的完成，爲技術的、目的意識的要素所表現着。創造過程；有一氣呵成者，自第一階段到第四階段，時間極爲短暫，具有刹那性的連續與飛躍。也有逐漸地完成者，自第一階段到第四階段，頗有一段時間的歷程，具有長期性的持續與能耐。

四、科學創造與藝術創造的比較

科學有其理論的一面，也有其實踐的一面；同樣地，藝術有其理論的一面，也有其實踐的一面。因此，在科學方面的創造，包括了理論的與實踐的兩大部份；而在藝術方面的創造，也包括了理論的與實踐的兩大部份。一種科學的假設，經過了觀察、實驗以及證明的過程，因而可以有一種新的理論的提出，或一種新的實踐的發現。嚴格地說，發明家的所謂發明，只是科學創造在實踐上的一部份

而已。例如：愛因斯坦（Albert Einstein, 1879—1955）在物理學上的創見，相對於牛頓（Isaac Newton, 1642—1727）在物理學上的創見而言，是一種革命性的修正。但在物理學上的成就，愛因斯坦固然有其創造性的成就，牛頓也一樣地有創造性的成就。當然，科學創造不是很容易的事，科學要有所創造；一方面有科學精神，包括創造性的想像、科學態度的培養等等。另一方面則要科學知識與科學方法，包括科學知識的確切的瞭解，以及科學方法的正確的運用。研究科學是要循序以進的，要達到創造性的境地，誠非一朝一夕的事。而在藝術的創造方面，就理論的層面來說，包括藝術哲學、藝術批評以及藝術史學上的種種創見，應該是跟科學創造在理論上的成效一樣的。而就實踐的層面來說，藝術創造是跟科學創造不同的；藝術創造是天才性的，自我豎立了創造的規準，是無法傳授其創造的奧秘的，可以說正吻合了「大匠不能使人巧，只能使人以規矩」的意義。如果說科學創造是學問性的，則科學創造也需要高等的能力，但不是藝術的技巧，不是天才性的才情橫溢，而是一種才能，一種正確性的知識配合了創造性的想像。德國哲學家康德（Immanuel Kant, 1724—1804）便是認為學問需要才能，而藝術則需要天才。

不論是在理論上也好，也不論是在實踐上也好，從創造方面來說，兩者都需要高度的想像力，都需要確切的知識。科學探討概念與概念之間的轉換，而藝術則直接地把握本質性的意義。科學是要通過邏輯的構造來建設其理論的創造，而藝術則是依直覺的洞見來開拓其實踐的創造。

㈩科學家與藝術家

當我們把一個科學的研究工作者稱為科學家的時候，那就是表示着他在科學領域的探討上，有了某種創造性的發現或成就，而事實上，一個科學研究工作者要能夠有某種創造性的成就，是要許多因素來構成的。例如：個人的因素，與社會的因素，便是相輔相成的；個人的因素常常可以克服社會的因素底缺陷，而社會的因素也可以克服個人的因素底不足。

一個科學研究的工作者，不論是研究形式科學或經驗科學，理論科學或應用科學，在不同科學的領域中，我們可以把他稱為不同名目的科學家，然而，他在科學的創造性上需要有其表現却是相同的。

當我們把一個藝術的研究工作者稱為藝術學者的時候；如果說他的領域是在美學方面，則可以稱為美學家；如果說他的領域是在藝術史學方面，則可以稱為藝術史家；而如果說他的領域是在藝術批評方面，則可以稱為藝術批評家。然而，我們把一個藝術的創造者稱為藝術家的時候，却也需要考慮到不同的藝術領域。如果說他的領域是在文學方面，則可能是詩人、小說家、散文家或劇作家。如果說他的領域是在造形藝術方面，則可能是畫家、彫塑家、版畫家、建築家等等。如果說他的領域是在音樂方面；則可能是作曲家、鋼琴家、指揮家、以及歌唱家等等。我們可以說作曲家是第一層次的創造者，那麼，演奏家却是第二層次的創造者了。總括上述，藝術家之所以成為藝術家，在藝術作品的創造性上，却必須有其共同的理想、共同的表現。如果說一個藝術家，在他的所謂藝術作品上毫無創造性的表現的話，那簡直就可以說他不是藝術家！

科學家之需要創造性，正猶之乎藝術家之需要創造性一樣。而藝術作品之是否有創造性，當然就是要看藝術家的表現，他把創造的血液貫注到他的作品，正如醫師一針見血地注入人體的血脈裏，讓它流動，讓它循環。

㈡科學成果與藝術作品

科學家固然重視科學研究的成果，但寧可說他可能更重視科學研究的過程，包括科學精神、科學方法及科學知識的運用。而我們一般普通人，多半是以科學成果作爲讚嘆科學成就的對象。科學成果最重要的意義往往被普通人忽略，因爲普通人只會坐享其成。當科學成果可以被大量地應用的時候，常常可以當作產品製造一樣地大量生產，好比我們今日家庭中的電化設備一般，普遍地採用着。

相對於科學成果而言，藝術作品可以說是藝術家研究工作的成果，藝術家除了重視其成果以外，也一樣地重視他創造的過程，然而，藝術家所完成的藝術作品，可以說有而且只有一次，藝術作品本身是只有一次性的；模倣已非原作，複製品也不能取代原來的藝術品了！因此，藝術作品不能像工業產品一樣地大量生產，複製品固然可以大量生產，但已非藝術作品本身，只是別具一格而已。

科學成果；在理論方面，也只有一次性；但在實用方面，則有其多次性。藝術成果；在理論方面以及在實踐方面，都只有一次性，尤其是藝術作品本身，它本身有其固有的價值或內在的價值，但無法像工業產品一樣地大量生產，也許這是藝術作品跟科學成果或工業產品最大的不同的地方。

五、藝術作品的意義底分析

當我們使用「藝術」（Art）這個字眼的時候，它的意義通常包括了三個取向；一是藝術家及藝術家的活動，二是藝術作品，三是把藝術當作文化的一個領域。一、藝術家以及藝術家的活動；這是以藝術家主觀的創造作用爲主，並且包括了大衆欣賞的觀照作用。二、藝術作品；這是以藝術作品客觀的存在爲着眼點。三、把藝術當作文化的一個領域，也就是把藝術當作文化價值的一個形態。以上三種意義的取向，是把藝術的本質當作美的技術來加以考慮，以美的技術作爲前提。（註7）

因此，我們可以瞭解，藝術作品是藝術這個概念的主要意義之一，同時，它本身該有其獨特的意義與性徵。藝術作品代表了藝術美的精神，正如自然之美代表了自然美的精神。所謂美感的對象，該是指自然與藝術作品兩者而言，但在藝術的美感對象方面，則是指藝術作品。

㈠藝術作品的意義

阿廸琦（V. C. Aldrich）在「藝術哲學」（Philosophy of Art）一書中認爲：所謂藝術作品的意義，在哲學的美學上，正如意義在語言哲學上一樣，可以說「藝術作品」與「意義」頗有相通的地方。（註8）

在藝術的領域中；文學方面的作品，我們可以把詩作當作表現了詩素或詩的精神底作品，因此，如果說詩是代表了一種語言藝術的話，那麼，詩作便是代表了一種語言藝術的作品了。其他方面；散文、小說、戲劇可以類推。在造形藝術、音樂藝術等各方面亦可以類推。

所以說，藝術作品是被當作一種表現品，而不是概念品；是一種創造品，而不是複製品。藝術作品是一種由創造者所表現了的宇宙，一種獨立的世界。欣賞者必須通過這個世界，這個宇宙去觀照創造者所表現的創造精神。

比方說，下面有一個詠句是這樣的：（註9）

「約翰寫了一封信給瑪麗」(John writes a letter to Mary)

約翰是生產事件的解釋者（Interpreter of the productive event)，一封信是物理的記號標符（Physical sign-token)，而瑪麗便是接受事件的解釋者(Interpreter of the receptive event)。用這種記號學的術語來類比的話，我們可以說藝術作品的創造者是生產事件的解釋者，藝術作品本身是物理的記號標符，而藝術作品的欣賞者便是接受事件的解釋者，同時也是有意向的第二群(Intended second party)。在此，一封信便可以比擬為類似藝術作品的意味，因為他們都是代表了物理的記號標符。

㈡有關藝術作品的四種論說

關於藝術作品的論說，可以說，各家論說不一，而且也不只是四種論說而已。茲依照阿廸琦在「藝術哲學」（註10）一書中所提出的四種論說為代表來加以討論，並且，在必要的時候，提出我個人的意見來折衷彼此不同的觀點，以便取得較為妥貼合理的解釋與說明。

阿廸琦所提出的四種論說，卽是觀念論的看法、邏輯實在論的看法、現象論的看法以及語言哲學的看法。這四種不同的看法，都是代表了對藝術作品的不同的意見，然而，他們却有一個相同的主題，那就是問：什麼是藝術作品？究竟藝術作品是代表了什麼意義？

茲分別敍述與討論如下：

一、觀念論(Idealism)的觀點

"Idealism"一詞，在知識論上，有觀念論的意義；在形上學上，有唯心論的意義；而在人生問題或價值論上，則有理想主義的意義。觀念論者對於藝術作品的看法，便是認為藝術作品不是物理的事實，因而認為藝術作品跟物質的物不相干。觀念論者認為藝術作品是心的、是精神的事實；因此，當作美感對象的藝術作品是主觀的作品。意大利的美學家克羅齊(Benedetto Croce, 1866—1952)，可以說是此說的一大代表。把藝術作品當作是心的或精神的產品，而這種藝術哲學的中心概念便是想像，藝術作品是想像的內在的創造品。包桑葵(Bernard Bosanquet, 1848—1923)依照藝術家主觀的要求，相互地變形的作用之下，强調着帶有媒體的變形，藝術作品因此帶有兩種要因的功能；這兩種要因：一是主觀的要求，二是客觀的心。柯林烏(Robin G. Collingwood, 1889—1943)則認為藝術作品是統一性的想像活動的表現。

二、邏輯實在論(Logical realism)的觀點

邏輯實在論的看法，認為所謂的藝術作品，卽不是物理的事實，却也不是心的或精神的事實，而是第三者（tertuim quid)，是像柏拉圖(Plato, 427/8—347/8 B.C.)所謂普遍，是物質化了普遍，而所謂藝術作品，是當作物質化了的普遍的觀念，帶有普遍自體的觀點之傾向。依照邏輯的普遍的知性之眼看來，藝術作品，乃是被教育了的想像之眼所注視着。依照柏拉圖的觀點看來，通常所謂的藝術作品，充其量，只不過是模倣現象界的產品，而現象却是模倣着理念界，因此，所謂藝術只是模倣的

模倣，離理念世界有三層之隔。柏拉圖所能首肯的藝術作品該是理念界的，是普遍的第三者。

三、現象論（Phenomenology）的觀點。

現象論者跟觀念論、邏輯實在論相一致的看法，就是把藝術作品認爲不是物理的事實這一點互相一致。但現象論者却反對邏輯實在論把藝術作品當作像柏拉圖的概念那種普遍的實在。現象論者認爲藝術作品是統一與含蓄的一組底外觀，以藝術作品卽美感的對象，而逃避了物理的對象的問題。但現象論者却承認要否定物理的事實是頗有困難的，如果說藝術作品不是物理的事實，那麼，藝術作品是如何懸掛在藝術館的牆壁上呢？它又是如何被搬運了呢？如果說故宮博物院裏的藝術作品不是物理的事實，那又如何從大陸輾轉運到臺灣來呢？現象論尙可分爲純粹現象論（Pure phenomenalism）、非純粹現象論（Impure phenomenalism）以及附隨現象論（Epiphenomenalism）三種。

四、語言哲學（Philosophy of Language）的觀點

語言哲學的看法，是從複雜的語言的觀點來考慮藝術作品是以物理的要素爲基礎來構成的。例如：造形藝術的作品，便有許多物理的要素；文學與音樂的作品，也有許多物理的要素。如果說我們把藝術作品本身當作物理的因素，但是還有精神的因素，那就是從這種物理的記號標符可以激喚起藝術的想像，流露出藝術的表現。

綜觀以上所述；觀念論的看法是一種極端的主觀論，邏輯實在論的看法是一種修正的主觀論，而現象論的看法，則較具有一種客觀的意義，語言哲學的看法當然已是不那麼獨斷性了。因此，我們可以說，把「藝術作品」跟語言哲學上的「意義」來相比擬，雖然承認了物理的基礎，却還是有精神作用的意義。

六、美感經驗與藝術作品

美感經驗（Aesthetic experience）的問題；如果說從側重創造方面來看，那就是創造者如何觀照自然、如何觀照事物的問題了。然而，說到美感經驗，通常是側重欣賞方面來看，因此，可以說是欣賞者如何觀照自然、如何觀照藝術作品的問題了。我們說美感的對象有二；一是自然，一是藝術作品。而美感經驗與藝術作品的關係，可以說是欣賞者如何觀照藝術作品的關係，換句話說，是自我與美感對象之間的關係。

㈠有關美感經驗的學說

在美感經驗的諸學說中；如果從態度方面來加以考察的話，則有生理的態度與心理的態度底不同。如果從方法方面來加以考察的話，則有哲學方法與科學方法的不同。例如：亞里斯多德（Aristotle, 384—322 B. C.）的發散（Catharsis）與普佛爾（Ethel Puffer）的美感的安置（Aesthetic repose）是側重了生理的意義。而康德的無關心性（disinterestedness）、克羅齊的直覺（Intuition）與桑塔耶那（Geroge Santayana, 1863—1952）的客觀化（Objectification）是側重了哲學的意義。布洛（Edward Bullough, 1880—）的「心理的距離」（Psychical distance）、李普斯(Theodor Lipps, 1851—1914）與浮龍李（Vernon Lee, 1856—1935）的感情移入（Einfühlung, Empathy），貝爾（Clive Bell, 1881—）的有意義的形式（Significant form）

以及閔斯特堡（Hugo Münsterberg，1863—1916）的孤立（Isolation）等則是側重了心理的意義。以上有關美感經驗的學說，不論是側重了那一種態度、方法與意義，都有其言之成理的地方，他們都想來加以描述、解釋與說明美感經驗的性質與意義。

我想在此來討論西班牙哲學家奧德茄・葉・加賽（Ortega y Gasset 1883—1955）在「藝術的非人間化」（The Dehumanization of Art）（註11）一書中所提出的問題。葉・加賽認為要從現象學的觀點來省察藝術的問題，他認為精神的距離與感情的關係，是我們作為欣賞者或觀照者與對象之間的一個重要課題，他作了一個類比推論；他說：好比有一位偉大的人物在臨終以前的情境；有四種不同類型的人物跟這一位偉大人物的關係，因他們彼此有不同精神的距離，所以，也產生了不同的感情的反應。

第一類型就是偉人的妻子，作為這個偉大人物的妻子來說，由於她的精神的距離太接近太密切了，她的另一半的死，對於她來說，不能不說是感身同受，因此，她無法謄出適當的距離，可以說是幾乎已沒有距離的緣故。

第二類型就是偉人的私人醫生，私人醫生因為常常跟這偉人相處，因此，也無法謄出適當的距離，雖然說醫生比偉人的妻子已較有距離了，但從感情方面來說，還是太接近了。

第三類型就是新聞記者，新聞記者要採訪有關偉人的消息，一方面固然是較有距離，但另一方面可能因為對偉人的崇敬，因此，還是有某種感情的介入，距離的焦點還是無法調整到恰到好處。

第四類型是畫家，一個畫家被請來為臨終以前的偉人畫肖像，他全神貫注地觀照，沒有感情的介入，反而能謄出適當的距離，因此，反而能在距離中調整其感情，不因私誼而失去距離。

簡言之，偉人的妻子距離最近，感情的介入也最大；其次是私人醫生，再其次是新聞記者，最後是畫家。畫家是最有距離，而感情的介入也最小。葉・加賽認為最能欣賞與觀照的是像畫家的類型，有距離，而感情的介入最小者，這是觀照非人間化的藝術所需具備的。

葉・加賽的說法跟布洛的論說頗為接近，所謂「心理的距離」，不能過與不及，不然，就會產生距離的矛盾，一種距離的二律背反。距離的適當，是因為在自我與美感對象之間有了妥貼的安排，才能構成美感經驗的關聯。

(二)自然與美感對象的關聯

不論是純粹的自我與非純粹的自我，不論是意識的自我與潛意識的自我，當我們作為創造者的時候，便是以創造的自我來面對自然、面對物象、面對世界、面對宇宙，這種創造的自我一旦跟美感對象發生了緊張關係的時候，美感的價值才能成立。

同樣地，當我們作為欣賞者的時候，便是以欣賞的自我，或觀賞的自我，來面對自然、面對藝術作品，因此，觀賞的自我一旦跟美感對象發生了緊張關係的時候，美感的價值也才能宣告成立。

比方，如果我們說莎士比亞（William Shakespeare，1564—1616）是一位偉大的詩人兼劇作家，可是，如果我們從未欣賞過他的作品，不論是詩作或劇作，甚至不論是舞台或電影的演出，他的作品跟我們的自我還是不相干的。換句話說，不論他究竟有多麼地偉大，在自我與

美感對象之間，如果沒有產生緊張關係的話，莎士比亞的作品與觀賞的自我不相干，美的價值無法在兩者之間成立。

七、結論

我的結論有二：我們如何進一步地去瞭解下列兩個課題？一是分析美學的意義的課題，二是創造過程與藝術作品的關聯的課題。

一、分析美學的意義

現代美學的淵源，如果我們從費希納倡導實驗美學開始；則在科學的美學方面，可以說發展了心理學的美學、社會學的美學、人類學的美學、以及藝術學等等。而在哲學的美學方面，則發展了新康德學派的美學、生命哲學的美學、表現學的美學、現象學的美學以及存在論的美學等等。而在當代的美學思潮中，在歐洲方面是發展了實存主義的美學，而在英、美方面則發展了分析美學。

分析美學可以說是分析哲學的一支，側重概念的分析，採取了記號學、邏輯學以及分析哲學的方法，重新檢討傳統美學中的一些問題，有的稱爲美學分析，也有的稱爲藝術記號論。

二、創造過程與藝術作品的關聯

分析美學的基本問題，還是在美的與藝術的兩個中心概念，而且把創造、鑑賞與批評的問題貫串其中。所以說，我們談到創造過程與藝術作品的關聯這一課題的時候，我們可以說，創造過程的分析必須側重心理學的解釋，而藝術作品的分析則必須側重哲學的說明。

所謂創造過程，可以說不僅僅是限於藝術的活動而已，當然，我們可以包括具有學術性的科學活動、哲學活動等等，同時也可以包括非學術性的活動。然而，我們認爲教育的目的是要培養創造性的人格及創造性的想像能力，而不是要來束縛創造性的發揮。在藝術的創造性上，我們該可以瞭解自我訓練、自我教育對於藝術的創造具有決定性的影響。爲什麼大學的文學院不必然就是作家的訓練所，藝術系也不必然就是藝術家的溫床，音樂系也不必然就是音樂家的溫室，道理便是在這裏。許許多多的創造者是由自我訓練培養出來的，而不是依賴了現成的訓練培養出來的。

所謂藝術作品，如果是從美學的觀點來看，則可以當作美感的對象、鑑賞的對象。如果是從藝術史的觀點來看，則可以當作歷史探討的對象、文化形態的對象。因此，美學的問題，便是要探討藝術的本質，藝術作品的意義，究竟藝術作品是屬於精神的要素呢？抑是屬於物理的要素呢？並且從哲學的觀點來加以省察。而藝術史的問題，便是要探討藝術家的性格，藝術作品的風格，以及時代背景的文化意識與精神。

總之，創造過程是創造者瀝儘心血的心路歷程，而藝術作品却是那心血的結晶。創造藝術作品不但是創造者的目的，而且也是他的精神之寄託；因此，我們可以說，是藝術創造者在他的藝術作品中創造了他的精神世界，而且也表現了他的精神宇宙。在另一方面，通過了所謂藝術作品的鑑賞，藝術鑑賞者重溫了創造者的創造過程，因此，我們也可以說，鑑賞的活動是一種再創造的活動。

附註

（註1）參閱畢爾斯萊（Monroe C. Beardsley）著「美學：在批評哲學上的問題」（Aesthetics: Problems in the Philosophy of Criticism）一書第七頁。

（註2）參閱白萩著「現代詩散論」第一一四頁。

（註3）參閱喬烈德（James L. Jarrett）著「美的探求」（The Quest for Beauty）第三十八頁至五十頁。

（註4）參閱竹內敏雄監修「美學事典」，後藤狷士作「藝術創作」，第一七一頁至一七三頁。

（註5）參閱喬烈德著「美的探求」第五〇頁至五五頁。

（註6）同註4。

（註7）參閱竹內敏雄監修「美學事典」，井村陽一作「藝術」，第一五〇頁至一五六頁。

（註8）參閱阿廸琦（Virgil C. Aldrich）著「藝術哲學」第一八頁至五十五頁。

（註9）參閱雷奧拿德（Henry S. Leonard）著「推理的原理」（Principles of Reasoning）第九九頁至一〇四頁。

（註10）同註9。

（註11）參閱奧德茄·葉·加賽（Ortega y Gasset）的「藝術的非人間化」（The Dehumanization of Art）第五頁至二八頁。**（本文撰寫會蒙行政院科學委員會補助，特此誌謝）**

笠書簡

林國源

杜先生：

病中翻讀您的大作「李賀歌詩評釋」，就中「還自會稽歌」之註解與評釋均極切中，實獲我心而「殘絲曲」之評釋則與原詩本意相去有間，因此不揣淺陋，提筆一談鄙見。

殘絲曲不是寫晚春，特借晚春之意象表現青樓鶯燕蜂蝶間的韻事徒負奈何的情感耳。

以此索解「垂楊葉老」「鶯哺兒」爲艷妓傷遲暮，抱養女子，思晚境有依。

「殘絲欲斷」「黃蜂歸」殘絲可作情絲之象徵，黃蜂爲舊好，從這可看此間的奈何之情。

「綠鬢少年」「金釵客」金釵客並不指女子，金釵是女子沒錯，但金釵客是新艷妓的恩客，綠鬢少年即是金釵座上之賓。

花台，落花，廻風舞與第一、二句同意，「廻風舞」意象之美之中，更含有不甘就此寂寞，受冷落之意。

楡莢，青錢之所以相催不知數，夾城路，蓋用來寫火山孝子之一擲萬金，「毫無吝色」比喻。

如此索解不知前人有此說否，望文生義，若資料方便（晚唐青樓歌詩可相引證）請不吝指教是幸，專此

並祝

詩泰如湧

讀者林國源　謹筆

出版消息

本社

一、詩誌

※「龍族」詩刊第十二期，已由龍族詩社出版，定價十五元。

※「大地」詩刊第九期，已由大地詩社出版，定價十五元。

※「秋水」詩刊第三期，已由秋水詩社出版，定價十五元。

※「後浪」詩刊第十二期，已由大昇出版社出版，定價二元。

※「主流」第十期，已由主流詩社出版，定價二十元。本期爲評論專號。

※「創世紀」第三十七期，已由創世紀詩社出版，定價五十元。本期爲詩論專號。

※「葡萄園」第四十八期，已由葡萄園詩社出版，定價十二元。

※「中外文學」第三卷第一期「詩專號」，已由中外文學社出版，定價二十三元。

※「臺灣文藝」第四十四期，已由臺灣文藝社出版，定價十五元。該刊設有「詩潮」專欄。

二、詩集

※桓夫詩集「剖伊詩稿」，附有杜國清的「伊影集」，定價四十五元，已由笠詩社出版。

※林清清詩集「心帆集」，馮義濤書畫，定價三十元，已由笠詩社出版。

※第一屆中國現代詩奬紀念特輯「飛躍與超越」，有「紀弦詩選」與「羅青得奬作品」，由中國現代詩奬基金會編印，非賣品。

※紀弦自選詩卷之七「檳榔樹」戊集，定價六十元，已由現代詩社出版。

※彭邦楨詩集「花叫」，定價三十元，已由華欣文化事業中心出版。

※余光中詩集「白玉苦瓜」，特價四十元，已由大地出版社出版。

三、翻譯

※陳千武譯「田村隆一詩集」，精裝六十五元，平裝五十元，已由幼獅文藝社出版。附有瘂弦、白萩的兩篇文字。

※李魁賢譯「黑人詩選」，定價二十五元，已由光啓出版社出版。

四、評論

※陳芳明現代詩評論集「鏡子和影子」，定價五十元，已由志文出版社出版。

※余光中散文及詩評論集「聽聽那冷雨」，列入藍星叢書，定價四十元，已由純文學出版社出版。

兒童詩園

指導者　黃基博

鴨子

屏縣僑智國小五年曾淑麗

老是擺着屁股，
跳着扭扭舞，
自己却不知道，
那舞姿多難看！
得意時，
拉長喉嚨，
「刮刮」的叫幾聲，
自己却不知道，
那聲音好難聽啊！

孔雀

屏縣光華國小四年徐久仁

孔雀一定很怕熱，
不然怎麼會
在屁股上裝上一枝大扇子呢？

雲

屏縣光華國小四年徐久仁

雲像白色的化學土，
被風弟弟戲弄着，
一會兒揑成一隻羊，
一會揑成一張地毯，
風弟弟玩得不禁呼呼的笑起來。

鏡子

屏縣竹田國小四年李茂昌

你是媽媽最喜愛的了，
媽媽一起床就親近你，
媽媽眼中好像沒有我，只有你，
我討厭你。

我家的小貓

屏縣光華國小四年陳芬蘭

小貓眞淘氣，
又打破花瓶，
想把牠打一頓，
想起老師說的：
要愛護小動物。
就沒打牠了。

電線上的痲雀

屏縣僑智國小五年曾淑麗

許許多多的音符，
停在五線譜上，
是一首沒有人唱過的曲子。

海水

海水是個貪吃的大孩子，
我在沙灘上做了幾個粽子，
要送給媽媽，
却被海水偷吃了。
海水也是個重道義的大孩子，
臨走前，
送給我許多美麗的貝殼。

屏東潮州國小五年 陳玉芬

海水

海水中有一個大太陽，
是太陽太熱想游泳，
還是遊戲不小心掉下去的呢？

屏東潮州國小四年 黃宏煒

臉

媽媽的臉，
很慈祥，
好像對我說：
孩子！要努力用功啊！
姑姑的臉很溫柔，
好像對我說：
珍珍啊！
姑姑好喜歡你。

屏東光華國小四年 胡珍珍

保險絲

保險絲是座橋，
電流是卡車，
很多卡車擠着過去，
把橋壓斷了。

屏東萬丹國小六年 蔡逸泰

避雷針

電很頑皮，
愛打破屋頂、打斷樹梢，
避雷針叫他到地下去玩，
他就很聽話的去了。

屏東中正國小五年 魏佑吉

汽球

汽球的肚子餓了，
我吹氣給他吃，
他太貪心了，
吃得肚子脹破了。

屏東中正國小五年 魏佑吉

蜻蜓

蜻蜓是個愛漂亮的女孩子，
把自己打扮得很美麗。
穿上像披在仙女身上的輕紗，
戴着又大又美的眼鏡。

屏東仁愛國小四年 鄭雯華

地圖

有山，山不高，
有河，沒有水。
房屋，沒人住，
漁港，沒船，
機場，靜悄悄。
樹木，永遠青翠，
農作物，永遠沒人收成。

臺南寶仁小學五年 劉安裕

蓓蕾園（二）

黃基博提供

思念

屏東師專三戊 方素敏

像我手上的風箏
飄在遙遠的藍天
一絲繫着你
一絲我手握着

雨中

屏東師專五乙 曾妙容

傘上串串呢喃
傘下串串珠簾
一把小傘
撐開兩人的小天地

傘上陣陣歡笑
傘下切切私語
撐開一把小傘
兩顆心連在一起

楊柳

萬丹國小教師 梁財妹

頭兒低低的
似有滿懷情意
想對流水傾訴

無奈
流水是個不解風情的漢子
嘩啦啦啦
唱着歌兒來
嘩啦啦啦
又唱着歌兒離去

眸子

臺南師專二己 陳芬桃

瞧一瞧深邃的眸子，
濃濃的往事，甜甜的現在，
像一道小溪，一彎水湄
緩緩的，涓涓注入心湖。

紙花

屏東師專三丙 徐玉珠

春暖、夏熱、秋涼、冬寒；
打動不了妳的心，
蜂兒、蝶兒也不敢親近妳。

那個男孩子

屏東師專三戊 王貞德

那溢滿笑意的黑臉，
突然的逼近在我面前，
說：「想去妳家玩。」

我訝異的窺探——
那大大的眼睛裏，
藏着多少誠摯。

夜

屏東師專三戊 **王貞德**

窗外蟲聲唧唧
寂靜中不曾休止的聲響
心底焦躁頻頻
無言中沒有停止的渴望

老師的微笑

——寫給黃老師

屏東師專三丙 **蔡蕙玲**

陽光下老師的微笑很耀眼
雨中老師的微笑有詩意
老師用微笑鼓勵我
一朵上昇的微笑
開出智慧的花朵
會結豐碩的成果

別

屏東師專三戊 **方素敏**

眼眶裏有滾動的水
把我的手捏得發痛
沒有說什麼
我也知道你要說什麼

愛情小唱

白美美

悄悄的
我是揚着帆兒的船
靜靜的
飄泊在你的心湖上
誰是這艘船的拿舵者
誰是那微風吹送這隻船

沒有飄香的花
只要相知
心兒也芬芳
沒有海枯石爛的誓言
只要互信
自有浮雲為證

默默的
你是盼望的碼頭
痴痴的
等待我的繫纜
誰來繫這艘船的纜索
誰是那推送這隻船的水波

不要祝福
只要誠心
樹葉兒也會唱歌
只要相愛
綠葉兒也會圈成戒環
當夕陽的餘暉飛上你的臉
彩霞布滿了我的心穹

笠叢書及其他

本社代售

笠叢書

詩集

1. 風的薔薇	白萩著	十二元
2. 島與湖	杜國清著	十二元
3. 力的建築	林宗源著	十二元
4. 瞑想詩集	吳瀛濤著	十二元
5. 不眠的眼	桓夫著	十二元
6. 綠血球	詹冰著	二十元
7. 大安溪畔	趙天儀著	十二元
8. 秋之歌	蔡淇津著	十二元
9. 牧雲初集	林煥彰著	十二元
10 南港詩抄	楓堤著	十二元
11 生命的註脚	靜雲著	十二元
12 遺忘之歌	謝秀宗著	十二元
13 窗內的建築	林泰著	十二元
14 蝴蝶結	鄭仰貴著	十二元
15 覆葉	陳秀喜著	廿五元
16 晒衣場	凱若著	十六元
17 歸途	鄭烱明著	十六元
18 期嚮	陳鴻森著	十二元
19 激流	岩上著	二十元
20 心靈的陽光	林泰著	二十元
21 剪裁	古添洪著	二十元
22 香頌	白萩著	廿四元
23 拾虹	拾虹著	十六元
24 孤獨的位置	陳明台著	二十元
25 雪崩	杜國清著	二十元
26 剖伊詩稿	桓夫著	特三十元
27 天空象徵	白萩著	十六元
28 野鹿	桓夫著	十四元
29 靈骨塔及其他	楓堤著	十元
30 枇杷樹	楓堤著	十二元
31 心帆集	林清泉著	三十元

譯詩集

1. 日本現代詩選	陳千武譯	十二元
2. 杜英諸悲歌	李魁賢譯	十六元
3. 給奥費斯的十四行詩	李魁賢譯	十二元
4. 華麗島詩集（中日文對照）		二〇〇元

詩論

1. 現代詩的基本精神	林亨泰著	十二元
2. 美學引論(1)	趙天儀著	十二元

譯詩論

1.艾略特文學評論選集	杜國清譯	七十元
2.現代詩的探求	陳千武譯	十八元
3.里爾克傳	李魁賢譯	二十元
4.保羅・梵樂希的方法序說	林亨泰譯	十元
5.詩學	杜國清譯	廿四元

其他

1.醜女日記（小說）	陳千武譯	廿四元
2.杜立德先生到非洲（少年文學）	陳千武譯	二十元
3.星星的王子（少年文學）	陳千武譯	十六元
4.城外的思維（散文）	古添洪著	二十元
5.雲的語言（詩、散文）	傅　敏著	十五

笠詩刊

存　書：二－九期每冊八元
一二－一五期每冊八元
一九－二六期每冊八元
二八－四二期每冊八元
四四－四七期每冊十元
四九－五二期每冊十元
五四－六〇期每冊十元

合訂本：三－五年本每年每冊四〇元
七年本每年每冊四〇元
八－十年本每年每冊七〇元

※請向豐原鎮三村路九十號
笠詩社經理部洽購

※郵政劃撥第二一九七六號陳武雄帳戶

笠詩社發行已滿十週年！
是最具保存價值的詩誌

杜國清

李賀歌詩評釋

(007) 同沈駙馬賦得御溝水

入苑白泱泱，
宮人正靨黃。
遶堤龍骨冷，
拂岸鴨頭香。
別館驚殘夢，
停盃泛小觴。
幸因流浪處，
暫得見何郎。

註解

御溝：「三輔黃圖」卷六：「關中八水，皆通上林苑（天子苑名）。」

泱泱：水深廣貌。

靨黃：面頰上塗一點黃粉以爲裝飾。段成式「酉陽雜俎」卷八：「近代妝尚靨，如射月曰黃星靨；靨鈿之名，蓋自吳孫和鄧夫人也。」吳註：「『事物紀原』：婦人粧喜作粉靨，如月彩，如錢樣，或以朱岩若胭脂點，廣人亦尚之。」

龍骨，名曰龍首渠。」鈴木認爲是「溝水白而長地橫臥着的形狀之譬喩。」

鴨頭：指水的綠色。李白「襄陽歌」：「遙看漢水鴨頭綠」。

別館：離宮。

泛小觴：指流觴曲水之飲。古人於曲折的水流上泛杯，在酒杯尚未流過面前之間賦詩，然後取杯飲酒。

何郎：指四國魏之「傅粉何郎」何晏。「典略」：「何晏，字平叔……尚金鄉公主，有奇才，頗有材能，美容貌。」「語林」：「何平叔，美姿儀而絕白，魏明帝疑其傅粉，夏日與熱湯餅，既啖，大汗隨出，以朱衣自拭，色轉皎然。」「何晏別傳」：「晏慧心天悟，形，形貌絕美，出游觀者盈路。」

評釋

這是和沈駙馬的「御溝水」而寫的詩。吳正子認爲沈駙馬亦卽杜牧「李長吉歌詩敍」中所謂的沈子明，與長吉義愛甚厚。陳本禮指出沈子明尙憲宗女安樂公主，可是新唐書中所載憲宗十八女中，並無安樂公主的名字。姚文燮認爲憲宗第四女宣城公主下嫁沈𥫃，沈駙馬是指沈𥫃。

不管沈駙馬是誰，這首詩的內容似乎與沈駙馬無關。這是藉着描寫御溝水以寫宮怨的詩。

所謂「溝」是指河渠，「御溝」是指流經皇宮或者宮苑的河水。首句寫御溝水流入宮苑時是「白泱泱」的。事實上溝水常流，不舍晝夜，其所以是「白泱泱」的，也許是因朝陽的照射。然則，首二句是說，當御溝水白泱泱地流入內苑時，宮女們正在臉頰上塗靨黃。鈴木將「正」字作動詞解，認爲是宮人以白泱泱的御溝水爲水鏡，在水邊矯正黃色的頰飾。如此，白黃相映，意象也很美。

次二句寫溝水的冷和香。字面上雖然對得很工整，「龍骨」和「鴨頭」所指的似乎都是河水。王琦認爲「龍骨，似指溝邊砌石」。可是，溝邊砌石爲什麼叫龍骨呢？由「史記」「河渠書」所載：「穿渠得龍骨」，以及庾信「和李司錄喜雨詩」：「雲逐魚鱗起，渠從龍骨開」看來，「龍骨」之暗示河渠，殆無疑問。尤其從庾信的句子看來，假如「魚鱗」是寫雲起之狀，「龍骨」豈非渠開之勢？鈴木認爲龍骨是用以比喻溝水白而長地橫臥着的形狀、我認爲比王琦的解釋更有詩意。然則，三句兩句是承開頭兩句而來的。溝水白泱泱所以遶堤冷；宮人正靨黃，所以拂岸香。由「遶堤」和「拂岸」等動詞看來，更可確定「龍骨」和「鴨骨」是指溝水。鴨頭綠是唐時染色之名，因此鴨頭該是指綠水。然則，綠水似乎又與白泱泱相衝突。也許那是指日出或夕陽西下後，一片漂香的綠水吧？

以下兩句是描寫御溝水經過處的景象。溝水響醒殘夢。然則，是誰在別館尋夢呢？豈不是冷落某些宮女而另外到別館去尋歡的人？而正，溝水流經之處，有人在泛觴飲酒，更對照地寫出被冷落了的宮女的寂寞。所謂「停杯泛小觴」，在字面的意義上不太通順。「停杯」和「泛小觴」似乎是不能同時發生的。鈴木和齋藤解釋爲：停下在室內喝的酒杯，改席到水邊去泛觴。這種解釋太板。「佩文韻府」「停杯」條引這個句子，却讀爲：「停杯望小觴」。通是通了，不知有何根據。因這句與上句「別館驚殘夢」成對，「別館」是地點，「停杯」似乎也該是地點；因此這句該解爲：在停杯之處泛小觴——這是與劉君智敎授討論之後，劉敎授指出的。

最後兩句，曾益、姚文燮、鈴木和齋藤都認爲是作者自傷流浪，而以暫得見

沈駙馬爲幸。這似乎與前後聯貫不起來。認爲何郎是指沈駙馬，因兩人都尙公主。這也沒有什麼太大的意義。

方扶南評這首詩時，只用一句：「詠宮怨也」，可是沒有進一步以闡明。以這一觀點來讀這首詩，益覺最後一句絕非作者自傷流浪云云。何郎是個「出游觀者盈路」的美少年，代表宮女心中的情郎。所謂「幸因流浪處，暫得見何郎」，至少有兩種可能的解釋：一是說宮女被禁在宮中，甚至被遺棄在冷宮中，望見白浪漂流而來，不禁想起「美姿儀而絕白」的何郎。這近於陳本禮的見解：所謂「幸因溝水之白，流入內苑，而宮人始暫得一識何郎之面耳。」另一種較積極的解釋，正如劉教授所提示的，是寫宮女心中的願望：但願而能隨着白浪漂流而去，暫時會見何郎。這近於錢澄之所批：「入苑言水自外入林館，下又言苑中流出耳。」換句話說，看見白泱泱的溝水流入而想起情郎，進而寄語河浪，願隨河浪流其禁宮去見情郎。

如此，這首詩第一句中的「白」字，與最後一句中的傅粉「何郎」形成了前後的呼應。宮女越化粧得美，越顯出心中的寂寞。龍骨之所以冷，是因宮女心中，恨水之無情。鴨頭之所以漂香，是因宮女心中，情思動蕩。而別館裏的尋歡作樂，更激起宮女求暫見情郎的慾望。這是寫得非常含蓄的一首宮怨詩。

英文試譯

Echoing a Poem Composed by Shen, the Imperial Son-in-law, Entitlad: "The Water of the Palace Canal"

Entering the park, the water white and wide
Mirrors palace ladies dimpling their cheeks with yellow.
(Palace ladies are just dimpling their cheeks with yellow.)
Surrounding the causeway, its "dragon-spine" lies cold;
Caressing the banks, its "duck-head" smells fragrant.
At the detached hall, it startles an unfinished dream;
Where the cups stop, it keeps the small goblets afloat.
"Thanks to the place where the ripples flow,
I am able to see young Ho for a while!"
("Would that I could follow the flowing ripples
To meet young Ho for a while!")

(008) 始爲奉禮憶昌谷山居

掃斷馬蹄痕，
衙廻自閉門。
長槍江米熟，
小樹棗花春。
向壁懸如意，
當簾閱角巾。
犬書曾去洛，
鶴病悔遊秦。
土甑封茶葉，
山杯鏁竹根。
不知船上月，
誰棹滿溪雲。

註解

奉禮：官名。「新唐書百官志」：「太常寺奉禮郎二人，從九品上，掌君臣版位，以奉朝會祭祀之禮。」李商隱「李長吉小傳」：「長吉生時二十七年，位不過奉禮太常。」

昌谷：李賀的故鄉，在福昌縣（今河南宜陽），距洛陽西方約五十公里。

長槍：宋蜀本等「槍」字作「鎗」。吳註：「漢上呼好米有曰長腰鎗者；非米粒似之乎？」董懋策和王琦認爲「鎗」卽「鐺」：「韻會，鐺，釜屬；增韻，有耳足。」亦卽有脚有耳的鍋。然則「長鎗」爲「長鍋」；鍋而長者，似乎有黠奇怪。不如依原文，「長槍」指米之形似。

江米：吳註：「或是菰米」。王註：「謂江鄉所產之米。」葉註：「淸何焯云：『卽今糯米』。今北方仍呼糯米爲江米。」

如意：器物之名。出於印度。梵語阿那律之義。柄端作手指形，以示手所不至，搔之可以如意。又有柄端作端作心字形者。皆以骨角竹木玉石銅鐵等製之。長三尺許，講僧持之，記文於上，以備遺忘。菩薩像亦持之。按我國古時有蚤杖，以搔背癢，又記文於笏以備啓事。此則兼二者之用者也。惟近世如意，長不過一二尺，其端多作芝形雲形，則僅因其名詞吉祥，作爲供玩矣。（辭源）

角巾：巾之有角者。「晉書羊祜傳」：「既定邊事，當角巾東路歸故里。」按角

巾爲古隱居者所用。

犬書：根據「藝文類聚」所引「述異記」，晉陸機有犬名黃耳，黠慧能解人語。機仕洛（洛陽）久無家信，因戲語犬曰：「汝能送書馳取消息否」犬搖尾作聲應之。機爲繫犬頸，犬走向吳，到家得答春，仍馳還洛。計人行程五旬，犬往還才半月。

鶴病：王解：「古詩：飛來雙白鶴，乃從西北方；十十五五，罪列成行。妻卒被病，不能相隨，五里一反顧，六里一徘徊。吾欲啣汝去，口噤不能開，吾欲負汝去，毛羽摧頹。詩用此事，當因其婦臥病故與！」陳本禮：「神異錄元宗獵沙苑，見孤鶴，射之。益州道士征佐卿謂弟子曰：『吾行山中，爲飛矢所中。』」

游秦：指入京。長安在秦故都咸陽西，原屬秦地。

土甑：王註：「磁瓶類，燒土爲。」

竹根：用竹根做的酒杯。庾信奉報趙王惠酒詩：「野爐然樹葉，山杯捧竹根。」

評釋

這首詩前半六行寫初爲奉禮郎，官閑職冷，清閒無聊的心情，後半六行寫客居長安，思憶故鄉的情形。

首二句鈎畫出官衙與家宅的冷落寂寥。衙前雖有蹄痕，只是過客，却無人下馬造訪。回到家裏也是一片清冷，沒有僕人侍奉。

三四兩句寫「下班」以後回到家裏，自己燒飯，整理庭園。正如陳本禮所解釋的：「官閑職冷，公事之外，無所事事，惟釀米種樹以遣其愁悶耳。」

五六兩句，是寫客居無聊的情形。陳本禮認爲這兩句是有深意寄託的：「奉禮一官，味同雞肋；效僧紹之辭徵，空懸如意；慕王導之歸里，徒閱角巾。於極無聊中作或然之想也。」明僧紹見「南齊書」卷五十四。太祖屢次詔徵，僧紹稱疾不就；太祖遣僧紹竹根如意筍籜冠，終亦不肯見詔。如此，「向壁懸如意」似乎含有罷官的意思。王導見「晉書」卷六十五。「于時庾亮以望重地逼，出鎭於外。南蠻校尉陶稱，間說亮當擧兵內向。或勸導密爲之防。導曰：吾與元規（庾亮字）休慼是同，悠悠之談宜絕智者之口。則如君言，元規若來，吾便角巾還第，復何懼或！」這個典故似乎與這首詩沒有太大的關係。要之，角巾是古人私居之冠，或隱者所用。所謂「當簾閱角巾」，是寫心中在思量歸里隱居。如此，三四兩句是寫奉禮郎官卑職冷，因此想罷官歸去的心情。

以下兩句寫想家及客病。所謂「犬書曾去洛」，是說自己曾由京師寫信回去。根據陸機黃耳的故事，所謂「去洛」是說離開京城從洛陽送信到吳。在李賀的

情形，亦卽從長安寄信回昌谷。所謂「鶴病」，雖然王琦引古詩解爲妻子臥病在家，可是，古詩的原文是「白鵠」而不是「白鶴」。而且李賀是否有妻子，是個學者間爭執未定的問題。陳本禮引「神異錄」，暗示李賀上京擧進士受讒，如同孤鶴爲飛矢所中。可是這與下半句「悔遊秦」又接不上來——怎能說：因爲受了中傷，所以後悔出來作官？我想「鶴病」也許只是說他因病而削瘦如鶴。也許「鶴病」原是「鶴瘦」。白居易也有「鶴瘦貌彌淸」的句子。「遊秦」的結果，却是「鶴病」，因此甚感後悔。

以下四句是客中懷念家裏目前的情景。因主人不在，茶葉和酒杯束之高閣，棄而不用。「封」和「鏁」（鎖）都含有棄置的意思。山杯本來是竹根做的，現在山杯棄置不用，就好像將竹根鎖死或使之僵化，而上面塗上一層濛濛的飛塵。最後兩句，想像寂寥的故鄉山谷，自己不在那兒，會有誰在夜裏載着月亮，在溪中划着雲浪優遊呢？

這首詩可能作於元和六年（八一一）初爲奉禮郎時。所謂「奉禮郎」頭銜聽起來很響亮，其實是從底下算來第三級的卑官（九品上）比針師、按摩博士、咒禁博士等（九品下）稍勝一籌。掌管的是祭祀時供品擺設的位置，參祭者站列的次序，以及贊導在位拜跪之節。 以現代語來說，司掌的是祭典時叫唱「一鞠躬——再鞠躬——三鞠躬」以及跪下叩頭之類的禮節。因此，這首詩中所表現的「官閑職冷」以及「客病思鄉」的心情，不難了解。

英文試譯

When First Taking up my Post as Supervisor of Ceremonies I Recall the Days Past in the Mountains of Ch'ang-ku

Sweeping out all the horses' hoof-prints,
Back from the office, I shut the gate myself.
Long, spear-like River rice is well cooked,
Small trees with jujube flowers in spring.
Up against the wall, I hang my scepter;
Facing the screen, I inspect my square turban.
I have sent my dog to carry a letter from Lo,
The crane being sick, I regret wandering in Ch'in.

Unglazed jars have sealed away tea leaves,
Mountain goblets: locked up bamboo roots.
I wonder: taking the moon on board,
Who is punting the clouds filling the stream?

追記：

「笠」六十期「李賀歌詩評釋(2)。殘絲曲」發表之後，接到讀者林國源先生來信賜教，感到非常高興。向來的評註家幾乎都認爲「殘絲曲」是寫「晚春之景」，我信以爲然。看了林先生的來信之後，覺得他的解釋，頗有道理，而且很可能就是這首詩眞正要表現的意思。因此，特地將林先生的來信一起發表，以供其他讀者參考。

在這次評釋中重讀各家的評註時，我才發現陳本禮的箋注很接近林先生的解釋。不知爲什麼當初竟沒有喚起我的注意。陳本禮在「綠鬢年少金釵客」這句下面註着：「言綠鬢年少乃金釵之客耳，句法倒裝。」這與林先生的見解正不謀而合。此外，陳本禮認爲：「此刺當時少年狹邪不歸而作。綠鬢年青；金釵色麗；粉壺器美；琥珀香濃：正溫柔沈湎之鄉，豈可遽言歸去？無如鶯老蜂歸，花臺春暮，囊中青錢已化爲榆莢，猶眷戀而不已也。」這雖然與林先生的見解不盡相同，也是一種很有創見的解釋。

將來有機會我想將「殘絲曲」的評釋再改寫。希望林先生及其他讀者今後仍時賜與指正。一九七四、七、十八

笠詩刊社十週年年會會場一瞥

李勇吉　梁景峰　拾虹　黃荷生　林煥彰　郭成義　林宗源　趙天儀　衡榕　陳愛娥　羅明河　林清泉　羅浪　鄭烱明　李魁賢　陳千武

吳濁流　郭水潭　巫永福　黃騰輝　陳秀喜　鍾肇政　林亨泰　周伯陽　林鍾隆

中華民國內政部登記內版臺誌字第二〇九〇號
中華郵政臺字第二〇〇七號執照登記爲第一類新聞紙

定　價：國內每册新臺幣20元

海外地區：日幣240元　港幣4元
　　　　　非幣4元　美金1元

全年六期新臺幣100元　半年三期新臺幣55元

●郵政劃撥 21976 號陳武雄帳戶（小額郵票通用）

出版者：笠詩刊社
發行人：黃騰輝
社　長：陳秀喜

社址：臺北市松江路三六二巷七八弄十一號（電話：550083）
資料室：彰化市華陽里南郭路一巷10號
編輯部：臺中市民族路三三八號
經理部：臺中縣豐原鎮三村路九十號

詩双月刊 63

LI POETRY MAGAZINE

民國五十三年六月十五日創刊・民國六十三年十月十五日出版

不必・不必

桓夫

不必讓給我位置
小姐
車子開得很快
我底終站馬上會到達
在這麼擁擠的人羣裏
你怕我這個老頭兒
站不住脚嗎

不必，不必可憐我
雖然我的年紀這麼大
但年齡不是經過我的努力獲得的
不做過甚麼
也會自然這樣醜老
老並不值得令人尊敬的特權
不必優待我　不必

不必同情我的縐紋這麼多
我吃過歷史
吐出了好多固有道德
使臉上的縐紋越多越神氣
不過我知道
我是一個敗家子
連一篇新潮紅樓夢也未曾寫過

不必　不必捧我的場
在這麼擁擠的人羣裏
在這麼搖動的公共汽車裏
能够站得住脚
我才感到安慰
誰也不必扶我下場
我底終站馬上會到達

卷頭言

建立開放的詩壇

李魁賢

開放的詩壇，猶如開放的社會，是一種民主的、理性的綜合體。

自由中國的詩壇，一直是社會羣數中最最自由的一個樣品。社會上無論那個行業，總有一些具文或不具文的規矩，總有一些約定俗成的倫理，做為同業間的規範，對極端任性的約束。但詩壇自由的程度，幾乎已達到沒有一點行規的建制，和臺北市的交通可以互相輝映。

要建立開放的詩壇，首先必須要求在詩壇行走的「騷人」，培養在開放社會中生活的素養，多體會「民主」與「自由」的眞諦。我們應瞭解現代社會之多樣化趨向，沒有定於一尊的格局，應容許憑各人的喜愛和抱負，從事自己冒險的創作行爲。如情投意合，不妨引爲知己，互相砥礪（不是標榜），而對於情趣背馳的人馬，應付出一份關心的體會。這樣，無論在茶餘酒後，放言高論，或是正襟危坐，下筆爲文，庶幾不致於：愛之者，褒之而爲天上的明月；惡之者，貶之而成地上的泥鰍。

如此勢必衍發成一種理性的行爲，不會訴諸情緒的泛濫，受到「暴民」的譏笑，甚至造成以「暴民」的手段施於「暴民」的惡性循環。實際上，某些詩壇名士之受到「暴民」的當頭一棒，乃因詩壇多士曾經以「暴民」的行徑鞭撻過讀者和同好的後遺症，由於目空一切，導致腦力萎頓和退化，失去自省和求進的能力。爲什麼不能懷抱「聞過則喜」的胸襟？

「我不同意你的言論，但誓死保護你發言的權利」，一向被引爲至理名言。但在眞正開放的詩壇，還應更進一步，尊敬別人發言的權利，鼓勵他人多發表和自己不同的看法。我們應該學習「腦力激盪術」（Brainstorming）的技巧，不宜在某人剛開始發言時，便以既存的私己價值判斷，壓制他的思路，以致可能有更好的意見，胎死腹中。

從另方面看，尊敬前輩，是後起之秀的風度，不宜一味嗤之以鼻，應自問有無從其作品中做存精去粕的耙梳工夫。而前行者應抱有自謙的洵洵氣概，焉知後來者之不如己？而所謂後浪推前浪，豈不正好把前浪推向高潮？

我們期待着打開閉關自守的困局，共同努力建立開放的詩壇。

笠 63期 目錄

雕塑家的兒子

——敘事詩

陳鴻森

一

「只要能把這件完成
也就可以安心地……」
似乎還說了些什麼
但乘下的聲音
像突然被凍結了
只見他嘴角如被牽掛着般地抽搐着
嘴唇在哆嗦着

以着自信
却會令人感到滑稽的神情
又這麼私語着的老傢伙
愉悅而焦灼地搓着手
不放心地一再端視着那曲扭的骨架

我帶着嘲弄的心
在一旁注視他的舉動
有種報復的快意
洗濯着我心底的什麼
外面似乎有雪花
在輕輕地飄落

二

日子一天天地過去了
時間彷彿是
在這小屋裏凝固了
只有那一直緊閉着的窗
偶而會透入一些夕暉

但如說時間全然已告凝固
似乎也並不正確
我仍依稀可見
我那獨個坐在陰暗的角落
默默地玩着
那些被棄置的砂紙及金屬片的童年

而他那手在工作時
也已有了間歇性的抖顫

如蝶翅般地
升降着我飛翔的熱望底
那被關閉的窗外的世界
雪花仍在飄落着嗎

三

那是沒有熱度的肉體上底
夜的印象
那是遠方的城堡底
逐日加深的苔痕
那是日暮時的老婦底
不安而焦躁的時間
那些雪花

母親生下了我之後
在那個風雪夜裏
發瘋不見了

像一個壞的比喩——
自我懂事以來
雪花便在我心底
不斷地飄落　飄落

四

這次的造型
未被老傢伙　憤怒地擊碎
而仍持續地被進行着
是叫人頗感意外的

七歲　被送進了小學
逃學　搗蛋　粗野
這些使我產生
模擬老傢伙在擊碎那些塑像時的興奮感覺
終而一次　以掀着同學的脖子幾乎致死
被送了回來

此後　卽無所事事的
成了老傢伙的影子
而被羈留在身邊
唯一的樂趣
便是嘲笑他的愚昧　以及
諦聽那隱約的飄雪

五

日子一天天地過去
那塑像此次意外地逐漸被完成着
老傢伙日益昂奮而孜孜工作
但看着塑像美麗的身姿
我便會卽時叠現着
它就要永遠地被消失了的感覺和決意

我心裏滋長着
比什麼都還期待破滅的欲望

我是一點也不願想起
人生

然而 一日早晨
幾近完成的塑像
以其優雅而深遠的姿勢
吸引了整個小屋的暗茫
而他 我那雕塑家的父親
頭乏力地垂掛在
雕像圓柔的肩上
地上薄濕

昨夜雪曾美麗地飄入嗎

六

成爲孤兒的我
雪仍無止歇地在我心底 飄着
終於 我帶着對於外界
有一種過於明亮所刺激的不安
離去了

無論走到那兒都有的
飄雪裏
隱約地有個聲音
「兒啊
好好地活下去吧」
飄落的似乎是
母親溫慰的語言呢

變成孤兒的我
在我頭蓋骨裏 在我腦髓裏
有隻跌落的鳥 落着薔薇的瓣
但 活下去也好

七

傻瓜啊
不要那樣子看我
我不過是
遺棄了自己吧
我不過是
需要些什麼來塡充我吧
不要卑夷地嘲弄我
我沒什麼罪過
要看 就回去看看你們自己吧

乞過 偷過 搶過
爲了要活下去
是應被原諒的啊
活着 是一切 是無上
傻類 不要看我
那一切 只是
因爲你們根本沒有眞正地活過
雪 是否在遠方輕輕飄落

八

高而小的窗子

透入了
一些暗澹的月光呢

永遠的飄雪裏
那扶持着我活下去的聲音
却已然變為斷續無力的
「活着——
眞是殘酷的啊……」
不斷飄落的
竟是母親一片片的　肌膚

我感到不知在什麼地方
正有一雙溫柔的眼睛
不停地在凝視着我
我要出去啊
我要出去了
啊　月光光

九

檻外　雪仍在落着嗎
落吧　不斷地落
不要止息的落　落
把這個世界覆蓋
使這個世界再美麗起來
落吧　趕快落

我忽然無端看到
那幾近完成的雕像
以及更早以前　那些骨架
奇異地在倂合着

是夜　我夢見
那未曾謀面却似熟稔的
美麗的母親底臉
而老傢伙詭譎地　在我身後笑着
在我四周

（後記）

在不斷地 TCHAIKOVSKY 的第一號鋼琴協奏曲的唱片聲中，寫下了這首「雕塑家的兒子」，我不知它是不是詩？大家也可在這首詩裏，找到我許多疏懶的地方，但，我已不想再關心這些，我只不過是想在寫這首詩的「情感的歷史」裏，檢視自己的敗北意識吧。然而許久以來已決意不再寫詩的我，寫完了這首詩之後，那確已不只是一種悵然的感覺而已。不是嗎？我常在最美麗的地方却離開了，寫詩如此，戀愛也是。這是我的本質嗎？把這首詩送給丁芹，伊曾看過我寫下這首詩的第一節，那是很久前的事了，接着的，直到今天才寫完，而伊却看不到我寫下這首詩之後的愉快，是為記。63・8・28

蚊子的聯想

陳黎

上、蚊的聯想

•一•

不與蒼蠅為伍，蚊子不是那種
鎮日裏嗡嗡價響遊談無根的惡類
聲東不擊西，說叮就叮
踏實兩字，正是蚊子哲學底基本精神

不學跳蚤顛簸，蚊子咬人是一種
三度空間的文明
譬如說空戰即藝術
以卵擊石，以虛探實
蚊子這飛將軍，如是其
智勇雙全才藝兼備

不同羣蜂狠狽，蚊子底運動道德
叫人感動
談技術至上，不使有毒的暗劍
一隻小小的蚊子只是點到為止
其餘的，叫對手自個兒
收拾

•二•

書法家的蚊子，善書蚊字
蚊子寫字蘸慣紅墨水
只消輕輕一觸
圓圓凸凸的一點　浮現
(瞎了眼也摸得出
　不識字也看得懂)

落紅處處的蚊子善書吻字
女人家嘴唇沾胭脂，一記一記的
小櫻桃打男人五官手足
印上
　　　據說就是向蚊子那傢伙
　　　　　　學來的

•三•

與切身攸關，蚊子咬出的記憶
豈僅是痛定思痛而已
這刺激，有血有肉有聲有色
說與綠油精知，也只是叫
紅腫的針眼哭濕

不如炮它一帖詩稿　貼上
把興奮止成刹那底
永恒

・四・

（老年人愛笑青年滿臉面疱
　青年人愛笑老年全身疙瘩）

蚊子之爲物，針灸之下人人平等
無所謂男女老少
無所謂面疱疙瘩
這一種法律與內分泌、荷爾蒙無關
做爲醫師，蚊子底針是最佳的驗血工具
（雖則血液只有O型一種）
做爲遊記的作家，筆鋒所及
那一顆顆斑紅，說明着「到此一遊」
是最惹眼的一種標記

・五・

癢，乃
蚊子與你生下來的後代裏，最熟讀
反作用定律底一只
單細胞

出手，你一招想抓死你的子嗣
而你的子嗣居然立地迸裂成你底
兩個孫子
居然分身成無數，以癢還癢
你肉感的，子孫

下、人蚊之間

・六・

你揍你底妻，你底妻
遂以一掌摑你底兒子，你底兒子
遂擧拳擊壁上之蚊子
　憤然
　飛起，那蚊子
遂一針
刺你

・七・

牽腸掛肚。衝進洗手間。緊張
悠悠哉哉。幾隻蚊子脚底下徘徊
刹那勒住。那男子不與蚊子逐臭
覆水難收。這氾濫不洩
　　　　不快
（惡惡臭。人類底尊嚴
　圖方便。生理之必然
做一個大丈夫，男子啊
你自然能伸　能屈）

而幾隻逐臭底蚊子慌忙地飛出
窗外。當用力蹲下，並
轟隆一聲

•八•

愛玩棒球呢，蚊子與你
挑灯夜戰

防守只用投手，一隻蚊子
飛自身爲球
向你無法漏接底肉體
談不上變化或者快速直球
蚊子底球路，偶而
慢慢靜靜地進壘，偶而
上下迂廻
再怎麼，你右手揮棒
　　　左手打擊
照舊得三振出局
一回合一回合地叫你
　從頭到尾，掛零

呵，飛毛腿
蚊子底盜壘捉摸不定
眼明手難快，對它
你莫想牽制、觸殺
剛上上唇，又下下肢
　全身如此繞遍
蚊子這功夫居然算另一種
全壘打

•九•

（萬物之靈。人啊
　你的發明戰勝了一切！）
所以傷風克是用來克傷風的
感冒靈是用來去感冒的
避孕失敗可以科學墮胎
死了，還有棺材
所以雨來嘛，傘擋
蚊子來嘛蚊帳擋
（一頂蚊帳織得比天衣還無縫！）

而昨宵，芙蓉帳暖
一隻潛伏底蚊子夜半起來，同我
枕邊細語
並且，趁熟睡
對我做出種種
肉麻的
舉動

作者的話

上面九節「蚊子的聯想」很可能被視爲「打油詩」。但至少我寫時底態度是嚴肅且用心的，雖則語調方面比較「輕」些。我以爲蚊子與人是極相似而又極不相似的。

夢土集

林　泉

夢　土

——懷父親

去年的夢土
回憶的草根抽芽
仍然繫着一個人的背影

而那背影轉眼成爲一片永恒
遂自永恒中伸出一叢焚燃的繁茂
在前塵回首的山間
總是把我的冬景
烘出一季燦爛春光

死亡的斜坡上
靜默豎立在那兒
於是我有所迷惑，有所憬悟
再次背着幸福的黑影
剪紙的太陽
自淚光中穿過悲愴年代的黃昏

一九七二年一月廿五日

生之序曲

寂寥的天地中回顧一池的水
一池記憶裏閃耀的陽光
於是魂夢變爲顏色
搖晃的暗影變爲聲音
以輕重的步履
衡量往昔潮濕的世界

我乃雨點
滑行於過去長長的枝葉上
任雨水消逝
讓枝葉發光
把錯誤的時刻
蘸上一筆虹彩

當希望如火燄焚燃
當憂傷買去歡樂
想起殷紅的乃是恐怖
而翠綠的乃是繁茂
但我們如何
握一季的脈搏於我們掌中？

無須恐懼
我非只瞧見一次日出的蜉蝣
沒翅膀的天使得使用他的手臂
生命狹隘的路上
沒有神能拋棄我們
因爲我們是主宰，我們是神

黯黑中眼睛知曉
篩星星的碎粒於無邊夜的網罟
腳下堅實的土地
長出的乃你如何撒下的種子
如是你的回顧
將奇異如未來生長的花樹

時光的冷面下
巨浪滌不盡青史
滌不盡日月與星辰
高歌一曲風雷的吶喊
廻響震向永恒
且在自己胸臆中完成另一宇宙

一九七二年三月二日

火車

郭成義

我不是這裏的人
你要去的地方
也不是我要去的
但我常常停下來問自己
故鄉就是這樣嗎
故鄉就是那樣嗎

每天
爲了繼續做那故鄉的夢
我只有一路的奔波下去
雖然做夢的勇氣
終必被磨擦成鐵銹
在飛快的速度中
一滴一滴的消失……

我的鄉愁
還是你伏在地上
遠遠就可以聽見的
我那種心臟的聲音

只是
再遲你總有回家的時候
再晚也總有一盞燈爲你亮着
對於我愈來愈刺耳的聲音
你是越來越麻木了吧

詩二首

林外

一、太陽從西方出來

太陽如果從西方出來
女人會娶丈夫
小國會領導世界
世界將不會有强凌弱的侵略
男人則將是女人隨身携帶的護身狗

太陽如果從西方出來
女人會疼丈夫
弱國會領導世界
世界將崇尙溫柔蔑視强權
男人則將賣力爲女人營造財富

太陽如果從西方出來
女人會叱喝丈夫
世界將只有文化的合作
男人在婚前將受到避孕手術的强迫

二、炎熱大風的日子

陽光炎炎的燒着
一切都亮得灼人眼睛
大風狂熱地吹着
把油加里葉弄得嘩啦嘩啦叫
使松樹林嗬呼呼嗬地嘯叽
太陽照得狂熱
大風吹得熱狂
開窗則滿屋亂飛
關窗則悶得想死
如果這世界長久這樣下去
我們都得考慮裝冷氣了

防風林集

謝武彰

包裹

弟弟從小金門寄回來的
包裹 裝着幾件舊衣服
高更傳，幾本音樂書籍
和牽着狗在海邊散步的
浮彫着潑墨山水的照片

如弟弟搜索每一吋防地
母親更老練地從照片裏
找出許多埋伏着的思念
整座潑墨山水那麼重的
思念 要如何算郵資呢

日夜牽掛着的母親說：
如果我是包裹那該多好
這樣就可以去前線探望
已經很久不見的弟弟啦
啊——————————
讓我變作一個小包裹吧

照片

和家人在一起翻閱
相片簿 貼滿了往事
爸爸說在那張六吋大的
幼稚園的畢業照裏 有
我 就在第一排
坐在台階上裂着嘴笑着

大家鼓勵我 尋找
小時候的自己
我，把二十年的時間
緩緩地反芻着，像牛
咀嚼，咀嚼，細細地
嚼着 彈指間的二十年
仔細辨認已經很陌生的臉譜

照片裏的臉無憂地笑着
如風信子燦爛地盛開着
噢是的，我也應該是的
但，我還是找不到自己，照片裏
第一排，十個男生裏的那一個？
久，久，久，久……終於忍不住
掩着面 痛哭起來

清潔

大掃除時
屋內屋外
該洗的洗了

該擦的擦了
該丢的丢了
而那銀亮的鏡子裏竟照着
唯一沒有清潔的我　是該
洗一洗？還是該
擦一擦？　還是該
丢掉？

航海感覺

1.
風浪十級時
海的起伏是
母親陣痛的腹部
流浪的水手似
嬰兒，在收縮的子宮中
等待，放晴的消息

2.
風浪三級時
海的起伏是
母親搖着的睡籃
流浪的水手似
嬰兒，在規則的韻律裏
吸吮，陣痛的感覺

露背裝

環境汚染中
能捕捉到的
新鮮的空氣
越來越少了
所以，勞累已極的
鼻子們迫切地需要
更多的裸體的皮膚
來減輕工作的負荷

迷你裙

這不僅僅只
是膝蓋以上
節約不節約
布料的問題
而且是醫治
女人與男人
內心疾病的
極好的處方

中元普渡

生活中時時充滿着要
向放高利的債主低頭
向愛挑剔的顧客低頭
向催房租的屋主低頭
而自己無可奈何搖頭
廉售自尊的妥協時刻
氣盛的對方總是膨脹着

巨大的影子，如一座山
掩蓋卑微如小石的自己
有時橫下心來厚着臉皮說謊話
入夜以後才隱隱作痛着，變成
一隻獸，忍痛㖭慰受創的傷口

像今天下午的拜拜竟也有
這種令人遺憾的曖昧關係
除了必需學會向別人妥協
之外，還要學習向
鬼神妥協，這是多麼
深奧的處世哲學啊

純吃茶

在純吃茶店裏
患不患近視是一樣的
四周黑漆漆的，永遠
不會發生視覺的困擾

患了四百度近視的
眼睛 摘去眼鏡之後就是
高倍顯微鏡 更能清晰地
放大 妳我深不可測的
內裏 純淨與不純淨的

漂流着音樂黑暗的
空間裏是很安全的
患不患近視是一樣的

只有感覺存在

我們變成蟑螂，小心地以
導電體的，純銀質的
觸鬚閃閃地互相傳遞着
三萬伏特高壓的
神經的電流

船的笛聲

船族的文化還是原始的
不會表達很複雜的意念
汽笛是她的嘴，永遠是
一短聲：我正在向右轉
二短聲：我正在向左轉
三短聲：我正在向後退
一長聲：請注意我來了
船笨拙得只會講這些話

眼見一艘不小心觸了礁
就要沉沒的船 她的
嘴 極力而不停地說着 像是
臨終的人想叮嚀些重要的心事
然後才長長地鳴了一聲 彷彿說
我來了，噢，上帝！我來了……
啊。這笛聲裏存在着聰明的
人類，永遠無法瞭解的內容

棒球比賽

在黃昏的曠野上，靜靜地

看一羣孩子興奮地玩棒球
一個孩子擊出又高又遠的
全壘打，大家仰着頭看着
球 像落日以拋物線飛着
遠遠地飛向晚空的另一邊

啊。這種內心的比賽
每天黃昏總要擧行一場
總會盡力地把球擊得遠遠的
我望着以全壘打姿態飛去的
落日。竟忘了歡呼忘了鼓掌
在凝固的暮色裏，忘了勝負

衣 服

衣服破了的時候
就想盡辦法縫補
使它恢復原來的樣子
像極力地想隱藏自己的缺點
衣服成了每天要穿戴的面具
然後再面對着世界
別人只向我美麗的衣服致敬

在我的心裏却緊緊地裹着
一件老舊的衣服，直到
死去才能脫下來檢視
那時，如這破舊的衣服
我的缺點完全暴露出來了
並且受盡人們的指指點點

啊。這是人人都有而
無法修補的缺點……

雨滴・

雨後的街道是一所
孤兒院 收容着
無家可歸 的
水 互相安慰着彼此的
命運

雨滴・・

越漲越高的
雨中的街道
漂浮着人們
丢棄的物品

越沉越深的
雨中的墓園
淹沒着人們
遺忘的人們

雨滴・・・

在互道着再見的時刻
在我永不再來的時刻
妳晴空的眼睛 忽然
…………
…………
綿綿，綿綿地飄着雨

雨滴‧‧‧‧
雨墜毀時
　大地
以熱烈的歡呼
我墜毀時
　大地
沒有一點聲息
雨滴‧‧‧‧
入海口似臨死者的
嘴　緩緩細說往日的
　縱橫千里　兩岸
　　沉積的細砂是
　　　擱淺的遺言
　　　　千里縱橫
　　　　　竟意外地
　　　　　　凝結為
　　　　　　　一滴
　　　　　　　　雨

——雨中。路過下淡水溪。

五指山

周伯陽

你的身軀魁梧
有超俗而嚴肅底臉龐
像五支手指張開的姿態
屹立在峰巒深處
頭額伸出雲霄仰觀天象
靜聽半腰雲光寺的木魚銅鐘聲

雖然你維持沉默幾千年
仍然毫無表情
但眉宇看得出無限的歡愉
能探測你心中的慈祥

你有智慧，把憂愁和紛擾吞歿
能佈置寧靜而敬虔底聖地

俯視下界，工廠櫛比
鳥瞰鄉土發展的變遷

五指山呀！
你張開五支手指
到底想要象徵什麼呢？
你至少啓示生命底靈感
而創造新的詩篇

太陽雨及其他

陳坤崙

太陽雨

早晨上班的時候
太陽貼在屋頂上微笑
藍色的雲也貼在屋頂上

上班途中
太陽站在路的盡頭
雨從太陽的眼睛裏
落下來了
像我微笑的同時
肚子裏落淚一模一樣

上班途中
來了一陣雨
我頭上的一棵一棵的小樹
被太陽的眼淚淋濕了

圓圓的水池

每次到公園散步
必定站在公園的水池旁
看看圓圓的水池裏的水
變了顏色沒有

圓圓的水池
越來越髒
越來越臭
裏面有香蕉皮
有破碎的報紙！

圓圓的水池
像一個人的心
沒人去清掃
就越來越髒
越來越臭

那些頑皮的小孩
那裏會知道
圓圓的水池
像一個人的心

枯萎的杜鵑花

一朶即將枯萎的杜鵑花
猶顫顫地掛在枝頭
曾是剛剛含苞的嬰兒
曾是把生命開得比

少女還嬌還美
一隻白色蝴蝶
在她的眸子裏
翩翩地舞東又舞西
她企盼着
白蝴蝶棲息於
卽將枯萎的臉龐上

那隻白蝴蝶嗅了嗅
以一種冷漠的姿態飛上飛下
卽將枯萎的杜鵑花
哀哀的求着
你願意嗎？
白蝴蝶掉頭飛走了
飛走了
丟下哀傷的孤單的
杜鵑花

田園之臉

躲在荒僻小村裏
一塊高低不同的田園
時時有一種無形的力量
把我引到那兒

那兒的田地長滿了各式各樣的雜草
雜草在風中搖頭嘆氣地告訴我
那個被遺棄於鄉間的老媽媽

已經生病多時了
當那塊田地種上
一排一排的玉蜀黍
我知道
那個被遺棄於鄉間的老媽媽
已經恢復健康了
當那些玉蜀黍得了病蟲害
我知道……

躲在荒僻小村裏
一塊高低不平的田園
把老媽媽
消瘦而乾裂的臉
呈現在我的心裏

秘　密

在枯萎了的蘆葦叢中
在枯萎了的芒菓樹下
在那長長的田間小路
在那黑黑的乾涸的小河裏
我目視展開於眼前的落日
那藏在心的盒子裏的落日啊
如我把秘密鎖在抽屜裏

當你像落日遠離了我
那個秘密在黑暗的深谷裏
釀造病苦

如那悲哀而沉長的夜

斷腿的老婦

四歲大的小姪女
伸着那隻細細小小的手
向那邊指過去

一個斷了腿的老婦人
以一根竹枴杖充當義腿
走起路來歪歪斜斜
似在跳舞
似要跌倒

她的右手依然推着
一輛破舊的嬰兒車
裏面裝滿各式各樣的廢物
站在這兒推
車頭就朝北
站在那兒推
車頭就朝南
失去平衡的嬰兒車
緩緩慢慢地漸走漸遠

四歲的小姪女突然問我
舅舅爲什麼那個阿婆
斷了一條腿還要推車？

曾經

鄭烱明

曾經是一顆樹
沒有愛與恨
筆直地站在那邊
不知該開些什麼

曾經是一條河
迷失了方向
無言地躺在兩岸
不知該流些什麼

曾經是一個人
背棄了故鄉二十多年
却找不到安歇的地方
不知該活些什麼

在我們的土地上

——土地是我們的，我們必須留在土地上，或者埋在地下。

莫　渝

●

因爲沒有家

因爲沒有父親
這三個小女孩
每天
在街上賣愛國獎劵，或者
玉蘭花

因爲沒有母親
這三個小女孩
每天
拉着手一道上價廉的小吃鋪

因爲沒有家
這三個小女孩
每天
把車站的靠背椅幻像成
客廳的沙發

●●

等時間的人

已經沒有車班了
那人還逗留候車室

有人過來問他
回答是：
等時間

●●●

看電視聽流行歌

隱約間，我瞥見
那兩隻說不出是淡然抑漠然的眼神被無星無月的夜空攫了
上去

其實
談不上喜歡到怎樣的地步
就這麼回事
無聊
加上無聊
反正不想上哪兒

不想做功課
不想玩橋牌
又怕一個人靜靜的被無聲絞死

扭開電視機吧！
看看那些人們愁眉苦臉的擠出幾句打破寂靜的聲音

愛情標記

情人的蚊子，年輕的戀人
趁你疏於戒備
冷不防地發動連續Kiss

負痛的你
撫摸傷痕之餘
積慮的想一掌擊斃

宛如不死的情人
纏人的蚊子
即使殉情
依然
在你的體膚上烙印斑紅的
愛情標記

愛的心聲及其他

楊傑美

錄音機的抒情

一隻手狠狠地按下on的鍵盤
從那只錄音機黝黑的暗房裏
便傳來一陣隱隱的鼓聲
夾着一串又尖又銳的
小喇叭憤怒激昂的嘶喊
一條激動的河流洶湧的驅趕着
一隻隻掙扎着逆游的小魚
共鳴的廻聲洪亮的擴散
像來自遙遠的天的那邊
一串生命存在的抒情
飄盪在四周灰白的空間

當鼓聲漸漸由大而小
小喇叭的嘶喊漸漸變成
一隻秋蟲喑啞的低泣
鼓聲愈來愈小時
另一隻手終於不耐地按下off的鍵盤
於是從錄音機突然失音的喉嚨裏
隱隱傳來一陣被扼斃的悶哼
像來自遙遠的地心
一串生命死亡的抒情
瞬時充溢了四周慘白的空間

愛的心聲

要愛又不愛
想愛又不敢愛的
我是那不解風情的木頭人嗎

每一次走到她的眼前
投身在她眼魅的暴風圈裏
感覺像失音的風琴一樣
雖然努力地想撬開自己的喉嚨
却總是吐不出任何一句語言
每一次事先在我的心湖裏
那些計算了又分析了
咀嚼過又反芻過的心聲
總是像一陣風吹落的花
不甘願的

被埋藏在我幽暗的心房裏
而這樣有口難言的痛苦
美麗而聰明的她會知道嗎

要說又不說
想喊又不敢喊的
我是那喪失語言的木頭人嗎

喪失語言的我
每天這樣無可奈何的與她相遇
又無可奈何的眼看着她
踏着優美飄逸的步伐
頭也不回地離去

啊！在這個孤獨的世界上
只有我自己知道
那永遠無法萌芽的愛的種子
將隨着她離去的脚步
越種越深
越蘊越長

蛔蟲

不知道從什麼時候開始
一大羣蛔蟲盤踞在我的內部
在胃壁起伏的皺褶
在腸膜光滑的曲徑
在潤澤的膽囊隱僻的幽室
那看不見的蛔蟲
日夜不停不停地蠕動着
營營着一塊巨大的白色王國

看不見的蛔蟲在我的內部
靜靜地吞食着我的營養
靜靜地消化着我的熱情
靜靜地腐蝕着我的思想
而我是一天比一天削瘦了
一天比一天蒼白了
只是
我的腹部却像懷孕的女人般異常地
日漸高隆
日漸豐滿起來

目覩着那日漸貧血的
曾經是我的溫熱的火山的肉體
日漸枯萎的
我的曾經是怒放的玫瑰的熱情
我的曾是純白的山茶的思想
日漸乾癟日漸涸竭的

我
終於仰頭
喝下了一瓶濃濃的瀉藥

冬盡

岩上

雲鉛塊壓下
凍結灰白的蔓延
萎縮一團
蟄伏在那簇簇無乳的山巒

挾着尖刀
刷刷虎虎而來
葉墜滿地
林間又幡起了蹣跚的醉姿
依然顫抖
風的脚步
蟹行掃過胸平的原野
狎近風乾了涓滴的狹谷

大地軀體
流產了一個太陽
在遠遠的西山昏黯死去
貧血的四肢在八方垂落
臨終的眼睛
投續存的微光於側身的顏面

採下葉子的菸莖
在無可懷抱的風搖中
摟着自己乾瘦下去
蕃薯鑽霜取火
而燒焦了褻玩的藤手
野草焚墓碑
墳地乾癢如癬

痲雀划疲困的翅膀於翻飛的風中
沙囊縮緊再縮緊
枝椏的手筆是一部冷冷的無字天書
守望的盡是無瞳而凝視的臉孔
那豐碩的
那樸樸悅耳的
啊　稻穗呢
啊　風皷聲呢

蹣行的
駝背
你顫抖
倒下的

癱瘓
我冰冷

姑娘們的笑靨
在昨夜的夢裏凍傷爲無譜的民歌
然後在山坳的茶花中枯萎

呼出的氣息
隨着寒流從井口煙白地冉冉上昇
溪畔的浣衣聲
早已唱完了泡沫之歌
暴斃如亂石

嚼着乾黃的稻草
嚼着一日的無聊
曾經忙煞的牛尾慵懶鬆垂
偶爾拍打着一羣死纏的蒼蠅

竹編的火箒在老太婆的衣襟下
想要孵出一個麗陽

老頭兒的咳嗽聲
焱塞斷垣的冷縫
咀嚼着牙硬的豆子

冷冷冷在身外之身
熱熱熱在心中之心

那手在燻菸房
撥弄着火焰的慾望
七天七夜輪遞的薰烤
掌中的脈葉龜裂
燒成金黃的地圖

一縷青煙乘隙紅透了冷冽的眼眸
看哪
冬眠的軀體
一瓶瓶米酒放胸燃燒
冷死了的冬日
將從地窖裏復甦
露臉

冬盡

岩上

小品三題

邱淳洸

郊行

青翠的樹木，
高遠無邊的秋空；
曳杖來郊野，
蟬聲流響叫我同吟。

心暢氣爽，
自適慢遊，
我的心，和白鷺一樣，
悠然不停地橫空飛行。

漏屋

頓爾迅擊過來了風，
隨後聽了傾盆似的猛雨聲，
可憐的茅屋震動，
受不了溜滴不斷的苦衷。

秋風一時逼冷，
孫兒們是否安眠？
終夜煩碎了心，
懣懣地枯坐到天明。

殘蟬

枯木的桐杪，
涼冷的秋風；
日暮西方沉沉的瞟色，
紅紅地被覆着天空。

車子愈來愈少，
山徑的人影也漸稀，
不知從那裏來的？
遲遲斷續的殘蟬聲音。

店鋪裡的事件

廖德明

1.

一口吐出一條生命
跨入宇宙的大店鋪
扒在柴面上玩弄調色盤
不管調出的是那一種顏色
只要滿足眼睛的慾望
就可以了

2.

硬綳綳的樹幹
被嫩芽捅了一道傷口
遺留下不可抹滅的痕跡
會是眞的

這不是頭號新聞

3.

那穿迷你裙的女孩
打從這兒過
使得有生以來第一招的
潔淨的鏡子
消受不了

4.

先生買甚麼?
要贖囘我那顆心!
心不在你身上?

5.

痲木臉的鏡子
露出十二顆牙齒的笑臉

掛鐘笑了

6.

那男人吐出一顆種子
滾向門的那一邊

在下一站
好不瀟洒的
喝蘋菓西打
啃可口奶滋

有一天到達飽和點
那山水的嘴巴
將冒出
一條生命

天空的玄想

洪宏亮

天空的玄想

一架飛機
在天空
靜靜地
於向晚灰色的雲下
飛
去

或許，那機窗內
有對眼睛
向下俯臨
便在空中與我的
交接

然而，我想他不知
雖則，我抛向天空的視線
有種溫存的感覺

藍星的方向

我有一星不陌生
在晶明淡紫的薄暮
當晚星逐一就位於天空
左前方邊緣
一個熟悉的藍色光芒總可以期待出
亮麗而沈默
然而有些微的遠

雖然周遭的星光萬盞琳琅，熠耀如繁花
也不能擾亂堅定的視線
我的眼光遂久久不能移去

它總是最後撤離天幕
在晨雞宣告最後一聲長鳴之後
輕輕巧巧的，悠然隱去

我知它歸去的方向
但不能確定它棲息宇宙何方
因而無由造訪
亦不能致我深摯的關懷
唯我堅信
翌日黃昏，同一方位，守時不爽的
永遠可以印證我的守望

海崖之夜

一

船聲噗噗
在黑夜的耳鼓敲着
燈火，於暗中擎起
海的平原上，便羅列了

燦燦金盞
遠方的崖際
燈塔之光瞬動
東南西北

海，夜夜被索取
廣大無私的獻禮
那滿滿的豐收，自黑暗中
緩緩游來

港內的燈光
便因此企盼了一夜
情人般地

二

枕着斜坡
今夜，是決然欲臥
一個與漁火對視的姿勢，至曦明了

七星橫斜
有人指點那定定的北辰
訝然夜空劃逝的
總有幾顆星
來自宇宙深處
愛浪擲光華

想青春十分美好
星月光燦終夜

也無遮雲，也無雨
太平洋的海風孕育成夢
凉凉掠過
微眠的人，便一一被分贈了

金色的船

——鼻頭角所見

天地遼濶
金色的船在夢境
浴滿燦爛的陽光
航向輝煌的旅程

藍藍的海上
波浪以小小的縐褶，伸展
一幅廣大連續的圖案
八荒九垓
靜寂一如永恒
遠方悄悄
白雲悠悠
風暴的訊息未聞

任誰都知，那原是
生活的一艘捕魚船
獵取游魚
不收穫陽光
岸上的人，只是偶然
驚瞥了一則
海上的神話

鄉思篇

趙廼定

鄉思

踩細碎步伐于重慶南路淡淡霓虹燈下
方塊的磚血紅的，沉穩；
很靜，只偶來車聲三兩
影子很長，可是十五夜？
想抬頭望明月——
猛見榕樹修剪圓整
故鄉的大榕樹可依舊？
南國的椰子餐北國風沙
我見椰幹微顫
我見椰幹微顫！
一樣是明月，一樣是藍天
可是，離了海的海水終要死亡
驟聞南下火車汽笛聲響
南下火車——南下！
去吧，去吧——
離了海的海水

一個斗笠掉落在路橋中

一個斗笠掉落
驚不醒鳥叫，只因
沒雀鳥
一個斗笠掉落
喚不醒頑童，只因
頑童沒夢想
一個斗笠掉落
在路橋中，笠葉簇新
一個斗笠掉落——
車仍馳，白眼冰冷
——一個空洞的默視
那個默視可以盈滿一萬個斗笠在路橋中
一個斗笠掉落
在路橋中，笠葉簇新
一個斗笠掉落
綠色音符在飄動，只是
——田野茅屋立窗帘

——田野茅屋掛壁中
一個斗笠掉落
綠色音符在飄動，只是
只是，一直在夢中
一個斗笠掉落，在路橋中
瞻一下畫中樹
瞻一下窗帘葉
四周是匆急
四周是死灰
一個斗笠
掉落
久已——鄉誼塵封
久已——泥巴封塵

天是藍，雲是白；同一的天，不一的地

一個斗笠掉落
沒有足踝的足登——
吸一下胸懷，只是
縷縷油煙；燠熱仲夏

一個斗笠
掉
落
在路橋中，笠葉飄
飄

一個斗笠
笠葉，隨風旋過
碎碎心碎
碎
碎

別情

陳家帶

歸來行去，妳遺我的青愁
已焚化成片片楓
風揚，葉落
我握的是瓣瓣華髮

山立千雲，再一層
雲行千山，再一重
也攔不住泛濫妳我間的
紅透相思

明日，天涯的我
將在歸鴻啣落的雲箋中
偷偷望見妳
望我時的秋色如霜

雙殺記

陳膺文

雙殺記

電視機的銷路一直很好
報紙的體育版一直很熱鬧
唉，說打一場夏天的棒球
又熱又鬧

打那年，好棒的一年
知秋的一葉紅了
所有的綠樹便等不及風吹
趁着太陽這熔爐還燒
就這樣一傳十
十傳百
落紅　大街小巷

說怎麼小朋友不再吃一枝五毛的棒棒糖
拿在手裏這一枝木棒
比他翻厭了自修的細手，可眞
要來得粗壯
說大大一粒不包紙的白脫糖
保管吃了不生蛀牙
（而牙齒早蛀了許多）

大人們也蛀牙
大人們也吃糖
（糖果店的生意讓給了棒球協會）
管他蛀牙不蛀牙
沒錢也得買糖
沒牙也得吃糖
反正吃了這一年一度的
棒棒棒棒糖
就有希望補幾顆
金牙銀牙金牙

若果小朋友的兩手也緊張成一排牙齒
若果一整個夏天都咬着牙切着齒
那勢必把貪食的指甲也蛀光
而大人們怕再不容易
假孩子的手吃糖

所以大人們只有趕緊回家
若果一個男人不能討上九個太太
（再組一隊教練就是自家了）
若果再想打他一棒
他只有趕緊回家，跟自己的女人
睡覺

而電視機的銷路一直很好
報紙的體育版一直很熱鬧

粽子之印象

（咬過以後就是鄉愁
無法填補的齒印凹下如一口
廢井
從此沉底，童穉底口沫）

撫弄着皺皺白白手裏這房東給的一只
粿仔粽
我居然驚訝自己
居然再吃不到阿母胸前繫住底
肉粽

假使現在我歸天

劉英山

假使現在我歸天
上帝
給我雙翼
我不要坐公車
不管是大有或欣欣

上帝
天堂雖擠
我不要復活
我怕找不到自己的骨頭

唉
假使現在我歸天
升上如雲
降下如雨
讓我濺在你周遭

籠中鳥

陳信成

被關在籠中的小鳥
無時無刻的想逃出這冷酷的籠子
每日盼望能在自由的空中飛翔
吱吱吱是呼救聲
不斷地跳來跳去
掙扎！掙扎！
…………
…………
終於逃出那冷酷的籠子
飛向那自由的天空
呼吸那自由的空氣
快樂地鳴叫
自由地飛翔

詩兩首

陳至興

什麼時候最想家

離家的那天
爸爸給了我
一個小茶壺和一小包茶葉

來到這裏後
看書或累
就燒壺開水
等茶香的當兒
也就隨便地想一些事

今天
水開了
才發現茶葉已剩不多

一九七四、六、八

柏油的路

我本鄉間一隱士
除過路牛車
風和雨就是我的玩伴

某年的七月
他們說
我這種膚色已不流行
於是一種
名叫柏油的時髦
傾盆而下
燙得我體無完膚

同年八月
他們又來了
肩扛氣的大血管
怎奈這些蹩脚的大夫
留我無數
難看的疤痕

九月初
興高彩烈地
挾着電力公司的微血管
他們又又來了
在行人與車輛間
把我挖成代溝

似乎這已是
一個不必守時的團體遊戲
先到先玩
行人沒有份
我車輛沒有份
我。
只是一個無言的犧牲者

一九七四、六、十四

昨日・焚

鐘雲

昨日

一脚才邁出
土地已然淪陷　蹤跡杳杳
持續的動作　組成
一幕非常現代的悲劇

被劈裂的故事
片片是奢侈的浪費
以滴滴生命構思成篇
任幾回悔意自心底嫋嫋飄起
扼腕嘆息
依舊血流成渠
爬滿前額
　　臉顏

畢竟悲劇代代上演
雖十指交疊　拳握宇宙
不經意間
沙漏了一地
斑斑駁駁的昨日

焚

——給Y・J

（往事如夢復如煙）
鮮明的名字怎麼說
已羽化爲殼中的一個記憶
咀嚼復咀嚼
也嚼不出些許淡淡的眞實

偶然間
我們交會於一個完美
而時間　不經意地一筆
延伸成一條線段

（一寸相思一寸灰）
龍蟠黑洞　愛河夜天
燃不盡燭影星光閃爍輝映
九曲仙橋盤桓　介壽山頂遠眺
洒不開湖光山色朦朦朧朧
旗津野渡　碎浪翻風
幾番塵揚沙飛擾擾不休

一切勢必焚去
唯灰燼是存在
焚我　焚妳　焚酸甜苦辣
焚有情無情焚四載的惡夢

滄桑錄

斯人

伯夷

倘若心中沒有怨望
何以急急逃乎山中？
山中人，你所求於幸福的
是過度而溢出的本質
但你接受命運如同杯碗
不欲逾越世俗所能飽腹的程度
雖然悲歌總要成爲絕響
須知采薇是爲餓死
——既非願，亦非望
在成其所應成者而已！
正如夸父終於要擲下他的盲杖
而你登上飛蓬，如執鞭之士……

阮籍

何以你能琴善嘯終不復爲悲者而歌
何以你終身執麈而在一念之間玉碎瓦全
但阮籍，你不欲贏得毀譽
毀譽已然相逼而來——
罪你者，謂你途窮可以無慟
知你者，謂你面臨決裂沒有辯白
是否你願生而尊貴
是否你願死得其時
但阮籍，處死與處生
究竟何者爲難——
正如眞正的飲酒不在一醉
眞正的殉道不在區區一死

李陵與蘇武

你握着我的手要說些什麼
只一片片胡天八月即飛雪墮指以下
死者立在我們當中的咫尺天涯之上
從此我故李將軍，你青春作伴
當初你來選擇北方，南面伏劍
手斷三千大千便這樣開始地老天荒
任狂笳石鼓，你舉目聽只沒有動容
直到再卿卿呼你乃同我以酷首銅顏
而如何我輾轉天上人間
於君王們的一顰一笑，神兮有無之際
且鼓且舞，翼放縱若王鳥之臨下土

如何可疑的羣獸在幕後而箭凝視我……
已矣，早知死生也不過如此一景別離
那向我們遠遠走來步態好熟的會是誰啊
只一瞥，我忍住沒驚動日月
你已從容步下天上的潮汐

衛子夫

奉策収皇后璽綬自殺

引自漢書

皇后睡了，噤聲
你就立在眞珠簾箔水精眠夢
當中的長安日影裏，若陰若陽
當初你是影還是非影
跟隨誰的裾裾姍姍其來
於是乎乃歷夫太階以造其堂
三間四表八維九陽
而突然覺迷途其未遠
你夢見諸后諸皇
遊戲，長大，爲后爲皇
一時金玉木石滿堂
若有人忽獨與余目成
逆而送之，你顚倒
你說你到底是誰
噤聲，皇后睡了
你從幽囚的古銅鏡輾轉釋出
手擲大千，匝地瓊瑤
髣髴你是無人，你是夜
光，在將瀾未瀾之時
介乎生死之間，若有所喜
且慢，如果你想攜手
放下旣飲，醉而不出
讓無言的歌聲引渡你
從此在誰的髮間完成
長門賦，甘泉之死……
皇后睡了，皇后睡了
燭紅轉綠，你還幄坐而步
遂轉嚮歔欷而不復言
直到誰冰冷的額觸及你
忽如一夜春風飛雪
白了城頭半降的赤節黃旄
快快，後宮逃走
若非你是風，是火
趕在城烏飛絕之前
會向歸來望思之臺
說鳳凰，說麒麟
噤聲，噤聲
你何苦忽忽善忘
獨不見侍御左右皆伏地助皇后悲哀
衛子夫，覇天下
一時海枯石爛，言語道斷
只有君門九重的虛空
加倍你夜夜的獨眠
於是掘地縱橫，無復施牀
長夜讓無邊的漫漫等待
直到傳鐘，傳鐘，傳鐘

給你的詩

李仙生

1

窗外輕飄飄地雪是臉上流動的
情韻，是要溶化寒雪才浮了出來的
血色，是情人髮間摘下的
紅葉，是一紙有色的
秋意，上面畫滿了情人的
眼睛，望着窗外輕飄飄地雪
啊哈——那只不過是月兒
飄落下來的片片白光啊

2

時間裏抛不盡的陌生
熟悉的一款黃
愈走愈長，脚步聲
說多情的戀歌被扼殺了
故事是蒼白破碎的
臉，掙扎出
永不落幕的舞台
人人我我情情愛愛
鐘響前的許多
就讓風聲去播放
一句一句
可以相思的對白

馬祖詩草

衡榕

雙號的夜闌

將近夜闌時
坡下電視機還好喑
對啦唱的是那首
——那一年的夏天——
來馬祖才十天
怎麼似乎都把家
——給忘了
眞不知是否爲了
適應這邊的環境
而忙昏了頭
現電視機傳來
大後方的歌聲
我突然貪戀起
家中RCA的
——Sony了
單打雙不打
在這種日子裏
馬祖
金門
幾乎都在我惱海
凝注了

我去山隴

山隴是——
馬祖的西門町
去了幾次但
——都是走馬看花
這回再下山
山隴的夜景
和所有的街道
我幾乎都摸熟
有衡陽路
有博愛路
更有好可愛
的花園新城
對了——我想
更有像四川梯田般
的屋舍

呵——我去山隴
且是下山去的
但不須武裝
還可以哼首「下山崗」
的歌——只因啊
今天是雙號

又是滿天的星斗

在單號的夜晚
在防空洞附近
的階梯上——
等着炮擊的來臨
然後捷足先登的……

七點八點九點
炮擊沒響
心裏一股欣慰
至少它不會再
一次的傷人了

很不安的望着
滿天的星斗
在這夜闌裏
在西門町擁擠
的那些人羣啊
你們會不會想到
前線的這些子弟
在你們走進晚點
電影的同時——
正是我們躲進
防空洞的同時

新力彩色立體的

單號裏
我每愛跟學生說
——回去一定得躲好
防空洞
學生們都哄堂大笑
說——老師我們不怕

好抖擻的戰地
孩子們已熟悉
炮擊的音響——
他們說天空是
新力牌彩色的
聲音是波麗的

想起在金門
我只躲過一次
——床底下
以後我也當它
是Sony的
但此時此刻
我更進層的知道
保護自已別別人
落彈區到底不同啊

怡夢室詩集

林清泉

茫然的世紀

久久的渴望
教堂十字架的呢喃
而蛇的誘惑呵！
掀起幃幕千重
咀嚼戲中的場景
丑角被審判
引起觀衆一陣的嘩笑
而宴桌上，一擲千金不吝
狼藉的聲名
烈酒的痲醉
急促的跫音
飄渺的落葉

想及昨夜，燈熄時
在床上曾昂然宣誓過的
今日
却是那麼令人戰慄
露以猙獰的面目

時序之輪

鼓聲咚咚，吸吮着
那已死的，未活過的
最初的，最後的
時序之輪癱瘓了

於是，一尾情慾的魚
被撒旦捉去
夜，遂被分屍
螢火蟲成了宇宙之光
骷髏傲然的走着

禁果的垂落

佈滿玫瑰的影子
一尾受蠱惑的蛇
正吞食着伊甸園
而亞當與夏娃却夢着摩天大樓
竊竊私語

乃有一串成熟禁果的垂落

春夢

一片的原始
滑一鼓的跫音
船，悠悠地
從采菊的東籬馳過
從多嫵媚的南山馳過
鳴着喧噪的琴弦

天空，有微醉的雲
有浪人異鄉的寂寞

並有藝術性的靈感
充滿羅曼蒂克氣氛的
是屬於詩人專利的
夢

春　戀

輕輕滑過你唇間的
那衆多的私語
陣陣流過你眼眸的
那繽紛的彩夢
而春風拂過你的髮梢
飽孕那成熟而誘人的戀

摺起層層叠的記憶
揮去片片斷斷的惆悵
乃燃千對的紅燭
在一抹的靦然中
任朵朵的花瓣
飄過相思之河

扭曲的戀歌

一

頓然
有被扭曲的感覺
就如美麗的錯遇
印證命運的盲目
而繽紛的彩夢
却遙遠得令人驚異
凄艷得令人難受

此時
有縷縷的空虛包圍
有絲絲的迷惘掠過
有陣陣的孤寂襲來
祇好
慵散地向雲招引
以一抹悵然的苦笑

二

一個神秘的夜
屬於原始的春

擁着不該擁有的夢
踽踽地
走在濕寒的陌生大地
像船，航於神秘的海

攜滑嫩的臂膀
歌着失落的青春
微醉的眼神
飄香的髮鬢
覆以不可思議的誘惑

航於神秘的海
載雲的舟子喃喃

三

花徑擠滿原野

擠滿抖落的
串串金色的夢的日子
有欲飛的慾望
而無翅膀
有乾渴的眼神
而無秀色可餐
千株的謊言
垂掛在古老的枝柯上
一路顫着
乃踩響片片的落花
却忘記了來時路

四

月圍成一座花園了
星星乃捉起迷藏
海的浪的花是閃光的戀
蹣跚地，引入神秘之城
以鷗鈴清脆的呼喚
那隻滿載彩夢的船正啓航
多雲霧的眼睛
此時却有過多鹹味了
想及如此偶然的錯遇
如此惑於美姿的
茫然招手
一扇窗開了又閉

五

秋空散步的雲
以仰泳之姿
觸及異様的遐思
風捲起
擾竄着
廣寒的顫慄
殿堂的聖火呢？
蓬散的髮絲
嚴肅的逼視
然後一陣的哭泣
驚醒了獵人貪婪的夢

六

咀嚼着夜裏無奈的情慾
蛾在繭裏陣陣的微響
就有那麼多擾人的雲
數不清的蛇
吞噬着
剩下的自尊
驀然，飛馳着
白馬的蹄印
虛僞的柔情
嘴唇無可衡量的距離
熄燈下，總有那麼多的
非分遐思
唉！窗外逃去的星星在嘩笑

廿七詩抄

莊金國

月陰的下午

月，無光
　無彩
　無一星星亮出來
陪伴這月陰陰的下午
　祇有雲，飄飄
　還有風，蕭蕭
　引得路，迢迢

致於太陽
——早就準備下山去也
致於太陽
——中天「日」色好誰看
致於太陽
——再也陽剛不起來
再也陽剛不起來
月陰陰的下午
無一星星亮着
我們，來 去
去　囘

囘來的時候，仍
無一星星亮着，仍舊
月陰陰的下午，所以
再也陽剛不起來
所以我們祇得選擇
那一片雲
那一樹風
那一路迢迢
陪伴這月陰陰的下午

麻豆文旦

伊們趕在
白露之前
摘光，所有的文旦
正宗的，摘自
麻豆人家
　　古老的文旦
想那，嘉慶君
地下有知

伊底口涎，唾在
那株柚仔樹
那株柚仔樹即成
文旦之，王

佳里人

——給羊子喬

為了一個日本親王
佳里人
血祭，七千頭顱
所以說

現在，街上的佳里人
幾將，一個
也無

俯在阿公遺像前
咳嗽起來
指着阿公的遺像

七十年前，死里
逃生的佳里人
七十年后，栩栩
如生的佳里人

編造着笠

陳秀喜

給鳩岡　晨先生的信

臺灣的地形是
漂在海中的搖籃
被殖民們的血和淚的臭味
中國人的乳的臭味
中國人的尿的臭味
濃厚沁入搖籃
我不得不
聽異族日本的搖籃曲
而黏在身上的是
搖籃的臭味而已
日本詩人鳩岡　晨先生
每個地方的彩虹都
比鉛色的天空美麗
你不看彩虹
看後台蹙眉
心寄給朴素的天空
「嗄啞的聲也非唱不可」
以詩鼓勵我的隣國詩人
謝謝有良識的兄弟
空襲警報

乾脆死亡那天
一九四五年八月十五
我們鳴炮竹
淚濕的面頰互相擁抱
光復的喜訊
報告祖先們
我的國籍也光復
可是祖國的文化
被統治者隔絕了半世紀
想不到痛苦在等着我
回到祖國的懷抱
高興得血液沸騰
却不能以筆舌表達
焦急又苦惱
熱血也許會被誤會冷血
在語言的鐵柵前啜泣
爲了要寫詩
學習國語
忍耐陣痛
有時候詩胎死在腹中

編造着笠

陳秀喜

有時候柔碎死胎兒
丟棄後苦悶着
詩的國家的文化
對我來說
比岩石更重
嘴吧如啞吧
唱不出聲時感到羞恥
我們應該向
祖先們和搖籃道歉
乘木船渡海而來
開拓臺灣爲樂園
跟祖先們的勇敢相比
以被殖民過爲羞恥
要補償羞恥
載着笠我認眞耕耘
活在兩國的歷史
被殖民過
此事不可重演

我們的悲哀
就此打個休止符
在詩園的一隅
我在編造着笠
如果手指滲血也要繼續
讓下一代青年
唱出美人魚的歌聲
搖籃會把小的養長大
希望自由與和平
從搖籃成長
不管握過的手落在地上
我們以詩心結合
Formosa是寶島
是人情極深厚的燈塔
是自由和平的城堡
今天我也在編造着笠
盼望年青人能够
唱出美人魚的歌聲

給編製着笠的人

幾瀨勝彬詩
陳　秀　喜譯

那個人
以淤血的手指·
時常編製着笠
小小的三角尖的
一個粗糙的斗笠

那樣的斗笠——
有何用呢——
不知是誰吐着
蔑視的話
可是　那個人
繼續地編製着斗笠
以淤血的手指

一個斗笠
兩個斗笠
三個四個五個六個……
斗笠成爲無數個……
堆積着

可是　粗糙的斗笠
無人回顧

有一天
斗笠自編製着斗笠的人的旁邊
一個兩個三個減少
三角的粗糙的斗笠
在田裡　在菜園裡
造路的人們都戴着

斗笠下
南國的太陽
造成小小的涼蔭

斗笠很涼爽
比高價的別緻的
漂亮的帽子
更棒！——
在斗笠下呢喃的
小小低低的聲音
乘風流入編製人的耳朵

不知那個人
聽到沒有
還是繼續地編製着
也許
直到材料沒有
或是
直到手指淌血爲止
編製着
堆積着
不知是要分給誰

在臺灣的一個角落
我看到編製着斗笠的人
禁不住欣悅
極想告知別人

市場

陳秀喜

市場外面
夾道的兩排菜攤
招喚和討價嚷鬧着
自鄉下來的一位老媼
擠在菜攤旁
她是泥土的好友
她是蔬菜的娛姆
幾千個黃昏
澆水施肥的辛苦
烙印着乾癟的臉上
她忙着自薦自誇
好吃的
白又大的蘿蔔要嗎
我種的
細嫩的青菜要嗎
賣買式的笑容之外
鮮烈地浮顯着
含飴的慈祥
朴實的泥土味
她的笑紋吸引了我
買了一籃
工業社會買不到的
泥土的溫暖
可親的笑容同來

詩兩首

林梵

第四空間

十二個數字圍成一個圈圈
齒輪的世界自成一個天地

光陰一波波的推動
勤快的秒針磨轉

牽動着的長短針
安於被囚的命運

太陽慢慢的一步步
行向宿命的墳場

歷經風霜的老人咬着煙斗
默默的望着遠方

童年歲月

我們家的天空
還有好多好多的星星
比你們還亮還亮得多
整個天空都飛着螢火蟲

兩個剛剛玩在一起的
天眞的小小情人
一下子就爲他們擁有的
夜裏無窮的夢起了爭論

別躭心，誰也不要躭心
公主王子的吵架從來不當眞
天空是有美麗的神話
童年是最快樂的時辰

你我都經過這樣的歲月
奶奶掛着嬰兒的微笑

水之湄

岳湄

當我再到這裏的時候，是春天了
白馬在何處？恰似刼後歸來的王子
脚步，一個字，一個字地
推敲着一首感傷的詩

青山寂寞，春風悄悄地路過
水聲陪伴着我，散步在那夢土

斷崖上的小路，依舊是草色青青
沿路思念着情郎啊，妳騎鐵馬來
一次次依依吻別，重囑後會佳期
這故事彷彿寺廟……深鎖着一殿輝煌
對於幸福，我已是遲到的朝聖者

以記憶交換眼前風景的冷酷
哎，我多想到處去流浪
轉位為小白羊，回歸藍色的牧場
邢惠：我離開妳，離開這水湄……

信從香港來

——敬覆何秀煌先生

趙天儀

您說離鄉已十年了
在您遠適異域的歲月中
時間一點一滴地
悄悄地飄逝了
您不必慚愧
該慚愧的是我
您不必擔心
前程該是靠自己邁開脚步
也許人生眞是不如意事
十常八九
也許人生眞是如白雲蒼狗
宦海浮沉，古今相同

您說離鄉已十年了
當杜鵑花已隨夏季飄零
校園的鐘塔依然屹立
不知往昔的鐘聲是否依然清響

如果是生也有涯
如果是學也無涯
那該是壯志未酬誓不休
壯志未酬誓不休……

蓓蕾園

指導老師　黃基博

貝殼

省立屏東女中高二　賴梅英

有人告訴我，
你像個老太婆。
在山影弄海潮的日落下，
我喜歡聽你探着頭低呼我。

你曾經替我分憂過，
你却不曾告訴我實現否？

窗外

省立鳳山中學高三　曾艷萍

有綠色的天空
綠色的大地
還有綠色的夢。

懷念

省立屏東女中高三　林伶姬

沙灘上的足跡，
隨着海浪消失，
昔日歡笑的歌聲，
不再繚繞於耳際。
不再有歡笑
不再有傾訴。

日記

省立屏東女中高三　林伶姬

多少歡樂和心酸，
多少傾訴和呢喃，
未來的計劃和抱負，
未來的憧憬和美夢，
你都記着它，

大道上

屏縣力里國小教師　曾妙容

樹　是昔日的樹
大道　是昔日的大道
走在昔日景物裏的今天
隻身孤影
有人在
　　譏笑落單的一隻雁

心事

屏縣力里國小教師　曾妙容

總覺有人跟着我
誰也看不見的一個人

窗外下着微雨
我的心也下着微雨
窗外的微雨
依舊是微雨
我心裏的微雨
却成滂沱

夜讀

省立高雄女中高三　許玫芳

太陽不知何時已把覆蓋在地上的金紗拂去，
換來了一副猙獰漆黑的面孔。

琉璃燈影晃得書面模糊不淸
晚風啊！
您可知道我在一行行飛舞抖動的黑字間掙扎，
在這靜夜中，
只有爬廉「格子」的「蟲」，
伴着我！夜讀。

雲

省立曾文家商高一 李麗娜

一朶朶的白雲，
飄浮在天邊，
像綿羊，像魚鱗，
吻着夕陽
伴着餘暉，
只因它是一朶無依的浮雲。

望

高雄新興國中三年 郝苛愛

我抬頭，望着妳，
想說明心意
妳那明亮的眼睛，
瞪得我發慌
只好說：
今天！是好天氣。

寂寞

省立屏東女中高三 張月香

歡樂早已飄向
記憶搖籃
只有夢幻隨着日子凋零
我只有擁抱寂寞
是一片青青蒼天裏沒有一縷微雲的點綴
夜夜 我只祈求
祈求祈求那月亮帶給我滿心溫暖的呢喃。

溪

高雄道明中學初三 林宸生

低頭的亂葦，
像針
刺着我的臉，
搖身的瘦柳，
像線
拂着我的心，
我的感情爲之激動，
我的心因之澎湃。

毋忘我

省立屏東女中高三 張月香

那一抹微藍
那一片片花瓣
告訴了我
你的心意
一聲聲 一遍遍
盪漾在我心中
長久 長久

約會

曾妙容

不止一次
在心裏背誦着見面時要說的話
不止一次
突然像個啞巴

兒童詩園

指導者　黃基博

冬　天

不知是誰惹了北風叔叔？
北風叔叔生氣得怒吼着
發洩到小草身上，
小草冷得發抖，
樹伯伯看了不忍心，
脫下身上的衣服，
一件件蓋在小草身上。

臺南寶仁小學三年　劉安娜

時　鐘

滴答滴答！
日夜不休息，
走過去
不回轉，
時時刻刻在努力。

屏東師專附小六甲　方靜淑

洋娃娃

它有一雙用珠子做的眼睛，
還有黑布條做的頭髮，
身體塞滿了棉花，
更塞滿了許多母親的心血。
那是媽媽為了使我不寂寞，
一針一線精心做的洋娃娃。

臺南寶仁小學三年　劉安娜

時　鐘

滴答！滴答！
時鐘最勤勞，
一天工作二十四小時，
不能歇一歇，
跟我玩一會兒嗎？

屏東仙吉國小四丙　李賢振

理　髮

理髮刀是個浪費者，
總是咬一咬就丟掉。

屏東光華國小四乙　莊永慶

樹　木

撐着一把傘，
站在馬路旁，
等人來乘涼。

屏東光華國小三年　袁有芳

太　陽

月亮姑娘結婚那天，
太陽一大早就滿臉笑嘻嘻的
等着吃喜宴。
他等到傍晚，
宴會還沒開始，
氣得滿臉通紅的回家去了。

屏東中正國小五年　魏佑吉

天空

天空啊，
今天是你的生日嗎？
不然你怎麼請了這麼多的客人呢？
有小白兎、大象、獅子……
怎麼沒請我呢？

屏東仙吉國小四甲 黃幸芬

雲

雲姊姊，
你有沒有家？
如果你有家，
這麼晚了你怎麼不快囘家呢？
是不是你爸爸打了你？
你哭了啊！
不要哭，
來我家住好嗎？

屏東仙吉國小四甲 黃幸芬

窗戶

窗戶是屋子的眼睛吧？
不然爲什麼白天要張着看風景
晚上又要合起來睡覺呢？

屏東萬丹國小六甲 蔡逸泰

圖畫

美麗的草原上，
風在吹，小草不動。
野花朵朵開，
一年四季不凋謝，
只是沒有香味。

屏東中正國小六年 蕭淑芬

黃昏

夕陽哥哥露出再見的微笑，
慢慢的囘家去了。
雲霞姊姊看見太陽哥哥囘去了
覺得很寂寞，
也在夜色中消失了。

屏東中正國小四年 李奎翰

小草

冷風從小草的身上吹過，
小草冷得一直發抖。
樹伯伯很仁慈，
把身上的衣服脫下來，
蓋在小草的身上，
小草就不再發抖了。

屏東萬丹國小六年 蔡逸泰

海

早上，
海姊姊穿着白色的禮服，
出來會見也的情郎，
可是她等到傍晚，
她的情郎還不來，
於是她換了一件深藍色的晚禮服，
繼續等她，
他的情郎還是不來，
於是海姊姊把晚禮服丟了，
穿上黑衣服睡覺了。

屏東仙吉國小六年 黃麗莉

笠下影

羊令野

現代詩當其追求一種內容最滿足的表現時，每一首詩的完成，即一次形式的嘗試，這種形式的自由創造，給了現代詩的生命更豐盈的成長。

現代詩以現代人語言文字爲媒介，來傳達現代生活經驗，故其回復到聲音表現那一階段的自由形式，使人類精神活動世界中所企圖表現的，更增强了它的能量。

——現代詩的形式問題

I 作品

對話

且把手杖掛上自由神像的頸項，
我需要在這公園裏午睡。
朦朧中聽到有激昂的對話；
自由神：「我比你有智慧，」
手杖：「我比你有力量，」

角色

當我醒來的時候，
眼前已一片黑夜了。
就是這個樣子的角色
衝擊於紅燈與綠燈一啓一翕之間
被絞殺於十字架上的，那種死去活來的
角色。而牙齒咬着牙齒，眼睛嚼着
眼睛的。門與窗，遂把欲望搭上電話線，遂把
睡眠抛落風景樹，晝整個下午的太陽
挺立的，一種烟囱那樣挺立的而
抽着板烟的角色。在方城之頂，塵土之上
享受沉默的分裂，與乎時間之解剖
且濯足踝於銀河系，向青空
建築自己的十字星
角色。就是這個樣子的
扮演着一個自己，以麥管吸吮音響的
脈流，而探測宇宙胸臟之跳躍，以陽光
傳遞一句不習慣的語言

向壁手記（卅二）

天空，亮得像一枚圓形錶面，一隻兀鷹旋轉而飛，就

像長短針畫成的圓。

牠為什麼總是按着這個規律飛呢?飛成這樣的一個姿勢呢?在這時間與空間之中，牠將要追逐什麼呢?

太陽和月亮也是如此追逐?我和你也是如此的追逐?一隻兀鷹，你畢竟不是天使的翅膀，你是無法飛出那個圓形的天空。

一隻春天的鳥

一隻春天的鳥
從那個春天唱到這個春天
從一粒種子的萌芽唱出花季的燦爛
山就在你的歌聲裏揮霍着金屬的音響
水就在你的歌聲裏流出一條江，一片海
一抹斜斜的天籟的銀河

你的歌就在銀河的斜度上流出
流出一岫的雲霞
流出一天的雨花
旋升的朝日流出圓圓的滿月
就這樣流出一串丁當的童話

春天的鳥呵
你的歌瀉落三峽的奔鳴
采繪着長江兩岸的風景
風景就在你的童話裏成長
就在這座童話的島上展覽

你把所有花的顏色
醞釀了亘古的愛情
愛情就結出春天的蕾
醉成一眸芬芳的酒
飲我一泓翡翠琢的生命之流

生命之流呵
在每一片草葉上躍動
在每一塊岩石上沖積
在每一朵雲的容姿上伸展
在每一分鐘的時光中發聲
在我們每一條血脈裏
有着天使們呼喚的廻響

而你一隻春天的鳥
從你自己的掌中飛出
飛出無邊的蒼穹

薔薇呵・昂首

——我心裏有隻猛虎在細嗅薔薇
西格夫里・薩松

夜陷於瞳睛的仰望，
環珮揉碎一廊屧響。
而貝齒咀嚼不出那婀娜一瞬;
時間之姿遂凝結在水晶簾上。
薔薇啊!以你多刺的手，
握住那滾地而來的旭日;
刺繡一個燃燒的早晨，

讓許多鳥朗誦。

II　詩的位置

倘若根據羊令野的自述（註1）；他出版過詩集「血的告示」、「貝葉」，散文集「感情的畫」，跟友人翟牧、郝肇嘉合出詩、散文與小說的「筆隊伍」三人集。而作為一個編輯者，他編過「詩陣地」、「南北笛」以及「詩隊伍」。此外，他在「詩隊伍」連載的「面壁手記」及「艸之廬書簡」，雖未成書，却更能顯示他節節逼進，咄咄感人的抒懷。在大陸時期，他是經過了歷鍊的，已蘊含了在詩、書方面的基礎。在島上時期，他經過了時代的苦難，嚐到了離鄉背井的悵惘。他愛鄉國的故土，緬懷故鄉的親人，從古典詩的教養出發，發展了現代詩的創造，開拓了他一己獨特的方位。當然，我們可以把他列入「南北笛」、「詩隊伍」，甚或「詩宗」的行列，但是，從純粹的創作活動看來，畢竟是一位保持獨特風格的詩人，所以，倒不如說是一位獨立的詩人！

有時候，一個詩人，可以兼為一個優秀詩刊的編輯者。但有時候，一個詩刊的編輯者，却未必是一個優秀的詩人。然而，一個優秀詩刊的編輯者，却必須對詩的作品有着優異品味的能力，對詩的發展有着深遠透視的眼光。羊令野作為一個詩人，其創作力始終勤奮不懈，作為一個詩刊的編輯者，其持續力也始終愈編愈起勁。

（註1）參閱「詩隊伍」雙週刊，民國六十年三月二十七日羊令野作「北回歸線上的行脚」與另一期羊令野作「關於叫花的男人」。

III　詩的特徵

詩是因為不斷的追求而發展出來的，羊令野對中國現代詩積極的推展與期望，是有目共睹的事實。在詩的創作上，他深深地感受了古典與現代的雙重壓力與開放；他的壓力是在如何妥貼地吸取傳統的精義，而他的開放是在如何確切地表現現代的精神。觀諸羊令野的詩作，不難體會到他在這雙重負荷中突圍而出的風貌。從詩的語言來說，他是努力在融會古典語言與現代語言，進而强調「形式的自由創造」，這是現代詩的一個中心課題。論者恆以「貝葉」十三首是一組强勁的表現，不過，其餘的作品也不可忽視。例如：「角色」的表現：

「角色，就是這個樣子的
扮演着一個自己，以麥管吸吮音響的
脈流，而探測宇宙胸臟之跳躍，以陽光
傳遞一句不習慣的語言」

由於在語言上的鍛鍊，在文言與白話之間，在古典詩與現代詩之間，羊令野企求着即包含古典也呈現現代特色的語言。當然，這跟年輕一代的詩人，從口語化的表現來追求詩的創造，是顯然不同的。

IV　結語

已故詩人楊喚嘗謂今日詩人的第一課，便是要做一個愛者與戰士。當我們咀嚼了羊令野的作品，我們可以悟到，愛者的深沉與戰士的精神，是詩人追求自由，挖掘自我，追求人性的不可或缺的精神修養。而詩人羊令野以身作則，不愧為是詩隊伍的隊長哩！

臺灣新詩的回顧

王白淵詩抄

陳千武編譯

未完的畫像

大聲喊出
要歌唱的時候
字言却不遵照我的命令
被創作的衝動驅使
畫畫的時候
顏料却使我失望
文字只是一種概念性的約定
顏料更不完整
只爲表現的一形式而已
我奔上美的高嶺
然後　回到沉默的幽谷
而在心裏畫畫
永畫不完的畫像
而屛息着從側邊凝望它

鼴鼠

蠢動着挖土的鼴鼠
你的路很暗又彎曲
但你在地下構築的天國令人懷念
鼴鼠啊　你是幸運者
沒有地上的虛僞也沒有生的倦怠
爲了看看無限的光亮而瞇縫眼睛
爲了達到希望的花圃你的路很暗
笨拙的手也很能勞働
漆黑的衣服十分暖和
有孩子也有情人
在黑暗的角落盡情讓
愛的花盛開
地上的雙脚動物討厭你又虐你
鼴鼠啊　笑着推開吧
在這麼廣濶的世界　不能說
沒有讚美你的人
絲毫不疑惑神之國而從早到晚
向着光亮而走的黑暗通路的你
可恨又可愛的
鼴鼠呀　你的孩子吱吱地哭叫着
快喂奶吧

——一九四三年二月一八日脫稿——

（摘自王白淵詩集「荊棘之道」）

臺灣新詩的回顧

巫永福詩抄

陳千武譯

麻　雀

麻雀在竹叢裏鳴叫着
爲尋找夥伴而哀鳴着
風凄冷地吹亂了枝葉
荒蕪的天空　墨黑的雲雨
覆蓋似地墜下來
安全地帶的竹叢裏也搖動了
終究颱風無情地揮起拳頭
使麻雀哀鳴着求救

清爽的夜空

面向清爽的夜空吹起口哨
明亮的星星就眨眨眼
在寂寞而乾燥的大氣裏
在野徑樹木的黑影下口哨廻響着
遺忘了歌　口哨奏起自慰的音調
星星却奏起忘我的曲調
許多蟲子們也組成交響曲
叫我寂寞地吹奏斷斷續續的口哨
冷徹的夜空藏着甚麼？
星星和野徑的黑影藏着甚麼
蟲子們仍不斷地歌唱
我仍踐踏着影子吹奏口哨

十五夜晚的月亮

蒼白的光　洒於屋頂上
洒於黑樹上　洒於蒼白的路上
像年輕情人的心　顫抖着

晨　霧

睡熟的時候　誰用霧蒙閉我的眼睛？
誰的惡作戲　使世界這樣白茫茫？
使窗玻璃掉下數滴眼淚！使
太陽害羞而覺得難爲情……

秋　雨

綠色長廊的邊緣
霧雨染紅了楓葉
染紅了楓葉的秋聲
染紅了獨坐瞑想的周圍

發呆的口哨

快樂的時候才吹口哨
搖着手　走山徑
吹向天空的音調很輕爽
然而　失意而茫然的時候
口哨就像死人　像稻草人
發呆　奏出哀傷的音調

在異族逞强的統治下
渴望祖母
悲哀茫然自失的心
祇像枯燥的黑灘的水
廻響在空間
發出幻滅的聲音

言不由衷的　以失意的摸擬聲
依稀吹奏昔日的音調
口哨却無力奏出發呆的哀音
無情感而腐蝕了的異味
從缺口洩漏出來
口哨被虛僞嗆得慌張起來

蜩蟬

毫無情趣的破碎的Cello
惹出火災的羽音　那
白日的色魔
然而　牠却是一個醜男呢

玻璃盤的胎兒

三好達治作
趙天儀譯

生不了而終於死去
玻璃盤的胎兒
是在酒精的簾子之中
連白晝也昏昏地睡着

連白晝也昏昏地睡着
難受的胎兒底睡眠
是在酒精的銀底夢裡
陰沉的鬟是阿拉伯數字3罷

生不了而終於死去
胎兒喲　你底瞑想
今日也還不能將玻璃擊破
却成爲青白色的花形似地開放着

臺北的砧板及其他

鳩岡　晨作
陳秀　喜譯

臺北的砧板

給陳秀喜女士的信

孔子廟很美麗
總統府很堂皇
陽明山很愉快
可是更抓住我心的是
臺北的後街滿黏上如猫的死骸般
異臭的黑暗的路
蹲着挑分破爛的老嫗
她那汚黑又裂傷的手
放着鞭炮
新娘子將出嫁的
熱鬧的街上
「買口香糖吧」
纏住我的少年
在夜晚的街上像老鼠般穿梭的
少年跟上着日本人
咀嚼着檳榔

把如紅血的口水
自窗口邊噴吐
邊駛計程車的男人灰暗的眼
「K先生嗎」
出賣肉體的女人的
啞聲的招呼
我是「K先生」或是「M先生」
其實沒有什麼關係
玷汚手垢的一束紙幣才是目的
旅遊手册上沒有刋登着
臺灣的面孔
大飯店的侍者在耳旁囁着
「要女人嗎?」
把痔疾瘡口的照片
照牌般改大貼出的
拐角的醫院
那像裂開的石榴似的照片
雖充份地把辣椒抹上我的眼睛
可是　陳女士
那些也是我該學習的重要的現實

詩人陳秀喜女士
我造訪臺北當然並不是以
新北投溫泉，日月潭爲目的
而是被 Word brotherhood and peace through poetry
詩人大會請帖的
這些文辭所吸引的
國交斷絕 對我是無關重要
我渴望和你們握手
確認Brotherhood
可是 大會對我是相當無聊的
比喩說 痔疾瘡口的照片等等
會場的每一角落都找不到
我常常獨個兒溜走
去窺看街上的瘡口
陳女士妳給我講過「美人魚」的故事
那是妳的一首詩
它是好不容易能自由地歌唱
假藉着「美人魚」的比喩
慨嘆着砧板上的詩人命運的作品
因爲是日本人
羞恥（也包括不是我的羞恥）
創傷（也包括不是我的創傷）
把我的舌頭凍僵了
「ㄨㄛˇ ㄇㄧㄥˊ ㄅㄞˊ ˙ㄌㄚ」
（我明白了）我點了點頭
可是我究竟知道了什麼？
我們互稱「兄弟」可是
互相隱藏着憎恨和輕視
却能莞爾一笑就算是兄弟嗎？
我也是砧板上的（世界的砧板上的）
一條魚
所以我用鰓甲喘着氣、跳着
爲着比大宴會的圓桌上乾杯而滴落的酒
更愛看十二元的蚵仔煎和賣肉粽的小店
滴在地上的「人的汁液」
我在街上徘徊
比中國衫的開叉
更愛摸索「開叉的理由」
我潛了夜的裂痕中
在火車上
和我喝高粱酒的劉先生
不是詩人的劉先生
他的黑臉顯着沉重的笑
「日本有拔婆娑（註）的一句話
　我們沒有那個」
要握的手
握過的手
自我的手臂逐步落下
在路上的黑暗裏打轉兒
被看不見的鐮刀割取的一束稻子一樣
已經沒有「ㄊㄞˋ ㄏㄠˇ ˙ㄌㄜ」
（太好了）是沒有意思
陳女士
再說詩人的陳女士
妳雖是同人誌「笠」的主宰者

可是戴着獨特斗笠的勞動者
像滿身泥漿的走獸一般匍匐着
與那個豪華的平劇的舞台
毫無相關的舞台的角落
笠想是鐵那樣重吧
我們也必須戴着那重量
在Poetry裏匍匐
可是我們不是時代的死蟲
陳女士
在砧板上這麼閉眼　還太早了
菜刀要落下之前
非唱不可
即使是啞聲
也非唱不可

註：拔婆婆是玩撲克牌的一種遊戲，因音同婆婆，戰敗後的日本小姐，結婚的條件要沒有婆婆，才要嫁的意思。

虻

一面怕落石　打着Haken
害怕雷鳴發抖的手捲着Seil
滲雜着汗登上
山
平常是馴良
一旦暴性大發是難侍候的
大牛
我們是在它的肩膀停留的
虻一樣
却是如今我們的中間
清風吹過去
這歡暢的一刻
虻的心成爲比山大

岩燕之歌
年青的廻音
如是坐在地球上
抽煙的我們的生命吧

岬

到海去吧　心穢汚的時候
生活玷垢的時候
海是大洗衣機
投進吧　無盡的青青的波浪
人生一切的汚垢
把自己的殼脫丢　光裸着
站在岬
就是復甦
純白的生命的騷潮
年青的夢
啊!!遙遠的族途之歌！

手

倒塌的城的石墻
能看到被夾住的手垂下來

肥前名護屋……
　被迫運搬石頭的老百姓們的
　逃亡的幻影
　　（被斬棄的幸福）
玄海灘青青光脂得腥臭
衝過來的是一羣手
啊啊!!是一羣手
不可斬掉被虐待的過去
我們現在也正在搬運石頭才是

秋　風

秋風微笑着　送來
遠方祭日的大鼓的音響
晚霞的童謠　豐收的汗的歌
妻啊　子啊　不要忘記
在勤勞過的角落
會帶來歡愉的果實　重量的收穫
秋風溫柔地把大地彩色
把小鳥喚同人們的巢
　孤單的旅途
瀨戶內的牛死的沿海
追蹤夜火車的
滿月的乳房
　（暗轉……）

旅途的面孔最懷念的菜花紛繽
傷口也陣陣旋轉
　（窗口流着眼瞳之羣！）

等　待

在一條雪道上球失的
蹄音
鞭音
年青時痛苦的夢的背後呀
如是在荒廢的火車站　我在等着　愚笨地
戴着燃燒的花束的
火車的遠笛

站　着

不要等候
「今天」是我創造的
相逢的岬
離別的岬
繫聯着歡悅與悲傷
長諸的曲線紛亂
乾白色的波浪苦悶着
波浪在苦悶着
尋求空虛的船影的心情
遂變成瞎眼的白燈塔
我們應該拆掉這個燈塔
爲了要遇到眞正的「拯救」

日本兒童詩選譯

陳秀喜譯

黃鶯

二年新宮俊行
（日本帶廣市豐成小學校）

為什麼
黃鶯會叫
「吱吱吱吱吱——」
很好聽的聲音
是唱片在嘴裏嗎？

媽媽

二年篠崎青也
（日本帶廣市豐成小學校）

很奇怪
我在念書的時候
「喔!!念錯了」
媽媽在廚房也知道
她像是超能力的人

貝殼

二年中山直俊
（帶廣市西小學校）

兒童節
媽媽給我的禮物是貝殼
拿貝殼放在耳朵
有奇怪的聲音
像深深的海
我很想進去貝殼裏面

手指

三年伊賀學
（帶廣市大正小學校）

大姆指是爸爸
食指是媽媽
中指是哥哥
無名指是姊姊
小指是小孩子
有一天媽媽指割傷
馬上另一個家族指
緊握住着
怕細菌進入去媽媽指

鋼琴的牙醫生

二年谷川敦子
（帶廣市榮小學校）

我是牙醫生
打開鋼琴的蓋子看
白白大大的牙齒是
沒有蛀蟲的美麗的牙齒
黑鍵盤是蛀牙
要治療牙齒手摸到牙齒
會發出好聽的聲音來
再摸一個
又是發出好聽的聲音
這是蛀蟲自鍵盤上逃走的
把蛀牙治好了
我把大大的嘴巴關起來

拂塵集

林鍾隆

一、剖伊詩稿

桓夫對女人有其他詩人不及的興趣，這不是從林務局轉任市政府的環境的改變造成的，在「野鹿」我已見出端倪。有的詩人的第一首詩，是爲某女人寫的，沒有女人的文學作品絕少，沒有寫過女人的作家，我想不會有。對女人發生興趣，並不是壞事，更不是不可告人的事。桓夫是個中年男人，中年男人，個個都喜歡女人，所喜歡的，當然不是老的，也不是情竇未開的小的，而是青春期的少女。一個青春期的少女，對一個中年男士來說，除了少數富於行動力的人以外，只止於欣賞，而每一次目光觸及，就會在心中掀起一股熱風，因之而樂，也爲之所苦。因爲不敢，有時甚至不想出以行動，所以僅止於遐想。而這股熱，就如同鍋子中的開水，騰起濃濃的熱氣，使影像蒙上一層薄紗，朦朧而更美，這更美，更掀起心頭的熱霧，熱得自己也浴在朦朧中。因此，桓夫筆下的伊，與現實的伊，稍稍有區別，這使他的詩，得到了「超越」現實的效果，和現實，有距離，升到較高的層次。

杜國清的「和詩」伊影集，拿來和桓夫的剖伊詩稿相比，是一件很有意義的事。桓夫所見的青春的少女，是把「他」當做「在天空高高地張滿了捕鳥網的這個地點」，而認定「在這個地點絕無（過去）的夢存在着」，連「影子都不留就消逝了」的，帶給桓夫可望不可及，淡淡的哀愁的，到了杜國清的眼裏，變成「胸部的天空」的「一隻青鳥」，青鳥進而變成「春鳥」，而且「拔起雲浪，在月光下危危顫動」。這是多麼富於誘惑的實體，杜國清比起桓夫，够多麼年輕！在桓夫是朦朧的，掩着一層薄紗的，到了杜國清筆下，那一層紗完全被掀去，一個充滿青春之美的實體，給活活的塑造出來了。

再看看「花」。桓夫寫：一朶花挿在髮上，一朶花挿在胸前，一朶花挿在她的羞恥。杜國清則沒有那樣客氣，乾脆把「羞恥」寫成「恥部」。桓夫的花是：害怕……在燃燒着愛的明眸深處……拒絕……道德與醜聞交叉的代名詞……快達到決勝點之前停下來，而除掉最後一朶花，但在「聽話的男人被她的饒舌深深感動的瞬間，她又以幻想着三朶花的明眸，看見可以將所有的愛都獻出的夢。」桓夫的心理是被動的、欣賞的，那第三朶花的錯覺，困擾着他，他只讓女人去行動，自己沒有主動的作爲，而杜國清却說：「成熟的男人知道怎樣使她開花，一次又一次地，直到秋野上一棵枯樹，被風颳倒。」這是多麼充滿年輕人的意欲的話。

爲什麼會有這樣的差別呢？讓我們再追究一下。根本的原因，除了年齡之外，主要的是對象和身分的不同所致。桓夫的女人，是妻以外的女人，杜國清的女人，沒有任何社會禮俗名義束縛的自由的沒有顧慮的女人；桓夫是做爲一個女人的丈夫的自己，杜國清只是一個沒有任何束縛的成熟男士（這裏只指寫詩時的態度）；一個是心理的，消極的，受播弄的；另一個是意欲的，肉體的、征服的：這個區別大概就是源於以上的不同吧。再者，桓夫與女人之間，有身分問題，有道德問題，有「果實」問題，杜國清的女人則除了成熟的美、愛的意欲外，沒有別的拖泥帶水的事，這是很有趣的，這正代表了新舊兩種不同時代的男女思潮了。這樣「研研」起來，作者不知不覺寫成的詩中，「學問」也眞不少。

頑固的瘤

——從田村隆一談起

郭成義

在日本，具有戰後詩人代表性的兩位，除了寫過「戰中手記」的鮎川信夫是我們所熟悉的以外，因爲「荒地」詩誌同人的關係而成爲他的好友的田村隆一，對於我們也不是陌生的。而田村在日本詩壇的地位，以及在別個國家的同業之中，似乎都享受了比鮎川還稍高的評價。

儘管如此，在享受了高位的讚揚之餘的田村，仍然無可避免地，同時也必須面對着貶抑的聲音。在他本國，因篠田一士氏對於田村的詩業提出了代表性的讚辭之後，隨卽也引起了年輕一代的詩論家如岡庭昇氏，及北川透氏的反駁，對田村自一九六二年「沒有語言的世界」以後的作品（如『腐敗性物質』、『綠的思想』等），指責其逐漸「向靜力世界開倒車」的嫌疑。

在臺灣，除了翻譯過不少田村作品的陳千武，以及訪問過田村的瘂弦，在其言語之間浮現着對於田村所抱持的好感之外，另一方面的白萩，在其評論田村隆一的某篇文章中，却表示了田村「由於其語言的螺旋，其形式的發展，顯露了艾略特方法的基模，我以爲這種顯露在臺灣的詩要求裏，是難予被認定其絕對價値的。像艾略特詩的發展，最後墮落到宗教的懷抱，田村也有其不同方式的墮落」

白萩在這篇名爲「或大或小」的論文當中，將田村墮落的方式，歸位於「象徵的固定化」，及「語言的符號化」。

我像狗一樣垂着舌尖　（image）
像狗垂着舌尖　（一九四〇年代・夏）
我垂下了舌尖破壞樹皮　（沒有語言的世界）
紮着繃帶的雨轉彎了　（秋）
在他面前雨受傷了紮起繃帶　（預感）
雨有繃帶的味道　（雨天外科醫生的勃露斯）
在岩石中忽然轉動你的眼睛　（目擊者）
岩石裏有眼睛　（皇帝）

——餘例詳見白萩「或大或小」一文

像這種雷同的象徵，使用於類似的語言，而出現於不同的詩作裏頭，却仍具有一致的意義，在田村的詩業上，幾乎成爲他的拿手玩藝。雖然田村本人早也意識到了這一點，他說：「……在十年前詩裏的那些詩句也會忽然跳出來，事實上那些詩句自己早已忘得一乾二淨呢，後來把它編入詩集之後才發現（這不是十年前用過的語言嗎）而感

到驚異。畢竟這就是語言來找我的。」但是，在田村說到「事實上那些詩句自己早已忘得一乾二淨」這句話的時候，難免會令人感到那只不過是自欺欺人的話兒吧。

這是地處異國的一位詩人的窘境。而在臺灣，我們自己的詩人羣中，我感到其中以追求田村「仗持鋼硬的語言以對抗輭化的存在環境」而具有其分析語句的魅力和新情感的傅敏，雖然持有更寧靜與美的型態，以較抒情的面目展現了他的作品，無獨有偶地，也發生了和田村隆一同樣的窘境。

滿載的戰鬪艦
鋒利的刀口撥開水的裂痕　（逆航）
戰鬪艦鋒利的刀口
剖開藍藍的肌膚　（軍艦）

山茶花的國土
傾斜在黃昏的天邊　（山茶花）
黃昏的都市
歪斜着頭　（病了的都市）

世界的某個角落
默默地吞進了淚水　（俘虜）
世界在靜靜地擦着眼淚
世界在靜靜地掉着眼淚　（戰俘）

——參見「笠」各期傅敏作品

從這些個例看來，雖然都無損於田村的世界地位，也並不影響傅敏個人既有的成就，而且是否會絕對地成爲他們「詩藝的墮落」——其結果尚難斷定，但不難被我們發現一項事實，即是對於象徵的過份滿足，和語言的過份賴重，而產生之語言符號化的危機，亦即對詩人本身暗喻的世界，造成一個固定死了的原型。這樣，屈服於自我暗示的優位性，確實地，慢慢在腫起着一個頑固的瘤哩。

這種瘤，該是由於象徵的固定化，導致語言深層的腐臭，是詩人對於社會的關心有了偏私的心情所致，以至於詩人在他個人的王國裏面，犧牲了對無限性image的信心，最後墮落到擇善固執的詭計裏。

有些口頭禪，掛在我們的嘴邊，自己總是覺得很順口的，但是，有些人却把它拿去當作取笑你的對象，這點我們是不能不愼防的。寫詩寫到現在，不僅要拒絕別人的同化，而且還要當心被自己的習慣和癖好所侵襲，眞是到了越困難越要小心的地步了。

——六十三年九月二日
陳千武譯「田村隆一詩文集」讀後隨筆——

「擦拭」的旅行

山本太郎作
陳千武譯

口袋裏放着橡皮擦出去散步。動身的時候把父親和母親，更要把情人誠懇地擦消，便振作一下才出發。

走了三條街回顧一看，看見還有母親的眼珠浮顯在淡墨色的空間瞪着我，於是跳回去把它擦擦地擦掉。

當然不遺留脚印是我的主義，隨時把所有的街道也擦消。把路旁槐樹和馬頭觀世音和青面金鋼和三隻猴子，農莊和屬於它的柔軟的人們全都擦掉，總必須趕急很多事情，沒有從容給予問答的時間，一切都由于橡皮凝固體，確實不知道它在何時把握了否定的凶器。

(你，擦拭吧！) 我只聽着從天降臨的這一句妙語而長大。

然而，一直走過四十年代的我和橡皮擦，却一點也沒有磨滅，這不是很奇妙的事情嗎。如果使用我們的人都不存在的話，這種悲哀，我們是願意接受的。

一天擦掉女人，另一天癡呆地睡覺，剛剛天眞地把第一百個朋友擦消了，向餘暉繼續旅行的我，看看我，幾乎像電化式微動着的洗塵器型態吧。

當然回頭看也沒有風景，也沒有故事，只有體無完膚的虛無空間在背後。

(喂，遺忘了東西呀！) 好像有人要追來，而佇立許久，但這究竟是黃昏的傷感，我是沒有定座的，不允許等候這種奢侈的時間啊。

總而，從脚後跟一直垂直的地球有缺口了呢，橡皮擦捻轉的殘滓像雲飄浮的地方，祇降落着沒有聲音的銀色雨絲很美。

爲了擦拭，怎能說我描繪了虛無的空間？眼前確實有武藏原野的春的游絲，新芽的噴水，櫸樹林頂上的樹冠，鄉鎭以及人雜亂地活着(哦哦那種雜亂才是我的嗜好)面對着無限的像猜謎一樣的大漩渦的聲響，我還是不能退却。

(你，擦拭吧)。

遵照命令前進。稍爲舐一舐橡皮擦，從綠色鮮明的部份出神似地開始擦拭。

越美的東西越容易擦消，不論怎樣擦也擦不掉的是老人而已。浸透在這世間只有細瘦的線條抽動着，迫不得已把它撕掉。擦不消的小孩的脚向逆光的森林逃跑，便把嘲笑我的姑娘們一口氣如木棒似地擦消再前進。

然卽，目前只增加了很多的不服氣，世界意識着我，因而還沒有使用橡皮擦之前，就已經有人希望被擦消了呢。

去玩吧
玩膩了
就回來
回來了
就撫摸頭頂
用甜而好吃的藥給你喝

聽見令人懷念的母親的搖籃曲，母親常帶着眞紅的小玻璃瓶，(孩子，在蓮花的原野喝完這些而睡吧！)，好幾天，父親沒回來的傍晚，母親那麼說着緊抱我，在母親

的手裏，小玻璃瓶震動着，白色的粉末舞飛了，瓶子裏下着雪，母親燃燒着的眸子裏也下着寒冷的東西。

就回來
玩膩了
去玩吧

但沒有回歸的地方呀，已經把一切都擦消了。在路的盡頭閃爍着的是夕陽？或是紅色的小玻璃瓶？抑或是母親燃燒着的眼珠？可以說用橡皮擦也擦不掉的，却爲了要擦掉那些才忍羞恥活下來嘛。

不行嗎！
當然不幸。
錯了嗎！
當然一開始就錯了。

什麼是錯誤，喂，誰在那兒嘮叨着呢，不是風的行爲，我早就知道了的，傲傲搖籃歌，根本這傢伙眞傲慢。伸長脖子，談着餘暉的樹木們，必定在某個地方若無其事地站着吧。

若把天空擦掉，那隻鳥會墜落下來嗎。
不會吧！不相信，就試試看。
眞的呀，怎麼辦？
哈哈哈，燕鳥都停在無的枝椏上不墜落下來。
眞的，不墜落呀。然而究竟要向哪兒飛？

連天空都沒有……
自己的時間。
眞的，不錯啊，那麼請問你。
陽光的棒子有幾支？
沒有那種棒子。
不、不，不會吧，沒有棒子的太陽，不就是玻璃珠？
那麼，是無限止的吧。
不像是答覆問題啊，
那麼，我知道了，一千零六支。
啊哈哈哈愚笨之極啊。
那確實有十三支。
是嗎，爲什麼？
只相信看不見的，看得見的都十分無聊。
不錯，看得見的都是無聊啊，
想擦掉，就會馬上消逝，
哈哈哈……

想擦消傲慢的樹木，但甚麼地方也看不見，只聽得見聲音，這一瞬間最危險。遠方的會話，聽得這麼近，是因空氣異常澄清，鬼的時間，也聽到奇異的合唱。

有擦拭的手
也有消逝的臉呢。
唉嘿呀拉，
要擦拭或不擦拭在沉思裏，
有鬼跳舞的院子。
唉嘿呀拉，
無聊，無聊。

在震動的當中夜來了，黃昏的一刻對於我是最危險的，可是，這個夜似乎跟平常不同，忽而遇到粗澀，像這麼多毛的夜是頭一次遇到的。

早就有預感，在路的盡頭，會遇到巨大的動物，也事先知道，牠會流着大滴眼淚說（請不要把我擦掉）。我高興而踴躍地握了握手，便雜亂地把牠擦掉。

然而這有腥味的夜的背脊，跟預感完全不同，擦拭了又擦拭，也沒有結局，不論走到甚麼地方，手摸到的感觸，是無止境的。（還有，還有）突然在高處，呵呵呵有人笑的聲音，因鬼不在這種深夜出沒，也許更巨大的傢伙吧，要擦掉牠的嘴都看不見臉呀，手摸不到呀。

（還有，還有啊，看看後面）

回頭看，就看到在我創出的四十年細長的空間，以爲擦消了的那些，像被烤出來那樣群生着。

（你，消逝啊）呵呵呵那麼說，吃了一驚，看眼前夜暗已消逝，我的前途，地球也遺失了。

我舐橡皮擦，決定很嚴肅地從脚開始逐漸向上擦消自己，這是命運，能最容易擦消的是自己，但我又持着手摸不到的部份，於是五隻手指和楕圓型的背脊的一部份都遺留了下來。

（沒有神的保佑，就難予把全部擦消）。

五隻手指把橡皮擦投擲於已經沒有的未來，在淺薄的皮膚楕圓處描寫了 へのへのもへ 而萎縮了。

茶盤大的月亮是否出來了？我不知道。只有看見的背脊是我被遺留下來的唯一的臉。

笠同仁消息

本社

※本社同仁杜國請先生留美四載，在史丹福大學於劉若愚（James J. Y. Liu）教授指導之下，攻讀中國詩學與比較文學，已完成學位論文，獲得博士學位。同時將執教於加州大學 Santa Barbara 校園，與小說家白先勇將爲同事。

※本社同仁葉笛先生亦已留學日本多年，聞已完成教育碩士學位論文，半工半讀，克苦奮鬪，擬繼續攻讀博士學位。

※本社同仁陳明台先生已於中國文化學院歷史研究所畢業，並獲碩士學位。已於今年二月赴日深造，攻讀史學。

※本社同仁林亨泰先生已於省立彰化高工榮譽退休，並擬繼續從事日文教學與文學研究。

※本社社長陳秀喜女士刻隱居山林，幽居寺院，正計劃出版其第二部中文詩集「樹的哀樂」。

※本社同仁衡榕小姐前往金門前線執教一年回台，刻又前往馬祖前線執教。已完成「金門詩抄」與「馬祖詩草」，詩作甚豐。

少年的詩園

趙天儀譯

創造

亞里山大作

萬物光輝與美麗，
　所有創造物，大大與小小，
萬物聰慧與驚異，
　上帝使牠們都這樣。

每朵小花都開放
　每隻小鳥都歌唱
祂使她們燃成鮮明色彩，
　祂使她們造成小小翅膀。

高聳的樹木在綠色的叢林，
而草原上任我們遊戲，
向前挺進在水之旁，
　每天每天我們在相聚——

祂給我們眼睛去瞧牠們，
　而嘴唇讓我們去傾訴，
全能的上帝是多麼地偉大，
　是誰造成萬物都如此地美好！

邂逅

費爾德作

如我回家在古老森林的路上
　帶着我的籃子與課本
一隻鹿兒來到巨大樹林的邊緣
　又俯身在溪流上飲食着。

破曉的曙光籠罩着我們
　曙光與樹木在林子上；
我筆直地注視着以睜大的，異樣的眼光
　而鹿兒回頭凝視着我。

美麗的，茶褐色的，而且沒有恐懼的
那些眼睛回到我的盯視裏，
而某些事物既沒有聲音也沒有名字
　在那兒穿越在我們之間。

某些事物我將不會遺忘；
　某些事物靜寂地，又羞怯，又靈智
在森林裏朦朧暗淡的地方，
　來自一對金色斑紋的眼光。

悲哀的鞋子

艾廸思作

我的鞋子放在地板上
牠們不是很新了，
而我已不能再穿着牠們

因爲破洞已穿透過去。

今天牠們有一可愛的時光
着急地爬上一棵樹上：
明天牠們將被丟棄
而不能再跟我遊戲。

牠們將不在這兒繫緊鞋帶或清潔乾淨，
我驚訝倘若牠們曉得，
我想也許牠們做着——牠們斜靠着
如此地在牠們相互之間。

小鳥兒說了什麼

但尼生作

破曉時在她的巢裏，
小鳥兒說了什麼？
「讓我飛，」小鳥兒說，
「媽媽，讓我飛開。」
小鳥兒，再歇一會兒，
直到小小的翅膀如是堅强，
因此她就再歇一會兒，
然後她飛開了。
黎明時在她的床上，
小寶寶說了什麼？
小寶寶說，像小鳥兒，
「讓我起來而且飛開。」
小寶寶，再睡一會兒，
直到小小的四肢如是堅强，
倘若她再睡一會兒，
寶寶，也將飛開了。

野兎

羅勃特作

當他們說是我隱藏的時辰，
我躲在一個茂密的葡萄樹下。
而當我直等到那時辰已經過去，
一隻小小灰色的傢伙來自草叢裏。
牠希望牠的路通向甜瓜苗床
而且坐下靠近捲心菜的頭部邊緣。
牠坐下密接着那兒我看見，
而且牠的大眼睛一直難得看到我。
牠的大眼睛眼圈睜開了
而且我很難回頭凝視着牠。

燕子

羅賽蒂作

飛去，飛去，飛過海上，
愛太陽的燕子，因夏天已過，
再來，再來，回來看我，
帶來夏天，也帶來太陽。

笠書簡

陳秀喜先生 玉案下

這封信到達的時候，也許正值貴詩社十周年的年會，自日本遙祝恭喜。尚未晤面的笠詩社同仁們我由衷地向你們致慶祝之意。

凝視眞實，昇華成詩的、藝術的工作、自古、現在、未來，都是不會失去它的價值地被經營，尤其是傳達眞實的詩才會喚起、感動，扣人心絃。囘報少，勞苦多的經營，你們不斷地努力，永遠會得到，很高的評價才是，我如此相信着。

祝福 貴詩社今後日益發展。

七月十七日　幾瀨勝彬敬上

出版消息

本社

一、詩誌

※「葡萄園」詩刊第四十九期，已由葡萄園詩社出版，定價十二元。

※「秋水」詩刊第四期，已由秋水詩社出版，定價十五元。

二、詩集

※曾妙容童詩集「露珠」，已由臺灣文教出版社出版，定價十五元。

※劉延湘詩集「露珠」，又名「We walk out of the zoo」，已自費出版，定價三十元。有英譯及謝德慶的素描多幀。

※李達三、談德義主編的「史蒂文斯的詩」（Comprehensive study guide to five poems by Wallace Stevens），已由新亞出版社出版，定價十二元。

※祝豐蘭詩集「禁果」，已由普天出版社出版，定價五十元。

※賴敬文著「賴敬文詩集」，已由綠屋書屋出版，定價二十五元。

※張彥勳詩、童話合集「獅子公子的婚禮」，列入「兒童文學創作選集」由國語日報出版部出版，定價十六元。

三、評論

※高準著「中國新詩風格發展論」，已由華岡出版部出版，定價四十二元。

※羅門著「長期受着審判的人」，已由環宇出版社出版，定價三十五元。

※唐文標著「平原極目」，已由環宇出版社出版，定價三十五元。

詩人的備忘錄（20）

錦連譯

假定現在一個有妻室的男子，對「與他人私通是罪惡背倫的行爲，而應予唾棄」的這種舊道德，認爲是違背自然的無理制約，男女關係本來應該是完全自由，而沒有一味服從的理由——腦海裏思考到此，是無可厚非的。

但是如認爲既然如此，則所有大丈夫可以私通其他女子，所有妻子可以勾搭其他男人，甚至把不做此事的丈夫和妻子，視爲沒有自覺的男女，而寄以憐憫之情，那實在是大性急了。

假定現在一個以寫詩爲工作的人，發覺自己的神經作用比從前的人更爲銳敏，了解它是近代人的一個特質，並且認爲自己也正處於被近代文明所釀成的不健康狀態之中——腦海裏思考到此，是無可厚非的。

但是因而速斷近代人的資格是在於神經過敏，並自恃和誇耀不健康，甚至採取促進不健康狀態的各種手段而自命不凡，那實在是太不必要的思想了。

今天，現代詩已在質和量兩方面迎接了黃金時代，然而由於量的灌水而起的頹廢現象之日趨顯著，却也是無可否認的一個事實。它不是頹廢的詩，而是詩的頹廢。一言以蔽之，就是詩質的低落和技術的退步。這不是評價基準相異的問題，而是對詩的基本態度的問題。

換言之，它缺少了對表現的嚴密的意識。（無意識的自動記述法當然是一種明確的方法論）。簡言之，就是沒有詩的方法。沒有方法上的自覺就是沒有清楚的「獨自的詩世界」。於是就出現了專以「生活」的自然主義爲題材的樸實的描寫。

因此，如欲將這平板的日常性賦予詩的面貌，卽壯士型的誇張的姿態，和怒吼或喊叫就成爲必要。有的則援用調整聲調或心血來潮式的低俗的童話去充充面。

詩必須是「美麗地歌唱」，而不該是像暴力團體之壯士的演說般粗鹵而殺氣騰騰的「兇猛的怒吼」。

但一說到「美麗地」，就衹能聯想假託自然來抒情的詠嘆的姿勢而害羞於美的詩。一說到「歌唱」，就衹能死板板地拿「韻律如何如何」來强調音樂性的恢復。這是當今詩壇的通病。但是現在既然存在着魚目混珠的多樣的詩，要拒絕它的存在當然是沒有意思。然而縱然商業歌謠或演說詩如何的流行，現代詩是仍然有着與這些完全不同的風土的。

笠叢書及其他

本社代售

笠叢書

詩集

編號	書名	作者	定價
1.	風的薔薇	白萩著	十二元
2.	島與湖	杜國清著	十二元
3.	力的建築	林宗源著	十二元
4.	瞑想詩集	吳瀛濤著	十二元
5.	不眠的眼	桓夫著	十二元
6.	綠血球	詹冰著	十二元
7.	大安溪畔	趙天儀著	十二元
8.	秋之歌	蔡淇津著	十二元
9.	牧雲初集	林煥彰著	十二元
10	南港詩抄	楓堤著	十二元
11	生命的註脚	靜雲著	十二元
12	遺忘之歌	謝秀宗著	十二元
13	窗內的建築	林泉著	十二元
14	蝴蝶結	鄭仰貴著	十二元
15	覆葉	陳秀喜著	廿五元
16	晒衣場	凱若著	十六元
17	歸途	鄭烱明著	十六元
18	期嚮	陳鴻森著	十二元
19	激流	岩上著	二十元
20	心靈的陽光	林泉著	二十元
21	剪裁	古添洪著	二十元
22	香頌	白萩著	廿四元
23	拾虹	拾虹著	十六元
24	孤獨的位置	陳明台著	二十元
25	雪崩	杜國清著	二十元
26	剖伊詩稿	桓夫著	特三十元
27	天空象徵	白萩著	十六元
28	野鹿	桓夫著	十四元
29	靈骨塔及其他	楓堤著	十元
30	枇杷樹	楓堤著	十二元

譯詩集

1.	日本現代詩選	陳千武譯	十二元
2.	杜英諾悲歌	李魁賢譯	十六元
3.	給奧費斯的十四行詩	李魁賢譯	
4.	華麗島詩集（中日文對照）		二〇〇元

詩論

編號	書名	作者	定價
1.	現代詩的基本精神	林亨泰著	十二元
2.	美學引論(1)	趙天儀著	十二元

譯詩論

1. 艾略特文學評論選集　杜國清譯　七十元
2. 現代詩的探求　陳千武譯　十八元
3. 里爾克傳　李魁賢譯　二十元
4. 保羅・梵樂希的方法序說　林亨泰譯　十元
5. 詩學　杜國清譯　廿四元

其他

1. 醜女日記（小說）　陳千武譯　廿四元
2. 杜立德先生到非洲（少年文學）　陳千武譯　二十元
3. 星星王子（少年文學）　陳千武譯　十六元
4. 城外的思維（散文）　古添洪著　二十元
5. 雲的語言（詩、散文）　傅　敏著　十五元

笠詩刊

存　書：二——九期每冊八元
一二——五期每冊八元
一九——二六期每冊八元
二八——四二期每冊八元
四四——四七期每冊十元
四九——五二期每冊十元
五四——六〇每冊十元

合訂本：三——五年合訂本每年每冊四〇元
七年合訂本每冊四〇元
八——十年合訂本每年每冊七〇元

※請向豐原鎮三村路九十號
笠詩社經理部洽購
※郵政劃撥第二一九七六號陳武雄帳戶
笠詩刊發行已滿十年！
是最具保存價值的詩誌

編輯手記

競爭與淘汰

趙天儀

十年的日子已經過去了，在這十年之間，不知有多少新的詩刊創刊了？不知有多少老的詩刊又復刊了？詩壇上的熱鬧與混亂，據說也是空前的。創辦詩刊，準是要虧本的，居然有這麼多人充滿了這種傻勁，這不是證明關心詩的人越來越多嗎？

如果以詩人的年齡來計算；在現代詩壇上，該以五、六十歲的爲第一代，他們算是播種的一代，例如：「新詩週刊」、「詩誌」、「現代詩」、「藍星週刊」、以及早期的「創世紀」便是，如果說四、五十歲的爲第二代，他們算是繼起的一代，例如：後期的「藍星」、「創世紀」，以及「葡萄園」、「笠」、「中國新詩」等的創刊與活躍便是。如果說二、三十歲的爲第三代，他們算是新生的一代了，例如：「龍族」、「大地」、「後浪」、「暴風雨」等等。而在「葡萄園」、「笠」、「秋水」、「詩宗」、「詩隊伍」等，固然有不少的新生的一代，但中年繼起的一代也還有不少的詩人在努力耕耘着。

試看過去詩壇的變化，在年輕的詩人群中，一到中年的時候，便要減去一大半，而到晚年的時候，碩果僅存者便寥寥無幾了！可見有耐心繼續追求與奮鬪，而且老得漂亮的詩人們，該是多麼地令我們尊敬啊！

因此，詩刊不論如何地彼此競爭，甚至論戰，製造高潮，爭取領導風騷的地位，到頭來總要變成過去的！所謂「時間是短暫的，藝術是永恆的」；便是意味着：劣作是早晚要被淘汰的，但是眞正的藝術品却是會永垂不朽的。如果說好詩是藝術品，在時間的淘汰賽中，將會顯現其藝術的光芒吧！

老一代的詩人們繼續他們的創造，是值得我們崇敬的；中年一代的詩人們的崛起與競爭，更是值得我們欣喜與警惕！然而，詩人們的成績，最後的衝刺，該是在詩的創作，有而且只有詩作，才能決定詩人的位置。老實說，我們目前無法決定誰是主要詩人？誰是次要詩人吧?!只有詩作才是詩人地位的試金石。

例如；有某博士口口聲聲喊着老一代的教授沒有著作？而當我們發現他除了那一篇在洋鬼子那兒領到學位的論文以外，我們却不見他也有什麼了不起的著作的時候，我們不禁也爲他慚愧萬分，原來他也是沒有什麼了不起的著作呀！所以，決定學術上的地位，學位也只是一個敲門磚，著作才是學者地位的試金石。

學者如此，詩人亦然！如果我們的詩人們能在創作上努力不懈，精益求精，只要有貨眞價實的作品不怕沒有詩人的位置的。虛名是不相干的，有霸氣而無霸才也是不相干的。只有詩作，只有心血的創造才是相干的。

「笠」十年來，在創作上，仍然是不够的，十年的歲月，當然是値得珍惜的，人生有幾個十年呢？當一個詩人儘管在詩的創作以外的活動上出盡了風頭，但那些都是俗人的俗務，而不是詩人的本份之事。同理，一個學者，在學術著作以外的活動儘管名利雙收，甚或危言聳聽，名噪一時，但如果是沒有在學術著作的本份上努力，遲早也會被時代淘汰的。

競爭是一種進步的象徵，淘汰是一種時間考驗的結果。爲了競爭，我們該好好地從事創作，爲了免於淘汰，我們更該好好地從事創作，將來只有創作，才能突破時空，留下藝術永恆的價値。

中華民國內政部登記內版臺誌字第二〇九〇號
中華郵政臺字第二〇〇七號執照登記爲第一類新聞紙
定　價：國內每册新臺幣20元
海外地區：日幣240元　港幣4元
　　　　　非幣4元　美金1元
全年六期新臺幣100元　半年三期新臺幣55元
●郵政劃撥21976號陳武雄帳戶（小額郵票通用）

出版者：笠詩刊社
發行人：黃騰輝
社　長：陳秀喜
社址：臺北市松江路三六二巷七八弄十一號（電話：550083）
中部資料室：彰化市華陽里南郭路一巷10號
北部資料室：臺北市北投石碑路一段39巷70弄二號二樓
編輯部：臺北市敦化南路355巷83號
經理部：臺中縣豐原鎭三村路九十號
印刷廠：福元印刷公司　臺北市雅江街58號

詩双月刊 64

LI POETRY MAGAZINE

民國五十三年六月十五日創刊・民國六十三年十二月十五日出版

誰說我們不是幸福的一代

趙天儀
永遠不能遺忘的一天
是日本人最後的一天
是中國人最興奮的一天
臺灣終於回到了祖國的懷抱

雙眼失明的爺爺
中醫師而寫漢詩的爺爺
我們從來也不知道
會講北京話的國語的爺爺

他生爲一個中國人
死時也是一個重獲國籍的中國人
就在臺灣光復以後的那年冬天
釋然地離開了我們

我們放棄了異國的語言
我們學習了美麗的京片子
我們第一次恍悟到「支那」就是中國
而中國才是我們的祖國

那是一位日本小學教師土屋
還想教我們讀一課君がよ少年
在光復不久的日子裏
在那貪戀的殖民者的噩夢中，他們還未夢醒
我們開始操着一種全新的語言
跟法蘭西的都德「最後一課」相比
我們可以永遠學習我們祖國的語言
也是全世界最美麗的語言之一

我們用這種語言說話
我們用這種文字寫詩
我們不會再像我們的爺爺
被隔絕使用這種語言文字五十年的悲哀

誰說我們不是幸福的一代
誰說我們不是幸福的一代
在我們祖國的懷抱裏
我們新生的一代正健康地成長

我們的孩子們
正準確地唸着ㄅㄆㄇㄈ
正快樂地穿着中國衫
迎接一個屬於自己的新生的日子

——寫於民國六十三年臺灣光復節

卷頭言

學位至上論

殷鑒

不知是從什麼時候開始？留學生學成歸國的所謂歸國學人慢慢地多起來了，而且逐漸地有人回國，長期定居國內，爲鄉里爲社會爲國家服務，所謂人才內流，這自然是一個好現象。但不論是西洋的博士，或是東洋的博士，也不論是第一流大學的博士，或不論是第三流大學的博士，更不論是洋博士，或不論是土博士；凡博士者，却有的往往竟跟着無所不博起來了。甚至有人把他自己的一篇所謂博士論文，翻譯成中文的著作時，居然一躍而成爲「最新世界名著」，自己寫中國的東西，在西方騙騙洋教授，反正洋教授的中國學問根底本來就不够；而自己譯成中文的東西，在國內，反正可以唬唬沒有出國洋的土豹子，這樣的博士，如此這般，所謂博士也著，也就神起來了！當然囉，博士而眞有學問，學養豐富，人品優異者亦大有人在，這種有學養有操守的博士，我們當然要給予適當的尊敬，不能一條竹竿打翻了整條船上的人們罷！

也不知是什麼時候開始？在自由中國的現代詩人群之中，不論是博士，或不論是碩士；更不論是榮譽的，或從研究院裡泡出來的；凡詩人者，一加上某某博士學位，也在詩壇上大行其道。我們非常慶幸，我們可敬的詩人們，學成業就的人越來越多，懂得外文的人也越來越多，據說在大學執教的人也越來越多，這是多麼地令我們欣慰雀躍的事！這證明了詩人們個人在學術上的奮鬪有了成果，也證明了現代詩壇上的水準即將逐漸地提高水準的時期指日可待了。我們非常地盼望着受過較好詩學訓練的學者或詩人們，凡眞正關心中國現代詩的前途者，多多地從事研究、翻譯以及評論的工作，中肯而誠摯地來因勢利導，把我們自由中國現代詩壇的水準逐漸地提高起來，這是功德無量的！

同時，我們也更歡迎他們也能參加創作的行列，雖然是在詩學上有其精湛造詣的學者或評論家，如果老是不從事創作，也會眼高手低起來，尤其是可能因爲缺乏創作的體驗，而隔靴騷癢，講出了一些不着邊際的外行話。然而，我們要提醒大家的是，在學院裡的學士、碩士、博士；正如幼稚園裡的小班、中班、大班一樣，是從時間裡泡出來的。即使是年紀輕輕就榮獲了博士學位，那的確是一種榮譽，但是，如果從學問上來講，那正是來日方長哩！在歷史上，我們要評價一個人在學術上的成就也好，或是要評價一個詩人在詩創造上的成果也好，主要的是靠貨眞價實的作品，而不是靠浪得虛名！更何況我們的博士們心裡也都有數，他們的一些學位論文，往往便是研究某某詩人的作品或理論而獲得的，我們今日的詩人們，勉乎哉！雖然您們有許多人並沒有什麼學位，甚至有的失學，克苦自勵，努力奮鬪，然而，只要您們認眞地努力創作，當您們創作了有價値的作品時，時間會澄清您們應得的評價，說不定將來後生的詩人們却可能研究您們的作品而獲得學位也說不定呢?!

我們可敬的詩人們，千萬不要妄自菲薄，好好地創作，認眞地創作，才是創造的正途，才是康莊的大道。至於假借博士之名而欺世盜名，譁衆取寵，甚至自暴自棄，自甘墮落者，遲早是會被時代的浪潮所淘汰的！我們可敬的詩人們，不論是來自軍中，來自學校，來自社會，甚至來自家庭的厨房，我們都該珍惜這一份可貴的愛詩的情操。博士固然値得尊敬，愛詩愛眞善美者更値得尊敬！我們不必爭一日之長短，但應該知道有而且只有好詩，只有藝術的創造品，才能千古流芳，與日月爭光啊！

笠 64期 目錄

稿　約

本刊歡迎詩的創作、翻譯、評論及其他有關詩的作品。園地公開，歡迎投稿。請寫明通訊地址，如欲退稿，請附郵資。稿寄本刊編輯部：臺北市敦化南路355巷83號。

給父親的詩

林宗源

從血親分裂出來的意象

就在我們面前
父親不准我磨練自己
不許我有自立的意志
只要聽話、賣力
我是父親的乖兒

「病」一直咬着我的肉
「自立」一直引誘着我
「反抗」一直煽動着我
「不孝」一直咬着我的心

爲什麼?我不願提起父親的名字，爲什麼，我只看到一個
鞭打我，約束我，不給我辯解的人，爲什麼，我只看到滿
地的，那些要求辯解，要求自立的人所流出的血
覺醒
從血球裏，我看到暴力的發洩、自私的滿足、虛僞的謙讓
、假愛、狡猾、報復、殘殺一如野獸
我驚奇
我痲木

擔起就在我的面前
一個「自我」與另一個「自我」的世界
是以沒有愛以及沒有恨的力
向前

給父親的詩

給我吃飯
給我娶女人
給我生子
給我拾元
我不是人
是一部機器

晚上，當旅社的帳房
隔日早上3時睡覺
6時要去巡魚塭
我不是機器
是人

不給我跟太太談情的時間，怕我忘記你是我的老爸，不給
我交朋友，怕我成羣結黨做壞事，不給我創造事業的機會
，怕我飛出去，不聽你的命令，病了，向你伸手，又要挨

罵的生活
我不是人？
不如一隻犬？
是一部機器？

不可以有感情
不能有自由的意志
不可以說話
只要聽命令
就是你的乖兒
難道所有家都一樣？
父親！

不
弟弟不是機器
是人
他可以向你申請米援
說你喜歡的話
上酒家
與舞女過夜
假如是我
一脚被你踢到太平洋
父親！

我是拾來的
還是你離了婚的孩子
還是光復前生的
只看到戰爭，流血的孩子
使你用異樣的手來扶養
父親！
我們是同胞兄弟
我們是父子
不用說好聽的話
在你固執與偏見
所組織的小小的家
播下自私、疾忌、仇恨的種子
這樣的家，不會起風波嗎？
父親！

如今，我出來做小小的生意
請不要用稅金壓我
不要用祖父的遺產控制我
讓我自己謀生
不會反叛你
我永遠是你的兒子

只要求我有一個屬於自己的家
不再向你伸手
過着拾元的日子

詩三首

林外

祈求

每一次自覺有什麼成就就想起你
你沒有看到我的成就
對我是多麼遺憾的事
即使得不到你的歡喜
許多的努力仍然爲你
雖然感覺不到你的守護
許多的心力仍然爲你
我唯一的祈求
是會對我的自得微笑的你

那個孩子

說不要浪費
增加父母辛勞的孩子
居然被抬到醫院去了
說要趕快長大　賺很多錢
使父母過舒舒服服的生活
這樣的孩子　竟然死了

死的路

死的路是不能有伴的
必須一個人走
遍地生滿雜草
風聲凄凄地響着
沒有太陽
沒有月亮
沒有星星
只有濛濛細雨
不能向任何人訴說
走在那裏
走向那裏
都不必計較
走到自己不知道了
就不必再走了

立春

周伯陽

日曆無情地迎新棄舊
昨天已邀請立春前來面敍舊別
殘寒嫋嫋，被拒在屋外徘徊
冷風在樹上嗚咽
嘆息着今夜無處可歸

生命被氷凍得還不能動彈
喪失了記憶
也拋棄了愛情
一切都在灰色裏掙扎呻吟
天地間到處尋找不到一些春息

我需要充滿心靈的溫暖
我需要期望不遠的未來——春天
但枝頭還不肯露出春意來

揉揉惺忪的眼睛
從貪睡的冬眠裏醒來吧！
爲什麼還在意識朦朧裏
一直追求無我的意境？
誰要前來
重新替你們粉飾那綠色世界？

交誼廳裏的一位少女

方平

妳是蝴蝶，舞在熱門的音樂裏
舞着少女的夢，舞着
擺動着美妙的裙裾，搖出一串串喜悅

那對朱紅色的耳環也在髮叢裏舞着
青春的味踏滿古銅色的地上
妳是蝴蝶，翩翩變換的灯光下
好長的音樂呵，好歡樂的金色年華

溫柔的勃魯斯，妳溫柔的手
枕在情人不語的肩上
輕輕地舞着，好慢的音樂呵
爲什麼；凝眸時妳像是一朵憂鬱的小花

六十三年十月廿八日

溪流集

陳坤崙

雨

天啊
是誰傷了你的心
為何幾天幾夜不停地
落淚

我家田地
變成了汪洋
那些即將成熟的稻子
浸在你的淚水中
已經死了爛了

天啊
請你不要哭泣
是誰傷了你的心
告訴我吧
我將設法控告他

求求妳開門

求求妳開門吧
外面很冷
外面有很多陌生的眼睛
陌生的臉在嘲笑我
那冷冷的風也在笑我

求求妳開門吧
到底我做錯了什麼
妳竟不讓我進入
這間溫暖的房子
妳竟那麼狠心
讓那些俗氣的眼睛
刺傷我的心嗎
妳竟那麼狠心
把我當做一隻狗嗎
求求妳開門吧

我要知道
到底我做錯了什麼?

溪流

從高高的山上
流到低低的平地
遇到石頭我發出聲音
有人把這些聲音
說是我重重的心事
有人把這些聲音
說是美妙的音樂

不管你們說什麼
凡是我流過的地方
祇要是石頭
必定被我洗的乾乾淨淨
祇要是泥沙
必定沉到我的脚底下
你可以一粒一粒的數

不相信
你可以丟一堆泥巴
一塊髒透了的石頭
我立刻把它
清洗乾淨

從高山到平地
我不停地工作
不停地清洗我的道路

日曆

厚厚的一本日曆
懸掛在白色的牆上
那些黑黑的大大的
從小不知寫過看過幾千萬遍的
阿拉伯數字
天天在我的臉上
烙個記號
天天在我的肩上
放一塊厚重的石頭

一天撕去一張的日曆
僅僅剩下薄薄的幾頁
像一棵樹的葉子
被强勁的風吹落一樣
僅僅剩下禿禿的枯枝
而我短短的生命
像薄薄的日曆
還剩幾張呢

孤兒

媽媽
您在那裏

昨天在報紙上
看了一篇文章

說是媽媽的愛像陽光
溫暖小小的生命
說是媽媽的手像月亮的手
搖呀搖
一夜長一吋

今天我晒了一天的陽光
我的臉我的皮膚都痛了
我把草地當作牀
在野地裏過了一夜
蚊子
跑來吸我的血
說是媽媽的愛像陽光
說是媽媽的手像月亮的手
這是不是眞的
媽媽

舊車

爸爸
外面刮着風
下着雨
您忘了
把那輛破舊的脚踏車
帶進溫暖的屋子裏
看他站在那裏
一定很冷一定很痛苦

聽這些聲音
不是他在哭在喊嗎
爸爸
像您不願讓我淋雨
怕我感冒一樣
趕緊把他帶進
這個溫暖的屋子裏

大海這個人

全世界大大小小的河流
四面八方向我圍着向我攻來
那些汚穢而臭的河水
那些挾泥帶沙混混濁濁的河水
那些油汚垃圾和一些些
爛了的動物的屍體
一齊向我圍着向我攻來
爲了保護自己的潔白
於是從我的心
開始製造波浪
一波又一波一層又一層
把這些人製造的穢物
送到全世界的海岸邊
天天
不停地我用憤怒的聲音
向着全世界的人證明

我依然潔白

吸血鬼

蚊子先生
爲了防禦你對我的攻擊
我已經買了一條蚊帳
從此我可以夜夜安眠

蚊子先生
蚊帳對你也沒用
我已經買噴效和蚊香
從此我可以夜夜安眠

蚊子先生
你眞利害
縱使蚊帳的網有多細有多密
縱使噴效有多毒
你還是跑來吸我
營養不良的血液

蚊子先生
像禱求上帝保佑我一樣
請不要再來擾亂我的睡眠
不要再來吸我營養不良的血液
明天我還要工作
這些你聽到了嗎

愛的化合

桓夫

飲一杯新芽之香
飲盡吧！飲盡清晨的甘美
新娘猶如初昇的太陽　羞紅地
照耀山湖的漣漪和密林的神秘
早操　舉起的手指之上

彩雲躲開了　綻放的雙葉似花
不懼前面的一段崎嶇
不煩將有一串纏綿
冰冷的朔風已隨寒流逸去
淺綠的處女地
光與熱的波紋灌溉　春的喜悅

廿七詩抄

莊金國

賞月記

比十五光
比十五圓
八月十六日
燦燦亮亮
完滿無缺
且無一顆星
點綴
如許
如其的天空

月下獨酌
（佐以
隔了夜的
中秋月餅）
竹葉青喲
我不嫌你貴
你何怕我醉
我要飲盡你
一滴兒不剩

我要仰沾你
最后底羞澀

有雲飄過
月華消瘦
消瘦消散的
光暈
更形魂魄
更其離浮
浮繪
天上，人間

婚事

朋友碰見
我，還是
孤單——一個
朋友碰見
我，載着
女友——奔馳

朋友碰見
我，這麼
這樣——下去

這樣下去
離——婚期
是愈來愈近
或越來越遠呢

問神

問神問到
天、天亮
問道神
問佛神
問舶來的
基督神

不說話的神
神情默默
神的代言人
高舉神的招牌
宣告各種各家
很玄很玄的神話

上帝已死
尼采說的
基督也不溫柔
耶和華曾爲戰神
殺起人來
凶、猛、酷、絕
（陳鼓應啊
　你可怕上帝？）

至於式微之
道，轉入地下
至於佛之禪之
阿彌陀佛。在我心淵
信之則有（善哉！善哉！）
不信則無（罪過！罪過！）

廿七詩抄

莊金國

秋風和雨哭瓊姿

——六十三年十月十三日弟媳邱瓊姿女士安葬日

左曙萍

瓊姿：
你秀美：
你純淨像荷池中的白蓮，
你柔和像秋天裏的晚風。
你賢淑：
你對父母是那麼的孝敬，
你對兄弟是那麼的謙恭。
你勤儉：
你不肯浪費一針一線，
你不肯多用一點柴米油鹽。
你善良：
你不管家中一無所有，
你總說軍人的家才富足。
你不怕家中沒有隔夜糧，
你總說青年人要愛菜根香。
你堅強：
你是一個生命上完全沒有病的人
你的身體上怎麼會有這醫不好的絕症，
你就憑着勇氣和毅力，
與病魔抵抗了這多年，
你曾不尤人更不怨天

你知道你丈夫爲你的病
他不顧生死和性命，
西醫找盡找中醫，
東去求神西拜佛，
祇要你的病能好，
他什麼犧牲也不顧。
因此，你病重了也不作聲，
家離營房不上半里地，
裝了電話可以通師部，
你不怨丈夫三個月之中，
軍務忙得祇回了五次家，
而且你不肯打一次電話，
怕丈夫爲了私事誤了公。
你常恨自己生來是女兒身，
既不能直接擔當起革命的任務，
如今，能够間接地，
盡一點報　領袖，報國家的心，
那又是多麼的好多麼的幸福

瓊姿，賢妹，
像你這樣好的人，
應該活到一百歲，
像你們這樣恩愛的夫妻，
應該三生七世結連理，
難道不是「天妒紅顏」，
爲什麼會這麼早就葬送你的青春

瓊姿，賢妹，
你生是我們左家的人，
你死是我們左家的魂，
左家有了你這麼好媳婦，
這是我們左家的光榮，

瓊姿，賢妹，
今天，我們捧着一柱香，
集這麼多的親朋戚友於靈堂，
爲你祭奠，爲你祈禱，爲你頌經，
盼望你以一生無負於人的平靜，
盼望你以一生無欠於人的人情，
寧靜地去到天國安息罷，

等到祖國河山光復後，
我們會遷葬你於左家的坟塋。

爸爸的葬禮

寒梅

一月十一日
流血的日子
忘記是晴　是陰
不過
這是眞的
小鎭下了一場大雨
鄉人說
盛溢偌大的鉛桶

萬人空巷
哀嘆　告別的樂聲
妒人的幸福
步步　走入冰涼的土中
怎堪回顧
一雙乾涸得　發了火的眼睛
攤放在祭臺上的
　是一堆破碎的心
尼姑代言
從此遠離六道輪廻
衆人豎立一座
　不記載文字的紀念碑

孤獨記及其他

陳黎

廟前的午后

甲、榕樹的

花傘下，女孩與水泥地競着赤裸
伊們邊身的焦灼
長長的一季，日頭
只屬於露背裝的肉白

夏之午后
一地蔭影竟成爲時髦的包袱
像極了脚邊的長板凳
以及
幾個翹腿乘涼的老人

廟前的老榕樹，只好落伍地聽着
風
與電台歌仔戲對話
或者口渴時候，喝
一塊錢一盃的
草仔茶

乙、天壇的

所謂天壇，不過
升不起飛幡的升旗台一方
廟頂的浮雕，同
進香的夫人，挾艷麗
睥睨着

父子們的仰望，終竟
看不透
一頂日炙底碧落
未磨光的石板收攏着台上的風勢
午睡期，男子側身成一座
凹凸扭曲的山
且以鼾聲
驚散這小小宇宙的慵懶

兒子的小屁股光光
彷彿炫耀一顆新生的
太陽或月亮
手裡弄着斷了風箏的繩線
竟將他爹底拖鞋轉旋成一隻

冲天的鳥
跟着一付放生的姿態，無邪地
將之
擲向壇外
走動的一張
花旦底臉

電影院的風景

甲、

小地方
小人物
偶然，小電影
大大有趣

乙

本來不到這兒野餐
擢花似的
觀光客們幫助消化的檳榔
吐成一地落紅
電扇戛戛
香煙是會走路的青嵐
人哪，在虛無縹渺間。兩隻脚
便叫去蹬
前排的椅背。斜斜
小戲院有伊自己的
風景，照舊
一張過時的春色凹凸着
（奇怪，那黃髮女人
竟連腹下底毛亦是
黃色的呢）

天凉好個秋。散場后
小鎭的男人，
連連稱讚他們觀光區的
廉美

孤獨記

我是水手的兒子
打上一次季風去後，再不曾聽
阿爸講話
一身饑渴看破了日出日落
只好看
送爸回家的風向

那年，留下生銹的長刀在床底
阿爸便携着鋒利的一把出海
阿爸把床舖在每一床海岸
家裏，家裏僅娘與我的一張
緊緊鎖我在她的懷抱，入眠后
娘吻我的臉頰，呼喚阿爸

阿爸的信是一疊過時的月曆
牆上掛着。憑日子死去

撕不了幾回秋冬春夏
我只愛上頭，幾張花花的外國郵票
早記不清
阿爸的容貌

緊緊鎖在娘的懷抱
而那夜，她不再呼喚
黑暗裏有一隻粗壯的手，毛茸茸地
伸進夢來
我知道，那不是
阿爸

從此跟著老祖母睡覺
叫祖母教我玩阿爸的長刀
揮舞光影間的風向
等候阿爸，携刀
回
家

我是水手的兒子
而祖母說，阿爸
是海的兒子

謝師宴

鐘雲

五十張嘴五十味苦澀
五十雙手環抱一顆
相同的
一顆離情
靜靜地沉澱杯底
讓歡情氾濫每一張鬪艷的假面
沒有婆娑的舞影
只能在餐盤裏聆聽
饕餮者的刀叉交響樂

杯巡之後　瓶醉人不醉
笑語當初　把盞話未來
千般豪情盡化蛺蝶片片

擺一個姿勢吧
閃光過後假面已被複製
張張最鮮麗最虛幻的紀念
「再會！」
似流螢劃夜空而逝
啊！熊熊的思念燎原了……

夜歸

郭成義

只要一根火柴
就能把自己點亮的
夜暗裏
總是不停的思索着
火柴的位置

畢竟
只有幾點小小的星光
像火柴一樣領着天空
而最暗的盡處
看起來竟非常熟悉
那就是家的方向吧

愈來愈軟弱的我
常常回來得太晚
每當尋不着家裏的燈火
只好走向最遠的天
最暗的部位

突然想到
彷彿
那裏才潛藏着無盡的生息
即使黑暗也要回去

凌晨與夜晚

張　盼

1　凌晨

推開四點以後的天空
　冷觀一幕
　雲和月的悲歡
擺右一肩的零亂
却迎個踉蹌的熾熱
再縮回
四點以前的寧靜
　失明的雙眼
　　落下　落下

2　夜晚

六點之後
父親就隱居小鎮吵雜的高樓
之後　他的日子
就是一連串的
碰巧和喜怒哀樂

那天天氣
黃昏得很奇特
我登上高樓　呼叫許久
爲的是讓別人
聽見　我們一家團聚
父親的背影
一幅磨坊苦隸的弓背
中　發　白
綻寬了他瘦長的臉頰
他手上的老繭翻搓着無數的教訓
却沒聽到
他的喜怒哀的背面的我　站立

那夜
很深的一點鐘教他脫了鞋
父親就用脚尖
唸出
孩子　都好
　的疑問句

踩在我的墓上

洪錦章
臉張開來
春天掩不住伊的喜悅
頗爲興奮的跳躍起來
一脚重重踩在我的墓上

流水的歌聲已具手潤感覺
土撥鼠激動的在日夜裏呼喚
春天的香味已是愈來愈濃
這股味道
我隔鄰的朋友輕敲我屋子的玻璃
使成一絲裂縫
綠色的野火一夜之間燃盡漫山枯草
夜裏衆多的星眸
溫柔的凝睇我的碑石
故事會否仍如霧的復活
淒美且悄悄揮舞而出

長期的睡眠我已忘記
所謂春的撩人
棺木的冷硬並非我所最懼
我雙掌的紋路均已阻塞

且莫費心機
君不見我拱起的墳堆
佈滿苦痛的笑紋

烽火后的景象

陳德恩
而馬嘶該是聲聲刺耳的
而天空也將扭曲成另一種顏色
且說在烽火之后
所有的雲都將深鎖着眉頭

而河流必是嗚咽地流着
而年年坐對的山
却反將事情當做
一部小說
只動一次手，輕輕地
翻過

而塵沙將掩埋最後一具屍骨
而抹去最後一滴血漬的
想必是那懸在天上的
兩隻瞳孔

潔帆輯（一）

廼萊

帆與港

泊兩片唇帆于妳港埠
讓船憩息——
風靜止，時間靜止
也讓漂泊的風沙靜靜掉落
也讓漩渦的風浪靜靜止息

我們只感于我們的
相屬；
帆務必進港，港務必有帆
而妳是我港，我是妳帆

讓我們靜靜止泊，讓我們共享帆與港的聚合
若果帆不進港
帆是漂泊
若果港不進帆
港非港
于千萬帆中，于千萬港上
妳是我，我是妳

愛情季總多雨

打從我們——
在那一天相遇
愛情季總多雨，雨濃濃
淚汪汪。

不想別離；
總要道聲再見
噙別離淚不想別離流
心忍着淚下，淚硬要滋生往頰
找個藉口，尋個岔
淚下，淚下，淚下。
君莫驚慌，君莫怕
尋個岔淚下，只是個藉口——
只因別離淚不想別離時流

不想別離；
總要道聲再見。
噙別離淚不想別離流，
只得找個藉口，尋個岔——
淚下，淚下。

泊一個我在妳上

偶然瞥見，乃泊下
沒有心悸，沒有頰紅
長長的髮只是一個異性的我

偶然瞥見——
乃柱一塑雕
——妳方型的臉是個實體的我
——妳想笑就笑，妳想哭就哭是一個心裏的我

偶然瞥見一個妳
我不再癡立，我不再揚帆遠颺
泊下：
就泊在實體的我上
就泊在心裏的我上

偶然瞥見
乃泊下一個我
在妳上
偶然瞥見乃泊下一個我在妳上

伊是無體動物

伊是無體動物，隨時地千變
伊是無體動物，隨時地萬化

有時化氣體，瀰漫君旁
有時是流水，千萬柔情，萬種意
有時成固體，有觸也有感

伊是無體動物，讓君思之不絕
伊是無體動物，請君莫分離

有時是氣體，惹君厭啊！
有時是流水，又揮不去
有時變固體啊——無感知

伊是無體動物，讓君怨
伊是無體動物，請君憐

伊是無體動物，隨時地千變
伊是無體動物，隨時地萬化——
若果君單調，若果君枯燥
就找個伊，就找個伊，伊
伊將給君酸甜給君
苦辣

作品兩題

龔銘釗

不應有恨

有人踩上了月亮
帶給我心裏逼發全身的酸痛
當我嚼着月餅
仰頭探望她時
潔晶黃的臉上已烙
焦黑大足印
李白 我（哭着）
邀你
邀明月
你算算看有幾人
請你
有醇陳的老酒
貼切的下菜
加上一盒噴香的月餅（你吃過嗎?）
你却比我更下多少淚
漣漣地望着她
：「中秋夜啊，
明月，妳沒了老友!」
我想抹去焦黑
不意跌進了漆黑
似虛無的
太空中
飄浮……

我看到了什麼

靈的身子移進了「天才」（註一）
舒和的黑帶股溫暖罩上來
音符的震憾掀起我耳膜的戰鬪
蛇的舌尖吐向我
恐龍的尾巴橫掃我
虎瓜獅口猙獰躭視
我坐在穩妥軟的沙發
那些已像海市蜃樓
沒有血
沒有塵土
沒有嚎號
叼根「肯特」（註二）
刻意的削切浮起的烟霧
有她的婀娜
和我暈薰酡紅的臉
瞪着北牆貼着的「PEACE」
南壁的「LOVE」
嫩細的大腿換上
一管
剛硬重沈的響槍

背在長髮披肩
紅衣喇叭褲
強烈分泌男性荷爾蒙
的人的身上
面對三面鏡子

我看到了什麼
……

(註一)「天才」，係臺中市有名之四聲道熱門音樂冷飲藝廊。
(註二)「肯特」KENT 香烟一種。

解剖二首

——記醫學生的屍體解剖

稑　稼

一

當你不能怒目以拒之
他們便撲向你
啃你的骨頭　咀嚼你的肌肉
數你的神經血管動脈靜脈
否定你的靈魂

不爲饑餓而咀嚼你
鷄肉魚鴨舞會都比你美味

不餓時也咀嚼你
因爲你是荒野中的死屍
他們是上帝的被驅策的一羣
禿鷹

二

藉一刀片　一利剪
暢遊這片天地

這是肝　隔壁是胃
那是肺　中間是心
這神經控制下肢
那神經同屬大腦
這動脈灌溉內臟
那靜脈收集上身

而
翻來覆去　東挖西鑿
却找不到靈魂的宿處

這不是人
這僅是肉體

漩渦篇

劉明哲

漩渦

人海逐流在生活的河床
八方滙集爲一爭鬪的屠場
旋轉不息的圓錐
是人們邪笑的酒鍋
埋葬那多情的暈船人

是馬德里的鬪牛場
人與獸的鮮血
漆不紅呼囂的觀衆
是羅馬的競技場
在矛盾的衝突下
英雄是如此殘酷的誕生

圓心　立在舞台的明星
聲韻悲切的控訴
昨夜寒窗的冷眼
喝采如手帕的溫柔
拭去你曾經的夢魘
但時間是健忘的司儀
再啓幕
那張臉更年輕

而喝采依舊
浪花躍起
夢想爬上陽光這繩索　尋覓天堂
限黑雲一朶　急藏起深汲的綆
別無選擇的　投環

森林的憂鬱

攀千古之峯巒而居
披原始之衣履而媚
汲飲日月的光華
醉你不醒的詩情
聆聽溪泉永恆的歌
慰你離塵的孤寂

伸手　你攬雲於懷
　招風於髮
　而風去
　而雲散
遂陷於霧幕裏痛痛的相思

誰是過客
如你也相思
你也需要霧飾的朦朧

高山上

周伯陽

海拔二千六百公尺
站在山上俯視下界
山巫施法術呼喚雲海降臨
雲海烟沒了崎嶇地來時山路
原始林沈澱在它的海底陶醉

蒼穹沒有浮雲徘徊
灌木掩飾不了高山的寂寞感
檜木早已焦黑點綴醜陋的肌膚
傾訴火燒山的辛酸

伐木輕破寧靜敲打山靈的門扉
它譜出無聊的旋律和節奏
並在山巒裏迴響
遙遠地對面峯巒遮阻視界
那銀山連峯在雲海上浮沈

忽然雲海溶化於太空中
顯出綠油油的古木參天
揭開原始林千年的奧秘
幸有工寮讓遊客做片刻的休息
哎呀！走不盡的山路
像還沒走完的人生旅途

關山月

陳銘磻

鐘敲十二下
風吹的方向偏西
蟬聲屏息
雨聲淅瀝
每一點 每一滴
都源自深夜的新竹
不自覺中
我啓開一扇窗

驚問
那一聲仲秋的嗆咳
遊子身上
最憂鬱的一片星光
是否已藍在西莒
飄霧的山崗

也惟有一顆叫
不眠的星
照我如浪濤滾滾的
海峽——
從新竹的海岸線
翻騰 騰翻
想必
洄流之後
彼岸重疊的嶙峋
則將更冷 甚至
可用那潮濕
在井湄
一臉盆 一臉盆
沖向
日昇
日落

我啓開另一扇窗
用掌心
奔馳那子夜
莫非是謠傳的雨聲
然則
依舊是新竹
不定型的
風
探測西莒島上
粼粼星光
忽然 一陣蛙鳴
此岸吹西的風
挾我滿懷信息
到對岸
流浪去了

詩兩首

黃昏星

留連以外

我來到　入暮時分的小城
城裏升起了雲煙
雲煙正衡向我
我這歸鄉的過客
過客是我底名
我底名沒有姓氏

入暮時分的小城迎向我
以熱切的心
而此時有一雁子打頭上飛過
猶豫間我暗問
我是不是該就此走進小城裏
叩訪
冷冷的夜了

路

野草蔓延，掩飾了
整條路的形象與裂痕
所以，沒有人
知道它曾創傷　被人
流浪　而今，這路呵路
已無人再來行走了
它荒蕪，像夜色
像風一般地不知踪影
而現在，你長遠來到
這山路口，碑已無影
已不再有深刻的脚印留下
使人感到驚訝的是：
四周已成青一色的風景
愕然間你暗問：往那裏去呢？
問山色，山色
亦不知　更何況
去問誰，誰也
不會告訴你

失眠夜

牧童

沒有晚星，沒有霧
窗外依舊是
一片墨色

誰說夜寂寂呢？
不整齊的一片蟲之鳴鼓
却有如不止的風暴
在水聲裏擂我
捶我

輾轉反側，那已經是老套了
就像那老掉牙的山林故事
而夢入江南時的情景
却是新鮮得活現不止
（卽使是白日夢！）

擂我，捶我——
任你來吧！因爲
今晚又是個失眠夜

日出

黃子堯

爲了不讓月亮專美於前
早起的太陽
揉着惺忪且紅暈的眼睛
跟遠山談情說愛

突然睜大眼
夜之神猛退三步
一躍
以愛之光
力之美

雲朶深擁着
洗臉梳髮　餐露吐霧

此刻
紛紛低頭的殘星
廻避如一條弧形的路
於是　風起於掌
太陽佬又鬧又跳的
一把秋色扔過來
餵我
咬我

在我們的土地上

——土地是我們的，我們必須留在土地上，或者埋在地下

莫　渝

青蛙的死

爲什麼擱淺的不是蜉蝣子或
漂萍之類的
爲什麼還擺出兩棲的姿態
——前肢趴在乾石上
　後肢盪入水中
　　既不土葬，也不水埋
爲什麼靜靜的流水不嗚咽幾聲表示哀悼

蒼蠅來過
下次的訪客是誰
對你
已無所謂了

陰暗的角落

這裏有陽光無法照到的地方
用不着擔心汗濕衣服
而且，秋涼似的
可以安心睡個李伯大夢

這裏有陽光無法照到的植物
自己站不起來
蒼蒼白白的
幼幼嫩嫩的
需要別人扶持

這裏還匿着幾張仰不起的臉
鼠頭鼠腦的
嘰嘰吱吱的
正在製造一種名叫冷箭的
語言

逍遙

於翠壁岩寺

陳秀喜

認識露珠清淨的光芒
惱人的熱淚已忘却——
輕視階前的麻雀
在樹下等待悅耳的鳥兒
綠葉一齊向雲搖手
招來一朵停留竹林上
不堪踩過竹的枯葉
繞道來掬涼泉洗汗臉
以清潔的手摘下
等我來才開綻的
夏天最後的
這朵梔花的純情
蟬相互爭鳴着　却喝不住
離別時那一句話
如木魚伴着誦經的聲
愈是自心底鼓動起來
勿、忘、我、勿、忘、我

砲聲穿越而過

衡　榕

砲聲穿越而過
砲聲穿越而過
砲聲穿越而過
太多太多的聲音
許久以來
都只當它是單號碼
夜空上的一種遊戲

去了一趟落彈區
他們說入夜以後
就順躲進地洞裏
哭着一個血腥的

慘面來臨
砲聲穿越而過
砲聲穿越而過
砲聲穿越而過
我已感覺它正
血淋淋
血淋淋
地射向我的胸膛了
啊……

北海一週的剪貼

廖德明

（臍帶被剪斷時
就有意思去品嘗
那可口可樂冒出的
山
水）

1.中正公園

騙子把這位大姑娘
拐騙到這
看基隆港正在換新裝的船兒

2.野　柳

潮水細訴
女王頭、
仙女鞋
林添禎捨己救人
的故事
直到嘴邊全是泡沫
還在細訴

3.金　山

金山海濱浴場竚立在那
對俺格格的一笑
就如絲紗
飄入那邊
隱沒而去

4.石　門

石門的那一對眼睛、
或許是有意地　無意地
悄悄的
把具有美麗酒渦的那張臉
剪　貼
在腦袋瓜子裡

5.白沙灣

她對旅客拋個媚眼
害得他回家
後被太太問道「在想什麼？」
他只有用臉紅來回答一切

6.念

站在相思樹下
反芻那一張張的臉
那酒渦的臉
在正午
開成一朵花
而我
身在此
心在外

閃光的燈塔

獻給「心帆集」

靖蘭

未知的遠方
舟子在頻頻的呼喚
呼喚那航着的詩船
駛入至美的港灣

海面平靜如恆
驀見閃光的燈塔
在一夜微醉的夢裏
以旭日閃光之姿

閃出萬道的光芒
耀眼誘人
充滿磁性的招引

而此時海面，輕輕地
吹起一陣和風
湧起一道暖流
那隻心帆徐徐推送
推送到至美的港灣

山居野記

伍昭

㈠太 陽

記取你另外九個兄弟的厄運
不懈地
一把一把銀芒的吐吶
這樣也好
后羿的流矢 九條生命
鞏固我的帝位

㈡零

上帝猛吸紙煙之後
啐向山
一朵一朵的煙雲乃
或聚或散

㈢小 屋

對生命的宣告
我是獨立
然而我是生存於上帝的淫威下

㈣楓

可憐秋的貧血
毅然施捨自身的血液
因爲我深信
經過冬天的靜養以後
生命仍然固執着綠色

怡夢室詩集

林清泉

四

蕭蕭的風
蕭蕭的雨
籠中鳥再擧不起翅膀

季節的審判
無告的呢喃
待罪的羚羊在欄中悲鳴

絕望的期待
死亡的蠱惑
慈情的溫馨在牢裏掙扎

罪在那裏呢
誰有?誰無?
兩隻烏鴉在老樹上爭吵

慾

一

時代的沉淪
世紀的病症
屬於熄燈下的一片漆黑
咀嚼無星無月的窗裏的神秘
總聽到繭裏蛹的騷音

二

從岸上馳過
却淹死於海的
精靈
突然,擎起天
踩熄一根火柴

三

貪婪的守候
一扇五彩繽紛的百合
以及沒有着色的玫瑰
顯出異端的美
雲是戀人的心
透明的窗裏二粒種籽
在萌芽着情慾

四

季節的癖性
瘦癟的古瓶
散亂的頭髮
患跳舞症的
女人

就是那尾癱瘓的蛇
蹣跚着撩人歌聲的
吸吮着男人之血的
舞聲咚咚，瘋狂的
女人

哦！那載雲的幻夢
却擱淺在那個窗口
飛不起來

偶發的事件

一陣的旋風
打從雲層裏來
等塵埃落定
就有一個披髮的狂人
仰頭向天
又哭又笑的
並詛咒太陽
然後引火自焚.

無詩的日子

攤開稿紙
啜一口茶
提起筆尖
就想如此捕捉靈感
向詩神喃喃禱告
詩神不來
失神倚窗
奈何

蓓蕾園

指導老師 黃基博

別情

屏東師專四年丙班 鄭玉裔

心靈的翠湖
沾染無限情意
默默無語
細斜的雨絲
漾起朶朶漣漪
揮不清
離別意
是秋深
憑添千縷愁緒

幽情

臺南師專三年己班 陳芳桃

那回眸的輕笑，
滴溜溜如盤中的珍珠。
默然的凝睇，
暖暖如七月的陽光。

眼光

省立鳳山高中三年 曾艷萍

曾經答應過我，
每回道聲再見，
不再回頭看，
可是，爲什麼，
走了幾步，又觸到你那熟悉的眼光？

一句話

省立鳳山中學高三 曾艷萍

在燈下，
月亮在眨眼。
你說：有句話想說。
在燈下，
星星在閃爍，
你說：那句話還是不說的好！

愛

屏東萬丹國中教師 梁財妹

吵 是假的
生氣 也是假的
只有你不在時
那份寂寞和懊悔
才是千眞萬確的

依舊

白美美

不知多少時光在流轉
不知多少世事在變換
而山

依舊默默
而水
依舊柔情

沙灘

白美美

輕輕一踏
便有淺淺的足跡
隨便一抹
便有光滑的平面
我心裏的沙灘
那深深的溝紋
却被時光的潮水
越抹越深

追尋

屏東師專四年丙班 蔡蕙玲

以湛藍的雲彩爲頭巾
以金色的陽光爲衣裳
走在那開滿花的小徑上
爲擷取一份執着的理想
尋覓那夢中可愛的詩想

喜歡

屏東師專四年戊班 方素敏

不相信有這麼巧的事
我喜歡什麼
你就喜歡什麼
再也想不出喜歡什麼
只有一個
却不知怎麼告訴你

霧

屏東師專四年丙班 莊麗華

迷濛的疑團
層層復層層
有誰願
付出心思
撥晨霧見着陽光

我不想說什麼

高雄道明中學高一 林麗琴

我不想說什麼，
春花已展開花蕾，
萬物已穿上新衣，
蛙蟲都在歌唱，
我不想說什麼，
秋雨已輕敲我窗，
明月已高掛雲上，
微風拂動稻浪，
我不想再說什麼。

落寞

高雄三信商職高二 陳慈盈

鳳　妳就這樣的走了
連一聲道別也沒有說
讓我獨自徘徊在走廊上
往日的笑聲一串串地在我腦海裏廻轉
是那樣的熟悉
校園風景一切依然
只是花間少了你
鐘聲響徹我心　我心更加沈寂
鳳　願你把往事深深的藏在心裏

兒童詩園

指導者　黃基博

月亮

太陽坐着金紅色的馬車下山了，
美麗的月亮寂寞的走出來。
月亮正在寂寞的時候
小小星星走了出來；
走出來陪伴美麗的月亮，
陪着她過這黑暗的夜晚。

高雄勝利國小四年　郭昭蘭

月亮

月亮坐着銀白色的船來了。
妳爲什麼白天不露面呢？
又圓又亮的你
好像一個美仙女。
是誰生你的
你是吃什麼長大的？
我想知道你的秘密，
你能告訴我嗎？

高雄勝利國小四年　殷石嘉

雲和霧

雲和霧久別重逢，
高興的哭了。
一串一串的眼淚，
使天空變成一片大湖。

臺東康樂國小六年　彭玉銀

花朵

她好像是個美麗的姑娘，
時時發出濃郁的芳香
她那小巧可愛的臉兒，
和她那美妙的姿態，
眞令人著迷！

中正國小五年十二班　蘇玲蓉

鳳凰樹

清晨起來；
就見到他穿着一身鮮綠，
頭戴紅花帽子，
在外面聲聲喚我，
叫我上學去！

臺南大成國小六乙　陳美津

風

風是個清潔的孩子，
他看見地面髒髒的
就把地面打掃得一乾二淨。

屏東仙吉國小六年　黃瓊玉

微風和小草

微風是一位老師
小草是他的學生，
風走過來，

屏東仙吉國小三年　黃琬娟

小草就向他連連點頭行禮。

工廠

工廠是爸爸的大嘴巴，
烟囱是爸爸的鼻子。
爸爸的大嘴巴不停的說話，
吵得我不能睡覺。
爸爸的鼻子不停的冒烟，
把空氣弄成不新鮮。

大同國小四年甲班尤郁淵

算盤

你是一位好老師，
學生有問題請教你，
你就嘀哩嗒啦，
嘀哩嗒啦的回答。

屏東彭厝國小六甲陳惠慈

星星

星星眨眨眼睛，
望見月亮姐姐孤孤單單的，
引起同情心，
成羣結隊跑出來陪伴她。

光華國小五年乙班張馨尹

日曆

他是愛漂亮的小姐，
每天穿着不同的衣服；
她也是愛國的小姐，
遇到國定紀念日，
就拿着小國旗，
表示慶祝。

僑智國小五年甲班曾淑麗

蠟燭

母親像一盞明亮的蠟燭，
他流淚在鼓勵孩子，
希望孩子得到光明的前途。

屏東仁愛國小五年利宋冠

竹竿

瘦瘦長長的身體，
擠在窄小的院子裏，
却愛好虛榮，
時常排滿色色的飾物。

光華國小四年乙班徐久仁

下雨

黑墨水沾汚了天空的藍衣裳，
天空氣得掉下了眼淚。

仙吉國小六年甲班黃麗莉

下雨和天晴

雨是一個愛哭的小女孩
太陽是活潑的小男孩，
雨不知爲什麼，
哭了好幾天，
太陽心裏很難過，
就叫雨不要哭，
叫她進去休息，
換過他來和大家見面了！

僑智國小五年甲班曾淑麗

笠下影

胡品清

假如人眞是萬物之靈，假如上帝眞是曾賦予人類以特殊的智慧，詩人便利用那種智慧使人類從生存的庸俗卑汚而昇華到眞善美的精神峯頂世界。詩人是一盞智慧的燈，輝煌地燃燒，熾熱地燃燒。一朝燈芯燃盡，燈油燃涸便欣然滅熄，死無餘憾，因爲他有不朽的詩篇作爲他光輝之存在的證物，而且對詩人而言，死亡不是存在後之虛無而是虛無後之存在。

——詩與存在

I 作品

深山書簡

紛煩不再
貧瘠不再
不再是灰色的季節
我的寓居高邁
面向幽藍
面向常綠

晨起
陌生的扶桑花向我說出他的名
丹桂的芳香喚起我童年的憶

漫步
步向左手一帶長廊
步過窗外雨潭澄碧
也有磐石蹲踞
也有菊花倒影
也有栩栩的金魚戲水
也有石質的蟾蜍入定

自有翠柏守護的逆旅中走出
踏着碎石琤琮
有山澗潺潺而來
有松風簌簌而來

轉向右手第一條曲徑
踏着金綠莓苔

沿階而下
步入園子
園子纖麗
無參天之老樹
有長青之灌木
園丁三五
笑語和木鋏之軋軋聲相間
劃破晨光熹微中之沉寂

我遂在此
揀取一方磐石
危坐以讀
而寧靜
如一頭溫柔的小貓
躡足來訪
且蹲踞於我心靈

月夜幻想曲

你可喜愛
這林間夜月？
今宵他如此圓，如此美
在我望中

月已當空
我們睡意猶淺
且走向小園的花間路
享有一些月的明朗，夜的朦朧

我們步入月中，並立月中
月夜是一方閃灼雲母
雕刻我們的側面
雕刻我們交疊的影子

月落在我肩上，輕輕地
月落在你肩上，柔柔地
今夜，一子只蟋蟀爲我們齊奏
你的話是相思樹的種子

二靈默契
默契於月明中
願與你羽化同昇
昇向光華之所在

但不化爲磐石
磐石忘情
也不回歸人間
人間最煩囂

華美的夜

於是一些濃稠的溫軟
溶入淒寒的夜
新顯的
華美的
屬於我們

不喧嘩的
但娓娓
但喃喃
但密語微微
戀人的

不璀璨的
星月被囚禁於室外
燈火微明
夜是一方半透明的晶體
浮雕你微紅的酡顏
浮雕你的醉姿

那夜
福澤在我們心中滿溢
不曾問明天的風雨把花木摧毀得如何凋零
難忘那華美的夜
那夜
憂悒甚遠
青鳥編排着詩的主題

II 詩的位置

在我們的現代詩壇上，同時能使用法文、英文以及中文寫詩與著作的詩人，恐怕有而且只有女詩人胡品清女士了。胡品清女士曾經有系統地翻譯了中國古典詩與現代詩成爲法文詩，而且也翻譯了不少法國詩成爲中文詩。「胡品清譯詩及新詩選」、「人造花」、「夢的船」等等（註1），便收集了她不少用中文創作的中國現代詩。她在自由中國的現代詩壇出現時還旅居法國，由於她在紀弦主編的「現代詩」與覃子豪主編的「藍星季刊」上創作與翻譯雙管齊下，加上她的外文修養，的確頗引起了我們詩壇的重視。雖然她的抒情詩，綺麗婉約，而且略帶哲理的意味，加上濃重的感傷的調子，較有「藍星」的氣味與傾向，但從整個詩壇的發展來說，她該是一位獨立的詩人罷！

（註1）「胡品清譯詩及新詩選」是民國51年12月，由中國文化研究所出版。「人造花」詩集是民國54年9月，由文星書店出版。「夢的船」是詩與散文合集，由皇冠出版社出版。

III 詩的特徵

詩，在基本的類型上，有抒情詩與敍事詩。由史詩而傳奇，而到近代小說的發展，敍事詩已逐漸地減少，詩劇在戲劇中也逐漸地減少。然而，抒情詩在詩的領域中，却還是保持了獨立的存在。不論是古典、浪漫、象徵以及超現實等各種流派的發展，抒情詩還是一支獨秀地發展着。因此，不論是强調抒情也好，强調主知也好，都是屬於抒情詩的基本類型。基於這種認識，雖然胡女士很謙遜地說：「假如有人强調現代詩人的聲音必需是冷酷的、悽厲的、枯寂的、晦澀的；假如有人肯定地說現代詩不是抒情的，只是主智的；或是現代詩所表現的只是現代人被物質文明分割後所感受的痛苦；那麼這本集子顯然沒有資格被稱爲現代詩。」（註2）我們可以肯定地說，目前中國現代詩所表現的各種不同風格的作品，一言以蔽之，還是沒有跳出抒情詩與敍事詩的兩種基本類型。尤其是一些所謂主知的作品，其實也是一種的抒情詩。胡品清的詩，在抒情的調子上，是相當濃郁的，表現了美的嚮往與愛的苦楚。如「月夜幻想曲」，在意象上，在語言的文白交揉上，便呈現了新抒情的意味。

（註2）參閱「人造花」的「自序」。

IV 結語

一個詩人，不論是在異國，或是在本國；固然有時可以使用外文創作，但總不如使用自己的母語自己的國語來得親切而自然。因此，詩創作上的成就，必須先在自己的國語的文學上具有肯定的價值，翻譯才有意義。我們很懷疑那些毫不令人感動的所謂現代詩，翻成了外文，究竟能否引起異國讀者的共鳴嗎？胡品清女士的外文修養是有目共睹的事實，雖然她的詩作並非都很成功，但他到底還是用中文來創作，這不是一種遠見，一種令人感動的事嗎?!

「帆」心

林鍾隆

林清泉新近出版了一本詩集，名「心帆集」，在笠詩社十週年會上送給我。會中雜座聊天，陳秀喜女士還特提醒我，等一下散會時不要忘記，可是，離去時竟然忘了歸座取書，回到家才想起沒有拿到，過幾天，不知什麼人，很好意地郵寄給我。對這樣歷盡「滄桑」仍安然投歸懷來的書，說什麼也不該等閒視之。

心帆是三百首每首固定的兩行文字輯成的詩集，是作者對人生的星星點點的感觸，作者的感觸，究竟是如何來的，我想提出幾首可能會受人激賞的，來探索作者的心。

一、把同時映入眼簾的兩樣事物，思索彼此關係，賦予意義——天上的星，地上的燈 透過夜空互相交語。

二、本身有人生啓示的實景的記錄：——夜霧緊緊把大地蓋住 旭光像利劍把它刺穿。

三、把三種事物擺在一起，思索他們的關係，賦予人的消極意義：——海向山頻頻的呼喚 山却向天空默默招手。

四、兩種事物，由甲思乙之現象產生意義：——一隻螢火蟲在黑夜裏閃光 星星以爲它的同伴掉落在大地上了。

五、一物加之於另一物上的現象，賦予美的意義：——葉子在黑夜裏哭泣 旭日的慈愛爲它拭去淚珠。

六、三件事物，第三者爲一二兩者做優美的事：——這山與那山有一段距離 於是雲彩用手臂架上橋樑。

七、寫出自己的願望：——讓生時有不污的愛 在死時有甜美的夢。

八、對事物的批評：——權力昂然的對衆人揮拳 却在神面前羞愧低頭。

九、化嫉妬爲羨慕，化羨慕爲乞求；也是比較二者，予不幸的以同情：——缺陷對完美說：「我可以分享你的榮耀嗎？」

十、三種事物，寫出愛的結果：——葉子戀愛着花朵 花朵孕育出果實。

十一、一種事物對另一種事物內心的情意：——向日葵伸出她的手 含情脈脈向太陽招呼。

十二、一種事物的前後兩種情態：——驕傲的花朵對風雨吶喊 旋即又在地上嘆息了。

十三、遭遇給人的好處：——痛苦吻着靈魂的創痕 淚水洗淨靈魂的污穢。

十四、對人生的感觸：——生命因有愛而豐富 愛却因死亡而完美。

十五、一種內心的呼籲：——眞理從心靈最深處 頻

頻向這世界呼喚。

十六、一物對另一物的期待：——楊柳低垂着頭 想得到湖水青睞。

十七、描寫一種事物的特性：——玫瑰以花來傲人，用刺來護衞自己。

十八、從「惡意」體會甲物對乙物的關係：——天空向大地挑戰 紛紛把雨射向大地。

十九、影射某種人：——影子是與生俱來的諂媚者，在黑暗裏却消失無蹤。

二十、兩種事物情意的交感：——風向流水打招呼 流水報她以歌唱。

二十一、兩種事物，知己而不知彼的可憫：——「你爲什麼這麼魯鈍？」刀鋒笑刀鞘 「你的鋒芒却要我保護啊！」刀鞘說。

二十二、在某種事物（情境）中的感覺：——在雨中花不斷地向天空泣訴。

二十三、種事物，賦予人生積極意義：——螢火蟲不因光芒太弱 而不敢其現在大地上。

二十四、某種理念的歌頌：——上帝因愛創造了宇宙 人類用愛完成了自己。

二十五、理想的想像：當人類不再造墻而築橋時 這世界便充滿歡笑了。

二十六、遭遇之後的感覺：——從失敗中我回到自己的巢窠 却隱然看見成功在向我招呼。

二十七、兩物比較的效果：——美必須與醜作伴 才能顯出美的價值。

二十八、人生格言：——最甜的果子往往含有酸味 幸福常是從痛苦中換來的。

二十九、人生批評：——夢裏把假的當眞的 醒來把眞的當假的。

三十、經驗的陳述：——在漫漫的長夜裏 我從沉思中點亮了心燈。

三十一、對事物的感觸：——夕陽雖然一剎那便西落了 但留給人間的記憶是無限的。

三十二、兩者交談人生道理：——浮萍在埋怨日子飄泊不定 「無根的生活是需要勇氣的。」流水說說。

我寫到這裏，已讀到一百六十五章，一百五十章後，便不再看到有新的方法出現了，有的是否屬於我已在前面寫過的一類，我也有點模糊起來了。這樣寫下來，使我有一個發現：我這個分析，對學習寫詩而找不到題材，不知如何寫法的人，似乎提供了很有用的參考。

更正啓事

本社

△本刊六十二期林梵作「變調的鳥」第四小節「因入中的天」一行，「人」應改爲「入」。

△本刊六十一期林外作「遊日詩抄」之三：「另」改爲「只」，「步」改爲「此」，末句的「的」字刪去。「遊日詩抄」之六，「雹」改爲「電」。

△本刊六十三期鍾雲作「焚」第二節第二句「我們交會於一個定點」，「完美」應改爲「定點」。

△本刊六十三期陳秀喜作「編造着笠」及其所譯「臺北的砧板及其他」所提日本詩人「嶋岡 晨」，「鳩」應一律改爲「嶋」字。

△本刊同仁白萩遷移新址：臺中市三民路一段二九號之四。

△本刊作者斯人先生請賜尊址，以便寄贈本刊爲荷。

洪薩（Pierre de Ronsard 1524-1585）

——法國的繆思㈢

莫渝譯述

I

西元一五一五年，法王馮耍一世登基，一般文學史家即以此年為法國文藝復興的開始。其後，持續了一個世紀，至西元一六一〇年亨利四世薨逝止。在這個風雲際會的時期裏，洪薩（Ronsard）及七星詩社（Pléiade）擔任了法國詩壇最重要的角色，也開啓了法國近代詩的序幕，而洪薩本人，更被後世視為法國近代詩的鼻祖。

彼爾·德·洪薩（Pierre de Ronsard）於西元一五二四年九月十一日出生於梵督厤省（Vendômois）的貴族家庭。他的雙親希望他日後成為一位軍人或外交家。在那瓦爾學院（維龍曾在此參加搶刼）就讀不久，即加入宮廷的侍從隊了。隨同法國公主到蘇格蘭下嫁詹姆士五世，接着上任駐荷蘭便舘舘員，然後換到蘇格蘭，這時，正如雙親所期望的他一直平步靑雲似的。十八時，洪薩患了一場重病，幾幾乎乎成為聾子，由於這次生理的缺陷，使他對政治的野心不得不有所改變，迫使自己專心的跟隨人文學者杜哈（Jean Dorat 1508-1588以後被認命為 Coqueret 學院的校長）學習。在這裏，洪薩與幾位同學貝依夫（Jean-Antoine de Baif Jean- 1552-1590）杜·伯雷（Joachim Du Bellay 1525-1560）時常在一起研究杜哈指定的希臘羅馬古典文學精華，幾年後，他們開始到外界去闖盪。首先，他們組織「詩隊伍」（La Brigade），隨後以組成的分子改名為七星詩社（Pléiade）。他們是洪薩、杜·伯雷、貝依夫、狄亞爾（Pontus de Thyard 1511-1603）、卓德爾（Etienne Jodelle 1553-1573）、布洛（Rémi belleau 1528-1577）以及杜哈。由杜·伯雷撰稿「法語的維護與發揚」一文於西元一五四九年發表做為七星詩社的宣言，接着，洪薩詩集「頌歌」（Odes 1550）亦出版了。七星詩社或者說法國詩壇的一個轟轟烈烈文學運動如此展開了。並且加多了成員，而成為詩壇的領導者，洪薩則由於天賦、才能及生活環境使他順理成章的登上盟主。

洪薩繼續留在宮廷裏，成了最重要最有名的宮廷詩人，喝采掌聲及榮譽隨之而來。亨利第二、馮耍第二、查理十一，三位國王以及最歡迎詩人的公主（Marguerite de France 1523-1574）及亨利二世王后史蒂(Mary Stuart）都以朋友看待他。甚至加耳九世以詩贊曰：

你我同樣戴上冠冕，
然而，我戴王冠，你，却戴詩人。

整整有四分之一的世紀（一五六○——一五七四），他享盡了詩人最豐厚的禮遇。如果不是耳聵，他將踏上最著名政治家或外交家的路去。西元一五七四年，他的保護人查理九世死後，他在宮廷裏不再顯赫了。這時，他五十歲，便回到故鄉梵督廨省或在杜蘭（Touraine）休養，偶而回到巴黎來，也只跟朋友們在大學區（Université）見見面聊聊天，而不願進入盧浮宮（Louvre）。西元一五八五年十二月二十七日，詩人以六十一歲的高齡走了。

II

以文學史家的眼光看，幾乎所有洪薩的作品都是重要的。三十年大量的多產，詩的多妻主義者，留給法國詩壇不朽的紀錄。由於他不斷地回過頭來將新作加入舊選集或者修改舊作，而且有時候，他會回到早期已經放棄使用的形式與風格，但大體上，洪薩的詩仍有一系列的路徑可尋。

洪薩最早的詩集是西元一五五○年到一五五二年分成五冊出版的「頌歌」（Odes）。這五冊「頌歌」雖然模仿前人，却刺激了當時的文壇，也是七星詩社能够執詩壇牛耳之作。在這時期，他模仿希臘羅馬的文人像班達（Pindar 西元前五二四——四四一年，希臘的抒情詩人。）、霍拉斯（Horace 西元前六四——八年，羅馬著名詩人。）及阿納克勇（Anacrean 西元前五六○——四七八年，希臘抒情詩人。）班達的頌歌是贊美古希臘各種競賽的獲勝者與戰爭的凱旋者；霍拉斯及阿納克勇則以歌頌個人與家族爲主題。洪薩學班達的詩是很生硬而且失敗的，倒是模仿另二位的結果，使他寫了一些可以愉悅讀者的小詩。這種頌歌也是第一次表達於情詩自然詩與對朋友殷勤方面。以後馬雷伯（Francois de Malherbe 1558-1628）也採用此詩體，並且將之擴大頌揚國家大事。十八世紀英國雪萊的「雲雀歌」及十九世紀法國波特萊爾的「邀旅」都含有洪薩的影響。甚至我們可以說：文藝復興時期詩人們的頌歌所給予當日詩壇的影響可以比美象徵主義者提倡的自由詩。

不久，洪薩主動的從希臘羅馬的模擬轉向意大利文藝復興的大師佩脫拉克（Francesco Petrarca 1304-1374）。這時，他寫了「給卡桑德的情詩」（Amours de Cassandre），這是一組柏拉圖式的愛情詩集，集中有短的頌歌，及佩脫拉克的形式，大部分是十四行詩。在法國最早使用十四行詩是馬羅（Clement Marot 1496-1544）及聖介列（Mellin de Saint-Gelais 1494-1558）而七星詩社的杜・伯雷詩集「橄欖集」（Olive 1550）確定了法國十四行詩的使用，較洪薩的這集情詩早了三年。

隨後，他推出的「瑪麗情詩」（Amours de Marie 1555-1556）獲得更光彩的地位，這是洪薩個人詩史上第一次成熟的表現，充分地顯露他個人情感的天賦。在這時期，他首先使用亞歷山大詩體。

這時，洪薩聲名大噪，他要求高水準的自覺，使他朝向多方面的詩發展。首先，是給朋友與大人物的「讚美詩集」（Hymnes 1555-6），這是一組 Official Poems。幾年後，他以上層政治爲題，寫了「演說集」（Discours），這些都是他擔任宮廷詩人的應景之作。他甚至相當具有野心的想完成一部史詩。這部史詩取名爲「馮西亞得」（La Franciade），他虛構查理九世治下的一位英雄馮居（Francus），如同特洛伊城毀滅後的 Aeneas 到意大利去，馮居也在一番偉業後浪跡到高盧一帶。這部史

詩，是捏造的，沒有傳統的眞實性，却挾雜太多機械性的神話，而且直接取材自魏吉爾（Virgil 西元前七〇——一九年，羅馬最偉大詩人。）洪薩原先計劃完成二十四卷，幸而只寫出四卷，因爲這部作品一開始並沒有受到人們的歡迎。

寫史詩的計劃失敗了，他也開始失寵，從西元一五七四年以後，他不再是宮廷詩人，也解除了無謂應酬的困擾，他恢復了詩人的原本面貌，可以全心的在自然界中取得靈感，又受到某些亡友的打擊，西元一五七八年，他完成了一生中最輝煌的作品——給海倫的十四行詩（Sonnets Pour Hélène）。

接着，洪薩還寫了幾部詩集，可是，都比上給海倫的十四行詩，其中包括一五六五年獻給英女王伊麗莎白的「羊棚」（Bergerie）。

整個而言，洪薩的詩流傳至今的，誦口不絕的仍是那三部情詩——卡桑德、瑪麗及海倫。

Ⅲ

末了，應該敍述三位女人，這是激發洪薩產生三部偉大情詩的重大因素。

第一位是卡桑德（Cassandre Salviati）。在布羅（Blois）的一次舞會中，洪薩認識了當時只有十五歲的卡桑德，並爲其浪漫所傾倒。以後，卡桑德下嫁一位鄉紳，洪薩仍對她深具愛慕之意，這情形頗類似佩脫拉克對路拉（Laura）之愛。不管是眞實人物的卡桑德，或者洪薩詩中的幻想人物，他的第一部情詩中較著名的詩有：「小情人，一道去賞玫瑰花吧！」、「摘下這朶玫瑰，它可愛如你」、「誰前來瞧我爲愛征服」。

第二位女人是瑪麗，一位隆河邊翁珠的鄉間女孩子。洪薩三十歲遇見她，當時她只有十五歲，很快的，他們成爲情侶，不幸，瑪麗却在二十一歲時逝世。這情景，使得這部詩集在格調上與前一部大不相同。這時，較著名的詩有：瑪麗，起來吧！妳這個小懶鬼，——溫柔的、漂亮的、可愛的、盛開的玫瑰。——如同人們在五月枝上看到的。另外有一個不很肯定的，某些人士說洪薩筆下的瑪麗，係指亨利三世的情人瑪麗（Marie de Clèves），她死於西元一五七四年。

第三位女人是海倫（Hélène de Surgères），她是麥廸西．德．加得琳（Catherine de Medicis）的。當時的詩人們都曾經以詩來誇讚她的美麗。然而，洪薩的作品幾幾乎乎使這位女人流芳萬世了。洪薩筆下的海倫有時是俏皮的說：妳，小懶鬼似的滿臉睡意。有時，則寫下她坐在盧浮宮窗前眺望平和的田野與孟馬特修道院：

一邊倚靠窗前，一邊注視着
孟馬特與周圍的田野，妳對我說：
「孤獨的生活與荒涼的居所
遠較宮廷好；我多麼希望能住到那兒。」

當然，眞正令海倫不朽的那首詩乃是：當妳老邁時。

莫渝按：Ronsard較普遍的中文譯名爲龍沙，這是根據英語發音。較正確的法文譯音該是洪薩。當我決定使用洪薩時，並發現劉啓芬著西洋文學概論（五三頁）及胡品清著西洋文學研究（七〇頁）也採用洪薩。

洪薩詩選

莫渝譯

小情人，一道去欣賞玫瑰吧！

——「給卡桑德的情詩」

小情人，一道去賞玫瑰吧！
清晨的陽光下，
綻開深紅色的花瓣，
黃昏時，行將枯萎，
花瓣的外貌與顏色，
完全類似於妳。

小情人，看！
看看這裏，那裏！
唉！唉！它的美麗消褪了！
自然眞是劊子手，
一朵這般好看的花居然無法持久，
只能由清晨開放到傍晚！

因此，小情人，相信我，
趁着最最青春的
年紀，
摘下，摘下妳的青春：
如同這朵花，否則衰老
即將奪走妳的美麗。

一如人們在五月枝頭看到的

——「給瑪麗的情詩」第四首

一如人們在五月枝頭看到的，
玫瑰花趁着最紅艷時候盛開着
當破曉時分露珠猶綴枝端，
它以繽紛的生命令天空羡慕；

花瓣的韻味與嬌滴的情愛，
在花園裏樹枝上散布芳香；
然而，由於風吹雨打，由於過度的盛開，
一瓣瓣無精打采的凋謝了。

因此，在最年輕最嫩幼，
天地都贊嘆妳的美麗時，
閻王賜妳於死地，然後成灰，長眠黃土下。

出葬時，請接受我的眼淚與哀泣，
以及這滿瓶的牛奶，這滿籃的花，
不管生與死，妳的軀體只同玫瑰花一般。

瑪麗，起來吧！

——「給瑪麗的情詩」第十九首

瑪麗，起來吧！妳這個小懶鬼，
我聽到百靈鳥在空中振翅的聲音，
我聽到黃鶯棲在枝上
柔細的憐憐訴語。

起來吧！去看看綴着露珠的小草，
被妳加了冠的玫瑰樹，
以及昨日黃昏別人贈送的可愛康乃馨，
蘸水的枝葉如此迷人。

昨夜妳睡得相當酣，
今早比我醒得遲，
而黎明時慵懶的睡意一再侵襲。

睜開惺忪的眼瞼，
在桃裏，這裏，讓我吻妳的酥胸
千百次，以便妳能習慣於早起。

一如群花中嬌艷的一株

——「給海倫的十四行詩」第三十四首

一如羣花中嬌艷的一株，
初春時節，你多次的摘下，
送給我，而且細心的，了解
它們的名字與性質，品種與價值。

這是爲了治療我的痛苦，
或是使因愛導致的傷痕康復？
或者藉此取悅於我的不幸，愛情與悲哀
以遂你願？

必然的我不相信：既非花草也非女王
而是愁情催人老。
打從年輕時，時間就如此施教我。

一如權利享用者，打發他的消遣：
漸漸地，我們進入老邁，
而愛情與花朵只綻放一季春天。

當妳老邁時

——「給海倫的十四行詩」第四十三首

當妳老邁時，夜晚，在燭光下，
坐近爐旁，抽紗紡織，
一邊吟誦我的詩篇，一面贊賞的說：
「在我年輕漂亮時，洪薩誇獎過！」

那時，女僕聽到此事，
儘管操勞了一日，半眠狀態，
也被我的名字所驚醒，
慶幸妳的芳名得以頌傳不朽。

九泉下，我將是一位無屍的幽魂，
在械金孃花的護影下，獲得安眠；
而爐房的妳已是佝僂老嫗。

惋惜對我的愛情與妳的高傲，
相信我的話，生活吧！不要等到明日：
生命的玫瑰，今天就去擷摘。

應該拋棄房子果園花園

應該拋棄房子果園花園，
工匠精製的餐具與瓶甕，
以天鵝在麥安德河畔的輓歌儀式，
來頌揚自己的葬禮。

就這樣結束！命運的旅途中我迷失過，
生活過，也榮獲許多勳章；
我的筆遠離騙人的庸俗媚力，
飛向天空點繪星星。

他從來就不是幸運的，他並未
遭遇什麼，却相當幸運的成了
立在耶穌身旁的新天使。

丟在這兒，任污穢的遺物腐朽，
對機緣，巧遇及命運掉以輕心，
解放軀體的束縛，只求靈魂得救。

註：麥安德河Meandre係小亞細亞的一條河流。

笠消息

本社

△韓國現代詩綜合雜誌「心象」由詩人協會事務局長金光林執編，於十月十日出版第二卷11期，刊有「同仁雜誌（現代詩）的介紹」「時調的詩精神」「新春文藝當選詩的傾向」等特輯，並有報導「臺灣詩壇」的海外短信。

△北川冬彥為中心的「時間」月刊，已於十月一日發行二九四期。這本提倡新現實手法而保持22頁的詩誌，閃出它（時間）的光芒，在日本詩壇頗受重視。

△常與本刊交流的詩誌「裸族」，是日本北海道帶廣市發行的頗有聲譽的詩刊。現已出版24集，其22 23集均刊有陳秀喜及桓夫著「剖伊詩稿」的報導。在該市另一新創刊的詩誌「乳房」，係三位女性詩人和一位男性詩人合辦的，設計、印刷精美，令人喜愛。

△本刊同仁林清泉著「心帆集」，集三〇〇首短詩，揷有馮義濤的畫五十幅，是為近來銷路甚佳的一本詩集。

△本刊同仁林文寶，係輔仁大學中文研究所畢業，現在臺東師專任教，除了寫詩之外，推展兒童文學相當活躍。

△本刊同仁郭成義先生與陳鳳蠻小姐已於今年十一月十日擧行婚禮，謹祝福他們新婚快樂與幸福。

刺靑集

禾林譯

刺靑

近藤 東作

女人大膽的進入男人浴室
在豐滿的外國女人面前男人呆立着
男人之國
已經給女人占領了
男人對女人不許有任何抵抗
但是也沒有那些必要
女人輕輕地打了一下淋浴中的男人的脊背
oh, wonderful
微笑着大大地伸開兩手
男背上的靑龍
張着紅嘴吐火
男人不懂女人之國的話
可是也沒有什麼必要吧
唯有男人背上的龍
有時會跳起來而已
在白被單的雲海裏
不久男人接受了
女人身邊的許多用品回家
威士忌 巧克力 糖果 肥皂等
那是在男人之國不能買到的高貴品

然而數日之後
大家都看見
那男人的妻子撲着外國香水的香味
意氣揚揚地在街上散步

愛憐

萩原朔太郎作

每次都以可愛的硬齒
咀嚼着草的綠色 女人喲
女人喲
用這綠色的陰火
不止千萬次染於妳的臉上
使妳的情慾高昂
在這繁茂的草叢裏偷偷地來玩吧
妳看吧！
這裏釣鐘草搖着脖子
那裏龍膽的手柔軟的動着
啊我緊緊的抱着妳的乳房
妳用力的壓着我

然而在還沒有人的野地裏
我們玩得像蛇一樣
啊我要極根的愛惜妳
把青草葉的汁塗在妳美麗的皮膚上

你是小孩子

小田久郎作

「你是小孩子，爲什麼
像工友一般的手——
玩着我的 妳說
好像懷疑我的手生來就如此
妳看 我的手指像女人的一樣長
爲什麼會這麼多節
告訴妳吧 這是
時常掌旋盤的手
一條小小的傷痕
還留着油汚的履歷

「你是小孩子，爲什麼
像樵夫一般的胳膊——
枕上我的 妳說
什麼緣故 我讀中學時留級
妳知道嗎？
怎麼樣的才能够做懸垂
怎麼的才能够做車輪
那麼樣的我的胳膊會變成這樣
並非跟輕佻的姐姐 在發黑的校場
摟住單槓要過 這是
從工場的倉庫到現場 搬運了
比我的胳膊還要大的鐵材的緣故

「你是小孩子 爲什麼
曉得像大人一般的遊戲——
玩弄着我的頭髮 妳說
啊 很短很短的我的少年時代
我們給動員製造螺旋槳的時候
跟螺旋槳的聲音響徹天空的時候
我已經忘記那一邊較早 從這候
少年就失掉了要去的地方
切花牌 擲骰子
學會這一套的是在中午休息的時候
屏息凝視棉被在上下動搖的
是在工人寮的半夜裏
初次觸到硬硬的乳房
全身發抖的是在防空壕的白晝
什麼時候乳房會澎漲
確認了這事實的是在防空壕的夜裏

「你是小孩子 爲什麼
喜歡比你還大的我——
靠着窗邊 妳說
妳喜歡我 是不是
因爲在戰爭失掉了別的男人
我喜歡你 並不是
妳像因戰爭死去了姐姐的緣故
我喜歡妳 是因爲

妳的胳膊
像旋盤的把手一樣冷冷的緣故

冬夜的神話

磯村英樹作

男神火熱的身體橫臥於乾草床上
小屋裏有獸類的體臭
女神的內體是死白的顏色
搖曳着燃燒的火影
遠方，森林中夜鶯大聲鳴叫
女神愉悅的吟哦的聲音
在男神的身邊餘韻繚繞

落葉上靜靜的雨聲包圍着小屋
像獸般溫暖的一夜
廚房的鹿肉快熟了吧
明晨把一隻脚拿來跟女神一起享用
男神的嘴裏流下長長的唾液
他的胃袋響起山鳩般的聲音

吃鹿肉的女神是嬌美的
男神一旦忍不住時
就把女神嘴裏的鹿肉奪下來
像鹿一般敏捷的男神喲
像鹿一般溫柔的女神喲
臘鹿的歡喜跟
降服女神的歡喜沒有兩樣
如同擒伏暴躁的鹿

炎熱的陽光下
很想使女神無地躲藏
古時就這麼樣的，可是
不知何時起只有夜裡可做那些事
那是什麼啊！
女神漸漸展現
含苞般的躊躇不前
心旌陣陣地搖蕩……
爲什麼女神開始把它
圍在高聳的胸前和肥大的腰邊
爲什麼不再像獸類般
敞開所有的
想到這裡
男神的額上刻下了皺紋
獸類沒有的直直的皺紋很深……
男神折斷樹枝投進火堆裡

女神睡醒時
「您！」叫起來
把柔軟的肉體砸到男神的胸懷裡
冒着烟的柴迸出火星
立刻燃燒起來
擒伏鹿的鬪志從男神的臍下
再次勃然昇起

雨停
在沉靜的森林裏
夜鶯銳敏的鳴叫着

詩劇

巨大的胃囊

北川冬彥作
陳千武譯

人物：
我（敍述者，有時則自白）
看守
曾經在開拓團的年輕男人
曾經在開拓團的另一個男人
遺棄了嬰兒的女人
遺棄了岳父母的男人　以及
他的妻子
青年
絕不再照鏡子的女人
戰時的軍官
曾經在西利亞被俘虜的男人
肉塊的很多亡靈們
最初碰到的人

有電車聲音，汽車警笛、人在講話的街上——
騷音。

（能聽得見下面的台詞 narration 程度的騷音）
從那些騷音裏。
我的聲音（自白）：
夏天炎熱的日正當中，在街上，
我心不在焉地走着。
突然，
感到一陣暴風般的壓力，
厚大的巨掌，把我的身體輕輕抓起來。
瞬間我被拋進黑暗又悶得慌的洞穴裏去。
我，
像坐在肉做的輸送機一樣，
停不止一直滑下去。
睜開眼睛，
才知道滑落到洞穴的盡頭來。
那個地方就是斷崖。
使我嚇了一跳，同時，

笨厚的門扉颯地一聲關閉了。
周圍便成一片漆黑，
我，
受到强烈的壓力，
從斷崖，急轉直下，頭朝下丢下來。
覺得在半途碰到甚麼而翻轉一次，之後便迷糊了。
那個高度不知有多少，也許像
華嚴瀑布那麼高吧。
漱地一聲，
碰到屁股的不是岩石，是有彈性的肉堆，
一停下來，昏迷着的我才清醒了。
回顧一看周圍，
這裏是無法衡量面積的大洞窟。
有些奇異的微光，
有像酸東西難聞的臭氣。
正在這個時候，

看守：「喂喂！把你的屁股移開呀，連睡午覺都不能心安。」（細尖的聲音）

我（自白）：
聲音是從我的屁股下發出的，
我站起來。
墊在我屁股下面的肉塊也開始蠕動，便坐起來，
眼睛和鼻子都看不清楚，祇大約可以知道
那是人的形狀而已。
好像影子般，給人毫無實感的印象。
一閃寒慄掠過我的心身，我禁不住詰問他，

我：「究竟，你是怎樣的一個人？」

看守：「這裏，常會遭遇上面丢東西下來，我們到那邊去吧。」

我（自白）
那個沒有實感的肉塊，搖搖幌幌擺動着身子走在我前面，
他的臉鬢的一方，像手電筒那麼亮着。
周圍有些奇異的微光，
使我能看得見遍地滾落着的肉塊。
光引導我，
我踏過滿地滾落着的肉塊，
肉塊們，
「唔唔唔唔唔」地呻吟着。
我提心吊膽地，
走到角落的時候，
那兒却排有人的骨頭做成的桌椅子，
我沉着膽量面對着他坐下來。
椅子却不發出聲音，
使我覺得很奇怪，也遺忘了懼怕的心理。
我凝視着他那臉鬢的一方發亮的微光，好像是手電筒的光。

看守：「這裏嚒，是大王掌握的牢獄之一，我是這裏的看守，你看我這臉鬢的覺得奇怪嗎。」
當巨大的手抓住我，把我抛進口裏的瞬前，像鄉下人咬蘋果，要先擦一擦蘋果皮那樣，大王把我的頭擦了一下。
這就是都個時候被擦過的痕跡，會亮呢。或許大王首先就有意思要我充任看守，才在我的臉鬢記下了能發光的標誌也說不定。
在那邊滾落着的傢伙，以及我都沒有肉體，看上去似

有形有彈力，但事實只是影子的靈魂而已。被拋進這裏的時候，當然是有肉體的完整的人，然而，我們的肉體却在這個巨大的消化囊裏被溶掉了，只有靈魂披上影子似的肉體衣裳到處滾去，事實這些都是空殼的無聊的靈魂而已。大王的想法以爲讓我們這樣活着是一種慈悲，但我們却希望索性把我們的肉體和靈魂都消掉多好。也許不讓我們完全消滅，就是大王有意刑罰我們的觀念和方法吧。大王是絕對的和平主義者，當然有時也有屍體被拋進來，那個時候靈魂馬上會追着下來，像夏天撲上火裏的飛蟲那樣。然而，你究竟犯了甚麼罪才被拋進這裏來的？」

我：「你說我犯了甚麼罪？忽然我也想不出來，我曾經做過該認爲有罪的事情，也許很多吧！但是自咎良心的却只有一件。那是在戰爭當中，被征召前往馬來西亞擔任報導班員的時候，那個時候島上的士兵們都很饑餓；處於生死邊緣，我却有機會亂吃亂喝，能悠然坐汽車環遊，調戲當地的女人，這雖不是我一個人如此，而且在其中我雖是屬於比較善良的一個，但現在想起來或許在那個時候所犯的罪也說不定。」

看守：「哼！也許是吧，大王對於戰爭的罪，不管是輕微的，都很重視，不過被拋進這裏的都是在滿洲方面，還有一部份是在西伯利亞方面犯過罪的人，在南方犯過罪的人是不會拋進這裏來的，是不是弄錯了？你應該被拋進其他的胃囊才對。」

我：「咦！那麼像這種牢獄其他還有很多嗎？」

看守：「詳細的情形我雖不知道，但好像還有，而且相當多，這一牢獄是大王的一個機關，是巨人的消化囊，但這個巨人的姿態，人是看不見的，被拋進這裏的人，誰都未曾看過，他們都是說忽然被巨大的手掌抓住拋進來呢，我也沒看過。」

我：「那麼，你是犯過什麼罪的？」

看守：「我嚒，想起來實在眞可笑，那是非常無聊的事情。」

我（自白）

看守自嘲似地彎曲了身影。

看守：「在南滿洲有個城鎭，我服務在跟關東糧秣廠有交易的一個商會，隨着戰敗的混亂中，刼奪了糧秣廠的很多糧食，隱藏在事先預定的秘密地方。軍人們都只想逃跑，但我是沒有依靠的單身漢，也沒有逃跑的目的地，要是有糧食，我就不必焦急，那時非軍人的日本人都陷入在窮生活裏，我便用糧食做手段戲弄了很多人家太太的貞操。」

我（自白）

那個時候，

（發出呻吟似的異常音響——開始音樂）

這個大洞窟開始收縮，

大洞窟歪了，逐漸狹窄起來。

我很慌張害怕，但眼前的人形都持着毫無驚異的表情，好像等着該來的時機到臨了的樣子。

不久，骨頭做的桌椅子都被押得粉碎，我們二個人也倒下了。

數不清的肉塊，從四方疊積起來，我被壓在下面，險而被壓潰呢。

（從每一個肉塊發出呻吟的聲音，反響着充滿在大洞窟裏，聲音轉捻成一條長龍，散佈了奇異的恐怖——音樂——）

我感到，
我橫臥着的側腹，浸在黏性的液體裏，這種液體好像
滿潮時那樣，
掩蓋着大消化囊的底層，
我險而被掩死，
然而，突然，囊中的收縮停止了，而開始
弛緩，
膨脹，
擴展，
終於恢復了原來的大洞穴。
這個時候，滿潮似的液汁，也在不知不覺之中被吸盡
只剩下能浸濕脚底的一些而已。
我推開肉塊站起來，
看守也悠慢地站起來，
他拾集落在周圍的骨頭，毫無費事地馬上又組成了
桌子和椅子。
我們又坐下來，

我：「這種事，常常發生嗎？」

看守：「當然，不要害怕——。不過每一次發生，肉體便會逐漸從脚底溶解下去。」

我：「咦！那怎麼辦？」（喊聲）

我（自白）
那個時候，我的鞋脫掉了，我搖了搖脚腿，想揮落脚底沾黏着的液體，而黏液雖然掉了一部份，但這樣子是無法充分擦乾的。
我從口袋裏掏出手帕，想把那些粘液擦掉，但手帕也黏潤了，頭和臉和胸脯和脚，甚麼地方都黏潤了。想到這種黏液會逐漸溶解肉體的事，使我要發瘋了，心胸像被針刺似地疼痛。
看看看守的臉，也已經溶掉了一半，他究竟對我這麼焦急不安的醜態，是否給予嘲笑或憐憫？都看不出來。

看守：「喂！新來的人。我實在很久沒有遇到像你這樣新來的對象可以談話了，我們已經沉默了很久，一有機會我就想談得開心，怎麼樣，現在我把戰敗後的滿洲的情形講給你聽吧。」

曾經在開拓團的年輕男人：「噢！戰敗後的滿洲！」（很大的聲音）

我（自白）
滾落在附近的肉塊之一個站起來。

看守：「這個傢伙，甚麼時候到這裏來的？嗯！一定被剛才的收縮運動推到這裏來的吧，這也很巧，那麼你講吧痛痛快快地講呀！」

我（自白）
他還沒聽完看守的話就說，

曾經在開拓團的年輕男人：「戰敗後的滿洲！啊，現在仍無看得見似的，想起來就叫人心寒，眞慘呀！誰也料想不到會變成那樣子。蘇聯軍突破了蘇滿國境，雖然自誇有鐵牆設備的關東軍；那時我還年輕，被派在國境附近的開拓團從事農耕，回到小木屋的時候，一個人都不在了。能依靠的獵鎗也已經被拿走了。不得不拿起木槍就去敵對戰車，但受了機鎗的一擊便成佛了呃，哈哈哈哈，傻得令人可笑。」

曾經在開拓團的另一個男人：「是啊，眞是傻瓜。聽說關東軍的精銳部隊都轉移到菲律賓去了哩，滿洲早已成了空殼，日本軍士兵都乘卡車拚命地逃走。開拓團的

團員哀求要搭乘都不行，不但不行，他們乘上卡車逃過一板橋，且又把橋炸壞了才遁逃哩。」

曾經在開拓團的年輕男人：「是爲了預防敵方的襲擊吧，然而都不關心我們的死活，不是很慘酷嗎！」

曾經在開拓團的另一個男人：「我們找尋河裏較淺的地方涉河而逃，因而鞋裏浸了水不好走，脫掉了鞋可是携帶的東西越來越重，便把東西丢了，逃呀逃呀，爲了能脫逃連裝着最重要的糧食的背囊也丢了，女人們連背着的嬰兒也遺棄了。」

遺棄了嬰兒的女人：「啊啊，我，眞難過，我，逃跑的時時把嬰兒遺棄在路邊，我那可愛的嬰兒，掏了他就會開始笑的嬰兒，不論哭得怎麼利害，我一叫他，他就馬上停止哭泣的嬰兒，那個時候我是心神昏昏的，把拿在手裏的背囊丢棄的事我還記得，但把嬰兒遺棄的事却記不清楚。忽然感到上衣很重，想把它脫掉的時候，才察覺嬰兒不在了，我緊緊咬着蒙上泥土的手臂，很痛，我才知道這不是夢。啊！我的嬰兒怎樣了呢？我該怎麼辦？啊啊、啊啊、啊啊。」

看守：「好了好了，事情早已過去了，遺棄了嬰兒的，又不是妳一個人。」

我（自白）

像女人形態的那個細小的肉塊，站起來便拼命地開始跑，跑到對面碰上了牆壁而反倒下來，之後便不動了。

遺棄了岳父的男人：「我也很難過，那時，也遺棄了病患的老人逃跑，內人和我都背着一個孩子，也把背囊放在胸前，吊在頭部，其他甚麼也就不能帶了，那老人是內人的父親，內人邊哭邊挽着他，說要跟他留下來，因而不得不逞強把她拉開帶出來了，但是在黑暗的河底終於也跟內人離散了，眞難過，眞難過。」

遺棄了嬰兒的女人：「知道了，知道了。」

青年：「我，常常回憶，一回憶起來就覺得可笑——」我（自白）

也許由於大家講的話過份悲慘，他想轉變話題。

青年：「我住過的那個城鎮，在滿洲却是稀有的地方，被稱爲山紫水明美麗的城鎮。而在這美麗的城鎮，穿着襤褸服裝相當骯髒的蘇聯兵進來了，那却是眞令人可笑，他們穿着滿是泥土的鞋踏上房裏來尋找東西，好像所看的東西都非常珍奇。譬如想吹熄電燈的火便張大了臉頰，還有看到小孩用的法瑯製便器，就拿去橱房裝水洗臉，不是很可笑嗎。想笑，我却怕笑出聲音，無意中被打了一鎗，是不值得的，所以垂頭耐着，耐着不敢笑，這是很苦的呀。」（笑）

曾經在開拓團的年輕男人：「這不祇說爲可笑吧，日本兵也不是一樣嗎，他們佔領新加坡進城了之後，在英國人的浴室發現了軟管裝的藥膏，就拿來刷牙，後來才知道那是避孕藥呢。」

大家：「哈哈哈哈，啊哈哈哈，哈哈哈哈哈哈哈。」（女人的聲音特別高）

我（自白）

這個場面的氣氛好像越來越熱鬧，使亡靈們感到有不饒舌不休的意欲，亡靈們都依序走近來想講話。

絕了再照鏡子的女人：「我是——」

青年：「大姊，請等一下，我還沒講完呢，請讓我再講一段吧，有一件十分愉快的事情，這是正如剛才那位先生講過，不祇爲可笑的話哩——

不久，蘇聯軍都撤退了，換來中共軍占領的時候，有個滿洲人，在地方上可以說是黑社會頭目的男人，諂媚中共軍，當然中共軍不是眞正信用他，但看他對地方很熟又很聽話做事，便重用了他，他就假藉虎威，無惡不作。不久中共軍又撤退，換了國軍進來，那個男人，就又向國軍開始百般諂媚，然而事情不會那麼全對他有利的，有人告密使他完全暴露了身份，那個傢伙便被促進了監牢——」

絕不再照鏡子的女人：「我是——」

青年：「再等一等，還有一點，和剛才那個男人正相反的一個滿洲人，他是被蘇聯軍以間諜嫌疑移交給中共軍的，但是國軍一進來，便被釋放，而且擔任了國軍的重要地位。我們祇看到那些，却沒話可說。」

曾經在開拓團的另一個男人：「嗯，眞有趣，動亂時期處身的方法是很難的。」

曾經在開拓團的年輕男人：「須要有信念處理自己以外，沒有其他好的方法吧。」

曾經在開拓團的另一個男人：「然而，你這位年輕人，那個時候做了甚麼?」

青年：「我嗎?我在一家小軍需工廠當最低位的職員，工廠被佔領軍接收之後，就被扔出來，想不出如何活下去，後來想到像大家都做過的捲菸葉在街上賣，賣到撤退爲止，那樣也可以活下，眞妙。」

曾經在開拓團的另一個男人：「那麼，你沒犯過什麼罪嘛。」

青年：「是啊，爲什麼把我拋進這裏來，我也搞不清楚。」

曾經在開拓團的另一個人：「誰相信你沒做過壞事。」

青年：「眞的，我沒有——」

絕不再照鏡子的女人：「好了，該讓我講了吧。」

青年：「請!請」(似乎被救了的口吻)

絕不再照鏡子的女人：「我也住在你說的那個城市，但眞苦啊，女人不能顯現女人的姿態，而要裝着不像女人，看上去不是女人，要想盡辦法化裝，盡可能穿着不好看的衣服，故意弄髒了臉和身。稍爲果斷的人却剃掉頭髮男裝，如果是人家的小姐，還可以隱匿在家裏不出來就行，但我是人家的下女嘛，有差事不出外不行，時常都提心吊膽，有一次我把自己的姿容照了鏡子，那多麼醜呀，使我斷念了，絕不再照鏡子了，把鏡子藏在破爛的行李底下，若無特意把它找出來，不照也就算了。」

青年：「現在，沒有鏡子不是很幸福嗎。」

絕不再照鏡子的女人：「你倒講得那麼輕鬆，你的臉多麼難看，也該照照鏡子看看呀。」

青年：「好吧，妳給我鏡子看看吧。」

絕不再照鏡子的女人：「知道我沒有鏡子你才那麼講，氣死人。」

曾經在開拓團的另一個男人：「不要爭了，以後我們都禁止說鏡子好不好。」

異口同聲的：「好，這樣好。」

我：「爲什麼女人不能顯現自己是女人?」

絕不再照鏡子的女人：「你眞不懂事，當勝利者進城來的，都是那些對女人餓饑的士兵。哪一個國家的士兵，不都是一樣嗎，被捉去而不聽從就殺死，但我認識的女人，被士兵捉去，剛要受辱的時候，却被軍官發現了，那個士兵反被鎗斃了哩。」

曾經在開拓團的另一個男人：「這種事我好像也聽過，有些兵團軍律非常嚴格。」

我（自白）

此時，有一個像被砍後的樹頭那樣嚴肅的肉塊站起來。

從前的軍官：「日本兵的軍律也很嚴呀，喂！你不也是日本人嗎？」

在西伯利亞被俘虜的男人：「喂！喂！在這個時候，還說那些老套話，你這個老糊塗，咦，好像在哪兒看過的傢伙？」

我（自白）

以我看來這裏哪一個人的影子都一模一樣，分不清楚是誰，但他們之間，也許互相可以辨認得很清楚。

在西伯利亞的被俘虜的男人：「噢，對啦，你不是也在西伯利亞的嗎，不記得我嗎，不管你記不記得，但我還記得你，怎能忘掉呢。我是一個士兵，你是軍官，你們都住在集中營的特別室，從中揩油分配給我們的糧食，吃得非常充裕，而我們士兵却從早晨一開始就被趕出去勞役，吃粟或高粱的稀飯，量也很小，順手捉住昆蟲或摘些草木來吃也覺得可怕，像螳螂那樣瘦小餓得要死，倒下去赴向黃泉的士兵不知有多少，你知道嗎？你們只顧自己而享受，却强迫我們做慘酷的工作。」

軍官：「因爲我是軍官嚒。」

俘虜：「甚麼軍官不軍官，日本的軍隊組織在當俘虜的瞬間就消滅了的，不知道嗎？」

軍官：「或許消滅了也說不定，但事實仍然有其存在嚒，說也沒有用。」

俘虜：「組織消滅了，你們却私自把它存續下來。」

軍官：「實際上你們都服從了我的命令，有什麼話好說？」

俘虜：「那是被迫服從！」

軍官：「囉嗦！」

俘虜：「甚麼？」

我（自白）

曾經在西伯利亞被俘虜的男人，猛撲上去，雖說撲上去，事實是無形的肉體，好像偎倚上去一樣，很像受傷的蛇和蛇在搏鬪。

看守：「喂！喂！停下來吧，揮動暴力也沒用，會兩敗俱傷而已。」

我（自白）

兩個亡靈都不聽看守的勸告，還是激烈地纏繞了又分開，繼續着散慢的搏鬪。

大洞窟裏又襲來了很利害的震動。

降落在幾千公尺的空中陷阱也是這樣子吧，這震動又使我心神昏迷了，然而這一次震動却很短暫，似乎不是收縮，大家一個壓一個地倒下去了，很像從貨車卸下煤炭那樣被撒播，而倒下去。

黏性的液體，又從頭上降下來，我的身體連椅子一起翻倒了，但沒有受傷。看守也坐着連椅子翻倒過來，且毫無驚嚇的樣子，這一次桌子和椅子都沒有解體，依然存在着。

我：「是不是由于搏鬪，惹起了巨人的憤怒？」

看守：「是啊，不但如此，還有最近大王有些不舒服，常常會橫臥下來。自從你被拋進來之後，還沒有再捉到

一個人，因此你就是新人的最後一個了，他才十分愼重，我以爲巨人閣下一直在絕食，便放心睡午覺，但你被丢下來了，我遭到冷不防的打擊，腰都還有點不自由呢。」

我：「得抱歉。」

看守：「怎麼樣，剛才那個舉縮和一次震動，哪一次較害怕？」

我：「不能說哪一次較害怕，不過這一次雖然也令人害怕，但覺得較輕鬆，單說沒有那種黏液來襲就好多了，而剛才遇到的那種收縮，我以爲世界的末日來臨了呢，非常害怕。」

看守：「哈哈哈，是嗎？最初碰到這種事情會大吃一驚是難怪的，然而一般都認爲後來這一次較害怕。」

我：「你的消息眞靈通，當爲看守確實令人佩服。」

看守：「我，這並沒有人教示我，但大體我都知道，有時自己也會覺得奇怪，好像受到巨人閣下那聽不見的聲音指揮着我似的。」

我（自白）

一個壓一個倒下去的亡靈們，仍然横臥着很安靜。大洞窟裏比從前較擴大，但偏平天花板像要堵在頭上似的。

（安靜的音樂）

我：「大家都異常安靜。」

看守：「嗯，現在巨人閣下横臥在地面上，大家也都得到了安定感，雖然肉體是空的，但是空的肉體得到了安定感，就會影響到靈魂。這個消化室的主人——巨人閣下喜歡安靜，而休憩的時候，亡靈們也會產生暖和的氣氛，你看，馬上會開始啊。」

我（自白）

從這兒那兒私語的聲音開始了。

（私語的聲音）

確實跟以往不同的和睦的氣氛，

我靜聽着我脚下的私語；

遺棄了嬰兒的女人：「冬天雖然很寒冷，但因而感到春天特別美麗，花都一起盛開了，櫻花、桃花、梨花。」

看守：「你看，她就是逃跑的時候遺棄了嬰兒而煩惱的女人。」

曾經在開拓團的另一個男人的妻子：「草也一起萌出新芽，枯乾的原野都變成了綠色世界。」

看守：「那是遺棄了年老父親的女人。」

妻：「那春天的呼吸眞令人感到幸福，我跟丈夫結婚不久，我們在田裏工作，休憩的時候，依偎着身體臥在草坪上，把脚和脚交叉着，仰望天空。滿洲的天空是那麼青藍而深奧，我們的身心都溶入了天空呢。」

遺棄了嬰兒的女人：「我還沒有嬰兒的時候，常常跟隔壁的女孩子去摘野花，做花圈，女孩子做得花圈小，掛不進我的頭頸，因而女孩子哭了，我把它拿來當做髮飾，她才不哭。」

妻：「小孩子都天眞可愛。」

曾經在開拓團的年輕男人：「滿洲的春天當然好，但冬天也並不壞，沒一點綠色，連松樹都變成紅茶色。那種一邊紅茶的顏色，雖然殺風景，但那種景色却令人懷念。葉子都落盡，像掃箒那樣站立着的白楊路旁樹，到現在好像也可以看得到呢。」

青年：「我在遜加利，曾坐過士兵們的氷上快艇，眞爽朗，速度快，使我眼花了，我便不由得閉了眼，然而那

個士兵，把掌舵搞錯了，突破國境線，被蘇聯的監視所發現而受到砲射，我們都嚇了一跳。」

妻：「在遜加利，我看過有人在那厚厚的氷層挖一個洞捉魚，洞和洞之間放入魚網而捕魚，能捕到兩尺大的魚，看着不久便在氷層上堆積了很多的魚呢，魚被捉上氷上的時候，都很健壯的跳着，但逐漸地安靜下來，終於不動，是凍死了，蹦跳着那麼有力的魚，變成了冷凍裏的魚一樣不動，我感到很可憐，自然而流淚。

曾經在開拓團的男人：「妳那眼淚是不是也凍了?」

遺棄了嬰兒的女人：「不要開玩笑!」

妻：「嗯，眞是——」

曾經在開拓團的年輕男人：「說魚，我曾經聽過士兵們講，在深山的沼澤裏能捉到非常大的魚，五尺長那麼大魚，可以用鐵絲做的釣鈎，隨便把特有的東西用細線結在鈎上，隨你喜歡釣多少就有多少，大概沒有人來釣魚的關係吧，那麼大而多的魚使士兵們感到害怕，終於不敢吃呢。」

曾經在開拓團的男人：「那是糧食情況還好的時候吧。」

在亞伯利亞被俘虜的男人：「不錯，那麼好的獵物，那會感到害怕而不吃的時期。」

青年：「嗯，我也想起來了，我住過的那個鄉鎭，在湖旁有一條很像日本的河流着，河裏當然應該有鮎魚，應該有的；因此觀光協會便派人到近江的琵琶湖來買鮎魚苗，聽說在輸送路上放魚苗的水槽必須不斷地搖動，在火車的貨箱裏可以搖動得很自然，但在汽船上，都要把水槽放在甲板上搖了一個晚上不休息，眞辛苦啊。從此滿洲便有了釣鮎魚的名勝地方了。」

曾經在開拓團的年輕男人：「那是吉林的事吧，也把那條河做成養鵜捕魚的名勝地方，不是嗎?」

青年：「對，對，日本人的氣質眞奇怪，在他國的土地上，也想盡辦法拿自己的東西去移植，不然覺得不甘心，連蒟蒻、豆腐、芋頭等混煮的菜舖子也要帶去。」

曾經在開拓的另一個界人：「你雖那麼說，你曾經不也對吉林的釣鮎魚和養鵜捕魚十分感激過嗎?」

青年：「你不是也吃過混煮菜而喝一杯酒揚眉吐氣過?」

不知誰：「哈哈哈哈。」

我(自白)

聽到這些無聊而和睦的會話，便不會感到這裏就是陰慘的巨大消化囊，我們好像遺忘了黏液溶解我們肉體的那種恐怖感。

(歌聲從一方面角落奏出來)

我們的追憶，
無止盡的悲痛，
多麼悔恨，
也悔恨不盡的追憶，
隱匿在心裏深深地，
我們在嘆息，嘆息，
啊啊，不要，
不要反覆這種嘆息，
重覆把這種嘆息不要再，不要再重覆，
我們只在禱告，只在禱告。

(這支歌開始唱的時候，一個人先唱，再二個、三個、五個、六個，逐漸增加人數，終於變成了無數亡魂的男女混聲的合唱)

(在合唱的半途或中斷的時候)

我（自白）

突然！

發生大震動，

開始急激的收縮，但刹那間；

我，

抬頭像坐在急激上昇的噴射機似地，

一直被吹上鬱悶的空間，

然而，覺得衝破的音響强打了鼓膜的一瞬，我却被吐出在天空。

雨聲，電車的騷音，汽車警笛、人的聲音等等，

街上的騷音。（不妨碍聽敍述的程度）

忽然察覺，

我在下雨的黃昏街上走着。

唉！我究竟怎麼啦？

那個巨大的消化囊裏，恐怖的世界，那是夢嗎？

我仍很切身地想着那種異狀的體驗，走在人羣裏的時候。

險而面對着撞上的人：「喂！你怎麼了？下這麼大雨也沒撐雨傘，也沒有穿鞋子。這是含有放射能一萬分的雨呀，咦，你的臉和全身都是泥土，怎麼了，你是怎樣的那麼空虛的眼神，喂！你不舒服嗎？」

我（自白）

好像曾經認識的人吧，可是我不理他而走過，很多心思使我沒有剩餘的時間。

那究竟是什麼，不是夢？

黏貼在臉和手臂和身體的這些液汁就是最好的證據，

這些黏液，如果是夢，應該怎樣說明這些？

我仍然想着那種恐怖的體驗。

在雨

和光亮交叉的鎭上，以像脫出的蟬丟下的空殼那樣姿態，我繼續走着，

〔禁止盜印和廣播，上演及其他，還有，本篇是於一九五六年八月十五日爲了NHK的「廣播劇場」做廣播用劇本寫成的，演出由宇井英俊氏擔任，十年後的一九六五年一月二十四日南德國廣播局，以夏魯魯休彌特氏譯的德語廣播，獲得好評，同年八月十五日又重播了一次。〕

少年的詩園

趙天儀譯

風

羅賽蒂作

誰曾經見過風？
即不是我也不是你；
但當葉兒們掛着震顫的時候，
風正穿越過去。

誰曾經見過風？
即不是你也不是我；
但當樹兒們彎曲着牠們的頭，
風正從旁穿過去。

雲

羅賽蒂作

白羊，白羊，
在靑山上，
當風兒停止
一直你都站着；
當風兒吹動
你慢慢地走開，
白羊，白羊，
你往何處去？

掃箒

艾廸斯作

在暴風雨的日子
當風兒高高，
高大的樹木是掃箒
掃淸了天空。

牠們颼颼地揮着牠們的枝椏
在雨水飽滿的桶裏，
飛濺着而且掃除它
再恢復了深藍！

歌唱的時光

費爾曼作

在早晨很早我就醒來
而且常常，那第一件事，
我伸出我的頭而我坐在床上
而且我歌唱着我歌唱着我歌唱着。

賊與牧童

阿　農作

「牧童，牧童，數數你的羊。」
「現在我不能來，我快要睡着了。」
「假如現在你不來，牠們都將走了，
這樣的牧童，牧童，快變得孤單了。」

獨眼賈克

阿　農作

獨眼賈克，海盜頭子，
是一可怕，恐怖的海上盜賊。
他留着一隻獨脚
靠着一條腿；
他留着一把鐵鉤——
而且好骯髒難看！
獨眼賈克，海盜頭子，
是一可怕，恐怖的海上盜賊。

荒廢了的屋子

柯里芝作

沒有烟在煙囱上，
　而雨打在地板上；
沒有玻璃在窗上，
　沒有木頭在門上；
常青灌木成長在屋子前面，
　而塵沙躺在跟前。
沒有手修剪常春藤，
　牆壁是蒼灰而赤裸；
船兒航行在海面上，
　也不曾躭擱在那兒。
在田野上沒有家畜在隣近，
　而在空中也沒有任何的鳥兒。

日本兒童詩選譯

藍祥雲譯

女人

御器所小學三年 水野直子

女人是宇宙
男人是地球
男人借用了女人的土地
男人不能獨立生存
女人却逐漸開發下去
男人被拋棄在牆角
女人征服了這個世界

女人很偉大
要聽女人的命令
男人是乞丐
女人是神
女人眞偉大

——原載「什麼也看不見」詩集・小川小編。

爸爸的手

東京都方南小學六年 中村見春

很大 也很溫暖的
爸爸那强壯的手
小時候 用這雙手
辛苦的工作
骨節的地方特別圓，特別大
爸爸那强壯的手

晚上 回來的很遲
但也一定撫摸我的頭
和爸爸牽手時
從配有眼鏡的臉上
看出他在微笑

我很喜歡這樣的爸爸
同時 也
希望他永遠健康和快樂

——原載「小學生詩四本」・吉田瑞穗編。

寫詩的傻瓜

半田小學五年 須田晴子

傻瓜在寫詩
傻瓜寫的是自己的事

傻瓜認爲自己是天才
算來已經寫了很多很多的詩
寫的詩，寫的是自己
傻瓜直到死
要寫詩

——原載「什麼也不見」詩集。

幻　想

呼續小學五年　岩田弘子

幻想　幻想
幻想有什麼不好
幻想是好人喲
幻想創造了美好的世界
也創造了美好的人類
動物也都是它創造的
創造了大自然
大家要保護
要護着　幻想　幻想

——原載「什麼也看不見」詩集

復　仇

猪高小學六年　柴田信子

奪取兒童的世界的
大人（註：成人們）
用我們的手
摧毀大人的世界
用這個手
我們的
美麗的手
這個手
復仇的手
那個手

——原載「什麼也看不見」詩集

小　河

東京都小島小學六年　武井美智子

看着小河裏的流水
我的情緒慢慢安定
流向水草裏去的河水
映照雲朶
就這樣又流向下游去
我好像也被流走般的
映照着我的臉
那樣生氣過的我
這時似乎已經很安定
悄悄地遠離小河邊
我同家去

——原載「兒童詩敎育之原點」・野口茂夫編

星

在黑暗的太空有兩棵閃閃的光
那是星星
在那小星中好像鑲有一玻璃珠
星星在放射通信網
好像又有一個世界

——原載「小學生詩の本」

臺灣新詩的回顧

巫永福詩抄

陳千武譯

春的媚態

乘在廣告氣球的春天
啄着遠方的花的朦朧
急忙奔到我身邊來

我飄遊的心
抓住一片雲
輕快地散步着春

爲了使約會快樂
我把春的花束獻給少女
而少女的微笑使我高興

聽見遠方萌芽的聲音
純潔的少女走近小窗
走近青綠的小窗來

Promenade

隨着一浮一沈的樂音
安靜地哼着鼻歌
滑出靜靜的 Promenade
跟奏樂的音調我舞着

夢想似的鞋和手
陶醉在衣服的磨擦聲很寂寞
嘴唇稍爲發紅而閉着眼
緊緊擁抱着一起跳舞

小提琴的破音

緊張的A線、B線、C線
有個荒野的黃昏
嚴肅的紅色樹木和草叢
從蝦雲燃燒的地平線那邊

無邊際的樂靈囁嚅着

純樸的牧羊音調
像破音的小提琴
安靜地忽而滑進來
樹木之間張掛着夜幕
輕輕在合唱黑暗

失去情愛的山羊鳴叫着
星星哭喪的臉眨着眼
草也爲斷腸的思念而悲哀
斷斷續續地頌讚夜
寂寞的夜給一切憩息

哭泣的破弦琴
從荒野的邊涯空虛地
彷徨到星球的末端
因天使的小指顫慄着
小提琴的破音卽將消逝

嫩草

長長的嫩草下露現舊泥土
露現去年濕潤了枯葉
勤愼地渡過長久的秋和冬
舊泥土又不變地顯出春來了

映着艷陽露珠的嫩草
蒙着都市灰塵的嫩草
活生生地呼吸新鮮的空氣
在廣大的原野和狹窄的空地笑着

穿鮮明的綠黃衣服
無數不知名的蟲仔們匍匐着
思慕太陽的美麗小鳥
在嫩草上方飛舞

嫉妒

陰險的深淵長有美麗的海草
映着美麗的七彩砂石
那是陽光涼快的新棲處
住有各種各樣的魚羣

一個和平快樂的日子
緋紅溫柔的少女問頭大的老婆
說說：「阿婆，妳很美……」
老婆歪着嘴很不高興地說
「妳這俏皮鬼……」
老婆不喜歡人家稱她阿婆

凄涼的時代過後一個安靜的早晨
豐盈的七色海草叢裏，
只有老婆悠悠游泳着
而少女失踪了。

岩石下有緋紅的小魚
被殺死，埋在深砂裏

只露出緋紅的尾鰭……
誰是兇手啊

金琵琶

蚊帳裏的夫婦睡着
然而，你眞厚顏無恥喲
白痴的音樂師……

蛙　鳴

夜裏最熱情的人
誰也認識的求雨師
嘓！啦嘓嘓嘓
嘓啦嘓啦，救人呀
男女互相殘殺着

蟋　蟀

三更半夜這麼安靜
如果有吱吱吱吱的妖怪出現
蟋蟀該是最大的罪人

樹的夢

陽光燦燦照在樹葉上
鳥啄着蟲子藏匿的窩
風吹在葉搖幌的樹根
昏黑的樹蔭下有人睡着
茫漠的夢　長長的白日夢

在蟲子藏匿的窩　我和伊笑着
睡懶覺的一天又暮了
我橫臥在草庵裏

時間活生生的移動着
樹木又夢着餘暉

等得不耐煩

吃着精確命運的糧食
不知不覺中世界便挪移過去
等得不耐煩的人多麼悲哀
映在鏡子裏的身姿多麼悲哀
寂寞的淚　流在窗邊
等得不耐煩的人是悲哀的

夢

無憂的心情多幸福啊
不知何時　面向赧紅的雲
想乘上移動的雲在雲的黃昏
做夢

吳濁流新詩獎消息

△「臺灣文藝」季刊所主辦的「吳濁流新詩獎」，第三屆新詩獎得主爲本刊同仁李魁賢，以「孟加拉悲歌」一詩獲獎。又本刊作者謝武彰亦以「修船」一詩獲佳作獎。

·旅人·

鐵樹開花

——評童山詩集

(一)

儘管詩人紀弦在新詩再革命的第三個階段時，對第一、第二階段的革命作全盤之檢討曾說：「……我們登高一呼，於是遍地響應，棄暗投明，萬方來歸，而結果，一腳踏熄了『新月派』的死灰復燃，我們是獲得了決定性的和壓倒性的大勝利。從此，詩壇上再也沒有人去寫那二四六八逢雙押韻四四方方整整齊齊的「豆腐乾子體」了。」①但是童山仍然是例外的一個，他的詩型，一直到今天，仍然是「新月派」的，雖然句式並非完全是「豆腐乾子體」，但基本形式，仍然是「徐志摩式」的。這種未被踏熄的星火，對紀弦而言，簡直是不可思議的怪事。

童山就是這樣一個固執的人，不管新詩的流變如何，他仍然邁着自己的步伐。衆人都大步，我則小步，等到大步未到山頂即混亂時，小步却已另闢蹊徑，在高處獨樹一幟。在紀弦領導下的「現代派」高喊殺伐「新月派」的拔尖聲中，許多原本寫「豆腐乾子體」的詩人，都嚇倒了，不暇思索地放棄這種詩型，就連現今已頂頂大名的詩人余光中亦不敢持續到今日，而只有童山是碩果僅存的一位。而且他寫了二十幾年的新詩，論量也不下五百首，如果性子急的話，怕也出了五、六册詩集了吧！但他不這樣，今年十月才結集出版，僅僅一册詩集，套用他自個兒的話，眞是「鐵樹開花，老蚌生珠」！②

(二)

如此說來，童山無異是徐志摩的知音並且繼承他的衣鉢了。如果肯定這種說法，童山必定大加反對，而且不願被認爲是人家影子的寫照。我們可這麼說，他之所以維持這種「新月派」的詩型，並非毫不思索地接受了人家所創造的形式，而是經過他一番消化、體驗的功夫，認爲只有這種格式最適合自己的詩路。理由有二③：

1.音樂問題：他認爲現代詩逐漸排除音樂的成分，是一種矯枉過正的擧止。音樂本是詩的一項附屬物，而今現代詩，竟然要將這附屬物全然摒棄，實乃不智之擧。或許有人要說，現代詩並未袪除音樂成分，只不過是將有形的音樂，化爲無形的音樂；將外在的旋律，轉爲內在的旋律罷。但童山認爲無形的音樂，固然是上乘，可是有幾人能駕馭詩語自然若是！多數的現代詩人，尤其是年輕者，率

皆掛着所謂「內在的旋律」招牌，大行製造詩的「噪音」。把「內在的旋律」談得很玄，其實寫出的詩的旋律，却不是嘴上說的那麽一回事。既然所謂「內在的旋律」那麽玄，毫無規則可言，不如詩的格式，有一定的詩行、句式，再加上人爲的韻脚，來得穩當，而且容易把握詩的音樂。

2.形式問題：現代詩的興起，固然是爲了形式的解放，以達成現代詩質的把握。但形式的解放，有其長處，也帶來了短處。優秀的詩人，自然受益於形式的自由，但劣等詩人，則因自由過分，反受其害，結果寫成無布局、無體制、要人面壁三日猶悟不出詩意來的詩。准此，新詩的需要固定格式，仍然是值得整個詩壇加以思量的。

上面所說的兩項，也卽是童山爲什麽要固執於「新月派」格式的理由。

但童山的心胸是寬宏的，他並不反對異於自己的詩風。雖然他寫的是「豆腐乾子體」，然而從不自誇說只有這樣的詩，才算是詩；相反的，好的自由詩或現代詩，他仍然一樣欣賞和讚美。

(三)

筆者說童山的詩是「豆腐乾子體」的，其意是指他的詩型，是以「豆腐乾子體」爲基礎再求適當的變化；換句話說，他的詩以「豆腐乾子體」居多，其餘的，有的則不那麽整齊，韻脚也不那麽固定，但大抵脫離不了「豆腐乾子體」的格式，並非認定他的所有的詩都是上述的詩型。

這也是童山的一種自覺，他並不把「豆腐乾子體」全都搬過來，有時詩意需要時，他會把行數增加，或字數減少，或把押韻的地方更異。例如：

那兒是我童年棲住過的家，
可是消褪了像天外的晚霞。
哦，爲什麽我竟會這麽傻，
不把逝去的年月淡淡描下？

我也有過青春如花的年華，
悄悄地走了像剛逝的長夏。
哦，爲什麽我竟會這麽傻，
不把如花的美貌細細描下？

不，逝去的也許是個夢吧，
記憶裏已掛上千萬重青紗。
哦，爲什麽我還要這麽傻，
不把青紗裏的夢從頭描畫？（——悔悟）

上舉之詩，是全然的「豆腐乾子體」，再看變化的「豆腐乾子體」：

一生用心血染紅了生命，
等到全紅了又將飄零。
教遊客拾去夾在古書里，
讓善感的人去尋覓青春。（——秋楓）

「零」、「春」同韻，落在二、四句末，但第二句的字數僅九個字，如再加一個字就與其他三個句子的字數相埒，形式整齊。又如「午夜的太陽」第一節：

寒流闖入人間，陰霾的，
清晨還噙着迷濛的雨。
我走過一條貧瘠的小巷，
幾個襤褸的孩子，奔跑又喧嚷，
向垃圾堆中掏取廢棄的寶藏。

在迷離中，我偶然瞥見——
那是採鑛者閃出驚喜的目光。

行數已不是四行，各句的字數也不相同，大異「豆腐乾子體」了，但押韻仍然沒變，仍然是「豆腐乾子體」所擁有的一部分。「巷」、「嚷」、「藏」、「見」、「光」可說同韻，不過押韻的地方，不完全限在二四六八句末了。

從童山的詩歷考察他的詩型，大抵是如上面所說的格式，少有隱伏曲突的大變化，很容易把握住發展的線索。他不願雜亂的形式見諸他的詩作，又不願全然是「豆腐乾子體」的翻版；於是以後者爲藍本，加以調整更動，成爲「童山詩體」，至於沒有調異的，我們很容易判斷，那是與「新月派」有血緣的。

對於童山如此對「自由」與「不自由」形式的迎拒而終至傾向後者的接納態度，除了上述兩個理由之外，可再引用已故詩人覃子豪的話作爲解釋，他說：「我們要廣泛的閱讀和欣賞，不論屬於浪漫派的作品，或是象徵派的作品，不論格律詩或自由詩。」一切都以富人生或現實意義的有藝術價值的作品爲標準。要獲得廣博的教養，才能融會貫通，尋找出自己創作的道路。」④，童山既沉潛於中國文學二十多年，並擔任師大國文系專任教授，則其「尋找出自己創作的道路」乃緣於「廣博的教養、融會貫通」無疑。倘讀者對其詩的欣賞態度，能照覃子豪的話去讀他的詩集，必能順利走入他的詩的國度，而仰飲其甘美。

(四)

我相信覃子豪寫了「詩與標點」一文之後⑤寫詩而不標點的人，必然更多，因爲他認爲：「把有標點的詩除去標點之後，在形式上我感覺到一種樸素的美；而這美是赤裸的、極耐人尋味，對於詩的本意、語氣毫無傷害。把無標點的詩加上標點，在形式上給我的印象是拉雜的，不乾淨的，好像穿上許不合時宜的衣裳，原詩的美是被遮掩了，而這標點並不曾協助讀者加深的去了解詩裏的含意。」有了覃氏的鼓勵，原本寫詩就懶得標點者，更可藉着他的理論去省略標點。但童山並不以爲然，觀其作品，沒有一首不加標點。也就是說，他不受潮流的影響，大家都不標點，我却要標點。讀者看他的詩有標點，是否會有一種如覃子豪所說的「拉雜的、不乾淨的」感覺？事實上，多數的詩人寫詩不加標點，可能是因爲大家都不標點，所以我也就如此做吧！很少去思考爲什麼要跟大家不標點這一層問題。不標點，恐怕也是一種矯枉過正的行爲吧！現在舉標點與不標點的詩例作參考比較：

想來你定是個豪客，
日落後，還在林間漫步。
像一個脫俗的歌者，
從樹葉間抖落清新的歌詞。
無意間，在碧野和你邂逅，
錚鏦的絕響，使我忘了塵俗。
我彷彿乘搭上你的旋律，
幻遊天國頓開的每條道路。（——童山「晚風」）

音樂鳥撲着金色的翅膀
唱一闋古典的曲調
就飛出藍色的煙霧

一縷烟繫不住它光滑的翎羽
遺下一串音符向我唇上滴落
令我解渴　（——覃子豪「音樂鳥」第一節）

黃昏，是哭後的眼睛
望着我，以全燃的感情（——夐虹「黑色的聯想」第一節）

前擧之例，有全標，有不標，有半標，到底何者爲宜？我想童山的全標點式的詩集刋行，對於咱們詩壇瘋狂流行不標點的現象，可能有一種針砭作用。

（五）

童山詩集，對當代詩壇的貢獻，是開闢一條民謠味的新詩。寫新詩而具民謠味，除了秉性之外，亦和研究的對象有關聯。童山曾耗費兩年的時間，寫成「中國歷代故事詩」鉅著，而中國歷代故事詩中，不乏民謠。又寫「吳歌西曲產生的原因及其時代背景」，對吳歌西曲下了很大的研究功夫。吳歌西曲，乃中國南方流行的歌謠。他既然沈浸民謠多年，寫出的新詩，自然有形或無形地受了影響。所謂有形，卽是有意爲之，如：

「山桃花，紅灼灼，
鄰家出嫁你也哭。」合土合土合
「酸棗樹，葉多多，
晴天開花不結果。」合土合土合
「蕭蕭的相思樹結紅豆，風來過，
雨也來過。」合土合土合
「扁豆花開兩頭都結果，
你有空就到山下來看我。」合土合土合

無形的民謠味新詩，如「里梅」：

澗底的百花淺笑依伴着綠水，
少年的情郎在森林等着你。
里梅哦，里梅，
原野的風吹得多麼狂多麼醉！

深谷裏野鳥唱起婉起婉轉的淸曲，
少年的情郞在森林裏等着你。
里梅哦，里梅，
傳來的山歌是多麼甜多麼脆！

天上的白雲默默在山頭相偎，
少年的情郞在森林等着你。
里梅哦，里梅，
今晚的月兒多麼圓又多麼美！

詩的多樣性，使詩壇熱鬧非凡。有的具有童謠味，如楊喚、黃基博、周伯陽及近期的趙天儀和林煥彰等人的詩；有的具有由舊詩詞味，例如鄭愁予、「蓮的聯想」時代的余光中、王憲陽、近期的葉珊……等；有的則具剛勁味，如洛夫、王祿松、紀弦……等。而眞正具有民謠味的詩，恐非童山的詩莫屬了，卽使近期的余光中的詩逐漸往民謠的路式走而與童山的步調相接近，但兩者追求的歷程仍不相同。童山自寫詩起，卽保持民謠味的新詩，而余光中則變化多端，左右開弓，很難以「一」論定。是以童山有其一貫的詩風，卽詩型較固定與押韻，每首詩均加標點，還有民謠味的流露。

㈥

從㈠至㈤各節，筆者處處在强調童山詩的不變處，亦卽强調其詩的特色。但一個詩人，處在他當時寫詩的潮流中，不管他如何堅强地抵抗外來的影響與衝擊，或拼命執着於自己的詩觀必然或多或少會受到外來的影響。童山自然不例外，只是他所受的影響較少罷了。現在就談談他的「變」處。

新詩變化最大的階段，是在紀弦所不願承認的「現代詩」興起之後，亦卽洛夫、張默等人提倡超現實主義的現代詩盛行以後迄今的這段時期。晦澀之風盛行，現代詩之亂與雜，就像臺北市的計程車亂竄，一直到最近一、二年來，才普遍覺醒，始有更改步調的跡象。在這個變化不定的階段，童山似乎沉默了，作品減少，採取觀望的態度，一則不願被混亂的潮流所捲；二則回顧與反省自己過去的作品。

民國五十八年，他復筆了，寫了復筆後的第一首詩——在胡適先生紀念館前草坪上，到今（六十三）年爲止，作品又大批出籠了。這時期的作品，除了保留原有的「不變」成分外，又注入「變」的成分。然則「變」在何處？卽「賦」法減少，「比興」技巧增加。例如：「故鄉、童年」。

想起了故鄉，就想到童年，
九龍江的水，明麗又湛藍。
撐着篙把河底敲響，
桃花水，映照着白雲天。
屋後的大榕樹，張開滿腮鬍子，
有如山靈的守護，講述英雄的故事。
跟父親上山去燒畬，他說：
「孩子，去看藍天，征服這草原。」
媽在井邊汲水、洗衣，
好長的繩索，打起白玉般的歡顏。
楓葉紛紛飄落，像花、像夢，
弟妹們繞着問：「媽，甚麼是童年？」
小樓有笛，勾來明月，
蒼蒼的山樹，就像國畫中的手卷，
淡淡的橋，那頭是野店，
一座星星城，從來就看不厭。
許久，許久，我沒這樣想，
往事如山起伏，親情似水纏綿。
遠離了故鄉，也失去了童年，
彷彿被充軍的囚犯，流配不返。

這首詩選入「童山詩集」未註明日期，不過在大地詩刋第三期發表時註明：「六十一、十一、九」；也就是最近的作品。「屋後的大榕樹／張開滿腮鬍子」、「好長的繩索／打起白玉般的歡顏」、「小樓上有笛／勾來明月／蒼蒼的山樹，就像國畫中的手卷」、「往事如山起伏／親情似水纏綿」，像上面所舉的詩句，意象美極了，「比興」的技巧較早期成熟許多。

童山的技巧雖然在變，但他仍有個原則：整首詩不會都是比興手法，他經常在覺得比興用得太多時，就會以賦法來冲淡。他不願他的詩濃得化不開，讓人看不懂，而是以賦法來放出詩的線索，讓人循此線索，了解被比興手法

隔絕於後的詩意。質言之，他有這樣一個雄心：卽除去現代詩的缺點，擷取其長處，並揉和自己特有的詩素，加以醸造、發酵成具有鄉土文學、民族文學的氣息和本色的詩。

分析童山詩轉變的因素，可能是經常和年輕詩人接觸的關係。這些年輕詩人，大抵是噴泉、大地兩詩刋的同仁。年輕人的詩，較爲激進，視童山的詩，不免認爲保守。而他一向虛心誠懇，且日與年輕人爲伍，受影響是難免的。但激進的年輕人，也往往受童山的影響，而除去許多偏見。

(七)

當然，童山的詩，不是沒有缺點。論詩語的革命，遜於白荻的大膽；談局面的開創，也欠缺如洛夫的氣魄；就廣度的追求與變異而言，亦不及余光中。

> 爲了產生一首詩
> 我們必須殺死所愛的東西
> 這是使死者復活的唯一方法
> 我們必須走那一條路（——陳千武譯田村隆一「四千之日和夜」）

要想在童山詩集中感受田村隆一式的豪氣，是走錯門路的。童山的詩是寧靜的、樸素的，不是濃粧打扮的都市少女，而是藍布粗衣的鄉下姑娘。同時題材範圍，略嫌狹窄，對於現代人的苦悶與下層階級的貧困，付出的關懷仍嫌太少。在「三等車廂」一詩中，他說：

> 屹立如鶴，不然就苦坐似鴟，
> 雲停、夢醒，幾時才到終站？
> 心想礁溪剛過，該是頭城了吧！
> 願窗前衡上一片綠的希望。
> 一路熙熙攘攘，從這站奔向那站，
> 浮遊的世界眞像是一列三等車廂。（——童山「三等車廂」第二節）

雖然他認爲浮遊的世界眞像是一列三等車廂，但因詩的旋律優美輕快，反使人感到他寫詩的心情，却仍像坐在頭等車廂內。

> 如果思想像蚯蚓一般地鑽入血管
> 密佈的動脈形成千萬種蠕動
> 我的車廂就必須葉葉開窗
> 夜夜聽取人們飢餓的聲音（——拾虹「我的車廂」第一節）

如果比較這兩首同是寫車廂的詩，拾虹的詩是較優於前者的。「我的車廂」給予人的感受是强烈的、悲情的，似乎硬逼讀者伸長耳朶傾聽人們飢餓的聲音。這種表現的差異，和個人的境遇可能有關，也許安定的生活，使得童山的詩較爲保守，趨向田園式的自足而缺少激揚的聲音與諷喻社會的能力。

不過，童山詩的缺點，也正是他的優點，至少民謠味的新詩，在當今詩壇上，他應該算是第一把交椅。儘管吃慣現代詩葷菜的詩人，乍嘗之下，不一定習於他的素味；但慢慢地品嘗之後，你會驚訝這道菜，乃是出自第一流名廚之手。

註①參閱「紀弦論現代詩」第二八頁。
註②參閱「童山詩集」後記。
註③關於這兩項理由，是筆者在師大聆聽童山教授新詩課時，從其平日對學生的言論中歸納出來的。
註④參閱覃子豪全集Ⅱ第六二三頁。
註⑤參閱覃子豪全集Ⅱ第四三八——四三九頁。

出版消息

本社

一、詩誌

※「葡萄園」詩季刊第五十期，已由葡萄園詩社出版，定價十五元。

※「創世紀」詩季刊第三十八期，已由創世紀詩社出版，定價二十元。本期為該刊二十周年紀念號。

※「也許」詩季刊第〇號，已由森林詩社出版，每期索閱七元。編輯部：臺南郵政五三四信箱。

※「大地」詩刊第十期，已由文馨出版社出版，定價十五元。

※「龍族」詩季刊第十四期，已由林白出版社出版，定價十五元。

二、詩集

※沙靈・蕭蕭主選「現代詩三百首」，已由大昇出版社出版，定價五十元。

※文曉村詩集「一盞小燈」，已由現代潮出版社出版，特價新臺幣二十四元。

※林興華詩集「星期」，列入後浪詩叢第一號，已由大昇出版社出版，定價三十元。

※邱燮友詩集「童山詩集」，列入三民文庫，已由三民書局出版，基本定價壹元貳角柒分。

※沙靈詩集「賞風會」，已由大昇出版社出版，特價三十元。

三、評論、翻譯及其他

※梁實秋著「看雲集」，列入新潮叢書，已由志文出版社出版，定價三十五元。

※夏志清著「文學的前途」，列入純文學叢書，已由純文學出版社出版，定價四十元。

※顏元叔著「人間煙火」，列入皇冠叢書，已由皇冠出版社出版，定價四十元。

※楊牧著「傳統的與現代的」，列入新潮叢書，已由志文出版社出版，定價四十元

※瘂弦主編「幼獅文藝卄週年目錄索引」，已由幼獅文藝社出版，定價三十元。

※林鍾隆童話集「毛哥兒和季先生」，黃基博童話集「玉梅的心」均列入「兒童文學創作選集」，由國語日報附設出版部出版，前者定價十四元，後者定價十三元。

※「臺灣文藝」季第四五期，已由臺灣文藝雜誌社出版，定價十五元。按該刊已滿十週年。

※謝秀宗著「晴與陰」、「心窓集」，均列入益群書店出版，前者定價三十元，後者定價三十五元。

※施穎洲譯，中英對照的「莎翁聲籟」（William Shakespears : Sonnets）已由皇冠雜誌社出版，定價三十元。

※張彥勳著兒童教育小說「兩根草」，已由聞道出版社出版，定價十八元。

笠叢書及其他

本社代售

笠叢書

詩集

1.	風的薔薇	白萩著	十二元
2.	島與湖	杜國清著	十二元
3.	力的建築	林宗源著	十二元
4.	瞑想詩集	吳瀛濤著	十二元
5.	不眠的眼	桓夫著	十二元
6.	綠血球	詹冰著	十二元
7.	大安溪畔	趙天儀著	十二元
8.	秋之歌	蔡淇津著	十二元
9.	牧雲初集	林煥彰著	十二元
10	南港詩抄	楓堤著	十二元
11	生命的註脚	靜雲著	十二元
12	遺忘之歌	謝秀宗著	十二元
13	窗內的建築	林泉著	十二元
14	蝴蝶結	鄭仰貴著	十二元
15	覆葉	陳秀喜著	廿五元
16	晒衣場	凱若著	十六元
17	歸途	鄭烱明著	十六元
18	期嚮	陳鴻森著	十二元
19	激流	岩上著	二十元
20	心靈的陽光	林泉著	二十元
21	剪裁	古添洪著	二十元
22	香頌	白萩著	廿四元
23	拾虹	拾虹著	十六元
24	孤獨的位置	陳明台著	二十元
25	雪崩	杜國清著	二十元
26	剖伊詩稿	桓夫著	特三十元
27	天空象徵	白萩著	十六元
28	野鹿	桓夫著	十四元
29	靈骨塔及其他	楓堤著	十元
30	枇杷樹	楓堤著	十二元
31	心帆集	林清泉著	三十元

譯詩集

1.	日本現代詩選	陳千武譯	十二元
2.	杜英諾悲歌	李魁賢譯	十六元
3.	給奧費斯的十四行詩	李魁賢譯	
4.	華麗島詩集（中日文對照）		二〇〇元

詩論

1.	現代詩的基本精神	林亨泰著	十二元

2. 美學引論(1)　趙天儀著　十二元

譯詩論

1. 艾略特文學評論選集　杜國清譯　七十元
2. 現代詩的探求　陳千武譯　十八元
3. 里爾克傳　李魁賢譯　二十元
4. 保羅・梵樂希的方法序說　林亨泰譯　十元
5. 詩學　杜國清譯　廿四元

其他

1. 醜女日記（小說）　陳千武譯　廿四元
2. 杜立德先生到非洲（少年文學）　陳千武譯　二十元
3. 星星王子（少年文學）　陳千武譯　十六元
4. 域外的思維（散文）　古添洪著　二十元
5. 雲的語言（詩、散文）　傅　敏著　十五元

笠詩刊

存書：二—九期每冊八元
一二—一五期每冊八元
一九—二六期每冊八元
二九—四二期每冊八元
四四—四七期每冊十元
四九—五二期每冊十元
五四—六〇每冊十元

合訂本：三—五年合訂每年每冊四〇元
七年合訂本每年每冊四〇元
八—十年合訂本每年每冊七〇元

※請向豐原鎮三村路九十號
笠詩社經理部洽購
※郵政劃撥第二一九七六號陳武雄帳戶

笠詩刊發行已滿十年
是最具保存價值的詩誌

笠叢書

巨人出版社發行

激流	岩上著	定價二十元
心靈的陽光	林泉著	定價二十元
剪裁	古添洪著	定價二十元
香頌	白萩著	定價廿四元
拾虹	拾虹著	定價十六元
孤獨的位置	陳明台著	定價二十元
雪崩	杜國清著	定價二十元

中華民國內政部登記內版臺誌字第二〇九〇號
中華郵政臺字第二〇〇七號執照登記爲第一類新聞紙
定　價：國　內　每　册　新　臺　幣　20　元
海　外：日　幣　240　元　　港幣4元
地　區　非　幣　4　元　　美金1元
全年六期新臺幣100元　半年三期新臺幣55元
●郵政劃撥　21976　號陳武雄帳戶（小額郵票通用）

出版者：笠　詩　刋　社
發行人：黃　騰　輝
社　長：陳　秀　喜
社址：臺北市松江路三六二巷七八弄十一號（電話：550083）
中部資料室：彰化市華陽里南郭路一巷10號
北部資料室：臺北市北投石碑路一段39巷70弄二號二樓
編輯部：臺北市敦化南路355巷83號
經理部：臺中縣豐原鎭三村路九十號
印刷廠：福元印刷公司　臺北市雅江街58號

詩双月刊 65

LI POETRY MAGAZINE

民國五十三年六月十五日創刊・民國六十四年二月十五日出版

棘鎖

陳秀喜

卅二年前
新郎捧着荊棘（也許他不知）
當做一束鮮花贈我
新娘感恩得變成一棵樹

鮮花是愛的鎖
荊棘是怨的鐵鏈
我膜拜將來的鬼籍
冷落爹娘的乳香
血淚汗水爲本份
拼命地努力盡忠於家
揑造着孝媳的花朶
揑造着妻子的花朶
揑造着母者的花朶
揷於棘尖
湛着「福祿壽」的微笑
掩飾刺傷的痛楚
不讓他人識破

當　心被刺得空洞無數
不能喊的樹扭曲枝椏
天啊　讓強風吹來
請把我的棘鎖打開
讓我再揑造着
一朶美好的寂寞
治療傷口
請把棘鎖打開吧!!

卷頭言

兒童詩的創作

趙天儀

兒童畫的圖畫，我們叫做兒童畫。不論是用臘筆也好，用鉛筆也好，甚至用水彩也好；兒童畫貴在表現兒童的想像世界。因此，成人修正兒童畫，應保存兒童畫的稚拙與純眞。在兒童的眼睛所看到的世界，自有一些稚拙的美，純眞的善。

兒童寫的詩作，我們叫做兒童詩。兒童用兒童的口吻、語氣以及想像，使用兒童的語言來寫詩，往往也能寫出天眞有趣的詩篇。但兒童詩與兒童作文不同；兒童詩該是詩，而不是作文；兒童作文該是作文，而不是詩。當然，我們可以問：「詩不是文中的一體嗎?」我的意思是兒童詩不能變成散文，而是詩的表現。

記得初中時代，我曾經在一位國文老師的指導下學習作文。這位老師，至今仍然令我懷念與尊敬。他教作文，常常出兩種題目；一種是指定的題目，一般只想作文的同學，常常依照老師出的題目，去依樣畫葫蘆。一種是自由題，所謂自由題，是讓學生們自己定題目。因此，如果是不喜歡老師指定的題目，那就讓同學們自己定題目自己去發揮，或自己先寫好了，然後才自己定題目。我是經常選自由題去發揮的，而且往往是先寫好了，才定題目的。我認爲寫詩往往便是先寫好了才定題目，題目可能是詩中的一句、一行或一個重點，可以來個畫龍點睛。我們可以說；指定題目的作文，常常會限制了表現的內容，固定在一個對象或一類題材上。而自由題就不然，寫詩往往像自由題，寫了再說，因此，往往是心中有一股感情待抒發，有一種思想待開發，有着不吐不快的一種感受存在着，寫詩便是要挖掘這種感受，這種待抒發待開發的意念。

童謠；有兒童集體創作的，也有成人個別創作的；前者如民間採集的童謠，是民謠的一種。後者却是成人在童謠方面的創作。童謠可以跟兒童歌曲配合，是童謠作家與兒童音樂家的合作。這是詩與音樂結合的一個重要的領域，我們中國的兒童們，極需要有藝術價值的兒童音樂，童謠與兒童歌曲的配合，是值得研究與發展的。

兒童詩，除了兒童們自己創作以外，成人的詩人們也可以在這方面努力，成人的詩人創作兒童詩，倒是不一定限於童話詩，童話詩是兒童詩的一種，童話詩顧名思義，就可以知道，是即包含童話也包含詩的成份，是具有童話意味的兒童詩。把已故詩人楊喚寫的兒童詩叫做童話詩，是別有一番風味的，也是非常獨特的一種兒童詩。

我們要讓兒童們自由地創作兒童詩，儘量保持兒童們的語言與想像，使兒童詩得以欣欣向榮。我們也盼望成人的詩人們，參加創作兒童詩的行列，充實兒童詩的內容，豐富兒童詩的類型，同時注重詩與音樂的再結合，讓我們這一代的孩子們，能多多欣賞富於中國風味、民族精神以及藝術情趣的現代的中國兒童詩。

笠 65期 目錄

稿　約

本刊歡迎詩的創作、翻譯、評論及其他有關詩的作品。園地公開，歡迎投稿。請寫明通訊地址，如欲退稿，請附郵資。稿寄本刊編輯部：臺北市敦化南路355巷83號。

心雲集

沙漠花開時
心為之陰雲

杜國清

1. 我的心

為了更美，她每天早晨捲頭髮
每當髮浪在我眼前出現
我心就像受着浪濤沖激的
一顆磯岩

為了更美，她每天早晨化粧
每當睫毛像防風林繞着她眼睛
我心就像受着風暴激盪的
一湖山水

她每天捲了頭髮又化粧
我心的磯岩逐漸動搖
我心的山水越是狂盪

那時，我只有一個願望：
讓我心變成她的臉
每天早晨沐浴着她的髮浪
讓我心變成她的眼
日夜在她睫毛的林蔭下靜躺

2. 藍空那片雲

藍空那片雲
她說，被一隻怪手刼持着

那隻怪手
像一把仙人掌的刷子
伸自沙漠，用刺梳着她的肌膚

那隻怪手
像一隻溫馴的獸
躍自黑暗的林藪
在沒人的地方咬着她的掌心

那隻怪手
長着發霉似的慾瘡
趁他伏臥在床上時
撫摸他的亂髮和背部
以擠出一點苦悶的膿汁

那隻怪手啊，她說
像一隻五頭的飛蛇
隨時想吞噬藍空那片雲

藍空中，羣蛇
以及長着爛瘡的獸競舔着
裸的女神

3. 垂飾

每次見面她胸前掛着一個垂飾
那乾花的芳香，封着神的祝福
每當這個垂飾在她胸前擺幌
我就幻想到沙漠的枯草叢邊
那對砂丘間的一口神秘的井
沉藏着不知多少旅人的足音

她傷心的時候
那井裏滴入一滴淚
夜闌就多映出一顆星
她沉思的時候
井水深靜得像夜半山巔
而衆星一一在井裏浮現

有天在她眼睛的水草區渴飲
我似乎聽見井水激盪的聲音
而在風草都睡着的一個夜晚
我開始暗中探索感情的地形

在月亮快西沉時找到了井邊
當我的臉啊，在井底一出現

她，訝然驚醒

從此她每天胸前掛着那個垂飾
那乾花的芳香，封着神的祝福

4. 手指

心的觸角
分泌着慾望的黏液
在生活的枯樹上伸爬着

充滿靈敏的感覺細胞
在樂園的鬼屋裏
當手指捏着手指，那瞬間
我心的顫動甚於擁抱

當手指捏着手指，那瞬間
彼此默然印證靈通的暗號
我心是一架發報機，透過指尖
向妳發佈感情動盪的消息

當手再次捏着手指，那瞬間
我心已佈滿離愁的陰雲
一聲珍重，像閃電擊亮之後
我心的暗空中已有淚雨零落

別後，我的手指在生活的荒嶺上
張成一個雷達網，日夜探尋妳的行跡
——每天收到的只是風聲和雲影

幾番風暴之後
我那手指已銹鈍
我的心，在絕望的孤島上
一架半殘廢的無線電發報機
醒時只能微微發出噪音的哀泣

5. 勿忘草

她從遠方寄來一根勿忘草
藍色的小花掩藏着惑惑的祝福
我將她僅能給我的祝福
珍種在心的深處
每當新月掛在幽谷的山巔
那根銀勺子就澆醒山旅的囘憶
每當晚風輕拂着垂柳
她那多韻的嬌姿就在我思念的長河裏
浮漾着

如此，那根勿忘草在我心上生根
我以夕陽下哀思的淚製造血
以血供養這棵異卉
它那嗜血的根鬚不久竟蔓成
紅藍的細網擄住我心
朵朵小花隨着我心的喜憂而變色

婷婷葉隨着我心的悸動而生姿
當我心肌上長滿了日子的蘚苔
啊啊，我心變成誰也觀賞不到的
愛之幽園裏的一缽美麗的盆景

如此，懷着她僅能給我的祝福
當我躺在荒草間，血淚斷流
心已朽，這棵勿忘草啊
當新月掛在幽谷的山巔
是否仍在晚風中獨自搖曳
向這世界爲我宣示告別辭？
是否替她哀悼我那空虛的幸福
然後，懊——然——枯——萎——？

6. 崖上哀歌

當我攀上慾望的高崖
我看見狂風在她臉上
吹掠

——狂風中
我在她那荒野的臉上，撲逐
兩隻妖冶的黑蝶
我在她那荒凉的鼻脊上奔走
伸着舌舔吻滿山的枯香

——狂風中
我獨步在她那前額的岸灘

用爪在她髮上耕犂波浪
我趴爬在她那兩頰砂丘上
用牙囓出愛的記痕

——狂風中
我在她那山脊的斷崖邊愁望
崖下紅瓷鑲繞的深淵
廻盪着一股不息的煙
啊啊　那熱而無聲的語言
一湧現　就被掠截

今夜
狂風在崖上吹掠
我心中的一隻狼
危臨深淵，在崖岸
望月哀嗥

7.星　芒

今夜，在夢之荒岩上
我敲打海裏的月亮呼喊
從那幽茫的水平線下
波濤一再露出白牙
吼奔而來

今夜，在那荒海的彼岸
妳是否倚窗在凝望？
感於海上那多幻的波光
是否在沉思細數那些星芒：

像愛的語言，燦爛而無常？

今夜，在夢之荒岩上
我呼喊，敲打海裏的月亮
每擊碎一隻來自幽茫的獸
我在天空暴笑出一簇星芒

當月已敲薄，星芒即將落盡
妳是否仍在窗口凝望？
或在重遊那座七彩的古堡
仰望小仙女以魔棒擊碎夜空
撒下無數的寶石和珠光？

爲了增麗妳那夢境的豪華
今夜，從愛之荒海的孤岩上
我縱起最後的一簇浪花
那時，妳是否望見，從這遠方
向妳悽然隕落的一穗星芒？

8.風　季

每次嘆息
一團蒲公英的花絮就飄散
在這多風的季節
我在枯草丘上
追逐着過去

一枚花絮落在山澗

從那石上踏過，妳的身影
躺在雲上，妳的笑
盪漾着青山
妳的聲音滴進了清溪

一枚花絮落在密林的木橋下
（在我的思念中
在妳的臉影上）
不斷漾出清澈的回響
一枚花絮落在沙漠
走過賭城妳躲進我的影子
誰知道這就是妳獻出的愛的賭注？
我也只能以空虛的影子趴在妳胸前
給妳遮陽，給妳搧風……

在這多風的季節
我在枯草丘上追逐人生的花絮
我那細瘦的靈魂頻頻顫動着
——隨風飄忽的一把不寧的青火

9.心船

壓在回憶的重荷下
我的心是畸形的
一隻貝形船

這隻承載幽歡的船
是黑色的，只見船頭
燃着骷髏的青光，在黑夜
出入於荒島密林間
每在刼掠一次戀情之後
以淚血澆火，我在火影下
暴飲

這隻承載思念的船
是秋色的，只見船尾曳着白波
穿巡在島嶼間，泛搖着島影
每捲入一次慾情的漩渦
血潮漩成浪杯，我在杯中
浮沉

日與夜，這隻夢幻的心船
在我靈魂的海上尋航
每刼掠一次戀情
我眼裏就有火在燃燒
每當漩濤激起
我耳中就有浪聲在廻盪

我那夢幻的船喲
在現實的岸邊我不能不向你告別
當風暴從這世界的遠方襲來
我那命定遭難的船喲
將橫陳在無人的岸邊
讓荒波舔傷……

一九七三、十、廿二

寒流下的小茅屋

——記花妹回憶她幼年的生活

趙天儀

在遙遠的
山地裡
那叢林的
深處
有一個
貧苦的農家

每當
寒流來臨
以一道
無形的
冷氣團
籠罩着
抖擻的大地

我們的
家
沒有燈火
是叢林裡
一個
黝黑的
小茅屋

寒流
像一條
冰冷的蛇
纏繞着
我們
冰涼的小手
也纏繞着
我們
凍紫的雙脚

當爸爸
緊緊地
握着
我們
讓我們
感知
一種
體溫的
暖流

當媽媽
保護着
我們
像窩巢裡的
小鳥兒
給展開了
翅膀
用單薄的
綿被
蓋着取暖
用燃燒的
煤炭
去除嚴寒
寒流
還逗留着
封鎖
我們的
小茅屋

我們的
家
在寒流下
那叢林的
深處
是
一個
孤獨
而顫抖的
小窩

旅泰詩抄

靜修

湄公河

鄭和七次下南洋
艋舺停泊華武里
艋舺停泊克倫泰
榴槤叫人留連忘返呀！湄公河

拉瑪一世揮舞喇嘛經
殺死一萬個老撾人
殺死一萬個柬埔塞人
紅毛丹怒髮冲冠呀！湄公河

安娜公主不做暹羅皇后
有人笑着去報憂
有人哭着去報喜
葡萄醉倒酒罎裏呀，湄公河

乃沙立乃殺之而立
桂河流着黃種人的汗
桂河流着白種人的血
芒果開了七十一種黃白花呀！湄公河

他儂巴博分道去流浪
一個亡命向西逃
一個亡命向東跑
木瓜壞了一堆黑心子呀！湄公河

呀呀呀呀！湄公河

烏隆他尼

長尾船切開莫肯湖的胸膛
鯉魚在蘆葦間吃着明天的蛆
黃袈裟的小和尚
瓦鉢裏托着善男信女的饑餓
烏隆！啊！烏隆他尼
我們在拉瑪四世的銅像前
豪飲湄公酒，狼吞竹筒的糯米飯

潮州人敲打着佛堂的木魚
外台戲甩着關帝爺的龍鬚
黃袈裟的小和尚
坐在臥佛的膝蓋上捉蝨

烏隆！阿！烏隆他尼
我們在七級浮屠的焚屍房
把愛情借給去寮國打仗的傭兵的妻子

草螺的紗龍裹住小村姑的下半體
太陽烘熟了茶色的凸凸山
黃袈裟的小和尚
捫死一堆吃飽了吠陀經就睡的蠹
烏隆！啊！烏隆他尼
我們在紅藍白三色旗的鼻頭下
扭動肚皮溫暖這個月的終身伴侶

不丹人的貓眼石在屋簷下閃着鼠目
玻璃瓶裏賣着今夜的男子漢
黃袈裟的小和尚
假髮中藏着一貼哥本哈根的月色
烏隆，啊！烏隆他尼
我們在蒲美蓬行宮的紅牆外
用舌尖撫摸一枝喘息的紅杏

旅泰詩抄

靜修

南風的鐵鳥

鐵鳥爲什麼遮蔽我們的天空
從早到晚吹着刺耳的金喇叭
嚇呆的包穀不敢抬頭仰望
剝下蓑衣變成垂髮的侏儒

阿娘說那鐵鳥叫做幽靈
眞是活見鬼，幽靈怎麼拉羊屎
丟得胡志明小徑柔腸寸斷
眞是活見鬼，啥是胡志明小徑

好多阿姨輪流嫁給開鐵鳥的紅毛
阿娘說阿美利加銀可以買很多糯米包
晚上紅毛們鋸湯姆瓊斯的喉嚨
醉了就咬阿娘的脖子，撕阿娘的腿

鐵鳥爲什麼放那又長又響的屁
我們都不敢到包穀田放風箏了
不知道胡志明小徑吃了多少鐵羊屎
阿娘說下個月的阿爹是個黑皮鬼

註：「南風」，地名，位於泰國坤敬府，盛產玉米，有一空軍基地，駐有美幽靈機。

一九七四秋、泰國烏隆府。

象棋哲學

陳坤崙

太陽你忙不忙

太陽你忙不忙
每天祇要你張開眼睛
我也跟着醒來了
緊緊張張地
我刷牙洗臉
穿衣吃飯
趕着上班
遲到公司要扣錢的

太陽祇要你張開眼睛
我就像一個舞台上的小丑
東奔奔
西跑跑
讓你欣賞我的演技

太陽眞羨慕你那麼早
就回到溫暖的家休息
我還要加班呢

蛆蟲

這個人我認識
以前我是一隻雞的時候
他曾持着鋒利的刀
割破我脖子的血管

現在我已變成一隻蛆蟲
在慢慢地吃着
他腐敗的屍體
那肥肥的肉
眞可口眞好吃

這個曾經殺過我
吃過我的人
他那裏會想到
現在正躺在黃泥裏
被我吃

胃出血

到底怎麼啦
這幾天那些我不能消化的
堅硬如石的食物
發了酸的食物
爲何天天不斷地送來
又爲了什麼
有時隔了那麼久
連一點點的食物也不送來
我已經受不了

到底怎麼啦
從前不是這樣的
如果在這樣繼續下去
我的那些細胞們
將會提出抗議
將會咬破
你厚厚的胃壁
那時你的胃
可要出血啊……

眼睛和太陽

當我閉上我的眼睛
太陽你的光芒
跑到那裏去了呢
是不是跑到我幽暗的心裏
躲起來

太陽
沒想到你那麼害怕
我閉上眼睛
因爲這樣你的光芒
立刻消失了

假如世人的眼睛都瞎了
太陽你的存在
還有什麼意義

臉

在公共汽車上
看到那些人的臉
那些爲自己建造一道
厚厚高高的城牆的臉
總是冷冰冰拒人於千里之外的臉
那些好像帶着一把銳利的劍的臉
那些防禦他人侵犯的臉
那樣無法親近的臉

請不要這樣看着我
我跟你無仇也無恨
爲什麼要用那樣的臉
拒絕我傷害我

象棋哲學

兩個人

三十二個圓圓的木塊
帥仕相俥傌炮兵
將士象車馬包卒
擺在一張劃着六十四個方格的紙上
一條河把兩國的兵卒分開了

你攻
我守
你設下陷阱
我小心上當
一步一個陷阱
祇要考慮不週稍微疏忽
就註定敗得寸草不留

直到你被攻得
向這邊走也是死路一條
向那邊走也是死路一條
那時你眞像在人生的旅途中
迷失了方向

地獄夢

在夢中
火車把我載到一個陌生的城市
那兒的燈火
一明一滅似鬼火
高高的四四方方的樓房
是一座一座的墳墓

走在墳墓和墳墓間的小路
和我擦身而過的那些人
總是沒有一絲絲的笑容
走起路來總是那麼沉重
好像脚上被誰銬上了
厚重的鐵鏈

我是來拜訪
那個遠離我的人
看看她在地獄裏
生活還好嗎？

送行

一步一步地走着
終於走到火車站
那時的我
似一棵樹
慢慢地從溫暖的泥土中
被挖起

火車走了
丢下我
像一棵倒在路旁的樹
溫暖的泥土
已經離開他的根

倒在路旁的一棵樹
你要到那裏？

古城門

周伯陽

你誕生於滿清中葉
是爲了防禦外來的侵犯
以保鑣的姿態固守地盤
保護百姓的生命和財產

二百年來一直相安無恙
但阻攔不住時代的發展
被認爲城牆是無用的廢物
像喪失骨骼似的城牆被拆除
你有訴不盡的辛酸

留下城門的殘骸當作紀念
有城門而沒有城牆的怪模樣
讓你啼笑皆非
但總算給你留下一個面子

在異族桎梏之下
因身上帶有中國的古典美
魔掌曾懷疑你存在的意義

企圖把你拆除得一乾二淨
回想轟炸胸中尚有餘悸
無法躲避也不給予僞裝
讓飛機任意逞威
戰戰兢兢只在心裏祈禱着
欲從烽火中死裏逃生

如今摩登大廈在周圍林立
每天坐鎭市區觀看熱鬧
你的古老和現代摩登成爲對比
心中不要自卑不要難過

傳統文化的保持者
一代一代繼承着民族文化的遺產
我們愛惜你那優美的古色古香
因此搖身一變爲著名的古蹟
所以你仍有永恒存在的價值

廿七詩抄

莊金國

情事

冬來的夜晚
情事被阻於
同姓底 相斥
情事被擱在
妳家門聯
風吹幌動
如我們飄搖的 誓願

而且差三歲 小沖
而且是朋友的妹子
朋友不說話
妳不說話
我不說話
似乎都苦於
不便 開口 說話

可苦了妳啊

凰。我不出面
妳竟挺身脫口而出
抖顫的 誓言

六十三年十二月十日寫於姑山

許願

願
無論妳在哪里
思些什麼
望些什麼
總有一輪月，昇起
照耀着妳
亦照耀着我

願
妳是今年冬天
最初的，霜
最初的，雪
冷霜霜。雪茫茫

我們就着一盆炭火
暖和了霜
雪亦溶溶
願
塑妳成鳳
願
鳳舞於穹
於我遙長的
不眠夜里
妳是一株
惱人攀附的
理想樹——

六十三年十二月十一日寫於姑山

落翅仔

莫要小看我
羽毛未豐
就想比翼飛翔
我，一展翅
卽成衆矢之
的

那些不繫腰帶
牛仔褲管狹狹
窄窄的狩獵人
不說我也知道
伊們轉着；如何
美妙的念頭
我竟投落其中
而爲其一捕捉
狩獵人滿心歡喜
我裝得欲嬌無力
啊愈嬌無力
愈遭人議……

我如是天生的
落翅仔
我如是任誰
揑弄的泥土
我是誰家遺棄
的獨生女?

六十三年十二月三十日於姑山

附註：「落翅仔」乃介於淑女與神女間之浪女也。

詩兩首

林外

埃及吟

最早有文字的國家
金字塔聞名的民族
亞歷山大城比亞歷山大更放光彩
女王克里奧巴特拉也曾使安東尼着迷
戰爭要外國顧問的納瑟
發一次獅子吼
一周之間失去了西奈整個
武器要外國供應的沙達特
不聲不響的越過運河
攻破了巴勒夫防線
不料以色列却越過運河包圍了蘇彝士城
石油禁運才保住了面子
埃及人呀　我要知道
現在你們是在　嘆息　流淚　憤怒？
還是在謀求外力的幫助？
曾否痛恨歷史的光榮成了心上的重負？

石頭的愉快

我是一個固體
每次和你在一起
就想成爲液體
當我快樂地融化自己
仍不能成爲液體
就禁不住憂鬱
河裏的大石
被流水擁着
流水響着嘩嘩的聲音
迸發出白白的水花
那石頭看來無限滿足

工作服

郭成義

醒來
才發覺昨日穿着的
工作服
已然被妻收拾洗去了

今天
仍然有今天的工作服
雖然都已退了顏色
我還是毫無抵抗的
穿上它

洗不掉的油漬
在已失去的色澤裏
是否隱藏着極大的腐蝕性
就像妻那種油膩的眼神
不時在反抗着我

唉 妻應該後悔
在每天的肥皂沫裏
不經意地被洗去的
正是一個漸去漸退色的我呢

瞭解

鄭烱明

倘若你現在不瞭解我
那麼你將永遠無法瞭解我了

明天，我將把我們之間
每一座交通的橋樑
不留痕跡地
自記憶的國度中拆除

你將不懂我說話的語言
不知道我歌唱的內容
也不明白我爲什麼
痛哭和歡笑的理由

一切是如此的陌生與遙遠
倘若你現在不瞭解我
那麼你將永遠無法瞭解我了

給燕姬的詩

沙　穗

其五・文化繡

在我的床頭
有一幅精緻的文化繡
這是用一條線千根針
萬千柔情綉的一朵
刺繡的玫瑰

妳親手種植的
妳用血灌溉的
自然鮮紅如血
荼荑如手

在暗淡的燈光下
妳唱着綉荷苞
一針一個拍子
（初一到十五
　天天五線譜）

看不出妳和民國初年有何不同？
深深的眼深深的酒窩
深深的心與深深的情　還有
民國初年的小調聲

小調如口香糖般的被妳咀嚼着
夢夢非夢　芝蘭非蘭
滅了燈火　才知
十五的月兒圓

妳白天刺繡玫瑰
晚上玫瑰刺繡妳
妳的睡姿如一塊　夢夢口香糖

但剛熄了燈火
就聞到文化繡上有髮香的味道
原來燭光暗淡妳把長髮當線
也綉在玫瑰上了

註：「初一到十五、天天五線譜」這句用唱的。

其六・書香門第

妳家的門
是一本古老的
紅樓夢的封皮

妳在學會走路之前

巳能走蓮步　妳不玩鞦韆
却把筆墨排的很整齊

妳用一把葵扇
去追蝴蝶　蝴蝶也追妳　只見
妳輕移玉足
後花園步伐蓮蓮

我是由南方來的
來此落難　傘一把　書一本
草芒一雙?
想抓幾隻蝴蝶燉酒　但它們
却繞着妳飛

莊周夢蝶
我夢妳
都是哲學　後花園私訂終身
難道就不是哲學?
　(小燕小燕頭髮長
　　早上梳髮、晚上梳月亮)

一根琴
千種餘音　一絲髮
萬里馨　想要把妳讀好
必須先讀林黛玉再唸崔鶯鶯
　(小燕小燕頭髮長
　　早上枕蝴蝶、晚上枕髮香)。

西遊記

陳　黎

巴士們燒煤煙烘乾昨夜底雨濕，大飯店水泥牆
灰灰，幾株柳色油漆未乾地種着
騎樓騎樓騎樓，騎累了騎樓勸你停下來喝一盃
酸梅。陽光，在高樓后睡覺
長城陌生店招陌生。中華商場如是陌生地兜售
陌生人的裸視
都市屋頂廣告汽球乘着流行樂婆娑，圓圓紅紅
圓圓紅紅的像起家門前晨操底日頭
城頭們頂着國際牌樣的方帽，忠孝仁愛胸前的
忠孝仁愛，刺青
歡迎歸國學人歡迎歸國學人歸國歸國。陸橋上
趕早場電影的男女喋喋
蹀蹀不休。行者，你膠鞋兩隻蹀蹀拖地，蹀蹀
蹀蹀南下的火車牽出長長的一列鄉思
西門町，跨過平交道依舊西域啊
行者，你的籍貫在動工的鐵路線上
販賣機因葡萄漲價發生故障。還是勸你停下來
停下來喝一盃酸梅，或者
或者望着懸空的紅球止渴
如果想家

情詩一束

趙迺定

埋心中吧！一份鍾情

偶見輕咬唇，偶見
靜默沉思
且輕挪一縷秀髮

恒古朗笑與狂語乃死腹
嘴角再不起微笑線條

月夜下——
我噺回眸，輕輕的深沉一望
唉！燥急渴慾。心中
結千言萬語欲訴，只是沒一粒
紋貝殼
——舞台語言何能獻她
——鐵銹言語怎能言起

無聲息孤寂
濃煙雲，女人囁嚅抑或孩提號角，只是
死寂擴大

望撲燈蛾顫慄，我顫慄
默默——那份鍾情

子午之惡

子午時刻劃破無極
——響妳音響

二月子午偶見妳眸一池蔚藍
我心乃做蛹蝶鼓動
鼓動春開，春開嫩綠的愛

就架鵲橋徒步
——于恒古的
子午時刻
偶揚帆，背負
漣漪圈圈的等待

五月，何來西風叫囂？
山雨欲來，我聞聲。
五月，歷史板畫死于悸痛
那圓桌，果見
標以矛
——聽筒再也穿不進雷響

子午時刻劃破無極
響妳音響，我尚做企鵝佇待

一九七二—火・車站・其他

持一束淡戀焦急
走湍急人流以及警笛漣漪哨息

該近三點，而驚愕寫于臺北炙陽
髮盪——
呵！煙濃煙
自臺北車站舞蹈火舌以蛇信呑噬
撒旦，正
猙獰獠牙

不同流向的水潮激盪
汗煙焦急擁抱
心一緊，唇一抿；眸散淡淡唔咽
爲何魔鬼宴我肌膚，爲何響笛要叫響

屋簷下展孱弱斗斗
激撞汗薰；汗薰激撞

霓虹駐足一四・四五
走陌生的下午，走沉沉的氣壓
且尋髮下阿里山風味

何來？何不來！

盪槳彳亍伺候
多愁季的貝殼何來?!
海潮不泊岸不泊岸

等待等待
沒離散沒聚會
煙仍薰——
淡淡一壺咖啡乃滾燙

且佇立，捎個哨，九月天
帶串祝福給遠方

認識・少女

不是認識不是不認識
偶然妳走我前
　我走妳後

當妳
　走
　　失
弧，打破破碎緘默
初春薄霜的緘默
我踮足企望，踮足黏向向日葵
不是認識不是不認識
佯偶然，在妳眸上打個
逗點
也輕輕點個頭，於是
蘋果熟落兩頰，在妳
狠力頭猛一點
不是認識不是不認識
偶然妳走我前
　我走妳後

在我們的土地上

——土地是我們的，我們必須留在土地上，或者埋在地下。

莫　渝

泥濘路

鞋磨損了路
路弄髒了鞋
鞋訴說生活的難過
路哀嘆命運的乖舛
鞋安慰路
路安慰鞋
繼續往前走去
路還得泥濘下去

抽煙三姿

①站著

這一管煙表示暫時的憤怒
頂多晚來一步
就被罰站
也許直到終點
（足足兩個鐘頭）
滿肚子蹩氣
找個出氣筒
慢慢的由體內
吐出
恍如一尾蚯蚓
鑽出潮濕的地層
嘿！
那邊空出一個座位！

②坐著

這一管煙表示暫時的得意
下班後
跛隻脚的椅子
頓然
忙碌起來
偶而
傳出幾聲咀咒

怎麼不多缺隻脚
否則
也他媽的
跟你同樣頂天立地

③**躺著**

這一管煙表示長眠的沉思
踢開音樂
最好的安眠曲

乃是
一生火就燦然的磚窰
（蚊帳內
正充斥夢的氛圍）
呑足了黑煙
連鬼也怕
更河況
踩風火來的

日曆

黃昏星

我每天晚上都相對着你無言
看小妹很守時地
把你一張張音容消滅
這不只是一個往事，往事以外
還有一個未知的變遷

我老喜愛留念着死亡
不知不覺中日子一天天一夜夜的不斷轉換
無論最後註定要流浪何處
死亡，都是最誘人的

當我再度瞭解遺忘
却仍能看到，每一家人依舊要掛上這個不中用的名字
去區分月亮和太陽
其實，除了黑
夜色和白晝並非兩樣

如此禁囚在千萬家門戶
如此執着而留戀死亡
走後像秋天的一片落葉
帶來明日的陌生

我每天晚上都相對着你無言
看誰人的身世來得悽愴

七四年八月十二日

詩四首

楊傑美

生

一陣嘔吐的抽搐後
火山口把爆發的熔岩抛入這個動亂的世界
白色的火山灰一圈一圈
包圍着世界黑暗的地殼

暗夜裏
被一雙發炎的手突然釋放的精液
墜入夜橫伸無際的世界
白色的精子一圈一圈
包圍着世界黑暗的海洋

白色的火山灰沿着地殼滾動
白色的精子漂浮在海面上
在這暗黑無底的夜裏
開始無邊無止的漂泊

遠遠的模糊的
白色的人像
也在這暗黑無底的夜裏
上上下下閃爍不定地
漂浮着

愛的三段論

妳的眼睛射出太陽的時候
我的愛像收音機展開的天線一樣
一節一節地伸長

妳的眼睛下雨的時候
我的愛像收音機閉攏的天線一樣
一節一節地縮短

妳的眼睛閃爍着
雨中的太陽的時候
我的愛
像展開閉攏的收音機的天線一樣
一忽兒一節一節地伸長
又一忽兒一節一節地縮短

哺乳

從充滿着喜悅的乳房，愛的汁液正在一顆一顆地湧出來；從充滿着成熟的桃子和木瓜的風味的乳房，愛的白色的乳汁喲，正一泉一泉地湧出，汩汩的，像一股清冽的山泉，汩汩地湧入，啊，像乾裂的大地一樣飢渴的口唇。

此刻，她的心正晒着春日溫暖的太陽，她的臉正盪漾着一

顆溫柔的月亮，一條清澈的河正淸幽淸幽的流過她半啓半闔的雙眼。從不拒絕愛的施捨的圓熟的果實喲，從不畏懼黃萎病的豐滿的果實喲，從雪白的果肉透明溫暖的根處，汲汲地伸出她光艷潤澤的觸手，緊緊擁抱着種子日漸壯碩，那神秘地流動而又堅實的逸樂。

狩

直到夜深仍然不肯入睡的那隻蜘蛛
他的眼睛正熊熊地咀嚼着一隻失血的壁虎

鏡與琵琶

斯人

鏡

只因你是鏡，鏡中之鏡
是至美與至陋，實相中的實相
我爲你尋覓而來
穿過長廊，曲柱，回欄
便是曲柱長廊，九回之腸
不禁三呼迷陽迷陽——
路隨境轉，境隨心轉
然後我回首化而爲烏
驚出於你心靈的巨室
投入深屏色畫之間……
但我們不像朝花那樣
對於夕死感受良深
你雖擁我入懷（如告別然）
却遲遲不能將我保有
我們之間隔着一道火炬
不要以爲，我在看你
只因我是鏡，鏡中之鏡

是至美與至陋，無相中的無相

琵琶

我非琵琶。但是聽哪
昔日無緣的曲調
如今在我胸中分外嘹亮
響徹於靈魂顫動根處
啊，究竟我要迎向誰
而它强烈的存在
將自我的囁嚅脫胎而出
宛如半遮面的女子？
或許我當虬結我的心靈
椅梧梓漆，化爲枯枝
但我顫慄我的全身
痛苦更新——
平生未始聞，歌之安能詳
始知愛渥魯絲琴絃的嗚咽
異乎人間最美的歌唱
雖聞省想而不可得……

肯定的黑夜

劉英山

肯定的黑夜

夜深得可敲響三更
走在公寓的狹谷中
走在殯儀館的停屍間
那是一定的
每一層抽屜拉出來
總睡有那麼一個人
明早 將公寓做個縱切面
每張馬桶上
必也有張迷茫的臉
在傾訴着滿腹的辛酸

渴望的
並非投入被窩的懷抱
如此寒夜
溫柔鄉照在窗口的桌燈下
不是爲了詩意
只爲了一種恐懼
一種睡到十點
屁股也晒不到太陽的恐懼
只爲了一種興奮
一種夜半奔馳在快車道的興奮

白天代表否定
黑夜代表肯定
而人在肯定與否定間成長
張眼象徵介入
閉眼就是逃避
而人在眨眼間成熟
最後
我們總要閉着眼
肯定地將自己的名字
寫在自己的碑上

賣口香糖的小女孩

有個小女孩
衣衫襤褸地
向我推銷口香糖
我數3
37
她走了
她可不可憐
我狠不狠心

她爸是黃牛
她媽是黃牛
只要夠得上票口都是黃牛
他們都力大得足以揍人

上帝造人
並非無等級
投錯了胎
只有與觀衆週旋到底

椰林大道

洪宏亮

椰林大道

一百二十幾成員的巨人族
定居在此，三十餘載
永不流浪，從無鄉愁
未若我，甫一年
即告懷鄉

仰望偉岸的身姿
似我南方家園，亭亭的高影
搖撼朝暮的霞色，在
粗疎的髮際

我頻頻逡巡，在彼身旁
數着長長的一列，如
一排縣縣的鄉愁
把脚步走得無比疲憊

四行

當所有的人都遠去
我有星與星之間的距離
我就眺望
從這個星座到另個星座

古道

陳珠彬

我走過柳園再繞過桃村
往東看看石子往西摸摸黃土
再繞一個彎
水就奔流起來
潺潺
跨過
小橋
春天

等着一些花香
等着一些鳥鳴
門前的小河
早已被一些流水
刷成一道古道

古道遠
水遠
迢迢的
把我拉成一河水
流在古道上

一九七四・十二・五

街與茫

鍾雲

街

總有人在墾植着一坏一坏的黃土
甚且躍進火裏洗浴
出身入神
甚且
隨地而臥

我們都已司空見慣了
我們的眼瞳幾乎已乾渴得滴水不存
滿街成羣的狗們却嚎啕地趕去奔喪
攪得灰塵氣得丈二高
惹得僵臉的老漢嗆出一口濃濃痰

而一個年輕的漢子竟很洒脫地命令鞋子
輕盈地輾過整條街的胸膛
（狗們的嚎叫一聲聲淒厲了）

茫

不是清明
却忽然想起泛黃的血緣
連該拈香時節
都難得向南迴顧
這回怎麼
向我腦門撞來？

海的那邊
滔滔濁流已斷絕了繫念
只想着 在南臺灣
在鄉下 荒煙蔓草間長眠的枯骨
長在異鄉 心在異鄉
臺北的泥土和故鄉沒有兩樣
踩起來照樣踏實得很

而年年月月 月月年年
甚至紛紛天下斷腸時
也不曾斷腸 滴淚
嬝嬝檀香 不曾握過
該向誰祭拜？

牆與賣畫

傅文正

牆

夜的倩影
自蓮霧樹的葉光
緩緩之呼吸聲中形成
望穿的眼
不只一次在心底顫慄着

被撕碎的白天的面具
遺棄在水溝內
一層層地讓污水洗得
古色斑斑
懊悔復加

縱或排排燃放的霓虹，也無法拼成一個太陽，一個春天。若斷線的紙鳶，在飄與被飄的鞭撻下，找不到一個正確的位置。

還是讓自己圍着一道牆

賣　畫

終日地畫着自己

阿美在賣畫
因爲伊寂寞無聊
伊聽說現代的家庭
到處都堆滿着荒蕪的影子

阿美在賣畫
因爲伊不願當看門狗
伊聽說現代的家庭
狗已不被重視

從晚上八點到十一點
阿美在圓環的騎樓下
擺着不同種類的狗畫片的小攤子
讓路人把伊當作狗一般地看

伊知道，只要一段時期後
伊的行業將輝煌起來
伊賣出的畫片在現代的家庭
必然被重視着

金雀及其他

謝輝煌

金雀

披幸福的彩衣
飲忘憂的玉液
金雀啊，妳是天堂之鳥
在人間天堂無憂地鳴叫

空洞的腦袋裝滿了新奇的幻想
蒼白的心版塗滿了彩色的漫畫
朝朝暮暮，暮暮朝朝
鍾情於香軟的玉手
醉心於如花的打扮
不屑與泥腥汗臭的飛鳥為伍
且像鳳凰傲視着啣泥啣草的晨昏

遠離了青山，遺忘了泥土
忘記了征鴻的辛酸，布谷的喜悅
當華麗的螢光幕變成一片空白
妳仍捨不得閉眼沉思

安樂的火已把妳的骨頭燒軟
金雀啊
我打開籠子妳都不飛
妳還有什麼資格去侈談高貴

63 9 13——63 11 24斷續寫成

穿山甲

像頑皮的老鼠
專愛在地下打洞
餓了便輕展和平的鱗網
以陰謀的誘惑騙取活命的糧食
而當死神的刀尖向妳兩眼逼近
便縮起腦袋把臉兒深深隱藏
啊，穿山甲
妳穿得過一座座的高山
却穿不透命運的圍牆

63、10、12修改49、4、7舊作

蛇

穿一件花花綠綠的衣裳
在迷人的夏季裏招搖遊蕩
且常賣弄輕功絕技
和隣居街坊捉起迷藏
為塡滿瘦瘦的肚皮
東鑽西營，偷鷄盜卵
撐飽了
便爬到樹上去打鞦韆
很多人都不敢得罪妳

妳就更仗勢欺人
但欺來欺去還是妳自己倒霉
倒霉地被人家烹肉剝皮

海龜

49、4、8——63、11、30斷續寫成

揹一張迷信的花符
揚威於蒼茫大海
縱有不信邪的網罟把妳請上岸來
岸上的神也護着妳
護着妳從謝罪的行列裏光榮地回去

52年舊作，63、12、5修正

調寄小船夫

子云

而每日夜你夢見夢……
撐童年紙船看瘦瘦的江荷
看荷的日子你不再有了。每晨
穿鑿着花香，熱情的蛺蝶
旋飜整座永不變調的小天空
共浮沉燕燕的臉也瀲灧了起來。
而造虹的嘴喙們，總替你啣住
啣住，一尾可能春天的風景
然午后
你猶欲面壁一樣，向遠方
膜拜。宛若你不眠的神
在壓壓的雲琛上不斷，拋
不規則的撫摸，給你，陣陣地
你是史前魚，食禾本植物的……
黃昏或夜你又悄悄划着

你記憶如風的小船迴盪
又迴盪，在無鈴噹水聲的
銀河上，你櫓動不知名星星
槳拍波光呈鱗。竟然呵
也星摘月亮的一角下來
剪裁花邊，頓成永遠春天的
書籤
午夜，你的小船螢蟲般
廻旋，廻旋……
天明時，你底無翼且無歌
竟使你鼓夢的蝴蝶船
如風
——爆的一聲
便踣地跌下來了……

六十三、九、十二晚

畫

廖德明

是苦行僧的戒刀
在茶室的匱台上滑了脚
打翻紅墨水
潑成的山水

畫中
被囚禁在軌道裏的火車
在夏日十二時
偷渡

是車禍 構成的
血 肉
是翻過牆那頭
被野孩子擊落的
花果

那剪斷搖籃繩
從厨房裏逃竄出來的
摩登婦女跟他們
約會
在平交道上 後邊

是那打翻紅墨水不上班的苦行僧
在茶室裏
分家
吃齋的左手與紅燒鷄腿
私奔
當了尼姑的右手和啤酒
同居
木魚張大了肚臍眼在冷宮中
仰首渴望再分得一點母體的殘渣

殘渣找不到那哭泣的孩子
且在車禍的血泊中，聆聽
掌中的蚊子
岸上的魚兒
對命運的控訴
是那孩子貧血的毽子
停止跳躍

一九七四、六、廿一

失業的詠嘆

黃恒秋

學校同來，美麗的妻子迎我於門口
孩子走着蹣跚的步伐送上淺淺的敬意
是冷使我想起家，想起任勞任怨的妻與子
不然，我將停留在沙龍或咖啡屋
飲着自我嘲諷的滋味，嘔吐學校的風景
反省世俗的鉛華

我的書很多，它隨之我漸發白的生命呻吟
學校的書如是文憑的封面，我却是封面的繪作者
我底失敗，乃基於校長的面孔，像打着思想戰的敗兵
一只千斤頂，竟抬起我隱瞞的馬脚，多麼惋惜
多麼沉重

我仍冒着冷汗，我仍需脫下西裝，在沙發上
對不起，他不知道爸爸多麼的傷愁
爲他不該因我誕生；家的種種
好像早已脫離我掌中似的，多麼遺恨
妻，妳的美麗是個錯誤

妻也不笑了，我對不起她的美與笑
在異鄉，我的心冷若寒霜
我也想起愛或火車，想到家鄉品嚐故有的花香
只是時代巨輪轉着，而我始終是零的指標……

街景。佛說：有漏皆苦

喬林

或乘巴士或坐轎車或走路
或塵灰也行色匆匆

一忽而湧這兒
一忽而湧那兒

往東也不是
往西也不是
往南往北都不是

在眼看四週沒有人注意的角落
我小心的再踩一踩站着的土地
我小心的再仰頭看一看天空

怡夢室詩抄

林淸泉

霧

霧起時
一片被遺棄的落葉
嘆息着
一陣冷冷的笑聲
飄蕩着

落葉被拾起
笑聲倏止
却傳來
低低的飲泣聲

是鄉愁麼
霧更濃了

揮手向你

揮手向你
向那神秘的眼眸
向那惑人的影子
向那遙遠的呼喚

揮手向你
向那未知的形象
向那未成形的夢

旅途偶記

借問酒家何處有
計程車司機，乃向我
神秘一笑
不發一言
把我送到
一條深不可測的小巷裏

那裏有一間骯髒，低暗的木屋
我駐足觀望
一個滿臉橫肉的漢子
兩眼上下打量我
然後，以手勢向內一擺
閃出一如殭屍的女人羣
我拔足便跑

門

在進進出出之間
讓人有許多遐思
門

代表着不同的面孔
代表着不同的遭遇

有的開了又關
有的關了又開

門裏門外
有的笑聲洋溢
有的嘆氣陣陣

「朱門酒肉臭
路有凍死骨」
使人憤慨不已

「花徑不曾緣客掃
蓬門今始爲君開」
使人親切難忘

然而
始終最使我嚮往的
却是家的那扇門啊

路

是人走出路呢
或有人就有路
趕路
脚步匆匆

路背負行人
默默忍受痛苦
從不抱怨
被背負的行人
却不知感激

人生也是路
從那裏來呢
要走向何處去
但走到路的盡道
指路牌赫然寫着
「通往天國。」

黃昏即景

一株繽紛的彩霞
似迷人的酡顏
從西天嫣然投駐
極目望去
淡淡的青山多嫵媚
令人有采菊東籬的聯想
盈盈滿溢的美
讓我飽餐秀色

蘸一季的晚風
釣一輪的落日
我在黃昏小立
黃昏小立在我詩中

寒梅詩抄

寒　梅

關不住的春天

一道陰影遁入屋內
驚嚇的人們
哭喊着突然日全蝕
春天無奈
乘着所有的空隙
　遨遊去了

惟一人
為自己騰出一個無言的位置
目睹
荒塚古墳倒轉歷史的齒輪
心語
死滅的灰燼要復燃
僵硬的血管
　必再流一次新鮮的血

餘　波

屍味的語言
地球含忍脫離軌道的衝動
昨天　人類被迫睜開眼睛
看一齣誰都能够當主角的
　陰晦不堪的戲

今天　我可不管那許多
就着覆蓋塵垢的衣衫
勁自躺下來
做一場很歷史的夢
夢中千萬不要告訴我
人的土地上萎絕了多少鮮艷的花
　更不要告訴我
許多人爭着搶那墜離宇宙的天光

我的確躺下來了
却看到文明以一隻蛇的形態
　伸吐着洪荒時代的毒絲
並聞到一鼻令人嘔吐的氣息

等　待

一番刀光劍影
他們說
你可以休息了
傷痕警告
　別躺下
千萬
然後
　一陣死寂
　秒
然後分

時
輕輕地邁開脚步
溫　情
死去的活人
撒下多把種子
劇痛

陽光
迸裂
花開了
燦爛的花瓣上
我看到几顆
半隱半現的露珠

造象

林梵

情人的象
是我裸體的青春
年輕姆媽的象
是我赤裸的嬰年

X光照出乾枯的骨骸
水銀液裏復活生命的形象
澄明靈敏的心版
感光生機盎然的風景

我是面對宇宙的巨型相機
終然亦是鏡頭的焦點
我照宇宙以無限的愛心
宇宙同我無限的光明

並且宣言重疊着愛
照片忘了的你忘不了

——甲寅仲夏

煙

鄭日影

灰心的，經常
徘徊於回憶的窗口
與風交談
然後轉知你
一則消逝的說明
往事如我
年華臭然蒼白
雖經常觸及於空茫的視角
但想捕捉逐漸騰昇的過去
冥冥中
竟成渙散的
片片悲哀與離情
而我將是無言的
如此沉默
在
另一個世界
遨遊
可是未知飄向何方？

山茶花及其他

・旅人・

山茶花

——紀念亡兒

庭前的山茶花
有一朵含葩未放卽凋落

我挖個深坑
把它埋了
陣雨疾打我背

我用撫平坑口
那花哭喊着它的爸

這是冬天
愛兒
你不是喜歡看爸手植的山茶花嗎？

只有小黃

一株街樹
向行人和商店喊渴

一株街樹
乞求地上的螞蟻
別馱走瘦葉

一株街樹
正逐漸地彎腰

而太陽仍囂張不已
命令冰淇淋車「叭！叭！」

只有流浪的小黃
牠又翹起那隻後腿
不平地指指點點
讓沉重的水壺
澆灌街樹

贈禮

她離去時
贈我一盒火柴
說要給點煙

我是一向不抽煙的
但今天相思病來臨
不得不抽

山茶花及其他

・旅人・

劃亮一根火柴
讓愛情之火
自煙尖燃到嘴唇
所有她的眼神酒渦和腰姿
都將燒成滋味

於是拼命地劃擦
一根又一根火柴和香煙
終剩兩個一大一小的空盒
盛滿無盡的淒涼

洗衣板

想起老家
——廣大 油綠的森林
便憎恨眼前狹小的浴室

不過 她來了
以美麗的衣裳飄落
飄落我身
溫暖似林中疏落的陽光
水龍頭開始唱起幸福之歌

有了水花
一朵朵在衣上
在我身
在我記憶中：
經常落在老家的雪
就是這樣的顏色和紛飛

我是北國的木頭
居然愛起南方的衣襟
但拙於巧言
只會默默地揉動 揉動
也許這樣勝過千言萬語

阮是思念郎君伊

暮色趕同一隻孤單的牛
而牛背上的人呢？

他準仍在那兒游泳
成了池塘的主人
不再上岸了
兩步當一步地牽牛鼻
纖纖的玉手拉着 拉着
拉出「阮是思念郎君伊」的聲音來

「樹的哀樂」的魅力

林鍾隆

要從這本詩集中尋求華美，那是戴錯了眼鏡；要在這本書中，欣賞誘人的體態，恐怕也是安錯了心。雖然作者是個女性，在這本詩集中，呈現的與這些想像中應是女人的特質的並不相同，它有的，只是眞璞和純誠。當然，這本詩集，仍有其他方面，女性所有的很好的特質。

一、母愛——前一本詩集「覆葉」的書題詩，就是表現母愛很成功的作品，在本集中，有一首「牽牛花」，是歌詠與「覆葉」不同的另一種「母親的心」。

　不要怕逆風
我長了眼睛似的蔓
既把枝柱牢牢地纏好
不要擔心土壤貧瘠
我們許多貪婪的根
儲蓄了足够的營養

這種偉大的母愛，投射到詩中的詩，由於作者內含的良母的本質，使詩放出光彩。

二、愛心——讀陳女士的詩，常常會被她的愛心所感動。如「小堇花」：

第一節寫的是：只想往上爬，淤血的痛苦都不回顧的人，怎麼會去回顧被踏殘的一朶小堇花？

這是基於愛心產生的沉痛的批評。但是，第二節，作者就讓「徬徨的人」，所曾「採過小堇花的手，抓一撮泥土給與淤血的莖」，使小堇花「靠着一撮泥土的愛」「終於屹立了」。

一撮泥土，不多，但是，很少人有此慷慨。這種慷慨是作者內心的自然流露，是女性很感人的情意。

三、愛眼——欣賞事物，往往因心情而有別。有人使明亮的天空蒙上一層陰雲，有人從流淚的孩子，看到了他的堅毅。在「竹筍」中，作者如此寫着：

如果竹會想骨肉血淚之情
如果竹有悲傷的感受
一定會埋怨人之殘忍
然而　竹葉青青如是毫無其事——

作者不僅以「愛的眼光」看筍，由筍「反射」回來的「眼」還是「愛」的。這是使世界溫暖的「眼睛」，透過

「愛眼」所見的世界，令人嚮往。

四、民族愛——被外族「殖民」過，這是很大的不幸，但是，這是很寶貴的遺產；國家沒有不幸，顯不出民族的愛。被殖民的痛苦很深，對民族之愛心更切。在「編造着笠」中，作者說：

　　中國人的乳的臭味
　　中國人的尿的臭味
　　濃厚地沁入搖籃
　　職異族的搖籃曲
　　黏在身上的是搖籃的臭味

讀這幾句話，我們不但體會到作者民族愛的深刻，更可領會到，深刻的感受，使其詩的表現，有了獨創的高超。

五、人生的睿智——作者選擇了「樹的哀樂」來做書名，我想是很聰明的。這名稱，與第一本詩集「覆葉」有相關相屬的關係，但又完全不同。這首詩很特別，所寫的不再是任何「愛」的問題了，而是對「人生」的感悟，是哲人的知慧。

　　再也不管那些
　　光與影的把戲
　　紮根在泥土才是自己

這是多年的人生體驗之後的徹悟。這是很寶貴的有「知性」傾向的一首詩。我希望，隨着年齡的增長，作者會有更多這一方向的詩作。

作者在後記中說，她有意以詩去表現時代的感受，開拓詩的領域，我們很願拭目以待，但願作者往後的詩作，能產生新的魅力，但是，本質上的魅力，是不可拋棄或遺忘的，因此，特別寫此文，供作者參考之外，聊表個人對作者創作上的關切。

對鳴錄㈠

——陳秀喜「樹的哀樂」

旅人

詩人出版詩集後，總希望了解別人讀其詩的感受如何，不管這感受是喜歡或厭惡，有人與之「對鳴」總是頂愉快的事吧！基於這個緣由，所以在「對鳴錄」裏，我將一系列地寫出讀詩的感受，每篇以某一詩集為中心，用隨筆的方式表出，能寫幾篇就算幾篇，反正也不是什麼正式的，嚴肅的批評或鑑賞文章。那麼，第一篇就自陳秀喜的「樹的哀樂」開始。

「樹的哀樂」大概是目前可見到的最豪華美觀的詩集，從封面的裝飾看來，作者一定是生活得很快樂才對，可是一打開內容，却「哀」多於「樂」。持在我手中的這本詩集，是不是在對我說：「我的『樂』，是表面的，就像我的封面是漂亮的一樣，但我的「哀」却深埋在一頁頁的紙裏，不打開封面的人，永遠認為我是快樂的人。」觀其出書的「形式」，使我悟出這樣的話：「生命是痛苦的，但人編要强顏歡笑面對人生，如果說詩人有使命的話，就是要寫出這種困境」。

對於陳秀喜的寫詩，不能不注意四件事實：⑴受過的教育僅有小學程度⑵小學教育學的是日本文字⑶四十幾歲才眞正開始寫詩，而且是個婦人⑷生活的環境商業氣息濃，物質生活可算優裕。從上面所說的事實來看，她是不可能寫詩的，更難用中文寫詩。這樣產生的現代詩人，能不

令人敬佩？因此，偶爾讀到她的不通順的詩句，我並不苛責，反而肅然起敬。不通順的詩句，正代表她對詩歷鍊掙扎的痕跡。與其讚美她的詩如何，無寧稱讚其執著詩的精神的偉大更具意義。

詩人，通常不是對旁邊的人說話，而是對遠方的人。這不是詩人的自私，實在是因爲有時旁邊的人，雖然和他共同生活在一起，但却不能眞正了解他的緣故。在此觀念下，我邀請妻子共讀「薔薇不知」這首詩：「隔着竹籬　一陣甜香撲鼻　似有一線緣份透入心懷△迷戀薔薇　與我曾有高歌之時　也有淚涔涔自嘲之日△當初堅定的意志　煽起了我跨越竹籬的勇氣　不顧及參差的銳刺　如今肉裂淌血的手臂　觸摸到餓渴不堪的心△我付出唯一的愛　獻給薔薇　唉！薔薇不知　唉！薔薇不知」。

記得以前，讀她的「覆葉」詩集，常利用家教的時間；欣賞「樹的哀樂」則在上班的交通車上。有一次讀到「我的筆」，剛好卓座前，有位「女生」在照鏡子，我便將這首詩遞給她看，後來她又把書還我，沒有說什麼，我也不好意思問她。我是希望她有這種感受：「我高興我的筆，攬鏡自照不畫眉毛也不塗唇，而是血液的激流推動筆尖，在淚水濕過的稿紙上，寫滿我是中國人的字」。

這册詩集後面附有「梅花」、「青鳥」和「山與雲」三首詩所譜的曲子，這是一般詩集所沒有的特色。爲什麼要選這三首來譜，我猜不出來。其實我倒認爲這三首詩既然日本朋友譜的居多，不如也請他們再譜「我的筆」更佳，不過我想他們可能感到爲難。如果這樣，就請中國的音樂家林榮德先生譜吧，讓大家唱出中國人的心聲。

夜床

簡誠

當我被迫結婚了一個自己不喜歡的人
你的盛開在我的園中枯死
比如枯葉從秋山眼前逃逝大氣中，
似一粒塵埃。
　當季節的喇叭聲
　宣佈我成爲一名園丁。
　瞎子揹負跛子般的
一道兒，我夫妻倆辛勤耕耘
埋下了無奈的幼苗
而一夜過了醒來
所有的苗芽全部凍死了，深深
染着你含恨的血漬，
由於你奇冷的呼吸
　啊，舊日的情人啊
時時，我輕易地察地察覺：你是一張我的夜床。

詩的快樂

——看陳坤崙詩集「無言的小草」——

陳千武

我看詩，意圖從詩裏獲取詩image的衝擊性的感動。

也許，這只是我個人的趣味，或說嗜好吧。我並未想過把看詩或寫詩的行爲，提昇到高度的藝術或純粹的意識，祇是有意抓住詩的意義性，從其反映出來的事象，感受人生某種的愉悅而已。我耽溺於這種詩的快樂，經過二、三十年來仍無法脫離詩，似乎越陷越深。

當然，尋求詩的快樂，各人有異。所以有人提倡詩純粹的藝術，或詩、文的異質；有人推廣明朗的詩，意圖使其大衆化；有人大喊民族性的詩，走入政策化；如此各自追求詩的奧祕，而喜歡把詩歸納於固定的定義，編寫自己的詩經，自當詩祖而陶醉。老實說，我曾經也想過當一門的詩祖呢。那個時候，我自以爲是把詩緊緊抓住在掌中似的，十分驕傲。現在回想起來，既可笑又覺得有點天眞。

最近，我看過陳坤崙的詩集「無言的小草」，其中有很多詩篇十分有趣。翻看有趣的詩篇是生活的快樂；說起生活，我過着我的生活，跟人家毫無干涉。同樣，我看自己覺得有趣的詩，而絕不强迫人家必須跟我一樣，對那些詩也感到興趣。我尋找我底詩的快樂，你尋找你底詩的快樂，互相不必紅着臉皮爭論詩的好或壞。每一位作者寫成一首詩，都自認是好詩才敢推出來的；而且要使用怎樣的語言才是好詩？沒有上等的標準，怎能斷定甚麼傾向的詩才是好詩，如屬於不同的手法就是僞詩呢？凡詩論是寫不出詩的時候，爲了調劑情緒才去接觸的無聊的發作。我看過很多詩人寫詩論都是屬於這一類的，願詩的讀者不被那些怪異的詩論所惑，而衡量自己的興趣去享受詩快樂的生活。

陳坤崙爲了過去和病魔決鬪的那段沉長而憂傷的日子，才決定出版詩集「無言的小草」，共收五十首詩，都是以平易的日用語，運用現實性的思維寫成的。作品的格調頗有令人親近的感覺。

無言的小草

祇要你看不慣
你就拿着鋤頭把我除去
像犯了大罪一樣用火把我成灰

祇要你疲倦了
你就躺在我的上面
讓我獨自嚐嚐被欺侮的滋味
祇要你閒着無聊
你就把我柔嫩的根莖拔掉
像撕破一張紙那麼容易
把我的生命結束
不管你待我如何
我祇有忍耐
因爲我祇是小小的草
我也一直等待
有一天要吃你的脂肪
然後將你掩蓋

「無言的小草」不是眞的無言，在緘默中，它的語言十分刺人傷心。在這個社會誰會看不慣誰？而竟像犯了大罪一樣把（我）燒成灰，（我）也無可訴苦。被置於這種命運的我，不只是小草而已吧。（你）是一個可惡的黑社會的地頭蛇，疲倦了就躺在（我）上面享受，有人專享福在人家的犧牲上。而被欺侮也無可奈何的（我），只有獨自嚐嚐被欺侮的滋味，這多麼可悲的人生呀。不過像這種被欺侮的情況，有人仍是還可以忍受的。至於那個地頭蛇，「閒着無聊」的時候，還會像「撕破一張紙那麼容易」地，把（我）的生命結束，沒有比這種事更殘酷、更無人道的啦。所以不管如何，（我）祇要有忍耐和等待，總有一天，那個蠻有權勢的傢伙會死掉，會被埋在土裏，哈！那個時候（我）就要吃你的脂肪呢。這裏用「脂肪」一句，令人想像到肥猪那麼大肚子的那個傢伙的狀態，很妙。生者必死、盛者必衰，我們可以想像這首詩裏，（你）和（我）的人物，從隣居之間的你和我，擴大到某個社會之間，甚至某一個極權國家與弱小民族之間的你和我。權勢與被壓迫的循環關係，或者富與貪的循環關係，屢見在這個社會，使我們必須提醒而自覺，心需忍耐與等待，或努力奮鬪，或自我反省而持着仁慈與溫柔的良知。

陳坤崙以這一首「無言的小草」，做爲詩集的名稱，可以說這一類的詩思構成了他的詩的原型吧。他的許多詩篇都是從這種詩思含有的人類愛，以及對事物的同情心發展下來的，亦即成爲陳坤崙寫詩的原動力。

使現代詩具有特徵的超現實美學，就是重視詩的 image 和隱喻的自由連結。超現實這個比現實更現實的手法，絕非據於脫離現實的空虛所能實踐的。事實，超現實詩的image和隱喻的自由連結，不像飄在空中的那些無意義的片斷的雲那樣，糾合着支離破碎的語言組成的。却是透過顯微鏡或望遠鏡，始能浮顯出來的實體，加以一貫性而完整的構築，使語言所組合的意義賦有伸縮性的彈簧而塑成的。陳坤崙的詩，其語言貫徹整首詩所表現的意義性，就是整體的隱喻，使讀者的想像力，在那隱喻裏有伸縮性的循環而擴大。由於他的詩所抓住的題材，我們看得出他是一個偏愛現實性的詩人，從現實中抽出詩的image，而稍爲加入超現實的味素。使用這種手法，不使詩墮於凡俗，而使其更有新的現實性的發展。

陀螺

小時候經常在路旁

跟許多同伴劃一個
○
玩着抽陀螺
要是誰的陀螺不能站着
天旋地轉
那麼他就是「死」了

死了的陀螺必須被囚禁在圓圈裏
像一個犯罪的人一樣
任其他的陀螺毒打
有時他的皮膚被削下了一塊肉
有時他被另一個能夠站着
天旋地轉的陀螺
救出圓圈之外
這樣死了的陀螺又復活了
抽陀螺是這樣充滿了幻想
必須站着天旋地轉
才不會死才不會受傷

由於陳坤崙過去和病魔決鬥過，之後得救復活了，這首詩的image是從他所經歷的親切感受寫成的吧。「要是誰（的陀螺）不能站着 天旋地轉 那麼他就是『死』了」，這個社會是苛刻無情的，他以陀螺比喻人的「心」或「愛」或「希望」，人生像玩陀螺一樣，如不能站着（天旋地轉），就會死或受傷。這一句「天旋地轉」比喻得十分適切而微妙。以小時候玩過的陀螺遊戲做題材，加以被病魔纏繞過的經驗，「有時他的皮膚被（醫生）削下了一塊肉 有時他被另一個能站着 天旋地轉的陀螺（醫生）救出……又復活了」，他的復活，是跟病魔或者是心靈上的困惱、憂愁、決鬥之後獲得的勝利。儘管最後一聯三行是屬於說明性的語言，但這一聯三行收束了這首詩的結尾，毫無破壞詩的意味，頗爲成功。像這樣具有超現實美學的新現實性的詩，讀起來可得到不同凡響的快感，這就是欣賞詩的快樂。

我看詩，有意從詩裏發現能打動心靈的眞實性現存的意象。雖然無（意）的透明詩，具有純粹藝術的意味，但沒有像血淋淋的，含有人體臭的詩那麼叫人感動。一把泥土的可愛，給我們很多寶貴的人生感受。一塵未染的那種清潔溜溜的風度，就缺乏人類愛的親近感而不自然，那是人工造作的死東西，跟混在泥土裏過活的人生不同。有泥土，我們才能把生命的根繁殖而穩固地活下去。向無（意）的透明詩，尋求到底，畢竟就是虛無的。無的幻想，只有概念性思考的虛偽而已。

在法國被稱爲現代的反文學詩人魯宋・蓋約說：「我努力於持着尋常的想像力，避免從『無』造出事件，且不依賴偶然或某些媚藥，不輕蔑理性和體驗，不亂改語句原有的意義。我只想使用比以往自己所發現的語句，更持有豐富而深度的語句；我要把駕馭那些語句的能力，推積在記憶裏的各種組合，使其擴大。」

翻看陳坤崙的詩集之後，我覺得他的詩的手法，是我喜愛的詩的一種型態，深深地希望着他更把詩的生活的根，旺盛地繁殖於泥土裏強壯起來。（於一九七四，聖誕夜）

惡之華

波特萊爾作
杜國清譯

71 一幅幻想的版畫

這奇妙的妖怪身上儘有的化裝，
是怪誕地座落在那骸骨的額上
喚起狂歡節的一個可怕的王冠。
無鞭亦無靴刺他使馬吁吁地喘；
那啓示錄的瘦馬像他也是怪魔，
鼻孔吹着涎沫，像個癲癇病者。
跨過虛空這騎者和馬勇往邁前，
以橫衝直撞的馬蹄蹂躪着無限。
這騎者揮着一把馬刀閃閃發亮，
在他的馬踏倒的無名羣衆之上；
像王侯巡視宮殿一樣他驅馳於
一望無垠的蒼茫而荒涼的墓地；
在那白日的微黯光下靜躺的是，
古代和近代歷史上的民族人物。

72 快樂的死者

在爬滿蝸牛的一塊濕黏的土上，
我要親自挖掘一個深深的地穴，
那兒，我的老骨可以悠然伸躺，
像鯊魚在波間，我沈眠於忘却。
我痛恨遺書，而且我痛恨墳墓；
與其向世間上的人們哀求眼淚，
活着，我寧可邀請烏鴉來啄食
我不潔的身軀，且吸盡我的血。
蛆虫喲，無耳無限的黑色伙伴，
腐敗之子享樂的哲學家，你看，
一個自由快樂的死者向你而來；
且在我屍骸上無憾地爬行狂逛，
告訴我是否還有什麼苦惱留在
死於死者中這無魂的老朽身上！

73 憎恨的無底桶

「憎恨」是蒼白的黛奈狄的無底桶；
狂亂的「復讐」以頑强通紅的手臂，
徒勞地，向着那空虛的黑暗中，
一再滿壺地傾注死者的血和淚；
「惡魔」在那桶底鑿穿秘密的窟窿，
從那兒千年的汗和努力都漏走，
縱然「復讐」能使犧牲者甦醒活動，
爲榨出血淚使其肉體都再復活。

「憎恨」乃是在酒店深奧處的醉漢，
他越是喝酒啊却是越覺得口渴，
那渴勁像勒泥的怪蛇斬不勝斬。

——但幸福的酒徒知道自己的征服者，
而「憎恨」註定的這種悲慘的命運，
是永遠不能倒在食桌下就睡昏。

註：黛奈狄（Danaides）是希臘神話 Argos 王 Danaus的五十個女兒。她們將與Aegyptus的五十個兒子結婚，但在結婚之夜，依父親的命令，除了一個以外，將各自的丈夫殺害，因此墮入地獄，受罰汲水塡滿無底桶。勒泥（Lerne）：希臘神話中棲於勒泥沼澤中的七頭蛇；一被斬隨卽再生出頭來，後爲勇士赫克力士（Hercules）所退治。

74 破裂的鐘

那是悲苦而快樂的，在冬夜裏
坐在冒起煙跳燃着的爐火近傍，
傾聽那遙遠的回憶徐徐地湧起，
隨着鐘聲的餘音在濃霧中廻響。

多福的是那具有强壯喉嚨的鐘，
儘管年已老邁却仍健康且機靈；
忠實地揚起的聲音充滿着虔誠，
像在夜營的天幕下站崗的老兵！

我呀我靈魂已破裂；在倦怠中
想使我的歌聲響徹夜夜的寒空，
我那靈魂微弱的聲音，却時常
像臨死傷兵那遲重的殘喘一樣：
被遺忘在血湖邊成堆的屍體下，
他死去，動彈不得，極力掙扎。

75 憂鬱

雨月之神對整個都市發出怨憤，
從甕中，將陰鬱的寒流濤濤地，
傾倒在附近的墳地上那些亡魂，
且將死氣遍灑在濃霧下的郊區。

我的貓在瓷磚地板上尋找藁稈，
將那患了疥癬的瘦軀搖個不停；
承霤下一個老詩人的靈魂錯亂，
發出悲慘的聲音像怕冷的幽靈。

寺鐘悲鳴着，而燻煙的大木柴，
以尖聲伴奏着那傷了風的掛鐘，
而在沾滿不潔氣味的一組紙牌，
患水腫病的一個老太婆的遺品，
美男子的紅心買克和黑桃女王，
陰鬱地窃談着他們往昔的戀情。

催眠曲

小見山弘子詩
陳秀喜譯

可是爲什麼

要破壞是容易
陳腐的日常的間隔等等

可是　爲什麼
不能像蝴蝶擇花而飛
不能像夜風
往早晨的路通過

啊　只跨一步的現實而……
誹謗的刀刃
以肌膚承受是懼怕的
黏血的悔意
獨自舐着太寂寞

嗬　把愚昧的眺望樓關閉
可是　爲什麼?
彷徨的窗幽秘地打開呢
又像是
在鐵柵中一樣切望着
凝視茫漠的彼方
好像在何處另有世界一樣……
好像有清潔而嚴肅的幸福一樣……

催眠曲

燻蚊香的睡房
望着遠方的你的眼
落下川流的玩具都忘掉吧

睡吧
把公園的滑梯

唱着催眠曲
我也盪鞦韆
無污垢的少女時
遙遠的星星
飛牆的紋白蝴蝶
都回來溫暖胸懷

啊　活了幾十年來
我和你們
不想唱催眠曲
過了一日、一年、朔風的季節
把已久遠的日子學習的催眠曲
在褪色毛毯裏
忽然想起來

我是不比母親強的母親
在故鄉的病床上
年老的父親在掛念吧

睡吧
明晨在野草上
爲着要裸脚馳走
爲着孤單活下去
長長的人生的路程

黑色的一刻

把開關閉掉
思慕是
閉目時
思惟的世界就來……
塔顯得神秘
黑色的落日
秘藏芳潤的香味的酒
黑暗的酒倉裏拿來
沒有寫過的文字
收藏於黑色小筐的胸懷裏

只有香煙的火燃着
黑暗中
你的聲音更使我懷念
心透胸懷裏

啊
生命的美是
出生前的黑暗
死後的黑暗
在那個連接點
因爲盛開着
血的花的緣故吧

臺灣新詩的回顧

巫永福詩抄

陳千武譯

路旁椰子樹

蒙灰塵的並列的椰子樹
樹梢被風搖入天的晴朗
而美被街道的汚濁染髒了
誰也不知道樹的高度
騷然而疲憊的來來去去
房屋和人和窗都褪色了
光和彩色也消逝於並列的樹梢
只有颯颯的風聲吹過樹梢而已

空白的讚歌

頁裏不要點綴不知名的無聊的悔悟
或無用的故事　該留下空白
不知名的人意圖出名而掙扎
若是平凡的　說千萬句也不會出名呢
只記一行歌詞而餘留空白
英雄名人的餘韻尙在
就不必點綴無用的故事
雖愚笨也該留空白啊
給印象或常識去捉雲

因厚頁虛構太多
不知名或有名的人的浪漫之歌
在空白需要現實的存在

蠹魚不要吃掉美麗的空白
要吃就吃那厚厚的頁吧
文字是眞實的化粧品
空白却是最大的發言人

蠹魚㈠

貴族式的書呆子
過份喜愛書籍
才貪婪地吃盡文字

是貧窮的立秋前十八天蟲
貪懶睡而餓了
便喫破黑字的連貫

大唐的神仙街
吃過經典的神仙
人死了的勞債故事

打破迷信的受難者

當笑柄的大作家
吃過黑字而變成偉大
貴族式的道德家
吃了字就成神仙
說人也會吃字呢

蠹魚(二)

戴着小銀色的甲冑
在黑暗裏佈設散兵線
偷偷摸摸地逃避
也不像唐吉訶德的傢伙

很早以前就拼命地尋找文字
糟蹋文字而得到滿意
但未曾寫過一篇文章
呀！你是文化的毀壞者

跟假裝唐吉訶德模樣的
銀色甲冑的你打戰
擠死了沒有高尚品格的難對付的你
會不會殘酷無情呢　阿彌陀佛

枕頭詩

乘馬過海
划船過沙漠

花在夜天開
戀情在噴火口跳舞

用針車紡紗
盹睡着物色新娘

在摩天樓打瞌睡
跟情人在冰河做丟臉的事

倒立着攀山去
言不由衷的害怕陰氣的懸崖

漫遊空中
以白雲吊鞦韆

歡　喜

無限擴大的肉體
無限縮小的感情
啊！停止狀態的神經系統
啊！無區分狀態的擁抱
手掌裏的天晴了
眼瞳裏坐的表象閃爍着
口腔裏的黃河在暢流
心胸裏的熱水在沸騰

稻草人的口哨

蒼青的天
白白的雲

在成熟的稻田風搖着
黑的羽翼
紅的眼睛
在那邊這邊蜻蛉飛着

風呀吹吧吹吧
鳥呀飛吧飛吧
今天稻草人還在吹口哨
把白日孳吹上天空吧
把白雲紡做蜻蛉的衣裳吧
像一千零一夜的巫師飛上去吧

啊！白鷺向淺薄的山霞飛去
在沉默的水田表面
稻草人今天還在吹口哨
高聲地吹着
吹唱未曾聽過的故事吧
沒有音節的故事的口哨呀

飛騰的前夜

走那一條路
都會碰上無形的牆壁
每次折回來
又碰上無形的牆壁
因而有人撞毀了自己
也有人跳進火裏燒滅

來回兜圈子
溜不出去的走道
毀壞又毀壞仍然
溜不出去的走道
盤算着有沒有奇妙的方法
或飛騰的羽翼而停下來

像尤加利樹般感覺自豪
在强烈的風勢裏保持清純的熱情
爲了將來的創造和活力
宿命似的發出高鼾聲安睡

走那一條路
都會碰上溜不出去的牆壁
每次折回來
就盤算在這牆壁下
我該橫臥着等待
擁披着燃燒的思念與活力
悠悠橫臥着

河

從遙遠的過去河就唱着
講故事的溪流聲
把殘酷的故事托於怒濤
給忘却的頁留下歌曲
被命名爲老翁之河老媼之河
綽號爲年輕的生命地上之泉

容納天空白雲和草木
以及人的影子

曾經是個醉漢子
而藉着美麗的破壞名字
把撐篙的船流去
翻落在死滅之底

也曾經對彼岸邊漂來的
青年男女的歌聲
言不由衷地妒嫉過
流了家流了田地流了淚
從遙遠的過去河就流着
知不知道那偉大
把一切滅頂於
忘却之淵　就是這條河

胸　膛

這是星空
紅的星星
白的星星
閃爍着

草原的崗上有花
有各種的花
黃的
紫的
星星無味

風裏有花香
在草蔭下我的胸膛
漂流着愛鬱症

蟲鳴叫
情啊愛啊
冬天草下的
蟋蟀

顏色和香味微微閃着
把那則追憶
殺死了的是這胸膛
在這星空下

自由的樹蔭下

抽着哲學性的烟管
魔女呀
拘束了我的自由

抽烟管的魔女的臉
正義也昏黑的臉
法也歪曲的臉
臉、臉也會打落飛鳥的臉

慾去極樂的野心
慾成美人的名譽心
慾成壞人的虛榮心
慾以魔女的心爲心

魔女呀
把那一個一個裝入魔壺
抽着哲學性的烟管
以自由的名字
拘束了我的自由

在鬼崖上

攀登峻險的山路
終於登上鬼崖
花宴芳香正濃
像似花紋的蝴蝶狂舞着

俯瞰下去下界在遙遠的雲海裏
經過的路標都看不清楚了
汗也誇耀似地與山綠發香
疲勞與痛苦都被埋入溪谷裏

假寐在山鳥鳴叫的廻響裏
藍天的白雲也在我夢裏飛翔
心安了就遺忘脚的酸痛
鬼崖上花盛開着

站在聳立的鬼崖上有生命墜落的感覺
但悠然被顯露的陽光包圍着
在我掌中有近而壯大的藍天
也有美麗的花樹和跳躍的松鼠

貝殼夢

沙灘上留下精明生命的脚印
以岸邊湧退的潮音
以飛雲和眨眼的星星爲伴
貝殼彷彿着做廣大的夢

來往的小舟水手的歌唱
滿載的漁夫們的醉顏
淺灘裏尋餌的小鳥的啼聲
也都被閃耀的光擁抱着醉了

天海和陸地的寂靜
是沒有天堂和地獄的無罪世界
咬着未曾汚穢的生命
在海濱無憂地晒着暖和的陽光

倚偎在月和太陽的寂寞裏
飾浪波和萍藻舞着
以海鷗的歌當做搖籃曲
獨自枕在海濱的浪波而睡着

呼吸遙遠的追憶在生命裏
風吹的海飄流海邊的房屋
起伏的樹的私語和漁夫們的喚聲
蒙着沙貝殼陶醉於生的欣喜

三葉草可愛的花束

(一)

暖和的春日
綠野朗爽的光線
給三葉草和藹的微笑
三葉草感激地抖着
綻開了小小可愛的花

(二)

三葉草柔嫩的綠葉
香在高而廣的天空
被風吹而搖舞起來
藍藍白雲飄浮着
雲雀愉快地歌唱

(三)

少女向花野奔跑
滿臉微笑着摘花
三葉草便成爲可愛花束
偎在少女豐滿的胸部
嗅暖暖的體臭

(四)

可愛的花束撫摸少女的臉頰
垂下頭靜靜地說情
那囁嚅回憶故鄉的母親
懷念被母親擁抱的快樂
母親的乳房充滿着乳液

(五)

溫柔的母親用手捏着
少女的臉頰而笑着說
「你是可愛的花」
少女不忘記這句話
仍在懷念三葉草的花束

(六)

花束像少女那麼可愛
持有母親那樣乳液的香味
啊，美麗的母親
少女緊張而屏息　握着可愛的花束
在清爽的春光裏微笑着

不會賢明

權力十分縹緲
被選定的特殊人們
權力是一種美德
得逞威風的凡人
却是大罪惡　會使人
墮入不幸甚至自滅之道
而遇到一民族虐待另一民族的時候
那是更厲害的
爲自已利益而犧牲他人
是私利私慾的人類
最大的缺點
若是權力機構
罪惡會更大

無論以任何美麗的辭句掩飾
所流布的害毒
是深而普遍的

總督政治掛上一視同仁的牌照
那是無愛的權力統治的僞裝
總督的權力雖無限强盛
但絕不賦與正當的人具有權力
而尊重
把基本上的人權
供以統治者優位的自己滿足
權力就十分有魅力的
沒有尊重人性的憲法
只有律令政治而已

當然無議會　縱令有
也是裝飾物　非眞正的自治
沒有人民切實的發言
一切都在自己方便的官僚手中

然而人心不會原諒那些
不滿、鬪爭、革命的字眼
都基於那些而發生
人類透過歷史
而流血
却很不容會賢明起來
啊，權力只强迫人喝腐敗的
液汁

笠消息

本社

△本刊同仁非馬博士詩集「在風城」，收錄詩約六十首，其英文譯本將在美國出版，另計劃將在臺灣出版中英文對照本。此集表現非馬獨特輕快的詩風，令人喜愛。

△本刊同仁白萩從臺南遷移臺中後，獨自經營「立派美術設計公司」，其新潁高尙的設計深獲各方好評愛用。又聞，近已擴張經營「金鼎室內設計工程公司」，並任「臺中市室內設計公會」理事長，集中團隊精神拓展其行業，工作非常忙碌。其由梁景峰翻譯的「白萩詩選」德文譯本，已在德國出版。

△本刊同仁桓夫於十月間，有機會接待從屏東縣來臺中的幾位國校老師，談起兒童文學家黃基博老師，對兒童詩的提倡與實踐貢獻甚大，無人不曉。在座有一位老師便是黃基博老師的學生，黃老師教過她作文，雖然她不寫詩，但覺得應該廣泛推展詩來純化兒童的心靈，黃基博老師挺身開拓兒童詩的世界，令人敬佩。又聞，桓夫亦自新學期開始接受臺中市教育局發行的「兒童天地」月刊雜誌，聘爲『兒童詩園』指導，輔導兒童詩創作，已有新的表現。

大公雞

趙廼定

大公鷄戴着紅冠帽
大清早引着頸喔喔叫

天剛亮，太陽還沒起床
小弟弟還在夢的王國和小公主一起騎馬
小妹妹還在仙島和小白兎嘻哈

大公鷄戴着紅冠帽
大清早就引頸喔喔叫
若問大公鷄爲何大清早喔喔叫
大公鷄說：「天剛亮，太陽還沒起床。」

大公鷄站在高崗上一聲接一聲的喔叫
叫醒了太陽露出了紅臉——在山上
叫醒了小弟弟和小妹妹快快來捉迷藏

兒子的眞珠

堀口大學詩
陳秀喜譯

兒子的眞珠

——給磯村英樹君

是哀傷的
同位原素吧
你也是 我也是
兒子不慮的
死之故
在有限的生命
流着吧
凡父的淚
至少每一顆都是
凍成黑眞珠爲止

詩的眞珠
死的眞珠
兒子的眞珠

我的冥利

小小的冥利珍重着
八十年
命微薄地活過來
寫着讓風聽的詩
八十年
吃着霞活過來

幼苗園

指導者　黃基博

雲

雲是一朶美麗的白薔薇，
插在山姑娘的頭上
山，山姑娘漂亮起來了。

屏縣仙吉國小五甲　許雪銀

星星

如果星星掉進深谷裏，
野獸會向山上跑，
流螢會向天上飛，
飛機會往深谷裏撞。

屏東潮州國小六年　王淑芳

夜

萬惡的魔神，
用一塊大黑巾蒙住了大地的眼睛。
恐怖、戰慄，
大地變成瞎子。
幸虧月亮和星星刺破了黑幕，
爲大地解除了恐怖，
帶來了安詳的恬靜。

屏縣潮州國小五年　陳燦昇

夏夜

大地的母親，指揮着蟲兒
唱着平安柔和的小夜曲，
萬物就沉沉的入睡了。
大地的母親沒有合眼，
提着大燈籠巡視，
爲出汗的人們
尋求清涼的晚風。

屏縣潮州國小六年　王文豪

父親節

父親節畫畫
同學都畫他們的爸爸，
只有我寂寞的畫着哥哥。
因爲我必須畫畫，
又不知道您會責怪我嗎？

屏縣潮州國小六年　許玉玲

父親

父親啊！
你是多麼的偉大！
蒼蒼的白髮，
顯示你的年邁，
但你仍辛勤的工作，
叫我們不必替你擔憂。

屏縣光華國小六戊　蔡雅慧

母親

屏縣光華國小六年　劉正怡

母親是一棵大香蕉樹，
我是一棵小香蕉樹，
我們相依爲命。
她日夜供給我營養，
使我一天天茁壯，
母親却一天天的消瘦了！

屏縣光華國小五年 袁有容

母　親

母親是一顆明亮的北極星，
我是在黑暗中迷路的人，
她指示我方向，
使我不再徬徨與迷惘。

屏縣潮南國小五年 莊麗蘭

母　親

母親是園丁，
孩子是一棵幼苗，
園丁日夜培育幼苗，
幼苗一天一天的茁壯了。

屏縣崁頂國小三年 蔡明芬

母　親

母親是玫瑰上的刺，
我們是玫瑰花。
有人要傷害我們時，
它就以刺保護我們。

屏縣潮州國小五年 紀志賢

母　親

母親是一座光耀的燈塔，
我是在暴風雨中的小船。
它指引我，
駛進了安全港。

屏縣潮州國小四年 李淑婉

母　親

我和弟、妹們像小樹苗，
母親的愛是陽光和露水。
我們得到露水和陽先，
就歡歡喜喜地成長。

高雄新興國小五年 范聖莉

青山和白雲

雄偉的高山，
像綠衣的戰士；
悠悠的白雲，
像白衣天使。
有白雲在身邊悠悠，
青山就更綠了。

屏縣仙吉國小五申 許雪銀

滿　月

圓圓的月亮！
是位美麗的姑娘，
十五夜裏才來和「大地少年」約會。
月亮姑娘滿臉高興
「大地少年」怪她太無情，
躲了三十天，
才來和他相會。

蓓蕾園

指導者　黃基博

湖

屏東師專四年丙班　蔡蕙玲

湖是個害羞的少女
投下一顆小小的石頭
就會激起漣漪
心湖不能平靜

夜來香

高雄道明中學高一　林麗琴

妳！
總是與衆不同，
柔柔的情，
深濃的意
奔放在夜裏。

心與靈的交響

省立曾文家商高一　李麗娜

將純樸皎潔的花瓣，
編成一片片的夢想，
以晶瑩圓滑的露珠，
織成一串串的希望。

心語

省立鳳山中學高二　林宿慧

別對我埋怨
只因喜歡那份寧靜，
別笑我傻，
寧願作聰明的傻瓜，
別這樣的望着我，
我並沒有做錯了什麼，
別再問我爲什麼，
只是說不出的喜歡。

失去的

省立鳳山中學高三　沈錦綢

那段在一起的時光。
永遠也不能找回了，
我驚於那夢醒的痛苦
也慌於那心靈的哭泣，
屬於我的
畢竟只有那難于抖落的寂寞。

遺忘

屏東師專四年丙班　鄭玉裔

想告訴妳，
我們必須分手，
可是，
對着淚眼欲滴的神情，
怎忍心傷害？
但我仍須遠去，
只好將它遺忘。

幽情

臺南師專三年己班 陳芳桃

那回眸的輕笑，
滴溜溜如盤中的珍珠。
默然的凝睇，
暖暖如七月的陽光。

無言

屏縣萬丹國小教師 梁財妹

閃爍着濃濃的關懷
默然凝睇
盪漾着淺淺的笑意
雙頰緋紅
雖是默默
却能達意
雖是無言
却已飄然

別

小學教師 白美美

一池清水
像淚盈盈的眸子
絲絲漣漪
盪漾着無限離愁
聳峙的山
如深鎖的眉峯
層層綠樹
寫着無限情意

想念

屏東師專三年丙班 陳玉娟

時時盼望你的到臨
却 依然
空虛 失望
書頁中滿是你的影子
放下書
腦子裏
仍滿是你的影子
走出房子
像那輪明月
依然跟着我

我的時間

臺南師專五年丁班 蔡淑瑛

我的時間，像一條河流，
河上有片片落葉，
片片落葉載滿愁苦和歡樂。
我的時間，像一條河流，
河水流走片片落葉，
流走愁苦和歡樂。
我的時間，像一條河流，
迎接新的落葉
新的痛苦和歡樂。

少年的詩園

趙天儀譯

蛾群與月光

黎佛斯作

蛾羣與月光對我意味深長
魔術——瘋狂——神秘。

巫女們怪異又狂野地跳舞
惡作劇襲擊着大人與小孩子。

貓頭鷹尖叫聲來自叢林的深處，
蛾羣飛舞穿過了月明的沼澤，

在黝黑而又秘密的智慧中蠕動着
像是偽裝的一個陰謀者。

蛾羣與月光對我意味深長
魔術——瘋狂——神秘。

畫眉

吳爾夫作

在遙遠的角落，
被搖擺地封閉着，
每天早晨
一隻畫眉歌唱着。

牠的嘴是如此地黃，
她的羽衣是如此地黝黑，
牠使一個傢伙
背地裏吹口哨。

安娜，我的女兒，
想想牠
格外地
為我們倆歌唱着。

自然的驚異

阿農作

我的祖母說，「如今那不是它瘋狂
男孩子們必須吹口哨子而女孩子們必須亮金嗓子
但那是怎麼搞的呢！」我聽到她說——
「彷彿明天如昨天一樣。」

祖母說着，當我問了她為什麼
女孩子們不能像我一樣吹口哨子，
「孩子，你曉得那是一件自然的事——
男孩子們正吹口哨子，而女孩子們正亮金嗓子。」

我聽到一隻鳥兒歌唱

黑福德作

我聽到一隻鳥兒歌唱

在十二月的黑暗裏
一種魔術的東西
去甜蜜地記憶。
「我們將接近春天了
然後我們是在九月裏，」
我聽到一隻鳥兒歌唱
在十二月的黑暗裏。

感恩

黎仁作

為了世界感謝祢
如此甜密，
為了食物感謝祢
我們飲食，
為了鳥兒感謝祢
牠們歌唱，
主啊，感謝祢
為了每一樣東西！

仍然我看到了海

莫爾作

仍然我看到了海
我並不知道
那風
能吹縐海水成那樣。
我從不知道
那陽光
能劈開全面蔚藍的海。
以前
我也不知道
海吹響着呑呑吐吐
在海岸上。

八月的午後

伊廸 谷立達作

我們將去那兒？
我們將玩什麼？
在一個嚴熱的夏天
我們將做什麼？
我們將坐在鞦韆上。
搖向下方，擺向上方。
而且飲着檸檬汁
直到杯子乾了。
一根麥管為你，
一根麥管為我，
在胡桃樹的
冰涼蒼綠的樹蔭裏。

出版消息

本社

一、詩　刊

※「詩人季刊」第一期，由後浪詩社主編，大昇出版社出版，定價十五元。

※「藍星」復刊新一號，已由藍星詩社出版，定價二十元。

※「大地」詩刊第十一期，由大地詩社主編，文馨出版社出版，定價十五元。

※「龍族」詩刊第十三期，由龍族詩社主編，林白出版社出版，定價十五元。本刊上一期誤為第十四期，特此更正。

※「秋水」詩刊第十五期，已由秋水詩社主編出版，定價十五元。

二、詩　集

※桓夫詩集「媽祖的纏足」，包括中文詩「佛心化石」、「垃圾箱裏的意念」，以及日文詩「媽祖的纏足」三輯，列入「笠叢書」，笠詩刊社出版，定價五十五元。由名水彩畫家楊啓東封面設計。

※陳秀喜詩集「樹的哀樂」，列入「笠叢書」，笠詩刊社出版，巨人出版社發行，附有畫家劉文三挿圖多幀，印刷精緻。精裝本定價一百元，平裝五十元。

※陳坤崙詩集「無言的小草」，已由三信出版社出版，定價二十五元。

※洛夫詩集「魔歌」，列入「中外文學叢書」，已由中外文學月刊社出版，精裝本定價七十元，平裝本特價四十元。民國六十三年十二月十二日晚七時，中外文學月刊社，假耕莘文教院，擧行洛夫詩集「魔歌」出版座談朗誦會。

※李榮川詩集「從太陽來的詩章」，由文壇社出版，定價四十元。

※Soon Yong Choon著「勇春詩集」(Creatives Poems)，已由美亞出版股份有限公司出版，定價五十元。

三、翻譯、評論及其他

※侯健著「從文學革命到革命文學」，列入「中外文學叢書」，由中外文學月刊社出版，精裝定價八十元，平裝特價五十元。

※姚一葦著「文學論集」，由書評書目出版社出版，精裝定價一百元，平裝定價七十元。

※梁實秋著「槐園夢憶」，由遠東圖書公司出版，定價三十元。

※紀弦著「園丁之歌」，列入「華欣文學叢書」，已由華欣文化事業中心出版，定價三十元。

※亞力山大・索忍尼辛(Aleksandr Solzhenitsyn)著「為人類而藝術」(Art For Man's Sake)，翁廷樞譯，已由地球出版社出版，實售四十元。本書為其獲諾貝爾文學講辭。

※張平男、謝勝夫合譯「索忍尼辛創作歷程」，已由長青文化事業股份有限公司出版，定價四十五元。

※顏元叔、翁廷樞、梁伯傑、楊泰雄等譯述的「索忍尼辛保衞戰」，已由地球出版社出版，特價四十元。

※顏元叔、翁廷樞等譯的「索忍尼辛傑作選」，已由地球出版社出版，特價四十元。

※朱立民譯「美國之夢與現代人」(The Urgent West: The American Dream and Modern Man by Walter Allen)，已由國家科學委員會補助，國立編譯館出版，環球書社印行，精裝本定價八十五元。

笠叢書及其他

本社代售

笠叢書

詩集

1. 風的薔薇	白萩著	十二元
2. 島與湖	杜國清著	十二元
3. 力的建築	林宗源著	十二元
4. 瞑想詩集	吳瀛濤著	十二元
5. 不眠的眼	桓夫著	十二元
6. 綠血球	詹冰著	十四元
7. 大安溪畔	趙天儀著	十二元
8. 秋之歌	蔡淇津著	十二元
9. 牧雲初集	林煥彰著	十二元
10 南港詩抄	楓堤著	十二元
11 生命的註脚	靜雲著	十二元
12 遺忘之歌	謝秀宗著	十二元
13 窗內的建築	林泉著	十二元
14 蝴蝶結	鄭仰貴著	十二元
15 覆葉	陳秀喜著	廿五元
16 晒衣場	凱若著	十六元
17 歸途	鄭烱明著	十六元
18 期嚮	陳鴻森著	十二元
19 激流	岩上著	二十元
20 心靈的陽光	林泉著	二十元
21 剪裁	古添洪著	二十元
22 香頌	白萩著	廿四元
23 拾虹	拾虹著	十六元
24 孤獨的位置	陳明台著	二十元
25 雪崩	杜國清著	二十元
26 剖伊詩稿	桓夫著	特三十元
27 天空象徵	白萩著	十六元
28 野鹿	桓夫著	十四元
29 靈骨塔及其他	楓堤著	十元
30 枇杷樹	楓堤著	十二元
31 心帆集	林清泉著	三十元
32 樹的哀樂	陳秀喜著	五十元
33 媽祖的纒足	桓夫著	五十五元

譯詩集

1. 日本現代詩選	陳千武譯	十二元
2. 杜英諾悲歌	李魁賢譯	十六元
3. 給奧費斯的十四行詩	李魁賢譯	
4. 華麗島詩集（中日文對照）		二〇〇元

詩論

1. 現代詩的基本精神　林亨泰著　十二元
2. 美學引論(1)　趙天儀著　十二元
4. 域外的思維（散文）　古添洪著　二十元
5. 雲的語言（詩、散文）　傅敏著　十五元

譯詩論

1. 艾略特文學評論選集　杜國清譯　七十元
2. 現代詩的探求　陳千武譯　十八元
3. 里爾克傳　李魁賢譯　二十元
4. 保羅・梵樂希的方法序說　林亨泰譯　十元
5. 詩學　杜國清譯　廿四元

其他

1. 醜女日記（小說）　陳千武譯　廿四元
2. 杜立德先生到非洲（少年文學）　陳千武譯　二十元
3. 星星王子（少年文學）　陳千武譯　十六元

笠詩刊

存書：二—九期每冊八元
一二—一五期每冊八元
一九—二六期每冊八元
二九—四二期每冊八元
四四—四七期每冊十元
四九—五二期每冊十元
五四—六〇每冊十元

合訂本：三—五年合訂每年每冊四〇元
七年合訂本每年每冊四〇元
八—十年合訂本每年每冊七〇元

※請向豐原鎮三村路九十號
笠詩社經理部洽購
※郵政劃撥第二一九七六號陳武雄帳戶
笠詩刊發行已滿十年
是最具保存價值的詩誌

中華民國內政部登記內版臺誌字第二〇九〇號
中華郵政臺字第二〇〇七號執照登記爲第一類新聞紙

定　價：國 內 每 册 新 臺 幣 20 元
海外地區：日 幣 240 元　港幣 4 元
　　　　　非 幣 4 元　美金 1 元
全年六期新臺幣100元　半年三期新臺幣 55 元

●郵政劃撥 2 1 9 7 6 號陳武雄帳戶（小額郵票通用）

出版者：笠　詩　刊　社
發行人：黃　騰　輝
社　長：陳　秀　喜
社址：臺北市松江路三六二巷七八弄十一號（電話：5510083）
中部資料室：彰化市華陽里南郭路一巷10號
北部資料室：臺北市北投石碑路一段39巷70弄二號二樓
編輯部：臺北市敦化南路355巷 83 號
經理部：臺中縣豐原鎮三村路九十號
印刷廠：福元印刷公司　臺北市雅江街58號

陳秀喜女士

「樹的哀樂」詩集封面

陳秀喜女士與孫女們在出版紀念會上

菲律賓詩人

黎刹詩選

趙天儀譯

Dr. Jose Rizal

致上帝之子耶穌
To The Child Jesus

如何，上帝之子，祢已來
到大地在洞穴裏的絕望？
而今命運嘲弄祢
當祢是幾乎沒有誕生？
噢，嗚！天國的王
是誰保持了致命的形狀
與其是握有主權的君主，寧願
是祢底羔羊的牧羊人？

母親的生日
Mother's Birthday

爲什麼馥郁的花兒們
發散她們甜蜜的芳香
在這慶祝的節日下
來自她們聖餐杯的亭子裏？

而爲什麼在森林的谿谷
聽到甜蜜的調子
像歌唱中的夜鶯
那樣地和諧？

而爲什麼在草叢的深處
聽見了歡愉的歌唱
如同每隻熱烈的鳥兒
從這枝到那枝地跳躍着？

在噴泉湧流的地方，
淙淙的嘆息聲多麼可愛
像低哼的搖籃曲
向每一陣微風吹響？

親愛的媽媽，在妳的禮讚裏
向妳的生日問候致敬！
玫瑰花吐出了她的芬芳甜蜜
鳥兒們擺開了牠們的陣勢。

噴泉正汩汩地歌唱
這稱心如意的日子
唾沫横飛地急語着
「爲了她的長壽與歡暢！」

而今用我的吉他
我跟噴泉的歌唱協奏着；
噢聽這一旋律的飛揚
訴說着妳是多麼親切慈祥。

囘憶我的村莊

In Memory Of My Village

當早期孩提時代的快樂時光
在囘憶中我再一次地看見
沿着可愛碧綠的海岸
邂逅親切的白沫滔滔的海；
當我再想起微風悄悄溫柔的耳語
舞蹈在我的眉額
以清冷的甜蜜，甚至如今
誕生於我新的甘美的生活。

當我看見潔白的百合
在野風的揮舞中搖擺，
而怒濤卽獲得暫時的歇息
溫柔地睡在沙地；
當來自花兒們那柔和的氣息
一串花束惱人地甜蜜，
流瀉出新生的曙光去相會，
彷彿在我們之上她開始微笑。

我悲傷地想起……想起
你的容顏，在可愛的搖籃時代，
噢母親，朋友極親愛我，
給生命一種神奇的魅力。
我還記得是一個樸素的村莊，
我的喜悅，我的家庭，我的寵物，
在新鮮清冷的礁湖旁，——
是我的心裏激動溫暖的地方。

啊，是的！我的足跡靠不住
在你黑暗森林裏深深地沉沒；
而那裏在每個河岸的旁邊
我發覺心曠神怡與愉快欣喜；
在那鄉村的教堂裏
以孩提時代單純而不虛僞的虔誠祈禱
當冷清的微風，純粹，沒有瑕疵，
將吹送我的心在狂喜的飛翔之中。

我看見了造物主
在你古老叢林的莊嚴中，
啊，從未在你的保護
一種死亡因被毀而遺憾；
而當在你蔚藍的天空下
我注視着，沒有愛也沒有照拂
可能失敗，因我的幸福本身書寫在
這兒自然的衣裳上。

啊，溫柔的孩提時代，可愛的村鎮，
我底幸福豐饒的泉源，
那些和諧的調子
置放在飛躍中全部憂鬱的時光裏，
再一次回來我的心裏！
回來，溫柔的時光，我渴望着！
回來如同鳥兒的歸還，
在羣花的蓓蕾中含苞待放！

哎喲，再會！我持續着永遠的夜禱。
爲你的和平，你的極樂，以及平靜，
噢，至善的精神，如此仁慈！
給我這些禮物，用仁慈寬容。
爲你我熱烈許願，——
爲你我不再嘆息
這些需要學習，我向天空呼喚
要擁有你的眞摯。

我的祖國接受教育迎向光明

Through Education Our Motherland Receives Light

精明教育底命中要害的瞬間

慢慢灌輸施行權力的美德；
她提高祖國到最高的位置
而且無目的的晛眼的光榮給她淋濕了。
而且如西風柔和地發出
使馥郁芳香底花兒的母體蘇醒更生，
因教育增殖了她的恩寵的禮物；
用細心的手通知他們對人類的後裔。

爲了她，短暫的人生將高興地離去
帶着他的一切；使他沉靜休息；
爲了她，產生了所有的科學與藝術，
人們的容貌用榮冠的美麗包圍。
好像來自高聳的山嶺巍峩的心胸
最純粹的小溪飄動的流暢，
如此教育在她活着的土地上
給予安全與安寧，無法節制或衡量。

教育高高在上統御的地方
少年蓬勃與敏捷地綻放前程；
他用堅定的雙脚錯誤地壓制，
而且被崇高的概念所高擧。
他擊破了惡德的頸項與它的欺瞞；
在她的敵視裏黑色的罪惡臉色發青；
她知道如何去馴服未開化的國度，
從野蠻創造英雄的聲名。

而有如春天把糧食撒播在
所有的植物上，灌木叢的草地上，
它底沉着的豐盈將要漫出氾濫
而且無目的地用慷慨的愛去餵養
在海岸徬徨着，緩慢地漫延，
供應美麗的自然每個需要；
如此他獲得精明的教育
榮譽的塔一般高層將無憂堅固。

水從他的雙唇流出，水晶般的純粹，
完全的美德將不停止前去。
用她的誠實謹愼的教誨造成確信，
他將傾覆推翻惡的力量，
好像泡沫的浪花從未長久持續，

在海邊的每一陣疾風中滅亡；
其他人們將要跟他的模範學習
他們朝上的脚步向挺起的路旋轉。

在悲慘的人類底心胸間
她燃放善良光明的熊熊火燄
兇猛罪惡的雙手已綑紮；
在那些心胸裏將確實發出歡欣
那尋覓着她的神秘恩澤去發現，——
她所培育的那些心靈會發出正義的愛的光芒。
那是一種高貴而十分完全的教育
對生命給予最確實的安慰。

如堅强的岩石在高處聳立着
在暴風雨深處的中心地帶上
在暴風雨的斷痕，或猛烈的西南暴風的力量，
波浪的憤怒正猛烈地掃蕩，
先是瘋狂地憎恨揮霍，繼而退縮，
最後疲憊了，平息而沉入睡鄉，——
如此他着手擷取智慧教育，
不能征服的將引導着祖國的統治。

他的貢獻將被銘刻在藍寶石上，
在他的土地上承認對他的千種榮譽；
因爲在他們的心中他高貴的子孫將會拯救
他的美德所移植的花：
由於善良的愛曾經洗淨沐浴，
領導者與統治者將看到播種
對無目的的日子裏，基督教的教育，
在他們崇高，誠實而神迷的國度裏。

好像在清晨我們看到
紅寶石的太陽流瀉出輝耀的光芒；
在可愛的黎明以她的深純與金黃，
燦爛的顏色包圍在她噴射的周圍；
如此熟練崇高的教誨對活躍的心靈
打開了貞潔途徑的喜悅。
她對我們親愛的祖國提供光明，
導引我們走向不朽的光榮的峯頂。

給菲律賓青年

To The Philippine Youth

主題：「生長」

　握高高眉額的沉靜晴朗，
噢青年，如今你站在那裏；
讓光明顯現光輝
你的恩寵會被看見，
我的祖國底美麗的希望。

　來罷，你，天賦傑出，
帶來了靈感；
用你强勁的手，
比風的意志更敏捷地，
把熱切的心靈揚起到更高的位置。

　來，以藝術與科學
悅人的光芒去戰鬪，
噢青年，在那裏解開
那沉重地拖曳的鐐銬，
讓你的精神自由地飛翔。

　看如何在燃燒的地帶
在投下的陰影之間，
西班牙人聖潔的手
一條榮冠輝耀的繩帶
贈送給這印第安人的土地。

　你，如今希望鼓起
富足壯擧的翅膀，
尋覓自奧林匹亞的天空
飄來最甜蜜的詩歌，
比神秘的雨更溫柔；

　你的聲音神聖
匹敵夜鶯的覆唱疊句，
而且用各種各樣的線條
通過了夜的仁慈溫和

從苦痛中自由地死亡；

你，因激烈地掙扎
喚醒你對生活的心靈；
記憶點燃了
你天賦的光芒，
憑它的力量變成不朽；

而你，在重音清晰的
太陽神，向阿匹利斯親愛的；
或由畫筆的魔術
從自然的蘊藏中擷取一部份，
安置在單純油畫的範圍；

前進，然後昇起
從你的天資到榮冠神聖的火焰；
環繞着聲名傳揚，
在勝利的歡呼中，
將人類的名字傳過廣濶的宇宙。

日子，噢快樂的日子，
公正的菲律賓人，為了你的土地！
今日神降福
橫亘在你路上
這恩寵以及幸運的莊嚴。

給安蒂波洛的處女

To The Virgin Of Antipolo

嗨！玫瑰般純潔
海上的女后；
嗨！白色的星星，
忠誠和平的彩虹……
為妳底孤獨，
安蒂波洛
將帶來名氣與聲望；
來自一切不幸
一切死亡
妳的意象將自由；

誠實的孩子
妳的愛正掛念着
來自不幸將被保護；
妳要嚮導他
日日與夜夜
在這大地的道路上。

致聖母・瑪利亞

To The Virgin Mary

親愛的瑪利亞，對所有使苦惱的死亡
給予安適與甜蜜的寧靜；你春天
從那裏流出安慰的水流
給我們的土地帶來不息的豐饒；
高高在上於你的寶座之前，
哦，用憐憫傾訴當我悲哀憂傷，
而展開你發光的紗罩接受
我飛快地昇向天空的聲音。
和藹的瑪利亞，妳必是我慈愛母親，
在這可怕的海上我的路必須把隱航舵。
倘若剝奪要來打擊我，
如果冷酷的死亡在苦惱中靠近，
哦，救助我，從痛苦中放我自由。

耶穌會　阿蒂尼奧教區長　派柏樂・拉孟神甫生日賦呈

To The Very Reverend Father Pablo Ramon, S.J., Rector Of Ateneo, On His Birthday

甜蜜清新的微風在破曉時分，
波動在馥郁的花莠上，
遍地散播香氣
越過了曠野。

和緩溪流跟銀色海浪的
柔柔細語甜蜜又芳醇
愉快地溶化在
金色的沙粒濺起的珍珠。

鳴禽的歌唱多甜蜜；
柔化了歡愉的花香；
在銀亮曙光中的馥郁
柔和又甜蜜。

但您的名字，令人崇拜的神甫，
在我們的心中感染更純的甜蜜芳香，
從永恒的光輝燈光逐漸地延伸
它最柔和的光線。

上帝最可愛的手
像您一般的神甫，那誠摯的愛，
儘管生命的道路多苦難，
仍然溫柔地嚮導着我們。

啊！年輕的能耐將發生什麼
在我們的心胸間如此歡愉地焚燒
但爲了您虔誠的手底嚮導；
您的愛，您的熱誠！

我們，您的孩子們，神甫，——您嚮導我們
引領到永恒極樂的歸宿。
以如此的一位帶路者
沒有恐懼能動搖心靈。

或許使徒他偉大的聲名您最支持，
在他的足跡上您如此英勇地邁步着，
讓您的恩寵充滿神聖，——
權力的神聖！

你問詩於我

You Ask Me For Verses

如今妳吩咐我去敲響七絃琴，
那沉默與悲哀如此長久地躺臥着；
我還不能喚醒曲調，
繆思也不能激起一段旋律的靈感！
它冷淡地震動着在强調悲慘，
彷彿我的靈魂自己去折磨一樣，

而且當它的聲音好像幾乎在拋擲
一種戲謔在自己低調地悲嘆；
因此在悲傷孤立的幽閉中，
我的靈魂能即不感知也不歌唱。

有一個時辰——啊，它是太眞實——
但是那個時辰已經過去很久很久了——
當依靠着我那繆思已經辭退
寬容的微笑與友誼的付給；
但在那個年代如今全都太少
這思想跟我如今都將逗留；
如來自節日遊戲的時光
那兒留戀逡巡在神秘回想的曲調裏，
而且在我們的心靈裏記憶浮動着
彈琴吟唱復音樂飄盪。

我是一棵植物，幾乎沒有成長，
是悲哀來自它東方的溫床，
那兒全環繞着芳香在流放，
而且已知生命不過是一場夢幻；
我能自己造訪的土地，
永不被我所遺忘，
那兒發音的鳥兒們他們的歌唱教誨我，
而且小瀑布跟他們不絕地咆哮呼嘯，
而且都沿着伸展的海岸
這聲響壯闊的海底潺潺泡沫的細語。

當還在孩提時代歡樂日子的時候，
我已學習依靠它的陽光去微笑，
而且在我的胸懷那裏好像是在那時候
沸騰着火山的烈焰去遊戲。
我是遊吟詩人，而且我的願望常常
去呼喚飛逝的風聲，
用一切詩歌與心靈的力量：
「向前方，伸長擁抱着它的聲望，
從環帶到環帶用歡愉的呼喊，
而且從大地到天堂共同締結紮綁！」

但倘若我離開，而今已不再——
像一棵樹斷折與凋謝枯萎——

也許誕生的諸神帶來歌唱清晰的回聲
在過往的時光裏他們海嘯；
我穿越開闊的海到異國的海岸，
用變換的希望與其他的命運；
我的愚笨顯然已太晚，
因爲我在尋覓着美好的境域
這海啓廸着我空無，
但造成死亡恐怖的根源在等候我。

所有這些喜歡幻想都是我的，
一切的愛，一切的感情，一切的壯擧，
在陽光的天空下告別，
那越過華麗的地域在輝耀着；
不再如此堅持你的懇求禱告，
爲來自一顆心底愛的歌唱
冷淡地躺在一件事物的分別；
而如今我急速地用苦悶的精神
不安地越過沙漠的荒原，
而且在我的全部藝術中無生命地逝去。

瑪麗亞・卡拉蕾之歌

The Song Of Maria Clara

在祖國的時光眞甜蜜，
那兒一切是親愛陽光的祝福；
賦予生命的和風吹拂着掠過海濱，
死亡被愛的歡撫所柔和默化。

溫暖的親吻嬉戲在母親的唇間，
在她的慈愛，柔軟的心胸中蘇醒；
當環繞她的頸間柔和的雙臂滑進，
而且光耀的眼睛微笑，所有愛的共享。

在祖國的死亡眞甜蜜，
那兒一切是親愛陽光的祝福；
死是和風吹拂着掠過海濱，
沒有母親，家，或愛的歡撫。

工作的讚歌
Hymn To Work

合唱——

爲了我們的國家在戰爭
爲了我們的國家在和平
非律賓人將要準備，
當他活着以及當他死亡。

男人們：

一旦東方被光所渲染
就前往田野去耕犂肥沃的泥土！
因爲這種工作支持着男人，
祖國，眷屬以及家。
堅硬辛苦然而土地可證實存在，
太陽毫不容情地籠罩着，
爲了祖國，我們的妻子與孩子們，
用我們的愛這將是何等容易。

妻子們：

勇敢地動身去工作；
你的家有一個忠誠的妻子必定安全
在她的孩子們心中播種着愛
爲了智慧、土地，以及善良貞潔的生活。
當黃昏給我們帶來安靜歇息，
願微笑的運氣守護着我們的門戶；
但是倘若殘酷的命運害到她的男人，
這妻子仍將辛苦前進像以前一樣。

女孩子們：

嗨！嗨！讚美工作！
國家的元氣與她的財富；
因爲工作擧起你的眉額晴朗沉着
它是你的血，你的生命，你的健康。
如果任何青年堅決主張他的愛

他的工作將證實倘若他是善良。
那個男人單獨地拼命與辛苦工作
能够發現餵養他的孩子們的方法。

男孩子們：

教誨我們然後是最堅鉅的工作
因向下你踏成路我們轉動我們的雙脚
我們可能完成那個目的。
而且可能我們的長者們說，他們看見我們，
看！他們的牡穜是多麼地有價值！
沒有香火能加濃我們死去的人
好像他熱望着一個勇敢的兒子！

給海德堡的花
To The Flowers Of Heidelberg

到我的祖國去，去，異國的花卉，
被旅行者沿途散播；
在那蔚藍的天空下，
遍舖着我的全部感情；
那兒從疲倦的旅遊者訴說，
在我們的土地上他是多麼地忠誠！

當破曉時分去那裏傾訴，
她早起的燈正在發散着，
妳的花瓣第一次猛然大開；
他的脚步在寒冷的尼凱河旁導引着，
你看她在你的身旁沉默，
在它那春天不斷地沉思之下。

當晨燈亮起訴說爲何，
所有妳的馥郁芳香被偸竊，
如在愉悅時對妳悄悄耳語
愛情歡愉的遊戲歌唱，
他也潺潺地傾訴他愛的體驗
在那舌頭上，他出生時卽已學會。

當那陽光在王座的高位上

流出它金黃的汪洋大水，
而用它緩慢溫暖的燈光
給生命與小林叢以及森林再會，
他向那太陽敬禮，這兒只有擡起，
在他的祖國那是在它頂點的光輝。

　而且告訴着那天他站在那裏，
靠近一座廢墟的古堡灰色蒼老，
在尼凱河畔，或成蔭的森林，
而且從道路旁摘下妳；
也告訴妳這故事，向妳傾吐，
而且如何以仁慈的掛慮，
妳彎曲地離開他緊握着
在某些卷册珍貴的頁數之間。

　然後流淚，噢花卉，愛者傳遞淚滴；
我的愛對所有愛着的人那裏，
和平地對我的祖國——果實纍纍的土地——
對其忠誠它的兒子們可能站立，
而且高潔地爲它的女兒們掛慮；
向所有那些可愛的生物致敬，
直到跟環繞家的祭壇相會。

　而當妳來到它的岸傍，
如今我這親吻是妳賜予，
拋擲在那飛翔微風的吹拂；
那生產過他們它可能徘徊着
一切那我所熱愛，尊敬以及崇拜。

　但是雖說，噢花卉，妳來到那個土地，
而且一直堅持保存妳的顏色；
到此爲止從這壯烈的海岸，
那裏的土地首先囑咐你的生命開放，
妳的馥郁芳香仍然在這兒擴散；
妳的精神從未離開這大地
誰的光輝在妳誕生時向妳微笑。

我的隱退

My Retreat

在延伸的海濱那兒沙灘是柔和而美好，
在山脚下於它綠色的披風，
我蓋我的小屋在這舒適的小林子的邊境；
從這叢林尋覓和平與寧靜的神聖，
使疲倦的腦筋歇息而且讓我徹骨的煩惱得到安靜。

它的屋頂是脆弱的掌狀花瓣而地板是竹籐，
它的棟樑與椿柱是未砍伐的叢林；
在如此樸素的小屋裏很少有價值的東西，
但位於這山間的窪地已屬不可多得，
伴着這高漲海水的細語與歌唱。

一尾潺潺的溪流來自林地的沼澤
滴落在石頭上再環繞着它流去，
從此利用粗大的竹子引出清流；
在這靜寂的夜晚細語綿綿，
而在這炎熱的白天形成晶瑩的噴泉在跳躍。

當天空晴朗的流動是多麼柔和，
它無形的琴箏不斷地彈奏；
但當雨滴落成一條激流奔去
澎湃洶湧地穿過了岩石的封鎖，
橫行無阻地咆哮着通向大海廣濶的路上。

狗的吠聲與鳥兒的歌唱，
以及只有這 kalao 的噪音呼喚廻響；
聽不到癡人喋喋不休的聲音，
煩擾我的心靈或糾纏我的脚步；
只有孤單地跟海纏繞着我的周遭。

海，啊，海！對於我它就是一切，
當它堅定地從這世界的隔離中冲去；
它在黎明時的微笑對我的精神是一種呼喚，
而在黃昏時我的信仰似乎已告沮喪，
它用悲傷呼吸我心裏的同響。

因夜的一種神秘，當半透明地使它發光，
一切燦爛在它無數的光芒上，
而且明麗的天空在輝耀地展覽；
當這波浪用他們的嘆息傾訴着他們的悲哀——
告訴那已失落而像他們滾轉到絕頂一樣。

他們告訴這世界第一道曙光已破曉，
陽光籠照着他們的表面；
當生物成千地自空無中甦醒，
對人們以這深淵與頂峯爲藉口，
無論甚麼地方它給與生命的吻擺放。

但夜晚的時候曠野的風却蘇醒，
而波浪在激怒中開始跳躍，
哭聲急急通過空中搖盪震動我的心靈；
聲音中夾雜有祈禱、歌唱以及嗚咽
哀歌從精神沉入在海底的深處。

然後從他們的絕頂這山峯們切望着，
而樹叢無分大小發抖哆嗦着；
小林子沙聲的哭泣跟牛羣發出嗚咽聲，
因他們說傳說的幽靈已經走了
正呼喚着他們在他們的死亡歡宴上。

在恐怖與混淆的耳語中的夜晚，
當蔚藍與蒼綠的火焰掠過深處的地方；
但寧靜再用黎明的光輝統轄，
立刻這雄偉的漁夫出現，
好像他的咆哮突進以及波浪沉入睡鄉。

如此向前流動的日子在我孤單的家；
從我曾經知道的世界駕駛向前進，
我默想端詳命運給我安排；
一些瑣碎的遺忘這青苔將漸漸消滅，
從人類中隱藏對我這世界顯示着。

我活在對離去的所愛的人底思維中，
他們的名字往往在我的心靈中造成負擔；
有些放棄我而有些被死亡掠奪；
但如今這全都歸一，如穿過我漂流的往昔，

我的往昔從未被撕裂。

因它是與我常在的朋友，
曾經在煩惱時在我的精神中堅持信仰；
在這寧靜的夜晚它徹夜守候與祈禱，
像這兒在我的流浪異鄉我的孤寂小屋它逗留着，
當懷疑籠罩着我滾滾推進時可加强鞏固我的信仰。

我保持着那信仰而且我希望看見光芒
當白晝這理念勝過了强權；
在騷動以及死亡慢慢地垂落以後，
某些其他的聲音響着，遠比我幸福，
擧起正義的勝利底歡呼的歌唱。

我看見這天空發光，燦爛與明淨，
像當它的權力對我以我第一道珍貴的幻影；
我感知相同的風吻我前額的乾枯，
而且同樣的火焰正在這兒燃燒着
在沸騰混淆中去攪動年輕人的血液。

我在這兒呼吸偶然吹過的風
越過了原野而且流過我自己出生的海岸；
或許他們將帶着回歸的疾風
嘆息那愛的存在於他們的拋擲——
從這愛傳遞甜蜜我首先穿孔。

去看相同的月亮，全跟往昔一樣地銀亮，
我感覺悲哀的思緒在我心頭昇起；
眞實的喜歡回想我們戰鬪，
在原野與樹蔭以及廣濶的海岸上，
歡樂的羞紅，帶着沉默與嘆息。

一隻蝴蝶尋覓着花卉與光芒，
在其他的土地上做夢，巨大者的領域；
難得一個少年從家與愛裏我帶着飛翔，
去流浪到不受注意，免於懷疑與恐怖——
如此可在異國的土地上渡過我最光輝的日子。

當我不得不像一隻失去生氣的鳥兒
回到我父親的老家以及我的愛，

一種突然兇猛的暴風雨咆哮地使勁；
如此我看見我的翅膀受傷而家已蕩然，
我的信心無存而殘骸燒焦地環繞着我周圍。

從我崇拜的土地上出走流亡，
我的前程一片黑暗沒有避難所可尋找；
我的玫瑰夢再次地翺翔在我的周圍；
生命對我所背負的一切無雙的寶藏；
少年的信仰用眞摯性的話語訴說。

但不像老年人，充滿了生命與恩寵
你提出不朽底報酬的希望；
我發現你更悲悽，在你可愛的容顏
雖然寂靜的眞摯，蒼白的線索追蹤
信仰的記號靠你去守衞。

如今你提供，夢，我的悲哀去平息，
而再在我少年的歲月裏去揭發；
因此我感激你，噢暴風雨，以及天生的微風
那你知道此時我狂野的飛翔快活，
拋掉我同去那土地我起源發祥的地方。

在延伸的海濱那裏沙灘是柔和而美好，
在山脚下於它綠色的披風；
我蓋我的小屋在這舒適的小林子的邊境，
從這叢林尋覓和平與寧靜的神聖，
使疲倦的腦筋歇息而且讓我徹骨的煩惱得到安靜。

旅人之歌

The Song Of The Traveler

彷彿一枚葉子飄落與凋謝了，
　　被暴風雨摔落自這枝到那枝；
如此旅遊者飄流在海外而沒有目的，
　　徘徊在沒有愛，沒有國家或土地裏。

跟隨着憂慮靠不住的命運，
　　命運正如他握緊而却逃逸；
徒然地雖說希望他的想念在尋覓着，

旅遊者依然乘船在船上！

曾經被無形的權力所逼，
　　命定去飄遊從東方到西方；
常常他回憶這愛者的容顏，
　　在白日的夢裏他也在歇息。

機會可能給他指定沙漠上的一座墳墓
　　容許有最後平靜安息的歸宿；
立刻被這世界與他的國家所遺忘
　　當他流浪停止時上帝使他的精神安歇！

常常悲嘆的旅遊者在羨慕着，
　　環繞着地球好像一隻海鷗在盤旋；
小小的，啊，小小的他們曉得什麼空虛
　　因愛的缺乏使他的精神黯淡。

在將來家會讓旅遊者回歸，
　　回到他所愛的地方他的足跡他傾心集中；
空無將使他發現不過是雪與廢墟，
　　他的朋友們底愛的遺骨與墳墓。

旅遊者，去罷！今後不再回歸，
　　在你出生的土地上你是異鄉人；
他人在喜悅時可能為他們的愛而歌唱，
　　你却必須再一次在地球上徘徊飄遊。

旅遊者，去罷！今後不再回歸，
　　當你奔馳了一會兒已乾涸無淚；
旅遊者，去罷！遺忘不幸的哀傷，
　　在人的悲嘆時大笑這世界。

我的永訣
My Last Farewell

再會，親愛的祖國，陽光愛撫的土地
東海的明珠，我們失落了的伊甸園！
如今我欣然將這憔悴的生命的至善獻給你，
而且使它更光輝，更新鮮，或更幸福，

我將依然地獻給你，不計代價犧牲。

在戰鬪的沙場上，在飛躍的狂暴中間
別人已貢獻他們的生命，沒有疑惑或留意；
不論這地方的處境——是絲柏或月桂或百合的潔白，
斷頭台或開放的平地，戰鬪或殉難的誓言，
這都相同，去爲我們家國的需要而盡力。

我死時正如我看見黎明的破曉，
穿過了夜色的幽暗，預告了白晝的來臨；
而且如果色彩正缺乏我的血紅將你染飾，
請傾瀉出需要爲你心愛的緣故，
及時用它的深紅去染血在醒來的光輝裏。

我的夢，當生命第一次對我打開，
我的夢，當青春的希望敲擊昇高，
看見你底愛的容顏，噢東海的寶石，
來自幽暗與悲傷，來自掛念與煩惱自由；
沒有羞紅在你的額上，沒有淚珠在你的眼角。

我的生命，我的生活與燃燒慾望的夢想；
一切歡呼；靈魂的呼喊如今要帶着飛翔；
一切歡呼！而且甜蜜地它是爲你去吐氣飛揚；
去爲你而死亡，你或許不妨熱望；
並且睡在你的懷抱裏永恆的長夜。

倘若跨越我的墳墓有一天你看見發芽叢生，
在這草深的地面，一朵謙遜的花兒，
自你的唇間擷取而且如此地親吻我的靈魂，
當我感知在我的額頭於那寒冷的墓裏
你的情深的觸撫，你的氣息的溫暖力量。

讓月光照我溫柔而清澈的光輝，
讓黎明輝耀我它燦爛的閃光，
讓風兒以悲愴的哀歌銳利地籠罩我；
而倘若在我的十字架上有一隻鳥兒被看見，
讓它在那裏以安寧的聖樂對我的骨灰歌唱。

讓陽光把霧靄從天空揭開，
而且將我緩慢的呼聲純淨地運回天庭；

讓親切的靈魂爲我早逝的命運悲嘆，
而且在寂靜的傍晚一個祈禱者高舉在上
從你，噢我的祖國，你或許爲我的安息向上帝禱告。

祈禱爲那些不幸而死亡的人，
爲那些所有蒙受不擇手段苦刑的人；
爲我們那些痛苦地哭泣呼喊着的母親；
爲寡婦們與孤兒們，爲被施以拷打的囚犯；
而後爲你自己或許你可以獲得贖罪償還。

而當幽暗的夜色隱蔽了墓地的周圍，
只剩下孤魂們在他們的守夜中探望；
請不要擊破我的安眠或神秘的奧妙，
而且偶然你聽到一支悲傷的聖樂傳遍廻響；
這是我，噢我的祖國，我爲你高歌一曲。

當夜晚時分我的墳墓已不再被記憶，
沒有一座十字架也沒有一片石碑在旁標誌；
讓犂具耕耘穿越，讓鋤鏟翻轉跨越，
我的骨灰許以你地球的地板爲地毯，
在進入烏有之鄉以前最後他們還是在吹響。

那麼我將不掛念會被你遺忘，
如我走過你的谿谷與平坦空地，
震動而澄淸在你的空間與空氣中，
用顏色與光輝，用歌聲與嘆息我過日子，
曾經覆誦着我所堅持的信仰。

我所崇敬的祖國，那悲傷使我的煩惱增添，
可愛的菲律賓，如今請聽我最後的訣辭！
我把一切獻給你，我的雙親與親族以及朋友們；
爲我要去那裏沒有奴隸也沒有暴君壓迫之前，
那裏，信仰能不被抹殺，上帝的主宰永遠在高處！

向你的一切再會，從我的靈魂撕裂而去，
我孩提時代的伙伴們在家園中被搶奪撵走！
感謝蒼天使我從那疲憊的日子裏獲得安息！
也跟你再會，親密的朋友那光輝照亮我的道路；
一切心愛的造物，再會！在死亡中有着憩息！

譯後記

1

翻譯是由一種語言的表現傳神地翻成另一種語言的表現，尤其是翻譯詩，簡直是一種高度的藝術的表現。因此，翻譯者必須具備了兩種語言間的修養與功力，同時也需要豐富的經驗。我個人在詩的寫作上，雖然有一些粗淺的經驗，但是當我面臨翻譯詩的時候，才深深地體驗到書到用時方恨少，何況不僅僅是止於書本上的知識而已。

2

賀西・黎利（Jose Rizal），不僅是一位詩人，而且是一位烈士，一位愛國者。他在一八六一年六月十九日生於菲律賓拉根那省（Laguna）卡蘭巴（Calamba）。關於他的生平簡介，我想抄錄陳烈甫教授著「菲律濱與中菲關係」（註1）一書中非常精簡的一節：

『在一般菲人心目中，黎薩實爲島國國父，有如中國的孫中山，或印度的甘地。黎薩具有卓越天才，被譽爲最偉大的菲律濱人。一八六一年生於北呂宋的拉根那省（Laguna）。幼時受教於母親及家庭教師，後至岷里拉入雅典耀學院（Ateneo de Manila）。一八七七年黎薩以一個十六歲的青年，竟能以最高的榮譽，獲得文學士學位。以後轉入聖托瑪斯大學（University of Santo Tomas），專攻醫科。一八八二年出國至西班牙，轉入馬德里中央大學，讀完醫科。黎薩從少就是一位天才的兒童，所以在語言及學問上，有極卓越的成就。三歲即能記憶數字，五歲能讀西班牙文聖經，八歲已能用方言（Tagalog）作詩。十五歲時已是聞名的詩家畫家與雕刻家。十八歲得全國詩賽第一獎，二十四歲讀完醫科時，不但是一位醫師，而且是一位科學家和哲學家。黎薩在語言更有超人的成就，他能說菲島方言五六種，又通世界十餘國語言。讀完醫科以後，黎薩更遊歷歐美及東方各國，增加見聞。他一面研究，一面從事著作。在他的許多著作裏頭，最有價值而也影響最大的，爲若干揭發西班牙殖民地苛政，與人民血淚交織的悲慘情形的詩歌小說。黎薩有如意大利的瑪志尼（Mazzinni），有遠大的政治期望，有熾烈的愛國心情，而以生動的文學筆調表露之，其著作感人至深。』（註2）

以上所述，已很妥貼地描述了黎利一生的重要事蹟，可供讀者參考。

按陳烈甫教授把他的名字譯音爲黎薩，詩人兼翻譯家施穎洲先生則譯音爲賀西・黎利（註3），而已故詩人覃子豪先生則譯音爲扶西・黎利。（註4）爲了統一起見，我採用了施穎洲先生的譯音。我覺得詩人艾略特（T. S. Eliot）的譯音名字習用已久，而顏元叔教授却又譯音爲歐立德，名字是很好，却變成了兩種中國名字。我個人認爲最好還是採用一個統一而發音較準確雅緻，且約定俗成的譯名較妥。

3

這本小小的「黎利詩選」，是根據菲律賓圖書公司出版的「黎利的散文與詩」（Rizal's Prose and Poetry）一書中英文詩選的部份翻譯而成的。該書包括有英文、菲律賓的方言 Tagalog ，以及西班牙文三種對照的散文與詩，且加以助讀的提示。

「我的永訣」一詩，除了依據戴比賽爾（Charles Derbyshire）的英譯以外，還參考了施穎洲先生的中譯（註5），施先生的中譯是「根據西班牙原文，並參考十九種不同的英譯，四種中譯，一種法譯而譯出來的。」自是一種名譯，我的中譯自然受了他的影響，特此聲明，以示不敢掠美。

關於「黎利詩選」，我得感謝菲華詩人林泉先生給我提供資料，詩人兼翻譯家李魁賢兄給拙譯仔細的校正與修潤，得以減少一些錯誤，謹致謝忱。恩師曾霽容教授的勉勵，以及笠詩社同仁的砌磋，更爲感激。因本人才疏學淺，大膽地嘗試翻譯了黎利的詩篇，錯誤在所難免，尙望海內外的讀者有以教正。

譯者謹識於臺北縣新店鎮風雨樓

中華民國六十四年元月四日

註1：陳烈甫教授著「菲律濱與中菲關係」，係民國四十四年一月一日由南洋研究出版社出版。

註2：同上。第一〇〇頁。

註3：參閱施穎洲譯「世界名詩選譯」第十一頁「我的訣別」。

註4：參閱覃子豪著「覃子豪全集Ⅱ」第六一四頁『讀「我的訣別」』一文。

註5：參閱施穎洲譯「世界名譯選譯」第十六頁。

兒童文學創作奬消息　本社

由洪建全教育文化基金會與書評書目社主辦的第一屆兒童文學創作獎已公布，包括少年小說、童話、圖畫故事以及兒童詩歌四組。

兒童詩歌組：第一名黃基博「媽媽的心」（本社同仁）、謝武彰「春」（本刊作者），兩人共得獎金三萬元。佳作林煥彰「妹妹的紅雨鞋」（本刊作者）、曾妙容「漣漪」（本刊作者）、黃雙春「樹葉的歌」、吳啓銘「姊姊頭髮上的蝴蝶」，各得獎金五千元。特此祝賀。

詩双月刊 66

LI POETRY MAGAZINE

民國五十三年六月十五日創刊・民國六十四年四月十五日出版

地球儀及其他

非馬

地球儀

等
把地球
撥得
呼呼轉
的手
停歇
好指
故鄉
給你
看

黑夜下的勾當

仰天長嘯
曠野裏
的一匹
狼
低頭時
嗅着了
籬笆下
一枚
有毒的
肉餅
而夾起尾巴
成爲
一條
狗

山

他們總在罕有人烟的峯頂
造廟宇給神住
然後藉口神太孤單
而把整座山佔據

夜笛

用竹林裏
越括越緊的風聲
導引一雙不眠的眼
向黑夜的巷尾
按摩走去

恭錄 蔣總統對第二屆世界詩人大會賀詞

諸位女士、諸位先生、來自世界各地的詩人們：

諸君不辭長途跋涉，惠然蒞臨我中華民國復興基地的臺灣，舉行盛大的詩人集會，而且在我國父孫中山先生誕辰，亦即中華文化復興節的今日隆重開幕；此在我國歷史上，爲一極具意義的盛舉。中正願代表中華民國全體人民，向諸君表示熱烈的歡迎！向大會中致誠摯的祝賀！

我國自古以來，重視詩學，講求詩教，國人自幼多受到詩的陶冶，以詩作爲涵養性情、調劑生活的精神食糧。我曾經在「民生主義育樂兩篇補述」中說過：「從中國歷史來探討，政治與社會發源於禮，文學與音樂發源於詩。」中國人愛好自由、愛好和平的民族性之養成，實多由於長時期接受詩的薰陶，詩的教育之所致。中國詩人向來受到社會上普遍的尊重與敬愛；現在我們非常樂意，對於來自世界各地的傑出詩人，也同樣地表達這一份尊重與敬愛。

大會的旨趣，在於「弘揚詩教，促進大同」。這實在是詩人們崇高而偉大的目標，莊嚴而神聖的使命。值玆唯物主義濁流正在侵蝕人們心靈、姑息主義逆流正在冲擊國際正義的今日，也正是人類的精神領域受到污染、道德標準面臨考驗的今日，確保人類品格，維護世界和平，實有賴於世界各地的詩人們彼此聲應氣求，歌頌光明，鼓吹公理，本着諸君所揭櫫的大會旨趣，作無畏的、不懈的奮鬭！

敬祝諸君健康！大會成功！

中華民國總統　蔣中正

中華民國六十二年十一月十二日

笠 66期 目錄

稿　約　本刊歡迎詩的創作、翻譯、評論及其他有關詩的作品。園地公開，歡迎投稿。請寫明通訊地址，如欲退稿，請附郵資。稿寄本刊編輯部：臺北市敦化南路355巷83號。

林外詩抄

林外

萬有引力

牛頓發現萬有引力
大家都知道
引力是吸住別的事物的力量
地球有引力
月亮有引力
我有引力
妳也有引力
牛頓沒有說明
也沒有人知道
爲什麼樣樣事物都有引力
我想：那是害怕孤獨的緣故

一九七五、一、十八作

風　景

山把河擠得彎彎曲曲而昂然自豪
河水倒映着山峯而禁不住微笑

一九七五、一、廿二作

過　年

商人抬高物價之後
購買囤積
幾天後被迫食用
不再新鮮的食物
到處嘻嘻哈哈地做戲
疲勞後在家歎氣

一九七五、一、廿二作

監　考

分發了試卷後
我在高高的講台上坐下來
逡巡一個個平凡的面孔
無表情與漠然
煽起了我的憤怒
對於我這個人額外的存在
以及骨溜溜盯視的眼神
怎麼能够無所感覺的呢？
該知的不知
拚命寫着不重要的事物
我悲痛起來了
他們還是一無所知

一九七五、一、廿二作

河與山

河流與山究竟誰比較愛誰呢？
河繞着山流着
山擠彎了河笑着
河會生氣削去山壁
山會憤怒埋住河道
河依然繞着山唱歌

山依然擠彎着河
得意地笑着

一九七五、一、廿二作

霧

我喜歡霧　都是爲了妳
當一層薄霧圍繞着妳
我爲撥開薄霧而瘋狂
當霧逐漸離去
我爲了把它留住
爲把妳推入霧中而熱狂
我已不能沒有霧了
這都是由於妳

一九七五、一、十八作

藍天

她說那藍藍的天
明亮得像我的眼睛
她說那靑碧的湖
像我看她的眼神
站在藍天下
站在湖岸上
她顫抖於衣裳被剝落的紅暈中

一九七五、一、十八作

輪

吳晟

橫在我家門前，有一條馬路
馬路沿着小河流，以及兩旁的稻田
向西而行，通往街仔
街仔前端，是父親在那兒吃頭路的農會
農會斜對面，是父親
每月去匯款給我們的郵局
父親那一部舊脚踏車的輪子
便在這條馬路上
日復一日，年復一年，轉了又轉
直到那年年底，父親的舊脚踏車
在街仔轉角處
被超速的卡車輾斃

橫在我家門前，有一條馬路
馬路沿着小河流，以及兩旁的稻田
向西而行，通往街仔
街仔前端，是我在那兒吃頭路的農會
農會斜對面，是我
每月去匯款給弟妹的郵局
我這一部新脚踏車的輪子
便在這條馬路上
日復一日，年復一年，轉了又轉
直到哪年哪天，我的新脚踏車
也會悄悄的舊吧
也會悄悄的消失吧

託木犀花

陳秀喜

水泥墻隔着隱居
不種菊花種木犀花
清香勝過花貌
飄去無踪
出墻無妨
如柏拉圖式的愛
留着無窮的芬芳

被工廠裁員的那個人
孩子們的歡笑聲
曾是莫大的原動力
如今變成
四馬力的壓力
逃避來菜園
數着未長大的菜
青菜十斤
只值汽油一斤
木犀花啊飄去安慰他
讓他在肥料臭味中
聞到芬芳
在失望中尋到希望

枷鎖

桓夫

喘着氣
好不容易來到此地的（時間）
忽然墜落——
在黎明前昏暗的世界
來不及傾聽鷄鳴
就緊緊被挾住
陷入地平線的峽谷間
那（時間）
現出慘不忍睹的姿態
不動了

然而（時間）
仍在看不見的隱處
意圖挽回昨天刻時的嘀嗒聲
想偷偷把刻時的奧妙
調換成明天
企求嘀嗒嘀嗒活下去
隱瞞着管理員的監視
（時間）一直在掙扎……

支配（時間）的人
却被（時間）左右着
終究迷失了自己
而拖着 今天殘餘的
笨重的枷鎖

詩三帖

林宗源

沒有意義的日子

今天沒有什麼事可做
吃蒙古烤肉
明天沒有什麼事可想
吃廣東菜
明天什麼事也不敢想
吃日本料理
明天什麼事也不敢做
吃美國牛排
明天
吃什麼？
今天什麼東西都吃
就是不願想
也不願做

少棒總會的地圖縮小了

站在地球的巨人
頭縮小
眼睛縮小
站在小島的孩子
手拿着地球
投入宇宙的球套
主審說：
你不是小孩
你是站在地球的巨人
孩子再也不能享受勝利的歡笑
再也不能享受失敗的哭泣
這是上帝的意思嗎？
不
從聯隊以至各地區小棒聯盟
被劃得不能再小的球隊
還要
上宇宙比賽的球隊
我們沒有太空船
這是上帝的意思嗎？

抗議

少棒擊碎美國人的心
青少棒打斷美國人的脚
青棒粉碎美國人的手
當成棒要打破美國人的頭的時候

那個沒有良心、沒脚、沒手的裁判
用嘴隨便講講咧
判觸殺沒效
判三壘打沒效
判世界第一流的球隊
來美國只能玩玩棒球的份

的確冠軍杯是用美鈔做的
只有美國人才有權利
你叫了很多的球隊來參加
爲的是給「歪杯」刻上「世界」
兩個綺麗的名字

同來
咱們不免給裝瘋
同來
美國不再是過去的美國
同來
矮種的亞洲人
擊不出三壘打嗎？
倘若擊出全壘打
不嚇破膽才怪
不懷疑他們的上帝才怪
他們會禁止「上帝」活在心裏

秋日航行

謝武彰

仰望如天空的海
仰望如海的天空
如兩面銅鏡相向
映着孿生的面貌

秋　如女子纖纖而出
竟也忍不住停在鏡前
細細端祥着自己的
容顏

八行三章

林泉

鏡

看來它是屋後那條清河
被剪貼在木框上的
潺潺的河水如今是靜止了
如今是更加清晰了
可是我乃錯誤的
木框上那條河於靜靜中依然在流
不然我的童年呢？
我青青的鬢髮呢？

問

趺坐在石頭上
以它固定而不動的智慧
你能否測知自己在鏡前
照不出的投影？
廻旋於長空心細如髮的痲雀
跟握不住雨季氣候翻飛的敗葉
你能否在它們腦海與天風之間
抽一些靈魂的秘密？

牆與窗

牆上的窗張開它那巨大的口
滔滔的說外邊的一切
而我是以我的眼睛傾聽
捲來的形象以及街景
一垛牆隔絕不了一個世界
因爲它乃存在其中
自牆上敞開的窗
你却可體驗另一種心中感觸的宇宙

園丁之歌

懷杜國清

趙天儀

來自異國的訊息
久違的老友啊
據悉您們伉儷過得頗爲愜意
雪崩的日子遠了
島與湖的日子也遠了
蛙鳴的日子更遠了

而我，果園已很久沒有造訪
大安溪畔已成第二故鄉
陀螺的記憶尙在珍藏
而驪歌已高唱雲霄
娃娃車雖未集完
却已在謄抄風雨樓裏的淒風苦雨

您的壯志，已指日可待
而我的舊夢，却還遙遠
記得您在小巷口中，呼喚着我底名字的聲音
記得您在書簡裏，傾訴着別後種種的消息
還有悄悄地
您自高雄碼頭赴東瀛的跫音

而今，您已可以從心所欲地
讀詩，寫詩，譯詩了
而且在異國好爲人師
然而，心懷故國的您
期待着我們把「笠」充實起來
屹立在我們的祖國，我們的家鄉

也許，我們年輕的一代
正詠唱着美人魚的歌聲
但願我是守着果園裏的一名園丁
除雜草，除蟲害，且任勞任怨地耕耘着
不論狂風暴雨是如何地兇猛
我將戴着斗笠，邁着蹣跚的步子，奔赴歸途

矮人祭

周伯陽

矮人祭

月光皎潔，秋意已濃
從遠山眺望高原廣場
只見燃起熊熊底野火
火光照亮舞影重重

是世代留傳的古老習俗
富有傳統風味的矮人祭
太空時代的山地深處
賽夏族兩年一次祭典
三天三夜通霄歌舞

扛着神像，載歌載舞
他們手拉手，肩並肩
圍成幾個大圓圈
不停地跳着轉着
盡情狂歡，熱舞達旦

男女各穿着鮮艷的衣裳
頭上和手上都紮着銅鈴
隨着原始歌舞搖挩
祭壇上歌聲銅鈴聲和歡笑聲
合奏着那神秘的樂章

矮人族呀！
本來兩族是芳隣
但由糾紛而發生爭鬪
我們在此懷着虔誠的一顆心
祈禱平安
和安慰你們在天之靈

酋長領導大家歌唱祭歌
他揮着蛇形草鞭避邪
頻頻向客人敬酒和共飲
並贈送茅草當護身符避邪

美麗的姑娘們不斷地舞着
盼望着配成雙對的來臨
月光星光和火光
把夜色點綴得更神奇
酒香和花香
使夜色更浪漫更令人陶醉

63、11、30　五峰

在高原上

月光皓潔，繁星烱爍
夜色迷人，我要珍惜此片刻
我在高原上徘徊
秋意已濃，落葉在地上掙扎
聽不到蟲類傷心的嗚咽
也許生命已被季節埋葬
牠們離開了時間
靈魂走進永恒去
寂寞融和在寧靜中

在人生的旅途上
生命像一葉孤舟
在無情而黑暗的海上飄泊着
理想是無限的
緊抱着希望自己創造自己

時間是路客
在它的心坎裏
夜半充滿着鄉愁的夢幻

63、11、30 五峰

江湖行

陳至興

到了廟口
我們抖落一身的塵沙
滿臉的風霜
把一個簡單的攤子
在廣場上搭了起來

許久以來
廟就是廟
媽祖的、城隍爺的、土地公的，都無所謂

要緊的是
不要刮風不要下雨

趁小孩大人還沒來
趁阿福伯調他的破胡琴
趁姑娘們塗呀抹的
我到廟裏燒根香

一九七四、十二、十

雙重奏

羅明河

問題學生

吾是不屬於你們的問題學生
吾喜歡在上課談戀愛
　喜歡偷吃便當和抽煙

吾常常遲到
吾常常在佈告欄上做週期性的拜訪

訓導處有我登記的註册商標
大小過、警告缺點，我的功臣和贊助者

我喜歡穿紅衣裳的姑娘
我的成績單也喜歡穿紅茄克
貫條喇叭褲去奏我的悲哀
看蚊子跳扭扭，跳我的腦子

渾沌的正午

　愛睡的中午
只有火樣的熱氣

世界是過渡性暫時的休止狀態

我們不應該愛睡
也不能老是打瞌睡

大半天的精神虐待
我是時時刻刻受不了的

我得爬牆
爬牆去吃那老頭子的陽春麵
陽春麵嚼不下老頭子的話
我欲嘔吐老頭子的話
嘔吐 Gentlemen & Ladies
嘔吐排列組合
嘔吐愛因斯坦

渾沌的正午，我渾沌欲睡
而渾沌有火樣的熱情
熱情吻我
而我顫慄

瘋狂的起飛

逃避昨日的死
乃在森羅殿的抬槓
去趕那黑色的毛毛蟲

和科學起飛運動　一樣
和文藝起飛運動　一樣
車票也有起飛運動
我也夢想起飛
夢想斤斤計較
我叫做排骨
我的肋骨　是貓王的琴絃

乃有普利斯萊的瘋狂
乃有法蘭西革命的瘋狂
瘋狂
　瘋狂
我也要起飛

試　場

吾是天字第一號
考試的座位編在交通要道
我被送去當砲灰
尼克森沒有給我武器
沒有武器　我不能作弊

縱使我們班級是榮譽班
校長和教務很嚕囌
站在門口跟蒼蠅和螞蟻聊聊天

我要去自殺　或去打游擊
不用子彈、刀子、毒藥、繩子
也不用去跳河

課外活動

不該講我　不懂得解析或平面幾何的
我會撞球　打得一桿好的司諾克
以白血球去撞紅血球
在綠色血液裏去殺各色的球狀菌
計分小姐的聲音　很甜很甜
甜得如李仔糕和金棗糕

夜晚來了　我往往到戲院去報到
我們叫做補習外國語言

去數一數座位的號碼
我的眼睛常常會生氣
　常常會嫉妬
他們渾蛋！他們渾蛋
肉麻得竟使我觸電
醫生說我營養不良
我得去補充維他命G

休息時間

喝午茶的時候
就跟其他星球人閒談
有空就坐公共汽車
去注視那個車掌的紅蘋菓
與司機學習去輾死小孩子和老人家
研究一些交通規則和斑馬線

偶爾我用脚踏車的輪胎
在瀝青柏油路滑水
看痲雀在電線上譜樂曲

吾是穿着又破又臭的爛襪子
可是衣服和褲子的紋路太銳利
會割死陽光空氣和水

我可以當中國小姐的評審員
因爲我是高度的近視眼
看貴婦　少女　酒家女
比較看草履蟲　眼蟲來得起勁

我們的班會開得很熱鬧
有着火藥味和硫磺的氣氛
討論英國和非洲人
討論中國美國
討論不良少年和優等學生

我們很聰明

誰說我們完蛋　我們造反
吾很喜愛在中外歷史課聽神話和故事
　喜愛塗畫地圖來幻想環遊世界
吾也常常到圖書舘去發問今天
　是民國幾年幾月幾日

我們的頭腦非常發達
充滿着歐姆　安培和庫侖
我是學校御備的技巧隊
跳牆　溜課是我的專門訓練

我不像你如此地嚕囌嘮叨
更不像你有再補充和翻譯的壞習慣
我只是口香糖和泡泡糖
壓死我的舌
如此而已　很簡單

巡禮

不必用頭去揍風
我們是最高學府
自誇是東北部第一
　兩層高的大厦

福利社永遠是那麼熱門
價格對我們特別優待(老闆說的)

一號的生意更是驚人
送錢還得要排隊
籃球太多 而且還彎軟軟的
反正我的姿勢够標準
投籃的分子式 全是下降

星期一的早晨我們有晨間檢查
要去做日光浴
我們的禮堂 空氣流通陽光充足

星期四下午 我們
用踢躂舞鞋去踏死石子
週末下午 特別赦免
我們不須去欣賞大學者的小丑表演
我們不須去與
孔孟鞠躬

附註：這些是我中學時期的私因未克刋登的作品，如今已經有十幾年的時間，誠然頗有懷念和感慨的，恐怕被遺棄，所以汗顏慚愧發表就教諸位。

我們只是一個人

慕 隱

昨夜自妳柔情的髮際
太陰的預言，我讀到
明日的泥濘路

太陰不能
風不能
雲不能
預言我們的愛情
雨們剛剛廉價拍賣過
雨們賣過

急了，急了
妳的陽傘
我們對唱的脚步聲
這樣的雨太大
傘太小
還好，我們只是一個人

我們只是一個人
除了這，誰也別想預言
我們的愛情

——一九七四、五月下旬作品

一九七四年遺稿

郭成義

我的薔薇

一朶一朶的
薔薇開了
一朶又一朶的
薔薇又開了
我的薔薇

只要種他一次
薔薇便永遠地開着

凋落的花朶
仍然毫無廉恥地裸露着
一朶比一朶老練
一朶比一朶靠近我
直到我不小心地踩碎了

啊 一朶臨終的薔薇
不時的要追問着我
只要種他一次
薔薇便永遠那麼美麗嗎
血便永遠那麼流着嗎

橱窗裏的模特

請不要
隨隨便便地
只是看我一眼罷

穿着美麗的衣服
我有雪白的肌膚
像皇后一樣地高貴
我有堅實的乳房
是一個人的樣子
可以成爲你的妻子

像皇后一樣的高貴
然則也只期望
用女人的名字叫我
用暴徒的七首愛我

打開我吧
打開我吧
隨時可以成爲你的妻子
只要你突然伸進來
溶化我的寂寞

照片

每次總是不經意地站在
想起七歲那年

第一次拍照的這地方
一株盆景
現在都比我高大了

其實
盆景已不是那樣的花枝
而且照片
比我的黃卡其
還要髒了

再拍一張吧
這次把洗不淨的皮膚
也拍進焦黑的底片去了

新拍的照片
老是在塵埃中累積着
是盆景以後
一本風漬的我

鞄

彎腰是不可能的
要躲也來不及了
我只有站着
任憑你把我撕裂
成為輾轉模糊的一種
嘯聲
長久的酸痛

我已甘願這樣
痛痛快快的流一場
儘管你一再無情的瞄準
我還可以平平安安的
為你　站着

只是
遙望你虔誠的跪姿
我才感到一陣抽痛
炮裂的胸口
總有一天要獻給你
總有一天要獻給你

化粧台

不斷的移換位置
也只是想再看清自己
竟記不起要赴誰的約了

焦慮不安的形象
在化妝台面前
逐漸被明朗的部份
是鏡中辛勤的打扮
因為不瞭解自己
才亮着粉餅的光輝吧

成排的化妝品
也不禁閃耀着
解剖台上

那些金屬的光亮

只要隨便拿起一支口紅
就能够對準鏡子
劃出一條血紅的傷口
慢慢研究起來

痰

雖然只是一口痰
走在汚穢的街上
我也不願吐掉
不安就讓他不安
不快就讓他不快吧

永遠川流不息
是因爲要衝開我的身體
才變得那麼急忙地
哀苦起來
成爲我的嘆息

然而
通過公共世界的土地
怕一張口便失去了純潔的我
不過也只是這裏的一口痰
感到隨時要被土地擦掉的可能
是永遠不忍吐掉的

趕快回家吧
啊 趕快回家吧
只有在這純潔的地帶
才能放心地做一次美妙的嘆息
卽使是最後一次

廟獅

——憂心忡忡
慍於羣小

古添洪

瘦如狗
肥如豬
狡如兎
狼如狼

一對廟獅
簷影下冷冷蹲着

七一、八月初稿
七五、二月定稿

詩兩題

斯人

豫感

爲何你纏綣而出
自我的夢境，彷彿它是眞實
難道是你領略我的困境
默許它是——心靈的狂飆
不待終朝？
那麼，我當敢於願望
無論你已藏於我的胸中
或像悲傷自夢中下降
但是遲了：在我驚呼之前
你已翩若驚鴻，投身於我蕭騷的內在
啊，被擴大的神秘，不可抗拒的溫柔
我們縱非黃金所鑄
可以貴之，可以賤之
你確是我夢裏青春
亦可哀歌，亦可狂喜
——正如干將莫邪
於細長的火焰之中
煉就至美的靈魂
也讓我們歷經變化，在此宏福的預感之中
同臻至善……

孫行者

多少番我來朝見西方
諸佛，今番你到底爲誰
你的掌心如蓮，則爲你
朝露去日苦多，則爲你
斷取三千世界還復如故？
縱一個觔斗十萬八千里路
怎易得你反掌之間
擲我於恆沙之外，一花之間
五指壓頂，泰山爲輕
始信神通不如智慧之力
而秘密亦不在三藏間
止，止，不許說
都爲你拈花微笑——
意馬心猿，我眞樂於再拜

木麻黃及其他

陳坤崙

臭水溝

你們把最臭的大便
最臭的尿
向我的身上倒
你們把吃剩的東西
發酸的湯
死了的小動物
向我的身上丟

是不是
因爲我沒有强壯的手
沒有兇巴巴的臉
沒有善辯的舌頭

既然你們待我這樣
爲什麼走到我的身旁
還要把鼻子掩住
像我患了傳染病一樣

我知道
你們把我的名字叫做
臭水溝
感謝你們送給我的名字

盲者茫茫

我的拐杖
輕輕地敲着堅硬的土地
那些聲響使我悲哀

這一條路通往何處
那一條路通往何處
太陽的位置在東在西
我的路通往何處

我的手握住的圓圓的東西
是梨是蘋果是皮球
我的嘴巴吃了
才能告訴我

美麗的月亮
光明的太陽
我不認識你
你認識我嗎？

捕鼠機

在一本雜誌
看到一個漫畫家
把一個人
畫在捕鼠機裏

有一天半夜突然醒來
發覺我睡着的房間
是一個捕鼠機

有一次晚上十一點左右
看到一個人
站在鐵門裏面
他像一隻老鼠
跑進了捕鼠機裏
那樣地看着我

木麻黃

我們是小個子的木麻黃
你們到公園
第一眼看到的就是我們
理着小平頭
並且手牽着手
擋着你們的去路
我們生來就被關在鐵欄杆裏面
每隔三十天就有一個人
手持大剪刀
把我們的頭髮剪掉
雖然我們很痛苦

我們是小個子的木麻黃
我們沒有翅膀
像鳥一樣到處飛到處玩
這是我們的家我們永遠不能離開

我的出生

當我是一個精子的時候
在爸爸的體內不停地
刺激爸爸去愛媽媽

在所有的精子裏
我是最堅強最勇敢
我闖過了重重的難關
我得了第一名

當我跑到媽媽的子宮中
我開始成長
慢慢地我會用手打媽媽的肚皮
因爲我急着看看外面的世界有多大多美

不管媽媽多痛苦
我拼命地奔向這個世界
當我來到這個世界
有一隻粗大的手
把我的屁股打了一下
我哭了……

佛光山與彌勒佛及其他

莊金國

佛光山與彌勒佛

佛光山
把個荒山野嶺，坐成
彌勒佛
而非是瞇瞇眼的
笑眼瞇瞇

之後
故鄉就忙着接迎接送
陌生底 探訪
故鄉亦且與有榮焉
亦放出一坪一坪的
風聲……

金剛經與炒地經
放在一起
研究，討論
我們一致決議
酒，是愈陳愈香愈名貴
地，隨名勝名望更推廣

彌勒佛啊
我們就要熬出頭
我們窮苦半輩子
苦苦等候着：

假睫毛

天光——一線

一

不戴假睫毛的，必然
不畫藍眼圈，必然
不藉之義乳，墊高胸脯

伊們歌誦青春
美麗的，青春
不忸，不怩的青春哪

二

一崛起之，新星
唱的是一支，劉家昌底老歌
搖擺着：梅蘭，梅蘭
我愛妳——的風姿

梅蘭哪！我原是妳忻悅的聽者
今夜在妳恁般的撫弄里
急燥起來。猛然發現
那睫毛；一眨一眨的，假睫毛

「剖伊」讀記

只有被一千個男人各愛一次的願望
却領悟不到被一個男人愛上一次的喜悅
——桓夫

臺北的女孩

戀愛是一回事
結婚是另一回事
（雙重人格者！）

臺南的女孩
不要聘金不要……
祇要嫌禮餅？
（雙重人格者！）

雙重人格者偶一抬頭
望穿九霄
目空　一切　落空
而仍有一單戀之男
抬着禮餅，抬着
卑屈，無限卑屈

設使給了他，貞操
就擁有一輩子撫觸不盡……
設使跟着他，終身
幸福，保險不保險？

一枝花揷在牛糞上
一枝花遺落愛河里
一枝花裸露在陽台
在陽台伊每天以露洗面
以露，滋潤雙重底　焦渴

再度月世界

你是驚異這斜坡下
滿眼的，禿然
沿着谷底兩脈山陵
你說不會畫畫的，也會
臨摹幾乎——山的形象

草木不滋。　山
原就如此赤裸的嘛
山，有些在攀爬
　有些在滑溜
有些，飛躍峯頂上

而月呢　禿起
啊禿落　在田寮
在有月亮的晚上
沒有月亮的晚上

我們置身其間
月世界是一怎樣的世界
我們置身其外
月世界又是怎樣的世界

我們如非其間僅有的
兩個人
我們如是
唉！來自兩個不同世界的
陌生人

64・3・12寫於姑山

冰河之浴

趙廼定

冰河之浴

餓過頭的鰻發狠絞繞絞繞，而後伸成一個筆直的
盤成一個古老的金字塔，乃刺探着指導冰河之浴

撥開藩籬的荊棘，荊棘叢叢偎依在金字塔下
于是走過一個我，于是走過一個我——
音波振撼擠滿大氣中，有着喘，有着喘喘
有着喘喘喘連連

伊甸園一個蘋果被搖落，而
蛇的牙痕裡露在上，而一個我仍死命的下啃
啃　啃　啃

于是毛細孔交通着擁塞，交通着
一場出與入的混戰——吱着牙
而且總是沒有輸贏的，那麼的出出不來
那麼的入入不去

同一的臉孔，同一的鼻尖；乃虎視出一隅的
冷默
乃度出冰河點世界的焚燬

昨日曾埋藏一整城的
悸感，今日仍是悸感一整城

上帝欲毀滅一個人，必先使其瘋狂

人吃香煙，香煙吃時間
煙雲最後的一抖是慾蕈之射發
且讓死囚訴一裸紀的慕情
而後自首

一顆樹正支起暈睡的惺眼，注向
一滴的水珠，水珠
亮閃閃

一顆樹和一顆樹交織着
天仍藍，只是
藍得太不接近

走過一個襤褸的叫賣
走過一個驕車的匆急
襤褸的叫賣，驕車的匆急；驕車的匆急，襤褸的叫質
也走過一個我
也走過一個我——

世界只有詩，詩唯有世界
詩走過一個我，我走過一個詩
煙雲最後的一抖是慾蕈之射發
讓死囚訴一裸紀慕情
且死去
于是戰鼓寥寂
而一顆樹和一顆樹仍交織
只是天仍藍
藍得只浴于妳眸中
藍得只浴于妳眸中

搖㨪的大座椅

過半個鐘頭
八月太陽將晒死螞蟻，而他是怕跌落熱鍋的螞蟻
他㨪搖肥短的四肢，穩重的走着
他深深的斜躺在搖㨪的大座椅，緩緩的吐出一口煙圈
——一天又來到
他留平頭；他吃吃乾笑時，露出黑黝大門牙
沒什麼可想，也不用擔心
只要記住——別忘了簽到
來早半個鐘頭，這世界並不匆急

將勞動的慾望，將傷神的工作
唾以痰，且踩個稀爛
只因他快退休了。
他深深的埋在搖㨪的大座椅抽口煙
吐一口口徐徐的煙圈

莫笑他餐桌上衝鋒
莫笑他搶先排第一吃自助餐
——托着缽
古人有訓：民以食爲天
當他飽啖，當他手中一支煙燃起——
且莫評點菜色
他正想睡個午覺
這是習慣，好早卽有，天塌也莫更移

養足精神
他要跟你說：「今天的排骨太好了，十塊錢一個。」
養足精神
他要抱怨：「物價飛漲，薪水怎可不加!!」

當正午時分
所有的人皆在休息
他似一隻籠中鳥，叫着太多不平
他義正辭嚴批評：物價飛漲，是政府不負責
他義正辭嚴要求：警察該盡點力，不可讓車子嚇了老年人
偶而，有點合乎邏輯——
他責備年青人留長髮

他說：要整肅儀容——要留平頭
當顧客又一個個上門，正是他精疲力竭——
他又想到他搖搌的大座椅
緩緩的，他掏一支煙，緩緩的，他袖手吹煙圈
他的一天將過

他眺眼望着大掛鐘，走着一分又一秒
只因他已快退休——
這只那麼一個五年
只因他已快退休——
就只那麼一個五年

最後的一刻

——掉念過逝的父親

陳德恩

睜開雙眼，你
望着我們，父親
在這最後的一刻裏
你竟然沒有說些什麼
你竟然沒有說些什麼

雖然，你已知道
從此離去，故鄉
就是咫尺般遙遠
親人，就如過路般
陌生，而你却還是
垂下頭，閉起眼，忍心
把悲哀交給我們

把悲哀交給我們
（父呵！）

你走後，父親
每天，我們總把思念
掛在牀前，或者
懸在窗邊，或者
在你每年離開的那天
我們才燃熬，焚香，恭敬地
多看你幾眼
多看你幾眼

歲暮即景

陳家帶

歲暮卽景

早寒的雨中湧現早寒的梅
一支新秀 溶開秋後的僵局
便聽說 大雪將呑下今冬的殘庚

風一直擔任花們的信使
每顆樹都派出葉子收發流里流氣
一下子 整片庭園駭動起

哎 近了近了
花木們草草收今年的場
只好在冬眠之前
不忘約定
明歲爭它個崢嶸的春色
早早

競相破蕾的寒花
一一把園丁弄得不知所措
愣愣想望
年關已逼入他眼里
那口盛滿烏梅酒意的袋子
可還有餘溫釀得梅香

夜奔之後

雨勢失恃於衆山之前
罩一整夜風暴，伏伏貼貼
從上屛到下屛，目外到目前
我們浪奔不聞星號

偶將風雨遺落蒼茫後，只好又
追踪另一度蒼茫的風風雨雨
獨我悟知前有古人，唉
是一大片森冷如荒塚在偷偷回眸里

一聲長歎落後一顆星私奔起
悄悄溶化在閃電的光圈中
向零時擊哭向我的眼
我眼被日夜交歡的風景凝住，定定
凝住，一顆星

風雨逐撤去，物換更動
我們必得快速移行，尋找
一座相思村，把自己打扮成
一塊巨岩，美麗的
星，趟下來趟下來

五月花

陳黎

五月花

1.

不知道生伊的母親
被遺棄底一粒
種子
在黑色的泥土裡，懷孕
自己的生命

2.

發了芽
却叫不出自己的名字
聽着風跟雨嬉笑，伊只是
向上，默默默默地
向上掙扎
直到那好心的婦人，偶然
從荒徑走過
才看出是一枝初放的
薔薇

3.

然後被挿着。在酒店的櫃台
一個半醉的白種人向老板娘
要了伊
那夜，蜷曲在一張白被單裡
伊，痛苦地讓一隻多毛的野獸搾出
血

4.

呵，愈憤怒
也只是愈叫伊底紅顏
漂紅
悲哀的
伊發覺身上的刺，逐日
沒了

5.

黑色的泥土上，伊的血軀
永恒地
趟着
　　旁邊，一粒種子

不知道生伊的
母親

中山北路

失貞的信號，綠燈一亮
切切嘈嘈，計程車爭着輪姦輭柏油的固執
向上，且伸短短的天線收聽流行歌曲助興
中山北路，你的亢奮被輾成六聲道的呻吟
肉身臃腫，儘吃牛排也健康不起來
左方一個大乳房因爲生癌，停業五天
肚臍以東，奶頭們依舊等人按鈴

多產的蕩婦呵，中山北路
你的子孫在曲窄底陰道裡躞蹀
牆廊上標語撩亂做一欄育樂版
汗水不賣，乳水不賣，井水不賣？
葡萄酒是飲盡胭脂的口沫橫飛
你的皮膚久旱的榻榻米一張
路客的手脚毛毛雨般落下
幾千隻排煙筒一鼻孔出氣

狐臭的女人，你上下邪氣瀰漫
混血的眼睛霓虹燈閃爍
假髮是俗麗的人造花爬滿天板
中山北路，路燈直立是前夫的紀念碑
你的輕笑被翻成幾種語言徘徊櫃台
叫樓外的水銀讀航空公司廣告自哀

半邊臉頰抹蜜絲佛陀，半邊資生堂
中山北路，你到底誰家女兒？
身懷四段，四段算中國功夫
你的身手只合拍肉搏片出洋？
觀光客把黃種底光彩看成黃色畫刊
一卷卷，細着買來的仿製山水
中山北路，你的譯名叫美而廉

花花公子雜誌壓着精裝的中國菜
過了兒童樂園，居然就動物園
呵，中山北路晴時多雨
你的天空夾在古玩店酒吧之間

五月花

陳黎

上帝之死及其他

劉英山

上帝之死

青草啊
你爲何焚燒
留下這一地的空白
莫非是愛
　是情
壓得你透不過氣

春季裏
冬天的枯樹
顫抖着可怖的身軀
擁向滿天星斗
落葉化爲塵土
綠尚未上樹
這光景
可眞難挨

夜靜得很
光灑河面

青草啊
你爲何焚燒
留下這一地空白

看吧！天上的星辰我够不着
遠處的牧者
正背着裝滿自由的袋子
向我們走來 未來
他身穿袈裟
手拿牧羊之鞭
帶着一臉洞悉人性的自信
正緩步走來

人們
從樹叢裏
從河岸邊
從一切黑暗的角落
向他奔去
跪下
以虔誠的雙膝
交出他們的愛
他們的情
他們生活的權利
可以的牧者

請以你神聖的袋子
裝走我們的理想
以你尊貴的鞭子
加在我們身上
上帝棄絕我們
你給我們塵世的天堂

牧者向羊羣微笑着
他知道
他們追求的上帝
又將被釘在十字架上
等待再一次的復活

身　世

而我
像一枝黑着臉的黃花
望着高速路上奔殺而過的金屬盒子
沒有喊一聲寃
只感身世淒涼

天氣陰
遠山的積雲若雪
此刻
只希望下個傾盆

夜　遊

山在我右
水在我左
行在其間
數落流星

你說那邊劃過一線白光
回頭望處
唯星光與你眼相映

憶

是午夜
一盞茶
一捲錄音帶
害我想起
幾百里外
凍在風中的
手足之情

也是寒夜
星子同巢
兄弟啊，
怒潮映在你的盔上
寒風中
你的槍
指向我們的家鄉

夢

只記得我也是獵人之一
仰槍射殺一隻凌空而過的翅膀
翅膀落下爲花豹

向我走來
以一恐怖的少女之姿

如陰影在我脚下升起
兩脚陷入泥淖中
奔跑
而死亡如一截樹枝
掛在我的身後
沙沙沙
掉下懸崖的片刻
如掉入一團不怎麼舒服的棉絮

在一陣絕對的拋開後
我又看到了她
如一扇關不緊的窗門

解剖室（解剖偶感）

還有誰能揮刀斬爛一付爲死亡所呑噬的軀體

更何況
他們還會說笑
他們還會抱怨自己的屍體
抱怨爲自己所割壞的神經或血管

自從失去生命的那一天起
死亡就是唯一姿態
福馬林並未使他們不朽
只是延緩了
加入宇宙循環的軌道

生命化爲一股在天地間穿梭而過的能量
所剩下的
就是26個字母
成羣地癱在那裏

一羣白蟻
爭食着一塊木頭
他們在找些什麼

失落的鞋跟

落葉爛在雨中
任千足的蜈蚣爬過
也顫慄不出昨日的
綠
在枝頭

她
跛着脚
走回時間的石級
尋找
失落的鞋跟
鞋跟失落的雨中

祭逝去的

是躺在地上的杜鵑花
是掛在樹梢的風箏

歡笑
遂成一只晶瑩的貝殼
仰望
成一臉惶恐的素描

錯誤的雙足
踩乾了最後一滴
無意濺起的浪花
落日笑在地平線
跌落的彩霞
有一半在水裏

藉口

太陽在臺北
對我們應是陌生的
姆指山頂
幾塊烏雲又在爭論着明天下降的速度
忘飛的翅膀
塵土覆蓋已積三尺
而天氣是一種很好的藉口
使我們在電影街
大擺長龍

無聊與等待

陳德恩

無聊

踼着一尊毫無軀踱的靈魂
他踱在街上

街的這頭　　然後
街的那頭

等待

我的雙眼向街的這邊凝成一點
我的雙眼向街的那邊凝成一點

我還是向這邊看
我還是向那邊看

馬祖詩草

衡榕

天眞活潑又美麗

孩子們總是天眞的
在半腰間的學府理
下課時候孩子們
快快樂樂的玩着
剪刀石頭布

後方的那些孩子們
我想也必定是這般
啊臺北
金門
馬祖
金門宿舍般的
這群群天眞活潑又
美麗的孩子們哪
我不覺也要嚷醒
我孩提的夢境來

咫只天涯啊
此生眞有幸
踏上這遠處的島嶼群
而所謂的金門的鄉愁呢
臺北的鄉愁呢
幾乎都被這眼前的一切
凍結了

好安謐的宿舍

不禁又要爲我
天涯道上的家
預頌一番了

又是好寬敞的宿舍
又是好明亮的燈光
又是紅紅綠綠裝飾
但是啊——
這天涯道上的第二次
家——已不太像
什麼洋娃娃
什麼模特兒
什麼保齡球的
而全都是一朵
朵美得恰恰好
的剪裁的紙花

好安謐的宿舍在

相思林的坡上
我要歌頌哪——
春風如再來看我
一定要帶份禮物來

港澳的投影

面對着山隴的
——港澳
屹丘在枕戈待旦的
——山丘山
享受着雙號夜裡
在我心靈的那股
特有的慈祥

首先我要找出
——故鄉的方位
我更想起雲台號
是否把我的音息
送回了家

呵在這好遠的
——島坡上
頂着蒼蒼的繁星
望着海面的漁船
想着親人的回問
——叮嚀
我眞要仰天長嘯了
然後把我。美麗
夢影投影般的射回

拂曉情調

佛說——人生同渡
——也是緣——
雖然我不屬那教派
但對拂曉的來臨
確是由衷的仰慕

軍號還沒響
公雞也還再作夢
萬籟沉寂的時光
我已起床打坐了
跟姑媽在新竹的
——仙宮經一般

呵——晨光的來臨
在這戰鬪氣息——
很濃的馬祖前線
對它更是萬般的
等待——
等待晨光的來臨
等待破曉的來到
更等待雙號的——
滿天閃爍的星斗

詩兩首

余中生

江邊月

抱着嫦娥涉水時
整個人是愁着的
土黃色的童年　以及
那袍長影
從草寮裡望去
一個歪斜的臉
一種很苦的感覺

江邊月　浪人的影子
來到這裡
蒲公英和矮菊也是一樣的命運
那樣羞恥地走在一條小徑上

等着他的生日
每逢四月二十七日開始算起
江邊月　曳着艱辛的往昔
不是什麼兒童時候所想的寓言
那是北方的一次荒年
洪水之後是乾旱
現在——
走回時最好也携着那江月

戲致蘇東坡

今年春天
有一股寒流是從你家鄉移來的
叫我每晚都是煮一壺酒
在那裡讀你的山水
濤濤然瀉成千堆萬堆雪

眉州的那座眉山
就長出了你那隻多妻的手
寫寫詠物也寫寫感懷
或把幾卷詩一壓
鏗鏗鏘鏘的聲音
從北宋就開始聽起
還有字和畫呢？
一直橫放到現在

整個晚上
在剛下過雨的青田街　等着。
東坡你也眞是的
靜靜地將赤壁賦一放　就走了。
害得大家要從文集中去翻看你的臉

導航

劉明哲

導　航

浮躍在宇宙混沌的天際
突燃起生命蓬勃的輝芒
亙古
你即不朽的反覆看望
那瞻仰你偉大神靈的衆生

當人們塌落在他自構的陷阱
　而迷失方向
當黑暗泛起精神的凌虐
　而陰霾魍魎
你啊　如舵手
　　如明燈
崛起在渺渺的天涯
　　海角

於今呵
你已蒞臨我蟄居的寒廬
不再唏噓茫茫的雲霓
不再寒抖懨懨的燈芯
點一束星火

生命的引擎
已轟轟響起

囿

晴空朗朗　妳怎不振翅翺翔
茵茵綠地　妳何不拔足奔躍
而將妳姣美的風姿　化一座標
指引孤獨的方位
誰圍竹籬　囿妳憂鬱的心院

陷於七彩之外的幻色
如一未降的風雨
游離在天空密佈黑雲
爲何妳要摘去生命燭光的燈罩
任令其風雨飄搖
　垂淚自乾

啊　不——
生命是誠可耕耘的沃土
渺小的我
也能阻擋太陽向我身後射擊的金箭

烟酒及其他

龔銘釗

煙酒及其他

嫋嫋的
雜陳的往事是我酣睡
渾醒長年退隱的
精舍
支支紺紺地
晃蕩掙扎的些許年來
斷了媽媽的卵翼
牽着小長腿走盡
點點的線　線線的面
面裏映現我扭曲零落的心影
不彫琢
疤痕上就我在戰兢的走着
走不完走不完
片片凋謝的梅花瓣堆積在我脚旁

抽烟喝酒吧
終有一天我抽烟
咕嚕咕嚕的
更且喝着一碗一碗濃得起泡沫的
老酒
在落葉歸根的地方

63、12、15晚　于哲文雲居

深　情

像在規劃着什麼
我的心隱隱的指指點點你
你的心亦指點我
沒有任何事
然後就有固結的冷漠

默默的
心跳並未停止
着迷的眼睛死盯着
久遠久遠前的情感
一切在醞釀
只是陷在黝暗黝暗

且歌一曲
曲終人散心不散

63、12、16上午　于輔大

劫

像抹去黑板上的字
不是殘忍
不殘忍聲中寫下了亙古的憤激

我是傳說中的那條龍
月許我以琉璃金閃的明耀
日予我熱騰
便看我以顚躓的步伐
跌向恒古
斑落的赤鱗
洒下了今日爲着
昨日哭泣的淚
可憐不願剝落的鱗

可憐不忍滴下的淚
迷茫中
來看我的是誰
昨日我抹去黑板上的字
今日我拾到的不是殘忍
憤激在氾濫

63、12、5晚　于哲文雲居

怪事

寒梅

怪事
爸爸在十九年後稱呼我「林小姐」
不再叫我了「梅仔」

胖胖的爸爸突然消瘦下去
步履顯然比以前輕快了許多
只是神態依舊

張着嘴巴
跟我一般大的女孩
挽着爸爸的手臂
飄然走過

猛回頭

老話一句：
孩子
喝下這一杯

可是……
爸爸　死了的爸爸
我喝下的
竟是
一杯陳年老淚

怪事
爸爸在十九年後稱呼我「林小姐」
不再叫我——「梅仔」

梅梅的故事

黃恒秋

張鄰長走的時候，三月的天空早已灰暗
他要幫伴寄出百張大紅的帖子，寫滿字
金色輝煌的印刷，鑲着即將來臨的喜悅的框子
他叫阿水，二十八歲
張鄰長是他先父的好友，也是證婚人、媒人
發白的鬍子，開朗的性格，他找上他
的原因，就因女家的梅梅一直都叫他
恩伯

阿水是土長土生的漢子，濃眉厚唇
除了一身的幹勁，別無可取
但張鄰長從小便喜歡他，說不出的
疼愛，總把他的瑣碎和一擧一動，照料的很
於是阿水就跟住他，掘井翻土
種香茅，栽茶葉
加上張鄰長膝下無孩兒，所以自然而然的
阿水成爲他家的紅人，也因此看上梅梅
張鄰長的經驗和眼光多麼銳利，他
一眼望穿阿水的心事，想想自己，阿水年紀也大了
多年辛勞和孤苦，於是他情願充月老
拉紅線
梅梅家和張鄰長相近，白日上針織廠，晚間伴
老母安渡殘年，生活尙稱愜意
張鄰長樂於來往她家，幫忙也多
尤其她父親去世，家貧如洗
若不是張鄰長傾囊相助，她那有今天
當張鄰長提起婚事，而梅梅低頭不語時
老母用半閉半開的瞇眼，毫不考慮的說
嫁他嫁他

就因這個緣故，梅梅到了阿水家，變成阿水嫂
她代替阿水的些許位置，並引進老母同住
本來阿水有幾畝水田和菜圃，不愁穿不愁吃
張鄰長時常來看他們；這對小夫婦倒能
夫唱婦隨

第二年，梅梅生了個小女嬰，白胖可愛
負擔雖重些，阿水仍需早出晚歸
張鄰長帶來兩隻雞給梅梅進補，實在可敬
不過，梅梅對阿水却感到歉疚
因爲她生個女孩子不是男孩，而她曾問算命先生
知道沒有麟兒命，乃燒香拜佛，一直悶着
阿水沒留意這些，自然不會計較
當梅梅再生第二個女孩時，她哭了
此時老母生病於床，阿水性直，
說聲生孩子不是時候，就一句話
把梅梅的心，刺得好深好深

一天，她跑到張鄰長的家，對着老人家面前
用抖着的雙手，將兩個幼兒送向張鄰長的懷抱
張鄰長愛憐的跟小孩戲玩，一面拿出大把菓糖
當他發覺梅梅跑去的背影，他才驚醒了
奈何呼喊聲縈繞在田野，卽喚不同
由他手中湊合，由他手中拆散的家

如今，阿水的兩個女兒長得亭亭玉玉
但阿水仍沒找到第二個梅梅或梅梅
我認識大女兒，並問及她母親的時候
她說：媽媽不見了，或許死了
　現在我是梅梅
　　你該叫阿水了……

六十四年二月十二日

詩人的冷

——贈趙天儀

廖德明

躺在十二月天的產婦
擠出一道
被頑童火紅似的手指
蠕動成一張冷的
過癮
乃是一次凄美的
展
出
獵取滿貫肉香的
那死沒良心的男人的
眸
指着我鼻樑
罵
不懂得
山 水的
性美
因此
攔了一輛被計程車輾扁的
路
順着牀緣疊成一團的
冷
冷
是被冬天的藤子
鞭策過的
孩子
哭泣
又是一次凄美展出的
笑

六四、一、廿八完稿

噱頭與失望

張德本

噱頭

賣碗的人
狠狠砸碎一個大碗公
高喊
「老天眞瞎眼
便宜貨沒人要」

現在開始
五折優待
三十分鐘
逾時不賣

猴羣似的行人
圍擁過來
「這個小碟多少」
「四十」
「這麼貴，不打折扣嗎？」
「洋貨嘛！不比那摔破的土碗」
買碗的人
似乎滿足。

賣碗的人
揚長而去。

逐漸
冰涼的地上
仍然灘着那隻
有待收拾的土碗

失望

對對目光
都已含有
向日葵的性質

臺上
蛇腰似的舞孃
就要脫那僅有
貼身的一板時

突然
全場燈光
熄滅

城市

筑眞

電流
活躍在七彩的虹管
閃動如女人底媚眼
似亂夢地
貪婪
蠢動
在色情的濃度中盪擊

一齣齣的鬧劇上演着
祇是不知幕落下是什麼？

陽光下
許多愛睡的瞳仁
被生活押解到工業區
于是
烟囱如縷
如線條
縫住整塊天空
雲再也豪放不起來了

汽缸引動
隻隻的動物
以旋風之姿
示威 向
柏油路
嚎哭起整箇大地
空洞的呼聲
發自人類

具體與非具體
抽象與非抽象
一個沒有系統的世界
將是一種複雜
又是另一種繁忙

人們在擠破中
時有不可測的事件萌發
不是氣體與非氣體的膨脹
卽是感傷遲鈍的風景
匆匆爆裂許多不同的回聲
一些生命就如是……

細細地咀嚼虛無
存在與死亡
死亡與存在
難以分辨

斷續的人生眞理
在撕裂的靈性中蠕動着
人的顏面
掛着文明
文明搗碎了一些詩
以及一些夢
文明找不同一個
純眞

人與非人
獸與非獸
城市
城市
那個好現代的空間
工作
生活
生活
工作……

也許

李榮川

也許
這是一個奇蹟般的日子
我不能僅僅以一首歌代表
也無法一篇演說傾訴些什麼

也許
屬於繆斯的那頂冠冕
便因了一位詩人的剖白而顯
致若晚歸的途中
一位有着維納斯形像的女郎
是否已悄悄撥響我一生的情弦

也許
子夜的乾杯不夠盡興
那幾名臉上覆着無奈的妞兒
不夠點燃一天裡蘊釀的情緒

而末了
突然沉寂下來的街道
依然沒能解答
我蹣跚脚步所邁着的感覺

一九七五、二、廿八深夜

水葬的詩魂

鍾雲

屈原

再怎麼披髮徘徊　吟咏澤畔
已是命定的悲劇
而你因何總不忍遽去
寧自苦煎熬若一林腐敗的風景
凝眸處

可曾依稀幻現你少年時的青春?
意氣昂揚　瞬已灰飛煙滅
放眼當世　濁流洶洶
其清者幾許?
遂使滄浪之水　也難洗
你心胸的憤懣
想六百里之虛言　昭然若揭
猶不能目醒君王之昏憒
禍起不測　奔亡如喪家之犬
客死異域　咎本自取
惜往日不免傷情鬱結
死者終不能復起爲你眷顧
你猶反覆致意　不圖衣錦之念
冀哲王能改弦易轍
然事與願違
又一次絕望敲響喪鐘

江水漠漠　你兀立江心
廻首把故里的思念凝定
國無人莫我知兮
蒼天只是無語
你心寒甚於凜冽的汨羅
罷了　一縷孤魂
奔赴沈沈的冷漠

李白

低身撈一把明月
便讓你倏地隆起
爲江邊憑添一壠黃土
悠悠逸情　付與淙淙流水
從此你果眞長睡不醒
任過往的騷人墨客
佇立枕畔　聒噪如鴉
你只是酣眠臥擁醉夢

猶記你淸夜邀月
影月暫伴　同結無情醉遊
聊遣空曠的寂寥
你欲無情而情長隨
情長徒增煩憂

且啜飲一盃「將進酒」
將人生多少憂心恨事
醉裏勾銷
你縱豪情
放浪形骸幾至走火入魔
長安人多傳誦
天子為你御手調羹
高力士為你脫靴
楊太師為你捧硯
你信筆揮灑　草就嚇蠻天書
青史長書　謫仙令名
還有那汪洋詩情　斗酒百篇
風靡了多少詩心　古今同驚
想你雖已回歸來處
而長情如縷　長情長繫
在每一月明之後詩與舒張之時
必有人噙酒吟咏
——碎月之歌

聽濤

范光治

悄悄地，風勢緊了！
挾着鹹透了的雨絲，
飄過我的耳邊唇際。
由藍泛白的浪頭呵，
就在脚底下一波波地，
為岩石鑲上了翻飛底花邊，
我的視界也由平面轉在為
廻轉的立體了！
終於，古銅色的落日被浪在捲噬！

而夜神也來了，
以荒村的寂然升起一彎新月；
海峽的水更藍了，
墨色染黑了我的臉，
只有那浪頭上的幾點星燈，
依舊讀着我底淚睫……
且靜坐到天明，
此刻，我是唯一的聽濤人！

航泊記事

傅文正

1.處女航

信號台昇起一顆黑色錨球
幾面新鮮的旗幟，緩緩的
我們的眼握着彩帶的心
破浪前進啊，在這未開發的海洋
我們要做一次處女航

像出生的嬰兒向世界睜眼
像含苞的花蕾向大地綻放
破浪前進啊，在這海鷗悲啼的海洋
我們要做一次處女航

桅桿的旗幟傲笑若冷冷的軍刀
我們猶播種海地的春耕者
伸展堅毅的雙臂，在這怒濤蟄伏的海洋
向着遠方，破浪前進啊
我們要做一次處女航

2.浪濤濤

俥葉捲起浪雪，堆堆花浪湧着
（右滿舵，方位０１５°，左俥進二）
烟囪衝起老水手輝煌過的濃烟
邁向遠方的是招喚
地平線千手的招喚

船身挺進。遠方分不清
是浪花抑是雲朵
順着航道躍起老水手記憶深深的浪步
（方位０３０，雙俥３００Ｒ・Ｐ・Ｍ）
猶蒼鷹俯衝遠方
地平線千手的遠方

在浪濤的圓盤上
我們是一羣熟稔海洋貪婪嘴臉的
八爪鱆魚

3.修　船

在那般相同的日子裏。
像患了病的所有的人類
和衣的躺在病床，讓醫生
熟練地在額頭
抹去深深的皺紋

若待解剖的生物
被拘於固定的架子上
把身體拆拆補補的脫胎成
另一種新的面孔，新的姿態
再給予新的生命

在這深淵似地大船塢裏

猶若塵封已久的我
睜着空茫無力的眼神
望着欄外暗鬱的地平線
等待着另一次的日出

4. 夜泊

錨鍊有力的雙手拋入海
船若小時候躺着的搖籃
在海溫柔的母親的撫慰下
響起串串若斷若續的兒歌

夜泊海上。我們逐漸地疲倦
裸立茫茫大海的寒夜中，孤單
若一空曠沙丘上的樹
沉默無言

在華灯之外
白天的記憶猶呼嘯的風
走過，翻越着的浪
在幽暗的胸脯上
浮貼出一顆顆眨着的繁星

畫記

洪宏亮

廟旁的梧桐葉，這樣
厚厚的落向階前
似我一身的疲憊憩息於此

手中挹着
薄薄的憂思是什麼
旅人的蹄聲，抑
情人的鬢影

落葉愛滑一個
美麗的姿勢
敲出秋聲

師父啊，您不必
談禪和說悟了

笠

祝澧蘭

飯顆山前逢杜甫，頭戴笠子日卓午。
借問因何太瘦生？總為從前作詩苦。

戲贈杜甫——李白

蒙着滿頭竹影
——一朵綠色的涼陰，
立着，待着；待着，立着。

該是日正當中的時候，
遠遠相迎而來的那座山上，
隱隱聽到一聲不太陌生的朗笑，
發自剛謫落不久的太白金星。
以臺北為長安的飯顆山，
便因此渡海而東了。

幾乎全用瘦骨編成的那頂笠子，
當時一陣無意的嘲笑，
却嘲出個千古唯一的大偶像。
而總是越戴越新頴的，在
更大一次天寶之亂，煮字像煮石般，
普遍療養着大衆心靈上的饑餓。

與其拿淡水河當卡斯塔里亞，
倒不如硬把它當成浣花溪。漫問
九繆斯喜不喜歡這中國式美人魚酒店，
同樣歡迎她們提着桶來汲水。也許
她們不一定戴過這樣的竹帽，但
那竹帽下確曾頂立過東方莎士比亞。

聽過耶穌撒種比喻的人，
都知道如何戴着自己神聖的標幟，
去作個撒種者的撒種者。
在一片新開墾的廣大心田，
音色香和眞善美交感出的芥菜子，
不知將怒放多少比須彌山還大的心花？

從古至今，由東向西，覆蔭着
無量數辛勤耕耘者的笠子啊！
箬葉輻射線所輻射的
「聖而不可知」的新秩序，
正因時間和空間的融合無間，
而顯得內在和外在都永遠同在。

不管超不超現實，
未來的未來總有各種色鋤頭鐮刀，
在竹下站立，站立在竹下。

心葉集

馬來西亞　李氷人

心葉

趁幾分酡意
吐一吐心聲
盼幾行雁寫
發一回兒楞
退一些酒力
添幾絲愴亂
惹一陣遐思
剩幾痕夢幻
夢越幻越遠了
再尋就沒痕迹
人跟着慵懶了
就一點沒氣力
是啥魔道兒
祟惑我得這樣
一重重的鎖鍊
緊綁我好憊倦

能再訴些甚麼
月兒早已斜西
心湖盪起漪沫
斷了通靈之犀
你枯萎底心葉呵
早就吹掛蛛網上
好像失舵的小舟
儘洋海飄蕩飄蕩

遙宿

那臺北瑰奇山水——
孕育陽林簇簇櫻林
綴滿杈枒的蒙茸小蕾
正縮着我那依依惜別的心
是初冬小寒的夜裏
我悄對華華璀璨燈光
瓶上玫瑰正散裊陣陣幽香
它逗惹我心波起了洄漪盪漾
我這遠方旅人呵

就像渺渺波上浮萍
長年儘是漂泊漂泊
就不知甚麼叫着旖旎溫馨

勸君更盡一杯酒——
誰在低哼着這渭城小調
我就不理那絲絲催行柳色
明天的事怎樣兒誰也難料

無數流閃的眸光
像星星向我睞眼
這醺裏寫下的小詩
會不會就像幻影浮煙

墳場

儘管生前有甚麼貧富貴賤
在這兒却一律用不到排場
雖然翁仲仍不免裝腔作勢
可是那只能無語黯對夕陽

那是漫無休期的黑色地窖
一種幽恨就老盤鬱在他們底心房
終年嗅到的就只是泥土氣息
緊閉的雙眼永不見宇宙春光

只有山花寂寞地紅到墓堂
暮春時節偶有一兩鵑聲在黃昏啼唱
黑窖的歲月就這樣綿綿幽悶
搖曳的風草增加夜空底抖索　淒涼

也許在寂寞中你會發一絲絲底嘆息
也許在黑夜裏你會閃一點點底燐光
但那又有誰能對你同情了解
只有夜鶯是你底唯一知音　搭擋

儘管有人讚那是幽宮佳城
可是幽宮佳城呵就一點不够爽朗
乾枯的骸骨一樣需要自由自在
誰耐得這棺槨的天地　陰森的泉壤

別誇說這是一片眞正樂土
誰擔保人世界不會互換滄桑
有一天核子氫彈驀地從空掉下
這里終難免再來一次破壞滅亡

心葉集

李氷人　馬來西亞

怡夢室詩集

林清泉

飲者

舉杯向青天
喃喃自語
作滑稽狀
然後，以一種悠遠的冥思
然後，把名字
投在酒裡
叮噹一響
掀起許多漣漪

午後

寂寞的午後
適於無所謂的時刻
凝視遠方
茫茫然

日影斜過髮梢
突有難忍的詩癮
可憐無詩的詩人
有欲飲馬上醉的慾望
乃把整瓶的太白酒
往肚裏吐嚕吐嚕的乾盡
好找李太白胡扯去

回憶

依稀有迷人的笑靨
依稀有醉人的眼眸

歲月的風
却追逐着
昔日的回憶
颺起不完整的往事

依稀回到了童年
依稀逼眞的夢境
誰說春夢無痕
却在逐漸增多皺紋的臉上浮現

人生

把名字寫在沙灘上
旋卽被水沖去
再寫上，去被沖去
就如此重複着到
死亡

一株老樹

紮根如昔
向地底伸入又伸入

千掌伸展
向無盡的天空
兀自挺立
像巨人俯視宇宙

風雨來時
它呵護着枝頭的鳥兒
它掩遮着樹下的行人

秋的洋臺

慵散於陽光的曝曬
夕暉湧過林外
舉眉沒入霧裡
看天色，愁緒蒼茫
遺落往日的惆悵
讓唯一的守候
在秋的洋台
孤獨的躺着
片片的寂寞

迷失的一代

一

捧飲自巳的影子
證明活着的形象
焚毀昨日的嘩笑
以沈默怒目之姿
不爲什麼！你倒想
從霧裡閃起一支歌
過癮過癮
匍伏的夕陽
仍在你心底燃燒
無法釋然的懷念
被祭於悲劇的時代
於是引起一陣的騷然
靈魂隨時被搜捕

二

貪婪從你瞳裡躍出
遂使你揮慾成性
嘲弄於惡意的回響
縱容於燃燒的嘴唇裡
駭然於慣性的異端
惑然於自悼的輓歌
乃有沈淪的悲劇

三

突然你有一種的頓悟
從你的眉際
閃出暗淡的空曠
顯現不被信任的寧靜
旋轉着的年代
陣陣的吶喊後
遂片刻的沈寂，你感覺到
你是一粒被踐踏的砂子

你是一個不被愛的棄嬰

四

一如那遙遠的回響
於不可觸及的邊緣
巨掌成形
覆於時空的懸崖
以啞然的苦笑
作無可奈何的手勢

總想握命運於一瞬
握住的却是盈盈的虛無
於是在醉眼矇矓裡
到爲一朵被烤焦的蓮

五

以挽手期待之姿
從不可夢的奇蹟
醒來，皓首年華
以午夜孤寂的悲鳴
染成滿月的茫然

落塵之域的招引
苦澀的壓抑
擠擁着
迷失的一代

不必，小姐

張文凱

不必，小姐，
不必這麼小氣
再過一刻鐘
時間的底站就會到

不必，小姐，
外邊的人群這麼雜
不必害怕
只要我們快樂
不必看我單薄的身子
我打過天下
我憑一隻槍
和妳的信心

不必，小姐，
不必可憐我
在這麼昏暗的小屋裡
在這麼腐朽的木板上，能够
獲得它
我已感到滿足
誰也不必管我們

不必，小姐，不必害怕，
時間已到

遊溪頭

邱淳洸

遊溪頭

山徑吹來的風眞涼爽，
難得和孫子遊溪頭；
高遠的青空浮着白雲，
兩傍的杉林翠綠婷婷；
儘管羊腸紆曲行不盡，
魚貫暢適的薰風的確清涼。

狹橋跨着清谿谷，
佇立傾聽水流聲；
池上的竹橋搖動不已，
水淨如鏡倒影姸；
在周圍草地上少女羣樂，
興來起舞如鳥飛。

廻轉方向又行徑去，
一路仍然涼爽的薰風；
老翁和孫兒齊步行，
老脚不如幼脚輕；
山坡走久稍覺疲倦，
坐下山亭好納涼。

亭前一帶遊子滿，
青年們快樂玩耍不停；
你看！亭亭縱立的這棵古來的神木，
樹皮的皺皺縱橫交叉；
奇異有趣接踵進入虛空的樹腹，
抱着孫兒從窩中瞻望青空。

望月寄懷

中秋，
心鏡的月亮；
中秋，
女兒的面孔。

女兒在生疎的異境，
寓居多年？
妳們正在看月亮，
又想起月餅吧！

天高月明，
涼風洗心；
在這夜光下，
一起享受月餅的香味；
月亮！妳長閑地淩照四方，
那不是圓滿而光亮的心鏡嗎？

孫兒們一面吃 一面談，
大姑 屘姑 如能同來多麼好！
含情的月餅，
隨着青陸到月宮；
嫦娥啊！煩妳渡洋
好好的送給她們。
望着月亮，
遙遙思念女兒……。

武士魂

梁定澎

呵！那裏
傳來這嘹亮的號角
號角聲聲如招喚

跨上戰馬
我仍是天朝的武士
我的矛，我的盾，我肩上的昔日
走嗎！馬兒
怎能長困這無人無馬
無水無食的荒原十日
我是無敵的武士

聽那號角聲聲
揚名的時刻總在
長長的等待之後到來
偉大的戰鬪即將展開

馬兒，起來！
聽那紛沓的蹄聲
我們共同迎戰眼前的敵人

敵人，那紛沓的蹄聲呢？
號角呢？馬兒
爲什麼你臥着睡着了，我也臥着
一絲風都沒有
這荒原該有一場戰鬪的
嘹亮的號角已經響過

不！嘹亮的號角剛剛吹起
聽那號角
呵！那裏傳來的號角聲聲
竟淒切如荒墳上
野狗的獨嘷

純情集

飛飛鳳

再見

說一聲再見
又到了離別的時候
我要看着你
如何對我緊握
伸手的瞬間
彷彿要握的是
一個世界的重量
我的憂愁
被握成了一滴水
沿着嘴唇流下去

啊　如何向你說再見
如何向你說再見
我手裡早已握滿了
鹼濕的水珠

爲甚麽

我要向你告別
親愛的
請不必記住我
單薄的背影
我掉淚的時候
你就趕快離開吧

既然註定要分離
又何必難忘這一刻

回家的時候
我或將告訴你
爲何信紙也總是
那麼單薄的
總是貼着我的背影
寄出去

謊言

原諒我對你說了謊言
那是因爲你已經不眞實

雖然一開始
你的眞實
就使我感到毀滅
所以求求你
讓我沒有隱瞞的說一次謊吧
即使是一次

我寧願忘掉
我的名字
穿起訂做的衣服
到花街上
對人招呼

笠下影

靜修

自我放逐原爲做一次沈思和長考，不意醉倒在湄公河畔半節紗龍的波紋裏，夢中盡是脂粉和乳浪，醒來，匍匐着歸去，蔚藍的天空翺翔着陌生的青鳥，落馬的獨子，還有人記得你踉蹌的足印嗎？

I 作品

透明的胸膛

過了十七年，姐姐的胸膛開始溶解
我們自半透明的乳壕間探視
姐姐說肺是洋鐵皮
　　肝是鉛

我們苦笑
　　姐姐也苦笑

那年秋，姐夫去海外看槍聲
塞班島給姐夫蛇與饑餓
姐夫給島汗與血漿
姐夫很傻

第二年，姐夫陪許多骷髏仰臥
姐夫送長髮給飀溫暖

留下一紙名聲
給姐姐消瘦
姐姐的肺不是洋鐵皮。肝不是鉛
過了十七年，姐姐的胸膛印着塞班島
我們發現島上落着一塊墓碑
彫刻着姐姐的名字
姐姐也看見

水底的詮釋

甚至海藻也懂得命運的激流
晴空下的浪聲是一闋偶然譜就的音符
當水族們的眼睛圓睜
我知道我背雲的影子比夜還冷

在風風雨雨的昔日，我忙於
閃避猛然覆下的波濤，我惱於
測不準以我爲經的情感的距離
我想，就在相近的兩岸放一座橋
在橋柱上長一些蘚苔

讓嫉妬與憤怒一同滑落

但假使潮漲了
我在橋心，背上依舊是無止的浪聲
那麼，我只能朝一個方向奔跑
讓另一岸張望，或者遺忘

策馬者的悲哀

七月十三日
路過竹山鎭的沙東橋
頭上覆着燕麥編的牛仔帽

爲什麼給我半張臉頰和一路默想
沙丘的徑上已經記錄過很多馬蹄
你是那樣好奇地注視每一位馳過的少男嗎？

笳聲緊在崖北了

第一次
在馬背上夢見策馬者的悲哀

倘若能够
倘若在天亮的戮殺之後沿着黃坡轉來
頭上依舊是燕麥編的牛仔帽

但誰知道呢？
路那樣瘦，夜那樣深
韃韃的馬蹄那樣驚心地呼喚着

相親

（除夕日記）

竟羞赧不敢抬頭
三十四分鐘，好長的午後
我們的眼睫垂下
我們都似乎只看到蓋臘的地板
和妳尖頭的高跟鞋了

妳的心也猛烈地跳着嗎？

曾經大膽地預言過一張蘋菓色的臉
（妳預言過什麼？）
但媒妁們竊竊私語着
我在心中思量
會不會當走出門檻，再回首
忽然允諾了一場賭注

是的，一場賭注
在浪費了二十五個春天的除夕夜

Ⅱ 詩的位置

過去，我們常常可以聽到一種論調；好像是意味着在「現代詩」、「藍星」、「創世紀」等較顯名的詩刊以外，便不容易看到優異的詩，找不到傑出的詩人?!可是，只要我們睜開眼睛看看，冷靜地想想，如果我們碰到一些獨來獨往的詩人，而發現他們的作品在其他的刊物上大行其道的時候，我們該怎麼辦呢？這種像江湖隱俠一般的詩壇

劍客，我們該如何來歸類呢？詩人靜修便是其中之一。靜修的詩，幾乎都是發表在「海洋詩刊」、「野風」以及一些不甚惹人注目的刊物上，然而，我們却驚訝於他所表現的閃爍的詩篇。除了文壇社的「本省籍作家作品選集：新詩集」（註1）選過他的三首詩以外，那些所謂權威的詩選，不提也罷！就連主編過「野風」的綠蒂先生，在他主編的「中國新詩選」（註2）中，也成了漏網之魚，實在令人納悶。靜修於「策馬者」（註3）出版不久之後，也沉默了一陣子，然而，我們要評價一個詩人的作品，不能以他的社交活動或經常發表作品爲依據，乃是理所當然的。因此，有而且只有詩作，才是一個詩人定位的基石。沒有作品的所謂詩人，就像紙老虎一樣。但在我們的詩壇上，一個詩人，雖然沒有被這個或那個詩選所睛捧，甚至更沒有被譯介過，只要他的作品是結實的，有什麼關係呢？我們仍然可以首肯他的作品的價值。

（註1）參閱鍾肇政主編的「本省籍作家作品選集：新詩集」第四三二頁至四三八頁。民國五十四年十月由文壇社出版。

（註2）參閱綠蒂主編的「中國新詩選」，民國五十九年五月四日中國新詩社出版，長歌出版社發行。

（註3）「策馬者」是靜修第一本詩集，民國五十一年四月，野風出版社出版。

Ⅲ 詩的特徵

愛情是許多詩人熱中的題材之一，但許多詩人處理這類的題材時，便隱藏着一種危機，那就是溺情的表現，倒頭來，便難逃出浪漫的直陳。然而，落在靜修的手裏，却是不同的，從玉玦的斷情，到秋江的定情，策馬者時時在記錄着自己的心路歷程。靜修善於在幽默的口語中，流露繽紛的意象與强烈的節奏，他關注着愛情的夢幻，也探索着幽靈的奇異世界。他的詩，在愛情的酩酊裏，在鄉土的情調中，沒有落入感傷，而持有一種知性的風貌。他的語言明快，充滿了韻味；他的詩情富於象徵，洋溢着怪誕氣味。他有一種愛者的癡情與魅力，因而使他的詩，別有一番風味。

靜修的詩，在意象的塑造上，有其獨步的地方，例如：

「塞班島給姐夫蛇與饑餓
姐夫給島汗與血漿」（透明的胸膛）

表現了第二次世界大戰，他的姐夫被日本徵調南洋犧牲的悲慘情況，有着非常强烈的對比。又如

「路那樣瘦，夜那樣深
韃韃的馬蹄那樣驚心地呼喚着」（策馬者的悲哀）

在詩的意象中，把握了詩的語言與節奏，明淨而深刻地表現着。

Ⅳ 結語

寫詩，是認識自己的一種方法，解剖自己的靈魂，塑造自己的精神風貌，是使一個詩人從自己的創造中去體驗自己的經驗，去挖掘自己靈魂的深處。儘管靜修在詩的曠野上，沒有同行的伙伴，但他已爲自己點了一盞燈，在策馬者路過的原野上，靜修已展開了一己孤獨的世界，然而，却隨時可以讓欣賞者引起共鳴，而引入他所創造的境界。

眞正的詩人，本來就該獨來獨往才過癮哪！

中國新詩論史（一）

·旅人編·

第一章　新詩論之前驅

中國文言詩論過渡到新詩論，有一座橋樑，那就是「詩界革命」諸君子的詩論。倘若沒有他們的詩論，也就產生不了新詩論。彼等詩論，早在戊戌維新運動就開始，參與者有康有爲、梁啓超、黃遵憲、譚嗣同、夏曾佑、蔣觀雲、邱滄海……等人。玆舉梁啓超和黃遵憲二人爲代表加以論述，因爲梁啓超著有「飲冰室詩話」，從此較易獲得諸君子詩論之全貌；而黃遵憲則著有「人境盧詩草」，斯草被公推爲彼等詩論下之代表作，故其詩論自不能忽視。

第一節　梁啓超

梁啓超，字卓如，別署任公，廣東新會人（西元一八七三——一九二四），頗受新學之洗禮。光緒二十年，客於京師，認識夏曾佑、譚嗣同，以後和此二人，同倡「詩界革命」。其實，詩界革命之說，應屬夏曾佑最先提倡，譚嗣同和之，而後梁啓超等人繼之大力鼓吹並加以理論之補充。這可由梁啓超之語得之，他說：「當時所謂新詩者，頗喜撏撦新名詞以自表異，丙申丁酉間（西元一八四八——一九〇五），吾黨數子皆好作此體，提倡之者爲夏穗卿（曾佑），而復生（譚嗣同）亦纂嗜之，其金陵聽說法云：綱倫慘以喀私德，法會盛於巴力門。穗卿贈余詩云：帝殺黑龍才士隱，書飛赤鳥太平遲。又云：有人雄起琉璃海，獸魄蛙魂龍所徒。當時吾輩方沈酣於宗教，故新約字面絡繹筆端焉。」（此語，胡適五十年來之中國文學引之），在這段話裏，明白指出「詩界革命」爲夏曾佑首倡，而且主張詩要用外來的新名詞。錢基博云：「喀私德之爲

言，卽 Cast 之譯音；蓋指印度，分人爲等級之制也。巴力門卽 Parliment 之譯音；蓋英國議院之名也，所爲詩喜撏撦船來新名詞以自表異，大率類此。」（見錢著現代中國文學史），如果「詩界革命」之詩，僅在玩弄新名詞，那還算是詩嗎？所以梁啓超對此有進一步之補充：「過渡時代，必有革命。然革命者，當革其精神，非革其形式。吾黨近好言詩家革命；雖然，若以堆積滿紙新名詞爲革命；是又滿洲政府變法維新之類也！能以舊風格，含新意境；斯可以舉革命之實矣！」（此語，錢著現代中國文學史引之）。

至於「詩界革命」一詞，可見諸梁氏的唐詩中八賢歌：「詩界革命誰歟豪？因明鉅子天所驕；驅役教典庖丁刀，何況歐學皮與毛？東甌布衣識絕倫，梨洲以後一天民；我非狂生生自云，詩成獨泣問麒麟。牧叔理文涵九流，五言直逼漢魏遒；蹈海歸來天地秋，西狩吾道其悠悠。義寧公子壯且醇，每翻陳語逾清新；嚼墨噴淚常苦辛，竟作神州袖手人。哲學初祖天演嚴，遠販歐鉛攙亞槧；合與莎米爲鰈鶼，奪我曹席太不廉。放言玩世曾般庵，造物無計逃鐫鑱；曼歌花叢酒正醰，說經何時詩道南？絕世少年丁令威，選字穠俊文深微；佯狂海上胡不歸？故山猿鶴故飛飛。君遂之極如其才，呼天不應歸去來；海枯石爛詩魂哀，吁嗟吾國其無雷。」（飲冰室詩話），在此詩中，雖扼要地評述了蔣觀雲、宋恕、章炳麟、陳三立、嚴復、冒廣鈞、丁惠康及南保初等八人之詩作或爲人，但也可由此間接知悉梁氏對詩革命的抱負。促使他對詩想作一番改革的原因，是因爲他目覩當時一般人寫的詩，流於陳腔爛調，毫無生氣可言，且競習前代之詩爲務，他說：「中國積習，薄今愛古，無論學問文章事業，皆以古人爲不可及，余生平最惡聞此言。竊謂自今以往，其進步之遠軼前代，固不待蓍龜；卽並世人物，亦何遽讓於古所云哉？」（飲冰室詩話），有此思想，則梁氏之參與「詩界革命」，乃順理成章之事。

梁氏的詩論，自「飲冰室詩話」及「夏威夷遊記」文中所載者歸納之，大約可得四點：

①用新語、闢新界、淵含古聲。
②構思奇，遣語險，語莊嚴而有風格。
③憂國遠志蘊於詩，最好有劍南之風範。
④鎔鑄新理想入舊風格。

如果詩作能符合上述各點，是他心目中的所謂「新學之詩」（語出飲冰室詩話）。

另者，他在「中國韻文裏頭所表現的情感」所謂情感之文學，亦涉及詩論，偏向詩的創作論，批評論則乏載。其所論奔迸、廻盪及含蓄蘊藉的表情法，其內容與一般修辭書所論大同小異，亦非專屬「詩界革命」之詩論，是以不贅。

第二節　黃遵憲

「詩界革命」還有一位大家——黃遵憲，他的詩不僅在「詩界革命」諸君子中是最好的，而且他的詩論也最前進拔尖。也唯有他，詩與詩論才能完全配合，有什麼樣的詩論，便產生什麼樣的詩。現在就談談他。

黃遵憲，字公度，嘉應州人（西元一八四八——一九〇五），著有「人境盧詩草」十一卷。他的詩論，流露在「人境盧詩草」自序或其詩中，亦可從他人對其詩的批評裏獲得。

他二十幾歲時，便這樣說：「我手寫吾口，古豈能拘

牽？卽今流俗語，我若登簡編，五千年後人，驚爲古爛斑」（雜感詩五首中之第二首末六句）這裏已明白道出，他寫詩，是不願受古人拘牽，而要自創一體，只要能順口，流俗語又有何不能入詩呢？他的話，就是「詩界革命」的大膽宣言！故梁啓超讚云：「生平論詩，最傾倒黃公度，恨未能寫其全集」，錢萼孫「夢苕盦詩話」也說：「黃公度詩，以舊格律運新理想，誠不愧詩世界之哥倫布」。

「人境廬詩草」自序一文，可說是其詩論之重心，茲將該序文錄下：

「余年十五六，卽學爲詩，後以奔走四方，東西南北馳驅，少暇，幾幾束之高閣，然以篤好深嗜之故，亦每以餘事及之，雖一行作吏，未遽廢也。士生古人之後，古人之詩，號專門家者，無慮有數十家，欲棄去古人之糟粕而不爲古人所束縛，誠戛戛乎其難。雖然僕嘗以爲詩之外有事，詩之中有人，今之世，異於古，今之人，亦何必與古人同，嘗於胸中設一詩境，一曰復古人比興之體，一曰以單行之神運排偶之體，一曰取離騷樂府之神理而不襲其貌，一曰用古文家伸縮離合之法以入詩。其取材也，自羣經三史逮於周秦諸子之書，許鄭諸家之注，凡事名物名切於今者，皆採取而假借之。其述事也，舉今日之官書會典方言俗諺，以及古人未有之物未闢之境，耳目所歷皆筆而書之。其鍊格也，自曹鮑陶謝李杜訖於晚近小家，不名一格，不專一體，要不失乎爲我之詩，誠如是，未必遽躋古人，其亦足以自立矣。然余固有而未能逮也，詩有之曰，雖不能至，心嚮往之，聊書於此，以俟他日，光緒十七年六月，在倫敦使署，公度自序」。

序文所說的「今之世，異於古，今之人，亦何必與古人同」之語，其義蓋與前引雜感詩五首第二首末六句中「古豈能拘牽」相同。

又說「一曰取離騷樂府之神理而不襲其貌」是指改革近體詩而言；「一曰用古文家伸縮離合之法以入詩」係對改革古體詩而發。從這兩句話，實際上很難看出，是對那一種詩體的改革而言。但根據他的兄弟遵楷跋中引語：「……吾欲以古文家抑揚變化之法作古詩，取騷選樂府歌行之神理入近體詩……」就可明白，其中「吾」字，乃指黃遵憲。

他認爲取離騷樂府之神理入近體詩，能使近體詩的形式大異於前人之作。向來近體的格律極嚴，但到黃遵憲的手裡，則被打破了，這可從詩草各卷中的今體詩觀察出來。

他又主張採用古文家伸縮離合之法入古體詩，亦使古體詩更加伸縮自如。他按照自己的主張，寫了赤穗四十七義士歌，非常成功：

「四十七士人同仇，四十七士同心謀，一盤中供仇人頭，哀哀燕燕雀鳴啁啾，泥首泣訴圍松楸，臣等無狀，恐爲當世羞。君雖有臣，不能爲君持干掫，君實有弟，不獲傳國如金甌，君亦有國民，不敢興師修戈矛，猶復靦顏視急日日偷。臣等非敢國法讎，伏念國亡君死，實惟仇人由，當時天使來，奉命同會酬，環門觀禮千人稠，彼名高家實下流，罵我衣冠如沐猴，笑我朝會啼禿鶖。我君怒如鯁在喉，拔劍一發不復收，烏知仇人不死翻貽家國，憂臣等聞變行嘆復坐愁，或言死拒或言死請，無能運一籌。同官臭味殊薰蕕，一國蒙戎如狐裘，最後決意報讎同力勠，灑血書誓無悔尤，四十七士同綢繆。蹈間伺隙忽忽歲一周，昨夜四更月黑至鵂鶹，衆皆衷甲撐鐵兜，長梯大椎兼利鏃，或踰高墉或踰溝，開門先双鈴下騶，大呼轉鬭如貔貅，

彼仇人者巧藏弧，如椽銀燭徧宅搜，神恫鬼怒人焉廋，闖然首先霜鋒抽，彼盤之中血髑髏，先公猶識傖父面目不？閱此一七首，先公所賜繞指柔，請公含笑看吳鉤，忽復齎恨埋九幽，臣等願畢無所求，願從先君地下游，國家明刑有皋繇，定知四十七士同作檻車囚，不願四十七士戴頭如贅疣，唯願四十七士駢死同首邱。將軍有令付管勾，網輿分置四諸侯，明年賜劍如杜郵，四十七士性命同日休，一時驚嘆爭歌謳，觀者、拜者、弔者、賀者，萬花繞塚，每日香烟浮；一裙、一屐、一冑、一刀、一矛、一杖、一笠、一歌、一畫，手澤珍寶如天球。自從天孫開國，首重天瓊鉾，和魂一傳千千秋，況復五百年來，武門尚武，國多賁育儔，到今赤穗義士某某某某，四十七人一一名字留，內足光輝大八洲，外亦聲明五大洲」。

這種變化的古體詩，簡直是集中國舊詩詞曲形式之大成，亦由是知其詩論之大膽與怪異，雖今觀之，不足為奇，而於當時詩壇，無異驚世駭俗之舉。

對於詩材方面，他認為要廣博，不可拘囿一方。自羣經三史，一直到周秦諸子之書及許鄭諸家之注，凡事名物名，切於時代者，他都要採用為詩材；又在述事方面，凡官書、會典、方言、俗諺及古人未有之物，未闢之境，耳目所歷皆筆而書。有此見解，所以他的詩的內容，非常豐繁，加以他自創的變通古今詩體的方法，使得他的詩，在「詩界革命」諸君子中，獨樹一幟。

不過，按照這種取材的方式去寫詩，有才者，固然能巧為詩，但百中無一能盡善盡美，高明如黃遵憲者，猶被胡先驌譏為「欠剪裁，瑕累百出」（語出胡著讀鄭子尹巢經巢詩集）矧乎常人？

第三節　梁黃之異同及其詩論之得失

梁啓超的詩論，如與黃遵憲相較，仍然是保守的。他雖然主張寫文章要用語體文，但本身所寫的新民體，依然是文言文，僅是稍近語體文而已，因此，他心目中的詩，並非全然以白話文寫成的。黃遵憲則不同，他的詩論比梁氏前進，主張「我手寫吾口」，並用山歌俚語，已比梁氏更超前主張用白話文寫詩了。

兩人的詩論，大同小異。大同是對詩工具的改革不徹底，未完全以白話代替文言作詩。小異是程度深淺有別，前已述及。他們的詩論，旨在「舊瓶裝新酒」，未從根本著手，但對文言詩論有所破壞，又未完全建立新詩論，這是他們缺失之處。不過在破壞方面，他們的功勞是不可磨滅的，沒有他們的破壞，第一期的新詩論也就不會迅速且順利地產生，斯乃得也。

流變的聲音

——讀「激流」集談岩上的詩

王灝

一

「我總想知道／自己的宿命星在甚麼位置／有否閃爍燦然的光輝」

這是岩上在其「星的位置」一詩中開頭的一段問語，我們與其將此一問語視爲作者的命定觀，倒不如說是作者的詩觀或創作觀。對於自我心靈的剖視，以及對人類命運或外在世界的展現及批判，乃是一個詩人或藝術家矢志追求的兩大課題，前者是趨於內省性的，後者是屬於外觀型的，雖然二者間一個是內斂的，一個是外爍的，但事實上二者却是互爲表裏，互爲依附。雖然二者所賴以「省」與「觀」之方法手段及對象有所不同，一是證悟一是剖入，但捨外觀將無以把握住自我的本質，雖然俗謂人心不同各如其面，但一個人之心態、個性氣質却是多少根源於普遍的人性，與其所處的外在世界。換言之，一個詩作者採取外觀態度時，其所表現之外在世界，也無法排除自我的主觀成份，因爲他是透過自我的眼光去觀察外界，故而所觀之外界皆染有我之色彩。相同的，當你採取內省態度時，想透入自我的內裏，把握自我的本質，則勢不能不把外在因素也考慮在內，因此評詩者在評斷詩作時，也務必循着這二個動向，方易於接觸及詩趣的要眇，故此二者則非兼顧不可。當岩上訊及「自己的宿命星在甚麼位置／有否閃爍燦燦然的光輝」時，我們可以將之視爲這兩個問題的披露，所謂「有否閃爍燦燦然的光輝」是比較內省性的，是一種想肯定自我的企圖，而「自己的宿命星在甚麼位置」則是屬於外爍型的肯定，當我們訊及或思及自我在整個人類歷史中所扮演的是何種角色時，多少是想把自己推置於整個外在世界，然後探討自己在其中所處的位置，所負的責任。寫詩是對自己或人類生命的一種訊問，它的動向或是先挖掘自我然後推及於外物，或是由外物的剖視然後內斂爲對自己生命本質的探究。我們縱觀岩上「激流」詩集中，詩性也是呈現着這兩種動向，但是二者間自我剖析的份量佔較大部份，也就是說如果寫詩有目的的話，則岩上「激流」詩集中大部份詩作的目的是企圖透過詩來挖掘自我，探究生命，或是抒發自己對世界的看法，這是岩上詩質之一，而這種挖掘探究却與對詩之執着透入結合在一起，以下將根據此點來印證鑑賞其詩。

明知呼吸已够沉重

仍要唱完生命最後的樂章

在「蟬」一詩裏，作者藉着蟬的鳴叫，來暗示自己對詩的執着與肯定。「面對秋空的無雲／預知寂靜後即將來臨的屠殺」面對着生命的危機與無奈，一個詩人所能做的抵抗只是不斷的以血淚譜成的歌聲，唱完生命最後的樂章，而且他所引以爲傲的也是這點，雖然詩一再給予詩作者的是很大的痛苦，像癮毒一樣時時在體內流蕩發作的痛苦，但它却是根源於生命深處，已成爲生活及生命的一部份，所以作者在詩中如果宣稱着「明知是全然倒蓋的象杯」但「一支香總要焚成灰燼的」，故而詩人才「劈自己爲一塊塊柴薪／並以那斧頭迸濺的火星／點燃」表現出一種殉道的精神，及自焚的狂熱。

終究要結成粒粒的果實
我的守望，在風雨中
堅貞是笑開的理由（梨花）

梨花的開放，並不只是展現自我的風姿，而是蘊生着另一種生命的果實。寫詩並不全然是爲了說明自己表現自己，而應該是爲了完成人生的另一種意義，而其動機誠如詩中所寫「堅貞是笑開的理由」，是爲了堅持一種堅貞。如此說來，這種對堅貞的堅持與其說是不切實際而虛幻的，毋寧說是崇高的，則梨花的開放不也具有高一層的生命意義，寫詩也是不斷完成自我的方法之一吧！

長久以來就有一種投擲的衝動
投一塊石頭於水中讓它發出戰慄的聲響
或者把自己投入飄渺的凌虛的時間裏…（鉛球）

投擲是一種動作，在投擲的瞬間，作者不只感覺到鉛球或石頭的投出，也意識到自己的投出，而其所預期的是戰慄的聲響，或是一個美的弧及起碼的距離，寫詩亦可作如是觀吧！給出詩作的同時也給出自己，把自己投入飄渺的凌虛的時空裏或不斷延展的歷史流光裏，由於這是帶着殉道意味的行爲，故而不得不使一個詩作者思及或懷疑寫詩這一作業的價值性，「這是緊貼在週身的警語，於是我猶豫了」這該是作者對於寫詩這一行爲之價值的訊問吧！一方面在「堅貞是笑開的理由」的執着中肯定，另一方面則在猶疑的徬徨中反省，那麼我們可以說作者是不時的處在肯定與懷疑之中，情不由己的寫着詩。

相同的，我們在「激流」一詩中也可以看出這種既悲哀又傲然的心理趨向與對詩的執着。

遂以自己的
軀體立在橫心的弦上衝射出去
讓那些圍剿而來的
巖石與山壁
濺出嚎啕的顫慄

不管流矢的
歌聲，是用血淚譜成
既已撕碎的願望
也要堅守一股
初貞的潔白（激流）

這是最足以道出藝術創作心理的一首詩，一個藝術家或許他所持以表現的工具容有不同，但其基本的精神本質却是相同的，而其所追求者無非是一個非現實的自我，一個眞我或超我，一種價值或是絕對的完美，以致迫使他否定現實的自我，尋求心理的昇華，因此在這種迫向無休止的追求中，一個藝術家是永遠不能安定於感情的激流之中，而有的人能在此種無休止的追求中成就了振口爍今的作

品，得到心理的昇華，但有些人却一再的面臨着心靈追求的幻滅，終而以身殉道，以此而觀，則梵谷的狂熱、芥川龍之介，川端康成的自絕是可知的。然則「以自己的軀體在橫心的弦上衝射出去」不也是一種生死以之的追求精神嗎？在此詩中有三個轉折，作者先把自己投身爲激流，然後以流失喻激流，再以激流的流動，箭矢的衝射暗指寫詩一事，借此托出自己的創作心理及寫詩的心理基礎，我想這大概是作者將此詩的詩題作爲書名的原因之一吧！

在「激」詩中，首段詩裏，作者先處身於客體的地位，面對着詩的征服力迫擊力，去承受那伸延而來的無奈、作者在後記裏曾如是寫着「詩給予他莫大的痛苦」但這種痛苦並不只是焦思苦慮行吟之苦，而應該含有體認生命的悲哀之成份在內，因爲他是有感於伸延而來的，是難以承受的無奈才寫詩吧！而詩是無法捻息的生命火花，因此才會「以自己的軀體立在橫心的弦上衝射出去」，才會爲了堅守一股初貞的潔白，而無視於那圍剿而來的巖石與山壁所濺出的嚎啕顫慄，無視於流矢的歌聲是用血淚譜成的。

作者是懷着如此的心情在寫着詩，但前面曾言及，他是在時而肯定時而否定中反省着寫詩這一作業，從「星的位置」一詩及「激」集後記中我們也可以取得印證。

因此每晚仰望天空
希冀找尋熟悉的臉龐
但是回答我的
都是陌生的眼光
直到有一天
我從流浪的路途回來
把一切的願望都丟棄
只剩一顆乾癟的頭顱
沒入深邃的古井
突然發現在那靜謐且清冷的水底
一顆孤獨的明星
輕輕地呼喚我的名字

每晚仰望天空去找尋熟悉的臉龐是一種追求，「但回答我的都是陌生的眼光」則是一種幻滅，一種懷疑甚或是一種否定，但作者終有所悟，他悟及寫詩所處的是一種孤獨的位置，那務須忍受住「把一切的願望都丟棄，只剩一顆乾癟的頭顱，沒入深邃的古井」那種無奈與痛苦，雖然那是一種孤獨的位置，但作者透過詩終究找到自己的位置，肯定了自己，則寫詩是作者肯定自己的方法之一。「激」集後記云：「回顧那已逝去的顛頓狼狽的歷程，我當然也想佔有一個位置，但我的方位像寒星那樣淒冷，因爲那不是熱鬧的星座，而是孤單的一顆」正足以說明此點，所謂想佔有一個位置，我們切勿視爲一種功利觀，不可將之詮釋爲對功利的追求，那該是前面所云的肯定自己。

而這種精神在「無邊的曳程」一詩中表達得最爲淋漓盡緻，我們可以說「無」詩是作者整個詩精神的總展現總披露。

深沉的黑夜
我投入
如一塊燒紅的石頭（無邊的曳程・一步）
一切的招喚在內燃中延續（無邊的曳程・五步）
驚喜總是在不定中翻飛，如同飄泊的雪花
在我臂彎裏，永想捕捉的是那封凍的大雪嗎
（無邊的曳程・八步）
無邊的黑夜

將因一顆顱的固執而變白（無邊的曳程．十二步）

以上所列詩句，無外乎是作者對詩所展現的一種想望，對詩的投入與執着。

懸繫着，緩緩地垂下
一口一口的白煙是鎮痛的紗布嗎（無邊的曳程一步）
我沉淪在冰河的底流
所有的風貌都成為異種的壁力（無邊的曳程．二步）
眼睛或者軀體都在僵死中回魂
麕集的是一場屠殺的賭注（無邊的曳程．五步）
能張口的都已塞滿即將呼出的氣體
只須等待
一顆頭顱的斷裁（無邊的曳程．十一步）

則為面對詩所受到的一種煎熬一種傷痛。對於整首詩我們都可以採取如是的觀點去欣賞，在「無邊曳程」詩中，作者共分成十三段，從第一段到十三段分別以一步、二步以迄十三步作為一種推展的歷程，而這無邊的曳程我們可以視之為作者生命歷程的象徵，更可以詮釋為寫詩歷程的一種象徵，因此從詩句的破視，我們可以把握住作者的詩質動向。在此只略舉上述諸段加以說明。

由上述的分析，我們可以得知岩上詩作的第一種特質，那就是以詩來說明表現自己的詩觀，以詩來挖掘自我肯定自我。

以上是採取以詩解詩以詩論詩的觀點去論述，以作者的詩去探索作者的詩精神與詩本質，不過在此要加以聲明的是，作者在處理時，已和對其他事象或美的追求融合在一起，所以就詩本身而言是頗富於歧義性的，故而上面所論述的，或許已犯了一些以經解經者過於一廂情願，穿鑿附會之謬，因此所論者莫非是出於一已之臆測的妄論偏見，但寫詩固然是一種主觀的行為，而論詩解詩又何嘗能排除主觀的成份呢？

二

首節筆者論及岩上的詩精神時，我們歸結出一個重點，那就是岩上在寫詩時，有時是採取「以詩印證生命」的立場，也就是寫詩這一行為來剖析自已的生命，這類的作品是屬於內省型的詩。但是他有些詩却是採取「以生命印證詩」的立場，把自已對人類的情感，對生命的觀點用詩表達出來，也就是所謂外觀型的詩性。本節將論及「激」集中這一類型的詩，也許這種內省外觀的分法是不必要的，因為任何一個詩作者寫詩時，有誰能摒除這兩種立場，而且二者根本上是互為依附，未可截然二分，但我們在析論詩時，這種分法未嘗不是一種可行的方法。

在我們論及外觀時，有一個前題是不能不考慮的，那就是一個詩人或藝術家他採取外觀立場來創作其作品時，其所持以觀的觀點或是悲憫的，或是嘲謔的，由於各人性格的不同，容或有許多不同的觀點，這將因人而異，即使是同一個人，由於時間的不同，則觀點亦將隨之不同。

當然岩上在外觀的態度上，並不是定於一，也是不斷的在遞變，本節所論只是就「激流」集中之作品為對象，就「激」集中之詩歸結起來，我們可以看出岩上在外在世界的反映上，其所持態度有二種趨向，一是悲憫，二是無奈，而無奈是略帶點自傷傾向，這或是根源於作者的性格，但根源於其生活的成份則大些。「十幾年的山居生活，表面看來，平靜無波，但事實上受着現實風雨的鞭打，內心所激起的感觸，却有着激流般的撞盪」作者在後記裏如是寫着是有理由的。

森植
一道拒絕生活的藩籬（藩籬）

這種對生活中所面臨的尷尬及無奈之展露，一再的出現於「我的朋友」一組詩中，也可以說這種無奈性是岩上詩的另一種底色，我們很少能在其詩中找到諸如「荷花」或後期所寫的「暮色的平原」「日出日落」等詩中那種較歡愉，較積極或較肯定的詩性。即使在「激」集之後所寫的「陋屋詩抄」一系列的詩作，也可說是這種無奈感情的延續，至於如前面提及的「堅守一股初貞的潔白」之類的肯定，也是多少帶有自焚的悲劇意味。

然後揷植在整個庭院裏
並且在枝椏上繫結了無數的假花（璀璨的花朵）

你逢人就說
我家那棵梨樹
曾經開了滿庭院的璀璨花朵（璀璨的花朵）

「璀璨的花朵」一詩在說明或戲謔人類的自欺心理，但也可以說是人類對生活所採取所做出的一些無奈擧動，對於生活上的某些欠缺，任何人都想辦法要去加以補足，但所能做的只是自欺欺人的僞飾，而這種僞飾必定經不起生活中現實壓力的沖激，經不起「那晚遽然風雨交加」的摧打，終必表露出「枝椏與假花均被摧毁盪盡」的事實眞象，所以人類只好生活於自欺之中，這是「璀」詩爲我們所提示出來的生活眞相。

你埋怨從來就沒有人發現你的存在
就如同從來就沒有人察覺
這部機器震動太厲害
震動着　震動着
於是你就無聲無息地被震掉了（被震掉了）

此詩以機器喩生活、社會或生存的結構，以螺絲釘喩個人的生存，個人的生存是不受重視的，只能卑微的生存於生活的一角，忍受着生活的震動，但終究還是要經不住生活的震動而無聲無息的被震掉了，被淘汰掉了。作者在「我的朋友」這一輯詩裏有篇附記，記云：「我並非眞有這樣的朋友，但所表現者，在你我之間，必能感到他眞實的存在」，我們可以說這一輯詩裏那些朋友的諸相，皆爲生活下的產物，也可以說是作者借此來展現圍繞在我們週遭諸多生活的體貌，這是作者對於生活所發出的心聲。

然而我們總得上床
我們總得把軀體癱瘓（儘管）

「儘管」一詩裏也充分在表現這種在生活中掙扎的心情，「儘管夕陽在西方製造繁花／我們仍要拖着疲憊踏入夜」我仍要生活，我們總得把軀體癱瘓，這是生活的無奈，由於生活的無奈，演化成詩的無奈，這種無奈之感就構成了岩上詩作的另一個基本詩調，在「激流」集中，大部份的生活詩，都是在表現這種生活感情。

但作者在正視自己的生活之餘，偶而也發爲對外物的悲憫。

面對着黃浪的世界
誰能塡飽無底的腹（風鼓）

借着風鼓來調喩人的慾壑難塡，慾深似海。

時間擺佈一張網
誰敢在此中逍遙（不是垂釣）

借此詩來暗喩人類之無法擺脫時間的無情控制與凌虐，而往往成爲時間之網的獵物。

涉過自己與同類激戰的血河

糾纏的軀體仍要扭曲脖子
匍匐前進以荆棘的手投刺
盲視的太陽（蔓草）

假借着蔓草來象徵人類在生存競爭情形下的掙扎與悲哀。

昨夜
沒有雨傘
惟柏油路面依然閃爍
一條身影（談判之後）

用此詩來表達人類的孤苦無依，並無而襯出人們奔波於人生道上那種孤寂感蒼涼感。

我的臉
已長滿了見不得
熟人的雜草
借那蔓蕪的陰影
躲藏自己（語言的傷害）

以語言的傷害暗指人類面對某些故意廻避的眞相，被揭穿道破時，那種尷尬。間接表達出了人類不敢面對現實，以及善於自欺的心裏，以及懦弱的根性。

但爬起來的相互扶持
是膠一樣的緊密
就像這個疤痕緊緊地
粘在肌膚（創傷）

「創傷」一詩則在闡揚人類互相憐憫，互相扶持的人性善良面，這是比較帶有積極性意義的一面。

希望像一個香爐
不管有無嫋娜的
香火
總要展露
遼濶的心胸（香爐）

這是對生命的肯定，對信仰的寬容，以及承認希望的必要性，雖然明知某些信仰是一種無知愚昧的迷信，但作者却不願採取嘲笑的態度在處理，因爲有些迷信是某些低階層人物生命及生活的支持力，或者可以說是他們所賴以生存下去的憑靠，所以作者透過詩去肯定信仰，而且寄予悲憫，甚而把信仰歸結於內心良知的一種自省。

內省就是
一盞夜黯中的
明燈（香爐）

這種內心良知的自省，正足以說明「神是無形的，它存在於任何人的必中」此一說法，而且是帶有道德意識的。

這種悲憫推展到極點，往往多少含有一種自憫意味，因爲面對太多人類的缺失，往往會思及整個人類的命運，終而回觀自身的生存形態及生命意義，如此一來就難免會由憫人而自憫，由觀外而內斂爲自省，表現爲詩，則在內外人己之間就難有一明確的分域，如以「樹枝」一詩爲例：

所有的花無不痛切擁抱果實
果實終究要跌碎地撞擊地心
葉子們也焚燒自己化爲鬚根中的血球
樹枝哦！
唯你舞亂的手
向低沉的天空披示了什麼

此詩裏，在表達了花開葉落的生命積極意義之餘，進而對樹枝寄予悲憫同情，這只是詩的外象意義，在詩的底層依稀對人類存在的意義發出了詢問，間接的隱含着對自己生

存的無奈寄予自憫。

再如「青蛙」一詩裏，由於看到自已晾曬的襯衫在牆上之投影，在暗夜中飄盪而驚駭，由此再連引到青蛙的遭受殘殺，歸結表現出「人類之殘酷面」這一主題來，這種控訴不正充分說明人之殘虐物類，是人之令人悲憫處。

明明知道那是誰穿的，但總是被驚駭得全身戰慄咬牙切齒。

明知某些事物只是幻相，但人類往往不自覺的生活於自己所引起的幻相中，而受其左右，這一點似乎也透露出了人類根性的一面。

綜結以上所論述的，我們可以得知岩上詩的第二個特質是無奈與悲憫，這種無奈與悲憫事實上與其寫詩之動機是連成一體的，由於無奈所以才寫詩，由於悲憫所以才寫詩，由於想挖掘肯定自我而只能靠着寫詩這種無能的方法，所以牽引出無奈之感及悲憫之感，因此我們可以說他這種無奈與悲憫是生活的無奈與悲憫，也是詩的無奈與悲憫。

三

在本文第一節所提及的岩上詩之第一特質，是就其寫詩之動機或目的而探究出來的。第二節則就其詩性或詩感情而探究出其詩的第二種特質，本節將根據其技巧或方法來做一番析論。

岩上曾在其詩論裏將詩與河流並列互比，這大概是其以「激流」爲集名的原因之一吧，就如詩集後記所云：「如果詩的生命像一股河流，其不斷地擊打出來的聲響，總不會永遠同一個音調吧！」這段話足以說明兩件事實，第一件事實是岩上在寫詩的基本態度上是要求讓詩自然的呈現出來，就如江河的奔流自適，不做刻意的强求。第二件事實就是岩上寫詩時，在題材上或技巧上不願意停留於某一定點。第一個態度發之於詩，則可能產生兩種不同的結果，就好的方面來講，由於要求自然，可能其詩將呈現一種樸素眞摯的詩性。但就其欠缺的方面來講，也可能由於過份的要求自然呈現，而使詩流於平白甚而沒有詩味，或是對於詩不要求刻意經營，故而可能使所寫之詩流於如繪畫中水彩畫的小品意味，而欠缺油畫那種堅實的質感或龐沛的氣勢，換言之，如果要求詩的寫作務必如河流之自然流動，則其詩或許可能像大江激流一般洶湧奔騰，也可能成爲一道奔流不已的源遠長流，但更可能成爲一道涓涓細流，岩上也是有見於此，在後記亦曾做過說明，他認爲「激流」集中之詩，或許缺乏匠心獨運的美音或雄大的氣派，但那是出自易變命運的推演，是用他生命的點滴滙集成流的，就這種創作立場來講，可以使其作品免於作僞，可以做到眞摯的起碼要求，但謹防其流於詩質貧乏的弊病，則不得不嚴加注意。如果是爲了讓詩自然的呈現出來，因此在寫詩的一刹間，赤裸裸的讓其始原的思考方式呈現出來，由於這種惰性而促使詩流於平日乏味，則是不足爲訓的。

至於第二個態度，岩上不希望其詩停留於一定點之上，也就是說他在寫詩時，希望其技巧，題材甚或是詩精神能呈現多樣性，則我們希望他這種態度純粹是基於一種實驗的精神，那末這是值得鼓勵的。

事實上這兩種態度在「激流」集中體現得並不多，因爲我們詳細分析該詩集中的詩，我們發現作者對詩語言詩意象的經營還是頗爲費心的，而且整集詩的性格技巧也是極爲連貫極爲統一的。反而在作者「激流」集之後的一些

詩作，依稀可以看出這種企圖，我們看他在一些刊物上陸續發表的詩作，呈現許多不同的樣態，但是我想指出的是他這種企圖體現爲詩，有的極其成功，但有的則似乎不太成功，以登在「笠」詩刊54期的「溫暖的蕃薯」一詩爲例吧！在這首詩中作者充分挖掘出事實的眞相，充分把握住了窮苦人家生活的痛苦面，就這個觀點來看，作者是成功的。但我們將「溫」詩與余光中的「車過枋寮」（見余光中詩集「白玉苦瓜」）一詩做個比較，這兩首詩處理的題材也許有其共通性，而「車」詩是採取歌頌的積極的肯定的態度，也許有人會認爲「車」詩所表達的事實，是虛飾的矯情的作僞的，但對「車」詩我能有所感，對「溫」詩也能有所感，雖然對二詩我均能有所感，但其感我的媒介却不一樣，「車」詩是以它的語言意象及歌謠的形式節奏來感動我，而「溫」詩却是以其內容或所描寫之事實眞相來感動我，但一首詩之以內容感動人，務必讀者與作者有相同的經驗，方易起共鳴，因此當一首詩之內容無法使欣賞者起共感時，它欲打動讀者則惟有賴其語言意象，以讓詩自然的呈現，對於語言也須加以注意，最起碼語言中要維持詩感的存在。也許在「溫」詩中作者所用的語言太乾了些，因此給人的感覺只是幾根銳利的線條交錯而成罷了。至於在此詩中以臺語入詩的企圖，似乎也不怎麼成功，而且題目以溫暖做爲反諷也是沒有什麼必要。

在「激流」集出版之後，作者曾寫了一些比較積極性肯定性的作品，如「暮色平原」及「日出、日落」二首即是，也許作者因爲有鑒於現代詩壇悲性詩的泛濫，所以才有這種嘗試，不過就一般情形而言，所謂的肯定性歡樂性的詩，比較難處理得深沉，如果處理得不好很可能流於浮泛，或淪爲口號，我們看作者這一類型的詩，雖然並沒有什麼失敗的地方，不過倒也少有建樹。

以上是就作者「激流」集之後作品抽樣的論述，筆者之所以只指出其缺失，主要是指陳出作者在創作時，偶而有這種動向及樣態，以作爲創作上的參考。

西脇順三郎「詩學」中曾云：「所謂詩是想像亦即意味發現新的關係。」這種新的關係也可以說是新的結合，亦即把自然中相異的事物做個聯結，而產生新的意義，或是把舊的關係析離，而重新結合成新的秩序，造成新的關係。詩的目的就是從事這種新的結合，或是發現這種新的秩序新的關係，因此詩才能予人一種驚訝或是異質的感動。譬如「拉鏈」一詩中，以拉鏈的攤開連繫於人的別離，這種新的關係是很不平凡的，這種新的感受或經驗，是我們日常生活中所不曾有過的，因此當你面對着如是的關係時，而引生一種感動，則該詩對你就具有極大的征服力。反之，我們以「風箏」一詩來申述，這首詩在新關係的經營上有所不足，因此欣賞此詩時也就缺乏新的感動。

從孩子的手中飛起來的
一張臉
在無遮攔的
時空裏
飄逸着一隻可愛的
風箏

這是「風箏」一詩的首節，以風箏連繫着臉，這是新的關係，再以無遮攔的天空連繫着時空，這也是一層新的關係，由於有這兩組新的關係，所以本節詩的詩感是盈實的。

緊緊拉住
怎樣也不肯放鬆的

意念　總要使它
高昇

以風箏的高昇連繫着高昇的意念，這也是一種新的關係，因此在本詩的第一、二節裏，整首詩是處於一種緊湊的局面，給人一種感覺與期待，覺得這首詩再發展下去，應該逼向更尖銳的一個高峰，而期待這種高峰的出現，但當我們看到第三節時，却十分失望，因爲發展到第三節時却整個淪入舊的關係之中。

孩子
在這平坦的草地上
我也曾經瀟洒過的

風箏與童年的關係是極其陳腐的，猶如花之與美女，牡丹之與富貴，美男子之與潘安的關係一樣，是絲毫引不起異樣的感動，也就是說缺乏新鮮感缺乏新的關係。因此「風箏」一詩在局部新關係的連結上是有其建樹的，但整首詩推展到最後的結局是失敗的，那末在前二節中所經營的詩感到末節就整個渙然消洩了，這是「風箏」一詩失敗之所在。

如果一個讀者在欣賞詩作品時，企圖在作品中尋求固定反應，則應歸罪於讀者的惰性，如果作者在創作作品時，淪於約定俗成的舊關係中，則應歸咎於作者，因此「風箏」一詩的失敗，岩上是難辭其咎的。

再如「七月之舌」一詩中，暑夏之與火傘、梵谷、赤道、紅球之間，作爲媒介與連繫的也是靠着舊有的關係，因此不能造成新的感動與聯想。又「埋葬」一詩的末段也是犯了此種瑕疵。

所謂榮耀
所謂羞辱
在黑且冷的夜裏
猥瑣成草葉尖端的一滴
露
無聲地滑落

由死亡連引到「是非成敗轉頭空」「聖賢盜拓皆歸塵」及「人生如朝露」的感慨，也是缺乏創意的，想必也是惰性下的產物及舊關係的重複。「林中之樹」一詩中的第三段，以蟬聲淒淒連繫着夏，落英襤褸連繫着秋，白骨崢嶸連繫着冬也只是舊關係的複現，以春夏秋冬來暗示時光的流轉，季節的變換更是極其粗俗的構想。「荷花」詩的首段：

從汚泥中
生長出來的荷花
竟然也以鮮紅的笑靨
凝視

以上對荷花的描寫，不也是流入「出汚泥而不染」的陳舊窠臼嗎？這種陳舊的荷花觀，正好阻礙了新關係的發現與建立。這種瑕疵的產生，如果我們把它全歸罪於詩作者的惰性，那是不公平的，或者歸罪於作者寫詩時要求自然這一態度，也是不公平的，但作者在持這種態度寫詩時，我們希望他的動機是在追求一種樸素眞摯的詩素，而不希望是舊關係的重現。

至於要求作品的多樣性多變性，應該是建立於詩精神的精進上，如果詩精神未能向前推展，而光只是技巧語言手法的翻奇出新，那是毫無意義的。

四

當我們欣賞一個詩作者的作品時，如能探尋出其作品

的根，則比較容易進入其作品的內裏，掌握住其作品的本質。當然我們探尋的方法有很多種，但詩的語言及題材是兩個重點，而我們要探尋岩上創作的根時，從題材去着手是最可行的方法，因為當我們檢視岩上作品的詩語言語形式，比較富於多樣性，這點彷彿說明了他的語言形式是比較不穩定而多少受到別人的影響，所以我們如透過語言形式而想去探求其創作的根，是比較難於抓住他原始的心性。因此我們把探尋的重點放在題材上。

我們就「激流」集中的作品看來，岩上創作的根有二個，一個是生活，一個是鄉土，也就是說岩上創作的基礎是建立在生活及鄉土這兩個舉點上，有關於生活所展現為詩這一點筆者在本文第二段裏已論之甚詳，不偶贅述，而鄉土這一題材在詩中的所呈現的形態，是值得提出來討論的。通常鄉土題材表現為文學作品，多少要經過一番溶解，或者經過作者的再創造，而表現出一種新意義，這樣所謂鄉土文學才有其價值，也才有普遍性。在目前臺灣文學作品中，鄉土題材的處理有兩種形態，一個是以大陸的一些風土人情為根源，一個是以臺灣鄉土為根源，前者如司馬中原及朱西寧先生的一些作品為代表，後者以黃春明、王禎和等人為代表，由這點看來鄉土題材的處理，在小說上已有其不可忽視的成就，反觀詩，則在這方面的努力似乎尚不够，當然在目前屬於「笠」詩社的一些詩人們有過一番嘗試，而有一些新起的年青詩作者們也曾作着如是的嘗試，譬如「主流」詩社的莊金國先生似乎是這一方面的有心人，不過至今似乎還未曾引起別人的注意，也許是他們的努力不够，也許是他們沒有尋求到正確的方向，也可能鄉土詩本身有它的先天上之限制，不過它該是詩題材上，極其廣濶待開墾的一塊領域。

而岩上在處理鄉土題材時，只是把它當作一種媒體代品，譬如「星的位置」一詩中宿命星這一種說法，原本是鄉土的，在原始的意義中，它只是在說明古老人們對命運的看法，不過表現在岩上的詩中，却變而為表達人類對生命意義的追求，或是對自我的剖析，已經脫離了原有的鄉土意味，再如「風鼓」詩中，風鼓這一東西本身，只是鄉間農村風物人情的一樣東西，但在岩上的詩中，却成為了譏諷人類不知滿足的象徵。又如「青蛙」詩為例，捕食青蛙本來也只是舊日村民生活中的一件事情，但岩上借之來控訴人類的殘酷。像這種對鄉土的處理態度，我們不知是否還能稱之為富有鄉土意味的作品？但這似乎也是一種新的嘗試，可能為文學帶來另一種新的風貌。

不過對鄉土題材的處理，事實上也有其先天上的限制，那就是對於鄉土這種題材全然無經驗的讀者來講，當他欣賞時是否會造成一種隔閡，以筆者為例吧！由於筆者童年時，曾在夜空下的晒穀場上，聽老一輩的人敍說一些古老的傳聞，並不時的指點着暗夜長空中那閃爍的星羣說，天上的每一顆星都代表着地上的某一個人，為貴為賤均是冥冥中已註定了，這就是古老傳聞中的宿命星，因此當筆者欣賞「星的位置」一詩時，很自然的毫無阻礙的就進入詩境之中。再如筆者由於出身於農家，對於農人生活及農村風物多少有所接觸，因此當看到「風鼓」詩時，自然的就有一種親切感，而且風鼓這一種農具的樣子形象很快的就在腦海中閃現。又因我小時也曾跟隨着大人們，手持煤灯及網子於暗夜裏穿行於田畝阡陌之間，捉捕青蛙，並且也有殺之炒食的經驗，因此看到「青蛙」一詩中「從肚皮的兩邊用力壓下，使它膨脹起來，然後用刀子把它割開，狠狠地挖空所有的肝腸內臟，血從指縫間淬淋下來……」

等詩句時，幼時的記憶很快的又回到腦中。但是換上一個沒有類似經驗的人，欣賞這些詩時，其感悟就不會如此深，因此我說鄉土題材的處理有其先天上的限制，但我想岩上處理的態度是值得嘗試，而且是正確的方向。

事實上岩上創作的最大根源還是生活，而生活是無盡止的悲憫無奈，也是無盡止的詩的歷程。

回憶是甘美的
甘美的回憶
在已逝去了的日子裏並轡而行的
是未曾乾涸的流水

我的探求
在無可知的天地裏
是爲了聽取那悅耳的水聲嗎

如今，優美的水聲
漸漸渺茫了
因爲溝通那甘美回憶的耳朶
已經淤塞（回憶）

岩上呀！詩的歷程是無盡止的哀愁，是無盡止的生命的刻痕，但願那優美的水聲永不渺茫，而溝通那甘美回憶的耳朶，永不淤塞，而在詩的無可知的天地裏，但願我們的探求，能够永遠聽取到那悅耳的水聲，則詩的歷程也將是無盡止的喜悅。

附記：「暮色平原」一詩刊於中外文學第二卷第四期。「日出，日落」刊於第二卷第十一期。

六十三年九月一日稿成於埔里

出版消息(二)

本社

1 詩誌

※「創世紀」詩刊第四十期，已由創世紀詩社出版，定價二十元。編輯部：臺北市吳興街二三九巷五十四之二號。

※「秋水」詩刊第六期，已由秋水詩刊社出版，定價十五元。社址：臺北市郵政一四一五七號信箱。

※「主流」詩刊第十一期，已由主流詩社出版，定價十五元。編輯部：臺北市南昌街一段五四巷十六號。本期爲紀念該刊三週年紀念。

2 詩集

※洪建全教育文化基金會第一屆兒童文學創作獎第一名「兒童詩集」包括黃基博詩集「媽媽的心」與謝武彰詩集「春」，由趙國宗畫圖，特價三十五元。

※王祿松詩集「狂飆的年代」，已由水芙蓉出版社出版，定價三十二元。

3 翻譯、評論及其他

※陳千武譯「韓國現代詩選」，列入光啓新詩集之九，已由光啓出版社出版，定價二十八元。※李鴻來譯，桑德堡（Carl Sandburg）著的「美麗的眼睛」，列入華欣少年叢書，已由華欣文化事業中心出版，定價三十元。

※「臺灣文藝」第四十七期，已由臺灣文藝社出版，定價二十元。該刊「詩潮」由趙天儀主選，歡迎惠稿，稿寄新店鎭光明街二〇四巷十八弄四號四樓。

陳秀喜的詩

——「樹的哀樂」讀後

黃一容

從「覆葉」到「樹的哀樂」，論者皆稱陳秀喜的詩是母性光輝的展示，她的詩雖然粗糙，讀者無法獲得技巧的助益，但她充滿愛的心燈，却照亮了每個詩篇。

她曾問神也像審問自己地說：

我這陰丹士林的愛
被懷疑會褪色　（釋然）

從這二行詩裏，她是多麼的自責，爲人媳婦要忠於丈夫，爲人母要犧牲自我培育兒女，剩下的赤裸的心總是督促着自己（請查閱其詩「連影成三個我」），故她肯定的說：不信任是愛的毒瘤（詩「微笑」），反身她又察覺紮根在泥土才是眞正的存在（詩「樹的哀樂」），而且是屬於祖國的，像「我的筆」「耳環」「魚」等詩作，成功的表現了自己的遭遇。

我和兄弟姊妹都是啞巴
我和兄弟姊妹都在浮萍中長大
小時候爲着尋覓食物奔走
或者逃避追逐而忙碌
如今偶而有個吐出泡沫的安適
却比不上美人魚的歌聲

想念祖先們
敬佩他們曾渡海而來的勇氣
可是不知道他們都到那裏去了

當我知悉祖先們的去處
我已在俎上
跳動一下微弱的抗拒
嗟嘆歲月養我這麼大
羞愧不曾唱出美人魚的歌聲　（魚）

桓夫自怨不曾寫過「新潮的紅樓夢」（參閱其詩「不必、不必」）、而陳詩自嘆不曾唱出「美人魚的歌聲」，在「編造着笠」「荒廢的花園」詩中，我們更明白作者的感嘆。

另一方面，她對同胞的愛是如此深刻：

被喚住的喜悅　只是片刻
他必須抓到疲勞　摔開
舒服給與　臥在溫暖床上的人　（按摩者）

幾千個黃昏

澆水施肥的辛苦
烙印着乾癟的臉上
她忙着自薦自誇
好吃的
白又大的蘿蔔要嗎
我種的
細嫩的青菜要嗎

（市場）

於是，她必須等待按摩者笛音終止，才能開門看天狼星，到市場買的不是可口的菜，而是同胞可親的笑容，二個平常事件，在作者眼中便賦予同情的愛，這是很可貴的片斷，其他如「竹筍」「人造花」「薔薇不知」「小堇花」等詩都是類同的，而「目擊拓寬公路」「泥土」「臺灣」等詩，是她對鄉土的懷戀作品。

能延續「覆葉」的精誠的，以「青鳥」一詩爲甚：

當我看着照片
英俊的女婿
新娘的女兒
朗誦唐詩的孫女
方帽子的大兒子
都對我微笑
青鳥在我手中

是的：幸福早已握在她的手中，放着安樂的經理夫人不做，何苦爲詩壇奔忙呢？

其實她愛的精髓就存在這裏，我們不得不爲之喝采，談到這裏，結論是她的愛是三方面的：即對國難、對同胞鄉土、對親情。誠如後記中所云：「無論一草、一木、一撮泥土、一滴淚痕，都是和社會有不能隔絕的關係。」，我們從詩集第一首讀到最末一首，都能發現她的世界是多麼的眞實，此外，她的詩與愛的質樸，使我想起另一位女詩人張秀亞的詩，張詩有清新的一面，但吟誦範圍似乎嫌不够，最後我也談談陳詩的缺點。

①詩句斷或接的笨拙。如「冬天的墜花」最末一段的第一行和次句的連接，十分明顯。

手上檢來的墜花一朵
冬天的山上
留着滿地的墜花
令我心咎不已

②多用白描，缺少間接性表現，這是陳詩大部份的現象。

③語言太口語化，禁不起咀嚼。如前面所抄之「青鳥」一段以及「蟬的舊衣」：

當我覺得衣薄冷意
秋風告訴我
那件舊衣可以當中國藥材
藥名「金牛兒」味鹹甘
有驅風解熱之效

上述三個毛病，乃造成陳詩詩勁和張力不足的主因，我建議陳女士可使用標點符號和象徵性寫詩，或許能克服這些缺失，當然，跨越語言的一代之艱辛是不在話下的，我祝福這顆不老的心！

64、1、18臺中

對鳴錄（二）

——鍾鼎文「行吟者」

·旅人·

我有一種怪癖，卽是一般人不喜歡讀的詩集，我偏要欣賞，而且對於所謂詩的「主流」的詩集，屢有一種莫名的反抗感，對於被「大波」遏開的「小波」的掬飮，頗感痛快。我是在這種心情下讀「行吟者」詩集的。

對於「行吟者」，年輕詩人可能較陌生，因爲在高唱排除「以文爲詩」（借自後山詩話）的現代詩壇，像這樣的詩集逐漸爲人所淡忘，實乃必然。可是如果吾人不否認文學之「小波」常有易「大波」之事實，則「行吟者」之重估其價，應該不會被視爲反詩潮的行爲吧！

「今天，在瓦礫之上／搭起我久失去的豎琴／我以感動的淚水／洗清它的塵土／以往日的姿態／將它重新抱在懷裏／繼續我行吟的旅程……在我們中國／有着太遼濶的幅員／和太悲慘的人間／這正是一個絕大的災難底搖籃／我們這一代的歌者／得肩荷着這一代的艱難喲……」（豎琴）。從此詩，可知鍾鼎文之以詩人自許，是有其使命肩身的——他是要歌唱國家的苦難；替受難的同胞宣言；爲整個中國鬱悶的最大的情緒發洩。寫這樣的詩，往往吃力不討好，如果技巧稍差，流於口號，易被譏爲「御用詩人」。但我相信，鍾氏之寫詩，是出自於肺腑的。凡親眼見到山河之破碎與流離失所的難民者，必然會寫出此類的愛國詩。梁啓超曾讚美陸放翁說：「詩界千年靡靡風，兵魂消盡國魂空，集中十九從軍樂，亙古男兒一放翁。辜負胸中十萬兵，百無聊賴以詩鳴，誰憐憂國千行淚，說到胡塵意不平。」如果借此話置諸鍾氏之身，則鍾氏當時賦此詩之心境自可瞭解。從此立足點觀察，則王祿松、鍾雷、左曙萍、王在軍……等人，應該算是與鍾鼎文同一系列的詩人。眞的，這首詩，倒使我聯想到林綠、王潤華和淡瑩等人合譯的卜納德的「秋舞」詩集。

在下雨的深夜，孤燈一盞，諦聽窗外淅瀝的雨聲，然後翻閱第六十二頁的「雨季」。迨讀畢，已愁湧胸臆。「你還記得重慶的霧嗎？重慶的冬天，是霧季；臺北的冬天，是雨季。在重慶，我們經歷了八年的煎熬，終於撥開了「抗戰」的愁霧；在臺北，我們又將如何呢？」，在讀完本詩最後一節：「在臺北，雨在落着，落着／雨在啓示地落着，落着／在今年的冬與明年的春間／是悠長而寂寞的、雨底季節」後，我又反覆念着此詩的這段序文，覺其字字釘入耳際，因此對於我住宅附近的燈火輝煌的復旦橋及大厦，眞是感慨萬千矣。難道我們現在的生活，眞如他所說的：「這漠漠的，不是雨，是顏色／是一種黯澹的、淺藍的顏色／霧一般地，將臺北市迷惑着／在這裏，我們默默地生活着」的生活嗎？

再讀「憶金陵」：「啊啊！這二月，在故國／該正是

江南草長的時節／二月的江南，無邊的芳草碧連天／綠盡了平蕪與堤岸，更綠上鍾山／惹起了六朝的殘煙，六朝的餘恨／從臺城浸進，綠遍了古老的金陵／朱明的城闕，只賸荒廢的塹堞……」之後，回憶讀過的那些所謂現代詩的「主流」的詩集，覺其所提出的「歸宗」與「歸眞」（見己酉端午詩集序文）是有其苦心與用意的，雖然此擧亦曾被人攻擊，但他心胸坦然，並未搦筆迎戰。

倘不以現代詩的批評標準來看，而以傳統的中國詩論觀之，則「行吟者」詩集，誠近乎唐司空圖二十四品詩中「雄渾」與「悲慨」二品，亦略似明際李夢陽、何景明所倡之「格調說」下之作品。曹丕「典論」一文曾云：「文以氣爲主」，觀「行吟者」諸作，實又長於氣，質樸而不失華彩的長短句之互用，有其獨到的一面。梁鍾嶸詩品曰：「陸機文賦通而無貶」，在篇頭所云的心情下讀鍾鼎文的詩作，我又何忍「有貶」耶？

笠消息

本社

※民國六十三年九月三十日於馬來西亞由李冰人博士主盟之第十屆中秋詩人雅集大會，於漳泉公會禮堂由國際桂冠詩人協會會長，世界詩人大會主席余松博士（Dr. Amado M. Yuzon）主持開幕與致詞，強調詩對世界和平與人民團結的重要性。詩是最有力的愛的工具，在促進人類更高的價值。會中並宣佈李冰人博士爲國際桂冠詩人，並當場爲博士加冕。

※日本女詩人高田敏子於民國六十三年十二月二十六日來中華民國訪問，六十四年一月五日返回日本東京。高田女士爲日本「野火」詩誌社長（主宰），該刊於昭和四十一年創刊。高田女士曾獲第一屆「武內俊子」賞，亦獲「室生犀生」賞。主要詩集與著作，有「雪花石膏」、「人體聖堂」、「月耀日的詩集」、「藤」、「沙漠的驢子」、爲日本甚獲讀者愛戴的女詩人之一。

※本社社長陳秀喜女士詩集「樹的哀樂」日文本卽將於日本出版，並決定於民國六十四年四月十九日在東京擧行出版紀念會，陳秀喜女士將應邀前往出席，並訪問參加座談會，從事文化交流。

※本社同仁杜國清於美國史丹福大學亞洲語言學系獲中國文學的博士學位以後，前往加州大學 Santa Barbara 校區執教，並繼續從事創作與翻譯工作，已完成詩集「心靈集」，並繼續「惡之華」的全譯，整理艾略特的「荒原」等。

惡之華

波特萊爾作
杜國淸譯

76 憂鬱

我有比如活過千年更多的回憶。

比起一個帶有抽屜的大型家具，
塞滿帳單情書戀歌訟件和詩稿，
以及用收據紙捲起的厚重髮毛，
我悲傷的大腦隱藏的秘密更多。
它是金字塔宏大的地下藏骨所，
收藏着比起公墓還更多的屍體。
——我是月亮所憎恨的一塊墓地，
那兒長蛆爬行蠢動像悔恨一般，
經常在我最珍愛的屍體上猛纏。
我是個充滿枯萎玫瑰的舊閨房，
那兒散亂地堆積着過時的時裝，
只有憂愁的粉畫和蒼白的蒲謝，
在吸聞打開着的香水瓶的氣味。

有什麼漫長得像那跛行的歲月？
在沉重的雪片之下當年年下雪，
倦怠，陰鬱的冷漠所結的果實，
採取不朽的形勢無限地擴張時。
——今後你只是，有生命的物質喲！
裏在茫漠恐怖中的一塊花崗岩，
沉睡在多霧的沙哈拉沙漠深處；
一個老史芬克斯，被世人忽視，
遺忘在地圖上；那狷介的脾氣，
只有在落日的餘輝中歌唱而已。

譯註：蒲謝（Boucher，1703——1770），法國風景畫家，畫風艷麗。

77 憂鬱

我像個多雨之國的國王似的，
富貴而無能，年輕却已老朽；
對教師的彎腰低頭報以蔑視，
對狗之厭倦正像對其他動物。
野味或蒼鷹無一能使他開心，
更非死在王宮陽台前的人民。
得寵的弄臣無法以怪誕歌謠，
使這位冷酷病人的眉愁散消；
他那百合花的床舖化爲墳墓，
而後宮佳麗對王侯莫不傾慕，
却無法再化粧得更冶艷妖嬈，
以引起這位年輕枯骸的微笑。
爲他鍊出黃金的博學方士，

其中流着非血而是「忘河」綠水。
也無法再使這麻木屍體熱回，
這秘方暴君們老來仍常回憶，
浸在羅馬人傳下來的血浴裏，
無法根絕他身上腐敗的毒素；

78 憂鬱

傾注的陰暗的白日比夜更悲哀；
當擁抱整圈地平線天空向我們
長久凌虐而呻吟的心像個巨蓋；
當低垂沉重的天空壓着受厭倦

把頭呀向着腐朽的天花板猛撞；
以其怯懦的翅膀撞擊墻壁風逃，
那兒「希望」，就像蝙蝠一樣，
當大地被變成一座潮濕的土牢

潛來結網，在我們大腦的深處，
而醜惡的蜘蛛，那啞口的一群，
像似那遼濶的牢獄裏的鐵格子，
當雨脚不停地織出連綿的條紋，

開始一再不停地發出怨言訴苦。
就像漂泊無家的那些亡靈一樣，
向着天空拋出的嘷叫令人恐怖，
那時，鐘聲突然帶着激怒猛響，

在我低垂的腦殼上豎起了黑旗。
被擊潰；而「苦悶」，殘忍且暴虐，
緩緩通過我靈魂；「希望」在悲泣
——而柩車的行列，無鼓或音樂，

79 着魔

迴盪着你那「來自深淵」的祈禱聲。
臨終喘氣聲顫響的永恒的喪房，
吼鳴如風琴；在我們被咒心中，
大森林喲你使我驚駭像大教堂；

戰敗的苦笑，在大海的暴笑中。
我聽到充滿欷歔與凌辱的男人，
在本身中看出你的跳躍和騷動；
我憎恨你，大海喲！我的精神，

因我追尋的是空虛黑暗與赤裸！
那些星光以我懂的語言在訴說！
暗夜喲！你使我多麼高興若無

帶着稔熟眼神的已去世的故人。
那兒活着，成千從我眼中湧現，
然而陰闇，它本身就是些畫布，

譯註：「來自深淵」的祈禱：舊約「詩篇」第一百三十篇，爲死者的祈禱詞：「耶和華阿，我從深處向你求告。主阿，求你聽我的聲音。願你們側耳聽我懇求的聲音。……」

80 虛無的滋味

往昔愛好爭鬪的陰鬱的精神喲，
「希望」，曾以馬刺激起你的情熱，
已不欲再騎你！只好恬然躺着，
步步顚躓於每個障礙的老馬喲。

死心睡個畜牲的覺吧我的心喲。

對你這老賊，殘敗疲憊的精神，
戀愛已不再有何滋味只是爭吵；
喇叭的歌聲橫笛的嘆息喲別了！
歡樂，別再誘惑暗澹彆扭的心！

可愛的「春天」已失去了它的芳馨啦，

而「時間」時時刻刻在把我吞噬，
像凍僵的軀體被埋在紛紛的大雪；
我從高處俯望這形成圓形的下界，
而我已不在那兒尋求掩身的小屋。

雪崩喲可否把我攫走當你崩潰時？

法蘭西抒情詩選(一)

莫　渝譯

1.憂傷

繆　塞

我失去了力量與生命，
朋友及快樂；
我失去了自負，直到
它令我相信自己的天份。

語識了「眞理」，
原以爲該是一位密友；
等到瞭解領悟了，
已經產生厭倦。

然而那是不朽的
誰離開它
誰就全然懞懂
該有人轉達上帝的旨意。
我獨自留在世上
偶而哭泣。

2.蝴蝶

拉馬丁

與春天同生，與玫瑰共死：
在無雲的天空張開薄翅；
停在甫開不久的花心上，
陶醉於芬芳，光明與穹蒼；
趁着年輕，拍擊翅翼上的粉末，
如同吹向不朽拱門的風，疾飛而過：
那是蝴蝶，迷人的生命情調。
彷彿不曾休憩，不會滿足
的下定決心，觸撫所有事物，
直到最後，依然回到天空尋找快樂。

譯註：不朽拱門卽天空（穹蒼）。

3.谷眠間者

韓　波

這是個綠色洞穴，潺潺小溪
瘋狂地扯住銀白色的
雜草叢；太陽在傲然的山頭上，
照耀：這是個散放光芒的小谷間。

一位年輕戰士，張嘴，光頭，
頸子浸入沁涼的藍水芹中，
他睡着；雲彩下，攤直草間，

在陽光四射下蒼白的置身綠原上。

雙脚伸入水堇裏，他睡了，微笑如同
病童的笑，他入眠了：
大自然，親熱的撫摩他：因他冷了。

馨香無法震悸鼻孔；
他睡在太陽下，手貼放胸上
靜穆的。在右側有兩個赤紅的傷洞。

4. 我的流浪

韓　波

我要到遠方去，雙手揷入漏底的口袋。
外衣也磨損襤褸了。
我踽踽青空下，繆思，我効忠您：
啊！我夢見繽紛的愛情！

唯一的褲子破了個大洞。
我這個小矮人的夢遊者，沿着荒蕪來路
撒下小石子。大熊星座是我的客棧。
天上的星顆柔細地綷䌨衣裳。

坐在路旁，聽聽星語，
九月的良夜，令我感受到露水
滴灑額頭，如酒般。

在奇形怪影中我寫下詩篇，
如同彈着豎琴，我繫繫破鞋的
帶子，一隻脚頂住心胸。

5. 海上風光

韓　波

銀與銅製的船身——
鋼與銀製的船首——
拍擊着波浪，——
掀起荆棘根。
荒地的潮流，
與退潮的巨大轍跡，
轉個圈子流向東方，
流向森林之柱，
流向防波堤岸，
正好旋轉燈輪翻照射其角落。

日本女詩人作品譯輯

陳秀喜譯

高田敏子作品

驢子

背負着那麼多橄欖的樹枝
很重嗎？
對着驢子探問
不、不會
跟平常同樣的
好像這麼說話
驢子眨了眼睛

kedeta島的
橄欖園路上遇到的驢子
如今常伴在我的身旁
還在溫柔地眨眼

驢子的背運來的橄欖的樹枝
可以煮湯 可以燒麵包……
驢子只是喜愛那種好香味嗎？
而自己儘管吃枯草

椅子

椅子在
夢想着故鄉的森林
回復青木的姿態
輕搖着葉子
枝椏讓小鳥鳴囀

人們坐在椅子
變成溫柔的眼睛
察覺天空的蔚藍
追憶遙遠的影子
傾聽着
心的音樂

幸福

剛學習會走的小弟弟
只會走路就是幸福
初次學習唱歌的小孩子
只會唱歌就是幸福
初次學習使用縫衣機的少女
只會輪轉縫衣機就是幸福
那些身邊的幸福
疏忽而忘記的大人們

可是 能治癒心的創傷是
這些 小小的幸福

高田敏子：生於東京，「野火」創刊十年，現任社長，以「月曜日」詩集獲第一武內俊子賞，詩集「藤」獲室生犀星賞「野火」同仁總數七三八名，是寫詩初學者的詩誌（培養愛好詩的人們），且爲日本名詩人堀口大學唯一的女弟子。

森田幸子作品

他

裸體的時候
像個印地安人
强壯、敏捷、貪心
可是穿上衣服後
已經是
以涼爽的眼睛喝着咖啡
亞理斯土提萊斯和
慕沙諾吧和
星星之數量都知道
常常都是
正確同答跳出來的計算機
然而
對於昨夜晚歸的事
是捲着的針鼠
緊緊抓住心吧
可是
只是抓着屁股一點的點而已
有時候
想要逃走之時
立刻
以奇妙包住我
把頭髮的一根一根都
靡向他

早上上班的時候
規矩地
接吻過 但是
在他腦中
我知道只有男人的世界

再見吧
可・憎・的・人

上午

造訪是麻煩
轉動號碼又是
通信音空響而已
這樣的下午
不梳髮
不化粧
如晒太陽的貓
在床上伸腰
describe 太宰治
木犀花香過濃

人失了格
兩性的悲喜劇
成爲白雲和蒼穹
穿過玫瑰色的牆之時
突然
唇追追來
一會兒
像個疲憊的媼婦
無邪地如有睡意

泉谷田鶴子作品

樂天者

給樂天者　自己嫌惡是無用
浪漫的人　是愛用自己嫌惡而已
過份悲觀的人　自己嫌惡是禁忌

比方說
你是秋天來的時候愛它
我是秋天來的時候最喜歡秋天
春天來的時候最愛春天

樂天者的淚腺是脆弱的
浪漫的人是愛用淚而已
過份悲觀的人是消瘦身子哭泣的

比方說
你是說花開之後凋謝而已
那麼懦弱地存在的花蕾
我是花開就凋謝花開就凋謝
想是逐次會加添色彩的
樂天者

兒童詩園

指導者 黃基博

柳樹

屏東師專附小六年 薛穗袂

池塘邊有一棵柳樹，
只要春風輕輕的吹拂，
便開始婆娑起舞；
風靜時像那含羞的少女，
低着頭兒深思。

桂花

屏東師專附小六年 劉桂郁

在一座美麗的花園裏，
有一棵高大的桂花樹。
秋天樹上開滿了桂花，
在陽光的照耀下，
好像一群穿着白衣裳，
背上長着一對翅膀的小天使，
圍着圓圈做遊戲。

夜來臨了，
黑婆婆早已把天塗成黑色了。
這時的桂花，
又好像是一群高貴的小姐，
穿着白色的晚禮服，
噴上清雅芬芳的香水；
並請蟲兒替她們伴奏，
開一個盛大的舞會，
每一個小姐都快樂的跳舞，
直到天明。

小河

屏東師專附小六年 董宜俐

從山中流下了白滔滔的水兒！
像是一首雄壯的進行曲。
千軍萬馬順風奔馳，
雄糾糾的兵士挺起胸膛，
拿着亮晶晶的槍，
響亮的步伐聲廻響在整個山澗！
來到這美麗的草原上，
緩緩的行走着，
輕輕的吟出優美的詩歌。
溫暖的陽光普照大地，
你就像一面明亮的鏡子。
翩翩起舞的蝴蝶
正高興的跳着華爾姿！
芬芳的花朵正擺頭搖手呢！
碧綠的小草

扭着細小的身軀在那兒舞着！
這一切！一切！
都深映在腦海裏。

高雄新興國小三年 李碧珍

老師的臉

老師的臉，像天氣。
時晴，時陰。
但，永不會下雨。

屏縣潮州國中二年 李癸壁

月 亮

是誰遺落了鏡子？
害得她在空中尋找主人；
是那位姊姊的盤子，
忘了收進厨子裏？
是那位慈母的笑臉，
永掛在遙遠的天邊？

高市新興國中一年 陳素玉

日 曆

我天天都穿新衣，
他們却天天剝奪我的新衣。
我穿一件，他們奪去一件，
最後我沒有衣服了，
他們就不要我了。

潮州國中二年十班 李癸壁

星 星

是誰的項鍊斷了線？
落得滿天都是閃爍的珍珠。
或是草地間的螢火蟲，
飛上了天，
在空中留戀忘返？
還是小妹妹哭泣時的淚珠，
遺留在空中，
變成了點點星星。

高雄左營國中三年 李惠芳

報 紙

報紙貪心
吃了一肚子的字
密密麻麻
害得奶奶
得戴上眼鏡才看得清

高雄左營國中三年 陳艷華

雨

小雨滴喜歡到大地上來玩耍，
帶着他們所喜愛的樂器來演奏，
慰問花姐姐、小草弟弟，
送他們一串串珍珠。

屏縣仙吉國小六年 黃麗粧

家

毛蟲的家在樹葉。
蝴蝶的家在花瓣。
螞蟻的家在洞穴。
青蛙的家在河邊。
魚兒的家在池塘。
小鳥的家在森林。
只有風兒沒有家，
一天到晚到處流浪。

新作二首

·李篤恭·

在草叢裏

一顆砲彈
未能爆炸的——信管沒能够引燃？
憤怒底申張，在那狂飈中；
然而，一身的衝痕
靜靜地泌出着鐵銹底紅血；
那尖銳的仇恨底彈頭威脅着——
蜻蜓們憩息在那上面，滾轉着眼珠；
螞蟻們築巢在那下邊，忙着在儲蓄糧食；
草蟲們產卵在那附近；人們的垃圾腐爛着；
青草們覆包來；藤草纏抱來。
他却是瑟縮着，硬硬地
在孩童們的敲搥脚踢下。

垃圾堆

一個鹹魚頭
那眼睛睥睜睜地
睥睨着天空
一個玩偶頭
這眼睛睏瞇瞇地
尋找着綺夢
一個遊子
他那眼睛半開半閉地
欣賞着那團衛生紙底潔白

蓓蕾園

指導者　黃基博

回憶

屏東師專　蔡慧娟

像煙
像霧
輕輕的把我籠住
木馬鞦韆
隨風慢慢的搖動
搖曳出天眞活潑的影子
搖曳出歌聲和笑語
那携手同遊
那並肩同唱的伴侶
已恍如一陣輕煙消失

憶兒時

屏東師專　莊麗華

家家酒的話語
縈廻在心中
啃甘蔗的嘴臉
像微笑的少女
捉小蟲的影子
歷歷在眼前
玩青蛙的模樣

屏東師專　蔡蕙玲

如鯁在喉頭的魚骨
想在藍空裏留下一片雲
想告訴海
一疊又一疊的浪花
莫把我孤獨的足跡沖走

星

省立新營中學高二　黃美蘭

我有一個希望。
我愛天上的星，我愛它的光芒。
在高山、在森林、在天涯，
永遠有千萬顆明星陪伴我和你。

矛盾

省立鳳山中學高三　曾艷萍

不認識你，就想打破那僵局，
認識了你，却又想成陌生人。

枯葉

省立屏東女中高三　張月香

當年的丰采
不再出現
只剩下枯黃
飄下

任人踐踏。

檳榔樹

屏東師專黃鳳英

風來了
立刻眉開眼笑和他共舞
風走了
靜靜地靜靜地想念
下雨了
長長的睫毛就掛滿淚珠

黃昏之戀

省立潮州中學高二徐梅淑

又一次的走到這裏
我又沈在這夕陽下的海邊
那一對對的情侶
彼此共賞着西邊的彩霞
無限的盼望
默默的隱藏
充滿了希望　充滿了甜蜜
塡塞在心窩裏
又一次的走到了這裏
我又沈在這夕陽下的海邊
波浪洶湧　豪邁的冲激着
沙灘上情侶們的足跡還在那裏
深深的　近近的
抹不掉
又一次的走到了這裏
我又沈在這夕陽下的海邊

痛　苦

屏縣力里國小教師曾妙容

是夜貓的脚步
在心靈的地板輕踏
雖然無聲
却是有力的震撼

是夜鶯的飛翅
在心靈的天空翺翔
雖然無聲
却激盪着氣流

是輕舟的航行
在心靈的湖水飄泊
雖然無聲
却劃過如許痕跡

夜

高市壽山國中二年盧麗美

四周靜悄悄的，
我坐在椅子上拿着一支筆，
繼續寫我的詩；
只有月亮和星星伴着我，
我不寂寞，
月亮的光輝使我耐心寫詩，
星星的閃光在鼓勵我。

日本兒童詩選譯

藍祥雲譯

蝴蝶

乙川小學二年 井上國子

我變成一隻蝴蝶 夾着黃顏色的翅膀在花叢裏飛舞 舔着甜甜的花蜜 有了很多很多的蜻蜓做朋友 飛向那美麗的藍色青空。

生命的蠢動

半田小學五年 須田晴子

身體裏注入了生命就是「誕生」 沒有生命 身體是殼 沒有生命 人就不能算「誕生」 生命會蠢動每天動五百次 身體注入了生命就是人生的開始。

心

豐國中學三年 長崎雅之

爬上了東京塔頂 向地面看時 有一個「我」在下面 可是無論怎樣喊叫 也不能聽見。

流星

半田小學六年 稻坦元彥

仰望夜空「哦，哦」一顆閃閃的星星流向遠方，「啊，啊」又一顆顆星星散放美麗的火光落下 流星像雨點 夜空已沒有星星 黑夜裏月亮在哭泣。

野生

島田小學四年 關哲也

野生的動物才是「自然」 人是有範圍的 野生就沒有範圍 人在範圍內被玩弄着 人在窄狹的思想中 人死了在範圍內。

我的詩

呼續小學五年 汁佳枝

以為在晴天寫的却在雨天裏讀它。

小小的宇宙

半田小學五年 水野幸治

「心」就是宇宙 把心埋在土裏 土中產生了宇宙的小鳥 地球 擁有宇宙間的星座 土星 金星 都很小

跛子的舞女

豐國中學三年 後藤初江

缺了一隻腳的舞女
寂寞的舞女
可愛的舞姿
缺了的腳 被惡魔攫走
缺了腳的舞女 很認眞地
舞着心靈的舞蹈
舞蹈 舞蹈 跌倒 跌倒
又跌倒了
缺了一隻腳的 舞女
有一天去求惡魔
舞女要求惡魔
好怕 好怕 好害怕
「還給我那失去的腳」
在惡魔面前 舞女舞蹈
認眞地舞蹈

苦痛中　舞女那凄美的
舞姿　很美很美
生動　生命的舞蹈

再見

稻生　小學三年　酒井達仁

暑假過去　蟬再也不叫了　暑假時每天那樣叫聲的蟬一定很喜歡暑假　夏天　向蟬兒們說聲「再見」就走遠去了。

靜夜

呼續　小學五年　植岡知香

在寂靜的夜　月亮冷凍　星星溶去　人們熟睡　夜晚好靜　連時鐘都不發聲音　噓噓噓噓　在寂靜的夜　唸搖籃歌。

我的夢

猪高　小學二年　今尾佳奈

我的夢（做夢時）
常常是很甜美的夢
在夢中（我的夢）
常常聽見這樣聲音
「來　這兒
來　來　來
請　來這兒」
很清新愉快的聲響
夜晚的夢是愉快的
很想分享給大家的
我的夢。

譯後：「什麼也看不見」詩集（原名：なにもみえない）由小川　小編，一九七四年出版的兒童詩集。讀完詩集很想把詩集名譯作「純眞集」，因爲聯想到安徒生那篇「國王的新衣」，才決定直譯爲「什麼也看不見」。

青蛙呱呱呱

趙廼定
青蛙呱呱呱，呱呱呱
從田畦跳到池塘下
青蛙呱呱呱，呱呱呱
鳴叫着在月光下——
不爲飢餓，不因無聊
只因仲夏
風姐兒吹來陣陣清涼
青蛙呱呱呱，呱呱呱
從傍晚直叫到天亮——
叫醒了小弟弟的天眞，叫醒了小妹妹的歡笑
青蛙呱呱呱，呱呱呱
叫醒了螢火蟲打着燈籠
來給小弟弟小妹妹照照亮——
因爲小弟弟小妹妹還賴着不去睡覺
因爲小弟弟小妹妹還要在院裡乘涼
青蛙呱呱呱，呱呱呱
從田畦跳到池塘下
只因仲夏，風姐兒吹來陣陣清涼
青蛙呱呱呱，呱呱呱

出版消息㈠

本社

1 詩誌

※「也許」第一期已由森林詩社主編出版，大千文化出版社發行，定價十元。編輯部：臺南郵政五三四信箱。

※「詩人季刊」第二期，後浪詩社主編，大昇出版社出版，定價十五元。編輯部：臺中縣沙鹿鎭文昌街四八號。

2 詩集

※非馬詩集「在風城」，即將由笠詩社出版，巨人出版社發行。該集係中、英文詩集合輯，內容充實，詩風精鍊樸實。

※葉維廉著「葉維廉自選集」，列入中國新文學叢刋，黎明文化出版有限公司出版。所選大部分爲詩作。精裝本定價七十元，平裝本四十元。

3 翻譯、評論及其他

※趙天儀譯「黎刹詩選」，已列入笠叢書，由笠詩社出版，巨人出版社發行，定價二十元。

※顏元叔著「顏元叔自選集」，列入中國新文學叢刋，黎明文化出版有限公司出版。精裝本定價八十元，平裝本定價五十元。

※謝秀宗著「理性花朶」，列入益群文叢，益群書店出版發行，定價三十元。

※洪炎秋「洪炎秋自選集」，列入中國新文學叢刋，由黎明文化出版有限公司出版，精裝本定價八十元，平裝本定價四十元。

※林海音著「林海音自選集」，列入中國新文學叢刋，由黎明文化出版有限公司出版，精裝本定價七十元，平裝本定價四十元。

※葉石濤著「葉石濤自選集」，列入中國新文學叢刋，由黎明文化出版有限公司出版，精裝本定價七十元，平裝本定價四十元。

※林文寶著「馮延巳研究」，列入嘉新水泥公司文化基金會研究論文第二九七種已由嘉新水泥公司文化基金會出版。

兒童詩園

梁小燕選

螃蟹

倉浪

哼！
螃蟹弟弟假派頭
老是望着天空橫着走
我想和他玩
他就舉一舉剪刀嚇我
怕我搶去嘴裏的泡泡

銀河

倉浪

月亮小姐眞不小心
打翻了奶瓶，流成了一條小河
害得星妹妹們
怕得擠成了一堆。

蛙鳴

倉浪

媽，窗外雨停了
好冷哦
青山都蓋上了層層的被單
只有青蛙最可憐了
光溜溜地沒有衣服穿
凍得呱呱叫

月亮

員林國小四戊 陳姿伶

月亮！月亮
妳晚上高高掛在天上
顯得很漂亮
月亮！月亮
有人說你肚子裏有兩隻叵子在杵米。
也有人說妳是美人嫦娥姑娘的化身
哎！妳眞是個謎
讓人猜不着
直到太空人踩上肚子，我們才知道：
月亮！原來你是個醜八怪

——謝秀宗推薦

春之頌

臺中西屯國小五年十班 常倫茵

春天來了，春天來了
它趕走了寒冷的冬天
萬紫千紅，百花盛開
給大自然披上了嶄新的衣裳
春天來了，春天來了
春天是讀書的好時光
我們不要追悔過去，也不該幻想將來
應把握現在，珍惜光陰
努力勤學，開展未來的美望
春天來了，春天來了
春天是旅行的好時光，許多人都利用這美好季節
遊山玩水，陶醉在美麗的大自然中

看！那樹兒多美，花兒多香
鳥兒翱翔在藍天，魚兒浮游在水上
在這麼美好的世界裏，我們要盡情歡暢
春天來了，春天來了
我們應該快樂歌唱
唱走我們內心的抑鬱
唱走那歲日的哀傷
望望那艷麗的嬌陽
唱一首「春之頌」
不要辜負這春天的好時光

——常茵推薦

雲

員林國小六甲 國惠齡

雲是個溫柔體貼的小女孩，
常常到處飄蕩，
俯瞰這個世界，
有時候，
被風追得無路可走，
竟急得哭了起來。
有時候，
雲不小心竟把月亮或太陽遮住了，
馬上又害羞的躲了起來，
怕人類得不到光亮。
雲啊！雲！
你眞是個心地善良的女孩。

——謝秀宗推薦

童詩兩首

臺北師專心潮詩社 簡三郎

『霧』

薄薄的紗風吹過來
使得夜
都張不開小眼睛
却惹得
樹呀！草呀！笑出了淚珠

長春藤

像弟弟的小手
想偸攀放在高櫃上的糖菓
像屋頂上的烟囪
想衝破善變的天空
更像媽媽那綠綠柔柔的眼睛
永遠年輕。

敬悼
總統　蔣公之喪

笠詩刊社全體同仁　泣叩

日本女詩人高田敏子來訪與陳社長合影

陳秀喜社長「樹的哀樂」出版紀念會

陳秀喜詩集

樹的哀樂

吾鄉吾土生長着這樣一株樹，我感到非常驕傲。在此，我願意祝福她枝葉茂盛，愈長愈年輕。

——陳芳明

笠詩刊社出版

精裝一百元・平裝五五元

桓夫詩集

媽祖的纏足

桓夫這份對文化、社會的關切，對傳統的珍惜與批評，實在使我相當感動。

——古添洪

笠詩刊社出版

定價五十五元

中華民國內政部登記內版臺誌字第二〇九〇號
中華郵政臺字第二〇〇七號執照登記爲第一類新聞紙
定　價：國內每册新臺幣20元
海外地區：日幣240元　港幣4元
非幣4元　美金1元
全年六期新臺幣100元　半年三期新臺幣55元
●郵政劃撥 21976 號陳武雄帳戶（小額郵票通用）

出版者：笠詩刊社
發行人：黃騰輝
社　長：陳秀喜
社址：臺北市松江路三六二巷七八弄十一號（電話：5510083）
中部資料室：彰化市華陽里南郭路一巷10號
北部資料室：臺北市北投石碑路一段39巷70弄二號二樓
編輯部：臺北市敦化南路355巷83號
經理部：臺中縣豐原鎭三村路九十號
印刷廠：福元印刷公司　臺北市雅江街58號

詩双月刊

LI POETRY MAGAZINE

67

民國五十三年六月十五日創刊・民國六十四年六月十五日出版

現代詩畫展

64年5月9～11日
台中市議會三樓

右起
畫家
陳世興
詩人・書法家
邱淼鏘
台中市教育局長
余鎮業
文協理事長
李升如
省新聞處長
周天固
畫家
楊啓東
詩人
陳千武
詩人
傅敏敏
畫家
張淑美
畫家
吳新盈

—現代詩畫展中笠詩刊叢書展覽會場—

卷頭言

兒童詩的現代化

趙天儀

兒童寫的詩，固然可以稱爲兒童詩，但是，有些兒童寫的詩，已不能算是兒童詩了。然而，有些成人寫的詩，爲什麼我們也當作兒童詩呢？可見兒童詩的作者，不僅僅是限定於兒童。那麼，我們用什麼標準來衡量怎樣才算是兒童詩呢？我們最初的鑑定，大約有三點：

一、兒童詩的內容：也可以說是兒童詩的題材，如果說兒童詩的內容，缺乏兒童天眞的想像世界，而是成人的想像世界，那就可能不適合於兒童詩的內容了。比方說，童謠、寓言、童話、神話以及傳說等等，雖然是成人所整理的，但有許多適合於兒童的想像世界，易於領會欣賞，便適合當作兒童詩的題材。

二、兒童詩的語言：兒童的語言，常常有天眞活潑，自然有趣的表現。兒童詩的語言，需要盡可能地以兒童的語言爲表現的工具，然而，兒童的語言，往往是從母親、父親、老師等等學習而來的，換句話說，也受成人語言的影響。所謂兒童的語言，固然較易於爲兒童們所接受，但是，這種語言，還是一種淺顯的白話，一種未加工的語言，尙未鍛鍊成爲兒童詩的語言！

三、兒童詩的感情：兒童也可能以詩爲抒情的表現，兒童的感情，也充滿了愛的喜悅、挫折的憂傷，以及種種生活的感受，他們可以觸景生情，抒寫他們的感受。而成人嘗試寫作兒童詩，便需揣摩這種感情。

兒童詩也是一種詩，當然需要具備詩的要素，如意義、意象、感情以及想像等等。然而，所謂兒童詩的現代化，便是意味着，我們兒童詩的創作，不能停滯於過去兒童詩的領域，需要開拓新的領域，新的表現方法，來充實兒童詩，使兒童詩朝向現代化的表現。我們要擺脫一些陳腔濫調，一些固定反應，黃昏不一定要烏鴉，日出不一定要魚肚白，花不一定就是姑娘，太陽不一定就是國王等等。

讓我們的兒童詩，創造新的境界，開創現代化的新的世界。讓我們的兒童詩朝向適當的反應，富有朝氣，充滿理想，脚踏實地，而走向充滿詩的新鮮的國度罷！

笠詩刊目錄67

■封面設計＝白萩　■內頁編排＝桓夫　■挿圖＝陳世興　■執行編輯＝柳文哲

今天・今天・那天

非馬

今天組曲

・晨

國會還沒通過
該否晴朗
的日子

蓋洛普的意思是
既然大多數的納稅者
都不喜歡高棉及越南
天空的顏色
便沒有理由再派CTA
去謀殺他們的
太陽

但誰能無視
只穿內褲的福特
「別玩骨牌，
當心把褲子輸掉！」

・午

好不容易等到
摩天樓把前爪
收起
失業的眼睛們
却開始爲那條
自傭工介紹所伸出的
越變越長的尾巴
驚恐

・昏

你爭我奪
霓虹燈
像一羣餓極了的鯊魚
撕食着
黃昏浮腫的
臉

一個被汚染的腦袋
竟以爲水面漂浮的
每隻啤酒瓶
都載有
故鄉的消息

·夜

無助地
我們眼看
噩夢
在分隔
今天
與
明天
的非武裝地區
遍挿它的
黑旗

75·5·芝加哥

今天的陽光很好

我支起畫架
興緻勃勃開始寫生
我才把畫布塗滿天藍色
一隻小鳥便飛進我的風景
我說好，好，你來得正是時候
請再往上飛一點點。對！就是這個樣
子
接着一棵綠樹搖曳着自左下角升起
迎住一朵冉冉飄過的白雲
而蹦跳的松鼠同金色的陽光
都不難捕捉
不久我便有了一幅頗爲像樣的圖畫
但我總覺得它缺少了什麼
這明亮快活的世界
需要一種深沉而不和諧的顏色
來襯出它的天眞無邪
就在我忙着調配最最苦難的灰色的時
候
一個人踽踽地走進我的畫面
輕易地爲我完成了我的傑作

那天我們用高脚酒杯喝酒

笑聲
使一隻高高縮起的
清醒的脚
跌落
醇酒裏
夕陽下
一隻鷺鷥飛起
自故鄉的水田
導引眼睛們
穿過烟霧
在摩天樓擠塞的天邊
久久流連

小草的話

曾妙容

小草的話

以異族的脚掌
濺我一身無色之血
如此就能完成掠奪
我微弱身軀裏的一顆堅强的心
豈是如此就能踐碎
除非我死
除非你活
否則
泥土還是我們的

送別

送伊送到車站
伊說：太晚了
　該走了
伊的身體動也不曾動

一班來
一班去
明明是伊回家的車
伊却說：不是我的車
　讓它去吧

伊的嘴
還是嚷着該走了
伊的腿
還是留戀着不動

潔航輯(二)

趙廼定

而伊仍是

怕伊勞累怕伊着涼
伊做飯來兮待我擦擦碗
天寒水冰柔荑禁不住冰凍兮
待我來擦擦地

怕伊受驚怕伊孤單
伊上班去兮我開門送行
伊下班來兮我迎接

怕伊餓肚怕伊消瘦
伊吃飯來兮我塡飯
伊吃不下飯兮我要硬裝

而伊仍是忍住冰凍兮擦又擦碗
而伊仍是推三阻四夾同肉兮硬要我來嚐嚐

伊是我，我是伊
伊我是一體伊我不分離

鞋・鞋面

第一次我穿拖鞋踩着伊拖鞋面——
伊媚笑的臉靨驟然冰凍
伊責備：你看，那麼髒的拖鞋踩在人家拖鞋上

第二次我穿拖鞋踩着伊拖鞋面——
伊媚笑的臉靨驟然停駐冰凍
伊責備：看你，跟你講過
不要踩人家鞋面，我最討厭人家踩我
鞋面

第三次我穿拖鞋不留意的踩着伊拖鞋面——
望着伊背影，我急速的抽離拖鞋
望着伊背影，我歉意連連的聳聳肩
望着伊背影，我吐一吐舌尖——
心裡不禁叫着：好險好險

第四次我穿拖鞋不經意的踩着伊拖鞋面——
我乃不自覺的急速抽離拖鞋
我乃不自覺的左顧右盼而不見伊倩影而
吃吃笑將起來——
伊今兒不在家，伊今兒還沒下班
伊現在見不到我踩到伊的鞋面啦！

第一次我穿拖鞋踩着伊拖鞋面
第二次我穿拖鞋踩着伊拖鞋面

第三次我穿拖鞋踩着伊拖鞋面
第四次我穿拖鞋踩着伊拖鞋面

天空的臉及其他

陳坤崙

天空的臉

天空有一張好大的臉
時時刻刻變化着的臉
喜歡陰天就陰天
喜歡晴朗就晴朗
不管你喜歡不喜歡

我也有一張臉
小小的臉
如果要陰天
還要考慮別人喜歡不喜歡
如果要晴朗
還要考慮別人高興不高興

偶而抬頭看天
那張時時刻刻變化着的臉
請看看我的臉
那是一種怎樣無奈的臉

我的朋友

經常我的辦公室
有很多朋友拜訪我
他們是一隻一隻會飛會唱歌會吸血的
蚊子
從早到晚
我的朋友陪着我
跑到我的耳朵
唱歌給我聽
肚子餓了就吸我的血
像親密的朋友
不必經過我的允許

我的抽屜有蚊香
可是我那裏忍心把他們趕走呢
因爲在這個世界上
他們是我唯一的伴旅啊

決鬪書

死神，請不要攫走我的生命
您聽到了嗎
要是您聽到的話
那麼像一陣風吹過我的身旁
離開我到遙遠的地方去吧

死神，請不要攫走我的生命
否則我的幽靈
不論下地獄上天國
要邀您決鬪

死神，您聽到了嗎
如果聽到的話
請看清楚我的臉
那是一種怎樣的臉
您心裏自然明白
那麼像一陣風吹過我的身旁
走您自己的路吧

不要離開我

太陽啊
請不要離開我
永遠站在那裏
把陽光給我吧

太陽啊
我知道我的請求
會隨着黑暗而來
可是啊
請您慢慢地離開我吧

太陽啊
等死神的手
把我的眼臉
用黑巾包紮
那時您才離開我

太陽啊
您答應我的請求嗎

圓　圈

弟弟
祇要劃一個
○
把你鎖在裏面
你就跑不掉了
你相信不相信

弟弟
當然你不會相信的
因爲圓圈沒有欄杆也沒有鐵絲網

弟弟呵
因爲你沒有看到
一個無形的圓圈
正把我們鎖在裏面

弟弟
抬起你的頭看看吧
那個大大圓圓的是
天空吧

旅泰詩抄

靜修

骨鑪平原的七步詩

今年的旱季好無聊啊
到了六月四日，就得涉水歸去
(把槍擧到頭頂上)
脫下斑豹的野戰服
不再是出賣頭顱的傭兵

從康立上尉到巴特寮
從一連傘兵到三分天下
十年
胡志明的幽靈蠶食姑息者的愚昧
而佛米在曼谷
他儂在新加坡
誰來高擧三頭象的大纛

美航已結束，萬保將軍
CIA也已畏縮
你苗族的鬬士懂得吟唱
古中國的七步詩嗎
骨鑪平原煮着鑾巴拉邦的統一
誰在永珍泣着呢

明天，佛瑪的首級只剩下一灘血水
蘇法努旺便將連「骨」帶「鑪」
一起呑下

暹羅傭兵過了湄公河便都解甲歸田
六月四日，武元甲的五十萬大軍
還滯留不去
今年的旱季就這樣沒有槍聲了嗎
唉：誰曉得

註：寮共頭子蘇法努旺與政府軍總理佛瑪爲同父異母兄弟，經十年鬬爭終於一九七四年五月成立聯合政府，雙方協議外國軍隊須於六月四日前撤離寮國，美軍與泰國傭兵已如期離去，北越五十萬大軍却違約不去，寮國未來前途，仍然多舛。

SAWADI KRAP

啊！暹羅，一輪白日在向妳招手
洞西曼啊！拉夢在搖滾
烏隆他尼的盛會節啊
蘆葦簾像蜘蛛的網，頻頻捕捉村民
奇異的眼

啊！奇異的眼，
色軍對岸的火花在拼裂
朗開府的火箭節啊
星光都耀入老撾人寬邊的
半截紗龍

啊！半截紗龍
濕淋淋地貼住美麗的胴體
清邁的宋干節啊
愛情被少男少女，用水
潑在心上

啊！潑在心上
湄南浮動噬叻的燭光熒熒
克倫泰的水燈節啊
滿載禱聲的蓮花船，在星下
隨風而去

啊！隨風而去
去迎接一輪招手的白日
暹羅！啊
SAWADI KRAP

一九七五春、泰國朗開府

馬祖詩草

衡榕

碧城故事

破曉時刻
只有金門的麻雀
才會吵醒你的夢
在這處相思林的坡上
往往會在夢中被
炮擊聲驚醒

五線譜上的那些
音符哪
在金門
確實是够討厭的
每天大清早就
吱吱又喳喳的

馬祖的這些時日裡
相思林縱照再多情
就是請不來麻雀兒
夜闌時除了嗖嗖聲外
就是鄉愁一大堆
的叫人受不了

在這遙遠的碧城裡
故事不再是五線譜
而是炮擊和防空洞

雙號的週末

週末又碰上雙號
山坡上的天堂
請來好多的星星
開個月光會

在臺北天天
週末都沒人會
可是在前線
一天單號
一天雙號
一天可以盡情的
——數滿天的星斗
一天就要在防空洞
裡——爲生命下賭注

來馬祖
開課後的第一個

——週末
心情異樣的感受
大孩子的西門町
——霓虹的七彩
一定讓人忘記——
數那滿天的星斗

生命用何保障

炮擊聲好響
閃光好亮好亮
赤着脚飛也似的
跑進防空洞

心一再跳
生命的保障
要用什麼來
——擔保
國泰信託嗎
就是一萬條
也不划算哪

落彈衣
每逢單號
我心就忐忑不安
媽媽如果知道了
一定要咀咒
我的不孝了
啊驚慌後的
腦筋裏是
一片的空白
好害怕……

船快要起航了

再過幾天
臺灣的船
就要來了
我得將好多的鄉愁
快快的都寄回家去

我不能再
呆呆的在山坡上
等着船隻進碼頭後
再把信件投郵筒裡的
要不然教官又要笑我是
——最天眞的詩人了

把鄉愁寄去
但我不能把——
炮聲也寄回去
第一哨的孩子
有苦衷得自己承擔
啊——這慘酷的炮擊
並非怕死啊
重如泰山
輕如鴻毛
的……

觀禮及其他

劉英山

觀禮

紅色地毯的盡頭
新郎與新娘
互相套上了命定的鎖鍊
且各自保管對方鑰匙
幸福
似乎是此時
唯一可能湧現的氣氛

新娘的禮服是白色的
她曾是花童
而花童的後面有花童
洞房的後面有洞房

她為自己找了一個「姓」
此後
便是家庭計劃
百年好合

她

她總在那站牌上車
每次我們總過相同的巷道
數着相同的街燈
無情是公車
帶來的
往往是未盡的話語
綿綿的相思

她總在電話線的那邊笑着
每次總累壞了雙手
壓壞了相同的耳朵
無情是父母
他們總說
囉哩囉嗦
別人電話打不通

她總和可愛一起來
每次我們總挽着相同的手
追逐着同一片雲彩
無情是天公
落雨密密
網得比情還要深

她總在那站牌上車
我們也將走過相同的巷道
數着相同的星星

命定論

一

就當
被車輪晒乾的街道
抬頭仰望月出的同時
雨點已然蜂擁在雲層的
起
跑
線
上

二

她在牢外坐了十年牢
等着十年牢中的
他等着與他同乘一次車禍

三

她赤足走在田中
爲了感受田水冷冽的感情
就有鈎蟲
緊抓着她與她身懷的嬰女不放

四

老師常點的一個名字
從點名薄
躍上了殯儀舘的扁額
唯有此刻
獻花的是老師

五

拼裝車
摔落了一具拼裝人
體內奔騰已久的血液
終於黏上了柏油路面

也是禱詞

我們在天上的父
請您保祐我們
讓我們習慣於公寓式的集體飼養
　公車式的集體包裝
　公園式的集體戀愛
　計程式的集體謀殺
　牛仔式的集體時髦
　高中式的集體黑話
　機車式的集體解放
　電影式的集體黃牛
　電視式的集體保鏢
　佈道式的集體拍賣
讓我們相信
這一切並非不善
只是我們不能適應
阿門

暗中兩首

陳　黎

1.

燈火管制的晚上
都市
有萬千隻眼睛，凛冽一聲
同時槍斃
緊緊緊緊逼近
連穿街的螢火，也逃不了
吹滅的
黯然

低頭，失明
低頭，失明
低頭——

失明。我
烏黑的眸子上揚
天
啊
高高在上高高在上的那一球
水晶燈

蝴蝶吻花兩帖

周伯陽

蝴蝶吻花

我是空間的一隻蝴蝶
整天在天空栩栩然飛翔
有時候覺得疲憊不堪
停在妳的花朵上稍息片刻

我被妳的艷美迷住
且我吸吃妳的花蜜充飢
然後吻妳的花瓣道謝！
妳不要受寵若驚

一會兒
我爲了趕我的旅途而飛走

我們相逢在空間的一瞬息
我不會爲了感情所縛
我要珍惜這有限的人生
不能逍遙於無限的世界裡

破碎的夢

（蝴蝶吻花續詩）

他們到底不能刺瞎

2.

熄火後牆內便是囚室
沒有牆，一間
森森的囚室

未被桎梏的兩手，依舊淸白地
摸出一根火柴
也只能擦醒瞬間的呼吸

而我不用鼻子呼吸，或者
眼睛
突然間，感覺自己是一張
熄火的牆
呆呆地立在黑暗裡

我再不敢摸索，另一根
柴火

——六十三年五月一日昨夜防空演習

請妳別把我放在心裡
不要一心一意地想跟隨我
就忘了我吧！
因爲我是個四海爲家
到處漂泊的流浪漢！
我倆偶然相逢
只是一個綺麗的囘憶

我爲了前途而離開妳
不料妳對我却非常痴情
妳始終執意着我倆在一起
但我無法接受妳的情分
令妳失望又痛苦

我盼望妳在絕望中尋找希望
因爲妳有錦繡的前程
所以妳該拿出勇氣來
妳有妳的存在的價値
我永遠祝福着妳！

詩兩帖

林　梵

病中懷親

病裏想家的日子
清粥是最可口的記憶

奮力從床上坐起
獨自披衣外出的我
無力地橫過空無一人的操場
遠遠清粥小菜小小的招牌
醒眼招揚誘惑

而我只能慢慢地走
慢慢地移動
一步一步逆風而行
空讓胃壁磨擦胃壁
饑腸磨擦饑腸

從前在家生病
母親端粥床前
我常常懶的開口
還要勞伊
一口一口的餵着

父親委任十四級起敍的薪水
小心的灌溉我們
母親苦心開墾的園子
種出的青菜最肥美
鄰人都是這麼說

清晨七點半啦，我想
他倆坐在空着許多空位的方桌
默默的配着醬菜喝清粥
想着一個個離家的孩子
天涼着衣末？

——癸丑立冬

老教授

——送楊雲萍先王

廿二響的傅鐘
已經響過多少下呢？
半生，就在杜鵑花城裏過了
帶着臺灣鄉音的北京話

現身說法
活過兩個政治環境
本身就是活生生的
歷史了

乙未割台，流着
民族難忘的創痛
新紙十千墨一斗
東寧文獻理殘編（註）
青壯年即
埋身故紙堆
白髮三千丈的憂煩
恐怕不是每個人
可以了解的

磨墨磨墨磨墨磨墨
磨墨磨墨磨墨磨墨
磨墨磨墨磨墨磨墨
磨墨磨墨磨
墨底終於送走了
曾經氣焰一時的
紅色　　落日
之后，粉筆撲白了
滿頭黑髮
落了頂的額頭
閃亮

兩鬢白霜
兩道白眉之下
即是祖父
親切底微笑了

詩人才深深體念
語言的不完全吧
懷赤子之心
談史論詩
手勢旋出
上下數萬年
歷史的風波
笑談之間
跑跑野馬
也就過去之

穿着臺灣衣衫
活在古董名畫的書齋
不覺
杜鵑花城又湧出了
一季愛笑的春天
當窗外雨漏
老牽手遞過熱茶
突然想起
去年之雪
何處？

——乙卯孟春

註：此是楊雲萍先生甲申偶成一詩的兩行。

演說家

鄭烱明

管他沒有聽衆
管他沒有掌聲或鮮花
管他是烈日當空
還是大雨傾盆
三〇六室的病人站在陽台上
又開始他寂寞的演說了

雖然寂寞
而他却愈講愈起勁
愈講愈興奮
激動越來的時候
手足舞蹈
差點沒有從上面跳下來

吃飯的鈴聲響了
他還是站在高高的陽台上
手裡拿着麥克風
一隻缺了口的茶杯
面對空曠的田野
繼續他未完的演說

一絲親切的微笑

趙天儀

一位詩人，做了一個市府的股長
發現市府的小姐們
個個板着臉孔
看不到一絲親切的微笑
詩人便建議說
親切的微笑可以提高我們的工作效率

一位教授，擠在公共汽車裡
那有名的沙丁魚罐頭般的車廂裡
而素有晚娘諢名的車掌小姐
因爲露着一絲親切的微笑
教授便很感慨地說
親切的微笑使我雖擠身在車中，但心胸舒適坦然

一位失業者，浪蕩在馬路上
彷徨而百無聊賴的時候
一位老友在路上遇然的邂逅
雖然也只是一句慰問，一絲親切的微笑
失業者便自嘲地說
親切的微笑使我感到人間畢竟還有眞摯的溫情

傘與天空

德亮

傘與天空

如燕子般消失的
竟連鄉愁也會失傳嗎？
在沒有安全感的天空
我們忙着記錄新的創傷
唯恐思念死去

千變萬化的臉譜
天空眞的這樣不可信賴嗎？
在那一種天候裡
伊的臉才是最眞摯的呢？
爲了躲避時裝的追逐
我們只好將視覺投入電視
讓謠言佔領自己

甚至在陽光燦爛的時候
也不能忘記帶傘吧？
在沒有親人的異鄉
我們害怕虛僞的傷害
既使是一場
小雨

書簡

正因爲沒有任何的裝飾
我們咬破手指
用血寫出的愛
才是最眞實的吧？

在下一次相見以前
把所有流出的血
蓋上郵戳
我這樣把詩寄給你
夫人，展讀時
請小心攤開
不要碰傷我赤裸的根望

然而思念終歸要暴露
血也總會枯死的
在語言尙未傳達以前
無論妳讀多少遍
夫人
請仔細凝視
乾去的字跡裡
我深深的愛意

中國新詩論史(二)

·旅人編·

第二章　新詩論第一期

本期詩論，乃鑒於「詩界革命」諸君子的詩論有所缺失，無法達成詩改革的使命而繼之發展，仍側重在破壞方面，其目的在提倡徹底以白話爲工具寫詩。對於新詩詩質的把握與乎符合美學的要求，雖然亦有所主張，但這方面的論調稍嫌薄弱，一直到第二期才有突起的變化。沒有本期的詩論，中國的詩，可能永遠以文言詩爲主流，雖然歷代不乏有人寫白話詩，惟此畢竟是文言詩的點綴而已。有了本期的詩論，中國人才眞正自覺到應該以白話爲工具寫詩，並以白話所寫成的詩，作爲中國詩的主流。

中國歷代的文言詩論，常因文言詩的創作而產生，至宋元明清，始發生詩論領導詩作的現象，不過，就整個文言詩史或其論史觀之，創作領導理論的情形仍較多。新詩則不然，一開始卽以詩論領導詩作，有什麼樣的詩論，則產生什麼樣的詩作，卽以本期的詩論而言，因傾力於詩工具的改革與形體的大解放而產生了白話詩或自由詩。

第一節新詩的開山祖—胡適

五四運動以來，白話文學大爲倡行，新詩便是其中最早發生的一種。胡適(字適之，安徽績溪人，西元一八九一——一九六二)是新詩人中首先以白話寫詩而結集出版的人，著有「嘗試集」一册，所以稱他爲新詩的開山祖並不過份。他的詩論，從其「文學改良芻議」、「歷史的文學觀念論」、「建設的文學革命論」、「談新詩」、「嘗試集自序」、「論文學的改革進行程序」、「五十年之中國文學」等各篇文章裏，可鈎出一些輪廓，其中「文學改良芻議」、「談新詩」及「嘗試集自序」等三篇，是了解其詩論最重要的資料，尤其是「嘗試集自序」一文。

他的詩論，受西方詩論的影響不少，在中國方面，他曾受李東陽、蘇東坡及元遺山的啓示。在「嘗試集自序」說：「自民國六七年到民國前二年（庚戌）可算是一個時代：這個時代已有不滿意於當時舊文學的趨向了！我近在一本舊筆記裏（名自勝生隨筆是丁未年記的」翻出這幾條論詩的話：

作詩必使老嫗聽解，固不可；然必使士大夫讀而不能解，亦何故耶？（錄懷麓堂詩話）

東坡云：『詩須有為而作。』元遺山云：『縱橫正有凌雲筆，俯仰隨人亦可憐！』（錄南濠詩話）

這兩條都有密圈，也可見我十六歲論詩的旨趣。」

胡適讀「懷麓堂詩話」，那麼著此書之作者李東陽對其必有影響。明代天順、弘治間，李東陽一出，楊士奇、楊榮、楊溥等人之臺閣體及非中唐宋元就是西崑的詩風因之大變。李氏的詩論贊成宋嚴羽的說法，他帶給胡適的是反抗與改革舊詩的思想。金元之際，元遺山之詩論飲譽當時詩界，獨尊歐陽修、梅聖俞對西崑派反動之意旨，他有送「張君美往南中」詩云：「南朝辭臣北朝客，棲遲零落無顏色。陽平城邊握君手，不似銅駝洛陽陌。去年春風吹雁迴，今年雁逐秋風來。春風秋風雁聲裏，行人日暮心悠哉。長江大浪金山下，吳兒舟船疾如馬。西湖十月賞風煙，想得新詩更瀟洒。」，由此詩，可想見遺山之豪氣，其帶給胡適的影響與李東陽相同。至於東坡之「詩須有為而作」一語，使他在答叔永書信中提出寫詩的第一條件便是「言之有物」之詩論來，其間並非無關聯。

他的「八不主義」，頗受人注目。所謂「八不」即(一)不用典。(二)不用陳套語。(三)不講對仗。(四)不避俗字俗語。(五)須講求文法。(六)不作無病之呻吟。(七)不摹倣古人，須語語有個我在。(八)須言之有物。

上面(一)至(五)為文學形式的改革；(六)至(八)為內容的改革。該八不主義，刊載於新青年第二卷第五號的「文學改良芻議」一文（民國六年一月一日出版）。這八不主義，雖對整個新文學而言，其實亦可說是對寫詩的要求，作消極方面的限制。

民國八年，胡適又發表一篇「談新詩」，主張詩體的大解放，他說：「這一次中國文學的革命運動，也是先要語言文體的解放，新文學的語言是白話的，新文學的文體是自由的，是不拘格律的，初看起來，這都是「文的形式」一方面的問題，算不得重要，却不知道形式和內容有密切的關係。形式上的束縛，使精神不能自由發展，使良好的內容，不能充分表現。若想有一種新內容和新精神，不能不先打破那些束縛精神的枷鎖鐐銬。因此，中國近年的新詩運動，可算是一「詩體大解放」，因為有了這一層詩體的解放，所以豐富的材料，精密的觀察，高深的理想，複雜的感情，方才能跑到詩裏去。五七言八句的律詩，決不能容豐富的材料；二十八字的絕句，決不能寫精密的觀察；長短一定的五言七言，決不能委婉達出高深的理想，與複雜的感情。」

從這段話中，可知其對舊詩是如何的反對與批評了。他要打破五言七言的格式及其平仄，並要廢除押韻，比黃遵憲更大膽的改革主張，在當時是聳人聽聞的。

另外，在該文也談到寫新詩的方法，不很詳細，僅提到詩的具體性，他說：「詩須用具體的作法，不可用抽象的說法。凡是好詩都是具體的；越偏向具體的，越有詩意詩味。凡是好詩，都能使我們腦子裏發生一種——或許多種——明顯逼人的印象，這便是詩的具體性」。

事實上，胡適的新詩論，是跟着其白話文學革命而來的，有人和之，如陳獨秀、錢玄同，亦有人反之，若馬其昶、胡先驌、林紓。尤其胡先驌反對胡適的新詩論最爲激烈，兩人由原本是好朋友的關係，以文學之見解不同而致絕交，誠屬憾事。胡先驌力著「文學之標準」「評嘗試集」「評胡適五十年來中國之文學」以及「中國文學改良論」諸文，都是因反對胡適而寫的，眞是死對頭！對於胡適的想打破「句法整齊與不合語言之自然的五七言詩」的論調，他曾如此非難過：「不然！中國之有五七言詩，猶西國之有 Meter 也。惟歐語複音多，故不能如中國四言五言七言之整齊；然必高音低音錯綜而爲 Meter，而限定每句所含 Feet 之數；自希臘荷馬以來卽然。主張解放之大詩家威至威斯 Wordsworth 以爲『可悲之境況與情感，寫以句法整齊之韻文，以視用散文之效力爲久遠。』又謂『由整齊之句法所得之快樂，蓋謂由不同而得有同之感覺之快樂。』辜勒律 Coleridge已謂「詩與文之別，卽在整齊之句法與叶韻。』德昆西 Dequincey 以爲『整齊之句法，可輔思想之表現。』漢特 J. H. Leigh Hunt 以爲『詩之佳處，在全體整齊，而各部分變異。』波Poe 以爲『整齊句法與音節皆不容輕易拋棄者。』英詩人德來登 Dryden 以爲『韻之最大之利益，卽在限制範圍詩人之幻想。蓋詩人之想像力，往往恣肆而無紀律；無韻詩，使人過於自由，常作多數可省，或可更加錘鍊之句。苟有韻以爲之限制，則必將其思想以特種字句申說之，使韻自然與字句相應，而不必以思想勉强襯韻。思想既受有此種限制，審判力倍須增加，則更高深更清晰之思想，反可因之而生矣！』豈非句法之整齊與叶韻，爲詩體之不可廢者耶？考之歌謠，靡不以整齊句法爲之：『月光光，姊妹妹；』三言也。『月亮光光，照見汪洋；』四言也。『打鐵十八年，賺個破銅錢；』五言也。『行也思量留半地；睡也思量留半床；』七言也。此外二三六言八言九言十言特稀。蓋二言氣促。六言突兀。八九十言過長。八九十言卽有之，亦必分爲三四五言小段，如『太夫人，移步出堂前；』雖爲八言，然爲三言與五言所合成；『蔡鳴鳳，坐店房，自思自想；』雖爲十言，然爲兩三言一四言所合成。可見四言五言七言者，中國語中最適宜之句法也。惟四言詩祇盛於周，而五言古詩則自漢、魏以至於齊、梁，幾爲唯一之詩體；其時七言詩雖有作者，然不及五言之重要。卽至唐、宋以還，雖七言古興，而律詩太盛，然五言古始終占第一重要位置，直至今日，學詩者猶以爲入手之塗境。最後之規則；其間豈無故哉！蓋五言古，既可言志，復能抒情；既可敍事，復能體物。阮步兵之『詠懷』，陳子昂之『感遇』，李太白之『古風』，皆言志之詩也。『孔雀東南飛』『木蘭詞』皆敍事之詩也。謝靈運之作，大半皆寫景之詩也。詩之能事，五言古幾盡能之。所不能者；爲七言古詩之剽疾流利，抑揚頓挫，與夫五七言近體詩之一唱三歎，音調鏗鏘耳！七言古以剽疾流利抑揚頓挫爲本，故宜於筆力矯健之作；故雖理言志不及五言，而跌宕過之；然以七言古之跌宕委婉，一調叶其聲調，使之諧婉，則七言古詩中之長慶體，又爲敍事之良好工具矣！蓋敍事貴婉轉盡致，因之音節亦尚諧婉。長慶體全用律句以作古詩，其聲調之鏗鏘，情韻之纏綿，遂較平常之七言古詩出一頭地。元白不論，卽梅村之能嗣響長慶，亦正以其用長慶體故也。至五七言律詩，以八句四韻之短幅，復以對偶爲要旨，自不能如五七言古極縱横淵大盡理窮物之能事。胡適之君必以不講對仗爲改良詩體之一事，則又與於不知詩之甚

者也！夫天地間事物，比偶者極多，俯拾卽是，雖在周、秦之世，諸子名理之言，亦尙排偶，而古詩十九首之『青青河畔草，鬱鬱園中柳；』『胡馬依北風，越鳥巢南枝；』蘇、李詩之『昔爲鴛與鴦，今爲參與辰；』『燭燭晨明月，馥馥秋蘭芳；』『征夫懷往路，遊子戀故鄉；』皆爲對仗。至謝靈運之詩，則幾於自首至尾皆爲對仗。以後無論五七言古詩，皆寓偶於奇，雜以對仗。雖適之君所推崇之白香山、陸放翁之五七言古詩，亦對仗極多。放翁之五古，且有自首至尾，皆用對仗者。古來名人中之喜用單行以作古詩，惟元遺山一人耳！近體詩惟五言七言排律不耐誦讀，其原因初不盡在對仗；蓋音調之過於諧婉，實爲一大原因。故雖以老杜五排之波瀾壯闊，而喜讀之者卒鮮也！在古詩之諧暢，作者能錯落其句法以救單調之害耳！此卽漢特所謂『全體整齊而各部變異』正所以『達到美之最後之目的』者也。夫單行與對仗，各有效用。單行句法，雄渾嚴整，厚重緩和，故不求流動而欲端整之作宜之。言非一端亦各有當，寧必以去對仗爲盡作詩之能事乎？」（錢基博「現代中國文學史」）

雖然有此强勁之對手當前，胡適仍不氣餒，他的整個精神都已投身在新文學革命上，尤其在新詩上，他似乎想以新詩實驗的成功，作爲整個新文學革命的出發點、奠脚石。

要瞭解胡適的新詩論，另一篇「嘗試集自序」不可不讀這是新詩論史上最重要的史料，故不殫其煩的錄之於后，藉供參考：

「我現在自己作序，只說我爲什麼要用白話來做詩；這一段故事，可以算是『嘗試集』產生的歷史，可以算是我個人主張文學革命的小史。

我做白話文字，起於民國紀元前六年。（丙午）那時我替上海競業旬報做了半部章回小說和一些論文，都是用白話做的。到了第二年，（丁未）我因脚氣病出學堂養病；病中無事，我天天讀古詩，從蘇武李陵直到元好問，單讀古體詩，不讀律詩。那一年我也做了幾篇詩，內中有一篇五百六十字的遊『萬國賽珍會』，和一篇近三百字的『棄父行』；以後我常常做詩。我往美國時，已做了兩百多首詩了。我先前不做律詩，因爲我少時不曾學對子，心裏總覺得律詩難做；後來偶然做了些律詩，覺得律詩原來是最容易的玩意兒；用來做應酬朋友的詩，再方便也沒有了！我初做詩，人都說我像白居易一派；後來我因爲要學時髦，也做一番研究杜甫的工夫；但是我讀杜詩，只讀『石壕吏自京赴奉先詠懷』一類的詩；律詩中五律，我極愛讀；七律中最討厭『秋興』一類的詩，常說這些詩，文法不通，只有一點空架子。

自民國六、七年到民國前二年，（庚戌）可算是一個時代……可見我十六歲時論詩的旨趣了。（此段中間「……」因文前曾錄及，故省略）

民國前二年，我往美國留學，初去的兩年，作詩不過三首，民國成立後，任叔永（鴻雋）、楊杏佛（銓）同來綺色佳，有了做詩的伴當了。集中文學篇所說：

明年任與楊，遠道來就我。山城風雪夜，枯坐殊未可。

烹茶更賦詩，有唱還須和。詩爐久灰冷，從此生新火。

都是實在情形！在綺色佳五年，我雖不專治文學，但也頗讀了一些西方文學書籍。無形之中，總受了不少的影響；所以我那幾年的詩，膽子已大得多。去國集裏的『耶穌節歌』和『久雪後大風作歌』都帶有試驗的意味，後來做

『自殺篇』，完全用分段作法，試驗的態度更顯明了。『藏暉室劄記』第三册有跋『自殺篇』一段說：

吾國作詩，每不重言外之意；故說理之作極少，……求一樸蒲（Pope）已不可多得；何況華茨活（Words-Worth）貴推（Goethe）白朗吟（Browning）矣！此篇以吾所持樂觀主義入詩，全篇爲說理之作，雖不能佳；然途徑具在！他日多作之或有進境耳。（民國三年七月七日）又跋云：

吾近來作詩，頗能不依人蹊徑，亦不專學一家，命意固無從摹仿，卽字句形式，亦不爲古人成法所拘，蓋頗能獨立矣！（七月八日）

民國四年八月，我作一文，論『如何可使吾國文言易於教授』文中列舉方法幾條，還不曾主張用白話代文言，但那時我已明言『文言是半死之文字，不當以教活文字之法教之』又說『活文字者，日用語言之文字，如英法文是也，如吾國之白話，是也。死文字者，如希臘、拉丁非日用之語言，已陳死矣。半死文字者，以其中尚有日用之份子在也；如尤字是已死之字，狗字是活字，乘馬是死語，騎馬是活語；故曰半死文字也。』（劄記第九册）

四年九月十七夜，我因爲自己要到紐約進哥倫比亞大學。梅覲莊（光廸）要到庚橋進哈佛大學，故作一首長詩送覲莊。詩中有一段說：

梅君、梅君毋自鄙！神州文學久枯餒！百年未有健者起！新潮之來不可止！文學革命其時矣！吾輩勢不容坐視。且復號召二三子，革命軍前杖馬箠。鞭笞騶除一車鬼，再拜迎入新世紀。以此報國未云非，縮地戡天差可擬。梅君、梅君毋自鄙！

原詩共四百二十字，全篇用了十一個外國字的譯音；不料這十一個外國字，就惹出了幾年的筆戰。任叔永把這些外國字連綴起來，做了一首遊戲詩送我：

牛敦愛迭孫，培根客爾文，索虜與霍桑，『烟士披里純』。

鞭笞一車鬼，爲君生瓊英。文學今革命，作歌送胡生。

我接到這詩，在火車上，依韻和了一首，寄給叔永諸人：

詩國革命何自始？要須作詩如作文。琢鏤粉飾喪元氣，似未必詩之純！

小人行文頗大膽！諸公一一皆人英！願共僇力莫相笑，我軍不作腐儒生！

梅覲莊誤會我『作詩如作文』的意思，寫信來辯論，他說：

詩文截然兩途。詩之文字，與文之文字，自有詩文以來，無論中西，已分道而馳。……足下爲詩界革命家，改良詩之文字則可。若僅移文之文字於詩，卽謂之革命，謂之改良，則不可也；……以其太易易也。

這封信，逼得我把詩界革命的方法表示出來，我的答書，不曾留稿，今鈔答叔永書一段如下：

適以爲今日欲救舊文學之弊，先從滌除『文勝』之弊入手。今人之詩，徒有鏗鏘之韻，貌似之辭耳；其中實無物可言。其病根在重形式而去精神，在於以文勝質。詩界革命當從三事入手：第一須言之有物。第二須講求文法。第三當用『文之文字』時，不可故意避之。三者皆以質救文之避也。……覲莊所論『詩之文字』與『文之文字』之別，亦不盡當。卽如白香山詩：『城云臣按六書典，任土貢有不貢無。道州水土所生者，只有矮民無矮奴。』李義

山詩：『公之斯文若元氣，先時已入人肝脾。』此諸例所用文字，是「詩之文字」乎？『文之文字』乎？又如適贈足下詩：『國事今成遍體瘡，治頭治脚俱所急。』此中字字，皆覲莊所謂『文之文字。』……可知『詩之文字』原不異『文之文字；』正如『詩之文法』原不異『文之文法』也。（五年二月二日）

『詩之文字』一個問題，也是很重要的問題；因爲有許多人，只認風花雪月，蛾眉朱顏，銀漢玉容等字，是『詩之文字。』做成的詩，讀起來字字是詩，仔細分析起來，一點意思也沒有！所以我主張用樸實無華的白描工夫，如白居易的『道州民』，如黃庭堅的『題蓮華花寺』和杜甫的『自京赴奉先詠懷』這類的詩，詩味在骨子裏，在質不在文；沒有骨子的濫調詩人，決不能作這類的詩。所以我的第一條件便是『言之有物』因爲注重之點，在言中的『物』故不問所用的文字是詩的文字，還是文的文字。覲莊認做『僅移文之字於詩，』所以錯了！

這一次的爭論，是民國四年到五年春間的事。那時影響我個人最大的，就是我平常所說的『歷史的文者進化觀念；』這個觀念，是我的文學革命論的基本理論。『劄記第十册』有五年四月五日夜所記一段如下：

文學革命，在吾國史上，非創見也。卽以韻文而論，『三百篇』變而爲騷，一大革命也。又變爲五言，七言，二大革命也。賦變而爲無韻之駢文；古詩變而爲律詩；三大革命也。詩之變而爲詞，四大革命也。詞之變而爲曲，爲劇本，五大革命也。何獨於吾所持文學革命論而疑之？文亦遭幾許革命矣！自孔子至於秦漢，中國文體始臻完備。六朝之文……亦有可觀者；然其時駢儷之體大盛，文以工巧雕琢見長；文法遂衰。韓退之所以稱『文起八代之衰』者，其功在於恢復散文，講求文法，此一革命也。……宋人談哲理者，深悟古文之不適於用，於是語錄體興焉。語錄體者，禪門所常用，以俚語說理記言；……此亦一大革命也。至元人之小說，此體始臻極盛。………總之文學革命，至元代而極盛，其時之詞也，曲也，劇本也，小說也，皆第一流之文學，而皆以俚語爲之；其時吾國眞可謂有一種『活文學』出現；儻此革命潮流，不遭明代八股之劫，則吾國之文學已成俚語的文學；而吾國之語言，早成爲言文一致之語言，可無疑矣。但丁之創意大利文學，却叟輩之創英文學，路德之創德文學，未足獨有千古矣！惜乎五百餘年來的，半死之古文，半死之詩詞，復奪此『活文學』之席；而半死文學，遂苟延殘喘以至於今日，……文學革命，何可更緩耶？何可更緩耶？

過了幾天，我塡了一首『沁園春詞』，題目就叫做『誓詩』其實是一篇文學革命宣言書：

更不傷春，更不悲秋，以此誓詩。任花開也好，花飛也好；月圓固好，月落何悲！我聞之曰：『從天而頌，孰與制天而用之；』更安用爲蒼天歌哭，作彼奴爲！文章革命何疑！且準備搴旗作健兒。要前空千古，下開百世；收他臭腐，還我神奇！爲大中華造新文學，此業吾曹欲讓誰？詩材料，有簇新世界，供我驅馳！（四月十三日）

這首詞上半首攻擊的是中國文學『無病而呻』的惡習慣；我是主張樂觀，主張進取的人，故極力攻擊這這種卑弱的根性；下半首是『去國集』的尾聲，是『嘗試集』的先聲，以下要說發生『嘗試集』的近因了。

五年七月十三，任叔永寄我一首『泛湖卽事詩』這首詩裏有『言櫂輕楫，以滌煩疴』和『猜謎賭勝，載笑載言。』等句。我同他書說：

詩中『言權輕楫』之言字，及『載笑載言』之載字，皆係死字。又如『猜謎賭勝，載笑載言，』兩句，上句爲二十世紀之活字，下句爲三千年前之死句，殊不相稱也！（七月十六日）

不料這幾句話觸怒了一位旁觀的朋友。那時梅覲莊在綺色佳過夏，見了我給叔永的信，他寫信來痛駁我道：

足下所自矜爲文學革命眞諦者，不外乎用活字以入文；於叔永詩中稍古之字，皆所不取，以爲非『二十世紀之活字。』……夫文字革新，須洗去舊日腔套，務去陳言，固矣。然此非盡屛古人所用之字，而另以俗話白話代之謂也。……足下以俗話爲白話，爲向來文學上不用之字，驟以入文，似覺新奇而美，實則無永久價値；因其向未經美術家鍛鍊，徒諉諸愚夫愚婦無美術觀念者之口，歷史相傳，愈趨愈下，鄙俚乃不可言！足下得之，乃矜矜自喜，炫爲創獲，異矣！如足下之言，則人間材智選擇教育諸事，皆無足算；而村農傖父，皆足爲詩人美術家矣！甚至非洲黑蠻，南洋土人，其言文無分者，最有詩人美術家之資格矣！至於無所謂『活文學』亦與足下前此言之，……文字者世界上最守舊之物也。……足下乃視改革文字如是之易乎？……

覲莊這封信，不但完全誤解我的主張；並且說了一些沒有道理的話；故我做了一首一千多字的白話遊戲詩答他。這首詩雖是遊戲詩，也有幾段莊重的議論，第二段說：

文字沒有雅俗，却有死活可道！古人叫做欲，今人叫做要；古人叫做至，今人叫做到；古人叫做溺，今人叫做尿；本來同是一字，聲音少許變了。並無雅俗可言，何必紛紛胡鬧！至於古人叫字，今人叫號；古人懸梁，今人上弔；古名雖未必佳，今名又何嘗不妙。至於古人乘輿，今人坐轎，古人加冠束幘，今人但知戴帽，若必叫帽作巾，叫轎作輿，豈非張冠李戴，認虎作豹？

又如第五段說：

今我苦口曉舌，算來却是爲何？正要求今日的文學大家，把那些活潑潑的白話，拿來鍛鍊，拿來琢磨，拿來作文演說，作曲作歌。出幾個白話囂俄和幾個白話的東坡，那不是『活文學』是什麼？

這一段全是後來用白話作實地試驗的意思。

這首白話遊戲詩，是五年七月二十二日做的，一半是朋友遊戲，一半是有意思做白話詩。不料梅、任兩位都大不以爲然！覲莊來信大罵我。他說：

讀大作，如兒時聽蓮花落，眞所謂革盡古今中外人之命者！足下眞豪健哉！蓋今之西洋詩界，若足下之張革命旗者，亦屢見不鮮。最著者有所謂 Futurism Imagism Free Verse及各種Decadent movements in literature and in arts 大約皆足下俗語詩之流亞；皆喜以『前無古人，後無來者』自豪，皆喜詭立名字，號召徒衆，以眩世人之耳目；而已則從中得名士頭銜以去焉。

信尾又有兩段添入的話：

文章體裁不同。小說詞曲固可用白話，詩文則不可。今之歐美狂瀾橫流所謂『新潮流，』『新潮流』者，耳已聞之熟矣！誠望足下勿剽竊此種不値錢之新潮流以哄國人也！（七月二十四日）

這封信頗使我不心服；因爲我主張的文學革命，祇是就中國今日文學的現狀立論。和歐美的文學新潮流，並沒有關係。有時借鏡於西洋文學史，也不過擧出三四百年前歐洲各國產生『國語的文學』的歷史；因爲中國今日國語文學的需要，很像歐洲當日的情形，我們研究他們的成績

，也許使我們減少一點守舊性，增添一點勇氣。覲莊硬派我一個『剽竊此種不值錢之新潮流以哄國人』的罪名。我如何能心服呢！叔永來信說：

　足下此次試驗的結果，乃完全失敗也。……要之白話自有白話用處，（如作小說演說等）然不能用之於詩。如凡白話皆可為詩，則吾國之京調高腔，何一非詩？……於戲！適之！吾人今日言文學革命，乃誠見今日文學有不可不改革之處；非特文言白話之爭而已！五嘗默省今日文學界，即以詩論；其老者如鄭蘇盦、陳伯嚴，其人頭腦已死，只可讓其與古人同朽腐。其幼者如南社一流人，淫濫委瑣，亦去文學千里而遙。曠觀國內，如吾儕欲以文學自命者，舍自倡一種高美芳潔之文學，更無吾儕側身之地！以足下高才有為，何為舍大道不由，而必旁逸斜出，植美卉於荊棘之中哉！……惟以此（白話）作詩，則僕期期以為不可！……今日假令足下之文學革命成功，將令吾國作詩者皆高腔京調；而陶、謝、李、杜之流，將永不復見於神州，則足下之功？又何若哉？……（七月二十四日夜）

　覲莊說：『小說詞曲固可用白話，詩文則不可；』叔永說：『白話自有白話用處，然不能用之於詩；』這是我最不承認的。我答叔永信中說：

　白話入詩，古人用之者多矣！（此下舉放翁詩及山谷稼軒詞兩例）……總之，白話之能不能作詩，此一問題，全待吾輩解決。解決之法，不在乞憐古人，謂古之所無，今必不可有；而在吾輩實地試驗，一次『完全失敗，』何妨再來。若一次失敗，便『期期以為不可，』此豈科學的精神所許乎？

　這一段乃是我的『文學的實驗主義。』我三年來所做的文學事業，只不過是實行這個主義。答叔永書很長，我且再抄一段：

　今且用足下之字句以述吾夢想中之文學革命曰：（1）文學革命的手段，要令國中之陶、謝、李、杜敢用白話京調高腔作詩。（2）文學革命的目的，要令白話京調高腔之中，產出幾許陶、謝、李、杜。（3）今日決用不著『陶、謝、李、杜』的陶、謝、李、杜。若陶、謝、李、杜，生於今日，仍作陶、謝、李、杜，當日之詩，則決不能更有當日的價值與影響；何也？時代不同也。（4）吾輩生於今日，與其作不能行遠、不能普及的五經，兩漢、六朝、八家文字，不如作家喻戶曉的水滸、西遊文字。與其作似陶、似謝、似李、似杜的詩，不如作不似陶、謝，不似李、杜的白話詩。與其作一個學這個、學那個的鄭蘇盦、陳伯嚴，不如作一個實地試驗『旁逸斜出』『舍大道而弗由』的胡適之……吾志決矣！吾自此以後，不更作文言詩詞（七月二十六日）

　這是第一次宣言不做文言詩詞，過了幾天再我答叔永道：

　古人說：『工欲善其事，必先利其器。』文字者，文學之器也。我私心以為文言決不足為吾國將來文學之利器。施耐庵、曹雪芹諸人，已實地證明作小說之利器，在於白話；今尚需人實地實驗白話是否可謂韻文之利器！……我自信頗能用白話作散文，但尚未能用之於韻文。私心頗欲以數年之力，實地練習之；倘數年之後，竟能用文言白話作文作詩，無不隨心所欲；豈非一大快事！我此時練習白話韻文，頗似新闢一文學殖民地；可惜須單身匹馬而往，不能多得同志，結伴同行，然去志已決。公等假我數年之期，倘此新國盡是沙磧不毛之地；則我終歸老於『文言詩國』亦未可知！儻幸而有成，則闢除荊棘之後，當開放

門戶，迎公等同來蒞止耳！『狂言人道臣當烹！我自不吐定不快！人言未足爲重輕！』足下定笑我狂耳！（八月四日）

這時我已開始作白詩，詩還不曾做得幾首，詩集的名字已定下了。那時我想起陸游有一句詩『嘗試成功自古無』我覺得這個意思，和我的實驗主義反對；故用『嘗試』兩字作我的白話詩集的名字；要看『嘗試』究竟是不可以成功？那時我已打定主意努力做白話詩的實驗，心裏只有一點痛苦，就是同志太少了！須『單身匹馬而往！』我平時所最敬愛的一班朋友，都不肯和我去探險。但是我若沒有這一班朋友和我打筆墨官司，我也決不會有這樣嘗試的決心。莊子說得好！『彼出於是，是亦因彼。』我至今回想當時和那班朋友一日一郵片，三日一長函的樂趣，覺得那眞是人生最不容易有的幸福！我對於文學革命的一切見解，所以能結晶成一種有系統的主張，全都是同這一班朋友切磋討論的結果。五年八月十九日，我寫信答朱經農（經）中有一段說：

新文學之要點，約有八事：（一）不用典。（二）不用陳套語。（三）不講對仗。（四）不避俗字俗語。（五）須講求文法。以上爲形式的一方面；（六）不作無病之呻吟。（七）不摹倣古人，須語語有個我在。（八）須言之有物。以上爲精神（內容）的一方面：

這八條，後來成爲一篇文學改良芻議。（新青年第二卷第五號六年一月一日出版）即此一端，便可見朋友討論的益處不少了！

我的『嘗試集』，起於民國五年七月；到民國六年九月。我到北京時，已成一小册子。這一年之中，白話詩的試驗室裏，只有我一個人；因爲沒有積極幫助，故這一年的詩，無論怎樣大膽，終不能跳出舊詩的範圍！

我初回國時，我的朋友錢玄同說我的詩詞『未能脫盡文言窠臼；』又說『嫌太文了；』美洲朋友嫌『太俗』的詩，北京的朋友嫌『太文』了；這話我初聽，很覺得奇怪！後來平心一想，這話眞是不錯！我在美洲做的「嘗試集」，實在不過能勉强實行了『文學改良芻議』裏面的八個條件；實在不過是一些刷洗過的舊詩，這些詩的大缺點，就是仍舊用五言七言的句法；句法太整齊了，就不合語言的自然，不能不有截長補短的毛病，不能不時時犧牲白話的字和白話的文法，來牽就五七言句法！音節一層，也受很大的影響。第一，整齊劃一的音節，沒有變化，實在無味！第二、沒有自然的音節，不能跟着詩料變化。因此我到北京以後，所做的詩，認定一個主義，若要做眞正的白話詩，若要充分採用白話白字，白話的文法和白話的自然音節，非做長短不一的白話詩不可！這種主張可叫做『詩體的大解放。』詩體的大解放，就是把從前一切束縛自由的枷鎖鐐銬，一切打破；有什麼話，說什麼話；話怎麼說，就怎樣說；這樣方才可有眞正白話詩，方才可以表現白話文學的可能性。『嘗試集』第二編中的詩，雖不能處處做到這個理想的目的；大致照這個目的做去，這是第二集和第一集不同之處。

以上說『嘗試集』發生的歷史；……我覺得我的嘗試集，至少有一件事，可以供獻給大家的。這一件可供獻的，就是這本詩所代表的『實驗的精神』我們這班人的文學革命論，所以同別人不同，全在這一點試驗態度。……我們認定白話，實在有文學的可能，實在是新文學的唯一利器。但是國內大都數人，都不肯承認這話；——他們最不可承認的就是白話可作韻文的惟一利器。我們對於這種懷

疑，這種反對，沒有別的法子可以對付，只有一個法子，就是科學家的試驗方法。科學家遇着一個未經實地證明的理論，只可認他做一個假設；須等到實地試驗之後，方才用試驗的結果來批評那個假設的價值。我們主張白話可以做詩，因爲未經大家承認，只可說是一個假設的理論。我們這三年來，只是想把這個假設用來做種種實地試驗──做五言詩，做七言詩，做嚴格的詞，做極不整齊的長短句，做有韻的詩，做無韻的詩，做種種音節上的試驗，──要看白話是不是可以做好詩？要看白話是不是比文言詩要更好一點？這是我們這班白話詩人的『實驗的精神』。我這本集子裏的詩，不問詩的價值如何；總可以代表這點實驗精神。這兩年來，北京有我的朋友沈尹默、劉半農、周豫才、周啓明、傅斯年、兪平伯、康伯情諸位，美國有陳衡哲女士，都努力作白話詩。白話詩的試驗室裏的試驗家，漸漸多起來了，但是大多數的文人，仍舊不敢輕易嘗試，他們永不來嘗試，如何能判斷白話詩的問題呢。耶穌說得好：「收穫是很多的，可惜做工人太少了！」所以我大膽把這本『嘗試集』印出來，要想把這本集所代表的實驗精神，貢獻給全國的文人，請大家都來嘗試。

我且引『嘗試篇』作這篇長序的結論：

『嘗試成功自古無！』放翁這話未必是！我今爲下一轉語，『自古成功在嘗試！』請看藥聖嘗百草，嘗了一味又一味；又如名醫試丹藥，何嫌六百零六次？莫想小試便成功，那有這樣容易事！有時試到千百回，始知前功盡拋棄。即便如此已無愧，即此失敗便足記！告人『此路不通行，』可使脚力莫枉費！

我生求師二十年，今得『嘗試』兩個字。作詩做事要如此，雖未能到頗有志。作『嘗試歌』頌吾師，願大家都來嘗試！」

新銳創作集

作品二首

傅文正

愛河夜景

自夜的裙帶牽引來的
粼粼波光昇起的
你窈窕婀娜的倩影
在星們的指引下
伴櫓聲而行

河岸的兩旁的高樓
猶若靜坐的石獅守候
悠悠河水緩緩流着
聖德蘭教堂的晚禱聲已過
夜色圖騰

該靜靜地欣賞夜景了

在面對自己的時刻裡
除了燃燒着的紙烟外
守望黎明的
乃是我深藏着的心

計程車

以傲然的仰姿
貼着柏油路面
疾走着的
計程車
在街道呼嘯而過

成群的四足獸穿梭如風
速率的指針在舵盤顫動着
50——60——70——80——
叭——該死的人
閃開，輪胎擦着火

反正沒有警察
交通規則上可沒有記載
沒有警察的路口
不能闖紅燈
叭—— 時間便是金錢

老婆孩子等着錢花
叭—— 計程車輾過的
路面遺落着
愈積愈高的
屍體

原刑篇

郭成義

陷害

友人
突然遠遠孤單地來訪
帶着被愛情刷傷
的隱痛

他必須忍住孤獨
用這一段痛苦的路程
來交換與我見面的一刻
而我確實也暗暗心痛着
原本毫無繫念的我
被他孤注一擲的傷心
擊破了

黯然道別的刹那
目送他孤獨而詭譎的背影
竟是意外的堅强
我才明白過來
我的心早也陪他而去

脆弱的心
陪我走在這段遙遙難測的路程
常常被我於無意間刺傷
而只有這種失戀
才是眞正無依無靠

遺物

清明節那天
我隨着家族去掃墓
帶着一把祖母遺留
下來的鐮刀

祖母使用過的鐮刀
存有古老不祥的銹味
只有我一個人懂得珍惜
於每年的清明節
帶去見我不曾謀面的
祖母

在家族極力整頓的墓園之前
父親偶然抬起頭
却被我撞見

一幅最美的遠景
在他的陽光下
像紙灰一樣細微而
虔誠的飄揚着

父親的遠景
確是越來越寬濶了
在這美麗的墓園裡
祖母的遺物
曾經不停地砍着
我一片不曾謀面的
山河

岸景

陳家帶

白鴿一隻飛過廣場上的鐘樓
停下來　啄起鐘
　　聲　漸漸
　　啄盡午后的陰影
河畔的人就開始預售明天的戲碼
巴黎落霧地繽紛了

（火光癱瘓在流水的淺唱中
　靜靜回憶
是那塊剪斷的傷口翻騰？
廿年延伸過來又回去
總有一道纖如髮的痛
　隱隱牽繫
要直溯不朽就該敷曾精塩吧
然後　吹吹風
　淋淋雨
也是一種裹傷如法泡製）

臺北落雨了
晚間的電視新聞說。
河畔的人喧嚷湧到廣場
　等候什麼似的
啪地空中掃下兩把白帚
那鴿一旋
就啣走那人兩頰的年輪
帶血的　越出鐘樓
隱失在迷濛不辨雨霧的
夜瞳里

（回憶要靜靜
作痛要隱隱啊）

六十四年一月馬明潭

雛妓

胡文智

十六歲　嫖客貪婪的動作
　鴇母冷漠的臉色
　保鑣雨點似的拳脚
纒繞四週
裹着她未發育成熟的身軀
在慘淡的綠色燈影中

十六歲　應該是
清湯掛麵滿臉稚氣未脫　在校園中
或是具備技藝熟嫻的一雙手　在工廠裏
而她所擁有的僅是一張床
與每日十多具陌生面孔的肉體

十六歲　花一樣的年華
被幾張薄薄的鈔票出賣
飄逝在人類最原始的交易中

早報在她被警方查獲後（例行的作業）
曾以一組平淡的
新聞語句形容瘦小的她
「警方昨日又偵破一起
未成年少女淪陷火坑案」

三人行

寒梅

三人行

微風
　自許着
願
一切徐徐地吹過
狂雨
　慨嘆道
殘落的景象令人發慌

而
小草啊
只是默默地點頭

含蓄

不見激情的歡笑
亦無喧聒的談言
　在那裡
一朵含苞的小花
　綻放出動人的笑靨
以輕快悅耳的節奏
　釋意的
　向我招搖

秋吟

士美

秋風凜冽
寒意淒清
我佇立在稻田一角
青苗茁壯油綠
依風蛇行搖曳
氣勢如虹迎接朔風的錘鍊
蒼穹灰暝
夕陽黯淡
大地披一襲朱色的僧衣
我的血液漸趨凝滯
　神智益臻空靈

深欲歎息——
生命的本質是無奈的悲劇
青苗昂揚依舊
無畏橫逆前程
流淚撒種者，歡呼收割（註）
悲劇的洗禮
帶來生命成熟
黃金穀粒

我要歡欣
我要高頌
予心靈憂傷以溫煦
生活酸辛以樂歌
生命意義以熱愛

註：引聖經詩篇一二六篇五節

女孩與冰淇淋

許重介

如果
妳懂妳瞭解
那麼
我會向妳吐氣如虹
我的
白血球紅血球
將爲了願意 而慣穿妳
心臟妳腦底的漿液

只可惜
妳是一片楓葉
一片楓葉雖永遠的紅艷
但
却空無却枯乾
却枯乾却空無
我知道
那天雨後虹輕靈的出現
（不懼於閒話的白雲）
出現又隱遁
因此
我離妳而去
（背了吉他）
一步彈一步唱
一步唱一步彈
女孩
冰淇淋
女孩
冰淇淋

雨後

劉醇寬

雨
洗淨了天空的
烏點
爲樹披上了一件
新衣

牆
笑紅了臉
鳥
唱破了嘴
而
我掏出了心
把憂慮撲盡
然後
投入山的懷抱
嚼
一啜蔚藍
採
一束陽光
然後
我悠然歸去
報告日記：
「陰陽各有時，
黛螺不用鎖。」

高速公路及其他

月藍

高速公路

寬百米，鐵灰色的一條緞帶
繫在臺北至中壢的山腰間。
那滑行在緞帶上的、是
　莊敬自强的我們。

右往左來的六線大道：
中間的安全島上
　有幼樹，
　有雙垂首的水銀燈，
　有新翻過赤艷艷的泥土。
呈示着鮮活的喜悅，
路兩側
　新式樣的，
　大大綠色標示牌上
　很清楚的樂示了你要去的方向。
快！快！快！
最低限速六十公里！
中華兒女
迎頭而去！

母親

在母親的項間披上一條
欵式時髦的，
鑲着亮珠的
彩色鮮美的圍巾。
母親莊穆的神色上有了驕傲的微笑，
她知道那是她的兒女們
在苦難中胼手砥足完成的。
看！

一輛載着鋼筋的貨車，又一輛長形貨櫃車，
那是遊覽車，公路局客車，
那不是像烏龜似的小轎車，計程車嗎？
都迎面呼嘯而去。

我們平穩的滑行在光潔的圍巾上，
走進了母親翠綠的臂彎，
走進她雙乳之谷，
與她的偉大同呼吸。

夢

是梵谷顫動的生命在金黃的陽光下——
我眩了目——眼睛睜不開——
感覺中：
迴旋的線、曲扭的線、橫的豎的線
重叠，
並行，
交叉，
縱橫，
延伸，延伸，延伸
到無邊無際。

附註：這些詩作完成於民國六十三年八月十五日高速公路正式通車的那一段日子。我走在高速公路上，看見它的偉大，激起我的淚花，而有此作。

叢林人

鍾雲

從戰火的陰影下
兎脫的驚魂

三十年的歲月 睿冥的叢林
便把你的名字塵封

而你依然存在 生不如死
林外 是狂野的屠殺
林內 是慢性的自戕
你逃離死亡 却脫不出
另一種恐懼
孤獨 空虛 塡不盡的慾望
如萬千條毒蛇咬嚙着心

和平曾無數次在你頂上盤旋
你猶以爲戰神之魔手
延伸入你小小的王國
一朝是驚弓之鳥
觸目是茫茫的驚悸
林中歲月 度日如年

直到你以赤裸如嬰
回轉文明
人們才撿拾記憶的碎片
拼出你的形貌
一脚抵故土 擋不住
洶湧而來的呼喚
你已旋入祖國的懷中

去時 你一無所有
歸時 你頓然暴富

彩虹居詩展

靜宜文理學院
彩虹居詩社選

第一天

谷風

第一天，他是一個小氣泡，第二天，是個胖娃娃，
還把第三天拼命的往肚子裏裝，胖鼓鼓，鼓脹，鼓脹
……第五天，他破潰了……與前四天一齊消失……。
有一條魚，悠閒地張開鰓，擺動着鰭，一任流水從
口裏，從鰓上流過，他吸着菁華，享著清新，聆聽河
水流過的音樂……回頭看到那條可憐的大肚魚，搖搖
頭問：
　　你究竟想得到什麼？
　　大肚魚說：全部，啊，這一條河啊！
：「怎麼可能？」
「只要努力，增加我的能力，彈度……」
「就算可能，你喝下這一條河又有什麼用？」
「啊——你這個混賬東西……。」

幸福無限

雨安

總有情話滿札伴
來自江南的風
乘著南國熱情的太陽
掀起一陣多溫柔的呢喃
從此
一尊不朽的神像
即矗立於純白的沙漠

即被虔誠地膜拜

而今
江南風又起
穆然吹奏着無聲的洞簫
吹出一段錦織的情
輕扣水波粼粼
直教我側耳傾聽

縱有千萬里晴陽
也抵不過
閃爍黑暗中的
一双火眼
照耀我長髮發亮

即若驪歌相催
也將許無數諾言
於青青祭壇前
直至生生世世
也將有人刻我倆名字
於古老的廢墟
也將有人傳頌
一則美美的美美的故事
也將有人讚嘆
那是幸福無限

落幕時分

賴珍惠

閉眼、瞌睡
乃有雜謾爭鬧自眼角耳膜蹦入
以爲那斯愛鬪——吵死人啦
張開眼、抬起股、回過頭
就這般嚷着
出去、出去
吵嚷遂止
得意自心底上昇、上昇，再上昇
啊哈——趕走了吵死人的傢伙
轉身坐下
偶一低頭
瞧見趕走的
竟只是一隻蒼蠅屍體未僵前的歌舞

流向

芹芷

不必預知的一類婉約之流向
潺潺我等行着
　　猶之一徑蜒蜒
　　吾等上昇期至霧居
設若無山　雲豈謂雲?
設若無圖
　　迢迢的旅途豈謂航程!
泊航泊程港碇灣碇
與乎霽天霽雨潮降潮漲

與乎十八與乎八千
虹盡欲渡
舟楫棄棄如遺
猶之湖面氤氳
吾等上昇乃至霧居

風吹得之晨舞

賴珍惠

就那樣一張臉——透爛
眼睛、鼻子和咀吧
且聽説蛆的步段
輪子再度輾過後
　之後
陡張
一眼——一眼
於是
滴答
陽光就落到頭頂之後之後

鶯歌

古凡

斷續游離的思緒
各個組其美柔幽膩的形態
給它一條路，它便迤邐而行
　煙煙蹉蹉

是一陣浪濤的湃聲
是一卷雲絮盡情變幻？
是一首歌婉沿着旋律？
是一朶浪花開不息？
鳥兒不飛
鶯兒不叫
牠那裡面有多少不盡的
曖昧的，不名的，莫明的
擾動、互激、互唱成一諧調
牠靜窩，闔眼聽讓世界
與牠內心的波流互相輝映……
關牠何事？
牠只是鳥的樣子

善果林的從容

潘郁琦

漁歌

召喚名字千千
不過是
蛙鳴喋喋
要怎生幻化
守一夜
長長的鰭在肩
略去一襲長衫
我遂以尾游行
何妨喚我
以魚的悄悄
飲一江一川一水

排列
沉默沉默沉默
於是
我是一尾會數字的
　　緘口的魚

樵歌

泥土很潔靜很古典
方方寸寸
貧血
招喚雨成繭
醒
捏塑一番
之前之後
懵懂千年
醒成一尊不眠的雕像
還是讓我
　讓我坐化
成一顆老老的菩提
啣一枚輕寒
收集一把
不醒的無言
泥土就有重生
根
再生
根
而我
是垂眉默默的老菩提

子夜曲

古凡

看李錫奇的畫、一九七三、四、一〇、一六
用色彩代表情境，在乎一種習慣的氣氛，激着經驗，
粗概地自個兒想着。

故伸出一個巴掌來，要你看他整個體。
他露出一個頭顱來，要你猜他的眼
他拿隻眼睛用月色矇着瞳孔，說：
　看啊，有你，有我……。
你便蛹一般地自顧，艱苦地啃着絲
　在微露天光的絲澤的反照裡，
　看綣縮的自己——別人亦然？

夜色不須等待，只須吹熄暗間的燈
　再配上一首小夜曲
那人說：「我不必奪你的夜色」
　便在一方窗口前伏下、瞌睡，
我說：「在我的眼界裡框飽了夜」
　便也伏住窗台、瞌眼，
……………………

幽聲：夜是什麼？
　答：一首小夜曲
　：難道不是一縷曼妙的舞姿？
　探手過來：舞一曲麼？
　驀再看一眼月下的眼、眼中的月
　　　　月眼中的我

嚙咬、嚙咬着霧般的絲。
觸對方的手，溫而濕濡，抽不同手
而後
月夜爲景
小夜曲帶動兩隻蛹——踩蛾的步伐。

逝

芙　瑄

敗葉在漩渦中憩息
生命千頂門內伸縮
隨着年輪半徑增厚
死亡的陰影亦逐步推移
於是
存在湮滅在
老樹嘲笑中　於是
鐘響深植入
山的核心——

讓我們在地球的另端碰頭
用慧劍斬斷　繫
結倆心的句點
遂分兩隻箭頭　投
向永恆的東、西
隔着無鵲橋引渡
之銀河
在幸福的蝸殼裡沉睡。

編後記㈠

本期稿擠，還有幾篇佳作，留待下期刊出；敬祈作讀者諒之。他們是：

陳珠彬作「大坑」等三首
楊傑美作「彌撒終曲及其他」
陳德恩作「碑石」
李仙生作「七角紅楓」
洪宏亮作「說故事及其他」
青　玉作「野屋和燈芒」等三首
謝秀宗作「生活詩抄」
傅文正作「大津之遊」
台　客作「名字」
山丁居士作「海」
林尹文作「遷徙」
原隨雲作「少年行」
廖德明作「剪帖在東野的風景」
楊育麟作「山眺與賭」
風信子作「一種宗教信仰」
陳家帶作「彩色與水墨」
莊金國作「鄉土集」
陳翠霓作「南港一角」
許重介作「空虛」

歡迎源源賜稿，並歡迎各學校詩社與本刊編輯部連繫，舉辦詩展，以期推廣詩的活動。

由藝術性淺談現代詩的明朗化

鐘雲

如果我們把藝術性限定於形式技巧方面，我們就會發現，文學自始卽有由通俗性走向藝術性的傾向。例如古時的詩詞歌賦，那種固定齊整的形式和刻意注重音韻的鏗鏘和諧，以現代人的觀點看來，雖不免束縛人的感情、思想及過於虛飾，但亦可見其致力於藝術性的端倪，無非在求表現上的雅馴。文學一旦有了藝術性，便逐漸喪失其通俗性。這是文學的一貫特徵。

現代詩發展的軌跡亦正是如此。二十幾年來，現代詩可說是孤軍奮鬪掙扎中挺過來的。在此一過渡期中，現代詩經過詩人們的縫縫補補，遂免不了留下引人非議的補釘。在詩論壇上，議者紛紛，各執一詞，指陳現代詩的弊病；自然有些「現代」詩人爲了一已的尊嚴，不惜「自圓其說」。像這樣公說公有理，婆說婆有理，誰也不讓誰，誰也不服誰，眞理愈辯愈混亂，變成兩邊都各有半部眞理在。總結這些論爭的焦點，不外是一個最基本的問題，也就是「懂與不懂」的問題。現代詩的難懂大致可以分爲表現上的難解和內容思想上的難解，而對一般讀者來說，詩的內容較少甚或不曾眞正成爲爭論的中心。所謂民族風格、詩語的晦澀、技巧的曖昧、形式的圖案化、大衆化……等等，在在不過是同一問題的數種不同的申論。可以說形式的怪誕新奇和技巧的趨向晦澀、曖昧，才是引起讀者困惑的感覺和鄙棄的主要因素。

那一陣子西化詩把中國詩壇攪得烏烟瘴氣，流風所及，有很多寫詩的人都擎着「現代」的旗幟作「超現代」的詩。詩的「現代化」（當然不是西方化）本來是有意的向西洋詩尋求營養，想不到無限制的飢不擇食的結果，竟然走火入魔，導致邪魔外道的僞詩大量出籠，混跡其間。這一粒老鼠屎，可把一鍋粥給攪混了。鬧到後來，讀者固然看不懂現代詩，詩人自己也束手無策。然而，物極必反，人們終於厭倦了現代詩那種過度放縱的亂民狀態，於是「思古之幽情」一生，塵封了多年的「傳統」被人搬了出來；同時，文學傳達上的障礙——晦澀，也被視爲掃除的主要目標。詩的「明朗化」就這樣被捧了出來。等而下之的，還有人則提倡詩的「大衆化」。這種普遍的自覺，頗有利於改善詩人與讀者兩方的對立狀態。可惜部分現代詩似有矯枉過正的現象，流於散文化，讀來味同嚼腊。這種「白話詩」，明朗是够明朗了，其奈膚淺何？在此，我不擬擧例，讀者自可在近幾期報章雜誌（含詩誌）中找到例證。

或許正如以前某詩刊的社論所說的，詩人的偶而失手是不必過分非議的，詩切忌挑選未具代表性的作品妄下褒貶。這話對涉獵現化詩未久的年輕詩人或可拿來搪塞，至於在詩壇上歷練了十幾二十年的大詩人，若連一點都把握不住，眞不知道這種明朗化的自覺，到底是「從善如流」還是「水向下流」？

實在說，某些詩人似乎太刻意强調現代詩的明朗化了。詩就其完成品而言，是一門藝術。詩的藝術性，通常是指詩人的匠心所在。詩的明朗化，並不意味着膚淺化，而是仍要經過藝術的處理和冶鍊。因之，爲求讀者能了解詩意，恨不得用淺得不能再淺的語言，一股腦兒的「嘔吐」出來，在我看來，不過是一地的醉湯腥氣罷了。此不獨違背了文學的藝術性要求，也是對讀者的蔑視，誤認了讀者對詩藝所能理解的程度。詩是藝術，企圖欣賞現代詩的讀者，心理上早就應存有一種覺悟。追求官能刺激和通俗趣味的人根本不會來親近詩，一旦欣賞詩，就意味着一種藝術的參與和期許。所以，讀者的藝術興味應獲得詩人的適度尊重。當然，藝術性自不同於舞文弄墨，扭緩筆尖的藥飾主義。蓋前者是爲求內容的充分表現不得不爾，後者則純粹是文字的賣弄，無關乎實質上的需要。以往部分詩人一味追求晦澀爲至高的境界，那種「超藝術」至只有詩人自己能「孤芳自賞」的程度，是促成現代詩明朗化的主要原因。這固是事有必至，理有固然，然亦可見詩人對現代詩的藝術化的需求。

晦澀與明朗同爲詩藝所表現的兩種風格。晦澀化的詩誠然不易爲大多數的讀者所普遍理解，而明朗化亦不等於大衆化和通俗化。「詩人愈要求純粹，愈脫離大衆。」艾略特如是說。「純粹的詩，這是詩人一致追求的藝術品，自與喜好通俗趣味的大衆背道而馳。很早以來，作爲一門藝術的詩，早已脫離了大衆的生活範疇。一部唐詩三百首，其間雖不乏許多明朗的詩，却未必盡是如字面上所表現的意義。這些明朗詩，用字看似平易實則乃經過藝術的加工，若單求詩語浮面上的認知，常會謬以千里，誤解了詩的旨趣。例如陳子昂的「登幽洲台歌」，只要讀過幾年國文的中學生，都可以看懂字義，而若要他說出詩中的意思來，則少有不瞠目結舌的。固然有的人雖能了然於心却吶於口，一時無由說起；而絕大部分則因學識、思想以及心境感受程度的不同而然。可見現代化詩的明朗化僅在求其詩語的暢達，而「不着一字，盡得風流」的那種內在韻味與弦外之意，仍是不可偏廢的。再如李白詩：「牀前明月光，疑是地上霜；擧頭望明月，低頭思故鄉。「淺白而不低俗；有人將末兩句改爲：「擧頭望黑板，低頭思便當。」雖只更動了幾個字，在表現及感受上則顯得諧謔油氣了。

詩是一種語言文字的藝術。語言技巧的清醒與更新，可避免詩流於晦澀。詩語的口語化，是現代詩明朗化趨向的技巧之一。寫口語化現代詩的詩人，强調「我手寫我口」，亦即儘量以樸實的生活語言入詩，表現出世相百態及胸中的詩情。這是詩語言的生活化，即使粗字俗語也不避嫌，只要藝術技巧運用得當，常能於平凡中見出新意，化腐朽爲神奇。所謂「雅得這樣俗」，大概是這類詩表現的最大特色與至境。口語化的詩看似平易淺俗，其實也不易爲，稍一駕馭不住，常會流於散文化與觀念的敍說。我個人就曾發現有幾首口語化的詩，近似民國初期白話詩的格調，這是現代詩藝術的開倒車行爲。像這樣的詩，實在是詩人「怠工」下的產品。無論如何，粗製濫造的詩，我

們無法承認其爲文學作品。詩雖可以樸實無華，仍須有詩人藝術的「心機」，再怎麼自然的作品，都有斧鑿的痕跡。所以，由藝術技巧的高下，常可多少判斷出詩作品的格調與價値。

明朗詩的逐漸抬頭，相對的，晦澀詩就大爲減產，但這並不表示詩人們創作的同一基調和路向。在「艱深」（非晦澀）和「明朗」之間，仍有很大的伸縮性。有很多「明朗詩」，初讀之下，也不容易了解詩中內在的旨趣，這必須讀者付出不遜於詩人的耐心才能嚼出滋味來。大致說來，現階段明朗詩的普遍風格，是在用字方面「純淨」了不少，藝術技巧的表現也較以往「理智」了些，不致過分違背了文法的結構。詩人的好奇求變，本是基於藝術的衝動，這可以推動現化詩的進步與發展，最遺憾的是不知止其所不得不止，奇得離了譜。往者往矣，來者猶可追，但願那一場魘夢，能被詩人們引爲鑑戒，則現代詩的明朗化自覺，未始不是向詩人展現了另一條康莊大道。

笠消息

☆**非馬**詩集『**在風城**』中英文對照本已付印，即將在臺出版。**非馬**博士的詩具獨特風格，已受到美國詩壇與新聞界普遍重視，並被列入世界詩人名錄。

☆在美國加州Santa Barbara任教的**杜國清**博士，近來詩作甚勤。他對詩的趣味已逐漸凝聚兩點；一是在作品中找「詩情」，而陶醉於情的感動；一是在作品中找「詩想」，而驚訝於想出天外的樂趣。他正在準備新詩書『**心雲集**』的出版。

☆本刊社長**陳秀喜**女士，於四月中前往日本東京，參加其著作「樹的哀樂」日文本出版紀念會，之後遊京都、大阪等地。五月初回東京參加「日本詩的祭典」及「野火詩社」的郊遊會，受到日本各地詩人的歡迎。五月十五日往北海道接受帶廣市「裸族詩社」同人的招待，五月廿三日又回東京參加「地球」詩誌二十五週年紀念會，於六月中經過韓國返臺北。

☆留日研究日本文學的**葉笛**，已畢業於日本有名的國立教育大學大學院。並已進入國立東京大學大學院繼續研究。

☆留日研究宋史的**陳明台**，繼**葉笛**之後，今春考進東京國立教育大學大學院，專攻宋代經濟史。

☆韓國「中央日報」於四月三十日「文壇話題」專欄，有**陳千武**譯「韓國現代詩選」出版的詳細報導。中國文學家**許世旭**在文中發表談話說，這種出版爲介紹韓國現代詩十分有意義。韓國詩人**金光林**卽將在其主編的「心象」詩誌上，就「詩讀者翻譯詩與詩人翻譯詩」的問題，做一詳明的研討。又「心象」五月號曾介紹**桓夫**著「媽祖的纒足」，並譯介『死的位置』一詩，甚獲好評。

對鳴錄

●旅人●

——王祿松「萬言詩」

王祿松出版過「偉大的母親」、「鐵血詩抄」、「海的吟草」、「歸意集」、「勁草集」、「萬言詩」及「藏春集」等六部詩集，其中「萬言詩」要算是氣魄最大，氣勢最強，敘事最長的詩集。

遠在十年前，筆者即蒙王氏厚贈未簽名的「萬言詩」詩集。說眞的，那時對這册詩並未在意，亦引不起濃厚的興趣，總認爲是一部宣傳作品，所以隨手讀了一些詩句，就擱在書架上。這一擱就是十年，後來舉家遷北，整理舊書，才把它又翻出來重讀。由於年齡、時間和空間的變動，又有了新的感覺。

在對鳴錄第二篇中，曾提到鍾鼎文的作品，其性質與王祿松可算同一系列；但兩人再較，前者偏於陰柔，後者則趨陽剛，同屬一味道，細嘗之，仍能分辨其異。

西元八世紀前葉，卽中國初唐轉盛唐間，有一批詩人，如岑參、高適、王之渙、李頎、王昌齡等，喜寫戰爭詩，風格雄放。如果新詩算是逐漸繼承文言詩而取得中國詩的正統地位，則王氏作品之格調，應與上述諸人歸入同一流派。

換一只不同顏色的眼鏡，並以虔誠的心靈去接觸「萬言詩」的每一行詩句，覺其技巧雖略遜鄭愁予在「革命的衣鉢」長詩中對類似相同題材的處理，但其洋溢的情感，有過之而無不及。全詩流露出對國家的熱愛；對民族的關懷。二度讀畢其詩，我的許多感受，似乎可歸結一句：「作者幾乎在盡力地、沈痛地嘶喊：中國啊，您快强大起來」。

作者自謂：「軍人而能詩，可謂奇矣。君不見，動時是槍林彈雨，馬達如沸，瞬息越關河萬里；靜時是紅卷白宗，等因奉此，埋鐵頭疾筆直書。把國家夯在肩上，千軍萬馬湧心頭，何遑得閒吟雅興，刻意彫虫呢！」又云：「病弱鄉愁，遊子難免，故我以「懷鄉」之章爲全詩之引道。詩原以想像立國，我詩來自嚴重的想像。自己故鄉

無雪，而在詩中，雪則赫然在焉。蓋雪者，冬之魂也，亦有人一思及雪而猛染上一場懷鄉病乎！」。軍人本色加上懷鄉病，而有此長詩章，除古丁的「革命之歌」外，尚難有匹配者。若非相同類型的詩人，無法勉强寫出類似作品。

上官予有首「懷鄉」詩，頗令人喜愛，其詩曰：

給我以北國的堅冰，
放於我的懷中；
啊！這憶鄉病的燃燒，
有甚於烈火的燃燒。
……………………
給我以北國遲開的春花，
植於我的心田，
啊！這憶鄉病的飢渴，
有甚於凍結的泥土的飢渴。
……………………

由嗜此詩而進一步對王氏所患的「懷鄉病」，當可理喻。

我親聆過王氏的詩朗誦，誦時貫注全付情感，振人心弦，堪稱當今詩朗誦之高手。昔日他朗誦的于右任詩：「葬我於高山上兮……」的聲調，迄今三年餘，猶能得之。由於對詩朗誦的愛好，導致其詩作的朗誦化，平白化，是得抑失？詩人寸心自知，旁人甚難論斷。

笠下影

〈梅　新〉

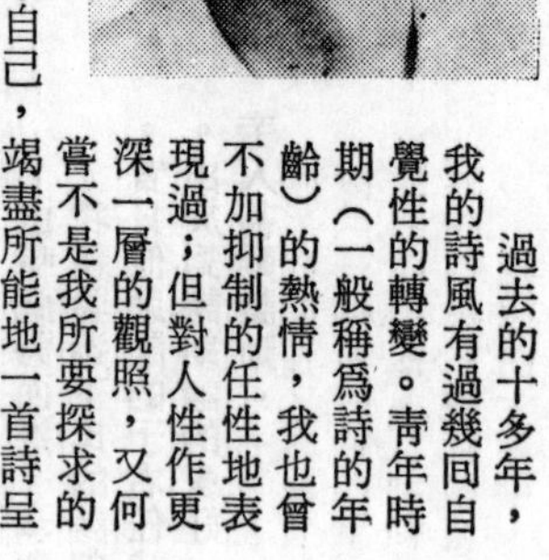

過去的十多年，我的詩風有過幾同自覺性的轉變。青年時期（一般稱爲詩的年齡）的熱情，我也曾不加抑制的任性地表現過；但對人性作更深一層的觀照，又何嘗不是我所要探求的？在技巧上，我曾苛刻的要求自己，竭盡所能地一首詩呈現一副新面貌。同樣是以瘋子爲題的二首詩，我總是力求調子不落窠臼，避免藝術形式的重複和一種習慣性的墮落。

Ⅰ作品

黃　昏

黃昏在鞭打着太陽
太陽發出一道最後的憤怒的光
在指點着說：這便是黃昏。
蟲聲四起。啊
航行在貿易風裏的船都向黃昏的港口駛去啦。
我知道那發光的河將因此而失色；
我知道那明朗的路將因此而斷絕；
啊啊，我啊！我這憂鬱的貓似是在做晚禱了。

風　景

不成風景不入山
入山成風景
握住一山性向奔瀉如瀑布
是風景
我以漲潮繫住秋月
我不風景誰風景
昨日黃昏謁風景
今日黃昏謁風景
發現自己更風景
立也風景臥也風景
現在我正淋着黃梅雨
而明日入山的那位
跛脚僧
是我唯一的遊客

瘋子之一

他用足尖在路上跟路簽署一項賣身不贖身的契約
他踽踽於其上的路也竟欣然接受了他的簽署
他跟他路的關係也就這樣建立了起來
所以路就不得不在他跟前明朗起來
甚至在夜晚
在他信步踩來一脚帶春泥的馬蹄的時候
路也得發出達達的聲音來承認它跟他的關係

（我和我路的關係總有一天可以搞通的，我說。）
在他的路上
好像見到過幾處風景的出現和幾株喬木
至於其他的夢從此再踏青一程也就可以獲得了

繫舟的珊瑚

一朵花，一樹繫舟的珊瑚，一朵花
我想以採蓮投影給蓮的姿勢將妳命名
我想以回憶童年用麥管窺星的麥管將妳命名
我想落一片深綠的葉飾於妳的花瓣下將妳命名
我想講故事的頭故事的尾而都是晴天都是雨天
將妳命名
一朵花，一樹繫舟的珊瑚，一朵花

港灣

灣入一個藍藍的港灣
港灣的藍眼睛在我的槳上着陸
港灣掀動着睫毛臥在我的帆下
半啓的二片唇好甜

灣入一個藍藍的港灣
我要在港灣的懷裏落帆千次
管它這種落帆是否就是屬於水手的自殺
我要來一次叮噹的投槳
像個英雄下了馬供人議論紛紛

灣入一個藍藍的港灣
港灣外的事我忘得一乾二淨

Ⅱ 詩的位置

梅新在回顧他自己的創作歷程時，曾經說：『我十九歲開始喜歡詩，約有二年之久，只讀不作。二十一歲發表第一首壁報體的詩：遙念故鄉。所謂壁報體的詩是以普通作文的方法寫詩，只求傳達題意，而不求境界的展現。是用筆「作」詩，而不是用腦子「想」詩』。（註一）這一段回顧很有意思，蓋以「作文的方法寫詩」，是習作，常常是拘限在一個題目之中，無法跳出來。但是詩的創作，卻常常跳出了題目之外，言有盡而意無窮。梅新在創作的發展上，是沿着「現代詩」、「南北笛」到「創世紀」的後半期而來的，也許可以列入「創世紀的系譜」，但是由於他的詩質、詩語以及形式上的收斂，他並未落入晦澀的旋風，而且也沒有拘泥於某一個主義或一個詩派。然而，他朝向詩的現代化，卻是自由中國的詩人們普遍的自覺之一。

（註一）參閱梅新詩集「再生的樹」底「後記」。「再生的樹」，由驚聲文物供應公司於民國五十九年九月十日出版。

Ⅲ 詩的特徵

梅新的詩，卽非技巧變化多端，也非語言綺麗奪目，他似乎守着自己的個性與喜好，走着一種將現實與想像予以融合的途徑。雖然他强調「在技巧上，我曾苛刻的要求自己，竭盡所能地一首詩呈現一副新面貌。」（註二）可

是，在許多他的詩作上，我們並未發現他在形式創造上的多樣性，也未發現他在風格塑造上的變化性，換句話說，他的形式是自由的，但風格卻是統一的，因此，梅新的詩，並非是一下子就非常令人感到意外，迷惑人的那一類型。也可以說，他並非艷婦型的那種惹人注目，而是有點少婦型的那種俏麗，需要慢慢地、仔細地揣祥，才會發現他原來也別有一番風韻。顏元叔教授對「風景」的品嚐與欣賞，便是仔細揣祥的結果（註三）。因此，說梅新缺乏悲劇感，並非僅止於他而已，這是追求現代主義的普遍的暗礁。也就是說詩的爭奇鬪艷，如果沒有落實到生命的體驗，那只是詩的浮萍，而不是生命的流動。梅新的抒情詩，是一潺潺的暖流，有待生命進一步的躍動。

(註二) 參閱梅新詩集「再生的樹」底「後記」。

(註三) 參閱顏元叔作「梅新的風景」，該文亦收入「再生的樹」。

四 結語

詩的創造，是一種藝術性的製作，需要生命的投入與技巧的高度運作。而詩的批評，是一種學問性的反省，需要一種後設理論的基礎。梅新的詩，在現代主義的壓力與影響之下，他突圍而出，保持了自己的風貌，是令人可喜的。現代詩的創造，正方興未艾，晦澀與明朗不是關鍵，問題是如何才能創造新的境界，新的風格，讓現代詩有更豐盈的收穫。

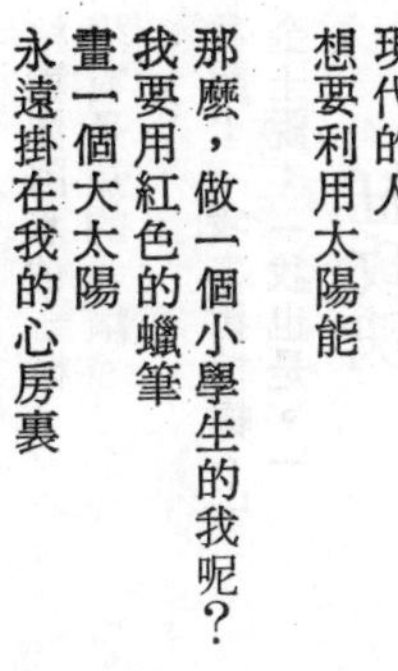

兒童詩一束

詹冰

謹以兒童詩一束當做花束
敬悼黃美煌老師在天之靈
因黃老師生前喜愛這些詩

太陽

古代的人
虔誠地跪拜太陽
現代的人
想要利用太陽能
那麼，做一個小學生的我呢？
我要用紅色的蠟筆
畫一個大太陽
永遠掛在我的心房裏

小雨

雨，打在我的手臂
雨，打在我的鼻尖
雨，打在我的眉毛
雨，在池塘上畫圓圈
雨，在草葉上塗水彩
雨，在花朵上鑲寶珠
雨，在屋頂上跳舞
雨，在樹林中細唱
雨，在我的心坎裏吟詩

榕樹

我和金土爬上
廟前的大榕樹。
拿長煙桿的阿水伯說：
「猴子也會從樹上跌下來，
小鬼，你們下來吧——。」

我採榕樹的小果做彈珠。
金土把嫩葉捲起來作笛子。

榕樹像阿水伯一樣，
生有長長的鬍鬚。

我說：「我喜歡榕樹。」
金土說：「我也是。」

紅玫瑰

爸爸種的
玫瑰開花了
紅紅的大花朶

吸取了爸爸的汗水
所以玫瑰開了這樣
美麗的花——

紅玫瑰的花是
紅色的旋渦
一直捲入了我的心

香蕉

媽媽買回來一串香蕉
大家圍着笑嘻嘻

哥哥說
香蕉好像黃手套

姊姊說
香蕉好像金手指

弟弟拿一根香蕉說
香蕉好像可愛的小船

妹妹吃香蕉說
好香啊，好像沾着媽媽的香水

我在想
我們兄弟姊妹是同一串的香蕉

登陸月球

阿姆斯壯叔叔是，
登陸月球的第一位大人。

假如，我是
登陸月球的第一位小孩，
那，該多好呢。

用我的眼光，
看一看月球的面目。
用我的手指，
玩一玩月球的沙石。
寫一篇「月球遊玩記」，
發表地球上的小朋友欣賞——。

幼苗園

指導者 黃基博

床和我

高雄小港國中三年 童燕美

記得小時候，
晚間「石門水庫」漏水。
啊！糟了！
又是一次小水災，
床呀，對不起！
我不是故意的。

風

光華國小三年乙班 黃文瑩

風是一個頑皮的孩子，
他常常趁我不注意的時候，
很用力的把門關上，
「碰」的一聲害我嚇了一跳。

雨

屏東光華國小五年 袁有芳

滴答！滴答！
大概又是雨姑娘，
在跳她最拿手的踢踏舞了！

時鐘

竹田小學五年信班 李茂昌

時鐘是最傑出的馬拉松選手，
日夜不停的跑運動場。

天空

竹田國小六年仁班 吳勤信

我最不喜歡藍天哭，
藍天却很愛哭。
我又沒有欺侮他，

貝殼

光華國小五年戊班 蔡純

貝殼是海的孩子，
當他們成羣結隊的來到海灘時，
被喜愛它們的人拿回去了。
可是海却不知道，
時常跑到沙灘來找它的孩子。

海與海灘

光華國小五年戊班 徐久仁

海是一位卓越的演講大師，
天天滔滔不絕的演講。
海灘是忠實的聽衆，
毫不表示意見的靜聽。

他的臉色又變了。

雲

雲是個愛漂亮的孩子，
衣服髒了，
就掉下眼淚，
吵着要換衣服。

光華國小四年乙班 方振成

時間

時間是個無情漢，
一但過去了，
怎樣呼喚，
也不回頭看一看。

光華國小五年甲班 莊永慶

小草

河邊有一片青綠的小草
風兒要邀他們去玩
小草不答應
一個個使勁的搖着頭。

屏東大同國中三年 黃素月

月亮

月兒圓圓，
好像母親的臉龐。
月光清亮，
舖了一地的銀霜。
亮光雖淡，
却如冬天的太陽，
也如母親的暉光，
照亮我的心坎。

屏縣光華國小六年 蔡雅麗

影子

可愛的小黑人
謝謝你白天常伴我。
願在黑暗裏
也不叫我寂寞。

潮州國中二年十班 李癸璧

北風

呼呼的吹，
葉兒哭着低下頭，
樹木酒醉的搖擺着，
人們拉緊了領兒
直搓手。

竹田國中二年八班 鄭麗齡

海！我愛你

我在海灘上寫下：
「海！我愛你。」
轉眼間海把這些字冲掉了。
我笑了！
因爲海接受了它。

高雄壽山國中三年 盧麗美

距離

你是天上的一顆星，
不停地對我眨眼，
我只能在屋頂上，
遠遠的向你招手。

高雄塩埕國中三年 林律娜

蓓蕾園

指導者　黃基博

戀

屏東師專四年丙班　莊麗華

眼角的淚痕
告訴以妳有飽和的哀傷
嬌紅的臉龐
述說妳有愛的甜蜜
為了不能述說的理由
妳只有甜甜地想着
靜靜地落淚

期待

屏東師專四年丙班　莊麗華

明知不可能
仍盼望萬分之一個萬一
即使極短暫的一眼
明知相見是痛苦
仍懷着一顆跳動的心

小羊

屏東萬丹國中三年　李文君

昨天我去探望你們，
你們「ㄇㄝ」「ㄇㄝ」的叫，
這種聲音好好聽哦！
我走過去想和你們握握手，
做做朋友
可是你們帶着懷疑的眼光望着我，
趕忙跑到你們媽媽的身旁躲着。
噢！小羊呀！
你們長得那麼柔和可愛，
我怎麼會傷害你們呢？

發　現

屏東師專四年丙班　蔡蕙玲

在偶而的回首裡，
思想的午杖探入你深邃的眼睛
眼光遇到你閃着微笑的眸子
我已將它捕捉在記憶的網裏

散　步

屏東師專四年丙班　盧君銓

一步一步的往前挪
不帶走任何塵埃與花朶
伸伸手　聳聳肩
河水注滿了心田
歡暢趕去了瞎思
向夜空　送上個謝意
沈迷於細細的足距間
不拾起任何花朶與塵埃

想　你

小學教師　白美美

想你
在我們閒談的樹蔭下
微風吹動樹梢
串成陣陣銀鈴的笑聲

想你
在我們並肩的小溪旁
流水滾動碎石
響成串串嘹亮的話語

北　風

屏東師專三年戊班　蔡慧娟

北風是個壞孩子
在放學的路上
拉我的衣服
……
北風是個壞孩子
很晚了
還一直敲我的窗戶
要我跟他去玩兒

鳳凰花

屏東師專三年丙班　蔡蕙玲

每年的夏季
你總是穿着紅艷的蝴蝶裝
像趕集似的來了
南風輕輕的招呼你
你撒嬌似的依偎在鳳凰葉的懷裏
一陣無情的風雨
就嚇得你跌落滿地

天　氣

省立屏東女中高二　吳美玉

像個時裝模特兒
一會兒黑色禮服
一下子藍色旗袍

雨

省立高雄女中高二　吳珍琪

眞討厭，
這麼愛哭，
我又沒欺負妳。
每當妳哭時，

媽媽總是把我關在屋子裏

雨中

屏東師專三年丙班 徐玉珠

雨中的街道是一條小河
行人是沉默的魚，
有的游過來，
有的要游過去。
突然，
天公公撒下金色釣勾。
隆——隆——隆——
烏雲伯伯大叫起來：
「你不該偷掉我的魚。」

小皮球

省立屏東師專三丙 鄭玉喬

是個頑皮、搗蛋的小男孩：
用手輕輕地拍他，
賴在地上不理；
用力打他肩膀，
就跳起來瞪睛。

回聲

屏東師專三丙 謝淑美

山谷裏站了許多傳令兵，
我說了一句話，
他們就趕快往前傳。
傳令兵最頑皮，
不把話傳到遠方去，
又傳回來給我聽。

新衣

臺南師專四丁 蔡淑瑛

妳穿上她親手爲妳縫製的黃色洋裝，
墊着脚根，走上前來，
興奮地不斷揉搓着裙角，
「嗨！怎麼樣?」
圓圓的裙影像一隻飛舞的黃蝶閃動。
「嗯！不錯。」
妳很不高興，放平了脚根，
裙角也揉皺了。
「你怎麼不說是世界上最漂亮的?」
我不是妳媽媽的女兒！

陽光

省立屏東師專四丙 莊麗華

他是個好園丁，
替花兒擦拭淚珠，
喚醒酣睡的花蕾。
他是個好母親，
穿過窗戶，
爬到床邊，
叫醒貪睡的孩子。

蜘蛛的家

屏東師專三年丙班 郭寶月

蜘蛛的家最美麗，
也很可怕。
貪玩的孩子，
跑進他的家，
就再也不能回來了。

日本兒童詩選

藍祥雲譯

風

大屋小學一年 阿字征男

假如我是一陣風
媽媽
我吹向您勞動的地方
吹散流在您身上的汗
媽媽
您能夠愉快地工作
——原載「兒童生活詩讀本一年」。

夕陽

平岡小學二年 田中國子

黃昏時候
我去提水
提起滿滿的水
夕陽就掉進水中
走了幾步
撥濺 撥濺 的水聲中
夕陽又跳出水桶外去了
——原載「兒童詩集はとぐるま」

照射四方的光

呼續小學五年 井上信繁

在黑漆漆的夜空
有一照射四方的光
一射月亮
一射星星
另一射向太陽
另一射向大家
因此月亮星星和太陽能發亮
但是「大家」不能發亮
這是「光」的秘密
一直是謎
——原載「什麼也看不見」詩集

破舊的運動鞋

川原小學五年 加藤禮子

那破舊的運動鞋
留存着
各種各樣的回憶
運動會時的滿身大汗
快活遊玩的那些日子
認眞徒步的遠足
破舊的運動鞋
滿身傷痕
用親切的手撫
想好好照料她
——原載「什麼也看不見」詩集

爸爸

亞卷 小學六年 清水玲子

爸爸的書架上
哦，竟有一本「高村光太郎詩集」
原來爸爸對詩也會有興趣
當我搞亂我的書桌時
爸爸會大聲地吼：「不像個女孩」
爸爸是一位警官
常讀那「警察法令集」樣
我所不懂的書籍
等我睡熟了後
他也會讀這樣的詩集

——原載「小學生詩の本」

惡之華

波特萊爾著
杜國清譯

LES

FLEURS DU MAL

PAR

CHARLES BAUDELAIRE

On dit qu'il faut couler les exécrables choses
Dans le puits de l'oubli et au sépulchre encloses,
Et que par les escrits le mal ressuscité
Infectera les moeurs de la postérité,
Mais le vice n'a point pour mère la science,
Et la vertu n'est pas fille de l'ignorance

(Théodore Agrippa d'Aubigné, *Les Tragiques*, liv. II.)

PARIS
POULET-MALASSIS ET DE BROISE
LIBRAIRES-ÉDITEURS
4, rue de Buci.

1857.

81 苦惱的鍊金術

自然喲有人照耀你以熱情，
有人將他的哀愁傾注於你；
對某人說是「墳墓」的東西，
對他人却是「光輝與生命」！

助我神力的未知的赫美斯，
你啊却時常令我感到畏懼；
你使我變成邁達斯的匹敵，
世界上最爲悲慘的鍊金師；

因你，我將黃金變成了鐵，
因你，我將天國變成地獄；
在重重白雲包裹的壽衣裡，

我看見了我的戀人的屍體，
而在那遙遠的天國的河岸，
我築起了一個巨大的石棺。

譯註 赫美斯（Hermês）：希臘神話中衆神的使者，主宰商業、牧農、雄辯、發明等等，也是盜賊、羊羣、旅人的守護神。相當於羅馬神話中的麥邱立（Mercury）。水銀（mercury）在鍊金術中經常使用。

邁達斯（Midas）：希臘神話中菲力及亞（Phrygia）的國王。黛奧尼休斯（Dionysus）賦與一種神通力，將手觸的東西都變成黃金。因此連食物都變成黃金而大感困惱，乃在帕克托勒斯（Pactolus）河中，將此神通力洗去。

82 恐怖的感應

從那怪誕的鉛色的太空，
它像你的命運歷盡折磨，
降臨在你那空虛的心中，
是何思想？說吧放蕩者。

——對黑暗與不定的東西，
貪求無饜的我不會抱怨，
或者像奧維德那樣歎息，
當他被趕出了拉丁樂園。

裂如海岸荒饑的天空喲，
在你之中映出我的驕矜；
你那茫漠的服喪的黑雲，

是載葬我的魂夢的靈車，
而你那閃電的亮光只是
我心歡居的「地獄」的反射！

譯註：奧維德（Ovid 43 B.C—18 A. D.），羅馬詩人。晚年因觸怒奧古斯都皇帝，被謫貶到黑海沿岸的不毛之地，抑鬱以終。其詩集「悲歎」（Tristia）及「黑海書簡」（Letters from the Black Sea）中頗多哀歎之詞。

83 自我懲罰者

沒有忿怒，也沒有憎恨，

像個屠夫，我將擊打你，
一如擊打着磐石的摩西！
而且，我將從你的眼瞼

使苦惱的淚水迸流噴湧，
以灌溉我沙哈拉的心田。
我那脹滿了希望的慾念，
將在你鹹鹹的淚上浮泳，

好像一葉扁舟漂向海上；
在我那醉於淚水的心底，
將會有你那可愛的啜泣，
像襲擊的戰鼓似地鳴響！

多謝那貪婪無厭的「譏諷」，
她激動我嚙咬着我的心，
我因而變成個不諧和音，
在宇宙神聖的交響樂中？

「譏諷」那尖叫在我聲音裡！
我的血盡變成她那黑毒！
我是那個不吉祥的鏡子，
復仇女鬼用以照着自己！

我是刀子而且我是傷口！
我是批掌而且我是臉頰！
我是四肢而且我是刑架，
我是囚徒但也是劊子手！

我呀我是我心的吸血鬼，
——被處以永刼的笑刑，
但臉上再也看不到笑影，
那全然被棄者中的一位！

譯註：舊約「出埃及記」第十七章：耶和華對摩西說：你要擊打磐石，從磐石裏必有水流出來，使百姓可以喝。

84 無可救藥者

I

一個「存在」一個「形象」一個「思想」
發自蒼天而落入地獄的冥河，
那兒任何「天國」眼睛都看不透，
只是鉛色而沈濁的一道泥漿；

一個天使，行動輕率的旅人，
受了對畸形變態的愛的誘使，
浮沈在那巨大的夢魘的深處，
像個溺水的游泳者扭動全身

而掙扎着——多麼陰鬱的苦悶！
而且對抗着一股巨猛的逆流，
它在黑闇之中急轉地打旋着，
有如在騷然高歌的一羣狂人；

一個命運多舛的男人，爲了
從那爬虫類羣聚的洞穴逃出，

為了尋求一線的光明和鑰匙，
被迷惑於本身那徒勞的摸索；
一個被罰入地獄者，無燈地
走下去，在一個深淵的邊緣，
其臭氣暗示出那潮濕有多深，
沿着沒有欄杆的永恒的階梯，

那兒一羣發粘的怪獸看守着，
那大眼睛放射出燐光的火焰，
使黑夜變得更是漆黑的一片，
牠們以外什麼也都看不見了；

一隻迷惑的船，凍封於極地，
好像陷入在一個水晶的陷穽，
尋索着：到底經過哪種宿命
的海峽它才落入這樣的牢獄；

——這些都是無可救藥之命運
所顯示的標記和完成的圖繪，
它使人回想到「魔鬼」所作所為
莫不永遠是盡善盡美的作品！

II

明暗相向的一對形與影，
在映照着心的心之鏡中！
明亮而晦闇的「眞理」之井，
顫動着一顆幽明的星星，

一座譏諷的地獄的燈塔，
惡魔所賜的恩寵的火把，
唯一無二的光榮與慰藉，
——「惡」之中的良心的自覺！

85 時鐘

時鐘！凶惡可怕且痲木不仁的神。
以其指尖威脅我們說：回憶吧！
顫動的「痛苦」之箭，有如刺進標靶，
不久即將刺上你那充滿恐怖的心；

《如煙的「快樂」即將消逝於地平線，
正如風精在後台的深處消失隱沒；
你將賦與每個人各個時期的歡樂，
一片又一片地，吞噬於每一瞬間。

《一小時三千六百次，「秒」低聲地
說：回憶吧！——口快地，以其
昆虫的聲音，「現在」說：我是「過去」，
我以汚穢的吸管將你的生命吸取！

《Remember! Souvien-toi，浪蕩兒！Esto memor!
（我那金屬的咽喉能說各種語言。）
放蕩者喲，那一分一秒都是母岩，
在還沒抽出黃金之前可別放棄喲！

《回憶吧！「時間」是個貪婪的賭徒，

他不騙而贏，且每次！這是定法。
白天縮短了而黑夜增長；回憶吧！
深淵常是乾渴；那漏壺且已空如。
《不久那時刻將鳴，當神聖的「偶然」，
當你那仍是處女的妻：莊嚴的「美德」，
當甚至「悔恨」（啊！這最後的客舍！）
當一切對你說：死吧老朽！如今已晚！

出版消息

本社

※「龍族」詩刊第十四期已出版，定價十五元。

※「藍星」詩刊新二號已出版，定價二十元。

※「復興崗」詩刊第五期已由政治作戰學校出版。

※「大地」詩刊第十二期已由文馨出版社出版，定價十五元。

※「師鐸」第二期已由師大學藝委員會出版，噴泉詩社亦參加爲其中一社團。

※「北極星」第十一期已由臺北醫學院北極星詩社出版。

※景翔編選「兒童詩集佳作選」，收有林煥彰、黃雙春、曾妙容、吳啓銘等十多家作品，國宗封面設計，已由財團法人洪建全教育文化基金會出版，特價三十元。

※黃郁銓遺著詩、散文合集「生命樹」，已由林白出版社出版，定價三十五元。

※袁則難詩集「飛鳴宿食圖」，王愷挿圖，已由林白出版社出版，定價三十元。

※筍孫詩集「詩夢遺痕」已出版，定價二十元。

※楊逵著「鵝媽媽出嫁」，由張良澤編，大行出版社出版，特價三十五元。爲楊逵小說選集之一，楊逵先生爲本省文藝界的前輩，現爲東海花園的園丁，亦爲主人。

※柯慶明著「分析與同情」，已由蘭台書局出版，定價四十元。

※「中國青年」月刊於民國六十四年五月四日正式創刊，蘇宗健任社長，林鍾隆爲編輯，該刊係跟「兒童月刊」爲兄弟姊妹的刊物。每册定價二十元。

※「草根」詩刊創刊號已出版，定價六元。

※「葡萄園」詩刊第五十二期已出版，定價十五元。

※古丁詩集「星的故事」，已由長歌出版社出版，秋水詩刊社發行，定價四十元。

※羊子喬詩集「月俗」，已由浩瀚出版社出版，定價三十元。

※朱沉冬、沈臨彬、張默、管管合編的「新銳的聲音」，爲青年詩人作品集，已由三信出版社出版，定價六十元。

※「覃子豪全集」第三輯，已由覃子豪全集出版委員會出版，定價一四〇元。

※管管與吳晟合集「眞摯與奔放」，已由現代詩基金會編印出版，定價二十元。

※民國六十四年度中國新詩學會評選青年優秀詩人，爲吳青玉、季野、皓浩、陳坤崙、陳德恩、陳膺文（陳黎）六位獲獎。

法蘭西抒情詩選

莫渝譯

6.淚滴著我的心

魏崙

雨溫柔地落在城市上
——韓波

淚滴着我的心
一如雨落在城市上。
是誰這般頹喪的
穿透我的心？

啊！爲了煩悶的那顆心
溫柔的雨聲
濺在地上，濺在屋頂！
啊！雨的歌詠！

無端的淚滴在
這顆厭煩的心。
怎麼啦！沒有不對？
這無緣由的憂悒。

無從知曉爲何煩悶
這至深的煩悶，
沒有愛也沒有恨，
我的心如此苦惱着。

7.屋頂上的天空

魏崙

在屋頂上，
　天空如此的藍，如此的靜！
在屋頂上，
　枝椏搖曳棕櫚葉。

在看得見的天空，
　鐘聲緩緩地響着，
在看得見的樹上
　鳥兒獨自哀鳴着。

老天啊！老天！這就是生命，
　單純且寧穆。
從城市傳來了
　和平之聲。

——哦！在那兒，你做了些什麼？
　不停的哭泣，
你說，在那兒，你做了些什麼？

當你年少時。

8.憂傷

魏崙

啊！憂傷，由於一位女人
憂傷成了我的靈魂。

我不是自慰
儘管我的心走得遠遠了，
儘管我的心，我的靈魂
已經遠離這位女人。

我不是自慰
儘管我的心走得遠遠了。

而我的心，我的心非常敏感的
對靈魂說：這可能嗎？

可能嗎？——它做了，——
自負給溜了，憂傷給溜了？

我的靈魂對心說：我自個兒是否知道
爲我們而設的陷阱
此刻，雖然避開了
雖然走得遠遠了？

9.可憐的年輕牧羊人

魏崙

我怯於接吻
一如蜜蜂。
我受苦我守夜
沒有休息。
我怯於接吻！

我鍾情於卡德
與其媚人秋波
高尚的她
配着修長曲線。
哦！我愛上了卡德！

這是聖・華倫汀節
我應該在早晨對她說
但我不敢……
可怕的事啊
好一個聖・華倫汀節！

她允諾了我，
好福氣喲！
然而要成爲比允諾更進一步的
情人
是何等的大事！

我怯於吻她
一如蜜蜂
我受折磨我熬夜
沒有休息

我怯於吻她

10 出發前

魏 崙

在你出發之前
蒼白的曉星，
——成千的鵪鶉
在屑形花裏唱着，唱着。——
轉向眼神充滿愛意的
詩人身邊，
——雲雀
昇向天空與陽光處。——
你的視線轉向
曙光；
——何其的歡悅
在小麥成熟的田間！——
而且照亮我的思惟
在那兒，——好遠啊好遠！
——露珠
高興的在乾草上閃耀。——
在甜蜜的夢鄉中
我的情婦仍睡着……
——快點醒來，快點，
這兒有金色的太陽！——

11 我不知爲了什麼？

魏 崙

我不知爲了什麼
心情苦惱着
憶念與狂喜的翅膀飛過海上。
而恐懼的翅膀
掩蓋我的情愛於
平靜的波濤上。所有這些我珍惜着。爲了什麼，爲了什
麼

我的思惟如同海鷗
隨着浪花，憂鬱的飛翔，
風都平靜了，
潮流轉向了，海鷗也拐彎繼續
憂鬱的翱翔

沈迷於太陽
沈迷於自由，
一瞬間這種沈迷引導海鷗穿越浩瀚。
銀白的波濤上
夏季的海風
溫柔地使海鷗涼涼淺睡。

有時她憂傷地叫喚
警告遠方的船員，
然後，醉心於風中與浮標
整個翅膀下傾，投入水中
再飛起，憂傷她又叫喚着。

我不知爲了什麼
　心情苦惱着
憶念與狂喜的翅膀飛過海上。
　而恐懼的翅膀
　掩蓋我的情愛於
平靜的波濤上。所有這些我珍惜着。爲了什麼，爲了什
　麼？

12聽如此柔美的歌聲

魏崙

聽如此柔美的歌聲
僅爲你的喜悅而吟唱。
這歌是間歇的，輕盈的：
宛如青苔上悸顫的水滴！

這歌聲是熟稔的（且親切的？）
然而，此刻她彷彿憂愁的寡婦
匿跡起來，
堅持高傲的樣子，

長長皺紋的面紗
被秋天的涼風拂動，
宛如星顆，她掩飾復露現
訝異於眞實的心。

她說，這歌聲令人憶起
生命的仁慈
而嫌忌與羡望
沒有被留下，死亡就降臨了。

她也提到不再冀望的
單純名譽，及
不需克制平靜的幸福所造成的
動人與溫柔的婚事。

允許這不變的歌聲寫入
天眞的新婚歌裏頭。
走吧！沒有較之令一顆心靈
最少憂傷更好的！

她處於痛苦與過渡中，
不帶忿思折磨的心靈，
如同易懂的德性，……
聽的此雋智的歌聲。

13秋聲

魏崙

秋天的
　小提琴的
　長長嗚咽
以單調的
低沈旋律
　刺傷我心。

鐘響時
一切皆窒息
　且失色了，

我沈緬於
往日
　以至哭了；
我將隨着携我走的
狂風
　走得遠遠
任意飄零
一如
　枯葉。

14 淡淡的月

魏崙

淡淡的月光
照在林叢裏；
覆蔭下
每一枝幹
發出響聲………

啊！情人。

墨鏡般的池塘
映出
暗柳的
樹影
在那兒，風哀號着……
是時候了，讓我倆入夢吧。

廣大且溫柔的
怡然自得
似乎降自
由彩虹組成星群的
穹蒼………

這是美好的時刻。

15 天空是快樂的，這是美麗的五月

福爾

海水在籬柵上閃耀、閃耀的海水如同貝殼。人們羨慕漁夫。天空是快樂的，這是美麗的五月。

這是籬柵上柔和的海水，柔和一如孩童的手。人們想去撫摸。天空是快樂的，這是美麗的五月。

就是微風多情的手閃耀着針葉以使海水與籬柵連結來起來。天空是快樂的，這是美麗的五月。

海水在籬柵上呈現輕佻飛舞。小船卽將出航。天空是快樂的，這是美麗的五月。

籬柵，就是範疇，以及金龜子。鯨是最難看的。天空是快樂的，這是美麗的五月。

倘若臉頰上的淚是柔和的，海水就是港口溫柔地掉至籬柵上的淚。然而人們並不想哭。

「一個頑童在門口跌倒！」——「死於海上，是美麗的死。」然而人們並不想死，因爲這是美麗的五月！

16 圓舞曲

福爾

要是地球上的女孩子都手牽着手，就可以繞着海大

跳圓舞曲。

要是地球上的男孩子都成了水手，就可以用船隻在波濤上構築一座美麗的橋。

那麼人們就可以繞着地球大跳圓舞曲，要是所有的世人手牽着手。

17帶著你的傘

雅姆

帶着你藍色的傘與骯髒的羊群，
穿上乳酪味的衣服，
走向小山丘的天邊，倚着
橡樹或捲木製成的拐杖。
跟隨粗毛狗與背馱
破水壺的驢子
穿過村莊裏鐵匠的門前，
然後回到芳郁的山頭
讓羊群像四散的白荆棘吃起草來。
那兒，山嵐虛掩峯頂。
那兒，頸部褪毛的禿鷹翱翔
暮靄點燃紅色的煙縷。
在那兒，你靜肅的注視
上帝的氛圍瀰漫於此，廣袤無際的天地。

18貓

阿保里奈爾

我渴盼在屋子裏有：
一位明理的妻子，
一隻逡巡書間的貓，
四季來探訪的朋友們
沒有這些我將難以度日。

19跳蚤

阿保里奈爾

跳蚤，女友，情人都一樣，
他們以殘酷的方式接近我們！
所有的血都給吮光。
被愛就這麼不幸。

20米哈波橋

阿保里奈爾

米哈波橋下塞納河流着
我們的愛情
值得去追念嗎？
快樂總是接續痛楚之後

夜晚來臨鐘響着
日子過去我依舊

讓我們再次手牽手面對面
在臂彎
搭成的橋下流過
如是慵倦的永恆眼神之波紋

夜晚來臨鐘響著
日子過去我依舊

愛情消失如同逝水
愛情消失
而生命緩慢如斯
而希望强烈如斯

夜晚來臨鐘響着
日子過去我依舊
日日過去週週過去
時間靜止
愛情不回轉
米哈波橋下塞納河流着
夜晚來臨鐘響着
日子過去我依舊

21 爲了你吾愛

裴外

我到鳥市場去
買了幾隻鳥
爲了你
吾愛
我到花市場去
買了幾朵花
爲了你
吾愛
我到鐵匠店去
買了幾條鎖鏈
爲了你
吾愛
然後我到奴隸市場去
找你
可是沒有覓得
我的愛

22 浪擲時間

裴外

工廠門前
工人猛然止步
是晴朗天氣扯了衣角
於是乎，他回轉頭來
望望太陽
既紅且圓
而他內心原本鉛般的天微笑着
擠一擠眼
親蜜地
說着：太陽夥伴
你不覺得
未免太那個嗎？
將這樣晴朗的一日
交給老闆

23 最後的晚餐

裴外

他們靠桌坐着
他們不吃什麼
他們心神不安
而且盤碟擺得相當整齊
垂直於腦後

24 要是我死於遠方

阿保里奈爾

要是我死於烽火漫天的前方
你會哭上一整天的，露，愛人！

我的懷念隨死亡而消失
一顆砲彈在烽火漫天的前方爆炸
美麗的火花如同花開的含羞草

一如巴哈帝頁周圍成熟的果子
海 山 谷及星消逝
空間的整個世界內爆發了
而懷念在掩蓋我血液

被遺忘的懷念生根於一切事物
將染紅你的酥胸
染紅你的唇與秀髮
你一點也不因這些好事而蒼老
相反的爲其多情因緣更加年輕

我的血液噴湧世上
賦予太陽更加光明
花朶更加繽紛波濤更加快速
渺渺的愛情遺留世上
令你更加紅紫

露！要是我死於遠方爲人遺忘
——偶而在瘋狂時
年少時，戀愛與熱情爆發時想起——
我的血液就是幸福的熱泉
是最快樂同時最高興的
啊露！唯一的令我神魂顚倒的愛人！

編後記(二)

我們常聽讀者批評本刊詩創作的水準不高，有人索性希望我們多邀請幾位有名詩人在本刊發表作品，以期增加光彩。我們當然希望有名詩人投給我們（名符其實）的優異創作，但我們也知道有名詩人的作品不一定都是「名」詩。我們寧可希望新進詩人多投給本刊眞摯性的創作，却不歡迎祇想賣「名」敷衍的作品。事實上，好詩的產生，不是由於作者的有「名」與否而決定的。記得林亨泰曾經說過；「能寫出一首滿意過癮的好詩，十幾年不寫詩也不後悔」可見寫詩應該追求的，不是當詩人的「名」氣，却是眞摯的「名」詩。

本刊已進入第十二年的開始，嗣後的目標，當較注重於全體詩作者創作水準的提高，將每期推出好詩在顯明的位置發表，不分旣成有名與新進初出，願以作品爲重，共同努力耕耘下去。（桓夫）

報導

笠詩社與夏畫會聯合擧辦

現代詩畫展

前言

所謂：「詩中有畫、畫中有詩」是在創作的過程中，所追求的意境和奧妙心靈活動，有其一致的表現的結果。

從（詩畫聯展）的作品，我們可以看出藝術精神活動的奇蹟如：

1. 詩與畫，表現的工具和手法雖然不同，但其意象的造型，互有共通的性格。
2. 詩或畫，不論所表現的是具象或抽象，藝術的動機，如果是出發於本質上的要求，其作品便有感動的內容和美好的意義性，互爲相應而令人難忘。
3. 詩或畫，作品的形式（外在美），必須配合內容（內在美），才能顯出完整的意象，叫人共鳴而得到滿意的感受。
4. 詩或畫，同樣是追求藝術，如能達到至高的境界，終有其一致的淸淨和醒悟。

笠詩社及夏畫會的同仁，在這一次展覽所採取的方法，主要就是追求如上述「詩畫合一」的共鳴，在讀詩和看畫之間感受其所表現的近似性，可增加我們欣賞藝術的快樂。其次就是詩與畫各自獨立的展出。

在詩畫交流的方法上，兩種方式都有其長短，但我們相信「詩畫聯展」，將使現代詩與現代畫開創新的境界。

敬請　批評指教。

本刊與夏畫會聯合擧辦的「現代詩畫展」，於五月九日至十二日三天，在臺中市議會三樓展出。其前日並有聯合報、中華日報、臺灣時報、民聲日報等各大報，發出消息。九日預展，卽有新聞處周處長、市政府張主任廼謙、中部文協李理事長升如、中部美協林理事長之助，以及文藝界人士童世璋等多人前往參觀。同時中視、華視等電視記者、中廣記者和各報記者前往採訪新聞。除青年戰士報六四年五月發表專論「開拓至美境界的詩畫展」及有名文藝家崔百城寫有「看現代詩畫聯展」二篇，因稿長不轉載外，玆將主要報導內容刋登如左：

六十四年五月八日臺灣時報第七版

新穎詩畫展覽，明起展出三天

【臺中訊】一項別開生面的詩畫展，定明（九）日起在市議會三樓擧行這項展覽將於十一日截止。

國內著名的笠詩刋社及青年畫家組成的夏畫會聯合主辦這項活動。

笠詩刋社曾於民國五十五年春假期間，和幼獅文藝社、現代文學社、劇場社，在臺北西門圓環聯合主辦國內首創的現代詩展。嗣後，又參加國內外多項詩展，頗獲好評。

夏畫會爲近年崛起的繪畫團體，成員均爲年輕有衝勁的畫家。他們曾在省立臺中圖書館中興畫廊擧辦過聯展。

主辦單位表示：這項活動的理念，是在闡揚唐代詩人王維：「詩中有畫，畫中有詩」的精神，冀圖經由適當的配慮，讓欣賞者體會到詩與畫個別欣賞時所不能觸及的內涵。

這種展覽，在國外十分普遍，是大衆頗爲喜愛的精神食糧。主辦單位希望藉此也能提供文化城市民一點點美感經驗。歡迎各界前往參觀指敎。

六十四年五月十一日民聲日報第五版

開拓藝術的新境

文協擧辦詩畫聯展

臺中市初次「詩畫聯展」，由臺中市議會及中國文藝協會臺中分會主辦，將於五月

九日至十一日假市議會三樓展出。爲紀念六十四年文藝節，遵從總統 蔣公遺訓，復興民族文化，而舉辦的「詩畫聯展」，對於開拓藝術新的境界，讓大衆親近於詩與畫的本質，確有其神妙的績效。

協辦單位有中部美術協會與豐原國際獅子會，主要展出者是中部新進畫家組成的「夏畫會」會員及全國性有名的「笠詩刊社」同仁，而詩的展出卽由業餘美術設計家王木欽實成。

這種作品聯展，是所謂「詩中有畫、畫中有詩」的具體展現。正如展出者們在其前言說：「所謂『詩中有畫、畫中有詩』是在創作的過程中，所追求的意境和奧妙的心靈活動，有其一致的表現的結果。」

雖然表現的工具和手法不同，但詩人和畫家，在追求藝術美學的動機與目標是一致的。據於藝術本質的要求出發，而獲得一致的表現，確實需要在情感的根源上有深刻的共鳴，才能發揮。

要欣賞這種詩畫合一的作品，必需進入或探出創作的心靈深處，才能有所感受。如果僅從詩或畫單獨的外形美去瞭解，是得不到滿意的悅樂的。當然欣賞藝術都是如此，尤其現代畫與現代詩，都屬於思考的藝術，不像以往單純地重視音樂性或繪畫性的一面，却是含有音樂性和繪畫性，加以注重本質的意義性。因此我們對這種現代藝術的感受必須透過所表現的形式美，運用思考的發展，感應其內容（內在美）所顯出的意象，才能得到欣賞的快感。

他們在這一次聯展所採取的方法有「詩畫合一」，卽把詩與畫具有共通感受的作品排列一起展出，這是詩人和畫家事先交換過創作的共通的心靈活動，讓欣賞者容易從讀詩和看畫當中，感受相似的心象表現。另一種方法就是詩與畫孤立的展出，讓欣賞者自己應用思考去感受畫中的詩，或詩中的畫。

在臺中舉辦詩畫聯展，雖是第一次，但大家相信這是十分成功的聯展；將使現代畫與現代詩，開創新的境界。

生命的共感及其表現

——談現代詩畫聯展

陳世興

人是遍在於宇宙大生命之中的個體，通過個人，藝術的個性和意義才顯現而被肯定的表現出來，所以浮現在藝術表現外象的個性其內必含有生命共象的普遍性，此普遍性也就是藝術行爲所喚起自然生命共感的同一內容。

一株樹、一條流水、一朶雲在其生存的過程中都始終各自保持着個性而存在着，而這種個性執着的存在也皆貫穿宇宙共通性普遍性永久共感而成立天地大和諧的生命體。因此藝術創作的本質和意義也在於發覺常人的眼睛所不能看到的某種人生姿態，把未曾被世所知的形態成爲具體，這種產生共感的，不可捕捉的自然人生眞實性的具體化便是藝術生命本身的內容。

所謂藝術的「內容」，簡言之；就是「體驗」，那是指我們滲透周遭事物所感到、想到、見到、聞到、做到和一切無意識行爲，這概括我們經驗到無論內在外在一切感情的總和。

藝術的目的不祇在於認識自然事物的外象，而是致力要求深入到自我根底的眞生命和宇宙的大生命交感 交流的共鳴境界，此種境界仍可從藝術表現行動有限的功能中體認生命和諧的無限感動。在物之中見到「心」，在對象之中發現自我的「生」，這種自我的「生」，才是藝術表現共感的根源。

此次由笠詩社與夏畫會籌劃擧辦的「現代詩畫聯展」也由此出同對藝術，人生的體悟而努力於把兩種不同表現媒介的藝術作共感狀態中嘗試性的展出；由詩的內蘊投射的感動來激發畫家從詩人的心象中把捉繪畫形質的精神再現，或由畫中不可言狀的視覺事物由詩人執筆，將畫家內裏精神，思想的可能活動透過詩的語言而給予明確化和意義化，這種經過兩種純粹藝術的交流而淨化了情感、思想的能見度也消明地帶給詩人及畫家們空前的創作和鑑賞的喜悅。

這種共感的高潮可從「詩畫合一」的展出中，發現彼此創作的意義和價值，試擧陳錦洲作「太陽」爲例；

「太陽」是一縱情派書法抽象表現的作品，狂亂筆觸之織 織成不安，扭動的徵象——一輪猖狂的太陽超現實

的高懸大地，烱烱逼來，其內含蘊暴烈狂佻的特質，瘋狂而肆意地顯示陳錦洲繁複的精神意象和豐富的情感，然就畫的結構而言：乃未能明暢的淨除非必要的語言（繪畫性），因而雖未能完全繫中詩人桓夫詩作「太陽」的連續語言的效果和表現蜜度，但就意象，捕捉和塑造上却也別有一番境趣。例如桓夫詩作「太陽」如下；

我閉眼 那瞬間
在眼球底邊
擴張了赧紅的太陽
而太陽已不是太陽
虹並不代表七彩的光
——晴時多雲
雪飄進我的眼球底邊
構成雪型的花紋
很秩序地在旋轉
花紋正面有黑點
啊！黑點也擴大了
忽又凝固在空間

我張開眼睛
乃是一粒被逆出了的種子
飛落於荒野
茫然 面對太陽

此閉眼瞬間耀目的太陽隱逝，成爲內心感受眼皮血液通紅的燃燒，太陽不是太陽，虹並不代表七彩的光這正表現詩人投射的熱是非物理世界的太陽，而是經由詩人組成另意象的「能」，此「能」從第二段閉眼後受光的生理反應作即物似的描寫轉入「我張開眼睛／乃是一粒被迸出的種子／飛落於荒野」帶出一意記性的動作，產生詩境的高潮，然後邊速地回歸客觀的外在世界，「茫然面對太陽」凝固了本來飛逝的精神活動，產生一靜觀而活潑的詩境界，這樣明朗透脫的意象單一地顯現自然和陳錦洲繁複意象形成藝術家個性相異但同其趣存在着的事實。

本來每一種藝術皆有其自圓其說的理論基礎，每一個藝術家皆有其潛在的內容和個性，但一件好的藝術並不單靠作家浮顯的個性和外觀的風格來支持並使之完成的，是經由內在生活的內容穿透藝術表現持續地給出感動，而臻最高共感的境界，此種境界的完成也才是宇宙性大生命的完整體理。除了放任個人性格，枷鎖商標性的創作風格，使藝術活動成爲封閉性「我」的奴役外，好的藝術應走出室內而曝晒陽光，從人生更深，更廣的領域和際遇體會較眞實，較充實的內容。

展出中的「現代詩畫聯展」也鑑於參展人由藝術觀，人生觀各自的不同而採多面性的：有詩畫合一，有詩畫各自獨立，其中如詩人，畫家參展之個人作雖因獨立，但不損藝術創作的價值和光輝而顯露笠詩社，夏畫會二十幾位同仁（詹氷、桓夫、杜國清 白萩、林亨泰 錦蓮、李魁賢、趙天儀、陳明台 林宗源、傅敏、拾虹、岩上、陳秀喜 鄭烱明、許重介及陳幸婉、溫俊雄、陳錦洲 祝頌康、陳漢錡、劉正一、陳世興）豐富的展出陣容和各自成就的心血及甘美自足的藝術境界。

郭成義詩集

「薔薇的血跡」序

李魁賢

成義用亞天筆名寫詩，已相當的詩齡，近年來寫作始終勤奮不懈，頗受詩壇的矚目。第一屆吳濁流新詩獎評選時，他的作品「曬」便是推薦作品之一，曾引起評選委員的熱烈討論。如今，成義把他嘔心泣血的結晶集成「薔薇的血跡」，準備出版，筆者得以重溫共享神聖一刻的快慰。

成義的作品，最大的特徵，在於能從最平凡的物象中找出新義，在物性與人性之間張開連繫的線索。在凡人眼中，也許是最沒有詩意，最令人「嫌惡」的物象，却常常能脫胎換骨地轉化為成義詩想的泉源。而在這些作品中，强烈地表現出詩人的關切和參與，所表現的手法，不僅是物象的擬人化，或者說是以物喻意，而幾已達成物我一體的渾然之境。

暗喩的運用，是成義的詩中，相當成功的一環，可是就象徵層次的發揮，却稍顯得曖昧。但無論如何，在詩行中隱隱顯示的感悟性，以及全詩氣氛的烘托，和語言的純淨各方面，都有令人喜愛的表現，值得再三咀嚼。

乍讀成義的詩，也許會使人有頹廢、虛無的印象，因爲諸如：飢餓、死亡、血液、腐爛、隔絕、失貞、遺棄等意象或主題，層出不窮，但如果仔細追究，便知在消沉中仍隱含着奉獻的精神。如：「血啊 血啊／每一次顫觸／我的肉體便更眞實地／流着你／流着你」——「薔薇不死」。

這正是「薔薇的血跡」的眞諦所在吧！這一點從「靶」一詩裏，還可獲得更進一步的求證：「彎腰是不可能的／要躲也來不及了／我只有站着／任憑你把我撕裂／成爲輾轉模糊的一種／嘯聲〃長久的酸痛／我已甘願這樣／痛痛快快的流一場／儘管你一再無情的瞄準／我還可以平平安安的／爲你站着〃只是／遙望你虔誠的跪姿／我才感到一陣抽痛／炮裂的胸口／總有一天要獻給你／總有一天要獻給你」——「靶」。

這一首詩發表時，面目不同，筆者在第一屆吳濁流新詩獎評選之「出發的信號」中，曾加以討論，認爲起首的消極性表達，與後面全詩堅强而豪放的氣氛不相配合。但經過修改後的上擧全詩，已有一氣呵成的妥切，而末行的重複，更强化了震顫的氣勢，點出詩人的精神主題。

事實上，收羅在這部詩集裏的作品，很多和發表時的面貌不同，足見成義寫作的認眞，和執着於求全的苦心，顯示成義對每一首詩的完成，是寄予多大的厚望，而不惜在發表之後，又「無情」地加以錘鍊。

詩人的追求，都懷着這樣些許自虐性的瘋狂吧！筆者深信，勤奮不懈的創作活動，必定會受到詩神的眷顧。

一九七五年三月廿六日於臺北

～新聞處長周天固、中部美協理事長林之助
等參觀詩畫作品～

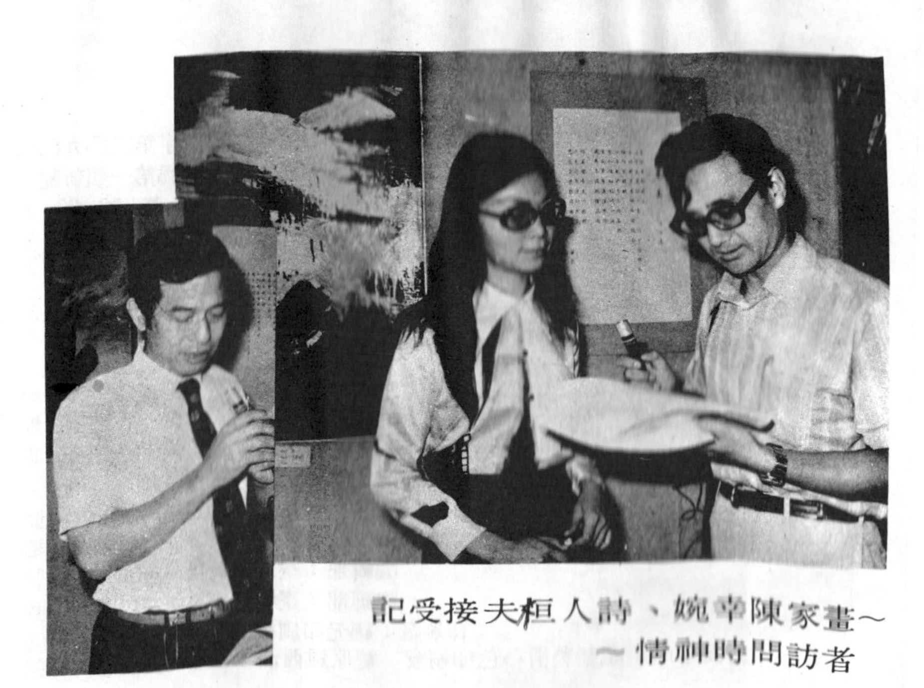

～畫家陳幸婉、詩人桓夫接受記
者訪問時神情～

封面畫家介紹：

一縷絕唱——談超載靈魂的陳幸婉

陳世興

一個鏡頭——沈伏於心靈深處的一股激流便突破視境洶湧而生。是絕唱！歌聲便高吭入雲。

把生命曝晒在畫布，如是；狂風揮掃。激烈的筆觸中，高明度色彩的自由渲洩，其謳歌靈肉交感，激人昂揚的無比鬥志，向上！向上。向上我們就碰觸到陳幸婉以其恢弘、渾厚的精神力量擊打及那充滿對生命無限愛、無限冷澈嚴酷的鞭打——內在性靈搖爍而生的美好境界。

在通往成爲一個藝術家的艱苦道路中，無疑的，這悲劇充滿著快樂的激情。陳幸婉說：使她成爲一個藝術家的理由是，透過繪畫，迫切地擁抱自我的真實力量，使她有勇氣去面對一切呈現在她眼前的悲劇，[illegible]、去痛苦而噴怒的咆哮，讓自我在不快的戰慄一般的意[illegible]脈博。

抱真實，去觸及[illegible]藝術工作不到半年的她！躍身於頹[illegible]一連串命運式的凱歌重唱，在[illegible]烈的絹佈、鋼[illegible]柔和的少女夢，去擁[illegible]感受的苦難，去感受別[illegible]去感受別人無法[illegible]忍的苦痛命運。——這就是她！一個超載靈魂的女孩[illegible]

中華民國內政部登記內版臺誌字第二〇九〇號
中華郵政臺字第二〇〇七號執照登記爲第一類新聞紙
定價：國內每册新臺幣20元
海外地區：日幣240元　港幣4元
非幣4元　美金1元
全年六期新臺幣100元　半年三期新臺幣55元
●郵政劃撥21976號陳武雄帳戶（小額郵票通用）

出版者：笠詩刊社
發行人：黃騰輝
社長：陳秀喜
社址：臺北市松江路三六二巷七八弄十一號（電話：5500083）
中部資料室：彰化市華陽里南郭路一巷10號
北部資料室：臺北市北投石碑路一段39巷70弄二號二樓
編輯部：臺北市敦化南路355巷83號
經理部：臺中縣豐原鎭三村路九十號
印刷廠：福元印刷公司　臺北市雅江街58號
封面承印：順榮美術彩色印刷廠　豐原鎭西湳里三豐路西湳巷21-3號